字燭文照未來

TopBook

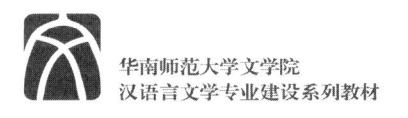

华南师范大学文学院
汉语言文学专业建设系列教材

唐诗名篇佳作精读
增订本

蒋 寅 张 巍·主编

陕西新华出版 陕西人民出版社

图书在版编目（CIP）数据

唐诗名篇佳作精读 / 蒋寅，张巍主编 . —西安：陕西人民出版社，2023.8
ISBN 978-7-224-15058-2

I. ①唐… II. ①蒋… ②张… III. ①唐诗—诗歌欣赏—高等学校—教材 IV. ① I207.227.42

中国国家版本馆 CIP 数据核字（2023）第 152956 号

责任编辑：武晓雨
封面设计：姚肖朋

唐诗名篇佳作精读
TANGSHI MINGPIAN JIAZUO JINGDU

主　编	蒋　寅　张　巍
出版发行	陕西人民出版社
	（西安市北大街 147 号　邮编：710003）
印　刷	陕西隆昌印刷有限公司
开　本	787mm×1092mm　1/16
印　张	30.5
字　数	428 千字
版　次	2023 年 8 月第 1 版
印　次	2025 年 7 月第 2 次印刷
书　号	ISBN 978-7-224-15058-2
定　价	78.00 元

如有印装质量问题，请与本社联系调换。电话：029-87205094

与中文系学生谈唐诗的专业读法（代前言）

蒋 寅

每个行业、每种学问都有自己的专业技能，文学也不例外。解读作品的能力就是文学研究的基本技能。作为一名中文系学生，你只有通过提升专业阅读的技术含量，才能将自己和业余爱好者区别开来。阅读虽然是自幼伴随我们成长的行为，但阅读能力却是需要通过有意识的学习和专门训练来培养的。

人们通常会说，艺术欣赏是非常主观的，每个人都有自己的一套欣赏方式。就好像听古典音乐，根本不需要知道音乐表现了什么主题和情感内容，只要听着好听就可以了。读唐诗也是，一首诗里有一个字或一句让我喜欢或者受到感动就足矣。这么说固然不错，但这种想法只适合普通读者的业余欣赏，对于中文系的学生远远不够。中文专业需要一种专业的阅读，需要一套专业的阅读方法或者说一种专业技巧。一个学文学的人看电视剧受感动，不能只是掉眼泪，而要能用一套专业术语来表达自己的感受，这就是艺术批评。批评能力不是天生具有的才能，天生具有的是感受力，但感受力并不等于批评能力。读诗，看戏，听音乐，尽管有一腔感动，但只有用一套专业术语把你的感动及其缘由说清楚，才能说是一个专业的读者。一个专业的读者需要掌握一套解读作品的方式，这个方式从古到今都是不一样的。从唐诗诞生以来，每个朝代的人都有各自的解读方式。作为专业读者，我们应当对此有所了解。

通常我们对文学、艺术的态度，分为兴趣、趣味、判断力三个层次。先是因喜欢而有兴趣，继而因兴趣逐渐加深了解形成个人趣味，知道自己喜欢什么不喜欢什么，业余爱好到此为止。至于专业的阅读，则还要懂得艺术标准，建立起超越个人趣味的判断力。当然，个人趣味其实已包含了判断力。一个趣味好的人，我们说他有判断力。比如你听某人评论电影，他说的让你佩服，你就会认为这个人判断力好；也有一些人，他很喜欢李白，不喜欢杜甫，虽然他也能说出一番理由，但我们可能不会认同他，觉得他太偏执、太主观了。就趣味而言，他当然可以持个人看法，但从判断力的角度，我们会认为他的判断力和大家有一定的距离。这就是说，判断力是有一个公共标准的，这个标准就确立在专业阅读的一套规矩上。

这里我要讲的就是唐诗专业阅读的一套规矩，也是传统的解读唐诗的方法，现代的专业阅读则有另一套规则。

传统的诗歌阅读，首先讲**体制**。读诗的第一要点，也是最重要的一点，即掌握"体制"。刘勰《文心雕龙·附会》就提出："夫才童学文，宜正体制。"黄庭坚《书王元之竹楼记后》说："荆公评文章，常先体制而后文之工拙。"清代诗论家薛雪《一瓢诗话》更强调："得体二字，诗家第一重门限，再越不得。"什么是体制呢？就是与写作意图相应的总体艺术要求。中国古代文学理论的术语比较宽泛甚至模糊，往往一个概念有不同的表述法，而有些不同的内容也会用同样的概念来表达。古人常将"体裁"与"体制"等同起来，把五律、七律的结构、修辞等要求也称为"体制"，但按通常的习惯，"体制"主要与"类型"有关。而"类型"是文学乃至艺术学里很重要的一个术语，它和"主题"有关联但又有差别。比如说母爱是一个主题，但爱情就是一个类型。母爱是很明确的，就是讲母亲对孩子的爱；爱情则包括热恋、单相思、失恋等。所以爱情诗就不是一个主题，而是一个类型。《文选》诗所分22类——补亡、述德、劝励、献诗、公讌、祖饯、咏史、百一、游仙、招隐（反招隐）、游览、咏怀、哀伤、赠答、行旅、军戎、郊庙、乐府、挽歌、杂歌、杂诗、杂拟，以及后起的艳情、怀古、咏物、山水、玄言等，都是类型。或许有人会说山水是主题，但我认为山水和田园一样，也是类型。因为山水、田园诗里有描写风光的，有讽刺朝廷的，也有悯农伤时的，还有像陶渊明那样因脱离官场回归田园而感到身心愉快的，其中包括多重主题。我们读诗首先要看它是什么类型，类型直接决定了它的体制。类型是诗的外在要求，体制是类型的内涵，读诗不能准确把握体制，就很难妥当地理解作品，并给予贴切的评论。

举一个例子，孟浩然的《临洞庭上张丞相》，现在大概没人会否定它是一首杰作。但是明代最杰出的诗论家许学夷、清代学者也是诗论家王夫之都曾批评这首诗。王夫之说它"以'舟楫''垂钓'钩锁合题，却自全无干涉"（《姜斋诗话》），即前后两截意思不搭，非常牵强。我起先还以为是王夫之看到的诗题不对，因为宋本题作《岳阳楼》，唐写本作《洞庭湖作》，《唐诗纪事》作《湖上作》，只有《文苑英华》作《望洞庭湖上张丞相》。后来看到王夫之的《唐诗评选》，正题作《望洞庭湖上张丞相》，那么他的差评就源于判断力问题了。这首诗应该是献给张九龄的，"上张丞相"四字可能原为小字题注，后或转写脱落，或乱入题中变成《望洞庭湖上张丞相》。总之很清楚，这首诗不是游洞庭湖的即兴之作，而是一首干谒诗。干谒诗的体制要求是，首先你必须证明自己是有才能的人，应该获得赏识，这是干谒诗最基本的要素；其次则要把你的意图说出来，请求对方提拔。我们来看看孟浩然这首诗是怎么写的，有没有达到体制的要求：

> 八月湖水平，涵虚混太清。气蒸云梦泽，波撼岳阳城。欲济无舟楫，端居耻圣明。坐观垂钓者，徒有羡鱼情。

首联两句总写湖水的广阔浩渺，颔联两句接着写洞庭湖的气势，是全诗最精彩的部分："气蒸云梦泽"说洞庭湖的水汽一直蒸腾到长江以北的云梦泽上；"波撼岳阳城"又说洞庭的波涛好像要撼动岳阳城。诗的前四句把孟浩然的诗家能事展露无遗，完成了自我表现的任务，下面就要表明干谒之意了，如何从写景过渡到言情是个问题。用"欲济无舟楫"暗示自己想有所作为却无人提携，不能不说是巧妙的思路，这也是当时人们熟悉的托喻方式。曹植《杂诗》已有借舟喻志的表现："愿欲一轻济，惜哉无方舟。闲居非吾志，甘心赴国忧。"托名贾岛撰的《二南密旨·论总例物象》更已概括出这样的惯例："舟楫、桥梁，比上宰，又比携进之人，亦皇道通达也。"但问题是，干谒求进，一般人这么说说倒也无所谓，孟浩然是天下闻名的高士，如此热衷于功名，岂不让人感到很俗气？为此他马上接一句"端居耻圣明"，来为自己找补一个冠冕堂皇的理由。孔子不是说过么："天下有道则见，无道则隐。邦有道，贫且贱焉，耻也。"（《论语·泰伯》）然则躬逢盛世，不出来做官，岂不辜负了圣明君主，有愧于太平盛世？有了这一句，孟浩然就为自己热衷于功名找到了古老而正当的理据，维持了自己高士身份的尊严。结联"坐观垂钓者，徒有羡鱼情"，正像俗语所说，"姜太公钓鱼，愿者上钩"，是把张丞相比作姜子牙，希望自己能像鱼一样被钓上去。希求汲引之意再清楚不过了吧？诗由湖入手，由湖自然地引出舟楫，又由舟楫自然地联系到钓鱼，就顺理成章地把自己的意图引导出来，水到渠成，不露痕迹。就干谒诗而言，至少技巧是运用得非常成功的，也可以说是非常出色的。

　　王夫之认为这首诗不好，应该与他诗歌观念的偏颇有关。王夫之虽然有哲学家的头脑，讲诗歌理论每有过人的深刻之处，但他对诗的感觉并不太好。我在《文史知识》发表过一篇文章《理论的巨人，批评的矮子》，专讲王夫之诗学的缺陷。王夫之论学还留有明人的习气，好作大言，常有刚愎自用的议论，稍不留神就捉襟见肘，露出见识的局限。他论诗不懂体制，经常抓不住要害，不能对作品给出准确的评价。他对孟浩然这首诗的批评就是一个例子。

　　古人论诗讲究先体制而后工拙。我们读诗时应该首先审度体制，然后再裁量工拙。文学批评并不纯粹是主观的，它也有一个客观的衡量标准。我们可以通过作者的写作意图来确定作品的类型，从而根据体制来判断艺术表现成功与否。孟浩然献给张九龄的这首诗，出于干谒的目的，可以从干谒诗的体制来确立批评的标准，给出较为恰当的评价。这是我们读诗要注意的第一点。

其次讲**结构**。掌握了体制之后，还需要进一步分析作品，这就进入剖析结构的阶段。从"体制"的层面，我们已清楚作者如何实现体制的要求，如何构思作品了。如上面孟浩然这首诗，就是通过湖的描写引出一个比喻，即借写景搭建起一个平台，然后在上面做文章，把表意的部分牵引进来。诗的后半段整体是个比喻托志，唐人称之为"比兴"寄托。

不同的诗歌类型，因体制差异导致结构也有许多变化。这里我要借咏史这一类型的诗作来说明唐代诗人是如何通过结构设计来实现体制要求的，这就是通常说的构思。为了简明易解，我举三首七绝，李白的《越中览古》和《苏台览古》，以及窦巩的《南游感兴》，来对比一下，同样的主题，诗人们是如何变换出多种写法、营造出多种结构的。如果我们把怀古当作一个主题的话，它可以有很多表现的内容。像杜牧借怀古来讽刺当朝，王昌龄借怀古来抨击现实——他用"但使龙城飞将在，不教胡马度阴山"来感叹朝中无人，而纯粹哀悼古代历史的消亡、哀悼文明的毁灭，通常也是怀古诗的内容，不同的诗作立意差别是很大的，所以说怀古不是一个主题，而是一个类型。它最基本的结构就是"今昔对比"，怀古诗基本上都离不开这种结构框架。

之所以要举七绝来说明今昔对比的结构，就因为七绝是一种典型的诗体，每句都能表达一个相对完整的意义。元人讲起承转合，就用它对应七绝的四句。所以沈祖棻先生的《唐人七绝诗浅释》主要着眼于结构，我这里讲的三首七绝便取自沈先生此书。首先看李白的《越中览古》：

> 越王勾践破吴归，战士还家尽锦衣。宫女如花满春殿，只今惟有鹧鸪飞。

前两句写吴越两国交战，吴王夫差攻破越国，越王勾践卧薪尝胆，最后用美人计又打败了吴国。诗即从越军凯旋写起，前两句用力渲染了越军得胜归国的热闹气氛。第三句"宫女如花满春殿"，将越国的胜利喜庆写到了极点，第四句笔锋一转，以"只今惟有鹧鸪飞"的荒凉景象，同前三句的繁盛构成强烈的今昔对比。作品结构的关键全在于第四句的转折，这正是七绝常用的手法。唐人怀古类的七绝一定有一个转折，先铺垫，最后突然转出一个意外的结局，产生强烈的戏剧效果。从用笔来说，全诗四句都是用实笔叙写，当年那么威风、那么繁华的王朝，如今已难觅踪迹。这当然可视为李白惯有的历史虚无感的流露，但也不排除有一层讽刺的意思在里面：曾经破了吴国的越王勾践虽风光一时，最终也逃不过女色亡国的命运。

现在我们来看第二首，李白的《苏台览古》：

> 旧苑荒台杨柳新，菱歌清唱不胜春。只今惟有西江月，曾照吴王宫里人。

这首怀古诗抒发古今兴亡之感，不同于前一首的是用了暗中转折的笔法。诗的前三句都是讲现在，直到最后一句"曾照吴王宫里人"才讲过去。西江月是现在的月亮，但末句既用"今月曾经照古人"（李白《把酒问月》）之意，就暗中转到了古代。历史上的苏台是那么繁华，吴国的宫女是那么妩丽，而今人去楼圮，只剩下旧苑荒台供人凭吊。前诗的"只今"在第四句提示转折，本诗的"只今"虽出现在第三句，却因三、四两句上下相贯，直到第四句才显出今昔对比之意，而且字面上也没有直接点明今昔的不同，只是用"曾照吴王宫里人"引导读者去想象昔日的繁华。这是暗示性的虚写，言外说不出的感慨，将怀古的惆怅之情表现得淋漓尽致。

最后来看窦巩的《南游感兴》：

> 伤心欲问前朝事，惟见江流去不回。日暮东风春草绿，鹧鸪飞上越王台。

这首诗是面对南越王的遗迹而生发的感兴。首句刚要追溯历史，次句马上就转写眼前的江水，暗示前朝遗事再不可追寻。这是欲转而未转，未转而已转，"前朝事"仍旧与后面的越王台遗迹构成古今对照，只不过是笼统的虚写而已，于是感觉更虚无渺茫。

上面这三首怀古诗，虽然主题都是抒发古今兴亡之感，但写法却很不一样。就类型而言，怀古诗不同于咏史诗，咏史可以由书本知识生发感慨、议论，而怀古诗却一定是面临特定的历史遗迹所产生的感触，因此怀古诗通常都包含一个今昔对照的转折结构。上面三首绝句无一例外，只因转折的位置不同，或在第一句，或在第三、四句；转折的方式不同，或明转或暗转；再加上回溯往古的虚实笔法之异，就产生了各自不同的艺术效果。第一首最具有戏剧性的冲击力，第二首意味隽永而引人遐思，第三首情调最落寞怅惘而有浓重的历史虚无感。如此简短的四句诗，就有这么复杂的结构变化和截然不同的艺术效果，结构对于诗作的意义还不重要吗？它在很大程度上决定了作品的风格。读者会对结构做不同分析，也会对诗的意趣产生不同的理解。

第三点讲**风格**。关于风格，文学理论书籍有不同的定义。最简单的解释就是作家在艺术表达中遵循的一些原则、在艺术创作中使用的一些手法或一些程式的总和，也就是创作整体上呈现出的一种统一性。一般来说，只有成熟的作家，作品才具有风格（不成熟的作家就谈不上风格了），像唐朝的一些名诗人，他们留下来的诗作都有一定的风格。不过，风格是不是很明显，是否能让读者一下子感受到，情况就千差万别了。通常大作家的风格都很明显，有很高的辨识度，能给人留下鲜明深刻的印象。但要注意的是，风格是由作家的许多作品共同构成的，如果你没有读过足够多的作品，就很难真正把握一个作家的风格。

现在文学理论中使用的"风格"一词来自日语，中国古代批评家使用的近似概念是"格调"。明赵宧光《寒山帚谈》说："夫物有格调。文章以体制为格，音响为调。""格"在唐宋时代本来侧重于取意，到明代以后就转向艺术表现的方面。所以叶燮《原诗·外篇上》云："言乎体格，譬之于造器，体是其制，格是其形也。"这么说来，格就单指体制以外属于语言表现方面的问题了。讨论风格问题用"格调"二字概之,其内涵实际上就包括格(体制+艺术表现)+调(韵律)。一首诗、一个作家的风格都可以从格、调两方面来把握。比如,后人谈到杜甫诗歌的风格,都喜欢用"沉郁顿挫"来概括。对于"沉郁顿挫"的含义,古来论者的解释各有不同。我的理解是,"沉郁"指内涵的深沉浓郁,直白地说就是意义容量大,信息量大,纳入的内容多;"顿挫"按古人的讲法,是声情浏亮,节奏感强。但到清代,诗论家提出了新的看法,认为指诗句之间非平顺惯常的衔接,很有道理。这里我想借杜甫的《登高》来说明"沉郁顿挫"该如何把握:

> 风急天高猿啸哀,渚清沙白鸟飞回。无边落木萧萧下,不尽长江滚滚来。万里悲秋常作客,百年多病独登台。艰难苦恨繁霜鬓,潦倒新停浊酒杯。

这首诗被明代胡应麟推为唐人七律第一,引发后人持续的争论,也有推许崔颢《黄鹤楼》为第一的。但不管怎么说,杜甫的《登高》在杜诗乃至文学史中的重要地位是无可争议的。诗的首联写登高眺望:第一句"风急天高猿啸哀"是仰视往天上看,第二句"渚清沙白鸟飞回"是俯视往江上看。两句都是写近景,十四个字写了六个事物,没有一个多余的字。颔联"无边落木萧萧下,不尽长江滚滚来"推开视野写远景,上句是空间轴的展开,"落木"点明秋季,又暗喻衰老的自己;下句是时间轴的展开,江水不尽意味着宇宙的永恒。只要读过杜诗就知道,杜甫经常将时间的永恒与空间的广袤相对举,以反衬人世的无常和渺小。这一联同样如此,暗示了在自然的广袤和永恒面前,人生是多么短暂而有限。诗写到这里,主人公还没现身,直到第五句才出现"万里悲秋常作客,百年多病独登台"的自述。宋人罗大经在《鹤林玉露》里盛赞这一联,说十四个字里包含了八层意思:"万里,地之远也。秋,时之惨凄也。作客,羁旅也。常作客,久旅也。百年,齿暮也。多病,衰疾也。台,高迥处也。独登台,无亲朋也。十四字之间含八意,而对偶又精确。"如此密集的意义叠加,大大强化了诗的意义密度,事理格外丰富,情味格外浓厚,给人以深沉厚重的感觉,这就是"沉郁"之义。"艰难苦恨繁双鬓,潦倒新停浊酒杯",意思是:衰老多病已经让我不堪忍受了,现在竟又穷得连酒也没得喝!诗人在前六句中已经把自己的身世之感写得很到位,第七句再将这种感情加以提炼,推到顶峰,第八句不顺着写下去,却突然来一个出人意料的结尾——通常写到这种痛苦的身世之感,都以"举杯消愁"之类的意思结束,但是杜甫却反其道而行之,说苦恨至极却偏偏因穷困潦倒而无法借酒消愁,这就形成一个急剧的转折,使前七句诗不断地铺垫、升腾到顶峰的情感戛然而止,跌落到更不堪的境地,从而构成一种落差(古人也叫"反跌"),以一个出乎意料又无可奈何的结局,造成读者阅读时情绪的巨大起伏。从意脉的角度说,这种效果便是"顿挫"。

再从格律看,七律的中间两联要求对仗,一般作者能对得工稳已不容易,而杜甫以他过人的才力,不仅应付自如,还常常通篇使用对仗,这首《登高》便是一例。通常结句要求有回旋不尽之意,而对仗的两句一般是并列关系,不像一般句法的线性模式那样便于推动诗意的发展,所以不宜用作收结。为此,《登高》结联采用了"流水对"的形式,上下两句的意义脉络为逆接,而非顺接,这就造成了读者情绪的波澜起伏,给人一种顿挫之感。仔细寻绎一下《登高》的意脉,就能体会杜甫"沉郁顿挫"的风格了。

第四点讲**韵律**。所谓韵律不等于格律,格律是近体诗规定的平仄格式,而韵律则是诗歌语言的一种音乐性,包括字音的清浊、开合及四声的搭配等。盛唐时殷璠编《河岳英灵集》,序言说:"词有刚柔,调有高下,但令词与调合,首末相称,中间不败,便是知音。"这里的"词与调合"就是指诗句韵律的和谐,即今天说的诗歌语言的音乐性。那绝不是平平仄仄平、仄仄平平仄那么简单的事。涉及韵律问题,古人使用的术语是"音节"。清代诗论家李重华《贞一斋诗说》曾说:

音节一道,难以言传。有略可浅为指示者,亦得因类悟入。如杜律"群山万壑赴荆门",使用"千山万壑",便不入调,此轻重清浊法也。又如龙标绝句"不斩楼兰更不还",俗本作"终不还",便属钝句,此平一定法也。又如杜五言"曲留明怨惜,梦尽失欢娱","怨惜"换作"怨恨",不稳叶,此仄声中分辨法也。

齐梁以来到初唐的诗人一直都在苦心探索和谐的韵律。所谓"四声""八病"的总结,多半出于避免恶声的意图。但音乐性是很微妙的,很难总结出什么清楚的规律,只能靠自己体会。所以清代诗论家方贞观《辍锻录》说:"音韵之说,消息甚微,虽千言万语,不能道破,惟熟读唐人诗,久而自得。"

我最初读到张潮《江南曲》,觉得后两句的韵律格外美妙:

茨菰叶烂别西湾,莲子花开人未还。妾梦不离江上水,人传郎在凤凰山。

后来看到第三句"妾梦不离江上水",有的版本如《唐音》《唐诗镜》等作"妾梦不离江水上",韵律顿时失色。从格律说,两个版本都合律,但读起来明显是"江上水"更和谐。为什么?"江上"是叠韵,好听;"江水上"是隔字叠韵,在唐人是一种病,即"八病"中的"小韵"。再加上"江水上"平声+上声+去声的结构,和"凤凰山"三个字相对,"上"和"山"只差一个后鼻音,声音过于接近,也不好听。所以"江水上"无论如何也不如"江上水"来得顺口悦耳。填词里也有类似的现象,比如李白《忆秦娥》"西风残照,汉家陵阙"两句,词谱规定"汉"字必须用去声。词中的很多领字也是这样,如"对潇潇暮雨洒江天"的"对"字,一定要用去声,表达一种急促而有力的情状,不能用上声。这就是韵律。诗词读得多了,能够体会到字音配合之妙,就能领略唐诗的韵律之美了。唐诗在这方面做得是最好的,宋以后的诗歌望尘莫及。

但宋以后的诗歌也有揣摩细致、用字熨帖的例子,比如蒋学坚《怀亭诗话》卷三指出:

昔人诗云:"五月临平山下路,藕花无数满汀洲。"或谓藕花盛于六月，何不曰"六月"而曰"五月"？不知改"五"为"六"，便不佳。此可为知者道，难与俗人言也。余谓"藕"字亦妙，若说"荷花"，便不成诗矣。

道理很简单，"五"和"藕"都是上声字，上声字念起来最能咬得住，换作入声字"六"、平声字"荷"，或急促或平缓，都咬不住，读起来就缺少起伏，不如"五月""藕花"抑扬有致。又如袁枚《随园诗话》卷四载己作《送黄宫保巡边》诗，有"秋色玉门凉"一句，蒋士铨看到说："'门'字不响，应改'关'字。"显然，蒋士铨的看法是有道理的，"关"比"门"读起来要响亮得多。

再举正反两个例子来品味一下。正面的例子是吴锡麒"酒人好似枫林叶，一日斜阳醉一回"，"斜阳"如果换作"夕阳"就不好听，因为"日""夕"两个入声字相连，声音太急促，出不来悠闲的味道。反面的例子是黄景仁《绮怀》其十六"结束铅华归少作，屏除丝竹入中年"，"丝竹"若换作"丝管"会更合调。"竹""入"两个入声相连太急促，用个上声字"管"略加摇曳，方显得骨重神寒。

对声音韵律的良好感觉是诗人最重要的禀赋，一首好诗不光要有好的意境，还需要好的韵律。能体会、认识到诗歌的声韵之美，也是读诗的基本能力，中文专业的学生如果不能熟练掌握诗词格律，不能通晓诗词的韵律之美，就不能算是合格的专业读者。

以上讲了欣赏唐诗的基本路径，大多数唐诗都可以从这些角度去解读、分析。但有时也会有这样的情况，就是读到一首诗，只觉得它好，却感觉无法从上面这些角度去谈它的优点。比如李白的《山中问答》：

> 问余何事栖碧山，笑而不答心自闲。桃花流水窅然去，别有天地非人间。

古人说凡有眼睛的人都知道它是好诗，却说不出它好在什么地方。遇到这种情况，不妨借姜夔的说法，称之为**自然高妙**。姜夔在《白石道人诗说》里指出：

> 诗有四种高妙：一曰理高妙，二曰意高妙，三曰想高妙，四曰自然高妙。……非奇非怪，剥落文采，知其妙而不知其所以妙，曰自然高妙。

这不是姜夔在故弄玄虚，诗写到想落天外、妙手偶得的境地，确实有一种难以言喻的自然高妙之美。"自然"一向是中国古代美学的至高境界，也是艺术家普遍追求的理想目标。有的诗论家称之为天趣，如宋释惠洪《冷斋夜话》卷四载：

> 吾弟超然善论诗，其为人纯至有风味。尝曰：陈叔宝绝无肺肠，然诗语有警绝者，如曰："午醉醒来晚，无人梦自惊。夕阳如有意，偏傍小窗明。"王维摩诘《山中》诗曰："溪清白石出，天寒红叶稀。山路元无雨，空翠湿人衣。"舒王百家衣体曰："相看不忍发，惨澹暮潮平。欲别更携手，月明洲渚生。"此皆得于天趣。予问之曰："句法固佳，然何以识其天趣？"超然曰："能知萧何所以识韩信，则天趣可言。"予竟不能诘，叹曰："溟涬然弟之哉！"

对那些只觉其妙而不知其所以妙的作品，我们只能称之为自然高妙，或天趣，无论在哪类艺术中都存在类似的情形。

最后再讲一点阅读唐诗应有的开放态度。作为中文专业的学生，阅读诗歌应该有较高的标准、趣味和判断力，至于如何养成，则广泛阅读是必不可少的。多读名家的经典之作，就能懂得真正的杰作好在哪里。但一味追逐名作，不看其他作品，也很难真正明白那些传世之作究竟好在哪里。鲁迅曾说好诗都被唐人写完了，于是陆侃如、冯沅君的《中国诗史》诗只写到唐为止。唐人真的把好诗都写完了，唐以后就没有好诗了吗？事实上一代有一代之诗，每个时代的诗歌都有其独擅之处。先师程千帆先生曾说，从唐诗入手的人往往会觉得宋诗佶屈聱牙，声韵不扬；而从宋诗入手的人则又会觉得唐诗写得很笨拙，不如宋诗那么灵巧。前人也有唐人尚情、尚韵，宋诗尚意、尚理的说法，无论从哪方面说，唐诗都不是无所不包、绝对完美、无法超越的。要知道，唐诗现存不过5万多首，有名的、被收入各种诗选的更少，这都是千百年不断淘洗出来的精品。时代越往后，诗歌经历淘汰的就越少。宋诗现存27万多首，元诗现存14万多首，明清两代更不知其数，经典化的路尤其漫长。清人别集今存尚有4万多种，其中一流诗人的作品，水准应不亚于唐诗。由于清代诗人身处夷夏、满汉、朝野、地域、学派、学问与文学等诸多复杂关系中，身世经历和情感体验都远比前代复杂、丰富，其诗作所开掘的思想、情感的丰富性及其艺术表达的深刻性往往有前人未及之境。总之，多读一些宋元以迄明清的诗歌，一定能在对比中更清楚地看出唐诗的成就和限度，更深入地体会唐诗的魅力所在。一句话，要多读唐诗，但不要被唐诗限制了自己的眼界。

目　录

003　　述怀　/ 魏徵
008　　在京思故园见乡人遂以为问　/ 王绩
011　　独不见　/ 沈佺期
017　　陆浑山庄　/ 宋之问
020　　春江花月夜　/ 张若虚
029　　于易水送人　/ 骆宾王
033　　在狱咏蝉　/ 骆宾王
036　　从军行　/ 杨炯
039　　巫峡　/ 杨炯
042　　望洞庭湖上张丞相　/ 孟浩然
045　　燕歌行　/ 高适
051　　白雪歌送武判官归京　/ 岑参
054　　芙蓉楼送辛渐　/ 王昌龄
061　　长干行　/ 李白

066	越中览古	/李白
069	清平调（三首）	/李白
074	峨眉山月歌	/李白
077	远别离	/李白
081	夜泊牛渚怀古	/李白
084	送友人	/李白
087	静夜思	/李白
090	息夫人	/王维
094	老将行	/王维
098	淇上送赵仙舟	/王维
102	观猎	/王维
106	送綦毋潜落第还乡	/王维
109	终南山	/王维
112	山居秋暝	/王维
114	使至塞上	/王维
116	和贾至舍人早朝大明宫之作	/王维
122	梦李白二首	/杜甫
128	野人送朱樱	/杜甫
133	哀江头	/杜甫
136	哀王孙	/杜甫
140	佳人	/杜甫
144	清明二首	/杜甫
148	江南逢李龟年	/杜甫

154	述怀	/ 杜甫
158	客至	/ 杜甫
162	江村	/ 杜甫
166	赠卫八处士	/ 杜甫
170	九日蓝田崔氏庄	/ 杜甫
174	追酬故高蜀州人日见寄	/ 杜甫
178	古柏行	/ 杜甫
181	奉赠韦左丞丈二十二韵	/ 杜甫
184	偶题	/ 杜甫
188	夜宴左氏庄	/ 杜甫
191	旅夜书怀	/ 杜甫
194	一百五日夜对月	/ 杜甫
197	病柏	/ 杜甫
201	阁夜	/ 杜甫
204	听弹琴	/ 刘长卿
208	湘灵鼓瑟	/ 钱起
212	送郭补阙归江阳	/ 李端
215	送薛良史往越州谒从叔	/ 崔峒
218	喜见外弟又言别	/ 李益
221	云阳馆与韩绅卿宿别	/ 司空曙
224	喜外弟卢纶见宿	/ 司空曙
227	题三闾大夫庙	/ 戴叔伦
229	女耕田行	/ 戴叔伦

231	除夜宿石头驿	/ 戴叔伦
233	春山夜月	/ 于良史
236	山下泉	/ 皇甫曾
238	咏史	/ 戎昱
242	山石	/ 韩愈
247	谒衡岳庙遂宿岳寺题门楼	/ 韩愈
252	去岁自刑部侍郎以罪贬潮州刺史，乘驿赴任。其后家亦谴逐。小女道死，殡之层峰驿旁山下。蒙恩还朝，过其墓，留题驿梁	/ 韩愈
257	华山女	/ 韩愈
262	八月十五夜赠张功曹	/ 韩愈
267	泷吏	/ 韩愈
271	九年十一月二十一日感事而作	/ 白居易
275	不致仕	/ 白居易
279	赋得古原草送别	/ 白居易
283	李白墓	/ 白居易
286	岁晚旅望	/ 白居易
289	遣悲怀三首	/ 元稹
296	行宫	/ 元稹
300	赋得春雪映早梅	/ 元稹
303	金铜仙人辞汉歌	/ 李贺
309	苏小小墓	/ 李贺
313	渔翁	/ 柳宗元

315	西塞山怀古	/ 刘禹锡
319	奉送李户部侍郎自河南尹再除本官归阙	/ 刘禹锡
321	题润州金山寺	/ 张祜
325	哭刘蕡	/ 李商隐
328	嫦娥	/ 李商隐
334	山行	/ 杜牧
336	台城	/ 韦庄
341	咸阳西门城楼晚眺	/ 许浑
344	淮上与友人别	/ 郑谷
348	春宫怨	/ 杜荀鹤
352	魏城逢故人	/ 罗隐
354	孤雁	/ 崔涂
359	惜花	/ 韩偓
364	附录一　唐诗发展概述	/ 张伯伟
405	附录二　唐诗文献综述	/ 周勋初
463	后记	/ 张巍

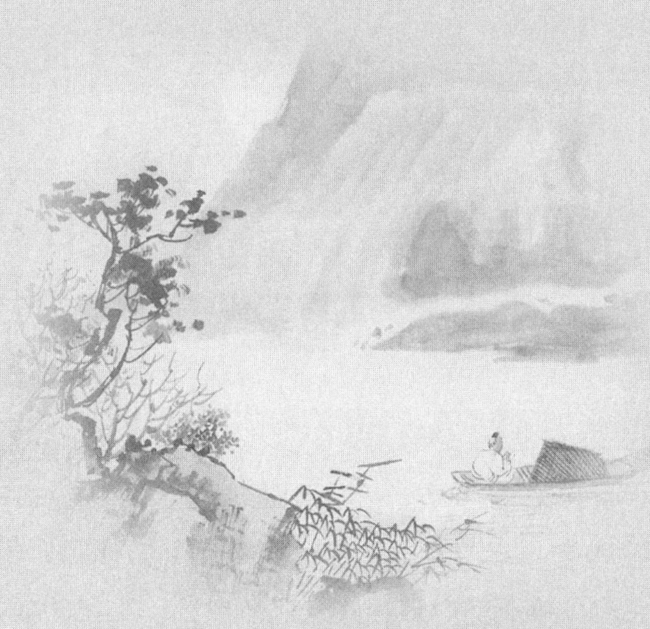

述　怀

魏　徵

中原初逐鹿，投笔事戎轩。纵横计不就，慷慨志犹存。杖策谒天子，驱马出关门。请缨系南粤，凭轼下东藩。郁纡陟高岫，出没望平原。古木鸣寒鸟，空山啼夜猿。既伤千里目，还惊九折魂。岂不惮艰险，深怀国士恩。季布无二诺，侯嬴重一言。人生感意气，功名谁复论？

隋义宁二年（618）五月，李渊在长安称帝，改元武德，唐帝国建立。当年十一月，魏徵自请安辑山东，乘传前往黎阳招降李密旧部。魏徵东出潼关时作《述怀》（一题《出关》）诗，此时上距唐朝开国只有半年，此诗无疑是写作年代最早的唐诗名篇。清人徐增评曰："此唐发始一篇古诗，笔力遒劲，词采英毅，领袖一代诗人。"（《而庵说唐诗》卷一）"发始"二字，非常准确。

魏徵是彪炳青史的初唐名臣，并不以文学著称，但此诗确为引领风骚的一代名篇。全诗风骨遒劲，气格刚健，正如明人叶羲昂所评："此已具盛唐之骨，离却陈、隋滞靡。"（《唐诗直解》卷一）明人陆时雍亦曰："是初唐一等格力。"（《唐诗镜》卷一）为什么此诗能在当时的诗坛上独领风骚？原来自南朝以来，诗风萎靡已经积重难返。不要说齐、梁宫体了，即使与宫体无关的其他诗人，作品也以咏物、宴饮为主要题材，除了鲍照、庾信等人的少数佳作外，罕有抒写人生感慨的性情之作。到了唐初，由于文学风尚的强大惯性,以唐太宗李世民为首的诗坛仍然沿袭前朝旧习。李世民一代英主,诗风却甚为绮靡,内容仍以咏物、宴饮为最多,像《咏芳兰》《赋帘》《春日玄武门宴群臣》《置酒坐飞阁》等诗,置之齐梁诗中,也难辨淄渑。李世民戎马半生,笔下当然会有涉及军旅题材之诗,但那些作品大多沿袭前代的乐府旧题,如其《拟饮马长城窟行》,与陆机、王褒乃至隋炀帝的同题作品大同小异,既缺少真切的亲身经历,更没有独特的个人感慨。在李世民的军旅诗中,与其亲身经历相关的首推《入潼关》:"崤函称地险,襟带壮两京。霜峰直临道,冰河曲绕城。古木参差影,寒猿断续声。冠盖往来合,风尘朝夕惊。高谈先马度,伪晓预鸡鸣。弃繻怀远志,封泥负壮情。向有真人气,安知名不名。"此诗当作于隋义宁元年(617)十二月,李世民徇东都还师进入潼关时,比魏徵的《述怀》早一年。此诗前六句写潼关的地理、地貌及景色,尚称词采壮伟。可是后八句却用典故杂凑,语意不振,难称佳作。更严重的是李世民东征西讨、戎马倥偬的人生经历,在诗中几乎无迹可睹。魏徵的《述怀》则直叙生平,直抒胸臆,是一首名副其实的咏怀诗。此诗发端开门见山,用"中原初逐鹿,投笔事戎轩"二句,写隋末天下大乱的局势,以及诗人弃文从武的经历,叙事简要,为下文抒写胸怀做了很好的铺垫。若与《旧唐书·魏徵传》中"少孤贫,落拓有大志。……见天下渐乱,尤属意纵横之说"的记载对读,可见此诗确有自传性质。"纵横计不就,慷慨志犹存"二句,乃由诗人先投李密,曾献奇谋而未被采纳,后随密降唐的一段人生经历浓缩而成,并以抒情包举叙事,笔墨洗练。从"杖策谒天子"句起,叙事、抒感渐趋细密,且伴以真切生动的描写。魏徵入唐后久不见知,乃自请安辑山东。朝廷授以秘书丞,驱传至黎阳,以招降李密旧部。"请缨"二句揭示此行身负平定天下的重任,义正词严。"郁纡"以下四句细写道途艰辛之状,表面上都是说自然景象,其实也暗示兵燹连年、人烟稀少的社会现状。"既伤"以下八句,转为直抒胸怀。诗人为何不惮艰险、千里奔波?原因是"深怀国士恩"。魏徵遗书李密旧部徐世勣云:"生于扰攘之时,感知己之遇。"他日后奉太宗之命安辑河北时对副使曰:"主上既以国士见待,安可不以国士报之乎？"古代烈士豫让不惜牺牲生命为智伯报仇，声称："智伯国士遇我，我故国士报之。"魏徵对此深表认同。守信义，重然诺，这就是魏徵心中的道义标准。在这个前提下，他以尾联揭示全诗主旨："人生感意气，功名谁复论！"应该指出，当魏徵写《述怀》诗时，他的人生事业才刚刚开始。魏徵作为一代名臣的主要事迹是日后奋不顾身地面折廷争，从而为贞观盛世的建构做出卓越贡献，故其殁后，太宗叹曰："以人为镜，可以明得失。……今魏徵殂逝，遂亡一镜矣！"但是魏徵一生志业的精神根基，已由"人生感意气，功名谁复论"之语表露无遗。可以说，《述怀》一诗清晰地展示了魏徵的精神风貌，从而与南朝以来"彩丽竞繁，刚健不闻"的诗风划清界限，并以刚健雄壮的风格倾向在初唐诗坛上独树一帜。

即使仅从艺术成就而言，《述怀》诗也是初唐诗坛的一首杰作。沈德潜评曰："气骨高古，变从前纤靡之习。盛唐风格，发源于此。"（《重订唐诗别裁集》卷一）诚非虚誉。试从以下三端简论之。一是辞采兼有壮丽与质朴的特点，从而与齐梁以来一味雕饰辞藻的绮靡诗风划清界限。比如对仗的运用就是恰到好处，全诗十联，除首尾两联外，中间的八联中七联皆对，且相当工整，但"岂不惮艰险，深怀国士恩"一联却未用对仗，可见此诗中对仗手段的运用是服从诗意需要的，这就与齐梁诗的强求俪偶有所不同。二是典故的运用恰到好处。试以此诗与上引唐太宗之《入潼关》相比。《入潼关》诗中共用四典："伪晓预鸡鸣"句用孟尝君门客学鸡鸣催开关门故事，"弃繻怀远志"句用终军过关弃繻故事，"封泥"句用王元"请以一丸泥为大王东封函谷关"之语，末二句则暗用老子出关时关令尹喜见其气而知真人当过的故事，四典皆与"过关"相关，但原典皆指函谷关，用来咏潼关颇似杂凑，像老子过关之典就离题甚远，而"伪晓"之句尤其比拟不伦。魏诗共用五典，皆能紧扣自身境遇或情怀，并不凑合"出关"的题旨。比如"投笔事戎轩"句用班超投笔从戎故事，以示"大丈夫无它志略，犹当效傅介子、张骞立功异域，以取封侯，安能久事笔砚间乎"之志，与自身志向切合无间。又如"请缨"二句分用终军"愿受长缨，必羁南越王而致之阙下"之典，以及郦食其凭轼而下齐城七十座之典，以咏自身请命安辑山东之事，十分确切。后来魏徵果然成功招降李密旧部徐世勣（徐归唐后赐姓李氏，终成一代名将），"凭轼下东藩"之志如愿实现。再如"季布"二句分用"楚人谚曰：'得黄金百斤，不如得季布一诺'"之语典及侯嬴为报答信陵君国士之遇而以自杀殉之之事典，从而强调自己重然诺、感意气的精神本质，且与"深怀国士恩"的上句以及"人生感意气"的下句桴鼓相应，可见其用典之精确、妥帖。三是声律和谐而不失刚健，恰到好处地配合了诗情的抑扬起伏。清人翁方纲评曰："对句一连五句，皆第二字仄，第四字平；又一连五句，皆第二字平，第四字仄。而却峻嶒之极，又谐和之极。读此一首，则上而六朝，下而三唐，正变源流，无法不备矣。"（《五言诗平仄举隅》）这是一个极其细致的观察。从南朝沈约等人的"回忌声病，约句准篇"到唐代近体诗格律的建立，初唐诗正处于一个过渡阶段。就声律与排偶二者而言，魏诗也属于五言诗尚未明确分化成古体与今体的一种混沌状态。但此诗毕竟已经注意到在句中平仄交替，且在全篇中安排不同的平仄句式，这说明诗人对南朝新体诗的艺术成就并未像后来的陈子昂那样一笔抹煞，从而对唐诗的格律化有所贡献。可惜魏徵作诗太少，未能发挥足够的影响。但无论如何，《述怀》诗的艺术水准是不可低估的。

魏徵一生的志业与贡献，不在文学而在政治。但是魏徵亲撰的《隋书·文学传论》表明他对文学有深刻的认识，他充分理解文学的重要性："然则文之为用，其大矣哉！上所以敷德教于下，下所以达情志于上，大则经纬天地，作训垂范；次则风谣歌颂，匡主和民。或离谗放逐之臣，途穷后门之士，道坎坷而未遇，志郁抑而不申，愤激委约之中，飞文魏阙之下，奋迅泥滓，自致青云，振沈溺于一朝，流风声于千载，往往而有。是以凡百君子，莫不用心焉。"隋祚短促，唐朝在文化上直接南北朝，故初唐时文风尚未统一。魏徵对南北文风之异同看得十分清晰："江左宫商发越，贵于清绮；河朔词义贞刚，重乎气质。气质则理胜其词，清绮则文过其意。理深者便于时用，文华者宜于咏歌，此其南北词人得失之大较也。若能掇彼清音，简兹累句，各去所短，合其两长，则文质斌斌，尽善尽美矣。"如上所述，《述怀》一诗虽未达到"尽善尽美"，但堪称初唐诗坛上"文质斌斌"的典范之作。在大唐帝国的开国元年就出现了《述怀》这样的杰作，标志着一部唐诗的良好开篇。

（莫砺锋）

在京思故园见乡人遂以为问

王　绩

　　旅泊多年岁，老去不知回。忽逢门前客，道发故乡来。敛眉俱握手，破涕共衔杯。殷勤访朋旧，屈曲问童孩。衰宗多弟侄，若个赏池台？旧园今在否，新树也应栽？柳行疏密布，茅斋宽窄裁？经移何处竹，别种几株梅？渠当无绝水，石计总生苔？院果谁先熟，林花那后开？羁心只欲问，为报不须猜。行当驱下泽，去剪故园莱。

《四部丛刊续编》影印明赵琦美脉望馆钞本王绩《东皋子集》卷中载《在京思故园见乡人遂以为问》一诗，清人《全唐诗》卷三七则题作《在京思故园见乡人问》，两题相较，前者为优，故从之。马茂元先生《唐诗选》中选录此诗，且评曰："这诗继承古乐府的传统，质而不俚，浅而能深，真切感人。诗中连问十二句，而不作答，构思之奇，出人意表。……陆机《门有车马客行》等在叙述遇乡人后，都正面描写故乡之萧条，乡思之悲切。这里只问不答，却给读者留有无穷回想余地。"的确，有问无答是此诗最大的特点。盛唐王维《杂诗》云："君自故乡来，应知故乡事。来日绮窗前，寒梅著花未？"固然更加凝练，但此种构思的原创性则属于王绩。至于艺术水准，则王维诗以简洁见长，王绩诗以细致为优，春兰秋菊，各有所长。王绩于唐高祖武德五年（622）待诏门下省，数年未得委用，至唐太宗贞观元年（627）遂托疾罢归。此诗当作于罢归前不久，诗中所问诸端，从亲朋宗族直到园池树木,全面地表达了对故乡情况的关切和思念,从而导出即将辞官归田之念。叙事委曲周详,风格清新自然,是初唐诗坛上难得一见的好诗。至于诗中所写在长安偶遇乡人之事,或出于假托也未可知。

然而脉望馆本《东皋子集》于此诗后附录朱仲晦《答王无功问故园》(亦见于《全唐诗》卷三八)一首,诗云:

> 我从铜州来,见子上京客。问我故乡事,慰子羁旅色。子问我所知,我对子应识。朋游总强健,童稚各长成。华宗盛文史,连墙富池亭。独子园最古,旧林间新坰。柳行随堤势,茅斋看地形。竹从去年移,梅是今年荣。渠水经夏响,石苔终岁青。院果早晚熟,林花先后明。语罢相叹息,浩然起深情。归哉且五斗,饷子东皋耕。

康金声、夏连保先生根据此诗而在《王绩集编年校注》(山西人民出版社1992年版)附录的《王绩年谱》的唐太宗贞观元年条下曰:"诗中所言乡人指朱仲晦,《全唐诗》卷三十八有朱仲晦《答王无功问故园》诗一首,诗末有'语罢相叹息,浩然起深情。归哉且五斗,饷子东皋耕'诸语。盖朱氏既知绩难以为用,遂劝其罢退。"无独有偶,在《历代怨诗趣诗怪诗鉴赏辞典》中,姜光斗先生将王绩与朱仲晦的两首诗一并选入,且评前者曰:"王绩久客京华,正在十分思念故园的时候,忽然碰到老乡朱仲晦,他是何等高兴啊!于是,一面热情招待他,一面提出一连串的问题,向他了解故园的情况。从琐琐屑屑、絮絮叨叨的提问中,可见诗人对故乡的深厚感情。"又评后者曰:"朱仲晦并没有辜负王绩的希望,他满腔热情地对王绩所提出的问题一一做了具体的回答。答诗同样写得亲切而有味。"从表面上看,上述推断是有根有据的,其分析也合情合理。但是朱仲晦果真是王绩的乡人吗?我们在唐代史料中找不到此人的蛛丝马迹。宋代倒是有一个朱仲晦,他就是理学家朱熹。朱熹字元晦,一字仲晦,号晦庵、晦翁。那么这首《答王无功问故园》真是朱熹写的吗?当然是,佟培基先生在《全唐诗重出误收考》(陕西人民教育出版社 1996 年版）中指出："朱仲晦为朱熹，见《晦庵先生朱文公集》四及《宋诗钞》二册《文公集钞》，乃朱熹拟答之作，《全诗》误收。"我们知道，朱熹身后不久，"庆元党禁"得以弛禁，其后人及门人即开始为他编纂文集。经过其季子朱在和弟子黄士毅等人的相继努力，一百五十卷本与百卷本的《晦庵先生文集》相继问世，后来还衍生出其他各种版本。无论是何种版本的朱熹文集，《答王无功问故园》这首诗都赫然在目，其文献依据是确凿无疑的。《全宋诗》根据各种版本的朱熹文集编录朱诗，即将此诗收入其卷二三八六，题作《答王无功在京思故园见乡人问》，正文则与上引者完全一致。所以《答王无功问故园》的作者朱仲晦就是宋人朱熹，根本不是与王绩同时代的"乡人"！

"朱仲晦"并非王绩的乡人，《答王无功问故园》这首诗并非乡人对王绩的回答，这个事实是不是有点煞风景？一点也不，因为我们可以从中得到两个有意义的结论。首先，古代文学中存在着异代对话的现象。初唐诗人王绩宦游长安，思念家乡，写作此诗以抒发归隐之念，可惜当时无人与他对话。时隔五百余年，朱熹读到此诗，拟作答诗，来与王绩亲切交谈。就像唐人柳宗元作《天对》，来回答千年以前屈原在《天问》中提出的一百七十多个问题一样，这种异代对话证明中华传统文化是一条永不停息的长河，其中包含着许多一脉相承的思考对象与价值导向，它们促进了传统文化的不断提升与逐步深化。其次，朱熹这位理学宗师，居然戏拟此诗来与唐代诗人进行对话，说明宋代理学家并不像人们想象的那样终日正襟危坐，思想古板固执。相反，他们也有思想活泼、趣味盎然的一面。若非热爱文学，若非热爱生活，朱熹岂能写作此诗？若无灵心慧性，若无生花妙笔，朱熹岂能将此诗写得妙趣横生，以至乱假成真？唐诗与宋诗本是千年诗史中一脉相承的两个阶段，正如清人叶燮所云："唐诗则枝叶垂荫，宋诗则能开花。"（《原诗》卷二）朱熹与王绩异代唱和的这两首诗便是一个有趣的例证。

（莫砺锋）

独不见

沈佺期

卢家少妇郁金堂，海燕双栖玳瑁梁。
九月寒砧催木叶，十年征戍忆辽阳。
白狼河北音书断，丹凤城南秋夜长。
谁为含愁独不见，更教明月照流黄。

凡是古典文学的名篇，都经过后人的反复讨论。当我们阅读古典名作时，前人的议论是帮助我们准确解读的重要参考。例如初唐诗人沈佺期的《独不见》载于《唐诗三百首》，可谓家喻户晓的名篇。关于此诗曾发生过许多争议，对我们解读此诗很有启发。

先看关于此诗的写作背景的议论。此诗题作《独不见》，初读者也许会觉得这个标题有点古怪。原来"独不见"是乐府古题，宋人郭茂倩的《乐府诗集》卷七十五中就有此题，题下共有七首作品，最早的一首出于梁代柳恽之手，内容是宫怨，诗的最后两句是"奉帚长信宫，谁知独不见"，诗题即来源于此。郭书引《乐府解题》曰："'独不见'，伤思而不得见也。"这个题解也与柳恽的诗相吻合。列于柳恽诗后的同题作品分别出于沈佺期、王训、杨巨源、李白、戴叔伦、胡曾等六人之手（按：王训为南朝梁代人，理应列于沈佺期之前），其中李、胡二首的内容与沈佺期的相同，都是咏征人妇，其他四首则写宫怨。当然，宫怨也好，征人妇也好，都可归入"伤思而不得见也"的主题范围，所以《乐府诗集》的归类仍是合理的。但是，"独不见"

并不是沈佺期这首诗最初的标题。现存收录此诗的最早文献是敦煌残卷《珠英学士集》，题作"古意"。《珠英学士集》是崔融所编，崔融与沈佺期同时，其《珠英学士集》即集武后时参编《三教珠英》的学士李峤、沈佺期等人之诗作而成。所以《珠英学士集》所载的沈诗肯定最接近作品的原貌，也就是说这首诗的原题应作"古意"。在北宋初期编成的《文苑英华》卷二〇五中，此诗也题作"古意"。此外，在五代韦縠所编的《才调集》卷三中，此诗题作"古意呈乔补阙知之"。明代正德年间王廷相刻本《沈佺期诗集》也作此题。"古意"与"古意呈乔补阙知之"可称同一个标题的两种形式，即简本和繁本。当然，也不排除"呈乔补阙知之"本是该诗的题下注，几经传抄，便与诗题合而为一了。从文献学的角度来看，"古意"应该是此诗的原题，而"独不见"很可能是郭茂倩编《乐府诗集》时所改之题（沈诗中有"谁为含愁独不见"之句，与柳恽之《独不见》有传承关系）。郭茂倩是北宋后期人，《乐府诗集》的年代不但晚于《珠英学士集》，也晚于《才调集》和《文苑英华》，虽然《独不见》的标题后来居上，成为沈佺期这首诗最广为人知的题目，但它不是沈佺期自己起的诗题。

由于此诗一题《古意呈乔补阙知之》，它便与另一位初唐诗人乔知之发生了关系，从而引起了后人对此诗写作意图的推测。清人毛奇龄说："沈詹事《古意》，《文苑英华》与本集题下皆有'赠补阙乔知之'六字。因詹事仕则天朝，适乔知之作补阙，其妾为武承嗣夺去，补阙剧思之，故作此，以慰其决绝之意。言比之征夫戍妇，无如何也。故结云'谁谓'，言不料其至此也。后补阙竟以此事致死，此行文一大关系者。自选本删题下六字，遂昧此意久矣。"（《西河诗话》）此种说法符合事实吗？

乔知之与沈佺期同时，《全唐诗》中存其诗一卷。乔知之的婢妾被武则天的侄儿武承嗣夺走是历史事实，最早记载于《朝野佥载》卷二："周补阙乔知之有婢碧玉，姝艳能歌舞，有文华，知之时幸，为之不婚。伪魏王武承嗣暂借教姬人妆梳，纳之，更不放还知之。知之乃作《绿珠怨》以寄之，其词曰：'石家金谷重新声，明珠十斛买娉婷。此日可怜偏自许，此时歌舞得人情。君家闺阁不曾观，好将歌舞借人看。意气雄豪非分理，骄矜势力横相干。辞君去君终不忍，徒劳掩袂伤铅粉。百年离恨在高楼，一代容颜为君尽。'碧玉读诗，饮泪不食，三日，投井而死。承嗣撩出尸，于裙带上得诗，大怒，乃讽罗织人告之。遂斩知之于南市，破家籍没。"此事在新、旧《唐书》与《资治通鉴》中都有记载，唯《旧唐书》中记婢女之名为"窈娘"。这个故事堪称哀感顽艳。按当时的社会习俗，士大夫绝对不能娶地位低微的婢女或歌妓为正妻。中唐诗人元稹追咏青年时代的艳遇云："一梦何足云，良时自婚娶。"（《梦游春七十韵》）就可窥见此中消息。乔知之对碧玉真心爱怜，又无法娶她为妻，竟因此而"不婚"，可算是一个情痴情种了。可惜碧玉的美貌为武承嗣所垂涎，而武承嗣又是一个炙手可热、无法无天的权贵，于是酿成了一段凄美绝伦的爱情悲剧。乔知之的《绿珠怨》咏的是晋代石崇的爱妾绿珠遭权贵孙秀抢夺并跳楼自杀的故事，没想到竟成诗谶：碧玉投井自杀，乔本人也被武承嗣迫害处死，正像当年绿珠自杀而石崇被孙秀害死一样。乔知之称不上是著名诗人，但这首《绿珠怨》却传诵甚广，毕竟是渗入了自己的真情实感，所以真切感人。南宋的洪迈把此诗拆成三首七绝，编进《万首唐人绝句》，更促进了它的流传。

乔知之与碧玉的遭遇在当时是人所共知的，作为乔知之朋友的沈佺期当然也不例外。但是说沈诗《古意》就是因此事而作，却没有充足的理由。乔知之在新、旧《唐书》中均有传，他在武后时任左补阙，垂拱二年（686）左豹韬卫将军刘敬同出师北征同罗、仆固，乔知之受敕摄侍御史护其军，这在陈子昂的《燕然军人画像铭》中有明确记载。沈佺期的《古意》当即作于此时，故称乔为"补阙"。待到此役毕后，乔知之回朝并迁左司郎中。碧玉被夺事发于载初元年（690），也即天授元年（是年十月改元天授），这在《本事诗》中有明确记载："时载初元年三月也。四月下狱，八月死。"《本事诗》中称乔知之为"左司郎中"，也很准确。乔知之被杀一事，《唐历》和《新唐书·则天皇后纪》都系于天授元年，当无舛误。唯《资治通鉴》系于神功元年（697），陶敏、傅璇琮著《唐五代文学编年史·初盛唐卷》中已辨其误。

所以当沈佺期作《古意》以赠乔知之并称他为"补阙"时，碧玉被夺之事尚未发生，沈佺期不能未卜先知。也就是说，毛奇龄对《古意》作意的解释不能成立。所谓的"言比之征夫戍妇，无如何也"的诗意释读，更是十分勉强，这正是论诗刻意求奇的毛奇龄的又一怪论。

那么，沈佺期为何要把这首《古意》赠送给乔知之呢？我推测有两个原因：一是乔知之作诗爱写有关怨妇或男女相思的题材，在今存的十八首乔诗中，就有好几首与此类题材有关，如《长信宫中树》《弃妾篇》《定情篇》等。更值得注意的是这首《和李侍郎古意》："妾家巫山隔汉川，君度南庭向胡苑。高楼迢递想金天，河汉昭回更怆然。……"还有这首《从军行》（一题《秋闺》）："南庭结白露，北风扫黄叶。此时鸿雁来，惊鸣催思妾。曲房理针线，平砧捣文练。鸳绮裁易成，龙乡信难见。窈窕九重闺，寂寞十年啼。纱窗白云宿，罗幌月光栖。云月隐微微，夜上流黄机。玉霜冻珠履，金吹薄罗衣。汉家已得地，君去将何事？宛转结蚕书，寂寥无雁使。生平荷恩信，本为荣华进。况复落红颜，蝉声催绿鬓。"从诗题到诗意，再到字句，都与沈佺期的《古意》如出一辙。因此，当沈佺期写出以征人妇为主题的《古意》后，就把乔知之引为诗道同好而赠诗予之。二是乔知之曾有随军北征的经历，沈诗既写征人、思妇之事，便将它题赠给即将出征的乔知之。或者沈诗就是为送乔出征而作，也未可知。沈诗称乔知之为"补阙"，而"补阙"的官职为垂拱元年所设，乔知之以左补阙的身份从军北征则在垂拱二年，陶敏先生在《沈佺期宋之问集校注》中将此诗系于垂拱二年"前后"，虽不够坚确，但相当合理。

此诗有多处异文，例如首句一作"卢家少妇郁金香"，沈德潜说："《乐府》：'卢家兰室桂为梁，中有郁金苏合香。'应是'郁金香'，别本作'堂'者非。"（《唐诗别裁集》卷十二）其实"郁金"乃一种香料，古代富贵人家用之和泥涂壁以取其香气，"郁金堂"即富丽华贵之堂屋，这与次句的"玳瑁梁"互相呼应，如作"郁金香"，则与次句文气不接。第四句中的"木叶"一作"下叶"，末句的"更教"一作"使妾"，孰优孰劣，都曾引起争议，限于篇幅，暂不置论。值得注意的是后人对于此诗与乐府诗关系的讨论。清人方东树说："此诗只首句是作旨本义，安身立命正脉。盖本为荡妇室思之什，而以卢家少妇实之，则令人迷，如《古诗》以'西北''高楼''杞梁妻'实歌曲一样笔意。本以燕之双栖兴少妇独居，却以'郁金堂''玳瑁梁'等字攒成异彩，五色并驰，令人目眩，此得齐梁之秘而加神妙者。"（《昭昧詹言》卷十五）方氏所说的《古诗》指《古诗十九首》之五。其中有"西北有高楼，上与浮云齐"以及"谁能为此曲，无乃杞梁妻"等句。这种"笔意"就是在普泛性质的叙写中嵌入一个有名有姓的真实人物（包括传说中的人物），从而化虚为实。"卢家少妇"即传说中的"莫愁"，梁武帝《河中之水歌》咏莫愁故事云："十五嫁为卢家妇，十六生儿字阿侯。卢家兰室桂为梁，中有郁金苏合香。"显然，沈诗中的"卢家少妇"并不真指"莫愁"，而只是代指一位家境富足的少妇，这正是传统的乐府写法。尾联的字句也与乐府有关，"独不见"三字见于齐梁乐府诗，"流黄"也见于古乐府《相逢行》之"中妇织流黄"。清人潘德舆说此诗"纯是乐府"（《养一斋诗话》卷八），确有几分道理。正如王夫之所说："以乐景写哀，以哀景写乐，一倍增其哀乐。"（《姜斋诗话》卷上）此诗首联用浓墨重彩描写少妇居室之华丽，正为反衬其心情之孤寂哀伤，这与用"海燕双栖"来反衬人单影只是同样的道理。从首联到颔联，场景从室内移向室外之寒砧木叶，情思则从眼前移向远方，细针密线而不见痕迹。颈联单承第四句，分写远征之戍人与居家之思妇。王夫之评其章法曰"从起入颔，羚羊挂角；从颔入腹，独茧抽丝"（《唐诗评选》卷四），堪称的评。尾联写少妇之愁无人得知，只有月光映照织机，明人胡应麟批判说"结语几成蛇足"（《诗薮·内编》卷五）。其实正如清人吴乔所云，此乃"完上文寄衣之意"（《围炉诗话》卷二），也即与"九月寒砧催木叶"之句互相呼应。因为"寒砧"者，捣衣之声也。"流黄"者，制作寒衣之织物也。在萧瑟的秋风中，长夜不眠的思妇正为远戍的征人赶制寒衣，这是何等生动的一幅思妇怀远图！

　　从体裁来看，《古意》既是一首乐府诗，又是一首七言律诗，《唐诗三百首》将它归入"七律·乐府"类，非常妥当。《古意》既是七律，后人便从七律发展史的角度对它有所评论，并涉及所谓"唐人七律第一"的争论。据明人杨慎云，何景明、薛蕙认为《古意》是唐人七律之"第一"（《升庵诗话》卷十）。早在何景明之前，南宋的严羽曾将崔颢的《黄鹤楼》誉为唐人七律第一（见《沧浪诗话·诗评》）。在何景明之后，胡应麟和潘德舆又将杜甫的《登高》推为唐人七律第一（详见《诗薮·内编》及《养一斋诗话》卷八）。如果不考虑三篇作品产生的时代，当然是胡应麟和潘德舆的观点更为公允。但事实上沈佺期、崔颢和杜甫的这三首诗分别属于七言律诗发展史中的三个阶段，所以不宜进行简单的类比。我们知道，七言律诗这种诗体滥觞于六朝，定型于初唐。赵昌平先生曾仔细考察初唐七律的发展过程，得出了"七律成熟于中宗景龙年间"的结论（详见其《初唐七律的成熟及其风格溯源》）。"景龙"共四年（707—710），沈佺期的《古意》写于垂拱二年（686），即在景龙之前二十余年。崔颢《黄鹤楼》大约作于开元十年（722），比景龙晚十余年。而杜甫《登高》则作于大历二年（767），比景龙晚五十余年。赵昌平说七律成熟于景龙年间，其实此时成熟的仅是七律的体制，即平仄、对仗等形式。七律在艺术上的真正成熟是到杜甫手中才完成的。所以说，当沈佺期写《古意》的时候，七律这种诗体还远未成熟。让《古意》与《黄鹤楼》《登高》在同样的标准下登台赛艺，显然不够公平。而且《古意》除了六、七两句的第五个字以外，全诗平仄合律。在对仗方面，颈联相当工整，颔联的后五字虽非工对，但也可算是宽泛意义上的成对。至于意脉，则全诗一气流转，全无七言律诗常见的板滞之病。再加上音调抑扬顿挫又流转自如，字句色泽丰润而沉着稳妥，其艺术水准在初唐的一百多首七言律诗中堪称鹤立鸡群。所以我完全同意友人孙琴安先生对《古意》的论断：此诗虽然说不上"唐人七律第一"，但"可谓初唐七律第一"（《唐七律诗精评》）。

（莫砺锋）

陆浑山庄

宋之问

归来物外情，负杖阅岩耕。
源水看花入，幽林采药行。
野人相问姓，山鸟自呼名。
去去独吾乐，无能愧此生。

宋之问虽然以文才冠绝一时，但毕生攀附权贵，沉陷在权力斗争的政治旋涡中而不能自拔。神龙元年（705）正月，宰相张柬之等逼武则天退位，迎立中宗，宋之问与杜审言等因依附佞臣张易之、张昌宗，悉遭贬谪。宋之问被贬为泷州（今广东罗定市）参军，不过他并未在泷州滞留多久，翌年春就潜逃回洛阳，探测朝廷的政治动向，图谋再获重用。五律《陆浑山庄》可能是他回到位于河南府陆浑县（今河南嵩县东北）的庄园后所作。

经历南方蛮烟瘴雨之苦的宋之问，回到邻近副都洛阳的陆浑山庄，全身心感到从未有过的安宁和愉悦。这种欣悦的心情不只缘于自然环境的舒适，更缘于脱离贬谪羁束之所的自由舒畅。诗的首句"归来物外情"，劈空而起点明题旨，同时定下了全诗轻快的情绪基调。

唐代士大夫多在城郊置有别业，供休暇时居住，同时利用田产获得部分经济收入。宋之问的陆浑山庄显然也是有一定规模的田产，次句的"阅"字点出自己的业主身份，说明阅岩耕是巡视山地，检阅农事，而不是休闲游览，承起句"归来"二字，暗示了个人身份的转变。"负杖阅岩耕"一句看上去像平常叙事，却字字精当，不可移易。先看"负杖"，古人年届五十已入老境，出行扶杖是常事，但作者巡视山地，须攀岩而上，无法拄杖而行，只得背着杖走，这是写人。再看"岩耕"，既说明了山庄地貌，同时也包括了劳作者在内，比直接说山地意思丰富得多。

　　在起联总叙巡视庄田之后，中间两联分述出行的所遇所见。颔联先自叙，用了倒装句式，本意是说沿着涧水看花深入，无意中来到源头；为了搜采药草，不知不觉走进幽静的密林。"源水""幽林"提到句首，就突出了走近水的源头和密林深处的意外惊奇之感，读来比"看花入源水，采药行幽林"这样的写法更有趣味。颈联再写所遇见的人和物，这里的"野人"应该不是作者的佃户，而是附近的山民，所以不认识作者，殷勤地请教姓氏。这一情节有可能是事实，也可以是虚构，用意只有一个：表明自己的装束和普通百姓一样，野外相遇全然没有距离感。官服本来会带来威严，但自从经历贬谪，官场对他来说就只是一个不堪回首的噩梦，回到自然山林中，以普通人的身份与山民见礼，反而更让他感觉自然和亲切。人犹如此，鸟更不用说，对诗人咕咕啼叫着，仿佛自报姓名。根据崔豹《古今注》的记载："南方有鸟名鹧鸪，其名自呼，向日而飞。"则这里的山鸟显然就是鹧鸪。"山鸟自呼名"的写法很风趣，后来苏东坡《海外》诗袭其意，写成"花曾识面香仍好，鸟不知名声自呼"一联，到元代萨都剌干脆就原样搬到自己《玉山道中》诗里。宋之问这里将鸟自呼名与野人的殷勤相问对举，使山野自然平添一重人情之美，正好与刚刚摆脱的严酷的流贬境遇形成鲜明对照，强化了"归来物外情"的主题。

　　结联紧承诗意的发展，顺势将这愉悦心情升华为独善其身的意念。"去去"两个叠字具见作者不可遏制的急切情态，向读者表明了要与官场决裂、只求独善己身的决心。但这么写有个问题，按照传统观念，"天下有道则见，无道则隐。邦有道，贫且贱焉，耻也"（《论语·泰伯》）。生当盛世而以"独吾乐"傲世，这非但背离了士大夫立身处世的原则，对朝廷也是个不小的讽刺，显然是不合时宜的。为此宋之问追加了"无能愧此生"一句结束全诗，使独乐的念头避免涉及宦海风波,而将理由归咎于自己的无能,且表达了辜负盛世的惭愧之意,这就委婉地避免了忧谗畏讥的嫌疑。尽管这未必是作者的真心话,而且他的结局也证实他并未践行隐退山林之志,但就诗的立意而言,确实如清代诗论家贺裳所说,"虽违心之言,却辞理兼至"(《载酒园诗话》)。

自陶渊明的作品行世,不为五斗米折腰,宁弃轩冕而归隐田园,就成为诗歌中习见的主题。如何将这个老生常谈的意思表达得自然而不矫情,是一件不容易的事。宋之问这首五律,完全跳过"久在樊笼里",而直接从"复得返自然"写起,首句点题,中间以富有生活气息的细节渲染乡居生活的舒适和人情味,最后以谦卑的态度委婉地表明自己的志向,很自然地完成了主题的提炼和表现,堪称同类作品中的上乘之作。

(蒋寅)

春江花月夜

张若虚

春江潮水连海平，海上明月共潮生。滟滟随波千万里，何处春江无月明？江流宛转绕芳甸，月照花林皆似霰。空里流霜不觉飞，汀上白沙看不见。江天一色无纤尘，皎皎空中孤月轮。江畔何人初见月？江月何年初照人？人生代代无穷已，江月年年只相似。不知江月待何人，但见长江送流水。白云一片去悠悠，青枫浦上不胜愁。谁家今夜扁舟子，何处相思明月楼？可怜楼上月徘徊，应照离人妆镜台。玉户帘中卷不去，捣衣砧上拂还来。此时相望不相闻，愿逐月华流照君。鸿雁长飞光不度，鱼龙潜跃水成文。昨夜闲潭梦落花，可怜春半不还家。江水流春去欲尽，江潭落月复西斜。斜月沉沉藏海雾，碣石潇湘无限路。不知乘月几人归，落月摇情满江树。

张若虚的《春江花月夜》，现代读者谁人不知、谁人不晓？它是公认的唐诗名篇，但事实上这首诗曾经长期不被重视，作者也其名不彰，以致我们对张若虚的生平只能做一个极其简单的介绍。张若虚，生卒年不详，扬州人。文辞俊秀，与贺知章、包融、张旭齐名，号称"吴中四士"。曾官兖州兵曹，此外的生平事迹无从考知。近人胡小石先生曾撰《张若虚事迹考略》，也十分简略。因为文献不足，所以早在明代，高棅在《唐诗品汇》中已将他列入"有姓氏，无字里世次可考"之列。正像南朝的钟嵘在《诗品》中评鲍照所云："嗟其才秀人微，故取湮当代。"张若虚的文集，在《旧唐书》的《经籍志》和《新唐书》的《艺文志》中都没有著录，可见早已散佚。在收录唐诗较多的《文苑英华》《唐文粹》等总集中也不见张若虚的作品。幸亏南、北宋之交的郭茂倩所编的《乐府诗集》中收录了其《春江花月夜》，这篇杰出的诗歌才得以保存下来。清人编纂《全唐诗》，只收集到张若虚的两首诗作，一首就是《春江花月夜》，另一首则是平常无奇的《代答闺梦还》。张若虚在现代成了无人不知的唐代著名诗人，全靠《春江花月夜》这一首作品。正如近人王闿运所说："孤篇横绝，竟为大家！"

"春江花月夜"原是乐府旧题。据《乐府诗集》的记载，它原属"清商曲辞"之"吴声歌曲"，最早写作此题的是陈后主，但其作品已佚。根据现存的作品来看，早于张若虚作《春江花月夜》的有三人：隋代的隋炀帝和诸葛颖，初唐的张子容，作品共五首，皆为五言四句或五言六句的短篇。张若虚的《春江花月夜》则是长篇的七言歌行（共三十六句），在体制上具有很大的创新意义。从内容来看，陈后主所写的《春江花月夜》虽已不存，但《乐府诗集》的解题中称之为"尤艳丽者"，可以推知此诗与其《玉树后庭花》等属于同样的风格倾向，仍然是所谓的"宫体"。但是后人的拟作则逐渐偏离了宫体的倾向，例如隋炀帝的二首："暮江平不动，春花满正开。流波将月去，潮水带星来。""夜露含花气，春潭漾月辉。汉水逢游女，湘川值两妃。"虽然还有一些南朝乐府的风格倾向，但毕竟词句清丽，与南朝的"宫体"逐渐分道扬镳。到了张若虚的《春江花月夜》，则不过沿用乐府旧题这个旧瓶子，装在里面的全是新酒了。闻一多先生认为张若虚"向前替宫体诗赎清了百年的罪"（《宫体诗的自赎》），程千帆先生更准确地指出张若虚已经与宫体诗彻底划清了界限，除了题目相同之外，他的《春江花月夜》已经和陈后主的原作不可同日而语了。

《春江花月夜》全诗共三十六句，如从押韵的情况来看，每四句组成一个小节，押同一个韵，全诗共分九小节，每一节都像一首独立的七言绝句，然后串联成一个整体。但从内容来看，则可分成五大段，它们的句数分别为八句、八句、四句、八句、八句。第一段入手擒题，总写在明月之夜春江潮涨，以及江边的花林芳甸等美景。第二段写诗人在江边望月所产生的遐思冥想。第三段总写在如此情景中思妇与游子的两地相思。第四段单写思妇对游子的思念。第五段单写游子的思家之念。全诗由景入情，由客观景物转到人间离情，但始终不离开题面中的五个元素。正如明人王世懋、钟惺、谭元春等人所指出的，全诗都围绕着"春""江""花""月""夜"五字做文章，扣题很紧。如果更细致地品读，则可发现全诗的核心主题只有一个，那就是"月"。清人王尧衢对此诗做过一个统计："'春'字四见，'江'字十二见，'花'字只二见，'月'字十五见，'夜'字亦只二见。"其实即使是没有出现"月"字的一些诗句，又何尝不是描绘月亮来着？例如："空里流霜不觉飞，汀上白沙看不见。""玉户帘中卷不去，捣衣砧上拂还来。"这两联简直就是运用"禁体物语"的方法来咏月的杰作，也就是句中虽不见"月"字，却又字字都在写月，是典型的"烘云托月"。《春江花月夜》对月光的描写，已达到出神入化的程度。比如写月亮在流水上泛起的光彩是"滟滟随波千万里"；写月光给人带来的寒冷感是"空里流霜不觉飞"；写月光的缓慢移动是"可怜楼上月徘徊"，都使读者身临其境。此外，举凡人们望月时常会产生的联想，诸如碧空银月是否亘古如斯，明月是无情还是有情，离别的情人在月夜为何会格外相思，也都得到了充分的表达。从总体上说，《春江花月夜》通篇都围绕着一个"月"字，是唐诗中最早出现的咏月名篇，是一首月亮的颂歌。下文试将全诗分成五段进行解读。

> 春江潮水连海平，海上明月共潮生。滟滟随波千万里，何处春江无月明？江流宛转绕芳甸，月照花林皆似霰。空里流霜不觉飞，汀上白沙看不见。

第一段是全诗的开端，勾勒出一个充满诗情画意的美丽境界。春天多雨，江水迅涨，东流的江水遇到从大海西上的潮汐，互相鼓荡，浩渺无边。一个"平"字，言简意赅地写出了江水与海水连成一片的奇特景象，表面上平淡无奇，其实一字有千钧之力。伴随着奔腾而来的潮水，一轮明月也冉冉升起。地球上的潮汐本是海水受到月球的引力而产生的自然现象，诗人未必明白这个科学原理，但是他用细致的观察得出了相似的结论。谁说诗歌与科学没有相通之处？更值得注意的是，"海上明月共潮生"的写法，使潮水与明月都充满了生气，仿佛是两个有生命的物体，全句也呈动态之美。从第三句起，诗人的目光随着逐渐西行的月亮溯江而上，发现千万里的江水都沐浴在月光之下。江面上泛起滟滟的波光，江边上则是春花烂漫的芳甸。在月光的笼罩下，繁花似锦的树林蒙着一层洁白的细雪，这是春天的月夜才得以一见的奇特之景。"空里流霜不觉飞"一句实有双关的含义：月光洁白晶莹，给人带来一丝寒意。妙在诗人并不说月光如霜，而是直说"空里流霜"，从而把诗人在月光中久久站立的感觉真切地传递给读者，读之浑如身临其境。末句"汀上白沙看不见"，意指整个江岸都沉浸在月光之中，并与月光融成一片。这八句诗从江海写到花树，一切都沐浴在皎洁的月光中，最后只见月光。由大至小，由远及近，笔墨随着诗人的目光逐渐凝聚，最后集中到月光本身，有画龙点睛之效。

> 江天一色无纤尘，皎皎空中孤月轮。江畔何人初见月？江月何年初照人？人生代代无穷已，江月年年只相似。不知江月待何人，但见长江送流水。

第二段承接上文展开联想。澄澈清明、幽静寂寥的境界，最有利于人们的遐思冥想。诗人久久地凝望着月亮，不由得神思飞扬。闻一多先生说得好："更迥绝的宇宙意识！一个更深沉，更寥廓，更宁静的境界！在神奇的永恒前面，作者只有错愕，没有憧憬，没有悲伤。"他又说："对每一问题，他得到的仿佛是一个更神秘的更渊默的微笑，他更迷惘了，然而也更满足了。"的确，诗人面对着神奇美丽的大自然，不由得对宇宙的奥秘和人生的哲理进行一系列追问。他最想探索的是月与人的关系：是谁最早在江畔看月？江月从何年开始照耀世上之人？正如闻一多先生所说，这样的问题当然是没有答案的,于是诗人更加迷惘了,也更加满足了。迷惘不是糊涂,而是对宇宙奥秘的理解和钦佩。诗人理解人生短促而宇宙永恒的道理,但他并没有陷入悲观、绝望的心境。他明白个人的生命虽然是短促的,但代代相继的生命却是永无穷已的,所以人类的存在仍是绵延长久的,他们仍能年复一年地与江月相伴。这样,诗人就跳出了生命短促所引起的悲伤主题的束缚,从而获得了满足。他甚至开始展望遥远的将来:江上明月是在等待何人呢?这样,诗人就把眼前的感受延伸到未来,也就是融入了天长地久的时间长河,末句所写的长江流水,正是让孔子产生"逝者如斯夫"之叹的自然环境啊。

　　白云一片去悠悠,青枫浦上不胜愁。谁家今夜扁舟子,何处相思明月楼?

《春江花月夜》共有两大主题,前十六句写诗人江畔望月之情景,后十六句写游子思妇的月夜相思,夹在中间的第三段仅四句,这是一个转折。凡长诗的转折,必须承上启下,又必须转变自然。《红楼梦》第七十八回写贾宝玉奉贾政之命写作《姽婳词》,前面用数句描写女将军林四娘之美貌,后面应转入主题即咏林之英武善战,宝玉先拟一句说"丁香结子芙蓉绦",贾政认为此句又是写美女之装束,下句断难突然转至武事,没想到宝玉吟出"不系明珠系宝刀"的下句,众人拍案叫绝。为什么?就因为大开大阖,却转折得非常自然。张若虚也有同样的本领。上段的末句说"但见长江送流水",此段以"白云一片去悠悠"接之,同样是目随景移,同样是思绪远扬,况且浮云漂泊无定,正如游子之萍踪难觅,诗人自然而然地联想到相隔天涯的游子与思妇,今夜对此明月,当是怎样的两地相思?于是顺理成章地转折到游子思妇、月夜相思的第二主题上,末句"何处相思明月楼",下启第四段的首句"可怜楼上月徘徊",转接无痕,章法妙不可言。

　　可怜楼上月徘徊,应照离人妆镜台。玉户帘中卷不去,捣衣砧上拂还来。此时相望不相闻,愿逐月华流照君。鸿雁长飞光不度，鱼龙潜跃水成文。

第四段写思妇对游子的思念，全部情景都在高楼明月的环境中逐步展开。自从曹子建写出"明月照高楼，流光正徘徊"的名句之后，诗人皆喜用"徘徊"二字形容月在天上似静似动的状态。此处也是如此，但又不是简单的沿袭。"可怜"二句，把月亮写得情意宛然，它在楼头徘徊不去，当是出于怜悯思妇之故。月亮把清辉洒向闺房，照亮了窗前的妆镜台。可惜思妇无心梳妆，看到镜台反而触景伤情。古人认为"女为悦己者容"，如今良人远离，思妇又有什么心思坐在镜台前梳妆打扮！于是她决意驱走这恼人的月光，她卷起珠帘想把帘上的月光随帘敛藏，她一遍遍地拂拭捣衣的砧石想拂去石上的月光，可惜月光如水，拂而不去，驱而复来。失望之余，她只好望月怀远，思念远方的游子。她希望随着普照大地的月光飞向远方，照亮远在天边的游子。可惜这只是痴想而已。那么就给游子寄封书信来倾诉内心的幽情密意吧，可是又能让谁去千里传书呢？相传鱼雁都能传书，可是在这个月夜，鸿雁也难以飞越那广漠无边的月光，鱼龙则在水底潜跃而在水面上激起阵阵波纹。一句话，鱼雁也无法为她传书啊。写到这里，思妇的相思之苦已难以复加，诗人也就戛然停笔。此时无声胜有声，就让思妇的一片素心与天上的明月相伴吧。

> 昨夜闲潭梦落花，可怜春半不还家。江水流春去欲尽，江潭落月复西斜。斜月沉沉藏海雾，碣石潇湘无限路。不知乘月几人归，落月摇情满江树。

最后一段转写游子的月夜情思。游子远在异乡，思家心切，昨夜曾在梦中回到家乡，看到潭水里漂满了落花，及至梦醒，方想到春天又已过半，而自己尚在天涯漂泊。此时他漫步江边，看到江水东流，仿佛春天也将随着江水消逝。他又举头望月，看到江潭上空的那轮月亮已向西倾斜。春光将尽，良夜将逝，人生的少壮时节又能维持多久？于是游子满腹惆怅，他眼睁睁地看着月亮在西天越落越低,终于消失在沉沉的海雾之中。从北方的碣石,到南方的潇湘,天各一方,路远无限,自己何时才能飞越这千山万水,返回家乡,与楼头望月的思妇相聚?在如此广漠的大地上,今夜又有几个幸运的游子能乘着月色返回家乡?他找不到答案,他陷入了迷惘,他的离情迷离恍惚,无处着落,最后伴着残月的余晖洒落在江边的树林……如果说第四段中的思妇之离情是抱怨山长水阔,主要的着眼点在于空间的维度,那么此段中游子之离情既恨山川之阻隔,又怨春光和良宵之容易消逝,其着眼点兼及时、空两个维度。换句话说,游子在月夜的思绪比思妇更加深沉、广阔,诗歌的意蕴也更加丰富、深刻。所以从章法来看,第四、第五两段是密切照应的,一写思妇,一写游子,两两对应,锱铢相称,它们之间又有一种递进关系,思索的范围越来越广阔,情感的程度越来越深刻。然而这一切都是在月夜相思的生动情景中自然展开的,从字面上看,每句都紧扣春江花月的具体环境,每个细节都是现实生活的真实内容,情景交融,浑然无痕。正如闻一多先生所说:"在这种诗面前,一切的赞叹是饶舌,几乎是亵渎。"我们除了发自肺腑地顶礼膜拜之外,还能说什么呢?

虽然如此,我们还是要勉为其难地对《春江花月夜》做一些总体的评说。先从两位现代学者对它的评论说起。闻一多说:"这里一番神秘而又亲切的,如梦境的晤谈,有的是强烈的宇宙意识,被宇宙意识升华过的纯洁的爱情,又由爱情辐射出来的同情心,这是诗中的诗,顶峰上的顶峰。"李泽厚说:"其实,这诗是有憧憬和悲伤的。但它是一种少年时代的憧憬和悲伤,一种'独上高楼,望断天涯路'的憧憬和悲伤。所以,尽管悲伤,仍感轻快,虽然叹息,总是轻盈。它上与魏晋时代人命如草的沉重哀歌,下与杜甫式的饱经苦难的现实悲痛,都决然不同。它显示的是,少年时代在初次人生展望中所感到的那种轻烟般的莫名惆怅和哀愁。春花春月,流水悠悠,面对无穷宇宙,深切感受到的是自己青春的短促和生命的有限。它是走向成熟期的青少年时代对人生、宇宙初醒觉的'自我意识':对广大世界、自然美景和自身存在的深切感受和珍视,对自身存在的有限性的无可奈何的感伤、惆怅和留恋。人在十六七或十七八岁，在似成熟而未成熟，将跨进独立的生活程途的时刻，不也常常经历这种对宇宙无限、人生有限的觉醒式的淡淡哀伤么？它实际并没有真正沉重的现实内容，它的美学风格和给人的审美感受，是尽管口说感伤却'少年不识愁滋味'，依然是一语百媚，轻快甜蜜的，永恒的江山，无垠的风月给这些诗人们的，是一种少年式的人生哲理和夹着感伤、怅惘的激励和欢愉……闻一多形容为'神秘''迷惘''宇宙意识'等等，其实就是说这种审美心理和艺术意境。"闻一多是诗人，他对《春江花月夜》的评价非常精到，但语焉不详，尚须稍加推绎。李泽厚是哲学家，他的评语堪称提纲挈领，但说《春江花月夜》显示的是"少年时代在初次人生展望中所感到的那种轻烟般的莫名惆怅和哀愁"，则稍嫌武断。其实《春江花月夜》虽然没有达到像阮籍、嵇康的忧患意识或杜甫的忧世情怀那样的思想高度，但那种对人生与宇宙之关系的深刻体会，以及对离愁别恨的真切感受，都不具有少年人的年龄特征，而应该出于成熟的青壮年时代。当然，由于诗人身处盛唐前期，在整个社会正走向欣欣向荣的时代，诗人也像与之齐名的贺知章、张旭等人一样，沉浸在积极向上的浪漫主义氛围中。诗人面对着美丽的江山风月，他在精神上的所有不满或遗憾都源于自然而非社会。所以诗中有惆怅而无悲哀，有迷惘而无痛苦。诗人的全部思考和感受都与万物的自然属性有关，诗人的所有追问都指向宇宙的奥秘，例如"江畔何人初见月，江月何年初照人"；即使涉及人生，也无关社会内容，例如"谁家今夜扁舟子，何处相思明月楼"。由于诗中的所有细节都被置于春江花月夜的美丽环境中，诗中的所有物体都蒙上了一层月光的薄纱，所以全诗的格调确实是轻盈、美好的。《春江花月夜》中的离情别恨虽然悱恻感人，但是并没有达到痛苦难忍的程度。比张若虚稍晚的李白、杜甫都写过男女月夜相思的名篇，前者写思妇是"但见泪痕湿，不知心恨谁"，后者写离人是"何时倚虚幌，双照泪痕干"，但《春江花月夜》全诗不见一个"泪"字。相反，诗中的思妇和游子都对重逢心存希望，思妇说"愿逐月华流照君"，游子也问"不知乘月几人归"。更不用说全诗展示的物体都具有光明、美好的性质，从而汇成一个清丽、幽静、邈远的意境。它如梦如幻,迷离惝恍,让人流连忘返。从总体上说,《春江花月夜》是美丽自然的一曲颂歌,也是美好人生的一曲赞歌,这便是无数读者为之倾倒的主要原因。一颗洁白无瑕的珍珠,即使长期埋没在泥土中,其熠熠光辉也不会减损。《春江花月夜》就是这样的一颗珍珠,它曾经长期受到冷落,但一旦被人发现,就越来越受到人们的喜爱,它是现代读者公认的唐诗名篇。

(莫砺锋)

于易水送人

骆宾王

此地别燕丹，壮士发冲冠。
昔时人已没，今日水犹寒。

要是只从性格与举止着眼的话，"初唐四杰"中只有骆宾王当得起那个"杰"字。闻一多先生对他的评论是："这以'一抔之土未干，六尺之孤何托'，教历史上第一位英威的女主破胆的文士，天生一副侠骨，专喜欢管闲事，打抱不平、杀人报仇、革命、帮痴心女子打负心汉，都是他干的。"（《宫体诗的自赎》）又称他是"久历边塞而屡次下狱的博徒革命家"（《四杰》）。

的确，在初唐诗坛上，骆宾王的侠骨豪情举世无双，骆诗的英风豪气也是举世无双。骆诗中常常披露凌云壮志："讵怜冲斗气，犹向匣中鸣。"（《和李明府》）"徒怀万乘器，谁为一先容。"（《浮槎》）"长吟空抱膝，短翮讵冲天。"（《叙寄员半千》）骆宾王当然也想以文才耸动公卿以求闻达，但他更将人生理想寄托于从军立功："龙庭但苦战，燕颔会封侯。莫作兰山下，空令汉国羞。"（《夕次蒲类津》）"投笔怀班业，临戎想顾勋。还应雪汉耻，持此报明君。"（《宿温城望军营》）"绛节朱旗分日羽，丹心白刃酬明主。但令一被君王识，谁惮三边征战苦。"（《从军中行路难》）

值得注意的是，令骆宾王壮怀激烈的心理因素与其说是建功立业的理想，不如说是快意恩仇的侠义精神："壮志凌苍兕，精诚贯白虹。君恩如可报,龙剑有雌雄。"(《边城落日》)"一言芬若桂,四海臭如兰。宝剑思存楚,金椎许报韩。"(《咏怀》)唐高宗上元三年(676),骆宾王上书裴行俭曰:"昔聂政、荆轲,刺客之流也。田光、豫让,烈士之分也。咸以势利相倾,意气相许。尚且捐躯燕赵,甘死秦韩。"这份侠士名单中,聂政、豫让虽是烈士,但其精神境界仅是"士为知己者死",与天下公义无关。只有田光、荆轲才是为国捐躯的"侠之大者",《史记·刺客列传》附录的《索隐述赞》赞曰"暴秦夺魄,懦夫增气",并非过誉。《孟子·梁惠王下》云:"残贼之人,谓之一夫。闻诛一夫纣矣,未闻弑君也。"秦始皇之残暴有过于桀纣,荆轲刺秦符合天下公义。骆宾王敢于为李敬业草檄讨伐篡唐自立的武则天,其忠肝义胆与荆轲一脉相承。况且司马迁对荆轲故事的描写不但词意激愤,而且诗意盎然,当侠义诗人骆宾王想到易水送别之情景,定会诗思如潮。于是"客自秦川上,歌从易水滨"(《西行别东台详正学士》),"轻生长慷慨,效死独殷勤。徒歌易水客,空老渭川人"(《咏怀古意上裴侍郎》)之类的诗句频频出现在骆集中,便是顺理成章之事。

唐高宗调露元年(679)十一月,朝廷遣定襄道大总管裴行俭北讨突厥,营州都督等部皆受其节制,大军连亘数千里,战区囊括整个幽燕之地。骆宾王入裴幕随军北行,首次来到易水之滨,写下了这首《于易水送人》。诗题中并未明言所送何人,看来诗人看重的是送别之地而非所送之人。易水!这就是当年燕太子丹等人送别荆轲,"士皆瞋目,发尽上指冠"的地方,也是高渐离击筑,荆轲高唱"风萧萧兮易水寒,壮士一去兮不复还"的地方!当骆宾王亲临此地,亲眼看到易水寒波,怎能不慷慨怀古,心潮澎湃!骆宾王本来擅写抑扬顿挫的长篇歌行,这次偏偏反常,竟然将满腔激情纳入一首五绝之中,此何故也?明人徐增评曰:"前二句是叙易水之出处,后二句作感慨。昔时丹与轲及白衣冠宾客,无一在者矣。吾辈今日复于此送别,觉水寒犹如昨日也。虽然,何作此变徵声?盖宾王意欲结死士以图劫刺,与丹略同。寓意深远,人卒未知也。"(《而庵说唐诗》卷七)此时武后尚未篡唐,下距李敬业起兵讨武尚有数年,说骆宾王已在"以图劫刺"根据不足。但是亲临易水触动了诗人心中蓄积已久的满腹牢骚，则是合情合理的判断。

骆宾王多年不遇，壮志难酬。格外丰富的情思与格外激愤的情绪，付之长歌往往不如点到辄止的短篇，这是一种出奇制胜的写作策略。全篇的构思也是独出心裁：前二句概括史书对荆轲事迹的记载，由于司马迁的生花妙笔早已深入人心，读者读此二句，《史记》中描写的悲壮场景便会浮现在眼前。后二句令人联想到陶渊明《咏荆轲》的尾联"其人虽已没，千载有余情"，但将陶诗主观抒情的末句改成客观描写的"今日水犹寒"，手法非常高明。诚如刘学锴先生所言："这一句，特别是'水犹寒'三字，是全诗之眼，它把诗人的无穷感慨都凝聚起来，具有丰富的蕴含和隽永的情味，能引发读者多方面的联想。"（《唐诗选注评鉴》）此时正当严冬，"寒"字确是对自然环境的写实，但它更是诗人内心的感受。荆轲入秦行刺，大义凛然。行者送者，无不肃穆悲凉。这一切，都会给人带来"寒"的感觉。当年荆轲高歌之"易水寒"，与今日之"水犹寒"，千年一瞬，古今同慨，这是对侠义精神千古长存的深情礼赞。

应该注意到，"今日水犹寒"的感受长期保存在诗人心中。七年之后，骆宾王参加李敬业的讨武义师，从扬州渡江攻克润州后，作《在军登城楼》云："城上风威冷，江中水气寒。戎衣何日定，歌舞入长安。"虽然这是长江而非易水，但那种悲壮肃穆的感受却如出一辙。

我们还应注意到，在骆宾王的诗集中，咏到"水寒"的诗句不胜枚举。例如"阵去金河冷，书归玉塞寒"（《秋雁》），"行役忽离忧，复此怆分流。……况乃霜晨早，寒风入戍楼"（《至分水戍》），"落宿含楼近，浮月带江寒"（《望乡夕泛》），"月迥寒沙净，风急夜江秋"（《渡瓜步江》），"夕涨流波急，秋山落日寒"（《秋日送侯四得弹字》），"返照寒无影，穷泉冻不流"（《乐大夫挽词》），"寒光千里暮，露气二江秋"（《畴昔篇》）……这些诗句也许产生在骆宾王亲临易水之前，但是"风萧萧兮易水寒"的歌声是诗人自幼就铭记心头的，它是潜藏在诗人内心深处的历史文本，一有机会就会有所反映。

易水，就是一代英杰骆宾王内心永不消失的情结。

（莫砺锋）

在狱咏蝉

骆宾王

西陆蝉声唱，南冠客思侵。
那堪玄鬓影，来对白头吟。
露重飞难进，风多响易沉。
无人信高洁，谁为表予心？

唐高宗仪凤三年（678），沉迹下僚十多年而升迁侍御史的骆宾王，上疏论事冒犯武则天，被诬以贪赃罪名，囚系狱中。骆宾王在狱中写下这首咏物诗，通过对蝉高洁品格的歌咏寄托了自己不同流俗的襟怀，希望得到友人的理解和同情，从而获得实际的援助。

这首诗题作《在狱咏蝉》，四个字说明了诗的写作背景、题材和类型。写作背景是正被囚系在狱中，题材是写蝉，类型是咏物。"在狱"两个字使本诗与一般的咏物诗区别开来，诗的重心落在咏蝉的行为也就是"我"与蝉的交流关系上，而不像一般的咏物诗集中于所咏的对象。诗前有一篇骈体的小序，说明因所有几株古槐，每到夕阳西下，蝉鸣幽切，异于平日所闻，因而不禁感慨：大概是人的心情不同于往日吧，蝉声听上去分外悲抑。想想这蝉无论哪方面都可谓高洁脱俗，却就是无人理解，正像自己一样。蝉无人理解，只不过孤独一生；而自己不被理解，却要遭此牢狱之灾，前途难卜。作者触物感怀，于是写下这首咏蝉之作，并打算"贻诸知己"，借以剖明心志，博得友人的理解与同情。

诗从在狱闻蝉写起，首联交代了时令、地点和自己的身份。上句于时令不说秋季而称西陆，是沿袭南朝文人喜用代语来显示博学的习气，一方面和南冠构成对仗，另一方面也使"蝉声唱"不至于显得太平常。下句"南冠"二字用楚国钟仪被囚系的典故，暗示自己的囚徒身份。以非罪被诬系狱，心中本应充满冤气，但这里偏不提系狱之悲，而只说蝉鸣触发了乡愁，这乃是一种举重若轻的笔法——无法还乡的客思已让人难以平静，南冠之悲就更不用说了。"思"要读去声，即忧愁之义。"侵"有的版本作"深"，意思是沉浸在客愁中，不如"侵"更能体现"客思"与蝉声的关系。

首联破题，一句写蝉，一句写人，本不需要对仗而竟行以对仗，就构成了"偷春体"，于是颔联可以不对或宽对。骆宾王用一个较宽松的流水对"那堪玄鬓影，来对白头吟"，将蝉与人绾合到一起，说客思已令人感伤不已，哪能再禁得起年轻的蝉儿，来提醒自己的老暮？魏宫人莫琼树曾妆饰一种蝉鬓，缥缈如蝉翼。这里暗用其事，反过来将蝉的薄翼比作美女的鬓发。听着窗外的蝉鸣，囚室里的骆宾王仿佛一个落魄老人面对妙龄女子，怎么能听得了她年轻的歌声？从起句的秋日闻蝉，到次句的狱中闻蝉，再到第四句的迟暮闻蝉，不觉中诗人已叠加了三个人生情境，让我们切切实实地感受到他心理上"那堪"负荷的悲哀之深之重。

骆宾王也知道，光诉苦是不能赢得同情的，还必须为自己辩白。于是从颈联开始，诗意转到自己沉冤难雪的境遇上来。"露重飞难进，风多响易沉"，字面上是说，蝉因露水沾湿翼翅，飞不进屋里来；况且就是能飞进来，猛烈的风势也很容易将它的叫声压抑下去，无法为"我"传递声音。这两句明里是写蝉，暗里则是比喻当时政治环境的险恶，正直忠谠之士很难进入朝廷，激切谏诤的言论总会受到压抑。这两句描写，现实的指向过于强烈，一看就知道绝非一般的体物之言。所以明代陆时雍说"大略意象深而物态浅"（《唐诗镜》），清初黄生则认为"序已将蝉赋尽，诗只带写己意，与诸咏物诗体格不同，语兼比兴"（《唐诗矩》）。不管怎么说，颈联两句写蝉明显是在暗喻人事，这就为结联的曲终奏雅做好了铺垫。

顾以安《唐律消夏录》也看出此诗"五、六有多少进退维谷之意,不独说蝉,所以结句便可直说"。他的意思是,颈联既然已暗示了人事,诗就没有必要再用写蝉作结,可以直接以第一人称发言了。但是,即便是作者自己站出来说话,"无人信高洁"一句仍紧扣着蝉"饮高秋之坠露,清畏人知"(序)的品格,所以两句依然是双关语,说它是作者自己剖白心迹、直言明志固然不错,而认作假托蝉的口吻托物寓怀也未尝不可。总之,言外之意就是,既然蝉无法替自己传声,那么还有谁能为"我"辩白冤屈呢?殷殷期望友人为自己鸣冤平反之意不言而喻。诗写到这里,人与蝉、蝉与人,已融为一体,分不清是蝉在说话还是人在说话。这正是此诗不同于一般咏物诗之处,它是"在狱咏蝉",着重表达的是咏蝉活动中人与蝉的交流。

前人论咏物,都强调贵有寄托,推崇比兴的表达方式。晚清施补华《岘佣说诗》说:"《三百篇》比兴为多,唐人犹得此意。同一《咏蝉》,虞世南'居高声自远,非是藉秋风',是清华人语;骆宾王'露重飞难进,风多响易沉',是患难人语;李商隐'本以高难饱,徒劳恨费声',是牢骚人语。比兴不同如此。"话虽这么说,但怎么使所咏对象与寄托的内容水乳交融、自然浑成,却是需要认真考虑和构思的。骆宾王的《在狱咏蝉》,跳出一般以描摹所咏对象来寄托情志的写法,在物我交流的关系中寄托怀抱,构思非常独特,值得学习。

(蒋寅)

从军行

杨　炯

烽火照西京，心中自不平。
牙璋辞凤阙，铁骑绕龙城。
雪暗凋旗画，风多杂鼓声。
宁为百夫长，胜作一书生。

《从军行》虽是历来相沿的乐府古题，通常是抒发希望投军从戎的慷慨意气，但初唐诗人杨炯写的这首古题乐府诗，却具有特殊的时代气息，也显示出唐人尚武轻文的观念。古典诗歌自六朝以降，因为作者多围绕着宫廷活动，写作的题材和表现的情感内容多局限于宫闱和两性关系，就像钟嵘《诗品》评张华诗"恨其儿女情多，风云气少"。初唐陈子昂《与东方左史虬修竹篇序》批评齐梁间诗"彩丽竞繁，而兴寄都绝"，李白《古风》也说"自从建安来，绮丽不足珍"，都对六朝绮靡诗风表达了强烈的不满。可是唐初文人大多是陈、隋旧臣，诗坛流行的依旧是南朝遗风，直到被称为"初唐四杰"的王勃、杨炯、卢照邻、骆宾王出世，才稍微扭转风气。这些诗人因为沉迹下僚，得以接触社会现实，多方面开拓了诗歌的题材范围，同时也将个人化的抒情言志带入写作中。

杨炯生有异秉，10岁即举神童，待制弘文馆。27岁应制举及第，补校书郎。高宗永隆二年（681）充崇文馆学士，迁太子詹事司直。应该说杨炯是个典型的文学侍臣，虽然品级不高，却位居清要，也不能算不遇。可是在他内心深处，似乎一直涌动着强烈的渴望，很想像班超那样投笔从戎，驰骋沙场，策勋扬名。这股渴望就流露在《从军行》中。

《从军行》作为乐府旧题，向来都写军旅生活的内容。像王昌龄那样有从军经历的诗人，自然以亲身体验为素材，而从无戎幕经验的杨炯则只能像李益《边思》诗所讽刺的"只将诗思入凉州"那样了。但没关系，重要的是这首诗以直撼胸臆的慷慨陈词表明要一扫绮罗香泽之态，摆脱南朝诗风的羁縻而重返汉魏风骨的理想。这是具有划时代意义的。

诗从边警开始写起，用"烽火照西京"形容战争逼近。唐人喜欢用历史上最强盛的汉王朝来比拟本朝，这里也用西京代指首都长安。烽火已照映长安上空，可知敌国大军压境，形势相当危急了。这里的"照"字用得非常好，写出烽火之近、之盛，渲染出京城的紧张气氛，很有表现力。但这个用法却并非杨炯独创，而是袭自隋代诗人卢思道《从军行》的"朔方烽火照甘泉"。这样写的好处是，在表现战事紧急的同时，还说明了战争的起因是敌军来犯，这便赋予了从军的动机以正义性。刘向《说苑·立节》载，越国军队攻入齐国，雍门子狄请齐君允许他自杀，说越国甲兵惊扰国君，是臣子的耻辱，遂自刎死。杨炯诗的次句"心中自不平"，正表达了此意，一个"自"顿见胸怀自然涌出的英雄气概。

可是从杨炯的身份来说，他又只能是个旁观者，于是颔联从旁观者的角度描写王师出征。上句写将军奉命统兵出京。牙璋是用以调兵的信物，虎符的前身。《周礼·春官·典瑞》："牙璋以起军旅，以治兵守。"凤阙是皇宫门两边供瞭望的楼，这里代指京城。"牙璋辞凤阙"用两个装饰味道过浓的词构成"借代"的修辞手法，描写军威声容有点失之空洞，好在下句"铁骑绕龙城"的铿锵声情弥补了上句的轻弱。龙城也称龙庭，为匈奴祭天之所，在今蒙古国鄂尔浑河东岸。一说这里的龙城指汉右北平郡的龙城，即唐卢龙城，为防御匈奴的前线，在今河北迁西县与宽城县接壤处，历来为兵家必争的要塞。这里写将军挥师征讨北方入侵者，暗用了汉代卫青出征匈奴，以奇兵直捣龙城，俘虏七百余众的典故。一个"绕"字状出唐朝大军层层密密包围敌军的逼人气势。

尽管如此,杨炯也知道战争是残酷的,胜利往往伴随着厮杀和伤亡。可从未上过战场的一介书生,终究是难以想象战争的具体场面的。杨炯所能做的,只不过凭借有限的见闻和知识驰骋想象而已,最终他构拟的战场画面是:"雪暗凋旗画,风多杂鼓声。"想象中漫天大雪使军旗上的彩绘黯淡失色,呼啸的狂风使雄壮的军鼓凌乱断续。这军容虽然不那么威武雄壮,但毕竟是让人踊跃向往的真实战场啊!面对开赴边疆的将帅和士卒,反顾只能在道旁观望、想象边塞征战的自己,历史上那个慨叹"大丈夫无他志略,犹当效傅介子、张骞立功西域,以取封侯。安能久事笔研间乎"而毅然投笔从戎的班超的形象顿时浮现在眼前,一股宁愿驰骋沙场也不愿青灯黄卷、枯老于书窗前的豪气喷薄而出,化作掷地有声的结句:"宁为百夫长,胜作一书生!"古往今来,这一联诗句不知道让多少年轻士子热血沸腾,使绵延千年的书香社会不至沉溺于弱不禁风的病态而不留一口方刚血气!

陈子昂称赞友人东方虬的《咏孤桐篇》"骨气端翔,音情顿挫,光英朗练,有金石声",就是在字里行间看到了魏晋古诗直抒胸臆的咏怀传统,以及蓬勃洋溢的慷慨志节。在早期五言诗中,曹植的《杂诗》和阮籍的《咏怀》都是这种咏怀传统的代表。曹植《杂诗》其五云"闲居非吾志,甘心赴国忧",其六云"国仇亮不塞,甘心思丧元",《白马篇》云"捐躯赴国难,视死忽如归",这种慷慨报国的壮志和忧谗畏讥、怀才不遇的愤懑交织在诗中,就形成建安诗歌特有的那种质朴刚健又悲慨激越的抒情风格,被后世称为汉魏风骨。年轻的杨炯,在陈子昂之前就以自己的创作实践宣告了向这种美学的皈依,值得文学史大书特书。

(蒋寅)

巫　峡

杨　炯

　　三峡七百里，惟言巫峡长。重岩窅不极，叠嶂凌苍苍。绝壁横天险，莓苔烂锦章。入夜分明见，无风波浪狂。忠信吾所蹈，泛舟亦何伤！可以涉砥柱，可以浮吕梁。美人今何在？灵芝徒自芳。山空夜猿啸，征客泪沾裳。

　　这是一首五言古诗，作于垂拱元年（685）诗人赴梓州（今四川三台县）任司法参军途经巫峡时。诗人此次由太子詹事司直充崇文馆学士调出为梓州司法参军，是受从弟杨神让附徐敬业叛乱的牵连，带有贬谪的性质，因此心境郁悒，沿途写下的几首山水诗都有忧郁不平之气，而本诗是较典型地体现了作者当时的心理活动的一篇。

　　全诗十六句，分为两部分，前八句写所见，后八句写所思。首四句总写巫峡的气势，先化用古歌"巴东三峡巫峡长，猿鸣三声泪沾裳"（盛弘之《荆州记》）之意，叙述巫峡之长，然后通过对悬崖峭壁的描绘衬托巫峡之险：岩峦重叠一望无际，层层壁立的峭崖上摩云霄。三四两句用平视和仰视的角度展现了巫峡的幽深窅远和两岸峭壁的险峻。郦道元《水经注·江水》曾这样描写三峡："自三峡七百里中，两岸连山，略无阙处，重岩叠嶂，隐天蔽日，自非亭午夜分，不见曦月。"杨炯这里显然是受其影响的，但诗人并没停留在这一般的描绘上，从第五句开始，诗人对巫峡的险状进行了具体刻画。"绝壁横天险"四句应是写一处具体的险要，它横立江中，上面长满青苔，就是在夜里也看得很清楚。下面流急浪险，哪怕没风也波涛喷激，令人心惊。这是诗人夜中乘舟途经的给他留下深刻印象的地方。看来诗人不知其地名，难以称名指实，但这么一来，就使得它由实变虚，部分地超脱了现实，带上一种象征意义——与诗人的境遇相映衬，成为仕途凶险的象征。

诗人遭到政治上的打击，远贬殊方。此刻面对巫峡风波之险，自然就联想到仕途的凶险莫测，于是连串的感触油然而生。从第九句开始，诗转入后半部的情绪抒写，与前面的景物描绘构成对称的格局。"忠信"四句承上用比喻表达自己的信念：只要自己光明磊落，恪守着以忠事君、以信处世的准则，像这样泛舟历险又有什么可忧惧？"砥柱"在河南三门峡，俗称三门山，黄河分流包山而过，是水流极险急之处。"吕梁"即吕梁山，在山西省西部，相传大禹治水曾辟吕梁洪通黄河。"可以涉砥柱，可以浮吕梁"两句一言其险，一言其远，泛言可以行于四方，化险为夷。诗人由行舟所历的天险联想到宦途所遭遇的人祸，就借行舟为喻，表达自己坚定的信念。虚实之间，过渡得巧妙自然，了无痕迹。至此为止，诗中的情调一直是开朗自信的，对前途充满了希望。然而诗人毕竟身处逆境，走上贬谪之途，怎么可能没有一丝伤感呢，尤其是自己遭贬纯属无故株及，自不免怨愤不平。"美人"两句就表达了这种情绪。古诗中美人常用来比喻理想或君主、友人，这里是比喻君王，而下句则以灵芝自喻。这两句意思是说自己远离朝廷，空有忠贞和才干不能进用。托词虽婉，心情却颇为激切，诗人对自己忠而见疏、怀才不用的遭际深觉不平，可是又无可奈何。在这种心情下，听到峡中凄厉哀绝的猿啸，他不由得一阵伤感，潸然泪下了。《水经注》载："每至晴初霜旦，林寒涧肃，常有高猿长啸，属引凄异，空谷传响，哀转久绝。故渔者歌曰：'巴东三峡巫峡长，猿鸣三声泪沾裳。'"诗人在这里将典故与现实、环境与心情融合在一起，构成了一个情景交融、联想丰富的艺术境界，读来令人对作者的遭遇产生深深的同情。

写山水而寄托自己的情思，是中国古代山水诗的一个特色。在这样的山水诗中，山水景物不再是单纯的观赏对象，而成为与作者的心境相感发、相映衬的表现媒介。作者寄意于山水,是为了抒发情感,因此,诗中的景物描绘有时就不那么刻意求工。杨炯这首诗就是如此,它写景雄浑开阔而不求工细,为主体的情感活动充当了恰当的背景。

(蒋寅)

望洞庭湖上张丞相

孟浩然

八月湖水平，涵虚混太清。
气蒸云梦泽，波撼岳阳城。
欲济无舟楫，端居耻圣明。
坐观垂钓者，徒有羡鱼情。

孟浩然这首五律是唐诗中脍炙人口的名篇，但外界历来对它的评价很不一致。在明清之际，它曾遭到严厉的批评。先是许学夷《诗源辩体》卷十六指出"前四句甚雄壮，后稍不称"，这是说它前后两部分风格不一致。后来王夫之《姜斋诗话》又说："孟浩然以'舟楫''垂钓'钩锁合题，却自全无干涉。"这更是认为"欲济无舟楫""坐观垂钓者"两句是生拉硬扯，牵合题目，与诗的主旨毫无关系。

分歧的关键在于对此诗主旨的理解及对其类型的判断。许、王两位显然是将它作为山水诗或游览诗来看待，因此才会有前后风格不一致或内容杂乱、结构不完整的判断。但问题是，这首诗果真是山水诗或游览诗吗？显然不是的，应该说这是一首干谒诗，即献给地位尊贵的人以期得到赏识与提携的作品。这首诗的标题，本集作《临洞庭》，宋本作《岳阳楼》，唐写本作《洞庭湖作》，宋计有功编《唐诗纪事》作《湖上作》，不一而足。很可能原本作《临洞庭》，有"上张丞相"小字注，后人传抄使此四字混入标题中；而有些版本脱此四字，就成了一个山水登临的题目，从而造成批评的误解。如果我们清楚这是一首干谒之作，许学夷和王夫之指出的问题自然迎刃而解。

干谒诗的主旨是希求得到赏识和提拔，其体制的基本要求是展现才能，表达希求提携的意愿。这首诗是孟浩然献给曾任宰相的荆州大都督府长史张九龄的，那么诗作有没有实现作者的意图呢？

诗以八月洞庭湖水势最盛的景象开篇，"平"字表现了湖面一望无际的阔大景象，"涵虚"一句更渲染出天水相接、包含万有的浑涵气象。这是盛世清明的气象，也是圣贤宏大的气象。后文所有的意思都生发于此。"气蒸"一联更用极尽夸张的笔法烘托洞庭湖烟波浩渺，横跨湘、鄂两地的气势，是历来为人所传诵的名句，有力地展示了诗人的才华。有才如此，理应有为，所谓"天生丽质难自弃"是也，其希求得到赏识和援引的心情不难体会。

但问题是直接表达怀才不遇、渴望提拔之情，既很突兀也显得直白无味，而用"欲济无舟楫"引出此意，便顺理成章了。不过，这么说还是有问题：孟浩然这么一位天下闻名的隐士，被大诗人李白描绘为"红颜弃轩冕，白首卧松云"（《赠孟浩然》）的山中高士，如今却干谒以求闻达，岂不显得很俗气吗？于是孟山人用"端居耻圣明"为自己找补了一个冠冕堂皇的理由。我们知道孔子曾说过："天下有道则见，无道则隐。邦有道，贫且贱焉，耻也。"（《论语·泰伯》）搬出孔子的古训，就不但使自己的干谒有了强有力的理由，也给干谒的对象增添了一点儿义务的压力。这样一来，结句转出"徒有羡鱼情"的希求汲引之意，就水到渠成、不着痕迹了。

按投赞之作的体制要求来看，诗前四句通过描写洞庭湖展示了自己的才能，然后借舟楫之喻过渡到干谒之意，应该说是构思巧妙而又不失自然的。舟楫的比喻本自《尚书·说命上》"若济巨川，用汝作舟楫"，曹植《杂诗》衍申为"愿欲一轻济，惜哉无方舟。闲居非吾志，甘心赴国忧"之意，到唐代已成为类型化的比喻性意象。托名贾岛的《二南密旨·论总例物象》有云："舟楫、桥梁，比上宰，又比携进之人，亦皇道通达也。"孟浩然因袭其义以剖陈心迹，显得既贴切又典雅，末联更由舟楫引出垂钓，暗用姜子牙遇周文王的故事，说自己希望像鱼被钓一样得到张九龄的提携，可以说是水到渠成。从这个角度说，诗作不仅实现了作者的意图，陈述也很得体，姿态不卑不亢；构思异常巧妙，既含蓄又不失自然，可以说是投赠诗的成功之作。

  由此看来，正确理解诗歌作品的体制及其相应的表达要求，不仅是作者写作的基本立足点，也是对读者理解作品意图和艺术表现提出的基本要求。正因为如此，古代文论很早就将体制视为诗文写作的第一要义。刘勰《文心雕龙·附会》曾说："夫才童学文，宜正体制。"黄庭坚《书王元之竹楼记后》也说王安石评文章"常先体制而后文之工拙"。一般来说，体制是由类型决定的。萧统《文选》所收的二十二个类型，都是古典诗歌的基本类型，其中选录的南朝以前的作品为后人阅读、模仿提供了典范和参照。唐代诗人无不熟读《文选》，由此掌握诗歌的基本类型及其体制。但《文选》所收的类型还是有限的，唐又提供了许多新的类型，投赠诗就是其中之一。大诗人李白、杜甫都写过一些投赠之作，如李白的《赠裴司马》《寄上吴王三首》《玉真公主别馆苦雨赠卫尉张卿二首》《赠宣城宇文太守兼呈崔侍御》《赠崔咨议》等，杜甫的《奉赠韦左丞丈二十二韵》等，都是直抒胸臆，陈述渴求援引之情，但孟浩然这首写得更巧妙，更值得玩味和学习。

（蒋寅）

燕 歌 行

高 适

汉家烟尘在东北,汉将辞家破残贼。男儿本自重横行,天子非常赐颜色。摐金伐鼓下榆关,旌旆逶迤碣石间。校尉羽书飞瀚海,单于猎火照狼山。山川萧条极边土,胡骑凭陵杂风雨。战士军前半死生,美人帐下犹歌舞。大漠穷秋塞草腓,孤城落日斗兵稀。身当恩遇常轻敌,力尽关山未解围。铁衣远戍辛勤久,玉箸应啼别离后。少妇城南欲断肠,征人蓟北空回首。边风飘摇那可度,绝域苍茫更何有。杀气三时作阵云,寒声一夜传刁斗。相看白刃血纷纷,死节从来岂顾勋。君不见沙场征战苦,至今犹忆李将军。

《燕歌行》是高适的代表作,也是脍炙人口的盛唐边塞诗名篇。但是关于此诗的主题,后人的解读颇有出入。明人唐汝询认为这是泛咏征戍之苦:"此述征戍之苦也。……既苦征战,则思古之李牧为将,守备为本,亦庶几哉!"(《唐诗解》)清人陈沆则认为此诗与张守珪有关:"张守珪为瓜州刺史,完修故城,版筑方立,虏奄至,众失色,守珪置酒城上,会饮作乐,虏疑有备,引去,守珪因纵兵击败之,故有'战士军前半死生,美人帐下犹歌舞'之句,然其时守珪尚未建节。此诗作于开元二十六年(738)建节之时,或追咏其事,抑或刺其末年富贵骄逸,不恤士卒之词,均未可定。要之观其题序,断非无病之呻也。"(《诗比兴笺》)近人岑仲勉先生则肯定这是讽刺张守珪的："此刺张守珪也。……二十六年，击奚，讳败为胜，诗所由云'孤城落日斗兵稀。身当恩遇常轻敌，力尽关山未解围'也。"（《读〈全唐诗〉札记》）蔡义江先生又认为此诗所刺者不是张守珪，而是安禄山（见其《〈燕歌行〉非刺张守珪辨》一文）。王步高先生的解读与上述意见截然相反："此诗乃是对戍边将士不畏艰难、英勇卫国的颂歌。"（《唐诗三百首汇评》）

那么，高适《燕歌行》的主题到底是什么？为什么后人的解读会有如此大的分歧呢？

高适《燕歌行》题下有序云："开元二十六年，客有从元戎出塞而还者，作《燕歌行》以示适。感征戍之事，因而和焉。"（据刘开扬《高适诗集编年笺注》）序中的"元戎"二字，在《河岳英灵集》中作"御史张公"，在《又玄集》《才调集》《唐文粹》《文苑英华》诸书中则作"御史大夫张公"。"张公"指张守珪，开元二十三年拜辅国大将军、右羽林大将军兼御史大夫。据《旧唐书·张守珪传》载，张守珪镇守边疆，颇有战功："初以战功授平乐府别驾，从郭虔瓘于北庭镇，遣守珪率众救援，在路逢贼甚众，守珪身先士卒，与之苦战，斩首千余级，生擒贼率颉斤一人。开元初，突厥又寇北庭，虔瓘令守珪间道入京奏事，守珪因上书陈利害，请引兵自蒲昌、轮台翼而击之。及贼败，守珪以功特加游击将军，再转幽州良社府果毅。守珪仪形瑰壮，善骑射，性慷慨，有节义。"但是他后来又有谎报军功、行贿钦差等不法行为："守珪裨将赵堪、白真陁罗等假以守珪之命，逼平卢军使乌知义令率骑邀叛奚余众于湟水之北，将践其禾稼。知义初犹固辞，真陁罗又诈称诏命以迫之，知义不得已而行。及逢贼，初胜后败，守珪隐其败状而妄奏克获之功。事颇泄，上令谒者牛仙童往按之。守珪厚赂仙童，遂附会其事，但归罪于白真陁罗，逼令自缢而死。二十七年，仙童事露伏法，守珪以旧功减罪，左迁括州刺史，到官无几，疽发背而卒。"从《旧唐书》本传以及达奚珣所撰的《张守珪墓志》来看，张守珪乃是一位久历沙场、屡建奇功的大将，其戍守之地则从西北的北庭直到东北的幽州。从整体来看，长年守边的张守珪是功大于过的。而且在史料中看不到他曾有"不恤士卒"的行为，反倒有"身先士卒"的记载。

《燕歌行》序中所云的"客",后人有指高式颜(王运熙先生说)、畅当(彭兰先生说)、王悔(戴伟华先生说)等不同说法,史料欠缺,难以定论。这位"客"所写的《燕歌行》则早已亡佚,其所写内容亦不得而知。但揆以情理,当与其从张守珪出征东北的经历有关。既然高适此诗是对"客"所写的《燕歌行》的唱和,两首《燕歌行》的内容当相距不远。从高适《燕歌行》的内容来看,确有不少地方可与张守珪的事迹相联系,比如"汉家烟尘在东北,汉将辞家破残贼。男儿本自重横行,天子非常赐颜色"几句,便可与《张守珪墓志》中"圣主嘉其忠勇,展劳旋之礼待之,乃御层楼,张广乐,侯王在列,夷狄以差,廷拜兼御史大夫,加辅国大将军、南阳郡开国公。仍赐珍玩、缯彩等,畴茂勋也。二十七年,重命偏师,更诛残旧"一段对读。后人所以解此诗为刺张守珪,原因便在于此。但尽管如此,我们仍不能认为整首诗都是专咏张守珪事迹的。主要理由有下面两点:

首先,高适此诗的内容非常丰富,不可能专指一人而言,也不会是专咏某次战事,而是泛咏当时的边塞战争。诗中写到的地名很多,像"榆关""碣石"都在今山海关一带,当时属安东都护府所辖,正是张守珪出征契丹所经之地。但是"瀚海"一般指西北方的沙漠,"狼山"则位于今内蒙古五原县和杭锦后旗一带,距离幽州甚远,也不是出征契丹要经过的地方。当然也可以理解为诗人用这些地名泛指荒寒边地,但毕竟不够妥当。诗中所写的战争情形,特别是重笔濡染的孤城重围、士卒死伤殆尽的惨烈情景,在张守珪镇守幽州的数年间并未发生过。至于说出征将士与家中思妇之相望相思,当然纯属虚构,毋庸多言。所以笔者认为,高适确实是受到亲从张守珪出征的"客"所作《燕歌行》的激发,从而心生感触,才写了这首《燕歌行》,但并不是专咏张守珪的事迹,更不是专为讽刺张守珪而作。诗序中所谓"感征戍之事",其实包含着更为丰富的内容。高适其人,慷慨有大志,常思前往边塞以立奇功。据周勋初先生《高适年谱》所记,高适早在开元十八年(730)就曾北游燕赵且投笔从戎。以后数年间高适往来东北边陲,对边疆的形势及军士之苦辛均有相当深切的了解。这些在他的诗中都有所反映："层阴涨溟海，杀气穷幽都。"（《同群公出猎海上》）"汉家能用武，开拓穷异域。戍卒厌糟糠，降胡饱衣食。"（《蓟门行》）所以高适并不是久居书斋，必待闻"客"之语方得知边塞情形的文士，而是亲历边塞生涯的军人。当他在长安遇到那位"客"且见到其《燕歌行》时，心中的记忆便被唤醒。所以《燕歌行》是在更为广阔的时空背景中"感征戍之事"的作品，其中既包括了"客"所作原唱的内容即张守珪出征东北之事，也包括了高适自己几年前在边塞的所见所闻，还包括了当时唐帝国边塞战争的一般情形。因此，一定要说此诗是针对某次战事，或进而说是刺张守珪"不恤士卒"，恐怕有失于拘泥。

第二，高适的《燕歌行》虽然具有鲜明的时代气息，但它毕竟是一首乐府诗，而且是用乐府旧题所写的拟乐府。一般说来，拟乐府的主题都与其古题有关。在郭茂倩的《乐府诗集》中，《燕歌行》属于"相和歌辞"一类，共收历代作品十三首（曹丕的第二首录有"晋乐所奏"和"本辞"两种文本，字句大同小异，应视为一首）。郭书引《乐府解题》曰："晋乐奏魏文帝'秋风''别日'二曲，言时序迁换，行役不归，妇人怨旷无所诉也。"又引《乐府广题》曰："燕，地名也。言良人从役于燕，而为此曲。"检《乐府诗集》所录的所有《燕歌行》，唐前诗人所作者共十首，无一例外都是写良人从役、妇人怨旷的主题，而且都是从思妇的角度来着笔的。其中年代最早、水平也最高的当推曹丕所作的第一首："秋风萧瑟天气凉，草木摇落露为霜。群燕辞归雁南翔，念君客游思断肠。慊慊思归恋故乡，何为淹留寄他方。贱妾茕茕守空房，忧来思君不敢忘，不觉泪下沾衣裳。援琴鸣弦发清商，短歌微吟不能长。明月皎皎照我床，星汉西流夜未央。牵牛织女遥相望，尔独何辜限河梁。"（文字从《文选》所录者，于义较长）所以，"言时序迁换，行役不归，妇人怨旷无所诉也"就是乐府《燕歌行》的传统主题。至于为何用"燕"这个地名来命名，可能是由于曹魏时代的边塞战争大多发生在东北一带，曹操就曾亲自率师前往辽西征讨乌桓，途经幽燕，故而曹丕将此诗题作《燕歌行》。当然，"燕"只是代指北部边塞而已。唐人所作的《燕歌行》

共三首，其中的两首在主题上有重大变化，就是加强了对"征人行役"的描写，"妇人怨旷"的内容反而无影无踪。其中贾至的一首走得最远，全诗三十二句，诗中回顾了东北边塞的历史，批判隋代穷兵黩武反而丧师辱国，歌颂唐朝威加海内、边境安宁。既以歌功颂德为主题，当然不可能写到"妇人怨旷"。陶翰的一首则着重写从征将领有功无赏的经历及牢骚，主题接近王维的《老将行》，全诗也未涉及"妇人怨旷"。贾、陶二诗完全改变了古题《燕歌行》的原有性质，未免背离传统太甚。用唐人吴兢的话说，就是"不睹于本章，便断题取义"（《乐府古题要解》）。只有高适的这首《燕歌行》才是既有传承又有革新的拟古乐府佳作。

纵观全诗，"良人从役于燕"与"时序迁换，行役不归，妇人怨旷无所诉"的主题得到了相当畅尽的描写，但这只是全诗内容的一个部分。诗中写得更加淋漓酣畅的是边塞战争的全过程：边地开战，大将出征，战争激烈，形势多变，唐军或胜或败，战士或死或伤。值得称道的是诗中对军中生活的细节性描写，例如"战士军前半死生，美人帐下犹歌舞"二句，堪称写军中苦乐不均的千古名句。唐时军中常有女乐，这在岑参诗中有非常详细的描写（例如《玉门关盖将军歌》《田使君美人如莲花舞北旋歌》等）。不难想见，在等级制度甚为严格的古代军队里，在"帐下"表演的歌舞只有高级将领才有资格观赏，一般的战士是无缘得见的。更加值得注意的是对战士心理活动的生动刻画，他们既有一心报国、不计功名且勇于牺牲的崇高胸怀，也有因久戍不归、有家难回而产生的哀怨心情。唯其如此，诗中所咏的战士形象才有血有肉，真实可亲。"铁衣远戍"以下四句，堪称对《燕歌行》传统主题的浓缩。四句诗两两相对，分写征人与思妇，是对仅从思妇一面着笔的传统写法的提升。可以说，在盛唐的边塞诗中，高适《燕歌行》在刻画战士心理方面是最为成功的。

综上所述，高适《燕歌行》的内容非常丰富，它不是专门叙述某次边塞战争，也不是专门针对某位将领，而是糅合了无数边塞战争的实际情况，具有泛泛意义的一首边塞诗。

同理，《燕歌行》的主题也非常复杂，它既有歌颂的成分，也有讽刺的倾向，它是高适对边塞战争的复杂态度的鲜明体现。《燕歌行》的结尾画龙点睛，鲜明地揭示了全诗的主题："君不见沙场征战苦，至今犹忆李将军！""李将军"到底指李广还是李牧，表面上都可解通，故清人沈德潜云："李广爱惜士卒，故云。或云李牧，亦可。"（《唐诗别裁集》）据《史记》记载，李广与李牧都有爱惜士卒的事迹，而且都能震慑匈奴，但是李广与匈奴连年接战，而李牧为赵国守边却很少出战，最后一战大获全胜，"其后十余岁，匈奴不敢近赵边城"。高适既然同情将士的"沙场征战苦"，应以怀念李牧更为合理。所以，高适既肯定具有自卫性质的边塞战争，又同情出征将士的辛苦，故而希望出现李牧那样的良将来镇守边塞，完成"不战而屈人之兵"的任务，这就是《燕歌行》的真正主题。

（莫砺锋）

白雪歌送武判官归京

岑 参

　　北风卷地白草折，胡天八月即飞雪。忽如一夜春风来，千树万树梨花开。散入珠帘湿罗幕，狐裘不暖锦衾薄。将军角弓不得控，都护铁衣冷难着。瀚海阑干百丈冰，愁云惨淡万里凝。中军置酒饮归客，胡琴琵琶与羌笛。纷纷暮雪下辕门，风掣红旗冻不翻。轮台东门送君去，去时雪满天山路。山回路转不见君，雪上空留马行处。

唐玄宗天宝十三载（754），岑参赴北庭都护府任安西北庭节度判官，开始其二度戎幕生涯。岑参在北庭停留两年，写了许多以边塞军旅为题材的诗作，其中多有名篇，例如《白雪歌送武判官归京》。此诗所写之景是奇特壮丽的塞外风光：八月飞雪，千树皆白。万里冰封，愁云凝结。所抒之情是豪迈刚健的军人心态：置酒送客，胡乐高奏。冒雪远行，壮别天涯。奇景得遇奇情，就形成了全诗雄浑奇峭的风格。然而，上述两点是否为此千古名篇准备了充分条件呢？请读岑参作于是年冬季的《天山雪歌送萧治归京》："天山雪云常不开，千峰万岭雪崔嵬。北风夜卷赤亭口，一夜天山雪更厚。能兼汉月照银山，复逐胡风过铁关。交河城边鸟飞绝，轮台路上马蹄滑。晻霭寒氛万里凝，阑干阴崖千丈冰。将军狐裘卧不暖，都护宝刀冻欲断。正是天山雪下时，送君走马归京师。雪中何以赠君别，惟有青青松树枝。"无论是写作的时、空背景，还是严寒天气、雪中送别等内容，两者都是高度重合。然而前者壮丽奇峭，后者却平庸无奇，若出二手，这是什么原因呢？

让我们对两首诗进行对读。首先看章法。前者共十八句，可分两段。前段十句，全力咏雪。后段八句，转写送别。刘学锴先生评曰："雪在诗中是贯穿始终的歌咏的主体，而送别情景则仅于后段中加以抒写，且在抒写过程中始终不离咏雪。"（《唐诗选注评鉴》）后者共十六句，亦可分两段。前段十二句，亦是全力咏雪。后段四句，转写送别。就全诗的意脉而言，上引评语完全可以移用来评说后者，可见它在结构上几乎是前者的翻版，毫无新意可言。

其次看写景。雪的形态、色彩都很难描写，故古诗中从正面写雪的佳作寥若晨星，清人沈德潜曰："古人咏雪多偶然及之。汉人'前日风雪中，故人从此去'，谢康乐'明月照积雪'，王龙标'空山多雨雪，独立君始悟'，何天真绝俗也！"（《说诗晬语》卷下）岑参这两首诗都题作"雪歌"，都从正面写雪，体现了知难而上的艺术勇气。前者在读者面前展现了一幅奇特的美丽雪景：大雪覆盖着千万株树木，竟然像是"千树万树梨花开"的明媚春光，真是想落天外！清人方东树评曰："'忽如'六句，奇才奇气，奇情逸发，令人心神一快。"（《昭昧詹言》）的确，前人咏雪，或能以梅花喻之，因为梅花本是在雪中开放的，两者之间容易产生联想。南朝范云《别诗》云："昔去雪如花，今来花似雪。"虽未明言何花，但多半是指梅花。初唐东方虬《春雪》云："春雪满空来，触处似花开。不知园里树，若个是真梅？"比岑参稍早的张说《幽州新岁作》云："去岁荆南梅似雪，今年蓟北雪如梅。"皆已明言梅花。岑参却能力避陈熟，偏将积雪的玉树琼枝比作一夜春风催开的千万树梨花，真乃化臭腐为神奇。刘学锴先生指出："这就不是单纯的设喻的新颖奇特所能解释的，在它背后有更本质更内在的东西，这就是诗人对塞外军旅生活，对边地奇异风光的热爱……透露出在艰苦环境中豪迈、乐观的精神。"（《唐诗选注评鉴》）这个奇特精警的比喻在全诗的雪景描写中画龙点睛，神采顿现。相对而言，后者中却缺少对雪景的精彩描写。"天山雪云常不开，千峰万岭雪崔嵬。北风夜卷赤亭口，一夜天山雪更厚"，只是寻常的叙写。"能兼汉月照银山，复逐胡风过铁关"二句是对夜里雪光闪耀和风中雪花飞舞的刻画，但尚未达到绘声绘色的程度。

第三看字句安排。由于内容的雷同，二诗中有些字句相似度甚高，试看下例。前者有句云："将军角弓不得控，都护铁衣冷难着。瀚海阑干百丈冰，愁云惨淡万里凝。"后者有句云："晻霭寒氛万里凝，阑干阴崖千丈冰。将军狐裘卧不暖，都护宝刀冻欲断。"它们都是用严寒天气在兵器、衣着、地面、天空等方面的体现来形容大雪之效果，句法亦大同小异，不过句序不同。如果把前者的句子标次为一、二、三、四，那么后者的句序刚好是四、三、二、一。前者是首创，后者就显得亦步亦趋，是缺少新意的自我重复。最后看情景交融的程度。前者后段的八句写送别主题，句中"雪"字三见，诚如清人宋宗元所评："深情无限，到底不脱歌雪故也。"（《网师园唐诗笺》）王寿昌则评曰："一唱而三叹，慷慨有余音者。"（《小清华园诗谈》卷下）的确，送别的时间是"暮雪下辕门"，地点则是"雪满天山路"，皆不脱"雪"字。末句写到马蹄在雪地上留下的一道印迹即戛然而止，绵绵情意不绝如缕，已臻情景交融之妙境。相对而言，后者的末尾四句中虽亦两见"雪"字，但折枝送别云云，手法陈熟，意境亦浅。

陆游诗云："文章本天成，妙手偶得之。"（《文章》）真正的好诗都是诗人在某种独特情境中的妙手偶得，即使奇才如岑参者，他写出《白雪歌送武判官归京》之后再也写不出第二首奇妙的雪歌，就是一个显著的例证。

（莫砺锋）

芙蓉楼送辛渐

王昌龄

寒雨连江夜入吴,平明送客楚山孤。
洛阳亲友如相问,一片冰心在玉壶。

这是唐代著名诗人王昌龄送别朋友辛渐的一首七言绝句,千百年来,一直为人们所喜爱,口耳相传,极为流行。

早在王昌龄生活的盛唐时代,这首诗就广泛流传了。唐人薛用弱在《集异记》里曾记载过这么一个故事。诗人王昌龄、高适和王之涣,在一个雪花飘飘的冬日里,相约酒楼,听歌妓唱曲,并悄悄商定,歌女们唱谁一首诗,就在墙壁上记上一笔,谁的诗歌被唱得多,谁就优胜。结果,歌姬唱的第一首诗,就是王昌龄的《芙蓉楼送辛渐》。唱的数量最多的,也是王昌龄的作品。可见其当时诗名之大。这个故事后来也很有名,叫作"旗亭画壁"。

王昌龄是盛唐时期一位极有才华却仕宦坎坷的诗人。他出生于京兆府万年县,也就是现在的西安市。王昌龄家境贫寒,早年在家乡躬耕读书,对下层百姓的劳苦多有了解,年轻时曾漫游北方和西北边塞,扩大了眼界,写下了许多著名的边塞诗。例如:"青海长云暗雪山,孤城遥望玉门关。黄沙百战穿金甲,不破楼兰终不还。"(《从军行》七首其四)"大漠风尘日色昏,红旗半卷出辕门。前军夜战洮河北,已报生擒吐谷浑。"(《从军行》七首其五)"秦时明月汉时关,万里长征人未还。但使龙城飞将在,不教胡马度阴山。"(《出塞》二首其一)这些脍炙人口的作品,雄奇豪迈,高浑自然,就多是那时写的。唐玄宗开元十五年（727），他进士及第，官授秘书省校书郎。开元二十二年（734），他又通过了朝廷特别举行的博学宏词科考试，改官汜水县（今河南荥阳西北）尉。然而，接下来等待着他的，却是一贬再贬。大约开元二十六七年（738—739），他先贬谪岭南，虽然时间不太长，开元二十八年（740）北还，不久调任江宁丞（今江苏南京。县丞是县令的副职）。但到了天宝年间，他再次被贬，远迁龙标（今湖南怀化南）。李白闻讯，写下了著名的《闻王昌龄左迁龙标遥有此寄》："杨花落尽子规啼，闻道龙标过五溪。我寄愁心与明月，随风直到夜郎西。"一直到安史之乱（755）爆发后，他才又辗转北归，然不幸北还至亳州（今安徽亳州），被忌恨其才的亳州刺史闾丘晓所杀。一代诗人，竟死于非命，令人叹惋。

王昌龄为何被贬，据《旧唐书》本传的记载，原因是"不护细行"，所以"屡见贬斥"。所谓"不护细行"，就是生活上不拘小节。按照传统的儒家思想观念，即使是生活中的小事，也要认真对待，如果不注意或处理不当的话，那就会影响你的道德声誉。王昌龄当然懂得这个道理。然而他性格狂傲、正直仁义，生活中不免有恃才傲物的地方，至于他究竟是怎样不拘小节的，我们现在已不得而知了，但以"不护细行"而数遭贬谪，不免冤屈。他的好友、另一位盛唐著名诗人常建曾为他的不幸遭遇抱不平。他在诗中写道："谪居未为叹，谗枉何由分！午日逐蛟龙，宜为吊冤文。"（《鄂渚招王昌龄张偾》）诗的意思是，贬谪并不可怕，可怕的是，是非如何分别，诽谤之名何时能得到洗雪。在端午节来临的时候，我所能做的，只能是像当年贾谊凭吊屈原那样，用文字来伤叹友人而已。

这里值得我们注意的是，不仅仅是王昌龄，盛唐时期的其他士人，如李白、王翰、王之涣、崔颢、李颀、高适、薛据等，都曾因不拘小节而受到过时人的指责。可见，不拘小节并不完全是个人的性格问题，而具有一定的普遍性，或者说是盛唐时代的一种社会风气。这种风气的产生，一方面，应归因于开元中期政治、社会生活的宽阔、清明和积极向上；另一方面，也反映出社会生活中不和谐因素的增加，尤其是开元十五年以后，奢侈之风的萌芽、唐玄宗的好大喜功（东封泰山、西北开边等）、朝中诤臣的逐渐被排斥和寒俊之士的被抑制等，这种种社会现象的杂糅和社会状态的微妙变化，不能不首先在情思敏感的诗人们身上表现出来。他们意气风发，积极用世，对建功立业充满了期望，但同时又对现实生活中一些不公正和黑暗的现象表示出不满和怨愤不平。我们在王昌龄的诗歌中，常常会看到诸如"气高轻赴难，谁顾燕山铭"（《少年行》二首其一）、"贤智苟有时，贫贱何足论"（《咏史》）、"行当务功业，策马何骎骎"（《别刘谞》）、"明时无弃才，谪去随孤舟。鸷鸟立寒木，丈夫佩吴钩。何当报君恩，却系单于头"（《九江口作》）等雄壮豪迈、富有积极进取精神的诗句。然而同时，由于"明时"不遇，也就给后人留下了许多流露着忧愁愤懑之情的诗作。像"晚来常读《易》，顷者欲还嵩。世事何须道，黄精且养蒙"（《赵十四见寻》），是直接抒发内心的愤懑不平。"孤舟微月对枫林，分付鸣筝与客心。岭色千重万重雨，断弦收与泪痕深"（《听人流水调子》），是寓情于景，凄恻宛转。"海雁时独飞，永然沧洲意。古时青冥客，灭迹沦一尉。吾子踌躇心，岂其纷埃事"（《缑氏尉沈兴宗置酒南溪留赠》）、"子为黄绶羁，余忝蓬山顾""罢酒当凉风，屈伸备冥数"（《郑县陶太公馆中赠冯六元二》），是以他人之酒浇胸中之块垒。"旷野饶悲风，飕飕黄蒿草。系马倚白杨，谁知我怀抱"（《长歌行》）、"当昔长城战，咸言意气高。黄尘足今古，白骨乱蓬蒿"（《望临洮》），则又是借题发挥，怀古伤今。其内心的忧怨，读之不难察出。诗歌的风格也由雄浑壮丽一变为幽深凄婉。由此也可见，盛唐诗歌的主要风貌和特征，并非都是少年式的浪漫不羁和无拘无束，更多的是走向成熟的深刻和凝重；盛唐诗歌固然常常表现出一种自信、高昂和明朗向上的精神，但在很多情况下却又是忧怨凄恻和慷慨愤激的。王昌龄的《芙蓉楼送辛渐》，正是后一类诗歌的代表。

这首很特别的送别诗，写于王昌龄自岭南贬所返回京城、出任江宁县丞的任上。此时的诗人，忧怨低沉，仍未摆脱贬谪心态。盛唐著名诗人岑参在寄给王昌龄的诗中说道："王兄尚谪宦，屡见秋云生。孤城带后湖，心与湖水清。一县无净辞，有时开道经。黄鹤垂两翅，徘徊但悲鸣。"（《送许子擢第归江宁拜亲因寄王大昌龄》）其心境可知。辛渐到江宁来，是专程来看望王昌龄，还是路过此地，顺便拜访朋友，又停留了多久，我们虽不得而知，但有一点可以肯定，那就是他对王昌龄的境况必定非常关切，对其遭遇十分理解和同情，通过此次探访，希望对好友的现状有所了解，也使好友有所慰藉。而此时的诗人，虽未必是处在贬谪之中，也未必想再为"不护细行"的声名去辩解什么，然好友的到访，不免勾起了他的一怀愁绪，他似乎更愤激起来。他想告诉辛渐，他想告诉所有关心自己的亲友，纵然诽谤诋毁之语甚嚣尘上，但自己光明磊落，胸襟坦荡，正如玉壶之冰一样，晶莹剔透，洁白清澈，决不会为世俗之见而改变，也不会向无端的谗言而屈服。所以，当他在凄恻冷清、连绵不绝的秋雨中送别好友辛渐，从江宁到丹徒（今江苏镇江市。丹徒春秋时属吴，战国时属楚，所以诗人说"入吴"、说"楚山"，都指的是丹徒。唐代丹徒为润州治所，由此渡江北上，可经运河入汴），即将分别的时候，他终于吟诵出了"洛阳亲友如相问，一片冰心在玉壶"这样的千古名句！明人陆时雍曾慨叹王昌龄"七言绝句，自是唐人骚语。深情苦恨，襞积重重，使人测之无端，玩之无尽，惜后人不善读耳"（《诗镜总论》），正为此诗注脚。

  以玉壶冰来比喻人高洁的品格，最早见于南朝刘宋时著名诗人鲍照的诗："直如朱丝绳，清如玉壶冰。"（《代白头吟》）玉取其坚贞润洁，冰取其清莹澄澈，壶则取其虚中能受。初盛唐的诗人，每每好以玉壶冰来比君子之高格。像"初唐四杰"之一的骆宾王在送别李峤的诗中就写道："寒更承夜永，凉夕向秋澄。离心何以赠，自有玉壶冰。"（《别李峤得"胜"字》）王维也以"清如玉壶冰"为题作过诗。陶翰等人有《冰壶赋》，开元宰相姚崇还作过《冰壶诫》。不过，这些作品，都不如王昌龄的诗流传广泛。因为这些诗文往往说理较多，比较直白，不若王昌龄诗含蕴更深，也更流转自然。它既是诗人正直、高傲、高洁形象的生动写照，又融入了诗人对亲友的浓浓深情。

此诗是赠别之作，表达友情是题中应有之义。然诗中借以抒发友情的手法和技巧，却是七言绝句中并不常用的叙事之法。诗人陪同辛渐离开江宁，取道丹徒北上，待到达笼罩在雨幕中的丹徒，天色已晚。次日拂晓，又须早行，分别之际，彼此叮嘱。这就把送行的时节、路线、匆匆行色和临别的情景，十分形象地给我们描绘出来了。诗人在江宁任县丞，送别友人，原可不必从江宁送到丹徒，何况还是细雨蒙蒙、道路泥泞的时节，然他坚持把辛渐送到丹徒，个中朋友交谊之深、情感之厚，不言自明。诗意婉转含蓄，余味无穷。

王昌龄送别辛渐时，写了两首诗，这是第一首。另外一首应与此首同读，诗意方完整。第二首写道："丹阳城东秋海深，丹阳城北楚云阴。高楼送客不能醉，寂寂寒江明月心。"丹徒是润州治所，润州古时属丹阳郡，所以这里的"丹阳城"仍指丹徒县城。"高楼"就是题目中说的"芙蓉楼"。东晋王恭任兖、青二州刺史（西晋末兖、青等地的百姓自北方迁至广陵 [今扬州]、京口 [今镇江] 一带寄居，故又以原州名称广陵、京口），镇守京口，曾改创城西南楼为万岁楼，城西北楼为芙蓉楼，两处都是登临胜地。当王昌龄与辛渐到达丹徒时，天色已晚，诗人置酒为朋友饯行，酒后同登芙蓉楼。所以有此诗的后两句："高楼送客不能醉，寂寂寒江明月心。"我们可以设想，如果此时不是送别朋友，处在忧愁愤懑心态下的诗人，也许就会一醉方休了。然而，现在他没有醉，我们的诗人是清醒的，他的一颗心，正像雨过天晴之后，透出云隙，映照在静静流淌的江水中的一轮明月，皎洁澄净。这与第一首诗的后两句"洛阳亲友如相问，一片冰心在玉壶"，是完全一致的。

不过，在表现手法上，第二首诗与第一首并不相同。诗人以景写情，无论是诗中所描写的想象中的茫茫东海，还是眼前的沉沉阴云、寂寂寒江，从中映现出的，都是诗人的一腔愁绪。"丹阳城东""丹阳城北"的重叠句式，是乐府诗创作中常见的手法。比如汉乐府民歌："江南可采莲，莲叶何田田。鱼戏莲叶间。鱼戏莲叶东，鱼戏莲叶西，鱼戏莲叶南，鱼戏莲叶北。"不避重复，读之却令人眼前仿佛出现一幅生动的游鱼戏莲图，也表现了采莲者愉快的心情。诗人此处借用民歌的表现手法，写吴地阴云密布的景象，实则正是他自己心头愁云笼罩的形象写照，不避重复的效果，使情感表达得到了加强。

王昌龄在唐代诗名甚高。唐人（佚名）编《琉璃堂墨客图》，把他标举为"诗家天子"，说他在诗坛的地位，就像坐于正殿，接受诸侯朝拜的天子一样。有意思的是，元代西域的诗人辛文房撰《唐才子传》，则称王昌龄是"诗家夫子"。虽然这"夫子"二字可能是"天子"的讹称，但这种说法之所以为人们所接受，却有其充分的理由。因为，王昌龄曾撰写过《诗格》等讨论作诗方法的著作，启迪初学，授人以法，当然是可以称为"夫子"（此处谓老师）的了。所谓"诗家天子"，我们理解，是说王昌龄的诗歌超凡入圣，天然神妙，高不可及；所谓"诗家夫子"，则又是说他的诗歌"绪微而思清"（《旧唐书》本传），自有法则，堪为典范。二者合观，才是王昌龄诗歌的全部。

后人对王昌龄的诗尤其是七言绝句也极为推崇。南宋刘克庄称其"绝句高妙"（《后村诗话》新集卷三）。明人胡震亨将他与李白并称，说："七言绝句，王江宁与太白争胜毫厘，俱是神品。"（《唐音癸签》卷十）清人叶燮也说："七言绝句，古今推李白、王昌龄。李俊爽，王含蓄，两人辞、调、意俱不同，各有至处。"（《原诗》卷四）而亦有论者指出王昌龄的诗是"绪密而思清"（《新唐书》本传），常"得之锤炼"（明陆时雍《诗镜总论》）。这些评论应该说都是可取的。王昌龄诗虽诗心巧慧，精心锻炼，但也能达到浑成自然的境界，并无斧凿的痕迹。

《芙蓉楼送辛渐二首》即是如此。第一首诗以叙事为主，语如贯珠，流转自然，而首两句中的"寒雨连江""楚山孤"，以及末两句临别时细节的描写，事中有景，景中有情，写景与叙事、抒情融合为一，即景即事，即景即情，含蓄蕴藉，从中不难见出诗人创作手法和技巧的高妙。第二首诗首两句运用乐府民歌的表现手法，写景抒情，反复渲染，引发出后两句诗人心迹的表露，同样是情景交融、浑成自然的，而末句"寂寂寒江明月心"，既是写景，与首两句相呼应，又为诗人写照，从而进一步凸显出诗人高洁孤傲的形象。匠心所运，亦不难体会。

（巩本栋）

长干行

李 白

妾发初覆额，折花门前剧。郎骑竹马来，绕床弄青梅。同居长干里，两小无嫌猜。十四为君妇，羞颜未尝开。低头向暗壁，千唤不一回。十五始展眉，愿同尘与灰。常存抱柱信，岂上望夫台。十六君远行，瞿塘滟滪堆。五月不可触，猿声天上哀。门前迟行迹，一一生绿苔。苔深不能扫，落叶秋风早。八月蝴蝶黄，双飞西园草。感此伤妾心，坐愁红颜老。早晚下三巴，预将书报家。相迎不道远，直至长风沙。

《唐诗三百首》中选入了三首《长干行》，一首是李白所作，另二首是崔颢所作。李白的《长干行》是长达三十句的五言古诗，崔颢的二首都是五言绝句。同样的题目而繁简相差甚远，但又都是千古绝唱，值得做一番对读。

《长干行》本是乐府古题，郭茂倩编《乐府诗集》卷七十二《杂曲歌辞》中收录了一首，题作《长干曲》。此诗仅四句："逆浪故相邀，菱舟不怕摇。妾家扬子住，便弄广陵潮。"后署"古辞"，当是南朝民歌。"长干"是南京城南的一条里巷名，早在晋人左思的《吴都赋》里便有"长干延属，飞甍舛互"之句，可见那是人口繁密的市井。《舆地纪胜》云："长干是秣陵县东里巷名。江东谓山陇之间曰'干'，金陵五里有山冈，其间平地，民庶杂居，有大长干、小长干、东长干，并是地名。"由于长干里靠着秦淮河，北通长江，居民依水而居，故多以舟楫贩运为业者，上引古辞专咏荡舟，便是当地民间生活的反映，也成为后人拟作《长干曲》（亦称《长干行》）的一个传统。

李白集中本有两首《长干行》，崔颢集中原有四首《长干行》，蘅塘退士从李诗中选取其一，又从崔诗中选取其二，真是目光如炬。因为李集中的第二首《长干行》其实是唐人张潮所作，学界早已考定，详见佟培基《全唐诗重出误收诗考》。况且其艺术水准也与第一首相去甚远，即使出于李白之手也不应入选。崔颢的四首《长干行》其实可分为两组，第一、二首为一组，即《唐诗三百首》中所选者。第三、四首为另一组，原诗如下："下渚多风浪，莲舟渐觉稀。那能不相待，独自逆潮归。""三江潮水急，五湖风浪涌。由来花性轻，莫畏莲舟重。"基本上是对古辞《长干曲》的模拟，与前二首写民间男女恋情内容不同，写得也不太出色。由此可知高水平的选家具备披沙拣金的本领，他们真是读者的大功臣！

李白的《长干行》中，只有"常存抱柱信，岂上望夫台"二句用了典故，一是尾生与女子相约于蓝桥，女子未来而大水忽至，尾生守约，抱柱不去，遂被淹死；二是思妇登山望夫，日久化为石头。虽然见于典籍，但都是流传万口的民间传说，用来叙述民间男女爱情非常妥当。其余的句子都浅近易懂，直如口语。但这是何等生动的精彩语言啊！才写到第六句，已经创造了两个成语："青梅竹马"和"两小无猜"。千百年来，只要说到小儿女之间的感情，谁能避开这两个成语？它们不但复现在诗客骚人的笔下，也回响在田夫村妇的口头，这才是生机勃勃的活语言，这才是元气淋漓的绝妙好词。要是与南朝宫体诗或五代花间词中那些模仿小儿女口吻的忸怩作态的句子相比，真可借用金圣叹的话说是"金屎之别"。

李白的《长干行》也赢得了千年以后西方读者的热烈欢迎。美国现代派诗人庞德亲自将它译成英文，尽管译文中有不少问题，比如把"妾发初覆额"译成小女孩的头发被剪成平平的"刘海"，又如把"竹马"译成竹制的高跷，但仍然成为经典的英译唐诗，并被选进多种英文诗选，有的西方读者甚至误以为它就是一首用英语写成的诗歌。《长干行》之所以会受到西方读者的欢迎，当是由于它的特殊性质：它既是叙事诗，又是爱情诗，于是合乎西方人读诗的口味。但这也透露出《长干行》在唐诗中的独特性：它相当完整地叙述了发生在长干里的一个爱情故事，这正是李白努力学习民间乐府所取得的成就。《长干行》全诗都以女子的口吻自述其爱情经历，情节和人物的描写惟妙惟肖，心理活动的表白则细入毫芒。可以说，叙事完整、描写细致是这首《长干行》的最大优点。

再看崔颢的两首《长干行》：

> 君家何处住？妾住在横塘。
> 停船暂借问，或恐是同乡。

> 家临九江水，来去九江侧。
> 同是长干人，生小不相识。

两首诗全由对话构成，前者出于女子之口，后者则显然是一位男子。非常有趣的是，诗中对两个人物不着一字，却使读者不但如闻其声，而且如见其人。"君家何处住"一句，可见两人是素昧平生，萍水相逢。在古代社会，男女之间一般是"非礼勿言"的。这位年轻女子却主动与陌生男子搭话，不但相问，而且自报家门说"妾住在横塘"，这未免有点唐突。所以三四句自我解释，说只怕彼此是同乡，故停下船来相问一声。明人钟惺评此诗说："急口遥问语，觉一字未添。"（《唐诗归》）的确，从"停船"一句来看，当是两艘船对面相擦而过，女子匆忙停下船来相问，所以只有寥寥数语。问题是当女子问出第一句后，对方还没来得及回答，更没有反问她家住何处，她却急着自报家门。这是为什么？近人俞陛云评曰："既问君家，更言妾处，何情文周至乃尔。是否同乡，干卿底事，乃停舟相问，情网遂凭虚而下矣。"（《诗境浅说》）是啊，偶然见到一个陌生男子，便开口问他是否同乡，有什么必要？然而这一切又是多么合情合理，千载之下的读者都会发出会心微笑，因为女子的满腔情思已表露无遗。要说诗歌有"不着一字，尽得风流"的境界，此诗便是最好的典范。

第二首也写得绘声绘色,男子的回答全从"同乡"这层意思说起。"横塘"是地名,位于长干里附近。"九江"泛指长江下游的众多支流,这里当指秦淮河。从稍大的地域概念来看,家住横塘的女子与家在秦淮河边的男子都可算是长干人。只是他们不像李白诗中那对青梅竹马的小儿女,虽是同乡而迄未相识(很可能双方都是浮家泛宅、以船为家的人,常年在外漂流,所以没有相识的机会)。如果说女子的话体现出她勇敢、爽朗的个性,那么男子的回答则表现出他老实、诚恳的人品。男子的回答虽然诚实简单,却并不是冷淡的礼节性话语。细味"同是长干人,生小不相识"二句,难道没有"相逢恨晚"的情意在内?不过没有明言而已。

　　如果说李白的《长干行》以详细、完整为特点,那么崔颢的两首同名作正好相反,它们以简练、含蓄而见长。李诗对人物的描写着重在形貌与动作,"妾发初覆额,折花门前剧","郎骑竹马来,绕床弄青梅",写小儿女的稚态可掬,生动真切。"低头向暗壁,千唤不一回",写新嫁娘的娇柔羞涩,如在目前。有些细节虽与人物无关,也赢得历代论者的交口称赞。例如"八月蝴蝶黄,双飞西园草",明人杨慎曰:"蝴蝶或白或黑,或五彩皆具,惟黄色一种,至秋乃多,盖感金气也。李白诗:'八月蝴蝶黄',深中物理。"(《升庵诗话》)所谓"深中物理",其实就是观察仔细,故描写真切。更值得称赞的是,这两句诗全是女子眼中所见之景,唯其落寞孤寂,才会如此细心地观看园中秋景,而蝴蝶双飞之景更加衬托出己身的形单影只,正如王国维所云,"一切景语皆情语也"(《人间词话删稿》)。唯其描写细致真切,此诗的叙事才会如此成功。诚如近人王文濡所评:"依次叙来,一线贯串,儿女情怀,历历如绘。"(《唐诗评注读本》)崔诗恰好相反,它只写对话,而对人物的形貌、动作均付阙如,正如清人王夫之评崔颢这两首诗"墨气所射,四表无穷,无字处皆其意也"(《姜斋诗话》)。什么叫"无字处皆其意也",大概是指崔诗虽然对人物的形貌、动作(包括心理活动)一字未及,但一切尽在不言之中,也就是已经用烘云托月的手法表现出来了。确实,读了崔诗的第一首,那女子的动作(如用竹篙撑住船只)及心理活动(她定是对男子产生了好感），难道不是可睹可感？读了崔诗的第二首，那位男子的朴实之状，难道不是如在目前？两首崔诗一共只有八句，但是言约意丰，一个优美的爱情故事已经展开在读者面前。那对一见钟情的男女日后的关系如何进一步发展，他们最后是否结成眷属，诗人都没交代。但又何必再做交代！既然已经两情相悦，以后的一切便是情理中事。崔颢截取这个爱情故事的一个片段，而且只写其中的一段对话，而把其余的一切都留给读者去联想。我相信，所有的读者都会展开丰富的联想，把它补足为一个动人的爱情故事，从而获得参与创造的阅读快感。清人纪昀评李白《长干行》云："儿女子情事，直从胸臆间流出，萦纡回折，一往情深。"（《唐宋诗醇》）这个评语移用来评崔颢的《长干行》，也相当准确。

总之，李白与崔颢的《长干行》题目相同，内容相近，但它们一为古诗，一为绝句，诗体的差异使它们一繁一简，从而形成两种截然不同的写法。因为古诗没有篇幅限制，李白的五古就有长达百句以上者，例如《经乱离后天恩流夜郎忆旧游书怀赠江夏韦太守良宰》竟长达一百五十六句。李白的《长干行》也有三十句，所以能够相当详细地叙述故事。崔颢的诗是绝句，一首才寥寥四句，两首相加也只有八句，诗人只能选取某个片断来画龙点睛。由于篇幅的限制，两首崔诗全都是直录口语，这就从根本上消除了书面语言的因素，从而最大限度地保存了民间口语的活泼生动。从维护原生态的民歌风调的角度来说，崔诗比李诗有过之而无不及。当然，从整体的艺术效果来看，李白和崔颢的《长干行》繁简各得其妙，都是唐诗中描写民间爱情的千古绝唱。陆机《文赋》云："若夫丰约之裁，俯仰之形，因宜适变，曲有微情。"刘勰《文心雕龙·熔裁》则云："精论要语，极略之体；游心窜句，极繁之体；谓繁与略，随分所好。"的确，文章之繁简并无一定之规，只要运用得当，则繁简皆宜，李白与崔颢的《长干行》便是一对典型的例证。

（莫砺锋）

越中览古

李　白

越王句践破吴归，义士还家尽锦衣。
宫女如花满春殿，只今惟有鹧鸪飞。

　　一首绝句仅有四句，最合理的结构当然是两句各为一个层次，于是第三句便顺理成章地起到转换作用。故前人论绝句章法，多关注第三句之转折，例如明人徐师曾《文体明辨》云："大抵绝句诗以第三句为主，须以实事寓意，则转换有力，旨趣深长。"元人杨载《诗法家数》则云："绝句之法，要婉曲回环，删芜就简，句绝而意不绝。多以第三句为主，而第四句发之。……大抵起承二句固难，然不过平直叙起为佳，从容承之为是，至如宛转变化，工夫全在第三句，若于此转变得好，则第四句如顺流之舟矣。"试读唐人七绝名篇，确实常在第三句实现诗意转折，几成规律。然而诗歌的艺术生命在于创新，杰出的诗人不会固守一格，李白的《越中览古》便是一个特例。后人评论此诗，多着眼于其诗意之转折在第四句。宋人谢枋得云："前三句赋昔日豪华之盛，落句状今日凄凉之景。"（《李太白诗醇》引）明人唐汝询云："前三句，状昔之豪华。落句，写目前之寂寞。"（《唐诗解》）清人潘耒云："上三句，何等喧热！下一句，何等悲感！"（《李太白诗醇》引）诸人几乎异口同声，当然是基于一目了然的文本，因为第四句开头的"只今"二字，就是一个明确的时间状语，表明将语境从古代转换到眼前。那么，这种不同寻常的结构到底有什么优点呢？

越王句（一作"勾"）践是春秋五霸之一，句践灭吴是他一生中最主要的霸业，也是春秋后期最重要的历史事件。当胸怀大志的李白来到越国故都慷慨怀古时，当然首先会想到这件大事。此诗将卧薪尝胆等有趣的史实全部略去，集中笔墨描写句践破吴后凯旋回越的豪壮情景，堪称探骊得珠。首句简略地交代史实，次句写从征将士得胜归来，句践麾下有范蠡、文种等豪杰之士，他们跟随句践经历了十年生聚、十年教训的艰苦历程，称为"义士"名实相符。"锦衣"二字也非闲笔，吴、越皆是重要的蚕桑之乡，越军伐吴得胜，将士们当然会衣锦还乡。第三句虽然于史无征，但也是意料中事。在吴越相争的过程中起到重要作用的那位著名美女西施便是越国女子，说句践的宫中"宫女如花"并非夸张。总之，前三句描写句践破吴凯旋回越，选取衣锦的将士与美貌的宫女作为特写镜头，成功地渲染了鲜花着锦般的繁盛景象，这是诗人对历史的合理想象。然后第四句一笔兜转，推出眼前的实景：废墟荒台上只有鹧鸪乱飞。鹧鸪是一种野鸟，总是避人而居。既然只见鹧鸪乱飞，当然只剩荒烟蔓草而已。于是从历史上的繁荣热闹到当前的寂寞凄凉便在顷刻之间实现转换，浓重的沧桑之感油然而生。这是李白当时的真切感受，也是后代读者阅读此诗获得的真切感受。此诗的成功原因有二：一是描写盛衰二境皆用具体物象，此外不着一字。二是形容盛况连用三句，将繁荣热烈之景象推至极点，然后突然跌落，就像韩愈描写的高手奏琴："跻攀分寸不可上，失势一落千丈强。"从而产生巨大的心理震撼。由此可见，将诗意转换的位置从第三句改到第四句，是此诗成功最重要的奥秘。

艺术上的任何创新，一旦尝试成功，便会后继有人。明人敖英指出："此与韩退之《游曲江寄白舍人》、元微之《刘阮天台》三诗，皆以落句转合，有抑扬，有开合，此格唐诗中亦不多得。"（《唐诗训解》引）先看韩诗《同水部张员外曲江春游寄白二十二舍人》："漠漠轻阴晚自开，青天白日映楼台。曲江水满花千树，有底忙时不肯来。"清人王士禛评曰："以末一句作转合，格高亦韵甚。"（《唐人万首绝句选评》）再看元稹《刘阮妻》："芙蓉脂肉绿云鬟，罨画楼台青黛山。千树桃花万年药，不知何事忆人间？"明人周启琦评曰："抑扬开合，全在尾句。"（《唐诗选脉会通评林》）二则评语都说得相当中肯，而敖英指出三首诗有同样的结构，也即指出李白诗对韩、元二人的影响，更是独具只眼。如果把眼光扩大到唐诗之外，则可注意宋人黄庭坚的《病起荆江亭即事十首》之五："司马丞相昔登庸，诏用元老超群公。杨绾当朝天下喜，断碑零落卧秋风。"前三句写元祐初年司马光东山再起时朝野喜气洋洋之盛况，第四句突然转到新党卷土重来后司马光墓碑惨遭砸毁之凄凉景象，于结构而言，也与李白诗一脉相承。由此可见，任何成功的创新都不会成为永久沉寂的孤鸣，或早或晚，它总会后继有人，这正是一部诗歌史的内在脉络。

（莫砺锋）

清平调（三首）

李 白

云想衣裳花想容，春风拂槛露华浓。
若非群玉山头见，会向瑶台月下逢。

一枝红艳露凝香，云雨巫山枉断肠。
借问汉宫谁得似，可怜飞燕倚新妆。

名花倾国两相欢，长得君王带笑看。
解释春风无限恨，沉香亭北倚阑干。

李白的《清平调三首》是历代传诵的名篇，其本事载于中唐人李濬的《松窗杂录》：

开元中，禁中初重木芍药，即今牡丹也。得四本：红、紫、浅红、通白者，上因移植于兴庆池东沉香亭前。会花方繁开，上乘照夜白，太真妃以步辇从。诏特选梨园弟子中尤者，得乐十六部。李龟年以歌擅一时之名，手捧檀板，押众乐前，欲歌之。上曰："赏名花，对妃子，焉用旧乐词为？"遂命龟年持金花笺宣赐翰林学士李白，进《清平调词》三章。白欣承诏旨，犹苦宿醒未解，因援笔赋之："云想衣裳花想容，春风拂槛露华浓。若非群玉山头见，会向瑶台月下逢。""一枝红艳露凝香，云雨巫山枉断肠。借问汉宫谁得似，可怜飞燕倚新妆。""名花倾国两相欢，长得君王带笑看。解释春风无限恨，沉香亭北倚阑干。"龟年遽以词进，上命梨园弟子约略调抚丝竹，遂促龟年以歌。太真妃持颇梨七宝杯，酌西凉州蒲萄酒，笑领歌，意甚厚。上因调玉笛以倚曲。每曲遍将换，则迟其声以媚之。太真饮罢，饰绣巾重拜上意。……上自是顾李翰林尤异于他学士。会高力士终以脱靴为深耻，异日太真妃重吟前词，力士戏曰："始谓妃子怨李白深入骨髓，何拳拳如是？"太真妃因惊曰："何翰林学士能辱人如斯？"力士曰："以飞燕指妃子，是贱之甚矣。"太真颇深然之，上尝欲命李白官，卒为宫中所捍而止。

此故事颇为《新唐书》《唐才子传》等书所采信，到了今天，其前半段除了"开元中"应作"天宝初"，"翰林学士"应作"翰林供奉"等细节之外，学界大致以为实录。其后半段，今人疑信参半，因为魏颢《李翰林集序》中明言谗毁李白者乃张垍，刘全白《唐故翰林学士李君碣记》则谓乃李白之"同列者"，更加可信。当然，说高力士因怀恨李白而挑唆杨妃，也是事出有因，不能轻易否定。

本文想讨论的有两个问题，第一，《清平调三首》的主旨是赞美杨妃，还是有所讥刺？由于李白蔑视权贵、平交王侯，他对朝廷与长安城里的黑暗现状曾有无情的揭露与批判，例如《古风》其二十四："中贵多黄金，连云开甲宅。路逢斗鸡者，冠盖何辉赫！"又如其五十八："神女去已久，襄王安在哉。荒淫竟沦没，樵牧徒悲哀。"不但讥及权贵，对玄宗杨妃也无恕词。故后人往往认为李白写《清平调三首》时肯定也有讥讽之意，如宋人谢枋得评其一曰："褒美中以寓箴规之意。"又评其二曰："以巫山夜梦、昭阳祸水入调，盖微讽之也。"（《李太白诗醇》卷二）元人萧士赟则解读其一、二云："传者谓高力士指摘飞燕之事以激怒贵妃，予谓使力士知书，则'云雨巫山'岂不尤甚乎！《高唐赋序》谓神女尝荐先王以枕席矣。……

使寿王而未能忘情,是'枉断肠'矣。诗人比事引兴,深切著明,特读者以为常事而忽之耳。"(《分类补注李太白诗》)明人梅鼎祚云:"萧注谓神女刺明皇之聚麀,飞燕刺贵妃之微贱,亦太白醉中应诏想不到此。但巫山妖梦,昭阳祸水,微文隐意,风人之旨。"(《唐诗合选评解》卷四)意谓虽然李白并非有意讽刺,但字里行间仍含讥刺之意。

对此,清人王琦予以痛驳:"力士之谮恶矣,萧氏所解则尤甚。而揆之太白起草之时,则安有是哉!巫山云雨、汉宫飞燕,唐人用之已为数见不鲜之典实。若如二子之说,巫山一事只可以喻聚淫之艳冶,飞燕一事只可以喻微贱之宫娃,外此皆非所宜言,何三唐诸子初不以此为忌耶?……若《清平调》是奉诏而作,非其比也。乃敢以宫闱暗昧之事、君上所讳言者而微辞隐喻之,将蕲君知之耶?亦不蕲君知之耶?如其不知,言亦何益?如其知之,是批龙之逆鳞而履虎尾也。非至愚极妄之人,当不为此。"(《李太白全集》卷五)我觉得王琦的理由非常充分,当时玄宗诏李白入宫写诗,是因为"赏名花、对妃子"而需要新歌辞。李白奉诏作《清平调三首》,当然必须扣紧"赏名花、对妃子"的主题,故而三首诗都是既咏牡丹,又咏杨妃。主题如此,当然应以赞美为旨,岂容语带讥刺!创作背景与《清平调三首》相同的李白诗有《宫中行乐词八首》,《本事诗》载其本事云:"(玄宗)尝因宫人行乐,谓高力士曰:'对此良辰美景,岂可独以声伎为娱?倘得逸才词人吟咏之,可以夸耀于后。'遂命召白。……白取笔抒思,略不停辍,十篇立就,更无加点。"十篇今存八首,皆紧扣"宫中行乐"之主题,旨为颂扬,语带夸耀,并无讥刺。身为"翰林供奉"的李白应诏入宫作诗,这是题中应有之义。刘学锴先生指出:"供奉翰林的李白,其终极理想,当然是'申管晏之谈,谋帝王之术。奋其智能,愿为辅弼',但当对自己恩遇有加的玄宗'赏名花、对妃子'的雅兴需要自己捧场时,他以词臣的身份,也乐于一展自己的才能。特别是面对名花倾国,诗人也实有赞美的雅兴。而这三首诗,确实为历史上艳称的绝代佳人留下了堪称传神的佳作。"(《唐诗选注评鉴》)这是非常中肯的说法。

第二，其三中"解释春风无限恨"一句，后人歧解纷纭。第一种认为"春风"是指玄宗，清人沈德潜解曰："本言释天子之愁恨，托以春风，措辞微婉。"（《唐诗别裁集》）今人刘永济亦曰："点明名花、妃子皆能长邀帝宠者，以能'解释春风无限恨'也。"（《唐人绝句精华》）沈熙乾说得更加明确："这一句，把牡丹美人动人的姿色写得情趣盎然，君王既带笑，当然无恨，恨都为之消释了。"（《唐诗鉴赏辞典》）赵昌平则将此句译成："谁懂得，消释天子春恨与情肠。"（《唐诗三百首全解》）第二种认为"春风"是指杨妃，清人徐增曰："盖女子生性易恨，有一分不如意处便恨。今妃子承宠，于沉香亭北倚栏杆看花之顷，唐皇如此宠她，妃子胸中岂尚有纤微之恨未化耶？"（《而庵说唐诗》卷十）第三种认为"春风"不是指人，明人唐汝询曰："乃妃心解春风无限之恨，故方倚栏而求媚于君，盖恐恩宠难长也。春风易歇，故足恨。汉武云：'欢乐极兮哀情多。'太白于极欢之际加一'恨'字，意甚不浅。"（《唐诗解》卷二五）

相较之下，我比较倾向于第三种意见。将"春风"解成玄宗或杨妃，一来没有文本依据，二来损害了全诗的意境。在"赏名花、对妃子"的欢乐情境下，"无限恨"从何而来？只能来自"解释春风"，即春风消释，欢情不再。名花植于沉香亭外，妃子于亭内倚栏而坐，既是赏花，也是以娇慵之态取媚玄宗。然而物盛则衰，这种"名花倾国两相欢"的情景岂能保持长久？一旦春风消歇，繁华事散，徒留下无限之愁恨也。故眼前之盛况真乃"欢乐极兮"，弥足珍贵。李白在此处忽然阑入此句，既是对世情物理的敏锐洞察，也是对帝妃心事的深刻体认，故唐汝询称其"意甚不浅"。要是换成一位平庸的御用诗人，一定不能也不敢写出此句来。玄宗、杨妃听唱此辞后深为欣赏，说明他们都听懂了李白的意思。此外，刘学锴先生解说此句云："实际上三、四两句并非写君王无恨，凭栏赏名花对妃子，而是写春风吹拂下的牡丹含苞怒放，倚栏摇曳飘舞的情景。花含苞未开时固结不解，有似女子之脉脉含愁，故李商隐有'芭蕉不展丁香结，同向春风各自愁'之句。所谓'解释春风无限恨'，即指和煦的春风解开了牡丹无数包含在花苞中的情结,使之朵朵迎风怒放。"(《唐诗选注评鉴》)说虽新颖,但过于深曲,故不取。

(莫砺锋)

峨眉山月歌

李 白

峨眉山月半轮秋，影入平羌江水流。
夜发清溪向三峡，思君不见下渝州。

李白集中有两首咏峨眉山月的诗，前者就是作于唐玄宗开元十二年（724）的这首《峨眉山月歌》。后者是作于唐肃宗上元元年（760）的《峨眉山月歌送蜀僧晏入中京》："我在巴东三峡时，西看明月忆峨眉。月出峨眉照沧海，与人万里长相随。黄鹤楼前月华白，此中忽见峨眉客。峨眉山月还送君，风吹西到长安陌。长安大道横九天，峨眉山月照秦川。黄金师子承高座，白玉麈尾谈重玄。我似浮云滞吴越，君逢圣主游丹阙。一振高名满帝都，归时还弄峨眉月。"二诗的写作年代相隔三十六年：写作前者时，李白正当青春妙年，他"仗剑去国，辞亲远游"，展开在他面前的人生前景就像初出三峡的长江一样广阔无垠。写作后者时，李白已至垂暮之年，他遇赦初归，志气消缩，竟对一个即将西入长安的僧人艳羡不已。天上的明月清辉依旧，地上的诗人却已英风不再，二诗对读，令人掩卷长叹！然而本文要想探讨的不是"朝如青丝暮如雪"的人生感叹，而是这两首诗都以峨眉山月为主要意象，为何艺术水准相去甚远？难道李白也会江郎才尽？

《峨眉山月歌》尾句中的"君"字究系何指？今人多谓指友人，例如郑文认为"君"指送行之人（见其《略论李白出蜀前所作诗歌及遇赦的短期行踪》），郁贤皓认为"似指友人为是，唯不知指谁"（见其《李太白全集校注》),周啸天则认为"思君"是指"对故国故人不免恋恋不舍"(见其《唐诗鉴赏辞典》)。但古人多谓指月,明人唐汝询云:"君者,指月而言。清溪、三峡之间,天狭如线,即半轮亦不复可睹矣。"(《唐诗解》)清人沈德潜、黄叔灿等皆从此说(见《唐诗别裁》《唐诗笺注》)。笔者同意后者,因为此解使全诗意脉流畅,正如清人李锳所云:"此就月写出蜀中山峡之险峻也。在峨眉山下,犹见半轮月色,照入江中。自清溪入三峡,山势愈高,江水愈狭,两岸皆峭壁层峦,插天万仞,仰眺碧落,仅余一线,并此半轮之月亦不可见,此所以不能不思也。'君'字指月也。"(《诗法易简录》)假如"君"字指友人,则诗题中宜有"寄某某"字样,否则前三句皆为咏月,突然在尾句中阑入一个意指友人的"君"字,难免显得突兀、生硬,而将尾句解作思念不复可见的峨眉山月,则全诗意脉贯注,姿态流动,如出天籁。

此诗寥寥四句,却包含五个地名,这个特点一望即知。一首短诗中有如此密集的同类意象,很容易造成意象堆垛、意脉滞碍的缺点。清人赵翼在《瓯北诗话》卷十二中有"诗病"一节,列举了"张谓《别韦郎中》诗八句中五地名、卢象《杂诗》八句中四地名、王昌龄《送朱越》一绝四句中四地名、孟浩然《宴荣山人池亭》律诗七句中用八人姓名"等例子,断然结论曰:"究是诗中之病。"对于李白此诗,赵翼则认为是个不足为训的例外:"四句中用五地名,毫不见堆垛之迹,此则浩气喷薄,如神龙行空,不可捉摸,非后人所以模仿也。"那么为何李白此诗能达到不同寻常的艺术效果呢?明人王世贞云:"此是太白佳境,然二十八字中,有峨眉山、平羌江、清溪、三峡、渝州,使后人为之,不胜痕迹矣。益见此老炉锤之妙。"(《艺苑卮言》卷四)清人宋顾乐则认为:"此诗定从随手写出。一经炉锤,定逊此神妙自然。"(《唐人万首绝句选评》)考虑到李白挥洒自如的创作方式,此诗又是其早年所作,后一种解释更加合理。"月是故乡明",李白以蜀人自居,峨眉山月就是其故乡明月,当然在他心中具有格外重要的意义。当他登舟离蜀之际,举头望见峨眉山头那半轮明月,低头又见月影随着江水潋潋流动(平羌江即沿着峨眉山东流的青衣江),恋乡之情溢于言表。"峨眉山"与"平羌江"虽是地名,但在此处却都是眼前景物即"月"与"江水"的修饰语。"清溪"当是平羌江边的一个渡口或驿站，即诗人的登舟之处。诗人夜发清溪驶向三峡，沿途两岸之山越来越高峻险峭，天上的半轮明月终于隐没不见，于是逼出感慨万分的尾句："思君不见下渝州！""清溪""三峡""渝州"三个地名分别是诗人此行的始点、中点与终点，它们散落句中，伴随着诗人的行踪相继出现，充满着动态之美，毫无堆垛之感。所以说，此诗是一首触景生情、直抒胸臆的好诗，而并非刻意安排、多方锤炼而成。

既然如此，《峨眉山月歌送蜀僧晏入中京》的相形见绌就不难理解了。此诗共十六句，其中"峨眉"凡六见，"月"亦凡六见，两者连缀的则有"峨眉山月"两处，"峨眉月"一处。相传为宋人严羽评点之《李太白诗集》卷七云："回环散见，映带生辉，真有月映千江之妙，非拟议所能学。"该书载明人批语则云："读此诗如弄连环九叠，玲珑滑脱。"这些评语皆有言过其实之病。全诗可分四章，每章四句。若分而论之，则首章回忆当年出蜀时望月思乡之事，内容与《峨眉山月歌》相似，虽然"峨眉"与"月"都曾重复出现，但前二句以我为主，以月与峨眉为宾；后二句却以月为主，以人为宾。变化多姿，意脉流动。末章揣测蜀僧还蜀，"归时还弄峨眉月"之句也还合情合理。但是第二章写诗人在江夏送蜀僧西入长安，"峨眉山月还送君"之句未免不合情理。第四章写蜀僧在长安得意之状，"峨眉山月照秦川"之句更属无谓。所以全诗中反复出现"峨眉山月"字样以配合"峨眉山月歌"的诗题，未免刻意安排而欠自然。明人朱谏将此诗断为"鄙俚粗俗又无伦序，决非太白之诗"（《李诗选注》），固然过于武断，但说此诗的艺术水准与《峨眉山月歌》相去甚远，并非苛论。

陆游有言："文章本天成，妙手偶得之。"（《文章》）《峨眉山月歌》就是青年李白妙手偶得的一首好诗，它基本上是不可重复的。即使李白本人在多年之后重写同样的主题，也未能成功，就是明确的证明。

（莫砺锋）

远 别 离

李 白

　　远别离,古有皇英之二女,乃在洞庭之南,潇湘之浦。海水直下万里深,谁人不言此离苦。日惨惨兮云冥冥,猩猩啼烟兮鬼啸雨,我纵言之将何补?皇穹窃恐不照余之忠诚,云凭凭兮欲吼怒。尧舜当之亦禅禹。君失臣兮龙为鱼,权归臣兮鼠变虎。或言尧幽囚,舜野死,九疑联绵皆相似,重瞳孤坟竟何是?帝子泣兮绿云间,随风波兮去无还。恸哭兮远望,见苍梧之深山。苍梧山崩湘水绝,竹上之泪乃可灭!

此诗言辞闪烁,语意恍惚,以至于明人朱谏在《李诗辨疑》中斥为"鬼辈假托之辞"。而多数论者认为此诗寓意深刻,"有言在此而意在彼者"(沈德潜《说诗晬语》卷下)。但是此诗的寓意究竟是什么?则歧说纷纭,莫衷一是。归纳众说,主要有以下三种观点:

第一种初见于元人萧士赟《分类补注李太白诗》:

　　此诗大意谓无借人国柄,借人国柄则失其权,失其权则虽圣哲不能保其社稷妻子,其祸有必至之势。诗之作,其在天宝之末乎?按唐史……自是国权卒归于林甫、国忠,兵权卒归于禄山、舒翰。太白熟观时事,欲言则惧祸及己,不得已而形之诗,聊以致其爱君忧国之志。所谓皇、英之事,特借之以隐喻耳。曰

"日"、曰"皇穹"，比其君也。曰"云"，比其臣也。"日惨惨兮云冥冥"，喻君昏于上，而权臣障蔽于下也。"猩猩啼烟兮鬼啸雨"，极小人之形容而政乱之甚也。"尧舜当之亦禅禹"而下，乃太白所欲言之事，权归臣下，祸必致此。诗意切直著明，流出胸臆，非识时忧世之士，存怀君忠国之心者，其孰能兴于此哉！

明人胡震亨《李诗通》认为此诗"著人君失权之戒"，清人《唐宋诗醇》云："此忧天宝之将乱，欲抒其忠诚而不可得也。日者君象，云盛则蔽其明。'啼烟、啸雨'，阴晦之象甚矣。小人之势至于如此，政事尚可问乎？白以见疏之人，欲言何补，而忠诚不懈如此，此立言之本指。"皆承萧说。

第二种见于清人陈沆《诗比兴笺》：

（此诗）西京初陷、马嵬赐死时作乎？"海水直下万里深，谁人不言此离苦"，言天上人间永诀也。"我纵"以下，乃追痛祸乱之原，方其伏而未发，忠臣义士，结舌吞声，人人知之而不敢言。一旦祸起不测，天地易位，"六军不发无奈何，宛转蛾眉马前死"，"君失权兮龙为鱼，权归臣兮鼠变虎"之谓也。"或云"以下乃仓皇西幸，传闻不一之辞，故有"幽囚""野死"之议。"帝子"以下，乃又反复流连以哀痛之。始以一女子而擅天下之权，其卒以万乘而不能庇其所爱，霓裳羯鼓之惊，斜谷淋铃之曲，徒为万世炯戒焉。痛何如哉！"苍梧山崩湘水绝，竹上之泪乃可灭"，"天长地久终有尽，此恨绵绵无绝期"也。故《长恨歌》千言，不及《远别离》一曲。

第三种以明人王世懋《艺圃撷余》为代表：

细绎之，始得作者意，其太白晚年之作邪？先是肃宗即位灵武，玄宗不得已称上皇，迎归大内，又为李辅国劫而幽之。太白忧愤而作此诗。因今度古，将谓尧、舜事亦有可疑。曰"尧舜禅禹",罪肃宗也。曰"龙鱼""鼠虎",诛辅国也。故隐其词,托兴英、皇,而以《远别离》名篇。风人之体善刺,欲言之无罪耳。然"幽囚""野死",则已露本相矣。

清人沈德潜《说诗晬语》《唐诗别裁集》,翁方纲《石洲诗话》皆取此说。

三种观点都认为此诗乃借古代的传说来讥刺当代时事,而且都与唐玄宗相关,但针对的具体对象则不同。第一种认定是唐玄宗天宝末年权归臣下、朝政昏乱;第二种认定是马嵬事变时玄宗赐死杨妃;第三种则认定是玄宗晚年受到李辅国等人的迫害。到底孰是孰非?《远别离》一诗运用了许多古代传说,有的见于史籍,比如"尧幽囚,舜野死",《史记》张守节《正义》转引《竹书纪年》:"昔尧德衰,为舜所囚也。……舜囚尧,复偃塞丹朱,使不与父相见也。"《国语·鲁语上》:"舜勤民事而野死。"韦昭注曰:"野死,谓征有苗,死于苍梧之野。"有的见于神话,比如"乃在洞庭之南,潇湘之浦"。《水经注·湘水》:"大舜之陟方也,二妃从征,溺于湘江。神游洞庭之渊,出入潇湘之浦。"这些远古传说之事,莫不茫昧荒忽,难于征信。况且李诗中故意用"日惨惨兮云冥冥,猩猩啼烟兮鬼啸雨"之类的句子渲染出凄迷恍惚的神鬼世界,以此掩饰其真实意旨,诚如翁方纲所评:"《远别离》一篇极尽迷离,不独以玄、肃父子事难显言,盖诗家变幻至此,若一说煞,反无归著处也。惟其极尽迷离,乃即其归著处。"所以我们无法从诗歌本身得出确切的解说。如仅从本文来看,则第二种稍嫌勉强,其余二种解说皆有一定的道理,尤以第三种最为可信。因为"龙为鱼""尧幽囚"等句,与唐玄宗晚年的遭遇相当吻合。玄宗虽名居太上皇之尊,实际上深受肃宗及李辅国、张良娣等人的迫害,从南内(兴庆宫)迁往西内(太极宫),其亲信高力士等均遭驱逐,已与幽囚毫无二致。况且全诗中反复渲染的悲惨情调,若是解释成诗人闻知玄宗晚年凄凉境遇后的心情,也十分妥帖。然而事实并非如此,又是何故?

今人詹锳先生在《李白全集校注汇释集评》卷三中指出："天宝间，玄宗倦于朝政，'欲高居无为，悉以政事委林甫'（见《新唐书·高力士传》及《资治通鉴》卷二一五）。太白深忧国之将乱，虽欲抒其忠诚而不可得，故借古题以讽时弊，意在著明人君失权之戒。本篇见于《河岳英灵集》，当作于天宝十二载之前。"这真是截断众流、一言九鼎的论断！殷璠的《河岳英灵集》选诗的起讫年代是"起甲寅，终癸巳"，也即从开元二年（714）至天宝十二载（753），现存各本《河岳英灵集》的殷璠叙及《文镜秘府论》南卷《定位》所引者皆作如此。既然《河岳英灵集》卷上李白诗中已有《远别离》一首，则此诗定作于天宝十二载之前，此时安史之乱尚未爆发，李白不可能对马嵬事变与玄宗受迫害等事未卜先知。也就是说，唯一符合此诗作年的解说就是萧士赟提出的第一种。由此可见，考订古诗的作年对于解说诗意是何等重要！

从《远别离》及其准确阐释可以看出，李白在天宝年间就对大唐王朝由盛转衰的趋势洞若观火，他对历史演变的惊人预见与杜甫不相上下。李白在天宝初年入朝任翰林供奉，曾亲睹李林甫专横弄权、安禄山入朝受宠等政治丑态。其后他虽在江湖，但对朝中政治仍然十分关心。对于"国权卒归于林甫、国忠，兵权卒归于禄山、舒翰"等时事，李白皆了然于胸。就是在这种情境中，李白愤然挥笔写下了《远别离》，对唐玄宗及整个大唐王朝予以当头棒喝，用即将降临的惨重灾难对他们提出警诫。"尧幽囚，舜野死"，这简直是对唐玄宗悲惨下场的准确预言。优秀的诗人都是时代的晴雨表，此诗即为明证。

（莫砺锋）

夜泊牛渚怀古

李 白

牛渚西江夜，青天无片云。
登舟望秋月，空忆谢将军。
余亦能高咏，斯人不可闻。
明朝挂帆席，枫叶落纷纷。

大诗人李白泊舟牛渚山，江清月朗，夜静人寂，登舟眺望，触景生情，不禁想到历史上谢尚赏识袁宏的故事就发生在这里。此世更无谢将军其人，自己即便有袁宏之才，又有谁能赏识？这种生不逢时的旷世之悲，曾一再回响在他的诗歌中，让我们强烈地感受到天才的寂寞和绝望。

根据诗题我们知道，这首诗是大诗人李白夜泊牛渚山时感怀谢尚而作。怀古是古典诗歌的一个重要类型，它有时容易和另一个类型咏史相混淆。两者的区别在于，咏史是针对历史内容抒发感慨、议论，表达自己的判断和评价，那些历史内容可以来自书本知识，也可以获自口头传说，诗重在表达作者对历史的反思和评判；而怀古则是针对特定的历史遗迹和故事现场，追怀往事，凭吊先贤，抒发历史兴亡之感，重心略有不同。李白这首诗系夜泊牛渚山感怀先贤故事而作，是典型的怀古诗。

诗从夜泊所见写起，由近及远，眼前的牛渚山，远去的西江，夜色中依稀可辨。这固然是登高望远的缘故，却也未尝不因朗月当空，天无片云，乃有这江天澄净之景。诗人脱口而出"牛渚西江夜，青天无片云"两句，既交代了夜泊地点，又写出碧空如洗的幽静景致，为颔联的登舟怀古做了铺垫。

此地此夜而登舟望秋月，李白不能不想起当年谢尚闻袁宏朗咏而礼接欢谈的故事。但星移斗转，物是人非，如今再也不会有那种风雅人物了，所以只能让人"空忆谢将军"。一个"空"字流露出作者内心无限的失望和惆怅之感。是啊，他也能像袁宏那样朗吟自己的作品，可是此刻又有谁在听呢？"余亦能高咏，斯人不可闻！"两句不仅补充了"空忆"的理由，更倾吐了对谢尚那样襟怀风雅、妙赏知音的贤达之士的缅怀。通常人们最怀念的，就是斯世最缺乏的，所以对谢尚的追怀也就是对世无知音的无限憾恨。想到明朝挂帆起程，前途未卜，内心更是说不出的惆怅和迷惘。诗就在这种心境中走向尾声，没有直抒所感，而是用"枫叶落纷纷"这么一个满是萧飒意趣的景象来传达内心的失意之感。古人将这种手法称为"以景结情"，好处是余韵悠长，耐人寻味。

这首诗给人的感觉是眼到手到，情随景生，笔调空灵，犹如行云流水。清代诗论家王士禛曾叹道："诗至此，色相俱空。正如羚羊挂角，无迹可求，画家所谓逸品是也。"（《带经堂诗话》）这段话对于初学者来说有点玄妙，不太好把握，落实到文字上，其实可归结于没有对仗造成的严整格调。乾隆皇帝钦定的《唐宋诗醇》说："（李）白天才超迈，绝去町畦，其论诗以兴寄为主，而不屑于排偶声调。当其意合，真能化尽笔墨之迹，迥出尘壒之外。"此诗空灵澹宕的魅力确实与通篇不用对仗的写法有关。也许有读者要问，近体诗的格律不是要求中两联对仗吗？是的，但那只是一般情形，唐人向来有通篇不对一格。中唐时期来唐求学的日僧空海，搜集当时流行的诗法，编为《文镜秘府论》一书。其东卷整理诗家所传的对仗格式，第29种"总不对对"，就是指通篇不对的格式。宋代严羽《沧浪诗话·诗体》也列有"彻首尾不对"一格，说"盛唐诸公有此体"，举例除李白本诗外，还有孟浩然《舟中晓望》："挂席东南望，青山水国遥。轴舻争利涉，来往接风潮。问我今何适，天台访石桥。坐看霞色晓，疑是石城标。"又有《送奚三还扬州》："水国无边际，舟行共使风。羡君从此去，朝夕见乡中。余亦离家久，南归恨不同。音书若有问,江上会相逢。"显然,这些诗"皆文从字顺,音韵铿锵,八句皆无对偶",明代杨慎曾断言孟浩然、李白集中的这些作品"乃是平仄稳贴古诗也"(《升庵诗话》),应该说代表着后人的另一种看法,但实在没什么道理。如果他看到《文镜秘府论》记载的"总不对对",就会知道唐人确实有通篇不对一格。

(蒋寅)

送 友 人

李 白

青山横北郭，白水绕东城。
此地一为别，孤蓬万里征。
浮云游子意，落日故人情。
挥手从兹去，萧萧班马鸣。

李白这首非常著名的送别诗，写作时间、地点都不清楚，学者或认为开元二十六年（738）作于南阳，或认为天宝六载（747）作于金陵，但这都不影响我们对作品的理解。因为这显然是一次普通的送别，对象并没有提供给李白太多可以入诗的素材，诗人只好选择具有较少个人色彩的内容，来完成一篇略尽送别之谊的作品。

送别诗是古典诗歌中程式化程度较高的一个类型，通常以行人的家世、仕履、才能、彼此关系、送别地点、时令、事由、旅程及目的地等内容为基本要素，采用不同的结构方式加以排列组合，视需要而突出、强化或省略某个要素，从而构成作品。我们从中唐前期的大量送别诗中已能看到上述技法的娴熟运用。李白这首五律，有关行人的信息完全缺如，可以推想这方面大概没什么内容可写，因此作品的取材和表现只好落于虚处，用以装饰性为主导的表现手法来支撑全诗。

请看，起首一联对仗就是很平常的写景，只是凭借字面之工和色彩鲜明，勉强算是交代了送别地点。但想一想，青山对白水没什么描述的意义——两种颜色都是虚指;北郭和东城也是随处可用的地点,与青、白二色一样,在这里只有字面上的装饰意义。颔联仍然是虚写,但有了个性化特点,"此地一为别,孤蓬万里征"两句似对非对,按对仗的规定肯定是不工整的。但没关系,首联本不需要对仗的,作者却用了对仗,颔联因此就可以不对了。这就是所谓的"偷春体",意思是说像花儿不到春天就偷着开了。颔联两句意思相贯,是一种特殊的对法——"流水对",不仅语意显得活脱,而且"一别"之轻与"万里"之遥形成强烈的对照,就加重了旅途的艰难和惜别的伤感。用"孤蓬"比游子,不仅渲染了旅人漂泊无依的茫然感觉,更连带引出颈联的比喻式表现:旅人如孤蓬,那么送别者呢?诗人妙手偶得,抓住眼前之景,以浮云来比拟旅人的情怀,愈益强化了居处无定的漂泊感。相比之下,送别的诗人却恍如夕日的余晖,依依不愿隐落。在这里,浮云比拟游子似乎已与颔联的孤蓬略有重复,还不仅如此,尾联的"挥手从兹去"写启程,又与"此地一为别"有些重叠,好像全诗游子意写了两次,离别也写了两次。但实际上,读起来却毫无重复杂沓之感,这是什么道理呢?

其奥秘就在于,这首五律开阖承接,全以自然取胜;意到笔到,毫无造作之嫌。起联没什么可写就以眼前景作对,颔联无法工对就付以宽对,意到为止。颈联化眼前景色为情思,或者说以习见的自然物色与离人、送客的当下情怀相比照,说出了人人心中都有却无人能道的典型情境,所以妙绝人意,脍炙人口,成为千古送别名句。就因为这一联太出色,以致读者都不再计较结句袭用《诗经》成语"马鸣萧萧"的呆板了。我们知道,李白对诗歌的审美理想是"清水出芙蓉,天然去雕饰",这首《送友人》正是充分实现其艺术理想的杰作。诗的构思取意,如"浮云"一句虽然脱胎于曹丕,但将浮云与"游子意"做一个蒙太奇式的组接,顿化腐朽为神奇,成为神来之笔。诗的章法,原本像清代屈复所说,是非常严密的:"青山、白水,先写送别之地,如此佳景为'孤蓬万里'对照。'此地'紧接上二句,'一别'送者、去者合写。五、六又分写。'自兹'二字,人、地总结。八止写'马鸣',黯然销魂,见于言外。"(《唐诗成法》)但因通篇措辞的收放适意,自然天成，就不为人所觉察了。清代朱谏的评价也非常到位："句法清新，出于天授。唐人之为短律，率多雕琢，白自脑中流出，不求巧而自巧，非唐人所能及也。"(《李诗选注》)这就是李白被尊奉为古今独步的天才诗人的理由罢。

（蒋寅）

静 夜 思

李 白

床前明月光，疑是地上霜。
举头望山月，低头思故乡。

  李白的《静夜思》，只有短短二十个字和四个极普通的意象，是什么缘故使它千百年来为人们传诵不止呢？当然，这是一首抒情小诗，以情取胜，无须争奇于字面。但是，古来像这样的抒情作品有许许多多，却大都湮没无闻，难道读者是对李白偏爱吗？通过反复诵读作品，我们发现，《静夜思》的一个很大的成功之处，在于它的弹性，或曰容量，以此来沟通想象，唤起读者的情怀。

  起句"床前明月光"并无惊人之处，古诗"明月何皎皎，照我罗床帏"与此意同。但古诗直陈，李诗蕴藉。一般说来，圆月最易引起游子的思乡之情，我们也就不妨将其想象为彼时彼地的情景。月明而又洒光于床前，由此可以想见夜之深；夜深而又于床前见明月，则游子之不寐就见于言外了。这正是古诗"忧愁不能寐"的意思。将古诗的三句化为一句，可以体会出其感情的饱满。

  "疑是地上霜"这一句的意境，古代也曾有过，如梁简文帝《玄圃纳凉》："夜月似秋霜。"但著一"疑"字，便集中体现了游子恍惚的心态，也使诗歌的抒情性加强了。月光朦胧，景色迷离，最易引起幻觉，如无名氏《拟苏李诗》："明月照高楼，想见余光辉。"又如杜甫《梦李白二首》："落月满屋梁，犹疑照颜色。"然此处"疑"字的意义，还呈现了心态的突然变化和心理活动的丰富。床前的月光，如果仔细审视，绝不会有此一"疑"，一定是结念长想之际，没有感到时间的流逝，而忽觉夜寒侵体，又见一片白茫茫的月光，瞬时间，竟使游子怀疑降霜了。因此，前二句顺接，是一个通感的过程：由触觉（体寒）到视觉（见月）再到视觉的幻化（疑霜），心态的变化，完成于片刻，这最能体现浓缩的感情。而且，不疑别的东西，却疑"霜"，不用明说，一个"秋"字已见于言外。在中国古典文学中，向来有悲秋的传统，自宋玉以次，历代诗人才子都对秋天很敏感。这是因为，秋天是丰收的季节，又是凋零的时候，最容易引起事业无成之悲。试想，人生无过事业、家庭二事，当此之时，游子在外，求名未获，有家难归，感秋思乡，实在是可以理解的。这短短两句诗，集交代、描写、刻画、暗示为一体，我们不得不为其容量之大而惊叹。

"举头望山月，低头思故乡"二句显然源于晋《清商曲辞·子夜四时歌·秋歌》第十七首："仰头看明月，寄情千里光。"至此，游子的"疑"已落实了，即不再怀疑月光是秋霜，当然，这一点要读者的想象填补。中国古代人们观察宇宙，常于俯仰之间，完成一个过程。一俯一仰，神思飞驰，虽然宇宙无限，而在一瞬之间，或理或情，都已收诸神观。李白的这首诗，着重在对人生感情的体味，因此将空间的无限内涵，浓缩为一段思乡之情，不是用道理来说服人，而是用感情来打动人，游子的一举头一低头，只是空间高度的瞬间变化，但片时神游，已至故乡，这是借了想象的力量，才由现实的空间转至想象的空间，而沟通这一跨度的媒介，则是月光。谢庄《月赋》："隔千里兮共明月。"人纵然相隔千里，月光所及，却周于大地，因此，此地之月，就如同故乡之月。举头看见山月，低头必见月光，由此而联想故乡之月并进而想到故乡，细腻地刻画出游子心理活动的丰富。况且"山月"的意象，既高且远，本来就具有微妙的心理暗示作用，而"低头"句又集中言情，由实到虚，这样使情感的波动于虚实间生发，因此吟诵起来回肠荡气，余味无穷。

这一首仅仅二十字的小诗，以其起伏的节奏，由实而虚，由虚而实，又由实而虚，于平淡中见浓郁，很能体现李白诗风的一面。

全诗首句"举头望山月"一作"举头望明月"，此据《全唐诗》、郭茂倩《乐府诗集》、王琦《李太白全集》和沈德潜《唐诗别裁》等，取用"山月"。

（张宏生）

息 夫 人

王 维

莫以今时宠，能忘旧日恩。
看花满眼泪，不共楚王言。

王维《息夫人》一诗所咏之事有两个出处，一是《左传·庄公十四年》："楚子如息，以食入享，遂灭息。以息妫归，生堵敖及成王焉。未言。楚子问之，对曰：'吾一妇人，而事二夫，纵弗能死，其又奚言？'"二是《列女传》卷四："夫人者，息君之夫人也。楚伐息，破之，虏其君，使守门，将妻其夫人而纳之于宫。楚王出游，夫人遂出见息君，谓之曰：'人生要一死而已，何至自苦，妾无须臾而忘君也，终不以身更二醮。生离于地上，岂如死归于地下哉！'……遂自杀。息君亦自杀，同日俱死。"王维所咏者，乃据《左传》。但是《列女传》在古代亦被视作可靠的文献，故早于王维的宋之问即据之作《息夫人》云："可怜楚破息，肠断息夫人。仍为泉下骨，不作楚王嫔。""楚王宠莫盛，息君情更亲。情亲怨生别，一朝俱杀身。"显然，《左传》和《列女传》所载的息夫人都是值得同情的人物，后人因而为其立庙，称"桃花夫人庙"。但是相较而言，《列女传》所载之息夫人形象更加刚烈、坚贞，而《左传》所载者则比较软弱。如据后者作诗咏之，未免难于措辞。晚唐杜牧《题桃花夫人庙》："细腰宫里露桃新，脉脉无言度几春。至竟息亡缘底事，可怜金谷堕楼人。"清人邓汉仪《题息夫人庙》："楚宫慵扫黛眉新，只自无言对暮春。千古艰难惟一死，伤心岂独息夫人。"二诗对息夫人之不幸遭遇皆有同情，但对其未能以死抗争则颇有微词。清人沈德潜评杜牧诗云："不言而生子，此何意耶？绿珠之堕楼，不可及矣。"（《唐诗别裁集》卷二十）朱庭珍评邓汉仪诗云："微辞胜于直斥。不著议论，转深于议论也。"（《筱园诗话》卷三）他们都看出了杜、邓诗中的微词。

那么，王维《息夫人》诗的情形又如何呢？后人往往将此诗与杜牧的《题桃花夫人庙》相比，清人王士禛云："杜牧之：'至竟息亡缘底事，可怜金谷坠楼人。'则正言以大义责之。王摩诘：'看花满眼泪，不共楚王言。'更不著判断一语，此盛唐所以为高。"（《渔洋诗话》卷下）潘德舆驳之："王渔洋谓小杜'至竟息亡缘底事，可怜金谷坠楼人'不如摩诘'看花满眼泪，不共楚王言'不著议论之高。愚谓摩诘平日诗品，原在牧之上。然此题自以有关风教为主，杜大义责之，词色凛凛，真西山谓牧之《息妫》作，能订千古是非，信然。余尤爱其掉尾一波，生气远出，绝无酸腐态也。王虽不著议论，究无深味可耐咀含，鄙意转舍盛唐而取晚唐矣。"（《养一斋诗话》卷七）二者见仁见智，都能自圆其说。如单论王诗，其优点是措辞微婉，不著议论，意在言外，故深得论诗推崇神韵的王士禛之欣赏。但是成亦萧何败亦萧何，此诗的缺点也在于措辞过于简单，旨意稍嫌模糊。如果仅仅是一首咏史诗，则此诗未臻高境。

然而王维的《息夫人》实有本事，唐孟棨《本事诗·情感》云："宁王曼贵盛，宠妓数十人，皆绝艺上色。宅左有卖饼者妻，纤白明媚，王一见注目，厚遗其夫取之，宠惜逾等。环岁，因问之：'汝复忆饼师否？'默然不对。王召饼师使见之，其妻注视，双泪垂颊，若不胜情。时王座客十余人，皆当时文士，无不凄异。王命赋诗，王右丞维诗先成……座客无敢继者。王乃归饼师，以终其志。"宁王即李宪，初名成器，乃唐睿宗之嫡长子，唐玄宗李隆基之长兄。因让储位于隆基而深受后者宠信，玄宗继位后进封司空、太尉等，开元四年（716）改名宪，封宁王，实封累至五千五百户，卒后谥"让皇帝"。《旧唐书》本传记载李宪事迹，有两点值得注意，一是恣意享乐："奏乐纵饮，击球斗鸡，或近郊从禽，或别墅追赏，不绝于岁月矣。"二是小心避祸："宪尤恭谨畏慎，未曾干议时政及与人交结。"这与其子汝阳王李琎的行为相似，杜甫《饮中八仙歌》云："汝阳三斗始朝天，道逢麴车口流涎，恨不移封向酒泉。"程千帆先生在《一个醒的与八个醉的》一文中论定李琎沉溺于酒乃佯狂避嫌，则李宪之广蓄内宠或许也有类似的用意。开元八年（720），王维在长安就试吏部落第，暇时每从诸王游宴，在宁王之座作《息夫人》诗即在此年。"右丞"云云，当是后人追称。

如果《本事诗》所记可靠，则王维《息夫人》诗可作全新的解读。清人贺裳云："摩诘'莫以今时宠，能忘旧日恩。看花满眼泪，不共楚王言'，正以咏饼师妇佳耳。若直咏息夫人，有何意味？"（《载酒园诗话》卷一）如上所述，即使此诗是"直咏息夫人"，它也还是有一定意味的。但如是针对饼师妻之事而作，则其意味更加深长。宁王夺取饼师之妻，本是权贵欺压平民的恶行，这与后代小说戏曲中经常出现的"衙内强抢民女"并无本质的不同。由于宁王是当朝皇帝的长兄，是天下最大的"衙内"，权势熏天的他夺取平民之妻，不但饼师夫妇不敢违抗，作为宁王座上客的文士们也是敢怒而不敢言。面对着"双泪垂颊"的饼师之妻，在座的文士们"无不凄异"，可见他们对饼师夫妇抱有同情之心。在这样的情境中，当宁王命座客赋诗，文士们如何着笔？"座客无敢继者"，既是诸客见到王维诗成后不敢与之较量，也是他们含毫踌躇难以落笔。只有年方二十的王维艺高胆大，当场交卷，用借古讽今的手法吟咏眼前实事。此诗极其简练，寥寥四句，言短意长。更巧妙的是，四句诗既切合息夫人之题，也切合眼前的饼师妻之题，互相映衬，天衣无缝。当然，相比之下，此诗更切合眼前情境。"看花满眼泪"一句，对于息夫人来说完全出于虚拟，但对眼前的饼师妻来说，则堪称写实佳句。这位民间女子虽然不敢公然对抗权贵，但她并不贪图"宠惜逾等"的富贵，宁愿回到故夫身边去做贫贱夫妻。宁王命文士赋诗，只是要他们吟咏眼前实事，王维选取"息夫人"为诗题，真乃想落天外，却又完全切题。唯其如此，此诗才能既表露对饼师夫妇的深切同情，又对宁王进行婉讽而不至于批其逆鳞。宁王后来将此女归还饼师，一方面可能是受其行为之感动而终其志，另一方面也可能是王维此诗唤醒了他的羞恶之心。诗之感人,一至于此!

西方的"新批评派"认为解读文学作品不必了解其写作背景,这种观念与中国古典诗歌的实际情形并不相符,王维的《息夫人》诗就是一个典型的反例。

(莫砺锋)

老将行

王 维

少年十五二十时,步行夺得胡马骑。射杀山中白额虎,肯数邺下黄须儿。一身转战三千里,一剑曾当百万师。汉兵奋迅如霹雳,虏骑奔腾畏蒺藜。卫青不败由天幸,李广无功缘数奇。自从弃置便衰朽,世事蹉跎成白首。昔时飞雀无全目,今日垂杨生左肘。路旁时卖故侯瓜,门前学种先生柳。苍茫古木连穷巷,寥落寒山对虚牖。誓令疏勒出飞泉,不似颍川空使酒。贺兰山下阵如云,羽檄交驰日夕闻。节使三河募年少,诏书五道出将军。试拂铁衣如雪色,聊持宝剑动星文。愿得燕弓射大将,耻令越甲鸣吾君。莫嫌旧日云中守,犹堪一战取功勋!

清人朱庭珍曰:"唐人七古,高、岑、王、李诸公规格最正,笔最雅炼。散行中时作对偶警拔之句,以为上下关键,非惟于散漫中求整齐,平正中求警策,而一篇之骨,即树于此。兼以词不欲尽,故意境宽然有余;气不欲放,故笔力锐而时敛,最为词坛节制之师。"(《筱园诗话》卷三)此言虽是对高适、岑参、王维、李颀四人七古的总体评价,但最准确的对象首推王维。若将此语移用来评论王诗《老将行》,堪称的评。

《老将行》一诗,陈铁民先生在《王维集校注》中疑其与《陇头吟》等皆作于开元二十五六年(737—738)王维任职于河西节度使幕府时,原因多半是二诗皆写边塞题材。其实二诗皆为乐府诗,不一定与诗人的亲身经历有关。王维诗才早熟，在开元九年（721）进士及第之前诗名已著。在旧本王集中，乐府诗《洛阳女儿行》题下注云"时年十六"，乐府诗《桃源行》题下注云"时年十九"，所记年龄或有误差，但不会相差太大。估计《老将行》也是其早年作品，这些诗早在他二十一岁进士及第之前就已传播人口了。那么，《老将行》在艺术上有何优点呢？

首先，全诗章法严整，一丝不苟。清人焦袁熹评曰："凡三章，章五韵，最整之格。每一韵为一章，一章之中又各两小章，而意则各于句末见之。前二章之末韵犹所谓过文，'卫青'二句渡下，'李广'句自谓也。'誓令'二句又渡下。"（《此木轩论诗汇编》）的确，全诗共十五联，平均分为三章。首章押平声"支"韵，次章押上声"有"韵，三章押平声"文"韵，平仄相间，而且三章皆是首句即入韵，完全符合七古的转韵规律。但是一般的七古多是四句一转韵（王维的《夷门歌》即是如此），此诗却是十句一转，每章皆由五联组成，这是别出心裁的章法。这样一来，每章的长度大大增加了，可以容纳的内容更加丰富周匝，也使全诗避免了因层次过多而生的零碎之病。第一章写老将勇猛威武、奋战沙场，却因数奇而致无功。第二章写老将遭遇朝廷弃置，以致生活困苦，寂寞无聊。第三章写边衅又起，老将复燃请缨杀敌之念。脉络清晰，层次分明，韵脚上由平转仄又由仄转平造成的声情顿挫与心情之抑扬密切配合。章法之妙，堪称细针密线。

其次，对仗密集，且精工巧妙，不亚于律诗。全诗共十五联，对仗者多达十一联。首章、次章皆仅首联不对，其余四联皆对。末章则首、尾两联不对，其余三联皆对。由于是古风，故有些对仗属于"宽对"或"拙对"，例如"一身转战三千里，一剑曾当百万师"，上、下句皆用"一"字起句，这在律诗中是不被允许的。其实此处的两个"一"字，都不妨换成"孤""单"等字，诗人故意不避重字，或许正是为了追求古朴之美。又如"誓令疏勒出飞泉，不似颍川空使酒"，用王力的说法，这是"上半对，下半不对"的"拙对"（见《汉语诗律学》），是唐人古风中常见的现象。除此之外，其余的九联都堪称工对。诸如"白额虎"对"黄须儿"，"不败由天幸"对"无功缘数奇"，

"飞雀无全目"对"垂杨生左肘"，"故侯瓜"对"先生柳"，"燕弓"对"越甲"，皆是新奇精警，锱铢不爽。这些对仗即使出现在七言律诗中，也堪称奇警，况且还是在古风中，当然格外引人注目。从全诗来看，没有对仗的四联分别出现在第一、六、十一、十五联的位置，间距相等，错落有致，这就很好地调节了全诗的节奏感，从而避免了通篇对仗容易导致的意脉不畅。清人沈德潜评曰："此种诗纯以对仗胜。"（《唐诗别裁集》卷五）清人张文荪则评曰："七古长篇概用对句，错落转换，全以气胜，否则支离节解矣。"（《唐贤清雅集》）可见对仗精工确是此诗的一大特色。

当然，《老将行》在内容上也有突出的优点，那便是包蕴丰富，主题突出。全诗虽以一位老将为主人公，但由于密集地运用了古代名将的典故，便体现出深沉的历史意蕴。试看此诗中出现的古人名单：周处、曹彰、卫青、李广、后羿、召平、耿恭、灌夫、五将军（田广明、范明友、韩增、赵充国、田顺）、雍门子狄、魏尚，在一首三十句的诗中竟然出现如此众多的历史人物，用典之密，无以复加。用典的最大好处便是言简意赅，因为只要诗中咏及某位历史人物，该人的主要言行便包含在内。例如次联运用晋将周处与魏将曹彰之典，前者为民除害，入山射杀白额猛虎；后者勇冠一世，号称"黄须儿"。两典一正用一反用，生动地写出老将年轻时武艺超群、英名盖世的事迹。又如"耻令越甲鸣吾君"句用春秋时齐将雍门子狄以越国甲兵惊动齐王而请罪自刎，遂使越军自退七十里之故事，形容老将为国御侮不惜捐躯的忠烈精神。若非用典，用再多的笔墨也难以畅尽地表达此类内容。值得注意的是，这份名单中以汉人为最多，竟达十人。程千帆先生指出："众所周知，汉是唐以前唯一的国势强盛、历史悠久的统一大帝国；就这些方面说，汉、唐两朝有许多可以类比的地方，因而以汉朝明喻或暗喻本朝，就成为唐代诗人的一种传统的表现手法。"（《论唐人边塞诗中地名的方位、距离及其类似问题》）《老将行》就是如此，它用以汉喻唐的手法，精练准确地描写了老将的种种经历。例如"卫青"一联，上句写其他将领因天幸而不败，下句写老将因数奇而无功。清人赵殿成在《王右丞集笺注》中指出"'天幸'乃去病事,今指卫青,盖误用也",其实在《史记》中卫青本与霍去病合传(《卫将军骠骑列传》),二人又曾合兵出击匈奴,王维连类及之,未为大误。况且此联平仄合律,若称"去病",则平仄未谐。此联连用两位汉代名将的典故,不但写出了老将屡建奇功反被朝廷疏远的不平遭遇,而且暗示朝廷任人唯亲、赏罚不明的现实,貌似平淡的语调中沉潜着勃郁不平之气,对老将的满腔同情也溢于言表。再如"誓令"一联,正用耿恭在疏勒城穿井十五丈终获泉源之事,又反用灌夫使酒骂座之典,表明老将效法前者赤心报国不辞远戍绝域,而不愿像后者那样徒能逞酒使气大言惊人,从而生动地刻画了老将的高尚品行。至于末联运用汉代云中太守魏尚之典,希望朝廷重新起用老将再建新功,则是卒章见志,全诗主旨遂得凸现。用典虽多,但用法多变,并无单调之弊。总之,《老将行》一诗在艺术上完全当得起"规格最正,笔最雅炼"的那一段评语,在内容上则是龙腾虎跃英气勃发,近人高步瀛称其"雄姿飒爽,步伐整齐"(《唐宋诗举要》),堪称的评。

(莫砺锋)

淇上送赵仙舟

王 维

相逢方一笑，相送还成泣。
祖帐已伤离，荒城复愁入。
天寒远山净，日暮长河急。
解缆君已遥，望君犹伫立。

对于王维的这首五言诗，后人歧说纷纭。首先是诗题，《全唐诗》卷一二五题作《齐州送祖三》，题下注云："一作《河上送赵仙舟》，又作《淇上别赵仙舟》。""祖三"指祖咏，曾于唐玄宗开元十三年（725）途经济州（今山东东阿），登门拜访王维。其时王维正任济州司仓参军，见故人来访，甚喜，作《喜祖三至留宿》，祖咏即作《答王维留宿》相酬。王诗云："门前洛阳客，下马拂征衣。……早岁同袍者，高车何处归？"祖诗云："四年不相见，相见复何为？握手言未毕，却令伤别离。"祖咏稍事停留，随即东行，王维送至齐州（今山东济南），作七绝《齐州送祖三》云："送君南浦泪如丝，君向东州使我悲。为报故人憔悴尽，如今不似洛阳时。"此诗在《全唐诗》卷一二八中题作《齐州送祖二》，岑仲勉指出"祖二"系"祖三"之误，甚确。从表面上看，王维与祖咏友情深厚，故先在济州留宿之，又送之至齐州，分别之际，连作二诗送之，亦不违情理。此外，王维与祖咏俱为著名诗人，此诗以《齐州送祖三》为题，就成为一位大诗人送别另一位大诗人的作品，就像李白的《黄鹤楼送孟浩然之广陵》那样，当然很符合读者的欣赏心理，后代的著名唐诗选本，如元初刘辰翁《王孟诗评》，明高棅《唐诗品汇》，明李攀龙《唐诗广选》，明钟惺、谭元春《唐诗归》，明周敬、周珽《唐诗选脉会通评林》，清王士禛《唐贤三昧集》，清沈德潜《唐诗别裁集》，清宋宗元《网师园唐诗笺》等皆取此题，最著名的王维别集注本清赵殿成《王右丞集笺注》也取此题，与此不无关系。至于"赵仙舟"，陈铁民先生据岑参《临洮泛舟赵仙舟自北庭罢使还京》考知赵乃开元、天宝间诗人，但其人并无藉藉之名，故陶敏先生《全唐诗人名汇考》中无考。如此诗题作《淇上别赵仙舟》或《淇上送赵仙舟》，则仅是王维送别一位无名诗人之作，显然大煞风景。可是事实真相往往是煞风景的，从版本学的角度来看，既然最早收录此诗的唐宋典籍如《河岳英灵集》《国秀集》《文苑英华》《唐文粹》《唐诗纪事》等书均题作《淇上送赵仙舟》，我们就不能据宋以后所出之书为之改题。至于《国秀集》所录此诗题作《河上送赵仙舟》，当是误"淇"作"河"。王维曾于开元十五年（727）前后居淇上，"淇上"即卫县（今山东淇县）的古地名，淇水流经此地，此诗当作于此。

此诗引起的歧说之二是，它究竟是一首五言古诗，还是五言律诗？《唐文粹》视作古诗，因此书只收古体而不收近体。分体编排的《唐诗品汇》《唐诗别裁集》《网师园唐诗笺》《王右丞集笺注》等书均将此诗收入古诗类。清人施补华亦云："《齐州送祖三》四韵，短古也。"（《岘佣说诗》）唯有明人唐汝询《汇编唐诗十集》将其视作近体，评曰："此篇是景体律诗，妙在结句。"清人谭宗《近体秋阳》则评曰："劲直澹怆，此近体中古作也。"为什么后人多以此诗为古体？主要原因当是其押仄韵。王力先生指出："近体诗以平韵为正例，仄韵非常罕见。仄韵律诗很像古风；我们要辨认它们是不是律诗，仍旧应该以其是否用律句的平仄为标准。"（《汉语诗律学》第一章《近体诗》，下同）今检此诗的平仄为："平平平仄仄，平仄平平仄。仄仄仄平平，平平仄平仄。平平仄平仄，仄仄仄平仄。仄仄仄平平，仄平平仄仄。"其中第一、三、六诸句完全合律。如果按照"一三五不论"的原则忽略第一字平仄的话，则第二、八句也合律。第四、五两句按格律应是"平平平仄

099

仄",诗中却都是"平平仄平仄",王力先生认为:"就是腹节的两个字平仄互换,本是'平仄',现在改为'仄平'。""不是平仄未谐,而是另一平仄格式。不是偶用变通之法,而是常用的律句。"故此二句也都是律句。唯有第七句本应是"仄仄仄平平",诗中作"仄仄平仄平",三、四字的平仄互换,不算律句。但是这种句式与"平平仄平仄"的情形十分相像,况且用于全诗尾联的出句,也与王力先生分析"平平仄平仄"句式时所说的"这种特殊形式多数用于尾联的出句"相一致,安知不是王维有意变通的一种尝试?至于一联之内的"对"和两联之间的"粘"这两种平仄格律,则此诗完全符合。除了平仄之外,对仗也是我们判断古、近体诗的重要标准。此诗的颔联、颈联对仗相当工整,一目了然,不用多说。所以从格律的角度来看,此诗是一首合律的仄韵五律。

　　正因如此,此诗在篇章结构、炼字琢句等艺术形式上的优点,皆与律体相关。明人胡应麟曰:"作诗不过情景二端,如五言律体,前起后结,中四句二言景、二言情,此通例也。"(《诗薮》内编卷四)此诗颔联抒情,颈联写景,分工明确,且相得益彰。清人施补华虽然认此诗为古体,但他的具体评论是:"三联'天寒远山净,日暮长河急',用写景之笔宕开,而情在景中,篇幅遂短而不促,此法宜学。"(《岘佣说诗》)的确,颔联写送客祖道,愁归荒城。颈联将目光宕向高远之处的远山、长河,但是此景皆染有凄寒、孤寂之色彩,仍与上联一脉相承。清人钟秀曰:"五律以厚重安闲为主,通篇结构严整,无一闲字弱句乃佳。……至流水句,宁用之三四,勿轻用之五六。盖五六之外,乃是落句,此二句若按得不住,则下半一直泻去,便不成格局。"(《观我生斋诗话》卷二)此诗称得上"通篇结构严整,无一闲字弱句",首联写从相逢到相别的行为过程,抒发从欢笑到哭泣的情绪变化,既是对眼前情事的实录,又像是对人间普遍现象的概述,并以此引起下文。尾联写解缆后客舟远去,诗人独立怅望,与颈联对句中"长河急"三字意衔接无痕,章法细密。三、四句所写的是送别行为的两个片段,祖道与归城,一前一后,确为流水句法,安置在第二联的位置上也颇见匠心。施补华曰:

"五律须讲炼字法,荆公所谓诗眼也。……炼实字有力易,炼虚字有力难。"(《岘佣说诗》)明人周珽评此诗云:"诗神全在数虚字上。"首二联中的"方""还""已""复"四字,都是所谓"炼虚字"者。它们都被安置在句中,凸显了行为的连续和情绪的转折,语气贯若连珠。此外,尾联描写客行渐远、送者仍然伫立岸边的情景,清人王寿昌评为"是皆'一唱而三叹,慷慨有余音'者"(《小清华园诗谈》卷下),也得力于"已""犹"两个虚字。由此可见,此诗的艺术特色都与其律诗的诗体特征有关,谭宗评此诗曰:"摩诘诗本由古得,兹且化古于律。然其在古体乃转有寝淫于近制者,端不如收此拗律之为愈矣。"(《近体秋阳》)谭氏称此诗为"拗体",当是指其体制不是正规的五律,其实如上所述,此诗在平仄上并无拗处,只是押仄韵而已。至于"化古于律",则确是此诗的风格特色。沈德潜云:"右丞五言律有二种,一种以清远胜。"(《唐诗别裁集》卷一一)这首《淇上送赵仙舟》就是"以清远胜"的王维五律的代表作,希望读者不要因其为仄韵律诗而忽视之。

(莫砺锋)

观 猎

王 维

风劲角弓鸣,将军猎渭城。
草枯鹰眼疾,雪尽马蹄轻。
忽过新丰市,还归细柳营。
回看射雕处,千里暮云平。

　　射猎是武人的活动,文人参与的机会不多,所以描写射猎的诗歌数量较少,名篇更是罕见。王维的《观猎》向称唐代射猎诗中的名篇:中唐姚合的《极玄集》仅选王维诗三首,晚唐韦庄的《又玄集》仅选王维诗四首,此诗皆在其中。清人沈德潜对之交口称赞:"神完气足,章法、句法、字法俱臻绝顶,此律诗正体。"(《说诗晬语》)清人张谦宜亦赞曰:"'风劲角弓鸣,将军猎渭城',又一句空摹声势,一句实出正面,所谓起也。'草枯鹰眼疾,雪尽马蹄轻',二句猎之排场热闹处,所谓承也。'忽过新丰市,还归细柳营',二句乃猎毕收科,所谓转也。'回看射雕处,千里暮云平',二句是勒回追想,所谓合也。不动声色,表里俱彻。此初唐人气象。"(《絸斋诗谈》)称王维为"初唐人"是为小误,但"不动声色,表里俱彻"二语说得极好。具体地说,以"风劲角弓鸣"一句开头,真乃先声夺人。朔风劲吹,弓弦自鸣,既点明射猎之季节,又成功地渲染猎场之氛围。首联铺垫既足,又点明射猎的主人公是一位将军,次联似应正面描写将军自身,但诗人仅从猎鹰与坐骑着眼,而且并不正面描写鹰之劲鸷与马之雄骏,仅用"草枯"来形容鹰眼之锐利，用"雪尽"来形容马蹄之奋迅。清人王尧衢评此联曰："草枯雪尽，承'风劲'之时。鸷鹰、骏马，是出猎之具。草枯而鹰眼疾，雪尽而马蹄轻，宛然有矫健当前之态。"（《古唐诗合解》卷八）的确，从"草枯"到"鹰眼疾"，从"雪尽"到"马蹄轻"，这是第一层烘托。"疾"与"轻"本是抽象的状态，然经此烘托，则情景如在目前。此外尚有第二层烘托，即从鹰、马之劲鸷雄骏到将军之矫健孔武，将军才是操纵雄鹰、驾驭骏马的猎者，也是诗人观猎的主要对象。虽然在字面上将军未露身影，但是整联诗的渲染烘托都指向着他，清人施补华云："'草枯'一联，正写'猎'字愈有精神。"（《岘佣说诗》）这个"猎"字，当然是指射猎的主体将军。次联把射猎的细节写得如此生动，第三联便转而交代射猎的规模。将军出猎，当然率领着一批将士，当然会涉及较大的地理范围，"新丰市"与"细柳营"皆是汉代的古地名，此诗中用来泛指长安附近，清人赵殿成解释合理："《汉书》内地名，诗人多袭用之，盖取其典而不俚也。兴会所至，一时汇集，又何尝拘拘于道里之远近而后琢句哉！"（《王右丞集笺注》卷八）况且"细柳营"原是汉代名将周亚夫屯兵之处，此处借用，既是对将军身份的赞美，又含有将军治军严明，军士射猎结束即返归军营之意，措辞得体。末联写归营后回望射猎之处，余味不尽，且"射雕"本乃对善射者的赞誉之词，"射雕处"三字暗含适才的射猎所获甚多之意。清人王士禛云："为诗结处总要健举，如王维'回看射雕处，千里暮云平'，何等气概！"（《然灯纪闻》）

后人对于《观猎》交口称赞，或赞赏其布局章法之整密，如清人施补华评曰："起处须有崚嶒之势，收处须有完固之力，则中二联愈形警策。……收处作回顾之笔，兜裹全篇，恰与起笔倒入者相照应，最为整密可法。"（《岘佣说诗》）或重视其风格之蕴藉与意境之浑成，除了前引论及具体字句者外，更有从全篇着眼者，例如清人李因培评曰："返虚积健，气象万千。"（《唐诗观澜集》）卢麰则评曰："一片神行。"（《闻鹤轩初盛唐近体读本》）陈德公则评曰："前半极琢造，然亦全见生气。后半一气莽朴，浑浑落落，不在句字为佳。此等绝尘，沈、宋仿佛，雄才矣。"（同上）这些意见其实都包含着一种指向，即《观猎》一诗典型地体现了盛唐诗的风格优点。宋人严羽云："诗者，吟咏情性也。盛唐诸人惟在兴趣，羚羊挂角，无迹可求。故其妙处透彻玲珑，不可凑泊，如空中之音，相中之色，水中之月，镜中之象，言有尽而意无穷。"（《沧浪诗话·诗辨》）清人贺贻孙云："看盛唐诗，当从其气格浑老、神韵生动处赏之。字句之奇，特其余耳。"（《诗筏》）此种观点因意蕴模糊而颇遭论者诟病，但确实说出了盛唐诗的重要风格特征，即风格蕴藉、意境浑成。王维作诗"每从不着力处得之"（沈德潜《唐诗别裁集》卷一一），堪称此种风格的代表诗人，《观猎》就是这种风格的典范作品。所谓盛唐气象，正可从此种地方领会之。

我们还可以通过比较来说明这一点。张祜的《观徐州李司空猎》，是中唐诗中射猎主题的佳作，人们往往将其与王维《观猎》相提并论。比如白居易就说："张三作《猎》诗，以较王右丞，予则未敢优劣也。"（见范摅《云溪友议》）清人施闰章则谓白语"尚非笃论"（《蠖斋诗话》）。我认为两诗的优劣正体现了不同时代的诗风之差异，不妨将张祜诗当成分析王维诗的参照对象。张祜《观徐州李司空猎》如下："晓出郡城东，分围浅草中。红旗开向日，白马骤迎风。背手抽金镞，翻身控角弓。万人齐指处，一雁落寒空。"从谋篇布局来看，此诗与王维《观猎》有相似之处：首联都是交代射猎地点，王诗明言渭城，张诗虽泛言"郡城东"，但题中已有"徐州"二字。中间二联皆是具体的描写：王诗先刻画射猎之得天时，又形容猎场范围之广阔；张诗则先写射猎阵容之雄壮，再写射手身姿之英武。尾联皆紧扣题中之"观"字：王诗写归途中回望刚才射落大雕之处，张诗则写众人遥观射落之雁。不妨推测，当张祜写此诗时，王诗正是他心中的范本，故有所因袭。当然张诗并未亦步亦趋，其颈联对射手抽箭张弓的动态描绘相当生动，为王诗中所阙如者。其尾联以万人齐指一雁落空来形容"观"字，渲染气氛也相当成功，故清人李怀民称其"声色俱到"（《重订中晚唐诗主客图》）。然而从风格气象来看，二诗毕竟颇异其趣。清人施闰章评张诗"与右丞气象全别"（《蠖斋诗话》）。清人吴乔则评张诗云："精神不下右丞，而丰采迥不同。"

（《围炉诗话》）平心而论，张祜诗置于中唐诗坛上堪称佳作，但与王维诗相比，总觉得境界有点狭小，手法有点拘谨，不如后者之浑成自然，韵味无穷。如从诗歌主题的角度来看，张祜的目光紧盯着射者自身唯恐有失，王维却悠然自得地纵目四望，这说明盛唐诗人胜过中晚唐诗人的关键在于胸襟气度。所以对读张祜的射猎诗，可以更真切地体会王维《观猎》诗所反映的盛唐气象。

（莫砺锋）

送綦毋潜落第还乡

王 维

圣代无隐者,英灵尽来归。遂令东山客,不得顾采薇。既至金门远,孰云吾道非。江淮度寒食,京洛缝春衣。置酒长安道,同心与我违。行当浮桂棹,未几拂荆扉。远树带行客,孤城当落晖。吾谋适不用,勿谓知音稀。

友人綦毋潜应进士考试落第,即将回归家乡丹阳,王维作诗送别。王维在对友人失意而归表示安慰的同时,全面肯定了他的才能,也委婉地批评了朝廷不能慧眼识人,最后希望綦毋潜不要将这点挫折放在心上,勉励他来年再试。

送人落第而归,不同于送别其他人。对于失意的友人,如何安慰他而不伤及对方的自尊,为他抱不平而又不涉嫌讪谤朝廷,这是很难措辞的。綦毋潜是江南一带很著名的诗人,才华过人是不用说的,应试落第不是他这方面的问题。但王维也不能指斥朝廷和考官啊,就只好用委婉的方式来表达惋惜之情,同时激励对方勿气馁沮丧。

诗从綦毋潜来京应试写起,"圣代无隐者"一句暗寓孔子"天下有道则见,无道则隐"(《论语·泰伯》)之意,为次句"英灵尽来归"奠定了生当盛世理应出仕的正当理由,同时也为綦毋潜来京应试渲染了一重无法抗拒的环境压力,使第二联"遂令""不得"的句式带上一点勉强之意,消解了对方来京应试、追求功名的世俗气息。

"既至金门远"四句,写綦毋潜落第及打算还乡。受"圣代无隐者"的信念鼓舞而上京应试的綦毋潜,最终铩羽而归,这对他无疑是个沉重的打击,也是诗中必须涉及的紧要内容,但王维只用"既至金门远"一句轻轻带过。"金门远"看上去只是个中性的表达:仕君之路远不可及。王维既没有非议君主,也没有指斥试官。但下接一句"孰云吾道非",褒贬之意就再清楚不过了。既然不是我们的错,那又是谁错了呢?这是不言而喻的,所以诗并不纠缠于此,马上就交代了綦毋潜准备在寒食节前回到丹阳的打算,清明不还要祭扫祖茔吗?清明时节江南天已转暖,所以他在洛阳便要定做春衫。两句琐事在这里既是为即将启程的归途预热,也是表达一种成事不说的轻松态度。落第虽然失意,但毕竟已过去了。

"置酒长安道"以下,进入题中"送别"的书写。酒宴惜别同样是一笔带过,王维对于情感的表达向来都是很节制的,或者说直接抒情不是他的习惯。唐人送别诗多设想行人将要经过的地方、遇见的景物,这里"行当浮桂棹,未几拂荆扉"两句也是写綦毋潜由水路还江南,很快就能到家。接着"远树"两句则是想象綦毋潜行至丹阳的情景。"带"是映的意思,"当"是面对的意思。远树映衬着行客,城池沐浴着夕阳,仿佛都在等候游子归来。那么,失意而归的綦毋潜又将如何面对亲友的急切期盼呢?诗写到这里,王维才表达了"既至金门远,孰云吾道非"之后含而未吐的安慰之意,以肯定和激励的高昂情调结束全诗。事实上,"吾谋适不用"比起"既至金门远"来,感觉更轻漫更不足道,完全是一副拍着对方肩膀说"落第偶然而已,不用在意"的轻松口吻;"勿谓知音稀"则以挚友的理解和信任注满了劝勉、激励之意,让綦毋潜相信包括自己在内的许多人都很欣赏他的才华,面对亲友完全不必抱怨京城没有赏识自己的知音!这种充满自信的乐观心态和慷慨昂扬之气正是盛唐诗特有的精神风貌,也是"盛唐气象"最基本的心理内涵。

这首五古从形式上看也是很典型的盛唐古诗,在两个层面上体现了盛唐五古的特点:其一是声律上还没有特别的反律化意识,相当一部分诗句自然合律，像"既至金门远""置酒长安道，同心与我违""行当浮桂棹，未几拂荆扉"，都是很严格的律句；"远树带行客，孤城当落晖""孰云吾道非"则是拗律句。同时，王维也没有将古诗当作近体来写，一半篇幅的诗句仍是古调。"遂令东山客"本可写作合律的"遂使东山客"，却偏用读平声的"令"。可见他遣词造句之际，意识中还没有特定的声律倾向，既不在意写成律调，也不在意写成古调。这正是盛唐古诗的特点，到杜甫以后，古诗写作就出现了反律化即回避律调句的倾向，经韩愈等人变本加厉，最终成为中唐古诗的一个标志性特征。

其二是四句为一解，每解自成单元，而各解之间则有着跳跃性。古诗体裁的一个重要源头是乐府诗，乐府诗因为要配合音乐，常以四句为一个单元，称作解。后来汉魏六朝的古诗受它影响，也常以四句为一个单元，或转韵或不转韵，各自构成一个段落结构，而又上下蝉联，若断若续。王维这首诗共十六句，分为四解来读，第一解写应试，第二解写落第将归，第三解写置酒饯别，最后一解表达安慰之意，层次看起来很清楚。如果不分解来读，"江淮"一联、"远树"一联就显得有点孤立，好像与前后都不连贯。这是因为，它们在一解中是某部分内容的补充——"江淮"一联是落第后拟归的打算，"远树"一联是归乡的铺垫；若全篇贯通来看，两联与前后文之间就有点跳跃。对于盛唐古诗的这种结构特征，我们需要多读一些乐府和南朝古诗才能理解。

（蒋寅）

终南山

王 维

太乙近天都，连山到海隅。
白云回望合，青霭入看无。
分野中峰变，阴晴众壑殊。
欲投人处宿，隔水问樵夫。

这是一首登终南山而作的游览诗，以游览行程为纲，通过远近、上下、前后不同观察角度的变化，多方面描写了终南山的广袤和高峻，最后以问津投宿结尾，给读者留下富有人情味的想象空间。

王维晚年隐居蓝田的辋川别墅，昔日在长安城中远眺的终南山此时仿佛成了自家的后花园，他时常漫游其中，并付之诗咏。有《终南别业》诗写道："中岁颇好道，晚家南山陲。兴来每独往，胜事空自知。"这里选的《终南山》一首，便是专门叙写游山胜事的作品。读这首诗，首先要知道它的体类是游览，而不是题咏。题咏诗以描述、歌咏对象为中心，游览诗则是以人的活动为中心，两者因取意的侧重点不同而形成结构的差异。

《终南山》的开篇很特别，一落笔便是登到峰顶的位置。用"近天都"来形容太乙峰之高，用意不只在夸张高度，同时也是要引出一个天地上下对应的空间感觉模式，为下文的空间描写做铺垫。第一句既作仰观，第二句便取俯视，绵延不绝的秦岭山脉一望无际，延伸到海角。两句写尽登上终南山所感受到的高峻和广袤的气势。粗看这两句好像与题咏也没什么差别，但只要对比一下杜甫的《望岳》，就知道这不是在山下远眺，而是登临所见。若非凭高俯视，用了中国山水画的"高远"透视法，又岂能看到"连山到海隅"的邈远之景？

如果说首联的写法，交代观看位置还不够确凿，那么颔联就更清楚地说明作者的立足点是在峰顶。因为"白云回望合"是说回看攀登的路途，已被半山的云霭所遮隔。这两句写出了诗人登山过程中的一种特殊经验：由下往上攀登，远望山腰笼罩着苍翠迷蒙的雾霭，而临近却杳无踪影；及登临高顶，回顾来路，不知何时已为白云遮蔽。在这里，"回望"隐含着前瞻，"入看"暗寓着远眺；远看有的近前消失，前瞻所无的回顾忽生。诗人的视点好像落在登览中的某处，但诗句所包举的却是从始登远眺到登临返顾以及视觉印象意外变化的全部经验。所以，它虽然有点像山水画"移步换形"的表现手法，但却包含着绘画所无法表现的动作变化和时间跨度。即使运用电影蒙太奇，也起码要三组镜头，还必须割舍掉"入看"的体验过程。如此丰富的含蕴，绘画又怎能承担得了？这正是王维诗歌超越绘画的静态呈示而具有动态的神似之美的艺术特质。事实上，王维最善于将各种复杂的感觉经验融汇成一种超越视觉的全息的诗性经验，将他的诗作推向"诗不可画"的境地。这正是王维诗歌的独特魅力所在。两句中伴有动态的色彩，伴有时间流动的空间展示，构成了王维诗歌特有的清空灵动之美。

颈联将视线转向眼前的群峰。秦岭是横贯中国中部的东西走向的山脉，上文"连山到海隅"是沿着秦岭山脉的走势东西纵眺，这里"分野""阴晴"两句又南北流盼，横向欣赏终南山的广袤。古代将天上的星系对应于地面的区域，有所谓分星分野之说。王勃《滕王阁序》"豫章故郡，洪都新府。星分翼轸，地接衡庐……物华天宝，龙光射斗牛之墟"，就是说豫章当牛、斗二星的分野，与翼、轸二星相邻。王维这里说星宿的分野在山峰中区划，与下句说山的向背呈现明暗差异一样，都是极尽所能形容终南山的幅员之广。从日常经验来说，正午阳光直射、光线强烈的时候，山峰的向背明暗差异是不大的，只有接近黄昏时分，斜阳偏照才使山峦明暗变得醒目起来。所以，

"阴晴众壑殊"一句不只是在写终南山的广袤，同时也暗示了日色偏西，表面看上去像是写景，其实与"分野中峰变"一样都是叙事，为结联的投宿埋下了伏笔。

如此广袤的大山，到了黄昏时分要想走出去是不容易的，而想要找个人家投宿也不知道哪里有。适时出现的樵夫，为王维解了困，也给诗作提供了一个自然的结尾。它结束了一天的游览，又提示了一个夜晚投宿的诗意空间，最重要的是它给高峻雄伟的自然景观注入了温暖的人间气息，为投宿山家的把酒夜话、秉烛长谈开启了一个想象空间，不觉引人遐思。值得注意的是，这里的"隔水"二字绝非闲笔，前人认为它们暗示了山中的空旷，"见山远而人寡也，非寻常写景可比"（沈德潜《唐诗别裁集》），同样也是将这首诗理解为游览诗而不是题咏诗。

游览诗起于建安诗歌中的游宴之作，到谢灵运诗中成为一个醒目的类型。《文选》卷二十二所收谢灵运《从游京口北固应诏》《登池上楼》《游南亭》《游赤石进帆海》《石壁精舍还湖中》等九首五言诗奠定了游览诗以人物行止为线索，在记录行程所历时叙写山水景致的写作范式。近体诗篇幅有限，不能铺叙行程，只有压缩人物行止，将篇幅留给山川所历。王维这首诗通过人物行止写出风景的特色，在景物的摹状中暗示游览的时间过程，以叙事之笔描写，以描写之笔叙事，笔法高妙而又生动自然，不露痕迹，显示出高超的艺术表现力，堪称唐代游览诗的典范之作。

（蒋寅）

山居秋暝

王　维

空山新雨后，天气晚来秋。
明月松间照，清泉石上流。
竹喧归浣女，莲动下渔舟。
随意春芳歇，王孙自可留。

　　天高气爽的秋日原是山中最好的时节，又值暮雨初歇，空气格外地清新。要形容此时所见所感，有许多种写法、许多可着笔之处，可以用许多文字。但王维不着一点描写、形容，只用两句很普通的叙述，就让天时物候很具体、生动地呈现在读者眼前。其得力之处全在"空""晚"两字："空"不仅点明了山林的空旷气息，更传达了雨后特有的空蒙感觉，造成雨前的空山和雨后的山空两重氛围的叠合；"晚"一方面指天色之晚，另一方面又指季候之晚，山中的暑气尚未退去，只为一阵暮雨，天色将晚，这才让人感到了秋意。看似很普通的两个字，在王维笔下被用得如此灵动，生发出许多的意味，让人不能不佩服诗人高超的艺术表现力。

　　首联重点写了题中的"山"和"秋"，暝只以"晚"字点了一下。颔联开始具体写"暝"，两句同样是不事雕琢、仿佛自然天成的叙述："明月松间照，清泉石上流。"但一仰观一俯视，一色一声，一静一动，写出了山林暝色熹微中的清幽境况。清幽正是山林本色，是处皆然。如果仅有这清幽，也没什么特别之处，王维欣赏的不只是清幽，他更喜欢清幽中的生活气息。这不是吗，人出现了："竹喧归浣女，莲动下渔舟。"当代评论者常将本诗中间两联作为"诗中有画"的例子来分析，我觉得"明月""松间"一联或许还可以画，但"竹喧""莲动"一联是无论如何也画不了的。这两句是因果关系倒装的句式，前句是未见其人，先闻其声，隔着竹林听到一阵喧笑声，知道是洗衣服的姑娘们归来；后句是未见渔舟，先看到莲叶摇曳，然后才见渔舟乘流驶下。也就是说，在诗句设定的时点上，浣女、渔舟是不见于画面的，画面上只有喧嚷的（这也表现不出）竹林和摇曳的荷叶。若以此取景，画出的就是微风中的竹林、荷塘；想看到浣女和渔舟，非要拍成电影的连续镜头才行，绘画是无论如何构图取景也表现不了的。这个例子印证了德国美学家莱辛在《拉奥孔》里陈述的一个定理："绘画由于所用的符号或模仿媒介只能在空间中配合，就必然要完全抛开时间，所以持续的动作，正因为它是持续的，就不能成为绘画的题材。"从王维诗歌的总体倾向看，其诗当然有鲜明的绘画性，也就是描述性，但占主导地位或者说更能够代表王维诗歌特色的恰恰是诗不可画，是对绘画的瞬间呈示性特征的超越。

经过这一番对山村生活闲情逸致的描绘，尾联顺势引出流连不去的眷恋。初秋本来是宜人的时节，诗人不直接说喜爱秋山，却说任它春意消歇，不妨稍做流连，这就比直写秋色宜人更摇曳多姿，变化生新。

王维的诗很少雕琢刻画，也不用生僻字眼，但取意力求新颖，叙事力求生动，每每以看似寻常的语言营造出异常灵动的意趣。本诗首联的用字、颈联的叙事，乃至尾联的叙述角度变换，无不为营造全诗活泼灵动的意境发挥了局部的作用。近代学者高步瀛评这首诗说"随意挥写，得大自在"（《唐宋诗举要》），正须从这个意义上去理解，才能够体会。

（蒋寅）

使至塞上

王　维

单车欲问边，属国过居延。
征蓬出汉塞，归雁入胡天。
大漠孤烟直，长河落日圆。
萧关逢候骑，都护在燕然。

唐玄宗开元二十五年（737），河西节度副使崔希逸力克吐蕃，朝廷遣任监察御史之职的王维前去慰问，并兼任河西节度判官，诗人在赴任途中写下这首诗。

首联交代出使的缘由和经过的地方。"单车"谓轻车简从。"问边"指慰问边疆的立功将士。诗起句开门见山先表明此行的目的，十分自然地引出下面的旅程所历。属国原指边地附庸小国，这里用来指边疆少数民族归附的地区，居延在今甘肃省张掖市西北。首联两句点明了诗题"使至塞上"的内容，韵调轻快，给全诗定下一个慨然赴边的豪迈的基调。

次联作者开始描写所见之景。"征蓬"是被风吹起远飞的蓬草，"归雁"是回北方的大雁。枯草随风飘，天暖鸿雁北归，说明这是初春时节。两句一天上一地下，以汉塞胡天相对，展现了一个辽阔的空间，诗人的旅程放置到这样的背景下，显得愈加辽远。这里请注意，两句从字面上看是写景，而实际上寓有象征意义。在古诗中，"蓬"和"雁"是和行旅密切联系的两个意象，蓬转常象征人的漂泊不定，雁归则常暗示着季节并反衬人的不归。它们在这首诗里同样含有上述意味，不仅描绘出一个空阔苍茫的背景，也映衬出"单车"的孤独和寂寞。

然而，这点寂寞又算得了什么呢？它完全没有悲哀的色彩，相反充满了崇高感。第三联的壮美景象使这崇高感达到了顶峰："大漠孤烟直，长河落日圆。"这两句不愧是千古绝唱，即使没到过边塞，只要闭眼一想：在浩瀚无垠的沙漠上，一股燧烟滚滚直上升入云天；曲折的黄河上，一轮落日，浑圆、黯红的身影安详地浮在水面，那是何等壮丽的情景！大漠、孤烟、长河、落日，勾画了一个独特的空间、一个独特的时刻——塞上宁静的黄昏。而孤烟的直，落日的圆，又以几何图案的美妙组合，给画面添上一些奇趣，使它成了典型的沙漠和边塞的图景。

结联笔调一转，又回过来写自己的出使："萧关逢候骑，都护在燕然。"候骑即骑马的探子，都护为边疆重镇都护府的长官，这里代指崔希逸。这两句说在萧关遇到候骑，听说都护正在燕然山。燕然山即今蒙古境内的杭爱山，崔希逸破吐蕃不会到那儿去，诗人这里是用东汉窦宪的典故。窦宪曾大破匈奴，登离边塞三千余里的燕然山刻石纪功。"都护在燕然"一句将崔希逸比作窦宪，说他正在胜利的最前线，切此度出使的事由。

结联这两句漫笔貌似偶然，实际上充满了豪迈昂扬的情调，与前面奇伟壮丽的边塞风光相呼应，构成了全诗雄劲壮阔的气势。这首诗充分表现了诗人的艺术天才，无论是取景构图还是遣词造句，都十分生动、准确、工整，可以说是唐边塞诗中最光彩夺目的篇章之一。

（蒋寅）

和贾至舍人早朝大明宫之作

王 维

绛帻鸡人报晓筹,尚衣方进翠云裘。
九天阊阖开宫殿,万国衣冠拜冕旒。
日色才临仙掌动,香烟欲傍衮龙浮。
朝罢须裁五色诏,佩声归到凤池头。

唐肃宗至德二载(757)九月,唐军从安史叛军的手中收复长安。十月,唐肃宗率朝廷百官从凤翔返回长安。次年二月,改元乾元。虽然安史叛军的残余势力远未肃清,大唐帝国的元气也远未恢复,但表面上的中兴局面已经形成。就在这年的一个春日,中书舍人贾至到大明宫去上朝,看到一派升平气象,写了一首七言律诗以呈同朝僚友。王维、岑参、杜甫等人随即唱和,于是留下了四首《早朝大明宫》诗。对于这四首诗粉饰升平的颂扬主题,宋末的方回有一针见血的批评:"四人早朝之作,俱伟丽可喜。……然京师喋血之后,疮痍未复,四人虽夸美朝仪,不已泰乎!"(《瀛奎律髓》卷二)但是后人关注此组诗作,大抵仅从艺术水准着眼,并对四首诗的优劣等第议论纷纷。那么,抛开思想倾向不谈,它们的优劣究竟如何呢?

首先要说明的是,从颂扬主题的角度来看,这四首诗都是相当出色的。元人杨载说:"荣遇之诗,要富贵尊严,典雅温厚。写意要闲雅,美丽清细,如王维、贾至诸公《早朝》之作,气格雄深,句意严整,如宫商迭奏,音韵铿锵，真麟游灵沼，凤鸣朝阳也。学者熟之，可以一洗寒陋。后来诸公应诏之作，多用此体。"（《诗法家数》）的确，四首诗都写得花团锦簇、辞藻富丽、音节圆润，但又各有特色、不落窠臼，其艺术水准远超那些陈词滥调、千篇一律的宫廷颂诗。由于王维、岑参和杜甫三人都是唐代的杰出诗人，贾至在当时也是著名的大手笔，他们同时就同样的题目写诗，正是较量诗才的绝好机会，所以后人对四首诗进行了仔细的比较，非要让四人争胜于毫厘之间，以一决高低。为了让读者便于对照原文，先将其他三首诗引述如下：

早朝大明宫

贾 至

银烛朝天紫陌长，禁城春色晓苍苍。
千条弱柳垂青琐，百啭流莺满建章。
剑佩声随玉墀步，衣冠身染御炉香。
共沐恩波凤池里，朝朝染翰侍君王。

和贾至舍人早朝大明宫

杜 甫

五夜漏声催晓箭，九重春色醉仙桃。
旌旗日暖龙蛇动，宫殿风微燕雀高。
朝罢香烟携满袖，诗成珠玉在挥毫。
欲知世掌丝纶美，池上于今有凤毛。

和贾至舍人早朝大明宫之作

岑 参

鸡鸣紫陌曙光寒，莺啭皇州春色阑。
金阙晓钟开万户，玉阶仙仗拥千官。

花迎剑佩星初落，柳拂旌旗露未干。
　　独有凤凰池上客，阳春一曲和皆难。

　　明人谢榛曾记载他与友人讨论四首《早朝大明宫》诗高下的经过：刘成卿说："杜其一也，王其二也，岑其三也，贾其四也。"谢榛则说："子所论讵敢相反。颠之倒之，则伯仲叔季定矣。贾则气浑调古，岑则词丽格雄，王、杜二作，各有短长，其次第犹是一辈行。"（《四溟诗话》卷三）两人排出的名次竟然截然相反！清人毛先舒的看法近于谢榛而稍有不同："早朝唱和，舍人作沉婉秾丽，气象冲逸，自应推首。'衣冠身'三字微拙。右丞典重可讽，而冕服为病，结又失严。嘉州句语停匀华净，而体稍轻扬，又结句承上，神脉似断。工部音节过厉，'仙桃''珠玉'近俚，结使事亦粘滞，自下驷耳。四诗互有轩轾，予必贾、王、岑、杜为次也。"（《诗辩坻》卷三）而清人冯班又以王、杜、岑、贾为次第（见《瀛奎律髓汇评》卷二）。真是众说纷纭，莫衷一是。我觉得这四首诗确实有高下之分，但斤斤计较四首之名次则没有必要。况且贾至是原唱者，一般说来，原唱的写作比较自由，而和诗则因受到原作的束缚而难度较大。所以合理的评比应在王、岑、杜三首之间进行，贾诗则可搁置不论。

　　王、岑、杜三人都是唐诗大家，但是任何大诗人也不可能做到篇篇珠玑。就这组作品来说，杜诗并没有独占鳌头。清人黄生认为这首杜诗"组织之工，天衣无缝，岂诸子可望其后尘耶"（《杜诗说》卷八），这恐怕是出于对杜甫"诗圣"地位的维护，但难以服人。好在持此种论调者并不很多，例如明人胡震亨早已毫无隐讳地指出："《早朝》四诗，名手汇此一题。觉右丞擅场，嘉州称亚，独老杜为滞钝无色。富贵题出语自关福相，于此可占诸人终身穷达，又不当以诗论者。"（《唐音癸签》卷十）说杜诗"滞钝无色"也许过于严厉，但说"富贵题出语自关福相"则很有道理。确实，杜诗虽然地负海涵，题材范围极广，但在"富贵题"方面并不在行。当杜甫描写盛筵时，无非是说："何时诏此金钱会，暂醉佳人锦瑟傍。"（《曲江对雨》）或：

"酒肉如山又一时，初筵哀丝动豪竹。"（《醉为马坠诸公携酒相看》）要是在曾经讥评"老觉腰金重，慵便玉枕凉"之句"未是富贵语"的太平宰相晏殊看来，这真可谓"未是富贵语"了。原因很简单，杜甫一生穷愁潦倒，他缺乏富贵生活的实际经验。即使他偶然瞥见王公贵人豪奢生活的一角，也必然像苏轼所说："杜陵饥客眼长寒，蹇驴破帽随金鞍。隔花临水时一见，只许腰肢背后看！"（《续丽人行》）从而不可能对富贵生活有仔细真切的描写。王夫之说得好："身之所历，目之所见，是铁门限。"（《姜斋诗话》卷下）要让杜甫把《早朝大明宫》一类的诗写成一流作品，是几乎没有可能性的。上引毛先舒批评杜诗的话也很有趣，所谓"自下驷耳"，自然使人联想到孙膑为田忌赛马的故事。田忌的马本有上驷、中驷、下驷三种，孙膑在某一场比赛中故意使己方的下驷出场迎战对方的上驷，结果当然落败。杜诗在许多题材方面都堪称上驷，唯独富贵题是其下驷。他偶然以下驷出赛而失手，当然是情理中事。杜甫在许多题材上独领风骚，我们又何必要求他非要成为诗坛的"十项全能"选手呢？

排除了贾至、杜甫两人之后，剩下的便是评判王维、岑参的高下了。从总体来看，这两首诗可谓旗鼓相当，得失仅在毫厘之间。例如清人沈德潜总评四首诗说："早朝倡和诗，右丞正大，嘉州明秀，有鲁、卫之目。贾作平平，杜作无朝之正位，不存可也。"（《唐诗别裁集》卷一三）孔子说："鲁、卫之政，兄弟也。"（《论语·子路》）所谓"鲁、卫之目"，即不分上下，可见沈氏对王、岑二诗并无轩轾。明人胡应麟更对岑、王二诗做了较细致的评说："大概二诗力量相等，岑以格胜，王以调胜。岑以篇胜，王以句胜。岑极精严缜匝，王较宽裕悠扬。令上官昭容坐昆明殿，穷岁月较之，未易坠其一也。"（《诗薮》内编卷五）唐中宗曾于正月晦日幸昆明池，使群臣应制赋诗。昭容上官婉儿坐彩楼上评判众作优劣，凡不中选者即掷下之。不久纸落如飞，只剩沈佺期、宋之问两人之作未坠下。到了最后，又一纸落下，乃是沈诗，意味着宋之问荣获首选。胡氏意即岑、王二诗势均力敌，即使让上官婉儿来评判，也难定甲乙。

然而，毫厘之差也是差别，如果以锱铢必较的态度对王、岑二诗进行细入毫芒的评骘，还是能够得出更为深刻的结论。笔者认为那些认定王诗第一的观点多属泛泛而谈，而批评王诗尚有缺点从而略逊岑诗的看法则能落到实处，故下文仅及后一方面的主要意见。王维的这首诗，前人指出它有两个缺点。第一是全诗的同类意象太多，胡应麟评曰："'绛帻''尚衣''冕旒''衮龙''佩声'，五用衣服字。"又曰："昔人谓王'服色太多'，余以它句犹可，至'冕旒''龙衮'之犯，断不能为词。"（《诗薮》内编卷五）的确，在一首诗中重复运用同一类意象，尤其是同一类物象（此诗中就是"衣服"），很容易造成单调枯窘的缺点，使人读之生厌。古人说得好："以水济水，谁能食之？若琴瑟之专一，谁能听之？"（《左传·昭公二十年》）在一首诗中重复运用同一类别的物象，其效果很像是"以水济水"，这必然会损害全诗的艺术水准。第二，王诗的声调不够和谐，因为其三、四两联在平仄调式上"失粘"了。虽然有人为他辩护，例如清人许印芳评曰："尾联与三联不粘，唐人七律上下联不忌失粘，后人七律声律加密，始忌之。若以后人之法绳唐人而病其失粘，则非矣。"（《瀛奎律髓汇评》卷二）其实在七律一体刚定型的盛唐之际，失粘的现象确实比较常见，但那毕竟是不合诗律的。况且四首大明宫诗是同时所作，杜、岑二诗都没有失粘的现象，而贾、王二诗皆在尾联失粘，这说明前者在艺术形式上更加精微，而后者不免有点粗疏。

那么，岑诗有没有缺点呢？当然也有，胡应麟指出："岑之重两'春'字，及'曙光''晓钟'之再见，不无微颣。"（《诗薮》内编卷五）近体诗一般应避免重字，岑诗中两见"春"字，故为胡氏指瑕。但是"阳春"是曲名，与"春色"尚不算犯重。至于"曙"与"晓"虽为同义字，但毕竟是不同的字。所以岑诗虽然也有缺点，但要比王诗轻微得多。

即使不从细微缺点着眼，岑诗也有胜过王诗的地方，那就是结尾。清人周容说："唐人最重收韵，岑较王结更觉自然满畅。"（《春酒堂诗话》）何谓"自然满畅"？周容没有细说。笔者的理解是，王诗的尾联"朝罢须裁五色诏，佩声归到凤池头"，与贾至原唱的尾联"共沐恩波凤池里，朝朝染翰侍君王"的意思基本相同，也未能点明唱和之意。而岑诗的尾联"独有凤凰池上客，阳春一曲和皆难"却紧扣和诗这层意思，颂对方而谦自己，与贾诗桴鼓相应，从而胜于王诗。

综上所述，贾至、王维、岑参、杜甫的四首早朝大明宫诗都堪称佳作。但是细加分析：贾、杜二诗未免相形见绌；王维一首亦有微瑕，故位居第二；岑参的一首拔得头筹，成为四首诗中的佼佼者。现引近人刘铁冷《作诗百法》中对岑诗的一段评语以结束本文："此诗于'早朝'二字分层次写景，收笔才拍到和诗也。第一句是写初出门，第二句是写初到城，已有早朝之景矣。第三句近殿未朝，从内闻出；第四句到殿朝时，从外见入。第五、六句写朝罢之景，因朝早而退朝亦早也。末处结到和贾至诗意，谦退不遑，自然合拍。"

（莫砺锋）

梦李白二首

杜 甫

死别已吞声,生别常恻恻。江南瘴疠地,逐客无消息。故人入我梦,明我长相忆。君今在罗网,何以有羽翼?恐非平生魂,路远不可测。魂来枫林青,魂返关塞黑。落月满屋梁,犹疑照颜色。水深波浪阔,无使蛟龙得。

浮云终日行,游子久不至。三夜频梦君,情亲见君意。告归常局促,苦道来不易。江湖多风波,舟楫恐失坠。出门搔白首,若负平生志。冠盖满京华,斯人独憔悴。孰云网恢恢,将老身反累。千秋万岁名,寂寞身后事。

唐玄宗天宝三载(744)初夏,李白和杜甫在洛阳初次会面。一千一百八十四年以后,闻一多激动万分地评说此事:"我们四千年的历史里,除了孔子见老子外,没有比这两人的会面更重大、更神圣、更可纪念的了。我们再逼紧我们的想象,比如说,青天里太阳和月亮走碰了头,那么,尘世上不知要焚起多少香案,不知有多少人要望天遥拜,说是皇天的祥瑞。"(《杜甫》)可惜两位名垂千古的大诗人的相聚非常短促,次年秋天,两人在鲁郡相别,从此天涯永隔。十五年以后,也就是唐肃宗乾元二年(759)的七月,杜甫流落到秦州,在那里停留了三个月。此时的杜甫在生活上濒于绝境,他拖家带口,衣食无着,被迫重操卖药的旧业。但就在这短短的三个月中,杜甫一连写了四首怀念李白的诗,其中的三首——《梦李白二首》和《天末怀李白》都被清人选进《唐诗三百首》,竟占了全书作品总数的百分之一,其首要原因当然是它们情文并茂,正如清人仇兆鳌评前二首所云:"千古交情,惟此为至。然非公至性,不能有此至情。非公至文,亦不能写此至性。"(《杜诗详注》)其次,也因为它们是杜甫思念李白的诗作,思念者与被思念者是千年诗史上最伟大的两位诗人,用闻一多的话说,这是诗国中的月亮对太阳的思念!

对于杜甫的《梦李白二首》,清人方观承评价道:"少陵梦李白诗,童而习之矣。及自作梦友诗,始益恍然于少陵语语是梦,非忆非怀。"(方世举《兰丛诗话》引)说二诗"语语是梦",不很准确,因为第一首的前四句分明是写未梦之前,第二首的前四句也是交代梦之由来。但是说全诗主旨是梦而"非忆非怀",则一语中的。因为是写梦境,全诗就笼罩着一片迷离恍惚的雾气。试以第一首为例:"恐非平生魂,路远不可测"写梦中与李白相遇,竟怀疑来者并非生人的魂魄,言下之意故人或已化为鬼魂,因为路途遥远,存亡未卜。"魂来枫林青,魂返关塞黑"二句分写李白所在之江南与杜甫所处之秦州,两地相隔万里,景象皆惨淡阴森。清人沈德潜说这是"点缀楚辞,恍恍惚惚,使读者惘然如梦"(《唐诗别裁集》)。蒲松龄在谈神说鬼的《聊斋志异》的自序中说:"知我者,其在青林黑塞间乎!"显然也是有取于这两句杜诗的阴惨气氛。及至末尾四句,清人浦起龙解曰:"梦中人杳然矣,偏说其神犹在,偏与叮咛嘱咐。"(《读杜心解》)也就是把梦境的恍惚感一直延伸到梦醒之后:残月的余辉映照在屋梁上,仿佛还照着李白的容颜,于是诗人情意殷殷地叮嘱他在归路上务必注意安全。刘辰翁说:"落月屋梁,偶然实景,不可再遇。"(《唐诗品汇》引)"落月满屋梁"确实可能为实景,但用一缕暗淡的落月之光来衬托凄迷的梦境,又是何等的生动传神!如果说第一首的着力之处是渲染梦境,那么第二首中的重点就是刻画梦中所见的李白形象。曾经英风豪气不可一世的李白如今变成一个憔悴老人,他匆匆告别,再三诉说远道而来的艰难:江湖上风波险恶,扁舟出没于其间,令人提心吊胆。临出门时，他举手搔搔满头白发，一副潦倒失意的模样。这就是曾被贺知章称为"谪仙人"的李白吗？这就是那位"笔落惊风雨，诗成泣鬼神"（杜甫《赠李十二白二十二韵》）的李白吗？如今安史之乱初步平定，长安城里充塞着达官贵人，而李白却独自憔悴如斯！于是杜甫对命运发出了严厉的责问：谁说是"天网恢恢，疏而不漏"？李白垂垂老矣，却受到如此的牵累！

那么，为什么杜甫梦中所见的李白是如此落魄潦倒呢？为什么杜甫要为李白忧心忡忡且高声鸣冤呢？让我们再读写于同时同地的《天末怀李白》：

> 凉风起天末，君子意如何？
> 鸿雁几时到，江湖秋水多。
> 文章憎命达，魑魅喜人过。
> 应共冤魂语，投诗赠汨罗。

与《梦李白二首》的恍惚意境不同，此诗以非常清醒、非常冷静的语气抒写对李白的思念。秦州地处西北边陲，秋风已寒，鸿雁南飞，此时此地，杜甫分外思念远在天边的李白。后四句说到魑魅，又说到汨罗冤魂，表明此时杜甫已经得知李白获罪长流夜郎的消息。原来在乾元元年（758）二月，李白因误入永王李璘军一事被判处长流夜郎，本年夏秋之间，李白行至夔州，适遇朝廷大赦，当即乘舟东归。"朝辞白帝彩云间，千里江陵一日还"的轻快诗句就是那时写的。但是古代消息传得很慢，杜甫又僻居边陲，所以他仅知李白长流夜郎，还以为此时李白正在走向夜郎的途中。唐代的夜郎处于现在湖南西部的芷江，李白从江州出发前往夜郎的路线是溯江西上，至夔州再南下，经过地处湘西的"五溪"。十四年前李白送王昌龄贬龙标尉的诗中说"闻道龙标过五溪"，也是指的这条路线。杜甫当然不知道李白所走的实际路线，他以为李白会从洞庭湖折而向南，并经过汨罗江一带。汨罗江与"五溪"相隔不远，古人认为那里是瘴疠之地，是魑魅魍魉出没的地方。据

《左传》记载，舜曾流放"四凶"："投诸四裔，以御魑魅。"因为魑魅是食人的厉鬼，喜人经过而得以食之。如今李白被远流夜郎，怎不令杜甫忧虑万分？杜甫又想到李白才高见谤，无罪受罚，当他经过汨罗江畔时，一定会像汉初的贾谊一样，投诗汨罗，与屈原的冤魂互相倾诉心事。这既是对李白的透彻理解，又是对李白的深切同情。关于"魑魅喜人过"一句，清人何焯引其师李光地之解曰："嵇叔夜耻与魑魅争光，此句指与白争进者言之。鬼神忌才，喜伺过失。古人四声多转借用之，非'过从'之'过'也。"(《义门读书记》)这种解释也可讲通，但不如前解意味深永。正如仇兆鳌所评，此诗"说到流离生死，千里关情，真堪声泪交下，此怀人之最惨怛者"(《杜诗详注》)。

李白入永王李璘军因而获罪之事，其经过情形非常复杂，后人的议论也莫衷一是。天宝十五载（756）六月马嵬坡事变发生后，玄宗继续西奔。七月，太子李亨即位于灵武，是为肃宗。玄宗在入蜀途中，没有及时得到太子登基的消息，仍以皇帝的名义颁令部署，永王李璘被任命为江陵府都督及江南西道等四道节度使。李璘是李亨的幼弟，幼年丧母，曾由李亨抚养，晚上常由李亨抱着睡觉。但李璘长于深宫，不明事理，赴任江陵后见地方富庶，就滋生野心，想要向东南发展势力。肃宗闻知，令其归蜀，李璘不从，并引军沿江东下。肃宗随即部署军队予以讨伐。李璘军路经九江时，正在庐山的李白应聘入李璘军为僚佐。次年李璘军溃败，李白先是奔逃，后又自首，系于浔阳狱中，及至乾元元年，终于被判长流夜郎。李白后来自称是受到胁迫而入李璘军的："半夜水军来，寻阳满旌旃。空名适自误，迫胁上楼船。"(《经乱离后天恩流夜郎忆旧游书怀赠江夏韦太守良宰》)但事实并非如此，李白的《永王东巡歌》十一首就是明证，像"雷鼓嘈嘈喧武昌，云旗猎猎过寻阳。秋毫不犯三吴悦，春日遥看五色光"(其三)，像"二帝巡游俱未回，五陵松柏使人哀。诸侯不救河南地，更喜贤王远道来"(其五)，哪里是被胁迫的口气？但要说李白是有心从逆，则未免厚诬古人。李白其人，向有报国济时的远大志向。李璘聘其入军，当然会被李白看作实现报国雄图的绝好机会，这在《永王东巡歌》之二中表露得非常清楚："三川北虏乱如麻，四海南奔似永嘉。但用东山谢安石，为君谈笑静胡沙。"原来李白一心想着像东晋的谢安那样，在谈笑之间建立奇功，一举平定叛乱。李白是个热情洋溢的诗人，他对朝廷内部的明争暗斗不甚了然，对李璘的个人野心也毫无觉察。宋人朱熹说："李白见永王璘反，便从臾之，文人之没头脑乃尔！"（《朱子语类》）说李白"从臾"永王是毫无根据的，但说他"没头脑"倒不无道理，李白确实热情有余而冷静不足，他毕竟是个豪气干云的诗人，其政治见识不但不如擅长运筹帷幄的李泌，也比不上善于观察形势的杜甫。

但是，李白此举虽然不够明智，毕竟不是什么弥天大罪，又何以受到流放蛮荒的严重处罚？况且李白英才盖世，一心报国，是国家和社会的宝贵财富，怎么也该予以保护呀！也许杜甫在两年以后所写的《不见》一诗更可加深我们的理解："不见李生久，佯狂真可哀。世人皆欲杀，吾意独怜才。"为什么李白会落到"世人皆欲杀"的地步呢？除了政治原因以外，这恐怕与他的才太高、名太大不无关系。凡是才高一世者，往往会遭到庸众的妒忌。名满天下者，谤亦满天下。况且李白一向恃才傲物，蔑视权贵，朝廷中对他心怀忌恨者大有人在。在这种情形下，杜甫的这三首诗尤其值得重视。一方面，杜甫为人特重感情，梁启超称他为"情圣"，诚非虚言。一部杜诗，凡咏及友谊者，无不情文并茂。另一方面，杜甫与李白的友情又非他人所能及，正如浦起龙评杜甫所云："公当日文章契交，太白一人而已。"（《读杜心解》）宋人严羽说得更加真切："少陵与太白，独厚于诸公。诗中凡言太白十四处，至谓'世人皆欲杀，吾意独怜才'……其情好可想。"（《沧浪诗话》）所以当李白蒙冤流放时，整个诗坛上只有杜甫在遥远的北陲连写三诗以抒思念之情。清人《唐宋诗醇》评《梦李白二首》曰："沉痛之音，发于至情，情之至者文亦至。友谊如此，当与《出师》《陈情》二表并读，非仅《招魂》《大招》之遗韵也。"又评《天末怀李白》云："悲歌慷慨，一气舒卷。李杜交好，其诗特地精神。"的确，只有杜甫才能写出如此情真意切的怀李之诗，也只有李白才当得起如此惊心动魄的怀念之诗。《梦李白二首》的最后说："千秋万岁名，寂寞身后事！"这既是杜甫为李白发出的不平之鸣，也是杜甫对自身命运的准确预言。万里青天上只有一对日月，千年诗国中也只有一对李杜，所以《梦李白二首》与《天末怀李白》是千古独绝的友谊颂歌。

（莫砺锋）

野人送朱樱

杜 甫

西蜀樱桃也自红，野人相赠满筠笼。
数回细写愁仍破，万颗匀圆讶许同。
忆昨赐沾门下省，退朝擎出大明宫。
金盘玉箸无消息，此日尝新任转蓬。

王维、杜甫、韩愈、张籍和韩偓五人都曾作诗咏樱桃，诗体皆为七律，主题都与朝廷赏赐樱桃有关。张籍的《朝日敕赐樱桃》和韩偓的《湖南绝少含桃偶有人以新摘者见惠感事伤怀因成四韵》稍为平庸，其余三首咏樱桃诗都曾得到后人的赞赏。把它们对读一过，能得出一些重要的结论。王维和韩愈的两首诗作如下：

敕赐百官樱桃

王 维

芙蓉阙下会千官，紫禁朱樱出上阑。
才是寝园春荐后，非关御苑鸟衔残。
归鞍竞带青丝笼，中使频倾赤玉盘。
饱食不须愁内热，大官还有蔗浆寒。

和水部张员外宣政衙赐百官樱桃诗

韩　愈

汉家旧种明光殿，炎帝还书本草经。
岂似满朝承雨露，共看传赐出青冥。
香随翠笼擎初到，色映银盘写未停。
食罢自知无所报，空然惭汗仰皇扃。

后代论者曾对王、杜、韩三诗进行比较评骘，比如清人沈德潜评王诗曰："词气雍和，浅深合度，与少陵《野人送朱樱》诗均为三唐绝唱。"(《唐诗别裁集》卷一三) 林昌彝则云："少陵诗妙在比兴多而赋少。管韫山谓摩诘为正雅，少陵为变雅，观二《樱桃》诗可见。不知少陵《樱桃》诗比兴体也，言外有人在；摩诘《樱桃》诗特赋体耳。"(《海天琴思录》) 又如宋人胡仔评王、韩二诗曰："二诗语意相似。摩诘诗浑成，胜退之诗。樱桃初无香，退之以香言之，亦是语病。"(《苕溪渔隐丛话》后集卷九) 范温则评杜、韩二诗曰："韩退之诗盖学老杜，然搜求事迹，排比对偶，其言出于勉强，所以相去甚远。然若非老杜在前，人亦安敢轻议。"(《潜溪诗眼》) 清人程学恂则将三首进行对比，其评韩诗曰："樱桃诗摩诘最工，亦最得体。杜次之，此又次之。"(《韩昌黎诗系年集释》卷一二) 议论纷纷，究竟孰是孰非？

在古代，樱桃是一种特殊且重要的果品。《礼记·月令》记载："仲夏之月……天子乃以雏尝黍，羞以含桃，先荐寝庙。""含桃"即樱桃，既是用来祭祀先庙的时令果品，当然珍贵无比。到了汉代，樱桃遂成为皇帝对大臣的赐品，《拾遗录》云："汉明帝于月夜宴群臣樱桃，盛以赤瑛盘。"此习至唐代犹存，李绰《岁时记》曰："四月一日，内园进樱桃寝庙，荐讫，颁赐百官各有差。"王维等三诗所咏者，即是此事。正因三诗内容与朝廷礼仪有关，故后人首先着眼于其得体与否。程学恂说王诗"最得体"，当有二重原因：一是全诗庄重典雅，符合宫廷诗的风格要求；二是次联明言赐予百官者乃"寝园春荐后"之樱桃，君君臣臣，名分俨然。当然杜、韩二诗亦相当留意于此，杜诗云"忆昨赐沾门下省，退朝擎出大明宫"，"沾"者，沾溉皇恩之谦辞也。"擎"者，高举以示尊重之动作也。韩诗既云"承雨露"，又云"食罢自知无所报，空然惭汗仰皇扃"，感恩颂德，也是题中应有之义。然而王诗之颂德蕴藉不露，韩诗却稍嫌浅显。至于杜诗，因全篇另有主旨，并非纯属颂体。故从宫廷题材的角度来看，王诗就显得最为得体了。

从艺术上看，王诗也高于韩诗。除了胡仔所云"樱桃初无香，退之以香言之，亦是语病"之外，韩诗的最大缺点正如范温所云：首联引经据典，介绍樱桃其物。韩诗注者引《洛阳宫殿簿》云汉代种樱桃于宫殿之前，又引《神农本草经》云樱桃有"主调中益脾胃，令人好颜色"之效，确属"搜求事迹"。中间两联描写朝廷赏赐樱桃之情状，语意稍嫌烦冗，两联的意思只相当于王诗的颈联，文字也不如王诗之洗练。当然，王诗也不是毫无瑕疵。王诗的尾联，清人张谦宜赞其"用补笔跳结，意更足，法更妙，笔更圆活"（《絸斋诗谈》卷五），其实不然。樱桃性温，多食则内热，然大官自能用性寒之蔗浆以平衡之，故无须多虑。若因此而谓此联使全诗"意更足"，尚称允当。至于谓其"法更妙，笔更圆活"，则不然也。此联句意呆滞，况首句云"芙蓉阙下会千官"，则蒙赐樱桃者人数甚众，岂能尽为"大官"？既然仅有"大官"能以蔗浆去热，则非大官者又当如何？难道让他们饱食樱桃而患上内热？这岂是朝廷赐樱之初衷？所以笔者认为此联意欲"补结"，实为蛇足，是此诗的败笔。

那么，杜诗的情况又如何？与王、韩二诗不同，杜诗的主题并非承赐樱桃，诗人是因野人送樱桃而忆及当年之赐樱。从表面上看，全诗中仅有颈联正面回忆昔年承赐樱桃的情景。但细味之，则全诗多处与此有关。正如王嗣奭《杜臆》中所评："公一见朱樱，遂想到在省中拜赐之时，故'也自红''愁仍破''讶许同'，俱唤起'忆昨'二句，而归宿于'金盘玉箸无消息'。通篇血脉融为一片，公之律诗大都如此。"又如沈德潜《唐诗别裁集》中所评："'也自红''愁仍破''讶许同'，俱对赐樱桃著笔。下半流走直下，格法独创。"若细论之，则杜诗的前四句完全是紧扣题面，描述野人送朱樱之事，仅用一二虚字斡旋映带，以唤起记忆中的往事。首句中的"也自红"三字，真是突兀之笔：诗人为何慨叹这些产于西蜀的樱桃"也自红"呢？这当然是针对往日所见之樱桃而言。至第四句，又称眼前的朱樱"万颗匀圆讶许同"，它们与何物"许同"呢？当然也是往日之樱桃。这样反复蓄势，势必会自然而然地过渡到回忆往事。于是五六两句转为描写往昔承赐樱桃之事：肃宗乾元元年（758），杜甫在长安任左拾遗，隶属门下省，因逢宫中之宴而得沾樱桃之赐。门下省位于大明宫内宣政殿东，杜甫退朝时携樱桃还家，应从大明宫而出。此二句纯属写实，且仅写承赐樱桃的过程，对樱桃自身不着一字，因前四句中已细写其形状颜色，不必重复。"门下省"乃朝廷衙门，"大明宫"乃皇城宫殿，二句不但成功地渲染了承赐樱桃的庄丽背景，而且与首联的"西蜀""野人"遥相呼应，以显示今昔盛衰之巨大落差。文章的波澜与思绪的跳荡配合得如此天衣无缝！第七句一笔兜转，表面上是慨叹昔日所见皇家之奢华场面已经销声匿迹，实则哀痛肃宗已逝，朝廷中兴无望矣。

后人对这首杜诗好评如潮，其中有两点说得最好。第一是从咏物诗的角度而言的，清人浦起龙说："通体清空一气，刷肉存骨。"（《读杜心解》）杨伦则说："托兴深远，格力矫健，此为咏物上乘。"（《杜诗镜铨》）的确，此诗对樱桃之形状、颜色的描写只有"红""匀圆"数字，却已生动逼真，堪称画龙点睛。相比之下，王诗、韩诗则空费笔墨于器皿等物，樱桃自身的形貌反倒不甚了然。第二即是林昌彝所云，杜诗乃比兴体，故言外有人在。樱桃，微物耳。野人送朱樱，细事耳。杜甫何以感慨深沉，诗思如潮？杜甫晚年的诗歌创作有一大特征，即回忆往事和历史的主题大量出现，体现出一种浓厚的怀旧情愫。一件书画作品，一次歌舞表演，都会成为打开他记忆闸门的钥匙。前者如几幅画鹰使他"忆昔骊山宫，冬移含元仗。天寒大羽猎，此物神俱王"（《杨监又出画鹰十二扇》），后者如李十二娘的舞姿使他感慨"五十年间似反掌，风尘澒洞昏王室"（《观公孙大娘弟子舞剑器行》）。同样，野人赠送朱樱的小事使杜甫想起昔日朝廷赐樱之盛况，从而将国家盛衰与个人悲欢一并渗入。虽然如此，全诗又句句不离樱桃，并将满腹感慨表达得不露声色。咏物至此境界，可谓炉火纯青。这是杜甫咏物诗的最大特色。

(莫砺锋)

哀江头

杜 甫

少陵野老吞声哭,春日潜行曲江曲。江头宫殿锁千门,细柳新蒲为谁绿?忆昔霓旌下南苑,苑中万物生颜色。昭阳殿里第一人,同辇随君侍君侧。辇前才人带弓箭,白马嚼啮黄金勒。翻身向天仰射云,一笑正坠双飞翼。明眸皓齿今何在?血污游魂归不得。清渭东流剑阁深,去住彼此无消息。人生有情泪沾臆,江草江花岂终极?黄昏胡骑尘满城,欲往城南望城北。

唐玄宗天宝十四载(755),安史之乱突然爆发。不久,长安失陷,玄宗仓皇奔蜀,肃宗在宁夏灵武即位。杜甫在从陕西前往灵武途中被叛军抓获,押到长安,于至德二载(757),写下了名作《哀江头》。

全诗二十句,可分三段。第一段四句,写曲江的萧条冷落,并抒发诗人当时的感受。"少陵野老吞声哭",起句沉痛,为全诗奠定了基调。曰"吞声",曰"潜行",则合动作与心理为一体,先从侧面暗示下文要写的曲江今昔盛衰。少陵,汉宣帝许后墓,在今陕西西安杜陵(宣帝墓)东南。杜甫曾在少陵北、杜陵西住过,故自称"少陵野老"或"杜陵布衣"。曲江,在长安东南,为当时权门贵族、文人雅士的游览胜地。曾经困守长安十年的杜甫,对曲江当然十分熟悉。因此,下面两句便写故地重游所见:"江头宫殿锁千门,细柳新蒲为谁绿?"一个"锁"字,烘托出人去殿空的无限悲凉,而"细柳新蒲"却又在春风中返青变绿,生机盎然。"为谁绿"三字,内涵丰富,引出以下对往昔繁盛的回忆。

二段以"忆"字领起,写玄宗游幸芙蓉苑,其侍从之盛,仪仗之华,使得苑中万物都倍添光辉,为下文极写杨贵妃做了铺垫。"昭阳殿里第一人",正用汉昭阳宫赵飞燕喻拟杨妃之美,可知所谓"苑中万物生颜色",也是一种夸张衬托的描写手法。"同辇随君侍君侧",又反用班婕妤事,既写贵妃专宠,又讥其无德。《汉书·外戚传》云:"成帝游于后庭,尝欲与(班)婕妤同辇载,婕妤辞曰:'观古图画,圣贤之君,皆有名臣在侧,三代末主,乃有嬖女。今欲同辇,得无近似乎!'上善其言而止。"是此句之所出。下面四句对游幸进行具体描写,却独出匠心,只选取宫中女官——才人射鸟这一细节作陪衬,并代替习见的饮宴歌舞场面。唯才人一箭"正坠双飞翼"的出色表演,才逗出了杨妃的"一笑";而杨妃这一笑,又暗示了其身份的高贵与容止的矜持。因此,诗铺叙至此,便戛然而止。

以下即急转直下,抒写乐极之悲。"明眸皓齿"指代杨妃,并与前句"一笑"相呼应,使得两段之间陡中有承,转接无痕。这句用疑问语气,点出了马嵬兵变、杨妃被缢的悲剧。"血污游魂"不仅与"明眸皓齿"形成鲜明、沉痛的对比,而且紧承上段曲江游幸,将"今何在"与"归不得"落到了实处。紧接两句,则从玄宗和杨妃双方立言,进一步渲染两人之间一生一死的悲哀。清渭,在陕西;剑阁,在蜀中。玄宗亡命蜀中,故曰去,杨妃被缢死在渭水旁之马嵬,故曰住。生离死别,永无见日,诗人有感于此,也不禁悲从中来,泪下沾襟。这里"泪沾臆"承上"吞声哭","江草江花"承上"细柳新蒲"。末二句,诗人把思绪从历史的回忆和痛念中拉回,不得不直面"黄昏胡骑尘满城"的现实。而沉痛的心情使他陷入一种恍惚迷离的状态,以至于回家时,竟然"欲往城南望城北",走反了方向。正如钱谦益《钱注杜诗》卷一所云:"兴哀于无情之地,沉吟感叹,瞀乱迷惑,虽胡骑满城,至不知地之南北,昔人所谓有情痴也。"

这首诗写作者由忆旧而兴哀的感情活动,脉络非常清楚。值得注意的是,作者在对玄宗携贵妃作曲江游宴进行了大段铺叙后,并没有进一步去抒写亡国之痛，而是以同情的笔调对这两个人的命运表示了哀惋。这是因为杜甫的青少年时代是在"开元全盛日"中度过的，他曾把满腔的理想和抱负寄托在玄宗身上。因此，他对玄宗一直怀有一种特殊的感情，以至于在凭吊先朝胜迹时，自然而然地对玄宗和杨妃的悲剧表示了哀悼和痛惜。

  作为一个清醒的现实主义诗人，杜甫曾对玄宗的荒淫误国进行过尖锐的批判；而作为一个在开元盛世中成长起来的臣民，他又始终对玄宗有着一种特殊的感情。这两种倾向体现在不同的作品中，构成了这位诗人对他自己所生活的历史时代的一个整体的印象和理解——它们是矛盾的，又是统一的。这一点我们在阅读杜诗时是不应忽略的。

（程千帆　张宏生）

哀王孙

杜　甫

　　长安城头头白乌，夜飞延秋门上呼。又向人家啄大屋，屋底达官走避胡。金鞭断折九马死，骨肉不待同驰驱。腰下宝玦青珊瑚，可怜王孙泣路隅。问之不肯道姓名，但道困苦乞为奴。已经百日窜荆棘，身上无有完肌肤。高帝子孙尽隆准，龙种自与常人殊。豺狼在邑龙在野，王孙善保千金躯。不敢长语临交衢，且为王孙立斯须。昨夜东风吹血腥，东来橐驼满旧都。朔方健儿好身手，昔何勇锐今何愚。窃闻天子已传位，圣德北服南单于。花门剺面请雪耻，慎勿出口他人狙。哀哉王孙慎勿疏，五陵佳气无时无。

　　覆巢之下，焉得完卵？在国家倾覆的时代，战乱灾祸会延及社会的各个阶层，王公贵族也难以幸免，杜甫《哀王孙》所反映的，正是这种情况。

　　此诗涉及的史实如下：唐玄宗天宝十五载（756，也即唐肃宗至德元载）六月九日，潼关失守。十三日凌晨，玄宗携杨贵妃及杨国忠等少数亲贵出延秋门西奔。亲王妃主王孙以下皆不及跟从，长安大乱。十七日，安禄山叛军入长安。七月十三日，太子李亨于灵武即帝位，改元至德，是为肃宗。十六日，安禄山部将孙孝哲在长安搜捕百官，屠戮宗亲，皇孙、公主、驸马以下百余人遇害。八月初，回纥、吐蕃遣使至灵武，请求和亲，并表示愿意派兵助唐平叛。杜甫本人于八月上旬被叛军俘获送至长安，并于次年四月逃归肃宗所在的凤翔。诗中有"昨夜东风吹血腥"一句，今人或谓当作于至德二载（757）春。但也有可能如旧注所云乃作于至德元载九月或十月，其时乃小阳春，偶吹东风也有可能。

此诗被宋人郭茂倩收入《乐府诗集》的《新乐府辞》，它与《兵车行》《哀江头》等诗一样，都是杜甫即事名篇的新题乐府，是诗人关心社会、记录时代的写实杰作。首句中的"头白乌"，宋人以为"'头'字当作'颈'字，盖乌无头白者"（胡仔《苕溪渔隐丛话》前集卷十四）。明人杨慎指出："《三国典略》：'侯景篡位，令饰朱雀门，其日有白头乌万计，集于门楼。童谣曰：白头乌，拂朱雀，还与吴。'"（《升庵诗话》卷三）杨说可从。"延秋门"乃长安禁苑西门，玄宗奔蜀，就是从此门出城。首二句写妖乌飞集延秋门上乱叫，乃借用古代民谣起兴，这是乐府诗的传统写法。三、四句亦非闲笔，据《资治通鉴》卷二一八载，玄宗出逃后，"王公士民四出逃窜"，及至叛军进入长安，"王侯将相扈从车驾，家留长安者，诛及婴孩"。可见那些高门深宅，此时已成空屋，故有妖乌翔集屋顶也。清人何焯谓"达官"隐指玄宗："曰'达官'，不忍斥言也。"（《义门读书记》卷五一）不确。五、六句写玄宗仓皇出奔，狼狈不堪，连骨肉也弃之不顾。写到这里蓄势已足，于是推出本诗的主角王孙。眼前的王孙是一副多么可怜的模样！他衣衫褴褛，但腰间还系着珊瑚宝玦，分明是个不谙世事的落难公子。他站在路旁哭泣，有人相问也不敢自报姓名，只是自诉困苦，乞求为奴。他已在荆棘间逃窜多月，遍体鳞伤，体无完肤。只因其相貌堂堂，不似常人，才被杜甫认出其身份，并叮嘱他善自保重。"不敢长语临交衢，且为王孙立斯须"二句，生动地写出了弥漫在长安城内的恐怖气氛。清人钱谦益云："当时降逆之臣，必有为贼耳目，搜捕皇孙妃主以献奉者，不独如孝哲辈为贼宠任者也。"（《钱注杜诗》卷一）虽于史无征，但不失为合理的推测。像陈希烈、张垍等高官都因怨恨玄宗而主动降贼，完全可能如此行事。尽管如此，杜甫还是冒着危险对王孙谆谆嘱咐，以下的十句诗全是诗人对王孙所言者。诚如浦起龙所析："'东风''橐驼'，惕以贼形也。'健儿''何愚'，追慨失守也。'窃闻'四句，寄与不久反正消息，而戒其勿泄，慰之也。'慎勿疏'，申戒之。'无时无'，申慰之也。丁宁恻怛，如闻其声。"（《读杜心解》卷二之一）之所以要如此反复叮咛，是由于对象是一名王孙。此辈金枝玉叶，娇生惯养，平时见惯了阿谀奉迎，对宫墙外的实际社会一无所知。一旦灾难降临，自会惊惶失措，自身难保。所以诗人不但要对他进行劝慰和鼓励，还必须开导和告诫。巧妙的是，这十句诗虽是诗人对王孙的劝慰告诫之词，却都是通过叙事、描写而展开的。比如"昨夜"二句，本是诗人告诫王孙贼势正盛，须小心躲避，但将叛军在长安城内大肆杀戮、公然抢掠的情形写得生动真切。又如"花门"二句，本是诗人用援军到达、光复有望的消息来安慰王孙，但将当时长安城中百姓暗中传递有关消息，以及有人借此侦伺狙击漏网的王孙或官员等情状，亦写得栩栩如生。杜诗号称"诗史"，岂虚言哉！

此诗在艺术上特色鲜明。清人叶燮评曰："终篇一韵，变化波澜，层层掉换，竟似逐段换韵者。七古能事，至斯已极！"（《原诗》外篇下）叶氏的观察非常细致。在唐代，篇幅较长的七言古诗以换韵较为常见，换韵通常是平韵、仄韵交替运用。每转一韵，则第一句以入韵为常。此诗共二十六句，押韵者十七句，所押韵脚除"疏""狙"属鱼韵外，其余全属虞韵。鱼、虞二韵在古诗中通押，故此诗实为一韵到底。最值得注意的是，此诗共有四处是出句押韵，即"长安城头头白乌""腰下宝玦青珊瑚""不敢长语临交衢""哀哉王孙慎勿疏"，它们都处于每一段的首句。也就是说，此诗按诗意可分四段，首段六句，交代背景；次段十句，描写王孙情状；三段十句，乃诗人叮嘱王孙之言；四段二句，总结全诗主旨。每逢转意，即安排出句押韵，与全诗转韵之七古的情况完全一致。这样，尽管全诗一韵到底，但在音节上仍产生"层层掉换"的效果，层次分明。由此可见，杜甫即使在乱离境地中作诗，仍在艺术上精益求精，叶燮之评，洵非虚言。

当代的杜诗选本大多不选此诗，或因诗中颇有歌颂帝王之语，诗人对王孙的关爱也流露出忠君思想。其实，杜甫的仁爱是一视同仁的深广博大之爱，本无须区分对象。安史乱起后诗人对无辜百姓的深切同情，以及对落难王孙的关切，都是其仁爱思想的具体体现。隐去任何一个方面，便不再是有血有肉的杜甫。更重要的是，此诗虽然只写了一位王孙的遭遇，但以小见大，真切生动地展现了长安沦陷后的恐怖气氛，这是真实的时代画卷，尽管只是这幅画卷的一角。如果说《北征》、"三《吏》三《别》"等诗主要着眼于社会底层，那么《哀王孙》《哀江头》等诗则主要着眼于社会上层，合而观之，才是杜甫为那个离乱时代所描绘的整幅图卷。金圣叹评得好："借一王孙说来，当时情事历历，岂非诗史？"（《杜诗解》卷一）至于"高帝子孙尽隆准，龙种自与常人殊"，实是帝制时代通行的看法，并非杜甫所独有，杜甫不能独自祛妄。况且诗中对于玄宗仓皇奔逃，连骨肉都弃之不顾的举动颇有讥讽，何尝一味颂圣？至于末尾对于肃宗的称颂，则反映了当时天下百姓对朝廷振作、国家中兴的共同愿望。当然，那也正是杜甫本人的热切愿望。

（莫砺锋）

佳 人

杜 甫

绝代有佳人，幽居在空谷。自云良家子，零落依草木。关中昔丧乱，兄弟遭杀戮。官高何足论，不得收骨肉。世情恶衰歇，万事随转烛。夫婿轻薄儿，新人美如玉。合昏尚知时，鸳鸯不独宿。但见新人笑，那闻旧人哭。在山泉水清，出山泉水浊。侍婢卖珠回，牵萝补茅屋。摘花不插发，采柏动盈掬。天寒翠袖薄，日暮倚修竹。

乾元二年（759），杜甫在秦州作《佳人》诗。此诗叙事清晰，文字亦平易，但其旨意是什么？后人歧解纷纭，主要有如下三种解读。

第一种是此诗乃杜甫自抒怀抱。南宋的杜诗注家大多持此论，例如黄鹤云："甫自谓也。亦以伤关中乱后老臣凋零也。"（见《杜甫全集校注》卷五）清代无名氏则详解曰："此先生自喻之诗。自古贤士之待职于朝，犹女子之待字于夫。其有遭谗间而被放者，犹之被嫉妒而被弃。……老杜自省中出为华州，明非至尊之意，则其受奸人之排挤者，已非一日。一生倾阳之意，至此无复再进之理。故于华州犹惧其难安，是以弃官而去，其于仕进之途绝矣，复何望乎！乃托绝代之佳人以为喻。"（《杜诗言志》）

第二种是认为当时实有其人。清人仇兆鳌持此论："按天宝乱后，当是实有其人，故形容曲尽其情。"（《杜诗详注》卷七）吴瞻泰则盛赞此诗描写"佳人"形象之真切生动："观此诗气静神闲，怨而不怒，使千载下人读之起敬起爱，何其移人情若此也！自述一段，历叙家败事迁，只'新人美如玉'一句怨及夫婿。后段全以比兴错综其间，而一种贞操之性，随遇而安景象，真画出一绝代佳人，跃出纸上。一起一结，翩翩欲飞。"（《杜诗提要》卷二）

第三种乃调停上述两解，认为佳人实有其人，杜甫借写其人而自况。比如明人唐汝询曰："此为弃妇之辞，以写逐臣况也。首四句总叙其事。而'关中'以下乃佳人自述之辞。言我兄弟亦尝为高官而俱死于贼，夫婿见我门户衰歇，遂娶新人而弃逐我。吾想合昏尚知时不失常度，鸳鸯不独处以全始终，今夫婿爱新而忘旧，是合昏、鸳鸯之不若也。此兴也。又言泉水在山则清，以比新人见宠而得意；出山而浊者，以比己见弃而失度也。于是卖珠自给，葺屋以居，妆饰无心，采柏供食，艰楚极矣。又以衣单而倚修竹，其飘零孰甚焉！此诗叙事真切，疑当时实有是人。然其自况之意，盖亦不浅。夫少陵冒险以奔行在，千里从君，可谓忠矣。然肃宗慢不加礼，一论房琯而遂废斥于华州，流离艰苦，采橡栗以食，此与'倚修竹'者何异耶？呼！读此而知唐室待臣之薄也。"（《唐诗解》卷六）此解比较平稳通达，故持此解者人数较多，如明末王嗣奭云："大抵佳人事必有所感，而公遂借以写自己情事。"（《杜臆》卷三）清人浦起龙亦云："此感实有之事，以写寄慨之情。"（《读杜心解》卷一）笔者也倾向于这种解析。

那么，前二种解析是否完全不可取呢？有些论者是这样认为的。比如仇兆鳌驳斥第一种解析，其理由是"旧谓托弃妇以比逐臣，伤新进猖狂、老成凋谢而作，恐悬空撰意，不能淋漓恺至如此"。其实虚构人物、情节从而寄情寓意的艺术手法，在古典文学中早已形成传统。像宋玉的《高唐赋》《神女赋》、曹植的《洛神赋》，何尝不是"悬空撰意"且"淋漓恺至"，但又何尝是"实有其人"？可见仇氏的质疑是不能成立的。又如清人陈沆对第二种解析严词驳斥："仇注、卢解皆谓此必天宝之后，实有其人其事，非寓言寄托之语。试思两京鱼烂，四海鼎沸，而空谷茅屋之下，乃容有绝代之佳人、卖珠之侍婢，曾无骨肉，独倚暮寒，此承平所难言，岂情事之所有？若谓幽绝人境，迹类仙居，则又何自通之问讯，知其门阀，诉其夫婿，详其侍婢？

141

此真愚子说梦，难与推求者也。"(《诗比兴笺》)陈氏言之凿凿，仿佛有理有据，其实不然。安史乱起，洛阳、长安相继沦陷，士民仓皇出逃。据《资治通鉴》卷二一八记载，潼关失守之后、玄宗西奔之前的数日内，长安城中已经"士民惊扰，奔走不知所之，市里萧条"。及玄宗西奔之后，更是"王公士民四出，逃窜山谷"。而且当时"贼兵力所及者，南不出武关，北不过云阳，西不过武功"，逃难士民或南奔至江东，或西奔至陇蜀，络绎不绝。唐玄宗统治的开元年间，天下富庶安定，杜甫在《忆昔》中回忆说："忆昔开元全盛日，小邑犹藏万家室。稻米流脂粟米白，公私仓廪俱丰实。九州道路无豺虎，远行不劳吉日出。"虽然天宝年间情况逐渐恶化，但远离京畿的边郡的社会风气不会遽然大变。秦州地方富庶，据《旧唐书·地理志》记载，天宝年间秦州人口多达十万九千，且地处丝绸之路的要道，又远离中原战火，长安士民逃难至此者不在少数。陈沆诘问："空谷茅屋之下，乃容有绝代之佳人……此承平所难言，岂情事之所有？"其实承平之时当然不会有"佳人"远道而来，战乱年代则是合情合理的事实。"佳人"逃至秦州后依靠变卖首饰艰难度日，又有什么不合情理？陈沆又质问佳人幽居空谷，杜甫"何自通之问讯，知其门阀"？这是"以今律古"才会产生的疑问。唐代社会风气相当开放，男女之间可以正常交往。如果杜甫在秦州的寓所与"佳人"之家相邻，完全可能前往拜访、询问，或在路上偶遇交谈。况且杜诗中所说的"空谷"，并不像陈沆所谓"幽绝人境，迹类仙居"。秦州多山，人家多在山谷之间。杜甫《秦州杂诗二十首》之十三云："传道东柯谷，深藏数十家。"其《赤谷西崦人家》则云："鸟雀依茅茨，藩篱带松菊。"皆是明证。杜甫在秦州卜居，也曾意图结茅于山谷之间："一昨陪锡杖，卜邻南山幽。……近闻西枝西，有谷杉漆稠。"(《寄赞上人》)由此可见，陈沆对第二种解法的质疑也是不能成立的。

  既然前面两种解析都有一定的合理性，笔者为什么更倾向于采取第三种解析呢？原因如下。诗无达诂，包含着比兴手法的古典诗歌，其主旨更加难以确定。从《诗经》《楚辞》开始，对此类作品的不同阐释只有优劣、高下之分，而难以断定孰是孰非。换句话说，对此类诗歌的主旨的解说，往往是既难证实，也难证伪。只要一种解说不能被证伪，它就具有一定的合理性。假如断然否定，势必流于武断。与其信其无而导致武断，宁肯信其有而使作品的意蕴更为丰富。以《佳人》为例，仇兆鳌说"当是实有其人"，相当合理。但他认为"悬空撰意，不能淋漓恺至如此"，就未免武断。同样，陈沆认定此诗有所寄托："夫放臣弃妇，自古同情。守志贞居，君子所托。'兄弟'谓同朝之人，'官高'谓勋戚之属，'如玉'喻新进之猖狂，'山泉'明出处之清浊。摘花不插，膏沐谁容？竹柏天真，衡门招隐。此非寄托，未之前闻。"此解堪称深透恺切。但他断然否定实有其人，并斥持此解者为"愚子说梦"，就未免大言欺人。所以笔者认同第三种解析，因为此解避免了前两种解说的武断、轻率，取长补短，合之双美。清人黄生云："偶有此人，有此事，适切放臣之感，故作此诗。全是托事起兴，故题但云'佳人'而已。"（《杜诗说》卷一）萧涤非先生赞曰："此解最确。因有同感，所以在这位佳人身上看到诗人自身的影子和性格。"（《杜甫诗选注》）这是最有助于读者理解此诗、欣赏此诗的解说。

剩下的一个问题是，"在山泉水清，出山泉水浊"二句，似谣似谚，言浅意深，它们在此诗中究竟指什么？后人异说纷纭，宋人赵次公云："此佳人怨其夫之辞。……其夫之出山，随物流荡，遂为山下之浊泉矣。"（《杜诗赵次公先后解辑校》乙帙卷八）清人沈德潜云："'在山'二句，自写贞洁也。"（《重订唐诗别裁集》卷二）朱鹤龄则云："泉清、泉浊以比妇人居室则妍华，弃外则难堪也。"（《杜甫全集校注》卷五引）笔者最倾向第二解，因为二句下接"侍婢卖珠回，牵萝补茅屋"一节，以叙佳人幽居空谷、艰难度日之情状，以及贞操自守、孤芳自赏之心态，似乎正是对"在山泉水清"的具体描写。至于"出山泉水浊"，则可理解为佳人的拒否之词，即不愿追随富贵以自污也。当然，这也正是杜甫自守清节、不愿追随权势的心声。

（莫砺锋）

清明二首

杜　甫

　　朝来新火起新烟，湖色春光净客船。绣羽衔花他自得，红颜骑竹我无缘。胡童结束还难有，楚女腰肢亦可怜。不见定王城旧处，长怀贾傅井依然。虚沾周举为寒食，实藉君平卖卜钱。钟鼎山林各天性，浊醪粗饭任吾年。

　　此身飘泊苦西东，右臂偏枯半耳聋。寂寂系舟双下泪，悠悠伏枕左书空。十年蹴鞠将雏远，万里秋千习俗同。旅雁上云归紫塞，家人钻火用青枫。秦城楼阁烟花里，汉主山河锦绣中。春去春来洞庭阔，白蘋愁杀白头翁。

　　七言排律在整个唐代都很少见，故清人王尧衢云："七言排律，作者罕传。"（《古唐诗合解》卷十二）李重华则云："七言排律，唐人断不多作，杜集止三四首。"（《贞一斋诗说》）论者多归因于此体难工，如清人钱良择曰："七言长律诗，唐人作者不多。以句长则调弱，韵长则体散，故杰作尤难。"（《唐音审体》）清人浦起龙《读杜心解》是按体分排的杜集注本，此书共收七排八首，但其中有几首因声律未严而未得公认，比如《释闷》，浦起龙评曰："此篇可古可排。"当因全诗六韵，竟有两处失粘，且有四句为三平调，音律不够谐和。又如《寄从孙崇简》，浦起龙评曰："亦是拗体。"当因全诗五韵，通首失粘，还有三句为三平调。所以在杜集中全诗合律的七排只有《题郑十八著作丈》《寒雨朝行视园树》及《清明二首》四首。这说明杜甫对七排这种诗体也只是偶一为之，可能他已经意识到此体难工。那么杜甫的七排写得如何呢？本文以《清明二首》为例试作浅析。

《清明二首》作于唐代宗大历四年（769），其时杜甫刚到潭州（今湖南长沙）。这两首诗引起后人的两种批评，第一种是辨伪。清人朱瀚认为它们艺术粗疏，故绝非杜甫所作。就像朱瀚对其他杜诗的辨伪一样，他的论断往往过于武断，比如他攻驳第一首首联说："'朝来'率尔，'新火''新烟'重复。既点'新火'，又何必点'春光'？'春光净客船'亦不贯串。"（《杜诗七言律解意》）其实"朝来"二字有何"率尔"？"新火"乃舟中炊火，"新烟"乃"新火"所冒之烟，二者乃因果关系，有何重复？"新火"乃人家生活情景，"春光"乃自然景物，二者并不互相排斥，不存在"又何必点"的问题。原句明明是"湖色春光净客船"，意即一湖春水澄澈光明，映衬得客船分外洁净，怎能仅取后五字来断章取义并批评其"不贯串"？朱瀚的其他批驳大多如此，不必细论。近人洪业则从杜甫行迹判《清明二首》为伪作，其主要理由有二：一是此诗作于衡州（或为潭州之笔误）附近，不应写到洞庭湖；二是杜甫曾在潭州之岳麓寺作诗题壁，不应有"右臂偏枯，左手书空"之事（详见其《我怎样写杜甫》）。其实洞庭湖与潭州仅隔百余里，杜甫离洞庭后沿湘江行舟前往潭州，虽为逆水上行，但途中曾遇北风，作诗云："今晨非盛怒，便道即长驱。隐几看帆席，云山涌坐隅。"（《北风》）王嗣奭解末句云"状舟行之速"（《杜臆》卷十），故数日之内便可到达。况且洞庭湖与湘江互相连通，舟入湘江未远而在诗中写到洞庭，又有何碍？上引的《北风》明明作于湘江上，诗中便有"声拔洞庭湖"之句。至于第二点，则"书空"者，用晋人殷浩被废后书空作"咄咄怪事"四字之典，用以表达内心愤懑。加一"左"字，形容"右臂偏枯"也。千百年后，我们已无法考知当时杜甫是否因"右臂偏枯"而完全无法执笔题诗，也无法确定"伏枕左书空"是否为夸张之笔，仅因此而判断其诗之伪，显然根据不足。

第二种批评是否认这两首诗为七排，王力先生在《汉语诗律学》中认为杜甫的七排只有《题郑十八著作丈》和《寒雨朝行视园树》二首，言下之意即《清明二首》并非七排。其原因可能是此二首的倒数第二句"钟鼎山林各天性""风水春来洞庭阔"的第六字都是应仄而平，不合格律。事实上这两句都是"仄仄平平仄平仄"的句式（第一字不论），即王力称为"平仄的特殊形式"者，王力且举杜甫《咏怀古迹五首》之一、二中的"庾信平生最萧瑟""千载琵琶作胡语"为例说明此式在七律中也有运用（详见《汉语诗律学》第一章），七律尚可，七排为何就不可？况且《清明二首》每首十二句，除了倒数第二句微有拗救外，其余十一句的平仄完全合律，各联之间也完全符合"粘"的格律，不应否认它们为七言排律。

除了平仄以外，对仗也是我们评价律诗成就的重要因素。《清明二首》每首六联，其中间四联皆对仗工整，无瑕疵。朱瀚指责"'衔花''骑竹'属对不伦"，但双方皆为动宾结构，"花""竹"皆为植物，属对精工，有何不伦？朱氏又指责"'蹴鞠''秋千'，坊间对类"，但"蹴鞠""秋千"本为民间游戏，且皆为清明应景之事，属对精切，"坊间"云云，何足为病？朱氏又云："'秦城'二句，街市灯联耳。'汉主'更不可解。"其实唐人作诗，经常以"汉"代"唐"，"汉主"者，大唐之君主也。或如赵次公注解"汉主"为刘备，因"荆州刘备所自起"（见《杜甫全集校注》，下同），亦通。如依前解，则此联皆为思念长安，诚如汪灏所云："今长安楼阁，何可见也！长安山川，何可见也！"如依后解，则此联如邵宝所云："远望秦城楼阁，杳在烟花丛内；今望荆州山河，恍若锦绣堆中。"文字精美且意蕴深厚，"街市灯联"云云，真大言欺人也！此外如第一首的倒数第二联，仇兆鳌评曰："周举虽开火禁，而舟鲜熟食，故曰'虚沾'。此皆无钱之故，因思君平卖卜以自给。"上、下句在意脉上一气流转，正如刘勰所云之"外文绮交，内意脉注"（《文心雕龙·章句》）。又如第二首的次联，清人张谦宜评曰："'寂寂系舟双下泪，悠悠伏枕左书空'，以感愤对悲怆，亦是各意对。诗家得此，出奇无穷，然须无意得之，强造反有痕，又必字字相当，分两一样。"（《絸斋诗谈》）后人将此视作对仗之范例，岂虚言哉！《清明二首》的章法也值得称道。第一首从晨起舟中写起，诗人的目光由近至远，由物至人，然后由实景转为思绪，逐层推扩，层次分明。第二首从自身的思绪说起，从病情到经历，从家人到家国，逐渐转移，最后以眼前景物引起的愁思结束。两首诗的章法互相配合，诚如清人杨伦所云："前首从湖南风景叙起，说到自家。后首从自家老病说起，结到湖南，亦见回环章法。"(《杜诗镜铨》)诗人饶有兴致地描写了清明的节俗与潭州的风土，自身的困窘处境以及迟暮感、漂泊感则渗透其中，诗情宛转，清丽可诵。况且二诗平仄合律，对仗工整，字句精丽，章法谨严，充分体现出排律的诗体优点。故清代无名氏评曰："二首句句绾定清明，句句对照自己。而一顺一逆，极行文变化之能事。乃又恰是近体长句，所谓诗律之细，洵非老杜不办也。"(《杜诗言志》卷十二)

在充分肯定《清明二首》的同时，也应看到此体在杜集中毕竟只是凤毛麟角。明人王世贞曰："七言排律创自老杜，然亦不得佳。盖七字为句，束以声偶，气力已尽矣。又欲衍之使长，调高则难续而伤篇，调卑则易冗而伤句。合璧犹可，贯珠益艰。"(《艺苑卮言》卷四)正因如此，《清明二首》不但是杜甫七排的代表作，而且是唐诗中难得一见的七排佳作。吉光片羽，弥足珍贵。

（莫砺锋）

江南逢李龟年

杜 甫

岐王宅里寻常见,崔九堂前几度闻。
正是江南好风景,落花时节又逢君。

杜甫不长于绝句,后人多有此论。在明人高棅的《唐诗品汇》中,杜甫的五古、七古、五律、五排、七律诸体均被尊为"大家",但是五绝与七绝则仅入"羽翼",其地位远逊于"大家"。更有甚者,如明人胡应麟说:"子美于绝句无所解。"(《诗薮》)但事实上杜甫的绝句自有其独特的艺术成就,正如清人潘德舆所云:"杜公绝句,在盛唐中自创一格,乃由其才大力劲,不拘声律所致。而无意求工,转多古调,与太白、龙标正可各各单行。"(《养一斋李杜诗话》)其实即使是李白、王昌龄所擅长的那种以含蓄蕴藉、意在言外为特征的绝句风格,在杜甫集中也并非完全绝迹,《江南逢李龟年》便是明证。

《江南逢李龟年》在版本源流上并无可疑之处,但宋人曾对其所写内容提出质疑。胡仔云:"此诗非子美作。岐王开元十四年薨,崔涤亦卒于开元中,是时子美方十五岁。天宝后子美未尝至江南。"(《苕溪渔隐丛话》前集)黄鹤亦云:"开元十四年,公止十五岁,其时未有梨园弟子。公见李龟年,必在天宝十载后。诗云岐王,当指嗣岐王珍。据此,则所云崔九堂前者,亦当指崔氏旧堂耳。不然,岐王、崔九并卒于开元十四年,安得与龟年同游耶?"(《杜诗详注》引)其实,唐玄宗置"梨园弟子"虽在天宝年间,但梨园早在开元初年就已成立。况且正如清人浦起龙所云："龟年等乃曲师，非弟子也。曲师之得幸，岂在既开梨园后哉？……则开元以前，李何必不在京师？"(《读杜心解》)至于说杜甫天宝后未尝至江南，则是将"江南"限定在长江下游，即杜甫青年时代曾经漫游过的"江东"。其实古人称"江南"，往往是泛称长江以南，其中包括今湖南一带，从楚辞《招魂》的"魂兮归来哀江南"，到《史记》中把秦军伐楚称为"王翦遂定荆江南地"，都是如此。况且杜甫遇李龟年是在潭州（今湖南长沙），在唐代的行政区划中正属于"江南西道"，安得云"天宝后子美未尝至江南"？杜甫在《壮游》诗中回忆自己早年的经历说："往昔十四五，出游翰墨场。斯文崔魏徒，以我似班扬。"可见他在十余岁时出游京师，从而得以欣赏李龟年的歌唱，是毋庸置疑的。至于"岐王"究竟指岐王李范还是嗣岐王李珍，"崔九堂"究竟指秘书监崔涤之堂还是崔氏卒后留下的旧堂，既难以考定，也无关宏旨。

《江南逢李龟年》作于大历五年（770），此时距离杜甫在长安初逢李龟年已近五十年，对于"人生七十古来稀"的唐人来说，如此长久的一段时间足以令人感慨万千。况且在这段时间里，国家和社会发生了天翻地覆的巨变，个人的命运也发生了惊心动魄的变化，这会给诗人带来何等深重的沧桑之感！清人黄生评曰："此诗与《剑器行》同意。今昔盛衰之感，言外黯然欲绝。"(《杜诗说》)的确，《观公孙大娘弟子舞剑器行》作于大历二年（767），上距杜甫亲睹公孙大娘舞剑器浑脱的开元三年（715）有五十二年。据此诗序中所云，公孙大娘是开元年间名动京师的舞蹈家，其舞艺"浏漓顿挫，独出冠时。自高头宜春、梨园二伎坊内人泊外供奉，晓是舞者，圣文神武皇帝初，公孙一人而已"。五十年后，诗人在夔州见到公孙大娘的弟子李十二娘舞剑器，虽然舞蹈艺术与其师"波澜莫二"，但"亦匪盛颜"。至于公孙本人，则是"绛唇珠袖两寂寞"，也即早已不在人世。个人的盛衰变化如此巨大，那么国家呢？诗中说："五十年间似反掌，风尘澒洞昏王室。梨园子弟散如烟，女乐余姿映寒日。金粟堆南木已拱，瞿唐石城草萧瑟。"是啊，这五十年可不是太平无事的五十年，而是包括安史之乱在内的五十年，四海翻腾，天崩地裂，其间连大唐帝国的京城长安都一陷于安史叛军，再陷于吐蕃，用杜甫的诗句来说，就是"中宵焚九庙，云汉为之红"（《往在》）！连大唐帝国的皇帝都相继出奔，玄宗奔蜀于前，代宗奔陕于后，用杜诗来说，就是"呜呼，得不哀痛尘再蒙"（《冬狩行》）！在这天翻地覆的动乱时代中，普通百姓迭遭苦难，深陷于水深火热之中。仅在安史之乱的十年间，唐帝国的总人口就从5288万下降到1690万，成千上万的百姓在战乱、灾荒中悲惨地死去，用杜诗来说，就是"丧乱死多门，呜呼泪如霰"（《白马》）！至于杜甫本人，也与他所热爱的祖国与人民一起在艰难时世中倍受煎熬：困守长安十年以至于幼子饿死，入蜀途中在雪原上挖取黄独以求充饥，成都郊外秋夜在漏雨的茅屋里盼着天明，离蜀前后寄人篱下的委屈，流落湖湘无处安身的凄惶……对杜甫来说，身世之感与家国之恨是密切相关的，甚至纠结缠绕、无法分开。人到暮年，本来喜欢怀旧，也容易伤感，更何况杜甫的怀旧情思中包含着如此复杂的内容！于是怀旧成为晚期杜诗中压倒一切的题材倾向，连一幅张旭的草书也会使他慨叹"斯人已云亡，草圣秘难得"（《殿中杨监见示张旭草书图》），几幅画鹰竟使他"忆昔骊山宫，冬移含元仗。天寒大羽猎，此物神俱王"（《杨监又出画鹰十二扇》），更不用说亲眼看到公孙大娘弟子的舞蹈，亲耳听到李龟年的歌曲了。公孙的潇洒舞姿，李龟年的美妙歌声，本是开元盛世的一种象征，是繁华长安的一种点缀，如今诗人竟在远离长安的夔州、潭州得以重见重闻，怎能不使他心潮澎湃！

然而，《观公孙大娘弟子舞剑器行》与《江南逢李龟年》虽然写了类似的内容，也蕴含着同样的感慨，其写法却绝不相同。前者是七古，宏大的篇幅使它挥洒如意，所以开头用八句来细写公孙的高超舞技，后面又用十句来抒发自己的内心波澜。中间一节也把与李十二娘相见、问答的经过交代得清清楚楚。正如清人所评："前如山之嶙峋，后如海之波澜，前半极其浓至，后半感慨'音响一何悲，弦急知柱促'也。"（《唐宋诗醇》）不但叙事详细，抒情也很畅尽，比如因公孙身世而思及国运之盛衰，这层思绪在诗中表达得相当清晰，先交代了公孙大娘与唐玄宗的关系："先帝侍女八千人，公孙剑器初第一。"又叙说王室倾颓、玄宗下世的结局:"风尘㶑洞昏王室""金粟堆南木已拱"。总之,此诗虽也运用了虚实结合的手法,比如对李十二娘的舞姿只用"妙舞此曲神扬扬"一句点到辄止,浦起龙因而称之为"虚实互用之法"(《读杜心解》),但总的说来,全诗笔歌墨舞,淋漓尽致,诗人"感时抚事增惋伤"的情愫交代得非常清楚。

《江南逢李龟年》全诗只有寥寥四句,前两句回忆当初在长安城里与李龟年几度相见,后两句交代两人重逢的地点及时令,全诗到此戛然而止。李龟年何许人也?诗中一字未及。诗人与李龟年在江南重逢,心中有何感慨?诗中亦一字未及。当然,李龟年是名人,其生平事迹人所共知,《明皇杂录》卷下记载:"唐开元中,乐工李龟年、彭年、鹤年兄弟三人皆有才学盛名。彭年善舞,鹤年、龟年能歌,尤妙制《渭川》。特承顾遇,于东都大起第宅,僭侈之制,逾于公侯。……其后龟年流落江南,每遇良辰胜赏,为人歌数阕,座中闻之,莫不掩泣罢酒。"又据《云溪友议》所载,李龟年流落江潭,曾在湘中采访使筵上唱王维之诗,"歌阕,合座莫不望行幸而惨然"。二书中也都提到了杜甫赠诗之事,完全可以将之视为杜甫此诗的写作背景,以帮助读者理解此诗蕴含的意义。但是就此诗的文本而言,这些内容却彻底地隐去了。那么,这样的写法效果如何呢?

"岐王宅里寻常见,崔九堂前几度闻。"从表面上看,这两句只是追忆当年在长安城里与李龟年数度相见的地点而已,其实内蕴非常丰富。岐王李范,是玄宗之弟,曾从玄宗诛杀太平公主,所以又是玄宗宠信的功臣。李范卒后,玄宗哭之恸,彻常膳至累旬。况且李范"好学,工书,爱儒士,无贵贱为尽礼。与阎朝隐、刘廷琦、张谔、郑繇等善,常饮酒赋诗相娱乐。又聚书画,皆世所珍者"(《新唐书》)。秘书监崔涤,是玄宗在藩邸时的知交,及玄宗即位,"宠昵甚……侍左右,与诸王不让席坐"(《新唐书》)。可见李范与崔涤是开元年间玄宗宠信的王公大臣,他们的府第是长安城里文艺活动的中心。李龟年是开元年间特承顾遇、名动京师的歌唱家,从而经常出入岐王、崔九的府第。不难想见,李龟年肯定会在两处府第里一展歌喉,以展示其才艺；也不难想见，当少年杜甫在两处府第中亲闻李龟年的美妙歌声时，他那敏感、多情的心灵会受到怎样的震撼。毫无疑问，开元就是杜甫心中的盛世典型。说到唐代的盛世，首推贞观与开元。但是唐太宗的贞观年代久远，杜甫未得亲历。而唐玄宗的开元却是杜甫亲身经历过的，所以晚年的杜甫经常用深情的笔触追忆开元年间的盛况："忆昔开元全盛日，小邑犹藏万家室。"（《忆昔》）当然，杜甫对开元盛世的追忆与他对自身青春年华的回顾是同步的，所谓"往昔十四五，出游翰墨场"，所谓"放荡齐赵间，裘马颇清狂"（《壮游》），正是发生在开元年间的少年经历。对开元盛世的追忆，既体现了杜甫对国家命运的深切关怀，也表达了他对自身遭遇的无限感慨。所以"岐王宅里寻常见，崔九堂前几度闻"这两句诗虽是淡淡说来，但字里行间凝聚着多么丰富的情思！

上两句完全沉浸在对往事的追忆中，下两句却一笔兜转，把读者拉回到眼前的情景中来："正是江南好风景，落花时节又逢君。"江南山明水秀，本是风景名胜之地。然而江南又是远离京师的地方，对于名动京师的歌手李龟年而言，他最好的人生舞台当然是在长安。对于胸怀大志的杜甫而言，他得以实现报国宏图的人生舞台也应是长安。然而现在两人却在江南相逢了。毫无疑问，李龟年与杜甫都不是怀着愉快的心情来潭州游玩的，他们是被命运抛到这遥远的异乡来的，江南相逢肯定会使他们产生暮年流离的感受。不但如此，相逢的时节正是落花纷飞的暮春。此时此地，斯人斯景，诗人心中该有多少感慨！从晚期杜诗可以看出，此时的杜甫对远离长安、也远离故乡的江南怀有极为复杂的感情。早在夔州时，杜甫就写下了"形胜有余风土恶"（《峡中览物》）的奇怪诗句。而在湘江之畔所写的"湖南清绝地，万古一长嗟"（《祠南夕望》）也流露出其既欣赏风景又慨叹身世的复杂情愫。至于落花，则一向是触动诗人愁肠的意象。至德三载（758），杜甫在长安城南的曲江边上看到落花，即不胜怅惘地吟道："一片花飞减却春，风飘万点正愁人！"（《曲江》）更何况人到暮年、流落异乡，在落英缤纷的时节重逢故人？然而，如此丰富、如此深厚的万千情思，诗人偏偏一字不提。他只将产生这万千情思的时空背景略做交代，全诗便戛然而止。正因如此，末句的"又逢君"三字，看似平淡，实则包蕴着无限感慨。正如近人俞陛云所评："此诗以多少盛衰之感，千万语无从说起，皆于'又逢君'三字之中，蕴无穷酸泪。"（《诗境浅说》续编）

从前两句到后两句，中间有五十年的时间间隔，况且那正是国家由盛转衰、个人由幼及老的五十年，正如《观公孙大娘弟子舞剑器行》所说的"五十年间似反掌"，诗人心中有多么浓重的沧桑之感！然而此诗中只用"正是"和"又"两个虚词略做斡旋，此外竟不着一字。所以除了诗句意蕴的含蓄深沉以外，此诗在结构上也具有简练蕴藉之妙。若与《观公孙大娘弟子舞剑器行》相比，则繁简各得其妙，感慨俱能动人，但此诗更有余音袅袅、绕梁三日的韵味。后人对此诗的赞颂，大多从此着眼。《唐宋诗醇》评曰："言情在笔墨之外，悄然数语，可抵白氏一篇《琵琶行》矣。"沈德潜评曰："含意未伸，有案无断。"（《唐诗别裁集》）黄生更进而申述："见风韵于行间，寓感慨于字里，即使龙标、供奉操笔，亦无以过。乃知公于此体，非不能为正声，直不屑耳。"（《杜诗说》）说杜甫不屑写作此类与王昌龄、李白风韵相近的七绝，恐无根据。但说杜甫也能写出风调极似王、李的七绝，确非虚语。谓予不信，就请读《江南逢李龟年》！

（莫砺锋）

述　怀

杜　甫

　　去年潼关破，妻子隔绝久。今夏草木长，脱身得西走。麻鞋见天子，衣袖露两肘。朝廷愍生还，亲故伤老丑。涕泪受拾遗，流离主恩厚。柴门虽得去，未忍即开口。寄书问三川，不知家在否。比闻同罹祸，杀戮到鸡狗。山中漏茅屋，谁复依户牖？摧颓苍松根，地冷骨未朽。几人全性命？尽室岂相偶？嶔岑猛虎场，郁结回我首。自寄一封书，今已十月后。反畏消息来，寸心亦何有？汉运初中兴，生平老耽酒。沉思欢会处，恐作穷独叟。

　　唐肃宗至德二载（757）夏四月，杜甫从沦陷的长安脱身西走，奔赴朝廷临时所在地凤翔，被授左拾遗之职。惊魂稍定，诗人感怀身世，作《述怀》一诗。

　　对于此诗，我最认同后人的两则评论，一是宋末刘辰翁的评语："极一时忧伤之怀。赖自能赋，而毫发不失。"（《唐诗品汇》卷八引）此处的"赋"乃《诗经》"六义"之一，它与"比""兴"同为《诗经》的三种艺术手法。何谓"赋"？郑玄说："赋之言铺，直铺陈今之政教善恶。"（《周礼注疏》卷三）孔颖达说："赋者，直陈其事。"这种手法是民歌的主要表达方式，所以也是《诗经》中用得最多的手法。据朱熹《诗集传》的分析，独用"赋"体的章数即达747章，占《诗经》总章数的三分之二。可是在解诗特重美刺之说的汉儒看来，"比""兴"的手法更加重要，所以"毛公述传，独标兴体"（刘勰《文心雕龙·比兴》）。后代由文人写作的诗歌作品，其主要写作目的是抒写内心情思，艺术上则追求深曲隐秀，也就特重比、兴，至于"赋"，则仅见于拟乐府一类作品。盛唐诗坛的大致态势就是如此。杜甫在安史之乱前后的创作别开生面，他将诗歌主题从描写理想境界转向反映社会现实，将艺术手法从虚构、夸饰转向严格写实，于是"赋"的手法水到渠成地大放光彩，"三《吏》""三《别》"《北征》《羌村三首》就是这种倾向的代表作，《述怀》也是如此。从潼关失守后杜甫携家逃至鄜州羌村，中经孤身投奔灵武途中被叛军俘获押往长安，直至逃归凤翔的曲折经历，叙述得丝丝入扣，栩栩如生。"麻鞋见天子，衣袖露两肘"二句形容自己初到凤翔谒见皇帝时的狼狈状态，要是别人来写，也许会用静态的描写手法，杜诗却将"见"与"露"这两个动词置于句子中心，用动作来呈现情状，手法变成动态的叙事，从而达到了"乱离中朝议草率光景，一笔写出"（黄生《杜诗说》卷一）的艺术效果。连诗人的心理活动，包括忧虑、担心、希冀，也都是运用叙事手法来表达的。例如从"寄书问三川"到"郁结回我首"十二句，本是抒写内心对生灵涂炭或会祸及家人的忧虑，但句中呈现的全是画面与动作，全是由细节构成的事件流程。此诗的抒情如此细腻、真切，主要原因即是叙事手法的纯熟运用。刘辰翁说它"赖自能赋，故毫发不失"，真是一针见血。清人李因笃评曰："忠爱之情，忧患之意，无一语不入微，真颊上三毫矣。如子长叙事，遇难转佳、无微不透。"（《杜诗集评》卷一）也指出来这个原因。

我认同的另一则评论是清人刘熙载所云："杜诗高、大、深俱不可及。吐弃到人所不能吐弃，为高。涵茹到人所不能涵茹，为大。曲折到人所不能曲折，为深。"（《艺概·诗概》）末句特别切合这首《述怀》，切中肯綮地说出了其特点和优点。诗名"述怀"，表达胸怀也。诗人身遭乱遇，灾难接踵而至，境况瞬息万变，心情也随之跌宕起伏。内容呼唤形式，《述怀》的表现手法也就无比曲折。先看整篇的结构：从开头"去年潼关破，妻子隔绝久"，到结尾"沉思欢会处，恐作穷独叟"，皆以家人为念，遥相呼应。但是中间细述授官之后，本可告假探亲，然而心忧国事，不忍开口，遂有寄书询问、忧虑万端等丰富情节,文情跌宕,心绪曲折。对此,清人浦起龙分析得极好:"首十二句,详叙来历,而起手即提破'妻子隔绝',以为一篇为主。后以'得去''未忍'顿住,暗从'国尔忘家'意化出。中十二句,叙遥忆之情。……后八句,四应中段,四应首段,而'穷独叟'仍绾定妻子,收束完密。"(《读杜心解》卷一)再看段落内部的层次:首段先写身陷长安,心念妻子。接着写趁着草木茂密,得以逃出长安,但并不北奔鄜州探望家人,而是西奔凤翔归身朝廷,这是曲折。次段写寄书三川以探虚实,杳无回音,却先传来村民罹祸的不幸消息,不禁忧虑万端,这是曲折。末段写国运出现转机,大唐中兴在望,自己身在朝廷,当能分享胜利之喜悦,可是家人恐已遭害,到时只剩下孤独老翁,这是曲折。再看一联之内的意脉:诗中写到杜甫逃归凤翔后的情形,据《唐才子传》卷二载:"时所在寇夺,甫家寓鄜,弥年艰窭,孺弱至饿死,因许甫自往省视。"并将此事置于杜甫上疏谏房琯事之后,这与《北征》中的自述相合。但是得官后告假回家安置家小,本是唐代制度所允许,故杜甫受职之初,按例即可告假探亲。可是他公忠体国,心念王室,故先国后家,不向朝廷告假。种种心思,都在"柴门虽得去,未忍即开口"二句中曲折道出。至于"反畏消息来,寸心亦何有"二句,则历来深得评者称许。笔者认为此联最妙之处即在于文情曲折:其上联是"自寄一封书,今已十月后",这是指诗人深陷长安时曾寄家书一封,至今已历十个月。按照常理,接下来当然会写焦急地等待消息,可是我们读到的却是:"反畏消息来!"正如宋人蔡梦弼所说:"盖未得其消息,存没犹持两端。恐既得消息,如前所云,寸心泯灭,果何有哉?"(《草堂诗笺》)也正如清人沈德潜所云:"若云'不见消息来',平平语耳。今云'反畏消息来,寸心亦何有',斗觉惊心动魄矣。"(《说诗晬语》)这种心情在初唐诗人宋之问诗中已有描写:"近乡情更怯,不敢问来人。"(《渡汉江》)但是杜甫的写法显然是推陈出新。因为宋诗说自己久谪荒陬,不知家人是存是没,故近乡情怯,这是正常的心理状态。宋诗先写心情,再写由此心情导致的行为,这是正常的叙事次序。而杜诗一来所写却是反常的心理状态,二来先写畏惧消息传来，再交代其心理基础，这是反常的叙事次序。所以杜诗达到了更婉转曲折的抒情效果，正如清人李因笃所云："久客遭乱，莫知存亡，反畏书来，与'近家心转切，不敢问来人'同意。然语更悲而调弥苦矣。"（《杜诗集评》卷一）笔者认为，刘熙载评杜诗"曲折到人所不能曲折，为深"，《述怀》应该是一个范例。

《述怀》是一首文字质朴、句法平易的叙事诗，它栩栩如生地描绘了动荡时代的生活场景，生动传神地刻画了离乱之人的心底微澜，诚如清人申涵光所评："此等诗，无一语空闲，只平平说去，有声有泪，真《三百篇》嫡派。人疑杜古铺叙太实，不知其淋漓慷慨耳。"（《杜诗集评》卷一）又如清人吴瞻泰所云："昔人谓此诗，只平平说去。又谓杜古诗铺叙太实，不知其波澜突起，断续无踪，其笔正出神入圣也。"（《杜诗提要》卷二）

（莫砺锋）

客 至

杜 甫

舍南舍北皆春水，但见群鸥日日来。
花径不曾缘客扫，蓬门今始为君开。
盘飧市远无兼味，樽酒家贫只旧醅。
肯与邻翁相对饮，隔篱呼取尽余杯。

唐肃宗上元年间，杜甫在成都草堂里接连写下《宾至》与《客至》。《宾至》一诗正文如下："幽栖地僻经过少，老病人扶再拜难。岂有文章惊海内，漫劳车马驻江干。竟日淹留佳客坐，百年粗粝腐儒餐。不嫌野外无供给，乘兴还来看药栏。"此二诗内容完全相同，写法则同中有异，本文试作浅析。

专程到草堂来拜访诗人的宾客是谁？《客至》题下有旧注云："喜崔明府见过。"崔明府又是谁？杜甫之母姓崔，故仇注引邵长蘅说："明府，公舅氏也。"金圣叹则云："今看去，恐不是尊行，必是表兄弟。题曰'客至'，是又远分者。待他之法，客又不纯是客，亲又不纯是亲，故知其为远分表兄弟也。"（《杜诗解》）二者皆属揣测，施鸿保驳之甚当："按公诗见崔姓甚多，然皆著称谓，如白水崔明府舅氏宅、崔六表弟饮等。……此但注崔明府，尚疑非母族人，故题云客。诗亦云'蓬门今始为君开'，似新交之友也。"（《读杜诗说》）诚如是，则《客至》中的客，与《宾至》中的宾，皆是诗人之友，故杜甫并未强调其亲戚身份。

二诗的内容皆可分成两个层次：先写幽居少客，以见客来之可喜。后写待客之道，以及主客之相得。先看第一层次。《宾至》首联直接点明题旨，前句从客观环境来写宾客难到此地，后句从主观条件来写难以接待宾客，两者都会导致宾客稀少。《客至》的首联则只写草堂景象，清人何焯评曰："反打开去，惟公能之，《宾至》起相似。风雨则思友，况经春积水绕舍，日惟鸥鹭群乎？极写不至，则'喜'字溢发纸上矣。"（《义门读书记》）鸥鸟本为避人之物，"群鸥日日来"当然是宾客稀少之故，故何氏谓其"极写不至"。值得注意的是，两诗前半都没有直接写到诗人的思绪，但在字里行间若隐若现。《宾至》的"老病人扶再拜难"，明人钟惺评曰："怠语，尽傲尽狂。"（《唐诗归》）其次联，清人沈德潜评曰："自谦实自任也。"（《唐诗别裁集》）《客至》的首联，清人黄生评曰："经时无客过，日日有鸥来，语中虽见寂寞，意内愈形高旷。"（《唐诗摘抄》）其次联，钟惺评曰："二语严，门无杂宾，意在言外矣。"上述评语都很准确，评者都看到了隐藏在文本后面的诗人身影：他贫病交加，潦倒不堪，却又志趣高洁，自尊自爱。正因如此，他才能对宾客不卑不亢，把贫家的待客之道写得如此诗意盎然。

再看第二层次。两诗皆突出诗人待客手段的简陋寒酸，《宾至》直言"百年粗粝腐儒餐"，《客至》则展开具体描写：盘无兼味，尊有旧醅。非但没有李白那种"五花马，千金裘，呼儿将出换美酒"（《将进酒》）的豪气，甚至不如孟浩然所谓"故人具鸡黍"（《过故人庄》）的周到。这是杜甫待客不够热情吗？当然不是，《宾至》中交代得一清二楚，"粗粝"本为"腐儒餐"，也即诗人的日常饮食。《客至》解释得更加具体：一则"市远"，二则"家贫"。正如黄生评《客至》所云："后半见贫家真率之趣。"惟其为人真率，故径以自家之家常便饭来待客。我读二诗，常联想到诗人早年所作《赠卫八处士》中"夜雨剪春韭，新炊间黄粱"二句，这才是君子之交应有的情形！更妙的是，两诗皆写到客人并不嫌弃此种草草杯盘。《宾至》中的宾是"竟日淹留"，《客至》中的客则"肯与邻翁相对饮"，他们真是"佳客"，真值得杜甫的"蓬门今始为君开"！

《宾至》与《客至》是一对同时、同题之作，后人常将二者相提并论。

明人张𬘘云:"宾与客虽一,亦微有别。曰'宾',则有敬之意;曰'客',则有亲之意。观二诗可见。"(《杜律本义》卷一)清人陈秋田评《客至》云:"宾是贵介之宾,客是相知之客,与前《宾至》首各见用意所在。"(《杜诗镜铨》引)我不认为杜甫分用"宾""客"二字别有深意,虽然《说文》注"宾"字云"所敬也",但《宾至》一本题作《有客》,可见在诗人看来,宾、客二字可以互换。细味二诗,两位客人均属佳宾,他们与诗人的交谊都很深厚。但同中有异,首先是他们的身份稍有差异。《宾至》的次联说明来客地位较崇,故有"车马驻江干"。诗人对"宾"的态度也更恭敬一些,故自谦"岂有文章惊海内"。《客至》则细写扫花径、开蓬门等行为,诗人对"客"的态度似乎更加亲切。其次是他们的行为稍有差异。"宾"之举止皆属文人雅兴,"竟日淹留"多半是与主人谈论诗文,"看药栏"则是对"多病所须唯药物"(《江村》)的主人之关切。"客"之举止更加随和率意,他虽然曾任"明府"即县令,但此来完全是以平民身份造访隐居乡间的"少陵野老",所以会有"肯与邻翁相对饮,隔篱呼取尽余怀"的豪爽举止。不知这位"邻翁"是否就是那位曾经抓住杜甫胳膊不放、"指挥过无礼"(《遭田父泥饮美严中丞》)的田父,要是的话就太有趣了!

后人对《宾至》《客至》二诗多有好评,最值得注意的是将二诗相提并论的意见。清人卢世㴶云:"《宾至》《客至》二首,别有机杼,自成经纬。"(《读杜私言》)意即二诗各有特点,各见匠心。明人唐汝询评《客至》云:"前篇《宾至》以气骨胜,此以风韵胜。"(《唐诗归折衷》)此评具体指出二诗之特点,堪称精到。《宾至》一诗,通篇皆是叙事、抒情,清人仇兆鳌评曰:"直叙情事而不及于景,此七律独创之体,不拘唐人成格矣。"(《杜诗详注》)《唐宋诗醇》评曰:"直举胸情,扫绝依傍。"清人方东树则评曰:"叙事耳,而语意透彻朗俊,温醇得体。"(《昭昧詹言》)这种写法显然异于常规的情景交融,从而体现出健举疏朗的风格。《客至》则不然,首联写景,景中融情。颔联、颈联皆为叙事,然皆借景物以点染之。"花径""蓬门"描写草堂春景如画,"盘飧""樽酒"也绘出贫家餐桌的图景,不像"粗粝腐儒餐"那样抽象。尾联则推出隔篱呼邻的生活场景,情意宛然,诚如清人卢㢷所评:"落句作致!"(《闻鹤轩初盛唐近体读本》)。相比之下,《宾至》因重气骨,未免语意直截而稍逊风韵。《客至》则诚如清人张世炜所评:"只家常话耳,不见深艰作意之语,而有天然真致。与《宾至》诗同一格,而《宾至》犹有作意语。虽开元白一派,而元、白一生,何曾得此妙境!"(《唐七律隽》)所谓"作意语",当指直接点明旨意之诗句,比如"老病人扶再拜难"即直呈兀傲之意。"天然真致"当指情景自然、意旨则蕴藉不露之写法,比如"但见群鸥日日来"字面上仅是写景,但暗含人无机心而海鸥自来之典故,披露胸怀毫无痕迹,意境更加委婉含蓄。

总之,有客来访本是生活中的一件小事,杜甫却能写出两首风格相异、各臻其妙的好诗,真乃斫轮老手。而《客至》一诗语言平易如话家常,写景清丽且臻情景交融之高境,更是堪称此类主题之范本。所以清人谭宗赞《客至》曰:"无意为诗,率然而成。却增损一意不得,颠倒一句不得,变易一字不得。此等结构,浅人既不辨,深人又不肯,非子美,吾谁与归!"(《近体秋阳》)

(莫砺锋)

江　村

杜　甫

清江一曲抱村流，长夏江村事事幽。
自去自来堂上燕，相亲相近水中鸥。
老妻画纸为棋局，稚子敲针作钓钩。
多病所须惟药物，微躯此外更何求？

　　乾元二年（759）底，杜甫带着一家老幼来到成都。次年开春，诗人在城西郊外的浣花溪畔选址筑室。暮春时节，草堂落成。被兵火和饥荒逼得"三年饥走荒山道"（《乾元中寓居同谷县作歌》）的诗人终于在物产丰饶的天府之国有了一处安身之所，周围的山水景物与风土人情也都可爱可亲。是年夏，杜甫作《江村》一诗。后人对此诗颇有讥评，清末许印芳云："通体凡近，五、六尤琐屑近俗，杜诗之极劣者。"（《瀛奎律髓汇评》）清初申涵光则云："此诗起二语，尚是少陵本色，其余便似《千家诗》声口。选《千家诗》者，于茫茫杜集中，特简此首出来，亦是奇事。"（《杜诗详注》）此诗果真是"杜诗之极劣者"吗？所谓"《千家诗》声口"又是何指？

　　我们先从《千家诗》说起。最早的《千家诗》是南宋刘克庄编纂的《分门纂类唐宋时贤千家诗选》，此书收诗逾千，不便初学，故流传不广。稍晚的是宋末谢枋得所编的《千家诗》，仅选七绝一卷，七律一卷，总数不过百余首，极便初学，故元、明人视之为最重要的童蒙读物。到了清代，王相增选五绝一卷、五律一卷，仍名《千家诗》，更为流行。但是王相本成书于康熙四十八年（1709），其时申涵光早已去世，故申氏所云，即指谢枋得所编者。今检谢氏《千家诗》，所选作品风格不一。即以七律而言，既有精丽沉郁的杜甫《秋兴》（八首选四），又有悲凉深沉的韩愈《左迁至蓝关示侄孙湘》，并非皆属浅俗一路。但总的说来，此书的风格取向是浅近平易，其中的宋诗如陈抟、邵雍、程颢、张耒、陆游等人之作更是如此。那么，杜诗《江村》的情形如何？此诗写的是普通平凡的日常生活情景，蕴含的情感则有平和、轻松、愉快的倾向。与之相应，此诗的风格也比较浅近平易。许印芳说它"通体凡近"，或即指此而言。然而，描写平凡的题材，抒发平和的情感，体现平易的风格，这就是缺点吗？当然不是。首先，这本是诗国中的正常现象。诗歌的生命植根于现实生活，早在《诗经》中，凡是与民间生活有关的内容，从禾黍桑麻的种植收获到匹夫匹妇的衣食住行，都是诗人吟咏的对象。只是到了六朝，诗歌成为高门贵族的专利品，才被束缚于富贵生活与高雅情趣的狭小圈子。经常写到鸡犬桑麻的陶渊明在当时不受重视，便是出于这个原因。杜甫的《江村》一类作品，其实正是恢复《诗经》与陶诗的优良传统。其次，对于杜甫本人而言，他在此前的创作重点是抒写家国情怀与反映民间疾苦，这两种内容在其成都诗中并未绝迹，前者如《杜鹃行》之感念帝室及《桃竹杖引赠章留后》之讥刺军阀；后者如《病柏》《病橘》《枯棕》《枯楠》之悲悯苍生，这是杜诗贯穿始终的一根红线。但是毋庸置疑，此时的杜甫喘息初定，心境稍静，于是他开始将审美的目光对准草堂内外的平凡生活与平凡草木，这难道不合情理？

当然，上面两点只是表明杜甫有理由写《江村》那样的题材，至于能否写好，则是另一回事。前文引了两则后人的讥评，下面引几则后人的赞词。宋末刘辰翁评曰："全首高旷，真野人之能言者。"明人周敬评曰："最爱其不琢不磨，自由自在，随景布词，遂成《江村》一幅妙画。"明人单复评曰："此可见公胸次洒落，殆外声利，不以事物经心者。"（皆见《删补唐诗选脉笺释会通评林》）第一则说此诗逼真地写出了村野之人的生活情景，第二则说此诗生动地描写了江村的美丽图景，第三则说此诗真切地表现了诗人萧散旷达的胸襟。笔者完全同意这三则评语，并认为多数读者都会有同样的体会。此诗将琐屑平常而富有情趣的生活细节与浅近平易的语言风格相结合，成为杜诗中前所未有的新气象，正如清人黄生所云："杜律不难于老健，而难于轻松。此诗见潇洒流逸之致。"（《杜诗说》）最值得注意的是此诗虽然浅近却并非不耐咀嚼，只是细针密线不见痕迹而已，且看后人的解读。对于全篇意脉，清人仇兆鳌解曰："江村幽事，起中四句。梁燕属村，水鸥属江，棋局属村，钓钩属江，所谓事事幽也。末则江村自适，有与世无求之意。'燕''鸥'二句，见物我忘机。'妻''子'二句，见老少各得。盖多年匍匐，至此始得少休也。"（《杜诗详注》）对于最易引起讥评的中间二联，清人陈醇儒评颔联曰："燕本近人，自来自去，偏若无情。鸥本远人，相亲相近，偏若有情。此杜诗刻画处。"（《书巢笺注杜工部七言律诗》）清人黄生评颈联曰："棋枰曰'局'，本以木为之，趋简者始用纸，故与'敲针'句对意相称。若不知其意，又何求入咏？"（《杜诗说》）这些分析都很细密，也都很准确。至于第四句暗用《列子》中人无机心则海鸥从之游的典故，真如水中着盐不睹痕迹，细品始觉有味。与许印芳"杜诗之极劣者"的批评南辕北辙，清人冯舒对此诗赞不绝口："不必粘题，无句脱题。不必紧结，却自收得住，说得煞。不必求好，却无句不好。圣人！神人！"（《瀛奎律髓汇评》）这是善于品诗且持论甚苛的后代学人发自肺腑的赞叹，值得我们参考。

最后一个问题是如何看待此诗入选《千家诗》？应该指出，谢枋得对杜甫极为推崇，《千家诗》选入的七律一共不足五十首，其中杜诗就有十一首，申涵光所谓"于茫茫杜集中，特简此首出来"，并不符实。但《江村》得以入选，确是出于谢氏的独特眼光，那就是因重视宋诗的平易倾向从而青睐于杜诗中的"《千家诗》声口"。笔者曾在拙文《论杜甫晚期今体诗的特点及其对宋诗的影响》中指出，多写日常生活琐事与风格之倾向平易浅近，是杜甫晚期今体诗（包括七律）的两大特点，它们对宋诗产生了深远的影响。《江村》堪称这方面的一个范例，当我们阅读从苏轼、黄庭坚到陆游、杨万里的部分七言律诗时，经常会发现《江村》的影子，这正是杜甫为宋人的艺术探索提供有益启迪的重要例证。所以近于"《千家诗》声口",并不是《江村》应该受到讥评的理由。

(莫砺锋)

赠卫八处士

杜 甫

　　人生不相见，动如参与商。今夕复何夕？共此灯烛光。少壮能几时，鬓发各已苍。访旧半为鬼，惊呼热中肠。焉知二十载，重上君子堂。昔别君未婚，儿女忽成行。怡然敬父执，问我来何方。问答未及已，驱儿罗酒浆。夜雨剪春韭，新炊间黄粱。主称会面难，一举累十觞。十觞亦不醉，感子故意长。明日隔山岳，世事两茫茫。

唐肃宗乾元二年（759）的一个春夜，正任华州司功参军的杜甫从洛阳返回华州，途经友人卫八之家，作此诗赠之。"卫八处士"何许人也？历代杜诗注家聚讼纷纭，终无确论。既称"处士"，即是布衣，史籍无载，生平遂无可考。黄鹤说其为武后时代的蒲州著名隐士卫大经之族子，并无根据。师古注引伪书《唐史拾遗》指其为卫宾，更是杜撰。此诗作于何地？当然是洛阳与华州之间的某地，具体地点则不可考。旧注或谓作于蒲州，那是从卫八乃卫大经族子之说推测而来，同样缺乏根据。况且杜甫从洛阳至华州，途经新安、陕州（石壕村在此州）、潼关，基本上走的是一条直线，并不经过蒲州。这一带是杜甫非常熟悉的地方，他当然知道故友家在何地，故向晚造访，投宿一夜而别。

此诗平易如话，几无歧解。只有"新炊间黄粱"一句，相传宋祁手抄杜诗作"新炊闻黄粱"，何焯评曰"非常生动"（《义门读书记》），薛雪则认为："换却……'闻'字，呆板无味，损尽精采。"(《一瓢诗话》)平心而论，若作"闻"字，则句谓诗人嗅到从厨房飘来的黄粱香味，确实相当生动，但现存各种版本的杜诗均无此异文，不得擅改。若作"间"字，则指米饭中杂以黄粱。此诗风格朴素，字句平易，故原文多半是"间"，方与整篇风格相符。况且上句"夜雨剪春韭"并非说诗人跟着卫八家人一同去冒雨剪韭，而是看到端上桌面的饭菜后的追叙，"新炊间黄粱"也应如此解读。此外，诗中内容是否涉及乱离世态？黄鹤说"味诗，又非乱离后语"，故系此诗于安史之乱以前。后代注家皆不从此说，因为诗中虽然并未直接写到乱离景象，但字里行间还是显露出乱世心态。别易会难，死生相隔，人事沧桑，世事茫茫，这些情况平常年代都存在，但乱世则会显著加剧其程度，也会明显加深人们的感受。此诗的感慨如此深沉，颠沛流离的乱世经历就是其发生背景，不过诗人并未明说而已。

《赠卫八处士》得到后人的交口称赞，宋人陈世崇说："久别倏逢，曲尽人情。想而味之，宛然在目。"(《随隐漫录》)明人钟惺说："只叙真境，如道家常，欲歌欲哭。"(《唐诗归》)清人张上若说："全诗无句不关人情之至，真到极处便厚。情景逼真，兼有顿挫之妙。"(《读书堂杜工部诗文集注解》)清人吴农祥说："此人人胸臆所有，人不道耳。"(《杜诗集评》引)的确，此诗既无形容、想象，亦无奇字、警句，只是用平淡无奇的语言，叙写平凡朴实的情景，然而它感动着千载之下的读者，其奥秘全在内容既平凡又典型，从而浓缩了人人皆有的人生经验，具体的描写则鲜活、细腻，如在目前。开篇即云"人生不相见，动如参与商"，参、商二星一东一西，此起彼落，用它们来比喻相见之难，当然是极而言之。但是人海茫茫，世情变幻，一对好友一旦被抛入命运的大浪，相见的可能性便微乎其微，此是人间常态。正因如此，接下来的两句便如神来之笔：今夜是何夜？竟然好友重逢，在烛光下相对而坐。《诗经·唐风·绸缪》云："今夕何夕，见此良人。"是夫妻相见的惊喜之词。杜诗在"今夕何夕"中添一"复"字，意谓今夕之后，何夕再得相见？意味更加深永。烛光摇曳，光线暗淡，最似梦境，杜甫两年前在《羌村三首》中说"夜阑更秉烛，相对如梦寐"，便是例证。故这两句暗含似真似幻的疑惑，加深了惊喜之情的程度。坐定之后，主客互相端详，发现彼此都已白发苍苍，于是叹息青春易逝。言谈中得知有些故人已入鬼录，不由得失声惊呼，五内俱热。正因世事沧桑，存亡难卜，故下文用"焉知"引起，意谓二十年间发生了多少沧桑事变，如今竟得重登故人之堂，真是喜出望外！二十年前主客二人俱未婚娶，其后便音讯杳然，如今眼前忽然冒出卫八的一群儿女，他们神情愉悦，彬彬有礼地前来拜见父亲的好友。兵荒马乱，人们居无定所，故孩子们询问客人是从何方而来。问答还未完毕，卫八急于款待来客，便催促儿女张罗酒水。"夜雨"二句又堪称神来之笔：若在开元盛世，待客当用鸡黍，如今只用园蔬、杂粮来款待稀客，活画出艰难时世的特有情景。此外，宋人蔡梦弼云："主人重客，故破夜雨以剪春韭，复加新炊之粱，其勤意之真可知也。"（《草堂诗笺》）清人吴冯栻则云："客到已晚，别无可屠酤，故即用家园滋味。而黄粱别用新炊，则知晚饭已过，重新整治者也。"（《青城说杜》）分别指出杜诗描写的精确、生动，语皆中的。更重要的是，如此简单、朴素的饭菜，经杜甫一咏，不但色香俱全，而且诗意盎然，令人神往。最后写主客对酌，频频举杯，且预想别后山川阻隔、世事茫茫，语终而意不绝，读之三叹有余哀。

《庄子·山木》云："君子之交淡若水，小人之交甘若醴。君子淡以亲，小人甘以绝。"郭象注曰："无利故淡，道合故亲。饰利故甘，利不可常，故有时而绝也。"《赠卫八处士》所咏的友谊，便属于平淡如水的"君子之交"。首先，杜甫与卫八，年轻时一度相交，然后便是长久的分离。二十年后偶然重逢，只是匆匆一面，杯酒相欢，然后又是天各一方。这样的交情当然不是甘美如醴，而是平淡如水。然而这才是摆脱了私利和杂念的真诚友谊。杜甫曾赠诗友人说："但使残年饱吃饭，只愿无事常相见。"（《病后过王倚饮赠歌》）居住比邻，时常相见，当然是保持友谊的有效方式，但并不是必要条件。秦观咏爱情说："两情若是久长时，又岂在朝朝暮暮！"（《鹊桥仙》）友谊也是一样，只要彼此在心里珍藏着这份情感，哪怕相隔万水千山，哪怕终生别多会少，照样能使友谊地久天长。其次，杜甫与卫八的交情，并未经过任何磨难与考验。汉人翟公曾叹息说："一死一生，乃知交情。一贫一富，乃知交态。一贵一贱，交情乃见。"（《史记·汲郑列传》）杜甫在李白银铛入狱、长流夜郎之后，仍为之鸣不平说："世人皆欲杀，吾意独怜才。"（《不见》）这样的友谊，经受了苦难的考验，堪称生死之交。但是经受考验并不是真诚友谊的必要条件，换句话说，未曾经受严峻考验的友谊也完全可能是真诚的。只要志趣相投，真诚相待，就像杜甫与卫八那样，二人的交情并未受到生死、贫富、贵贱等因素的考验，而只是体现为日常生活中的平凡行为，然而这才是具有普遍意义的真诚友谊。《赠卫八处士》所咏的友谊是芸芸众生最希望得到的人间真情，这是此诗受到广泛喜爱的内在原因。

（莫砺锋）

九日蓝田崔氏庄

杜 甫

老去悲秋强自宽,兴来今日尽君欢。
羞将短发还吹帽,笑倩旁人为正冠。
蓝水远从千涧落,玉山高并两峰寒。
明年此会知谁健?醉把茱萸仔细看。

唐肃宗乾元元年(758)六月,杜甫被免去左拾遗之职,贬为华州司功参军。左拾遗位居从八品上,品秩并不高,但其职责是"掌供奉讽谏",有机会参与商议朝政,地位清要,杜甫对此相当看重。可惜杜甫秉性忠鲠,直言进谏,早在凤翔时就得罪了唐肃宗及其亲信,此时又因与房琯关系密切,故被贬外任。杜甫离开长安时,已经意识到自己的政治生涯从此终结了。所以他来到华州以后,心绪恶劣。正逢七月酷暑,蝇蝎扰人,文书堆案,诗人心烦意乱,直欲发狂大叫。总算熬到秋风送爽的季节,杜甫应邀来到前濮阳太守崔季重在蓝田的东山草堂共度重阳。良辰美景,贤主嘉宾,杜甫的心情为之一振,作《九日蓝田崔氏庄》。

此诗中间两联历来受人注意。颔联显然是用晋代名士孟嘉的典故。《晋书·孟嘉》载:"九月九日,温燕龙山,僚佐毕集。时佐吏并著戎服。有风至,吹嘉帽堕落,嘉不之觉。温使左右勿言,欲观其举止。嘉良久如厕,温令取还之,命孙盛作文嘲嘉,著嘉坐处。嘉还见,即答之,其文甚美。"后代文人在关于重九的诗文中经常用此典故,唐人韩鄂在《岁华纪丽》中甚至把重九称为"授衣之月,落帽之辰"。南宋的刘克庄因而在《贺新郎·九日》一词中慨叹:"常恨世人新意少,爱说南朝狂客,把破帽年年拈出。"杜诗也用此典,但其用法不同寻常。宋末方回赞扬此联"融化落帽事,甚新"(《瀛奎律髓》卷一六),新在何处?正如杨万里《诚斋诗话》记载林谦之之评语:"将一事翻腾作一联,又孟嘉以落帽为风流,少陵以不落为风流,翻尽古人公案,最为妙法。"明人胡震亨对此联不以为然:"本一落帽事,添造一冠字作对,又翻案正冠云云,诗有如是使事者否?"(《杜诗通》卷三五)诗歌的艺术生命就在创新,前人未有"如是使事",绝非不能创新的理由。况且杜诗何尝仅是"添造一冠字作对"?一则"正冠"本是古人的行为准则,孔子曰:"君子正其衣冠,尊其瞻视,俨然人望而畏之。"(《论语·尧曰》)孔门高足子路为了"君子死,冠不免",乃至结缨而死(事见《左传·哀公十五年》)。二则杜诗明言"正冠"的原因是"羞将短发还吹帽",自嘲自解,寓庄于谐,这样的用典堪称灵活机动,推陈出新。

  颈联写景,却非泛泛而写。"蓝水",一名蓝谷水,乃汇聚白马谷水、勾牛谷水、围谷水、辋谷水、倾谷水等而成。"玉山",即蓝田山,因山产美玉,又名玉山。蓝田本为山水幽绝之地,王维的辋川别墅就在此地,其《辋川集》诸诗被明人王鏊评为"真一片水墨不着色画"(《震泽长语》),就是对本地风光的生动刻画。崔氏东山草堂与王维的辋川别墅近在咫尺,杜甫同时所作的《崔氏东山草堂》诗中说"何为西庄王给事,柴门空闭锁松筠",可见他曾乘便前往访问王维而不遇。王维的《辋川集》中一连描写了二十个景点,是对蓝田风景分镜头的近距离细察。杜诗仅用一联,对蓝田山水进行了全景式远眺。此联境界阔大,气象雄浑,表现出老杜的雄强笔力。蓝水汇聚众水,一路远来,一个"落"字,活画出其奔流倾泻之景象。玉山双峰并峙,直插云霄,一个"寒"字,不但点明时令,而且烘托出其孤高无邻、高处不胜寒之情状。此联不但刻画秋景之萧条,而且形容秋气之肃杀,这是重九时节特有的蓝田景象。诗人孤寂伤感的心情也渗透在字里行间,这是斯人在斯时斯地所见的特殊秋景。

此诗最大的特点在于其情感波澜。明人董益评曰："欲悲而喜，才喜而悲，曲尽怀抱。"（《唐诗选脉会通评林》）陆时雍则曰："一起二语，意凡几折。三、四不胜伤感，与时俯仰之情。……五、六雄高，气与寒山相敌。结语伤慨留连，味之不尽。"（《唐诗镜》）清人朱瀚则细析云："时斥为司功，故悲秋叹老，不赴大僚宴而来山庄。三、四自相呼应，又分承初联。言老去则颠毛种种，羞复如孟嘉侍宴龙山而落参军之帽。礼云：'君子不尽人之欢。'主既留宾，宾宜尽欢。因笑谓座客，短发既不耐风吹，聊为我整冠，以便登临。记一时戏笑之语，风神溢目。次赋山庄景色，以起下文。……结言山水固应无恙，明年今日吾两人知谁强健？醉看茱萸，又未免悲从中来矣。……通篇不离悲秋意，尽欢至醉，特寄托耳！"（《杜诗七言律解意》卷一）诚如诸家所评，此诗忽悲忽喜，委曲周详地呈露了诗人百感交集的复杂心态。首句即是"意凡几折"：自从宋玉在《九辩》中写下"悲哉秋之为气也"的名句以来，悲秋便成为后代诗文的重要主题。况且杜甫此时年近半百，未老先衰，逢秋而悲，当然是意料中事。那又为何要"强自宽"呢？次句道出个中缘由：时逢重九佳节。陶渊明《九日闲居》序云："余闲居，爱重九之名。"诗则云："日月依辰至，举俗爱其名。"杜甫也不例外，况且他刚脱离"七月六日苦炎蒸，对食暂餐还不能"的苦境（《早秋苦热堆案相仍》），定会对秋高气爽的重九备感兴致。诗人因得贤主人之邀请来此共度佳节，更需照顾主人之情绪，故决意尽欢方休。次联写登高：诗人未老先衰，短发萧疏，一年前就已慨叹"白头搔更短，浑欲不胜簪"（《春望》），至此秋风萧瑟之时，联想到古人风吹帽落的故事，唯恐落帽而老态毕露，故笑请旁人相助"正冠"。仅是一个简单的举动，却将诗人的复杂心态披露无遗。颈联写登高所见，景色壮丽，情绪也随之一振。然水落峰耸之秋景毕竟已呈寥落萧瑟之气，诗人孤独寂寥的感受也渗透其中。尾联写重九佩戴茱萸之习俗，古人相信此举可以消除灾祸且求得长生。杜甫深感老境已至，况逢战乱频仍之时世，人命危浅，朝不保夕，故慨叹说今日宾主尽欢，焉知明年之重九谁还健在？末句之"看"字可作两解：方回认为是"仔细看茱萸"（《瀛奎律髓》卷一六），沈德潜认为是"言把酒而看蓝水、玉山"（《唐诗别裁集》卷一三）。两解皆通，前者稍优。末句之句意也有两解：一是茱萸可增寿，故把于手中以祈此效；二是今日暂时欢会，一去恐难再得，务须加倍珍惜，故持茱萸于手中细细观看。从全诗来看，重九欢会之情景描写得面面俱到，惟妙惟肖，更主要的优点是诗人悲喜交集的复杂情怀抒发得曲折周详，淋漓尽致。杜甫论诗，推崇波澜壮阔，此诗所蕴含的情感波澜起伏，变化莫测。在七言律诗的严整形式内能让思绪纵横自如地飞动腾骞，真可谓"思飘云物动，律中鬼神惊"（《敬赠郑谏议十韵》）！

（莫砺锋）

追酬故高蜀州人日见寄

杜 甫

自蒙蜀州人日作，不意清诗久零落。今晨散帙眼忽开，迸泪幽吟事如昨。呜呼壮士多慷慨，合沓高名动寥廓。叹我凄凄求友篇，感君郁郁匡君略。锦里春光空烂漫，瑶墀侍臣已冥寞。潇湘水国傍鼋鼍，鄠杜秋天失雕鹗。东西南北更堪论，白首扁舟病独存。遥拱北辰缠寇盗，欲倾东海洗乾坤。边塞西蕃最充斥，衣冠南渡多崩奔。鼓瑟至今悲帝子，曳裾何处觅王门。文章曹植波澜阔，服食刘安德业尊。长笛谁能乱愁思，昭州词翰与招魂。

唐肃宗上元二年（761）正月七日，高适在蜀州作《人日寄杜二拾遗》："人日题诗寄草堂，遥怜故人思故乡。柳条弄色不忍见，梅花满枝空断肠。身在南蕃无所预，心怀百忧复千虑。今年人日空相忆，明年人日知何处？一卧东山三十春，岂知书剑老风尘。龙钟还忝二千石，愧尔东西南北人。"唐代宗大历五年（770），流寓潭州的杜甫作《追酬故高蜀州人日见寄并序》。两位大诗人的唱和，不仅时隔九年，而且一存一亡，堪称死生相隔的唱酬名篇。

杜诗序言中交代了写作缘由："开文书帙中，检所遗忘。因得故高常侍适往居在成都时，高任蜀州刺史，人日相忆，见寄诗。泪洒行间，读终篇末。自枉诗已十余年，莫记存没，又六七年矣。老病怀旧，生意可知。今海内忘形故人，独汉中王瑀与昭州敬使君超先在。爱而不见，情见乎辞。大历五年正月二十一日，却追酬高公此作，因寄王及敬弟。"所谓"已十余年""又六七年",均为约略之词。高、杜的生平行迹都比较清楚,这两首唱酬诗的写作背景如下:唐肃宗乾元二年(759)五月,高适出任彭州(今四川彭州)刺史,六月到任。杜甫在秦州(今甘肃天水)闻知后,曾寄诗与之(《寄彭州高三十五使君适虢州岑二十七长史参三十韵》)。是年冬,杜甫来到成都,寓居城西之草堂寺。高适听说后,即寄诗问候,杜甫作诗相酬。次年即上元元年(760)初秋,杜甫曾寄诗向高适求助:"百年已过半,秋至转饥寒。为问彭州牧,何时救急难?"(《因崔五侍御寄高彭州一绝》)九月,高适转任蜀州(今四川崇庆)刺史,杜甫曾前往相晤。上元二年(761)正月七日,高适作《人日寄杜二拾遗》。是年冬,高适亲往草堂访问杜甫。蜀州距离成都不过百里,杜甫曾屡次赴蜀州访问高适,高适则时时接济杜甫,二人交往甚密。宝应二年(763)二月,高适就任剑南西川节度使,因与吐蕃作战失利,于次年即广德二年(764)正月被召回长安。此期杜甫在梓州(今四川三台)、阆州(今四川阆中)等地避乱,未能前往成都。当他得知高适被召回京后,曾作《奉寄高常侍》云:"今日朝廷须汲黯,中原将帅忆廉颇。天涯春色催迟暮,别泪遥添锦水波!"永泰元年(765)正月,高适卒于长安。噩耗传开时,杜甫正在忠州(今重庆忠县),乃作《闻高常侍亡》以哭之:"致君丹槛折,哭友白云长。独步诗名在,只令故旧伤!"由此可知,在杜甫入蜀以后的十来年间,他与高适这位故友相交甚笃。后人或云:"高在时,公颇不满之,死后却追思流涕者,公既笃于友朋,不肯自居于薄。"(唐元竑《杜诗捃》)未免求深而近曲。高适虽然没有像严武那样无微不至地照顾杜甫,但多半是机遇所致。且看二人来往唱和之篇章,惺惺相惜之意渗透在字里行间,不容歪曲。

人日即正月初七,隋人薛道衡《人日思归》云:"入春才七日,离家已二年。"逢佳节而思乡,乃人之常情。高适和杜甫都是中原人氏,都是客居蜀地,"遥怜故人思故乡"一句,实乃同病相怜。异乡逢春,纵然春色可人,亦会徒增感慨。况且正是海内多事之秋,愁眼看春,愁当几何?杜甫作于上元元年的《和裴迪登蜀州东亭送客逢早梅相忆见寄》云:"幸不折来伤岁暮,若为看去乱乡愁。"作于广德二年的《登楼》则云："花近高楼伤客心，万方多难此登临。"几可视为对高诗"柳条弄色不忍见，梅花满枝空断肠"二句的注脚。"身在南蕃"以下六句写的是谁？唐汝询认为是高适自己："因言我虽作蕃于蜀，无与于政，忧虑颇多，以帝不纳匡正之言，邦国多难，官无常职，今之所居，盖不谋其明岁矣。我向有高尚之志，卒老风尘。"（《唐诗解》）仇兆鳌则认为是杜甫："下六怜故人。梅柳，人日之景。南蕃，蜀在西南。忧虑，长安经乱。卧东山，以谢安比杜。"（《杜诗详注》）徐增则认为分指二人："'一卧东山三十春'，言子美遇主之晚。'岂知书剑老风尘'，言我亦不得大用，而书剑老于风尘。"（《而庵说唐诗》）歧解纷纭，正因诗人有意略去二人境遇之差异而突出其相同者。高适身为地方长官，但时时调动，堪称"流宦"，杜甫则是名副其实的"流寓"之人，二人皆有异乡漂泊之感。高适因遭李辅国之谗而出为远州刺史，杜甫则早就离开朝廷，二人都已无法参与朝廷政治，只能对江河日下的国势心怀忧虑。高适早年客居梁宋，年近五十方得入仕，杜甫的仕历更像昙花一现，久在草野，如今风尘遍地，二人都是书剑飘零，渐入老境。所以这六句应是高适自抒怀抱，但处处映衬杜甫，主客双绾，堪称投赠诗的绝妙结构。末二句分写主客：高适比杜甫年长十余岁，此时已老态龙钟，却仍安享太守禄秩，故自称愧对四处漂泊的杜甫。孔子曾自称"东西南北之人也"（见《礼记·檀弓》），高适用此语称呼杜甫，既切合其真实经历，又尊重其身份，措辞十分得体。此诗是高适晚年的精心之作，故徐增评曰："法老气苍，学者须细心效之。"（《而庵说唐诗》卷六）

  杜甫酬诗先用四句点明追酬之缘由：自蒙高适赠诗以来，自己居无定处，行李散乱，友人的诗束也随而沉埋书帙。今晨忽然入眼，洒泪读之，往事历历在目，近如昨日。接下来的八句感叹往事：高适"喜言王霸大略，务功名，尚节义。逢时多难，以安危为己任"（《旧唐书·高适传》），杜诗用"壮士多慷慨"咏之，一语中的。下句说高适"名动寥廓"亦非虚语。杜甫曾多次赠诗高适，"嘤其鸣矣，求其友声"（《诗经·小雅·伐木》），意甚虔笃,故曰"凄凄"。高适素怀辅君济时之略,未得伸展,故曰"郁郁"。高适赠诗是在成都附近所写,且曾亲往草堂访问杜甫,故杜甫对往事的美好回忆皆与"锦里春光"相关,这与杜甫追怀严武的诗中写到"锦江春色逐人来"(《诸将五首》之五)是同样的道理。如今自身去蜀,故人早亡,故云"空烂漫"也。高适曾任刑部侍郎、左散骑常侍,乃天子近臣,故杜甫以"瑶墀侍臣"称之,且叹惜其已逝世。"潇湘"句指自己漂泊湖南,"鄠杜"句指高适卒于长安。两句分写双方,不但一存一亡,而且词意相去甚远:"潇湘"在东南,"鄠杜"则在西北;"水国"乃卑湿之地,"秋天"乃高爽之境;"傍鼋鼍"指自身漂泊江湖直与水族为伍,"失雕鹗"谓高适奋击如猛禽而遽殒长空(杜甫《奉简高三十五使君》云"鹰隼出风尘")。两句之间张力极大,句法矫健不凡。下二句针对高诗末句大发感叹:当年高适称我为"东西南北人",如今更与谁人论说?只剩下老病之身转徙于江湖之间。于是诗人神思飞扬,分写四方:遥拱北辰,乃心王室,然而寇盗进犯,势若纠缠。东望沧海,欲挽海水以洗乾坤,可惜徒属空想。西塞则蕃人连年侵扰,肆意纵横。南方则因中原多故,衣冠纷纷奔逃而至。总之四海沸腾,竟无一方宁土!那么诗人能到何处觅得栖身之所呢?深深的孤独之感使他格外思念远方的友人:既善文辞又好道术的汉中王李瑀,以及昭州刺史敬超先。然而全诗主题毕竟是追和高诗,于是末联又重及高适:昔时向秀闻笛声而怀故友,乃作《思旧赋》。敬昭州亦长于词翰者,请你吟诗作赋,为招高适之魂!

如上所述,高、杜二诗皆情真意挚,体现了尔汝无间的亲密友谊。写法皆是绾合双方,或互相映衬,堪称唱酬诗的一对典范之作。更可贵的是二诗的写作竟然时隔九年,而且相隔生死。高适的原唱在其集中编于编年诗的卷末,杜甫作此诗后不到一年随即离世,二诗虽非高、杜的绝笔之作,但都作于垂老之际。古人最重"生死之交",高适和杜甫的这两首唱酬诗,堪称超越生死之隔的友谊颂歌。千载之下对照读之,仍然感人肺腑。

(莫砺锋)

古柏行

杜 甫

孔明庙前有老柏,柯如青铜根如石。霜皮溜雨四十围,黛色参天二千尺。君臣已与时际会,树木犹为人爱惜。云来气接巫峡长,月出寒通雪山白。忆昨路绕锦亭东,先主武侯同閟宫。崔嵬枝干郊原古,窈窕丹青户牖空。落落盘踞虽得地,冥冥孤高多烈风。扶持自是神明力,正直原因造化功。大厦如倾要梁栋,万牛回首丘山重。不露文章世已惊,未辞翦伐谁能送?苦心岂免容蝼蚁,香叶曾经宿鸾凤。志士幽人莫怨嗟,古来材大难为用!

此诗作于唐代宗大历元年(766),当时杜甫正寓居夔州(今重庆奉节)。

全诗分三段,每段八句。第一段写夔州诸葛亮庙前的古柏颜色苍老,枝干劲挺,而以"四十围""二千尺"的夸张语形容之。宋人沈括在《梦溪笔谈》中说:"四十围乃径七尺,无乃太细长乎?"其实这些数字并非实指,沈氏之说未免拘泥。正因古柏高耸参天,所以与巫峡的云气相接,又与雪山的寒光辉映。雪山指岷山,在成都之西。诗人的思绪也就随着那云气、月色而"视通万里",于是第二段就转咏成都武侯祠前的古柏。两段之间的空间跨度很大,但衔接却极为紧凑。

第二段以"忆"字领起,"锦亭"即位于锦水边上的"野亭",先主庙和武侯祠都在它的东面。杜甫回忆自己去年离开成都之前,曾路经武侯祠。祠庙户牖深邃,阒寂无人,只见那参天古柏屹立于烈风之中。"落落盘踞"二句,注家或以为指成都古柏,或以为指夔州古柏,或以为前句指成都古柏而后句指夔州古柏。其实在诗人眼中,成都古柏与夔州古柏是同样的正直高大,同样的为人爱惜,并无二致,所以此处实为合两处之柏而咏之。"孤高"当是指古柏本身,而不是说地势高。古谚云:"木秀于林,风必摧之。"然古柏孤高如此,仍能巍然屹立,故诗人认为定有神明在暗中扶持。

第三段转入议论:古柏既高大正直,当然是栋梁之材,即使形貌古朴,也不会被世人忽视。然而以万牛之力也无法把此木运到将倾之大厦(暗指岌岌可危之朝廷)那里去,那么,"材大难为用"就势必成为古今共有的感叹了!

咏物和咏史是古诗中常见的两类题材,其共同特点是借咏外界事物以抒发内心情感。以杜诗为例,前者如《房兵曹胡马》《画鹰》,后者如《咏怀古迹》,无不如此。《古柏行》之特殊处,在于它既是一首咏物诗,又是一首咏史诗,当然,也是一首咏怀诗。它是如何做到一身而三任的呢?原来,它所咏的不是普通之物,而是诸葛亮庙前的古柏。诸葛亮是杜甫最敬重的古贤之一,杜诗中多次赞颂诸葛亮,对这位鞠躬尽瘁的蜀汉丞相极尽推崇之能事。"树木犹为人爱惜"一句暗用"蔽芾甘棠,勿翦勿伐,召伯所茇"(《诗经·召南·甘棠》)之意,正表明了杜甫珍视古柏的原因。更何况古柏的形貌气质与诸葛亮多有共同之处,在诗人眼中,古柏即诸葛亮,诸葛亮即古柏,两者已融合成一个艺术形象。诸葛亮虽然"出师未捷身先死",但毕竟"君臣已与时际会",不能说未为世用;而杜甫自己,却是早年即"自比稷与契",晚年仍"飘泊西南天地间"。所以,"古来材大难为用"之句正是发自诗人内心的感叹。诗写到这里,就完全转为咏怀了。值得注意的是,此诗中咏史、咏怀两层旨意都很显豁,但从字面上看,却句句都是咏物,紧扣题面,这正是前人所谓"风人之旨"。

与主题相应,此诗在形式上显得凝重、整饬。全诗三段,篇幅相同,换韵情况也与诗意之段落相符。全诗二十四句,对仗之句占三分之二,其中如

"霜皮溜雨四十围，黛色参天二千尺"等联极为工整。对句的安排也很有规则，第一段中第一联不对，下面三联皆对。第二段中也是如此。第三段则稍作变化，末尾不对。这种运律入古的写法，在杜甫七古中似乎只有《洗兵马》一篇可与此媲美。

（程千帆　莫砺锋）

奉赠韦左丞丈二十二韵

杜 甫

纨绔不饿死,儒冠多误身。丈人试静听,贱子请具陈。甫昔少年日,早充观国宾。读书破万卷,下笔如有神。赋料扬雄敌,诗看子建亲。李邕求识面,王翰愿卜邻。自谓颇挺出,立登要路津。致君尧舜上,再使风俗淳。此意竟萧条,行歌非隐沦。骑驴十三载,旅食京华春。朝扣富儿门,暮随肥马尘。残杯与冷炙,到处潜悲辛。主上顷见征,欻然欲求伸。青冥却垂翅,蹭蹬无纵鳞。甚愧丈人厚,甚知丈人真。每于百僚上,猥诵佳句新。窃效贡公喜,难甘原宪贫。焉能心怏怏,只是走踆踆。今欲东入海,即将西去秦。尚怜终南山,回首清渭滨。常拟报一饭,况怀辞大臣。白鸥没浩荡,万里谁能驯?

杜甫从开元二十三年(735)入京应试求仕起,长期蹭蹬不遇。天宝六载(747),唐玄宗诏征天下贤才入京赴试,李林甫弄权罔上,悉数摈弃不取,并诡称野无遗贤。杜甫失意至极,决计归去,临行向一向赏识自己的韦济呈诗辞别。诗中历述自己的家世、才华,倾吐平生志向怀抱,以及多年坎壈的失意之情,在感激韦济知遇之恩的同时,也抒发了不甘沉沦、期待有为的慷慨意气。

对科举彻底绝望的杜甫,在离开长安之前向尚书左丞韦济呈诗辞行。因为韦济是一直赏识、提携自己的前辈,所以他毫无顾忌,尽情吐露胸中的愤愤不平和悃悃不甘。诗虽是古风，但通篇不转韵，陈情述事，次序井然，看得出是用心结撰之作。

诗开篇即以"纨绔不饿死，儒冠多误身"的尖锐对比揭示现实中一个显著的不公正现象：权贵豪门享尽荣华，读书士子毫无出路。宋代范温《潜溪诗眼》评"儒冠多误身"句，说"此一篇立意也"，准确地抓住了全诗的要领。接下去"丈人试静听，贱子请具陈"自然地引出下文，四句起到一个序幕的作用。

从"甫昔少年日"到"再使风俗淳"十二句为第二节，诗人自述学问过人、才华卓异，累获当世名公的垂青，自信不难功成名就，实现"致君尧舜上，再使风俗淳"的理想。但结果是自我期许全都落空，未能摆脱"儒冠多误身"的命运。

从"此意竟萧条"到"蹭蹬无纵鳞"十二句为第三节，诗人具体述说滞留长安、濩落不遇的经历，其中"朝扣富儿门，暮随肥马尘。残杯与冷炙，到处潜悲辛"四句对落魄状态的描写未免过于夸张，但诗人内心的屈辱感觉是不难体会的。对天宝六载的应试他本怀有很高的期待，可出乎意料的滑稽结果让他再没有留在长安的信心和勇气。在这冷酷的现实中，唯一让他感到温暖的是韦济的赏识和提携，这在他离开长安之际体会更加深刻。

从"甚愧丈人厚"到"只是走踆踆"八句为第四节，诗人对韦济的知遇之恩表示感谢，同时对辜负韦济的厚爱，不能有所报效表示惭愧，言下已逗露去意。

"今欲东入海"以下八句为第五节，诗人陈述辞别之意，表达不忍离韦而去的眷恋之情。"东入海"暗用孔子"道不行，乘桴浮于海"的老话，寓有对官场的决绝之意，同时也是对黑暗现实的严厉抨击。因此，这辞别就绝不是潦倒丧气的怨天尤人或自怨自艾，而是横眉冷对的抗诉。这只要吟味结联"白鸥没浩荡，万里谁能驯"的豪迈意气，再对比一下《旅夜书怀》结尾的"飘飘何所似，天地一沙鸥"，就能明白其间胸襟、气概的差异了。

长篇体裁，无论是近体还是古风，首先都讲究章法上的谋篇布局。明代郑善夫论杜诗说："长篇沈著顿挫，指事陈情有根节骨格，此杜老独擅之能，唐人皆出其下。"（焦竑《焦氏笔乘》卷三引）杜甫这首五古层次分明，条理清晰，而过渡照应又十分自然，确实呈现出"指事陈情有根节骨格"的特点，历来被推为五古章法的典范，可以说是唐代五古步入成熟期的标志。同时，它在声律运用上也显示出体裁的自觉意识，即尽量回避律句，有意识地与近体诗律区别开来。全诗四十四句，只有律句八例、拗律句五例，其他都是二四字同声或三平四平、三仄四仄相连的古调句，可见杜甫写作中虽未极力回避律句，但也有意识地限制律调了。清代学者讲古诗声调，都将杜甫与韩愈、苏轼并列为古诗声调运用的典范作家，正是因为注意到了杜甫古诗在声调运用上的反律化倾向。

（蒋寅）

偶 题

杜 甫

　　文章千古事，得失寸心知。作者皆殊列，名声岂浪垂。骚人嗟不见，汉道盛于斯。前辈飞腾入，余波绮丽为。后贤兼旧制，历代各清规。法自儒家有，心从弱岁疲。永怀江左逸，多病邺中奇。骐骥皆良马，骐𫘧带好儿。车轮徒已斫，堂构惜仍亏。漫作《潜夫论》，虚传幼妇碑。缘情慰漂荡，抱疾屡迁移。经济惭长策，飞栖假一枝。尘沙傍蜂虿，江峡绕蛟螭。萧瑟唐虞远，联翩楚汉危。圣朝兼盗贼，异俗更喧卑。郁郁星辰剑，苍苍云雨池。两都开幕府，万宇插军麾。南海残铜柱，东风避月支。音书恨乌鹊，号怒怪熊罴。稼穑分诗兴，柴荆学土宜。故山迷白阁，秋水隐黄陂。不敢要佳句，愁来赋别离。

　　杜甫经历安史之乱，从授左拾遗、贬华州到辞官入陇，最后在乾元二年（759）底流寓成都，数年间经历人生最深重的磨难，诗歌也流露出对个人乃至所属群体的前途、对大唐王朝衰落命运的全面绝望，同时伴随着对人生意义及其实现方式乃至现实可能性的深入思考。他由此对诗歌的生命意义有了新的体认，并将所有精力和热情投入到"文章千古事"中，在蜀道后期的诗歌创作中取得了毕生最重要的成就。暂居成都草堂时期也是他热衷于论诗的开始，"宽心应是酒，遣兴莫过诗"（《可惜》）、"为人性僻耽佳句，语不惊人死不休"（《江上值水如海势聊短述》）以及论诗绝句之祖《戏为六绝句》都是这段时间所作，显示出杜甫对自身文学活动和诗歌历史的深入反思。五言排律《偶题》作于大历二年（767）秋，是继大历元年（766）所作《解闷十二首》之后的又一首论诗诗，也是杜甫对平生诗学的一个总结。明代王嗣奭《杜臆》说："此公一生精力，用之文章，始成一部杜诗，而此篇乃其自序也。"历来评论家都注意到这首诗的特殊意义。

此诗与《奉赠韦左丞丈二十二韵》一样，也是44句，前代注家多认为可分为前后两个部分。前一部分，从第1句至20句，表达对前代诗歌传统的看法；后一部分，从第21句至44句，述说自己流离颠沛的经历。实际上，如果根据作品的脉理作更细的划分，首尾各四句和中间"缘情慰漂荡"四句还可以单独划分为起结和过渡段落，即变成4—16—4—16—4的结构，这样看起来更清楚也更匀整。

开头四句，首先强调文章写作是非常艰难、需要耗费毕生精力去探究、磨炼的技能，其间的甘苦得失只有自己才能体会。前代杰出作家莫不有异禀，从来没有浪得虚名的。这么写既是破题，说明诗的主旨就是论诗，同时也定下了一个反思文学写作的高度。

接下来他用六句高屋建瓴地回顾了唐以前的文学史，极力推崇战国到汉代的辞赋作家，尊之为文学的巅峰时代，此后则依本朝的习惯看法目之为余波，并以"绮丽"概括其艺术追求。不过他没有像李白那样激烈地认为"自从建安来，绮丽不足珍"（《古风》），而是理性地肯定后来的优秀作家也继承了前人积累的艺术经验，并形成各个时代不同的体制，所谓"历代各清规"。这是第一个层次。"法自儒家有"以下十句为第二个层次，自述家学渊源和从小对文学的痴迷，特别强调自己的艺术渊源乃儒家经典，并追慕南朝文学的清逸之风，对尚奇的建安文学则心存芥蒂。这又显示出与李白推崇建安、抹杀六朝不同的艺术趣向。但无论如何，汉魏、六朝文学突出的集团性特征，造就了曹氏父子、阮籍叔侄、陆机兄弟、谢灵运昆弟、萧氏父子、徐陵父子、庾信父子等一大批文学世家，像"骒骥皆良马，骐骥带好儿"一般人才辈出，而自己半生努力，虽积累了丰富的创作经验，却无人可传承，这不能不让他生发"车轮徒已斫,堂构惜仍亏"的感叹。这两句都是用典,上句暗用《庄子·天道》所载斫轮匠人对齐桓公说的一段话:"斫轮徐则甘而不固,疾则苦而不入,不徐不疾,得之于手而应于心。口不能言,有数存焉于其间。臣不能以喻臣之子,臣之子亦不能受之于臣,是以行年七十而老斫轮。"这是说无法将技艺传授给儿子。下句用《尚书·大诰》:"若考作室,即厎法,厥子乃弗肯堂,矧肯构。"意指子不能继承父业。两句对自己的文学成就后继无人,其子不能承传家学深感遗憾,于是带出"漫作《潜夫论》,虚传幼妇碑"的浩叹,一个"漫"字,一个"虚"字,表达出杜甫内心深处极度的失望。

"缘情慰漂荡"四句承上概括诗歌对于自己的意义,又启下对于个人境遇的叙述,是前后两部分的过渡。"缘情"本来是诗歌创作旺盛的源头,所以陆机《文赋》有"诗缘情而绮靡"之说,现在却成了杜甫漂泊生涯中唯一的慰藉。从"抱疾屡迁移"到"飞栖假一枝",略述数年间流离辗转、暂栖夔州的经过后,用"经济惭长策"表达无才济世的惶愧,但谁都知道这不过是怀才不遇的激愤反语。

进入下部,从"尘沙傍蜂虿"到"苍苍云雨池"八句为第一层,承上具体描写蜀地江峡间的风土民情,"萧瑟唐虞远,联翩楚汉危"流露出对世无明君、天下可危的现实的忧虑。从"两都开幕府"到"柴荆学土宜"八句为第二层,接着叙述四方军情紧急,南方南诏不臣,北方吐蕃侵逼的局势。杜甫虽漂泊西南,依友暂栖,但因名重一时,每到一地都受到礼遇,能获知四方战况。只不过无论他内心是否承认,他都确确实实是个局外人了。何况亲朋音书都绝,日常精力疲于衣食之需,连诗歌创作的兴致都很难以保持,又怎么能对文学怀有远大的抱负呢?

但问题是诗的主旨就是论诗,结尾不能不回到"文章千古事"的主题上来。四顾满目萧条,家山渺远,除了离情别恨外,又有什么可写?没办法,只好以"不敢要佳句,愁来赋别离"作结。这固然是诗人当下意兴萧条的心境的写照,可又何尝不是对生活和创作都丧失信心的无奈呢?他心目中的"千古事"毕竟有着更远大的期许,不是与这种日常生计都成困难的境遇相联系的。由此我们不难觉察，此刻的杜甫对文学的信念和理解多少有了更复杂的成分。

长篇五排与五古一样，首先讲究的是章法严整，层次分明，逻辑清晰，叙事有度。这使五言排律的写作，需要像文章一样谋篇布局。杜甫是第一位多作鸿篇巨制的诗人，而且善于布置篇章结构，前人因此将杜甫视为以文为诗的先驱。《偶题》一诗，不仅层次分明，叙事也详略得当。清人蒋金式批朱鹤龄《杜工部诗集辑注》评此诗"前半说文章，后半说境遇，皆'寸心知'者。前语少而意括，后语详而情绵"，特别注意到这一点。排律相比于古风，还要注意对仗的问题。因为篇幅长而通篇要求对仗，就有必要讲究宽严张弛的节奏变化。本诗"法自儒家有，心从弱岁疲""经济惭长策，飞栖假一枝""圣朝兼盗贼，异俗更喧卑""音书恨乌鹊，号怒怪熊罴"几联，词性、句式对得都不是很工整，属于宽对，略微消化一点严格工对带来的板重。这也是可供参考的经验。

（蒋寅）

夜宴左氏庄

杜 甫

林风纤月落，衣露净琴张。
暗水流花径，春星带草堂。
检书烧烛短，看剑引杯长。
诗罢闻吴咏，扁舟意不忘。

此诗是杜甫青年时代在左氏庄夜宴的即事之作。倜傥的人物，清丽的景致，精工的语言，造就了那个令人向往的夜晚，可是觥筹交错、诗征酒逐之余，年轻诗人还是忘不了自由适意的漫游生活。在一切享乐都满足之后，自由仍然是让人追求的永恒价值。

这首诗的写作年月虽不清楚，但诗中安宁闲适的情调实为杜甫安史之乱后的作品所无，历来的论者都断定这首诗是杜甫早期的作品，很可能是其青年时代漫游齐、赵间所作，时间应该在唐玄宗开元二十四年（736）之后。据杜甫《壮游》诗自述，他年甫弱冠先游吴越，再走赵齐，有过一段"放荡齐赵间，裘马颇轻狂"的岁月。此时的诗人，尚未经历科举的挫折、仕途的失意，正英姿勃发，踌躇满志，形于诗咏也是一派年轻的气息，后来那种历经沧桑的悲凉色调尚未渗入笔端。但在这首青年时代的作品中，诗人生平两个最为重要的倾向仍可见其萌芽：一是内心深处对超脱世俗羁绊的自由生活的渴望，一是对诗歌艺术精益求精的执着。

诗从夜宴写起，"林风纤月落"是夜景，"衣露净琴张"是宴况。"林风"

有的版本作"风林",明人王嗣奭《杜臆》说:"'风林'应作'林风',才与'衣露'相偶,而夜景殊胜。"除了对偶之外,"林风"取意也较"风林"为长。"风林"是持续状态,与"纤月落"似乎无关;而"林风"则是骤起状态,"纤月落"也是骤起状态,两相并叙无形中就赋予它们一种共生关系,成为有时间性的叙事,落实了夜深时分,自然地引出下句的"衣露"。衣露是说衣裳被露水沾湿,再次确认时间已是深夜。夜深坐久,尽管露沾衣湿,主人依然兴致不减,出伎乐娱客。"净琴"历来解释不同,有人说是素琴,有人说是新净的琴,王嗣奭解作"琴未衣",较有味。夜深出琴,未用琴衣护罩,说明乐伎调好琴一直在等候传唤,由此见主人好客之甚,早已做好长夜之饮的准备。

继首联描写夜宴场景之后,颔联续写左氏庄。"暗水流花径,春星带草堂"两句描写出左氏庄的花木和建筑之美,同时又暗示了环境的幽静和时间的流逝。在喧闹的夜宴中,黑暗中花径的水流本来既看不见也听不到,只有宾客在琴声中安静下来,潺潺的流水声才会在音乐的间隙幽幽传来。体物之细微竟至于此,让我们不能不佩服诗人的感受力和表现力。如果说上句是由微弱的听觉去捕捉看不见的视觉形象,那么下句就是由显豁的视觉形象去暗示难以感觉到的时间流逝。"星"用"春"作定语,特指春夜所见的明亮耀眼的星,应该是指凌晨出现在东方的长庚星,也就是金星。用"带"来形容它映照着草堂,意味着它离屋顶很近,是长夜将明的暗示。这句明是写景,暗中却是传递时间推移的信息。

夜宴至此,可谓良辰美景赏心乐事四美具备,若不赋诗,将奈如此良夜何?颈联进入席上赋诗的环节。唐人当场分题赋诗,常刻烛限时,又例用类书,所以有"检书烧烛短"之句,而当诗兴引发豪情,又不禁挑灯看剑,逸兴遄飞,引杯不饮,议论纵横。这可能是杜甫本人的形象,也可能是他眼中友人的形象,无论怎么说,这都是他们一批人的群像。正像《饮中八仙歌》中描写的八位友人,无不怀有过人的禀赋和远大的抱负,却无处发挥其才智,只得沉湎于诗酒,在无聊寂寞中遣送其颓废生涯。年轻的杜甫似乎在这些人身上看到了自己的未来,不由得对世俗功名过早地抱有一种怀疑的态度,一种近乎"欲开先为落时愁"(李咸用《绯桃花》)的心理储备。这样,当席间有客操吴语朗咏自己的诗作时,顿时勾起他不久前漫游吴越的快乐记忆,更缅想古代名臣范蠡泛舟五湖的传说,不禁窅然神往,而诗的情调也由清雅闲逸最终转向"豪纵萧散"(王嗣奭《杜臆》)。从这一结尾不难看出,在杜甫的早年,一种固执的遁世情结就已埋伏在他的灵魂深处,往后他精神上虽时常表露出对朝廷的眷恋,但现实中却一再自外于政局,疏离于不同官职的簿书案牍。这种心理和行为上的矛盾反差由此可以得到部分解释。

  这首诗给人印象最深的就是句法的洗练,措辞的雅洁。明代陆时雍《唐诗镜》称赞其"中联精卓,是大作手";清代黄生《唐诗摘抄》也称道"四(句)就无月时写景,语更精切",说得固然都不错,但黄生指出的"诗中写景则有风、露、星、月,叙事则有琴、剑、诗、书、酒,而不见堆塞,其运用之妙如此",才是杜甫独到的本领。后世多注意他"语不惊人死不休"的奇创一面,不免忽略了他对精切妥帖的追求。前人论诗,每强调构思立意,而视遣词造句为末事。但楼阁半空,须从一砖一瓦垒起,所以凭借文学教育立世的桐城派最讲究字句的踏实功夫。我们学杜诗尤其要学习这一点。

(蒋寅)

旅夜书怀

杜　甫

细草微风岸，危樯独夜舟。
星垂平野阔，月涌大江流。
名岂文章著，官应老病休。
飘飘何所似，天地一沙鸥。

唐代宗永泰元年（765）正月，诗人杜甫辞去节度参谋职务，返居成都草堂。四月，严武下世，杜甫在成都失去依靠，遂携家由成都乘舟东下，经嘉州（今四川乐山）、渝州（今重庆市）至忠州（今四川忠县）。此诗为其途中泊舟时所作。从踏上秦蜀之旅起，杜甫对仕途的理想即已幻灭，对文学的不朽价值则还心存疑虑，而此去的前景更是不可预料，这种种念头的纠结，交织成本诗的多重主题和复杂的情绪基调。

诗的结构很清楚，前四句旅夜，后四句书怀，但其中包含的情感内容，却绝非一般的羁愁旅恨，而是大诗人杜甫意识到生命旅程接近终点而对人生和文学所作的深刻反思。其思想内容固然空前地深刻广袤，包含了丰富的生命体验和人生思索，但作品惊心动魄的力量则不能不说是源于诗人提炼诗意、锤炼字句的功力。这也是我们读这首诗印象最深刻之处。

诗从晚间行舟写起，"细草微风岸"说明舟是傍岸而行，否则哪能看得见岸上的细草？"危樯独夜舟"说明时间已是深夜，江上空寥不见其他船只。两句即目所见，看起来并无深意，可仍让人觉得不同寻常。为什么呢？

就因为两句的语法很特别，中心词是岸和舟，前面分别用两个并列词组"细草""微风"和"危樯""独夜"来修饰，构成了意义延宕的名词句。岸边被微风梳沐的矮小细草，衬托了夜色中舟樯的孤高。夜中的孤舟不是简缩为"夜独舟"而写作"独夜舟"，无形中使诗意转变为"孤独的夜晚之舟"，从而突出了人的孤独感。这是利用语法的变更来突出字词意蕴的成功例子，可以说也是一种炼字之法。

不只是首联，颔联继续运用改变语法的方式来强化字词的表现力。"星垂平野阔，月涌大江流"两句，上句远眺天地空间，用"垂"字将本来不相关的天空和原野联系起来，产生一种仿佛是星空悬垂的压力使平野的宽度得到了延展似的效果。这样炼字的好处是赋予动词"垂"以能量感，强化了星空与平野之间的张力关系。下句句式虽相对，但"月涌"与"大江流"的逻辑关系与上句完全不同。由于江流与月涌的因果关系被颠倒，同时涌月又写成月涌，这就使月由被动位置换到主动位置，赋予"涌"字以强烈的能量感，使它变成一个能与"垂"相对应的有力度的字眼。类似这两句所描绘的宏阔景象，唐诗中多有其例：或以取境胜，如李白"山随平野尽，江入大荒流"(《渡荆门送别》)之苍茫辽阔，王维"江流天地外，山色有无中"(《汉江临眺》)之隐约缥缈；或以炼字胜，如刘长卿"天光映波动，月影随江流"(《上湖田馆南楼忆朱宴》)之脱胎换骨，杨凝"远处星垂岸，中流月满船"(《夜泊渭津》)之点铁成金。但就用字的浑成有力而言，还是要推杜甫两句擅场。

颈联转入身世之感，开启下半首的意脉。"名岂文章著"不是说"名声不是靠文章得来"，而是说"名声岂是文章可赢得"，是对文章乃"经国之大业、不朽之盛事"(曹丕《典论·论文》)的传统观念的怀疑乃至否定。相对于文章不朽价值的不确定，仕途将以老病终结则是可以肯定的事。而文学、政治的前途既然双重落空，那么人生的空虚和绝望也就无法避免、难以摆脱了。杜甫感觉自己就像是天地间翻飞的一只鸥鸟，面对辽阔江天，茫然不知将归依何处。这只鸥鸟早在诗人壮年时代就曾出现在《奉赠韦左丞丈二十二韵》一诗中，当时杜甫是用"白鸥没浩荡，万里谁能驯"来挥洒它的英姿，寄托自己不羁的志节，抒发胸中豪迈的气概。而此刻，他已完全丧失了那股意气，作为自身形象托喻的白鸥意象也褪去了往昔的神采，成了潦倒落魄的人生的象征，映衬着苍茫无际的远空，体现了说不出的孤独、迷茫和无助。这正是诗人老去，流落异乡，孤独无依，前途未卜的凄惶心态的写照。

不过话又说回来，尽管结联的沙鸥意象寄托了浓重的落魄情调，但全诗整体上给人的印象还是雄浑饱满、气力充沛的。这主要得力于前四句写景的笔力，尤其是用字的精到。如果没有次句的"独"和颔联的"垂""涌"，绝不能营造出如此充满内在张力的诗句。而后四句，虽然由回顾身世引出悲慨失意之情，但笔力毫不颓唐衰弱。"岂""应"两个虚字全无犹豫之意，显示出自我认识的清醒和果决。古代诗论中将这种极富表现力、能使全篇生色的字词称为"诗眼"，即陆机《文赋》所谓"立片言而居要，乃一篇之警策"，是作品神光所聚之处。前人称赞杜诗的炼字，说他不仅善于炼实字，而尤其善于炼虚字，像"古墙犹竹色，虚阁自松声"（《滕王亭子》）的"犹"和"自"，"映阶碧草自春色，隔叶黄鹂空好音"（《蜀相》）的"自"和"空"，就是著名的例子。本诗"名岂文章著，官应老病休"也是个很好的范例。前人讲此诗，多着眼于颔联写景之工和颈联包含的身世之感，这自然是不错的，但只有落实到字词的锤炼之工，才能真正理解这首诗的魅力所在。

（蒋寅）

一百五日夜对月

杜 甫

无家对寒食，有泪如金波。
斫却月中桂，清光应更多。
仳离放红蕊，想像颦青蛾。
牛女漫愁思，秋期犹渡河。

　　这是一首在寒食之夜对月思念家人的即事之作，忧愁寂寞之余也显露出前途未卜的彷徨心态，作于唐肃宗至德二载（757）。

　　将寒食称作一百五日是古代的习惯，宗懔《荆楚岁时记》有记载："去冬至节一百五日，即有疾风甚雨，谓之寒食。"古代注家早就注意到，杜甫的诗作很喜欢用日期作标题，而这些日期大都是特殊的节令，这首《一百五日夜对月》证实他们的看法是不错的。安史之乱爆发后，杜甫携家逃到鄜州，把妻儿安置在羌村，只身奔赴肃宗所在的灵武，不料中途为叛军所俘，押回长安。在身陷贼中的一年多时间里，他感怆国事，思念家人，写下《春望》《月夜》《一百五日夜对月》等一系列诗作。《月夜》作于天宝十五载（756），这首《一百五日夜对月》则作于次年，正像是《月夜》的续篇。

　　首联破题，上句说寒食，下句说对月。寒食、清明是传统的祭扫祖先墓茔的日子，诗人被拘贼中不能祭扫，已愁苦不堪；更兼家人音信全无，牵挂不已，心情更为悲怆。所以这里的"无家"，其实是进一步的写法，比杜牧《清明》"路上行人欲断魂"的悲哀还要更深一层，自然地引出下句"有泪如金波"。"金波"是月亮的比喻，源出《汉书·礼乐志》："月穆穆以金波，日华耀以宣明。"为什么要说金波呢？颜师古的解释是："言月光穆穆，若金之波流也。"因为有这波流的形容，杜甫更进一步，直接就将泪珠滚动比喻为月光流动了。这一句本来是写对月，但泪水模糊了双眼，便写成了对月垂泪。月既是寄托感情的对象，同时又是泪的喻体，这就构成一种双关的表现，而且自然地与上句形成对仗。

望月怀人本是古典诗歌里一个很传统的情境，从谢庄《月赋》"隔千里兮共明月"以降，几乎成为怀人诗的俗套。杜甫《月夜》一诗，用想象妻子对月思念自己的独特构思，为这传统情境赋予了全新的魅力。这里他再一次尝试新的表现手法：明明是泪水模糊了双眼，看不清皎洁的月色，偏怪月宫的桂树遮蔽了清光，因而生发"斫却月中桂，清光应更多"的奇想，恨不得让仙人吴刚砍去月桂，放一轮清光圆满当空。这实在是很无理的想法，可是你若同他较真吧，月桂之说本属不经之谈，难以坐实也无法证伪；你若说他无聊吧，偏又觉得这奇思妙想颇为诙谐有趣。这就是清代评论家贺裳所说的"无理而妙"（《皱水轩词筌》）。类似的例子很多。唐李益《江南曲》云："嫁得瞿塘贾，朝朝误妾期。早知潮有信，嫁与弄潮儿！"王建《宫词》云："自是桃花贪结子，错教人恨五更风。"宋张先《一丛花令》云："沉恨细思，不如桃杏，犹解嫁东风。"这不都是无理而妙的佳句吗？

无论如何，望月总是怀人诗的常见场景之一，这首诗中的对月也是怀人。《月夜》从对面着笔，用"香雾云鬟湿，清辉玉臂寒"两句来描写想象中的在月下思念自己的妻子形象；这里则压缩正面描写，增加了对分别之久的感慨："仳离放红蕊，想像颦青蛾。""仳离"，旧指妇女被遗弃。《诗经·王风·中谷有蓷》："有女仳离，嘅其叹矣。"杜甫这里用作分离之义，意谓暌别一年，春花已再红。在诗人的想象中，妻子定是愁眉不展，每天都在郁闷和焦虑中度过吧？"青蛾"有的版本作"青娥"，但意思指黛眉，应该不会错。

想到妻子的愁苦表情，又想到这样的暌别还不知道要持续到何时，一股绝望之意不觉从心底涌出，一个奇特的想法也脱口而出：牛郎、织女还说什么离愁别恨，他们到七夕不就渡河相会了吗？结句"漫愁思"的"漫"是漫不经心、轻率之义，在这里有过分、矫情的意思。"思"不读平声，不是思念之义，而是愁的同义词，要读去声，和《诗大序》"亡国之音哀以思"、白居易《琵琶行》"弦弦掩抑声声思"中的"思"一样。清代杜诗注家吴瞻泰《杜诗提要》评此诗说："结用牛女，彼此双绾，用'秋期'，倒应'寒食'，布局之整，线索之细，真所谓隐隐隆隆，蛛丝马迹也。"这是将"漫"解作不必、无须的意思，也可备一说，但未必符合杜甫原意。应该说，这个结尾正像取意奇特的颔联一样，没有采用一般的写法回应题中的寒食节令或对月怀人之情，而是毫无预兆地突然宕开，属于杜甫诗中不多的章法奇特的作品。

  这首诗值得注意的地方，不仅在发想奇特和章法独异上，它的格式也不同寻常。律诗一般要求中两联对仗，杜甫因为属对能力超强，常随遇而施，不拘一格，通篇对仗的作品也不在少数。本诗首联即对起，颔联反而意外地不对。这并不是故意要变格出奇，而是唐诗固有首联对、颔联不对这种格式，唤作"偷春格"或"偷春体"，意谓首联抢先对仗，就像花儿偷到春色悄悄先开一样。此格首见于北宋诗话《天厨禁脔》卷上，作者惠洪举杜甫此诗（题作《寒食月》），说："其法颔联虽不拘对偶，疑非声律，然破题引韵已的对矣，谓之偷春格，言如梅花偷春色而先开也。"后自南宋魏庆之《诗人玉屑》以降，诗法诗格多祖述之。杜甫这首诗，首联本无须对仗而用了对仗，因此对仗就没有通常要求的那么严格。"寒食"对"金波"词性不同类，只能说是宽对，连带声律也较随意：上句声眼两平，下句三平调收尾，都是典型的古调；再接续散行的颔联，就使上半首的文字显得活脱流利，别具一格。相比之下，颈联的对仗就要严格得多，除了"红蕊"对"青蛾"色彩相对，"仳离"对"想像"也是联绵词叠韵对双声，堪称工整。这也是对首联宽对的弥补，免得全诗格调过于松散。律诗中间的对仗，讲究这种宽严、张弛的变化，读唐诗者不可不知。

（蒋寅）

病　柏

杜　甫

　　有柏生崇冈，童童状车盖。偃蹇龙虎姿，主当风云会。神明依正直，故老多再拜。岂知千年根，中路颜色坏。出非不得地，蟠据亦高大。岁寒忽无凭，日夜柯叶改。丹凤领九雏，哀鸣翔其外。鸱鸮志意满，养子穿穴内。客从何乡来，伫立久吁怪。静求元精理，浩荡难倚赖。

　　从安史之乱时被羁长安、奔赴凤翔行在，到贬官华州、辞官入陇，再到乾元二年（759）十二月奔赴成都，数年间杜甫在战乱流离和秦蜀颠沛之程中经历了人生中最深重的磨难，他的创作也终于进入老境。抵达成都后，杜甫在友人的资助下营建浣花溪新居，写了多首向友人求索花木的诗篇，这些诗中洋溢着重新回归安定生活的喜悦。但上元二年（761）他写的一组以枯病的树木为题材的咏物之作《病柏》《枯棕》《病橘》《枯楠》，却情调独异，格外引人注目。从宋代起，批评家们就一致将这组诗视为讽喻时事的有寄托之作。如叶梦得《石林诗话》指出："杜子美《病柏》《病橘》《枯棕》《枯楠》四诗，皆兴当时事。《病柏》当为明皇作，与《杜鹃行》同意。《枯棕》比民之残困，则其篇中自言矣。《枯楠》云：'犹含栋梁具，无复霄汉志。'当为房次律之徒作。惟《病橘》始言'惜哉结实小，酸涩如棠梨'，末以比荔枝劳民，疑若指近倖之不得志者。"

　　这组咏枯病树木的作品，《枯楠》暗喻自己一辈文儒虽饱读诗书却无补于世的现实处境，表达了对自身前途的绝望；《枯棕》借江汉人和枯棕的同构对比关系，说明处于王朝巨大的军需开支重压下的众生，即使年成丰稔也被刻剥殆尽，显示出对民生前途的深刻绝望；《病橘》说明某些现象之恶与世道的盛衰无关，只能归结于君主制和君主德行之薄。由此可见，他对君主的仁慈已不再抱有希望，对君主制度的存在合理性已近乎幻灭。这三首诗的主题相对来说都比较清楚，唯独《病柏》旨趣最深隐，历来解说也颇多分歧。

相比《枯楠》《枯棕》《病橘》三首，《病柏》很明显地不再将对象描绘成单一的值得自伤、同情或窃幸的角色，诗中的病柏呈现出崇高、庄严、正直、虚矫、衰败、凋零等多重色彩，诗人的态度也显示出从崇敬、赞美、惊讶到惋惜、愤懑、失望的变化。这给历来的解释带来一些分歧，归纳起来有如下几种：

一是伤正人摧折说。王嗣奭《杜臆》认为："此章有托而发。'神明依正直，故老多再拜。'一木之微，崇重至此。'丹凤''鸱鸮'，喻正人摧折，则善类伤心，而小人快意。"仇兆鳌《杜诗详注》也持这样的看法，说："《病柏》，伤直节之见摧者。"

二是自况说。浦起龙《读杜心解》断言："《病柏》，比也。志士失路，用以自况焉。"日本学者铃木虎雄译注《杜诗》取此义，说："想是如《古柏行》暗比自己之境遇乎？"

三是伤房琯说，主张者为李东阳，杨伦《杜诗镜铨》引称其说云："此伤房次律之词。中兴名相，中外所仰，一旦竟为贺兰进明所坏也。房为融之子，再世秉钧，故曰出非不得地。"梁运昌《杜园说杜》也不赞同叶梦得的《枯楠》喻房琯之说，认为"此章壮志就衰，良工难遇，颓丧已极，是为自喻。是时房公无恙，虽云出守，安知不即召用？何遽将彼说得摧颓废弃如此？故知石林之说未允也"，故而他的看法同于李东阳，以为"《病柏》篇其'主当风云''故老再拜'，位望尊崇，是为喻房"。

四是邪正颠倒说，清初黄生持此说。郭曾炘《读杜札记》认为历来评论家中只有黄氏独见其大,体会到此诗的感慨尤为深远:"国家当危亡之际,回溯承平,昔何其盛,今何其衰,纥干冻雀之叹,崖山块肉之悲,大命已倾,回天无已。忠臣志士至此,亦惟归咎于苍苍者而已。而其故,实由于群邪用事,正士束手,患气之积,匪伊朝夕。"兴膳宏特别注意到诗中丹凤与鸱鸮的对比,认为:"丧失巢居的凤凰将雏悲鸣回翔,而恶鸟鸱鸮却泰然自得地占据树干中,养育幼雏。这一对照写出了当时社会善恶价值的颠倒,由此引出结尾四句作者对病树形象寄予的感慨。"(《枯木上开放的诗——诗歌意象谱系一考》)

这些评说无论主自况、伤房琯、伤正人摧折或邪正颠倒,都将喻义引向某类人物。兴膳宏隐约意识到前代注家将此诗寄托的对象锁定于特定的个人是不合适的,从而推断"杜甫于这巨大的柏树寄托了很大的理想",这一看法应该是很有见地的;但他又举出杜甫吟咏自己敬爱不已的诸葛孔明,有"丞相祠堂何处寻,锦官城外柏森森"(《蜀相》)、"孔明庙前有老柏,柯如青铜根如石"(《古柏行》)、"武侯祠堂不可忘,中有松柏参天长"(《夔州歌十绝句》其九)等描绘柏树的诗句,以为借此可略窥杜甫理想的形象,这一看法就仍未摆脱前代注家所持此诗隐喻个人形象的观点的窠臼。

《病柏》之所以会产生上述解读的歧异,主要原因在于它所描绘的喻体对应着一个较抽象的本体,从而导致后人见仁见智的解读。诗人笔下的病柏,生于崇冈,拥有高尚的地位;枝叶繁茂,具有荫庇万物的能力;沉静有龙盘虎踞之姿,奋起则见风云际会;神明而正直,赢得万众归心……作为实体,除了一个强盛的王朝,谁还能有这样的尊荣和盛况呢?或许有人会说,这不也可以理解为君主的隐喻吗?如此解读不能说毫无理由,但问题是"岂知千年根"到"养子穿穴内"的叙述很清楚地表明,这是一个有命("千年根")有运("得地")的生物空间,这样的生物空间显然非王朝莫属。只不过忽然间天命出现了变数("中路颜色坏"),气运显露了危机("日夜柯叶改"),正直("丹凤")摈斥在外,邪佞("鸱鸮")盘踞于朝中,这就让闲居成都、远远地观望天下的杜甫很难理解更不要说接受这荒谬的现实,其

199

实这种惊讶在很大程度上也可以理解为明知故问。总而言之，诗人静思沧桑世变的终极之理，却发现《易》所谓否极泰来、《老子》所谓反者道之动，这些至理玄言都大而无当，全不足依据！诗的结句表明，曾经有过辉煌过去的大唐王朝，在杜甫眼中已似明日黄花，能否再兴实在令人怀疑，而日渐衰落却是明白可见的趋势。

如果说天宝六载（747）应制举的挫折让杜甫第一次较为真切地看到了大唐盛世政治腐败的现实——奸臣弄权罔上，士人进身无路，因而对自身前途产生某种程度的幻灭感，那么十四年后，饱经战乱流离和行旅颠沛之苦的老诗人，可以说已基本丧失对王朝复兴的所有美好憧憬。基于这样的理解，《病柏》的重要意义就不只在于揭露了天宝以来正人见摈、奸佞进用的黑暗现实，以及反思动乱的因由，更在于以"岁寒忽无凭，日夜柯叶改"的隐喻暗示了朝中君子道消、小人道长的恶劣趋势及唐王朝不可逆转的衰落命运，也就是后人注意到的"借病柏以喻国家当多难之秋，遂难以任之天命也"（佚名《杜诗言志》卷八）。联系《咏怀二首》"本朝再树立，未及贞观时"一联来看，《北征》结句"煌煌太宗业，树立甚宏达"的昂扬信念，忽焉已流失其坚定性。这绝不是偶然的颓丧和失望，乃是越来越强烈的绝望感的凝结。将《奉赠卢五丈参谋琚》"天子多恩泽，苍生转寂寥"与《病橘》的"忆昔南海使，奔腾献荔枝"对读，再咀嚼一下《枯楠》中"犹含栋梁具，无复霄汉志"的绝望，我们不难体会到杜甫心理上正经受的从国计民生到个人命运的全面的幻灭感，从而理解《病柏》等四首作为杜甫晚年刻意经营之作所具有的清晰可辨的有机性和整体感，重新认识这组咏枯病树诗在杜甫晚年作品中的特殊价值。乔亿说："凡读杜诗，先即其议论，想其襟抱，固高出唐一代诗人。"（《剑溪说诗·又编》）如果说杜甫早年的社会批判，指出王朝政治的腐败、战乱的苦难和社会的不公正还停留在现象层面，尚未尽显其见识卓荦，那么晚境的这种对历史、社会和人生的深刻反思已达到古代文学思想深度的极致。

（蒋寅）

阁 夜

杜 甫

岁暮阴阳催短景,天涯霜雪霁寒宵。
五更鼓角声悲壮,三峡星河影动摇。
野哭千家闻战伐,夷歌数处起渔樵。
卧龙跃马终黄土,人事音书漫寂寥。

杜甫来到四川之后,总的来说,生活较以往安定了一些。虽然由于严武死去,他不得不离开在成都居住了数年的草堂,但后来到了夔州,他在生活上仍然较为平顺。在这里,他有田地若干,雇用了几个仆人,虽然政治上的抱负无法实现,但这一时期算是他的生活最为富足的时候了。但是,杜甫的秉性是忠君爱国,无论穷达,其志不改。所以,尽管自己的生活安定,但忧患的目光仍然不断扫视着现实社会,倾注着深深的感情。《阁夜》就是其中有代表性的一首。全诗"音节雄浑,波澜壮阔"(《唐宋诗醇》),深为后人所称赏。这首诗写于大历元年(766),所谓"阁",就是西阁,是他当时寓居的地方。

已是一年将尽,诗人感到时光飞逝,快到什么程度呢?眼看日影越来越短,好像被时光一点一点地催迫。入冬之后,白天渐短,夜晚渐长,以此入诗者,不知凡几,但一个"催"字,却写出了诗人的独特感受,是他壮志未酬而年华老去心理的形象体现。

岁暮不仅是短景,还有新降的霜雪。本来,夔州虽然离杜甫的家乡没那么近，但说是"天涯"，还是有点夸张，不过在心理上，完全可以让他有"天涯"之感。中国民间的俗语说，雪前冷，雪后寒。为什么是"寒宵"？正是由于霜雪刚"霁"，而且是在五更，所以人才越发感到"寒"。这个"寒"的氛围，于是笼罩着整首诗。

五更之时非常安静，因此人的注意力也容易集中。首先是听。鼓角是军营中报时或施令所用的，其声之所以"悲壮"，是因为时局不靖。当时兵戈扰攘，战争不断，崔旰、郭英乂、杨子琳等军阀连年混战，未能停息，这号角声声，正是当时四川局势的曲折表现，也是作者心情的展示。而由于雪"霁"，空气较为明净，所以天河更加清晰，倒映在水中，也可以看得更加清楚。但是，这当然也并不是单纯地写景。天河是天上之河，天宫是地上皇朝的折射，因此，这条在三峡湍急的流水中不断晃漾摇动的天河，也正应合着诗人面对令人忧心的国家局势动荡的情绪。二句从耳之所闻，写到目之所见，前者是实，后者则实中带虚。因为诗人所居住的西阁，并不一定就在长江边；即使在长江边，也不可能看到整个三峡。但唯其如此，才见出境界的开阔、气象的宏大，历来评论家对这两句往往大加赞美，并非无缘无故。

颔联一写闻，一写见，至颈联则全写闻，而此闻又是从前面所闻发展而来，章法显得变化多端。由于战事连绵，百姓无法过安定的生活，于是"野哭千家"，形成痛哭的声浪，一波又一波，传入诗人的耳鼓。下一句所说的"夷歌"，也应该在这个脉络中理解。歌，不是歌咏之歌，而是歌谣之歌。杜甫关心国事，同情民瘼，对乐府诗反映现实的精神非常推崇，自己的创作以旧题写时事，也非常深刻，成就巨大。因此，这里的"夷歌"和"野哭"有着共同的意蕴。正如北宋邵雍《渔樵问对》所展示的，这一对人物往往能够展示出兴亡的大道理。而这些，又都与"五更鼓角"密切相关。二者都是"闻"，但显然，前者实，后者虚，体现出作者高超的层次感。

然而，虽然自己深沉地忧国忧民，可是又有什么用呢？于是作者信手拈来蜀地的两个人物。一个是诸葛亮（号卧龙），这是以蜀为根据地，不断进取的典型；另一个是公孙述（左思《蜀都赋》曾称其"公孙跃马而称帝"），这是西汉末年的一个割据蜀地而称帝的典型。此二人虽然有贤有愚,都可以说是一时之杰,种种努力,有所成就,最后却都归于失败,化为黄土中的白骨。那么,自己面对眼前人事的无奈,音书难达的失望,种种的寂寞无聊,也只能徒唤奈何,自我消解了。这种自我宽慰,愈发可以使人体会到作者的忧愤和感伤。

(张宏生)

听弹琴

刘长卿

泠泠七弦上，静听松风寒。
古调虽自爱，今人多不弹。

　　刘长卿的《听弹琴》是唐诗中的名篇，反复出现在后人编选的唐诗选本中，脍炙人口。今检储仲君先生撰《刘长卿诗编年笺注》的"编年诗"部分，有《杂咏八首上礼部李侍郎》，其一题作《幽琴》："月色满轩白，琴声宜夜阑。飗飗青丝上，静听松风寒。古调虽自爱，今人多不弹。向君投此曲，所贵知音难。"此诗在《唐诗品汇》卷一三中题作《幽琴咏上礼部侍郎》，第三句正作"泠泠七弦上"。如依《唐诗品汇》的文本，则《幽琴》的中四句与《听弹琴》完全相同。据《刘长卿诗编年笺注》的《例言》，其校勘底本是明弘治十一年（1498）李君纪刊本《刘随州文集》，且云："底本偶有题注，今仍其旧。"此本所收的《听弹琴》题下有注云："按此诗与《杂咏八首·幽琴》中二联略同，前诗或由此诗足成。"于是我们面临着一个问题：《幽琴》果然是由《听弹琴》一诗"足成"的吗？

　　从《杂咏八首上礼部李侍郎》的整体来看，这种可能性很小。此组诗共八首，分别题作《幽琴》《晚桃》《疲马》《春镜》《古剑》《旧井》《白鹭》《寒釭》，皆是咏物诗。它们的诗体都是八句的五言短古，其手法都是借咏物而寄寓怀才不遇、寻求知音的意旨。例如《晚桃》："四月深涧底，桃花方欲然。宁知地势下，遂使春风偏。此意颇堪惜，无言谁为传。过时君未赏，空媚幽林前。"以及《古剑》："龙泉闭古匣，苔藓沦此地。何意久藏锋，翻令世人弃。铁衣今正涩，宝刃犹可试。傥遇拂拭恩，应知剸犀利。"从立意到篇章结构，如出一辙。这说明八首诗出于同样的构思，不大可能其中有一首是根据旧作改写。据储仲君的笺注，《杂咏八首上礼部李侍郎》作于至德二载（757），当时刘长卿正在苏州。是时战乱未息，正常的科举无法举行，朝廷乃派大员前往各地知举，故礼部侍郎、江东采访使李希言掌江东贡举。刘长卿乃作此组诗向李希言投卷。整组诗的主题如此整齐划一、鲜明显豁，《幽琴》只是其中的一首，不太可能是根据《听弹琴》而"足成"的。

那么，《听弹琴》与《幽琴》到底是什么关系呢？会不会是前者乃从后者中抽出四句而独立成篇的呢？文学史实告诉我们，从一首较长的诗中抽出几句独立成篇是完全可能的。范例之一就是高适的《哭单父梁九少府》，原诗乃五言古诗，长达二十四句。据《集异记》记载，曾有伶人在酒亭中唱歌此诗的开头四句："开箧泪沾臆，见君前日书。夜台何寂寞，犹是子云居。"高适闻之，引手画壁曰："一绝句。"《集异记》所载或许是小说家言，但这四句诗果真被后人视为一首独立成篇的五言绝句，而且是一首五绝名篇，比如清人王士禛的《唐贤三昧集》和沈德潜的《唐诗别裁集》都把它当作五言绝句而选入。吴乔还解释说："高适《哭梁九少府》诗，只取前四句，即成一绝，下文皆铺叙也。"（《围炉诗话》卷二）贺裳则对这样的删削大加赞赏："以原诗并观，绝句果言短意长，凄凉万状。虽不载删者何人，必开元中巨匠也。"（《载酒园诗话》卷一）因文献不足，笔者只能推测《听弹琴》乃由《幽琴》删削而成，却无法得知到底是刘长卿本人还是别人进行了这项删削。但无论如何，这四句诗在《幽琴》中如同美玉藏于璞石，奇卉隐于杂草，并无出色之处。一旦将它抽出来独立成篇，则精彩顿现，光芒四射。这个奇特的现象蕴含着什么艺术规律吗？让我们将《听弹琴》与《幽琴》进行对读。

《幽琴》比《听弹琴》多出首尾四句，它们基本上属于可有可无的芜词。先看前两句："月色满轩白，琴声宜夜阑。"首句描写弹琴的背景，字句平庸。次句说明弹琴宜在夜深人静之时，虽合情理，却是老生常谈。早在刘长卿之前，阮籍已有诗云："夜中不能寐，起坐弹鸣琴。"（《咏怀》）王维也有诗云："独坐幽篁里，弹琴复长啸。深林人不知，明月来相照。"（《竹里馆》）这是人尽所知的道理，不必重复，况且"琴声宜夜阑"之句又是质木无文，毫无美感。再看后二句："向君投此曲，所贵知音难。"这层意思已在"古调虽自爱，今人多不弹"二句中包蕴无遗，虽说作为投赠之作或为题中应有之义，但就诗论诗，谓之画蛇添足也不为过。既然《幽琴》的首尾四句都是芜词累句，那么将它们删去有何不可？柳宗元的《渔翁》诗总共六句："渔翁夜傍西岩宿，晓汲清湘燃楚竹。烟销日出不见人，欸乃一声山水绿。回看天际下中流，岩上无心云相逐。"苏轼评曰："熟味此诗有奇趣，然其尾两句，虽不必亦可。"（《书柳子厚诗》）刘长卿的《幽琴》总共八句，却有四句属于"虽不必亦可"的芜词，当然更应该删去了。刘勰在《文心雕龙·镕裁》中说得好："芟繁剪秽，弛于负担。"陶渊明的《饮酒》诗也说得很好："青松在东园，众草没其姿。凝霜殄异类，卓然见高枝。"将《幽琴》的首尾四句删去，就得到了这样的神奇效果。

那么，《听弹琴》一诗又好在何处呢？前二句开门见山，描写听琴的感受。"泠泠"者，声音清越也，一般用来描写自然界的天籁之声，比如陆机《招隐诗》："山溜何泠泠，飞泉漱明玉。"此处用来形容琴声，意即它清越悠扬，如同天籁。"松风"词义双关：琴曲有名《风入松》者，相传乃嵇康所作。顾名思义，它是一种清幽激越的曲调。此诗中的"松风"又指清风吹过松林发出的声响，即所谓"松声"或"松涛"。这种双关手法，在李白的《听蜀僧濬弹琴》一诗中曾有运用："蜀僧抱绿绮，西下峨眉峰。为我一挥手，如听万壑松。"刘诗中连"如"字都不用，直接写出听琴的诸种感受，比李诗更加巧妙无痕。刘诗中的"寒"字也值得关注。"寒"本属触觉，用耳朵是听不到的。风入松林，万壑齐鸣，会给听者带来一股寒意，已属"通感"。刘诗进而说听到琴弦上弹奏出的松风也感到寒意，意旨更深一层，而且"松风寒"与上句的"泠泠"前后照应，绾合无痕。后二句则直抒听琴所生的感慨。嵇康是古人,所作之《风入松》当然是古调。嵇康其人本是不谐世俗的,《风入松》虽未像《广陵散》那样绝于人间,却也肯定曲高和寡,不受世人欣赏。果然,到了刘长卿的时代,此曲已经无人问津了。于是诗人喟然长叹:"古调虽自爱,今人多不弹!"从表面上看,这当然是由听琴所生的感慨。但在实际上,这难道不是怀才抱器却世无知音所带来的孤独寂寞?难道不是孤芳自赏心理的自我抒发?难道不是对浇薄世风的深刻批判?短短的四句诗,字句简洁平易,且句句切合听琴的主题,但言外之意却如此丰富深沉,堪称言短意长的范例。

(莫砺锋)

湘灵鼓瑟

钱 起

善鼓云和瑟，常闻帝子灵。冯夷空自舞，楚客不堪听。逸韵谐金石，清音入杳冥。苍梧来怨慕，白芷动芳馨。流水传湘浦，悲风过洞庭。曲终人不见，江上数峰青。

唐代进士科举以诗赋取士，此项制度与唐诗的繁荣有何关系？宋人严羽云："或问：'唐诗何以胜我朝？'唐以诗取士，故多专门之学，我朝之诗所以不及也。"（《沧浪诗话·诗评》）对此，后人多不以为然，主要的理由便是唐代省试诗中的佳作寥若晨星。例如明人杨慎《升庵诗话》卷七引胡廷禄言云："人有恒言曰：唐以诗取士，故诗盛。今代以经义选举，故诗衰。此论非也。诗之盛衰，系于人之才与学，不因上之所取也。……况唐人所取五言八韵之律，今所传省题诗，多不工。今传世者，非省题诗也。"王世贞则指出："人谓唐以诗取士，故诗独工，非也。凡省试诗，类鲜佳者。如钱起《湘灵》之诗，亿不得一；李肱《霓裳》之制，万不得一。"（《艺苑卮言》卷四）许学夷亦云："唐人试作，传者惟祖咏《终南望余雪》、钱起《湘灵鼓瑟》二篇。"（《诗源辩体》卷三四）那么，唐代省试诗中果真只有上述数篇好诗吗？它们的水平究竟如何？

先看李肱。唐文宗开成二年（837），进士科以《霓裳羽衣曲》为诗题，主考高锴因李肱诗最佳而拔其为状元，且进奏曰："就中进士李肱《霓裳羽衣曲》诗一首，最为迥出，更无其比。词韵既好，去就又全，臣前后吟咏近三五十遍,虽使何逊复生,亦不能过。兼是宗枝,臣与状头第一人,以奖其能。"(《唐诗纪事》卷五二)李诗今存于《文苑英华》卷一八四,诗曰:"开元太平时,万国贺丰岁。梨园献旧曲,玉座流新制。凤管递参差,霞衣竞摇曳。宴罢水殿空,辇余春草细。蓬壶事已久,仙乐功无替。谁肯听遗音,圣明知善继。"此诗确如刘学锴先生所言,"是首不离颂圣老调的平庸之作"(《唐诗选注评鉴》),哪是"何逊复生,亦不能过"?又哪里配得上"万不得一"的赞誉?是年登进士科者四十人,其中包括名垂千古诗史的李商隐,而李肱后来并不以诗名,其诗在《全唐诗》中仅存一首,不难推想他能压过李商隐等人而成状元也许并非因其诗佳,而与其"兼是宗枝"的高贵出身有关。此后三十四年,即唐懿宗咸通十二年(871),落第考生高蟾愤而作诗呈主考高湜曰:"天上碧桃和露种,日边红杏倚云栽。芙蓉生在秋江上,不向东风怨未开。"(《下第后上永崇高侍郎》)就指出了这种不公正的状况。

再看祖咏。唐玄宗开元十三年(725),进士科以《雪霁望终南》为诗题。《南部新书》卷乙载:"祖咏试《雪霁望终南》诗,限六十字。至四句,纳。主司诘之,对曰:'意尽。'"祖咏此诗后以《终南望余雪》之题行世,诗云:"终南阴岭秀,积雪浮云端。林表明霁色,城中增暮寒。"此诗成为传诵千古的唐诗名篇,不但入选《唐诗三百首》,而且在王兆鹏《唐诗排行榜》所选的一百首中高居第八十二名。人们盛赞此诗,一来它言简意赅,如明人周珽评曰:"情景昭然,语真不必多赘也。"(《删补唐诗选脉笺释会通评林》)二来它打破格式规定的六韵排律之体,写成一首五言绝句,如清人焦袁熹评曰:"如此不拘,诗安得不高?意尽即不须续,更推在举场中作如此事。"(《此木轩论诗汇编》)其实我们也应赞扬当年的主考(可能是赵冬曦),竟能不顾朝廷功令而破格录取祖咏,可见唐代确实是一个风气开放的朝代!然而无论如何,祖咏此诗毕竟不符合唐代省试诗的规定,不能算是标准的省试诗。后代的唐诗选家多将此诗视作五绝,它与五言排律体的省试诗无法进行比较。

剩下的孤例就是钱起的《湘灵鼓瑟》。唐玄宗天宝九载(750),进士科

以《湘灵鼓瑟》为诗题。是年登第者二十人,其中钱起等五人之诗载于《文苑英华》卷一八四。其余四诗如下:

魏璀诗:"瑶瑟多哀怨,朱弦且莫听。扁舟三楚客,丛竹二妃灵。淅沥闻余响,依稀欲辨形。柱间寒水碧,曲里暮山青。良马悲衔草,游鱼思绕萍。知音若相遇,终不滞南溟。"

陈季诗:"神女泛瑶瑟,古祠严野亭。楚云来泱漭,湘水助清泠。妙指微幽契,繁声入杳冥。一弹新月白,数曲暮山青。调苦荆人怨,时遥帝子灵。遗音如可赏,试奏为君听。"

庄若讷诗:"帝子鸣金瑟,余声自抑扬。悲风丝上断,流水曲中长。出没游鱼听,逶迤彩凤翔。微音时扣徵,雅韵乍含商。神理诚难测,幽情讵可量。至今闻古调,应恨滞三湘。"

王邕诗:"宝瑟和琴韵,灵妃应乐章。依稀闻促柱,仿佛梦新妆。波外声初发,风前曲正长。凄清和万籁,断续绕三湘。转觉云山迥,空怀杜若芳。谁能传此意,雅会在宫商。"

这五首诗的艺术水平皆胜过李肱的《霓裳羽衣曲》,主要原因是《湘灵鼓瑟》的诗题较好。正如刘学锴先生所言,"这个题目在唐人试帖诗的试题中是一个比较富于诗意的题目",关于湘灵的凄美故事为举子提供了想象和抒情的充分空间,而歌功颂德并非题中应有之义。但是五诗中只有钱起一首出类拔萃,由此产生了相关的传闻:"起能五言诗。初从乡荐,寄家江湖,常于客舍月夜独吟,遽闻人吟于庭曰:'曲终人不见,江上数峰青。'起愕然,摄衣视之,无所见矣。以为鬼怪,而志其一十字。起就试之年,李暐所试'湘灵鼓瑟'诗题中有'青'字,起即以鬼谣十字为落句,暐深嘉之,称为绝唱。是岁登第。"(《旧唐书·钱徽传》)"鬼谣"云云当然不足信,但"鬼谣十字"确实是钱诗中的神来之笔。既以湘灵鼓瑟为题,则曲终后神女踪影杳然,但有余音袅袅留于湘山之间,自是绝妙的意境设计。魏诗云"柱间寒水碧,曲里暮山青",陈诗云"一弹新月白,数曲暮山青",皆出于同样的构思。但一来钱诗的句子更加凝练,二来将此安排在尾联,"余情余韵不尽"

（陆时雍《唐诗镜》卷三二），故胜于魏、陈二诗。

当然，钱诗之佳并非限于尾联。清人吴智临评曰："首二句，直点全题。三、四，从湘灵旁面呼起一笔。五、六，实赋鼓瑟。七、八，'苍梧''白芷'写湘灵，'怨慕''芳馨'写鼓瑟。九、十，'流水''悲风'写鼓瑟，'湘浦''洞庭'写湘灵。末二句'曲中'结鼓瑟，'人不见'结湘灵，'江上''峰青'四字，又分顶湘浦、洞庭作结。风致超脱，体格稳密。"（《唐诗增评》卷三）确实，全诗紧扣题面，又联想丰富。屈原《远游》有句云"使湘灵鼓瑟兮，令海若舞冯夷"，诗题即出于此，故四句中的"楚客"即指屈原，当然也可泛指客游楚地之人，甚至包括诗人自身，这就将神话与现实、古代与当代巧妙地绾结起来。纵观全诗，"湘灵"与"鼓瑟"二者相伴而行，如影随身，浑然一体。诗中并未讲述故事，也未正面描写鼓瑟的状态，但是通过气氛的渲染烘托，使湘灵传说的凄美色彩与瑟声的悠扬韵味渗透在全诗的字里行间，读之恻然感人。一首限题限韵的省试诗能写到这个水平，谓之"亿不得一"，并非虚誉！

（莫砺锋）

送郭补阙归江阳

李 端

东门春尚浅,杨柳未成阴。
雁影愁斜日,莺声怨故林。
隋宫江上远,梁苑雪中深。
独有怀归客,难为欲别心。

这首送别诗,很像是在京城所作,唐人在京师送别通常是出东门。郭补阙要回长江北岸的故乡去,李端赋诗赠别,借眼前所见景物,用拟人的手法表达依依惜别之情,同时抒发了自己欲归不得的悲戚。

唐代宗大历年间,京城有一批官位不高但才华出众的诗人,时称"十才子"。这批诗人是高门权贵的座上常客,以擅长写作送别诗出名。李端名列其中,也是善于当场赋诗的捷才。友人郭补阙将回乡探望,李端赋诗赠别。其时正当初春,天气回暖,万物复苏,诗人一行从俗称青门的长安东门而出,但意外地看到"东门春尚浅,杨柳未成阴"。自《诗经·小雅·采薇》有"昔我往矣,杨柳依依"之句,后来杨柳就自然成为离别的象征,唐代又有折柳赠别的习俗,因而唐诗中的杨柳通常具有烘托离情的作用。这里诗人说"杨柳未成阴",就更多了一层"不堪盈手赠"的憾恨,为全诗定下哀怨的基调。

颔联继续写眼前所见,不,或许更可能是虚拟的景物。雁是唐诗中习见的与行旅相关的象征意象,通常与旅行的方向或节令形成对照。这里说鸿雁因日落而愁前途昏茫，是送别者设想离人的旅愁；而御苑的莺儿仿佛也要辞别旧栖的林子，叫声满含着哀怨，这又象征着送别者对离人的眷惜。明明是人愁人怨，却偏说是雁愁莺怨，这就是在运用拟人的修辞手法，将自己的情感投射到动物身上，赋予它们人的感情色彩。借王国维《人间词话》的说法，就是"以我观物，物皆著我之色彩"。这种拟人的修辞手法，不用直接表达作者的感情，就自然地渲染了浓烈的情感氛围，从艺术效果说往往更含蓄而富于感染力。

颈联是唐代送别诗常见的结构模块，列述行人此去将要经过的地理风物。郭补阙归程的目的地是江阳，按唐代交通的惯例应该是取道运河南下，直达长江北岸扬州一带。这一路有许多名胜可写，作者独举隋宫和梁苑以概，这有什么讲究呢？隋宫是隋炀帝的离宫，远在江城扬州，那正是郭补阙要归去的地方，相对长安而言正是"江上远"；梁苑在汴梁和商丘之间，正是取道运河水路所必经，但"雪中深"却并非写实，而是用历史上梁孝王在梁苑广招宾客的典故。当时著名文学家司马相如、枚乘、邹阳等都是梁孝王的座上客，谢惠连《雪赋》曾虚拟了这样一个情节："岁将暮，时既昏。寒风积，愁云繁。梁王不悦，游于兔园。乃置旨酒，命宾友。召邹生，延枚叟。相如末至，居客之右。俄而微霰零，密雪下。王乃歌《北风》于卫诗，咏《南山》于周雅。授简于司马大夫，曰：'抽子秘思，骋子妍辞，侔色揣称，为寡人赋之。'"于是相如为之赋，邹阳续以歌，枚乘作"乱"辞（终曲），进行了一场令后人神往的梁苑赋雪盛会。现在，运河沿岸这两个著名的地标建筑，一个渺远不可及，一个荒圮在雪中，而它们的主人，两个君王的文采风流也早已是历史陈迹。诗人悬想郭补阙的行程，独举这两处古迹，不外是感慨当今战乱之世，再无那样的风雅韵事。后来晚唐诗人韩琮有《杨柳枝》云："梁苑隋堤事已空，万条犹舞旧春风。那堪更想千年后，谁见杨花入汉宫。"也是将梁苑、隋堤相提并论，表达的是同样的感慨。

诗写到这里，季候时节、惜别之情、行程所历这些送别诗固有的内容要素都已涉及，没什么可再拓展的意绪，于是结联从送别者一方着眼，写出客中送客特有的不堪："独有怀归客，难为欲别心。"自己本身就思乡而不得归去，眼见友人南归，心中是什么滋味啊！"难为欲别心"无意中回应了颔联雁愁、莺怨的拟人化表现，正像古语所说的"物犹如此，人何以堪"啊！

　　送别是唐诗最常见的题材之一，名篇佳作络绎不绝。李端这首《送郭补阙归江阳》很少被人提到，但今天读来却觉得情韵兼备。其动人之处显然来自颔联的拟人化表现。拟人化的景物描写不仅装点了环境背景，同时也传达了作者的情愫。唐诗中这样的例子很多，如王维《归嵩山作》"流水如有意，暮禽相与还"，王之涣《凉州词》"羌笛何须怨杨柳，春风不度玉门关"，王建《宫词》"自是桃花贪结子，错教人恨五更风"，韩愈《晚春》"草树知春不久归，百般红紫斗芳菲。杨花榆荚无才思，惟解漫天作雪飞"，等等。我们在杜诗中也看到"岸花飞送客，樯燕语留人"（《发潭州》），"好雨知时节，当春乃发生"（《春夜喜雨》）这样的著名例子，为作品增添了生动的情致。到后来，主意尚趣的宋诗尤其喜欢使用拟人化的表现手法，其作品较唐诗也确实多一层生动、幽默的风趣，大家读宋诗时不妨留意。

（蒋寅）

送薛良史往越州谒从叔

崔 峒

辞家年已久，与子分偏深。
易得思乡泪，难为欲别心。
孤云随浦口，几日到山阴。
遥想兰亭下，清风满竹林。

送人往某地谒亲友或官长，是唐人送别诗中常见的题目。所谓谒，就是干谒，为求仕而去拜见某人。薛良史往越州谒从叔，应该也是去投靠在越州做官的从叔，从叔很可能就是大历间任越州刺史的薛邕。唐人习惯，同一高祖所出的子孙都可认宗亲。事实上为了套近乎，有时只要是同姓，八竿子打不着的也可以攀宗亲，以从叔伯、从兄弟相称。薛良史所谒的从叔，应该与他血缘关系较近，此行也属于一般探亲。若是干谒性的拜访，为谋求出路，诗中就应该称道行人的才能，为其干谒制造声势以壮行色了。

就因为薛良史此行是普通探亲，所以诗的取意也很家常，但绝不庸常。诗的首句不是从对方写起，而是先写自己："辞家年已久，与子分偏深。"久客他乡的孤独，让他倍加珍惜与薛良史的情分。离别令人感伤，客中送客愈加不堪。颔联"易得思乡泪，难为欲别心"分承首联，即第三句承首句，第四句承第二句，用非常口语化的表现将日常生活中人们特有的情感体验深刻地表达出来，极为动人。顺便提到，"易得思乡泪"一句，通行版本都作"易得相思泪"，今据《全唐诗》所注异文。虽然两者意思都通，但作"思乡"明显意长。一方面,"思乡"承首句"辞家年已久",章法很清楚;另一方面,作诗时尚未分别,说"相思泪"也没来由,意思很别扭。"思乡"对"欲别"不如"相思"词性严密,但这一联是流水对,流水对意取活脱,字词的对偶要求通常较为宽松。更兼这两句明白如话,形同家常口语,稍欠工整关系不大。一般来说,流水对句法、词性虽都对偶,但意思却连贯活脱,有时几乎让人感觉不到对仗的形式。不仅如此,接下来交代行人旅程的颈联"孤云随浦口,几日到山阴"两句仍然是流水对:"孤云"暗喻行人,"几日"却是时间,意思本不相对,但这里用"孤"与"几"构成数字对,"云"与"日"(取太阳之意)构成借对,延续了前两联的流水对表现,同时也保持了口语化的语体,达成风格的统一。

颈联既然点出目的地山阴,尾联就自然地贴上一个地标性建筑——兰亭,历史上王羲之兰亭雅集、曲水流觞的风雅为读者提供了对薛氏叔侄欢会情景的联想。结句"清风满竹林"只写景而不写人,表面看上去是以景结情的表现手法,其实暗含一个叔侄游从的典故,即《世说新语·任诞》所载阮籍、阮咸、嵇康、山涛、刘伶、向秀、王戎七人常集于竹林中清谈酣饮的故事。因为阮咸是阮籍之侄,唐人每用竹林之游作为叔侄游从的典故。如储光羲《仲夏饯魏四河北觐叔》"东篱摘芳菊,想见竹林游",李白《对雪奉饯任城六父秩满归京》"何时竹林下,更与步兵邻",杨巨源《春日送沈赞府归浔阳觐叔父》"浔阳阮咸宅,九派竹林前",等等,均为其例。崔峒这里紧扣越州独有的历史名胜,用竹林的典故表达对薛良史前去承叔父之欢的美好祝福,虽说不上有什么新意,但颇合送别诗的规范。

这首诗的艺术特点就是善用流水对。流水对又叫十字贯穿,指诗句字面上对偶并列,意义却上下连贯的一种对仗。一般来说,对仗出句与对句都为对照、映衬的关系;而流水对两句的意义和语法结构不是相对,而是下句承上句构成一个顺承复句,其语势有如水流从上注下,故称为流水对。唐人律诗多用之,取严整中寓活脱变化之意,且多用于言情叙事。五言如王之涣《登鹳雀楼》"欲穷千里目,更上一层楼",七言如元稹《遣悲怀》"唯将终夜长开眼，报答平生未展眉"，都是绝好的例子。大历诗人工于言情，也善于用流水对来表达复杂的情感体验。像戴叔伦《汝南别董校书》"如何百年内，不见一人闲"，卢纶《送畅当赴山南幕》"是月霜霰下，伊人行役劳"，李端《卧病寄苗员外》"一自朝天去，因成计日游"，杨凭《晚泊江戍》"若为南浦宿，逢此北风秋"，司空曙《冬夜耿拾遗王秀才就宿因伤故人》"方恨同人少，何堪相见稀"和《喜外弟卢纶见宿》"以我独沉久，愧君相见频"，不一而足。崔峒更是擅长用流水对的诗人，其作如五律《扬州选蒙相公赏判雪后呈上》"惭看长史传，欲弃钓鱼船"，《客舍书情寄赵中丞》"孤客来千里，全家托四邻"，《书怀寄杨郭李王判官》"惯作云林客，因成懒漫人"，《奉和给事寓直》"忝向鸾台下，仍看雁影连"，《初入集贤院赠李献仁》"燕代官初罢，江湖路便分"，《酬李补阙雨中寄赠》"十年随马宿，几度受人恩"，《刘展下判官相招以诗答之》"但使忠贞在，甘从玉石焚"，《送侯山人赴会稽》"且归沧海住，犹向白云看"，《秋晚送丹徒许明府赴上国因寄江南故人》"君书前日至，别后此时重"，《送薛仲方归扬州》"惭为丈人行，怯见后生才"，《润州送友人》"见君还此地，洒泪向江边"，《送张芬东归》"早知时事异，岂与世人随"，《送苏修游上饶》"一身随远岫，孤棹任清波"，《江南回逢赵曜因送任十一赴交城主簿》"不知携老幼，何处度艰难"，《春日忆姚氏外甥》"只缘行路远，未必寄书稀"，《润州送师弟自江夏往台州》"春风江上使，前日汉阳来"，《咏门下画小松上元王杜三相公》"岂能裨栋宇，且贵出门阑"，都是流水对。《喜逢妻弟郑损因送入京》"为经多载别，欲问小时名"，更是脍炙人口的名句。不过唐人诗中通常只用一个流水对，而崔峒这首《送薛良史往越州谒从叔》却一连用了三个流水对，属于很少见的创例。

（蒋寅）

217

喜见外弟又言别

李 益

十年离乱后，长大一相逢。
问姓惊初见，称名忆旧容。
别来沧海事，语罢暮天钟。
明日巴陵道，秋山又几重。

经历安史之乱的动荡漂泊，作者在客中邂逅表弟，乍见之下彼此竟都认不出对方，直到通报姓名，这才唤醒儿时的记忆，惊喜交集，娓娓叙旧。快乐的时光总是十分短暂，不觉天已向晚，钟声催人动身，各投宿处。想到明日又将分道扬镳，从此又天各一方，不知相见何日，不觉黯然。寥寥四十字，写出战乱时代亲属间因不期然的相遇而悲喜交集的复杂情态。

宋代诗评家范晞文曾说："'马上相逢久，人中欲认难。''问姓惊初见，称名忆旧容。''乍见翻疑梦，相悲各问年。'皆唐人会故人之诗也。久别倏逢之意，宛然在目，想而味之，情融神会，殆如直述。前辈谓唐人行旅聚散之作，最能感动人意，信非虚语。戴叔伦亦有'岁月不可问，山川何处来'，意稍露而气益畅，无愧于前也。"（《对床夜语》卷五）他这里举出的几联诗句，都出自大历诗人的五律作品。行旅聚散之作尤其为工于言情的大历诗人所擅长，用明白如话的语言、"殆如直述"的白描手法写出特定时代人们的普遍心理，正是大历诗最动人的魅力所在。李益这首脍炙人口的《喜见外弟又言别》，是大历诗中很有代表性的作品。

首联从久别重逢开始写起,"十年"之漫长和"一相逢"之难得形成强烈的对比,突出了相逢的意外惊喜,同时又伴有无限的感慨。因为这十年不是一般的十年,它与安史之乱相始终,是对唐代社会造成巨大创伤的十年。大唐帝国从此由繁盛走向衰落,而个人则经历了前所未有的流离颠沛之苦。"问姓惊初见,称名忆旧容"两句,写出那个特定年代特定场景下人们特有的情态:早已不是记忆中的面容,互通姓氏以为是初识,再报上名字才知是表弟,历经沧桑的容颜哪还能辨出儿时的相貌,只有名字方能唤起彼此记忆中的模样。

这是个非常真实的场景,也是个非常有感染力的情节。不只李益写到,崔峒《喜逢妻弟郑损因送入京》"为经多载别,欲问小时名",司空曙《云阳馆与韩绅卿宿别》"乍见翻疑梦,相悲各问年",也是写类似的情态。两句反注首联,为"离乱"和"长大"填入了不堪回首又难以诉说的记忆内涵。以至于颈联不需要再具体描绘战乱流离的具体内容,只用"别来沧海事"五字就举重若轻地托起了彼此沉重的经历。而"语罢暮天钟"则交代了诗题所示的"喜见又言别"——高兴的时光总是很容易逝去,一番话说完,已是天色向晚,钟声在催人启程,彼此还要找旅店投宿。在这里,"语罢"是"喜见"的结束,钟声是"又言别"的开始,两者的紧密连接传达出作者主观感觉中时间流逝之速。

照一般的写法,结联应该接着写分别的眷恋和感伤,以情语收束全诗。但李益却没这么处理,而是突然宕开笔调,转向对明日征程的悬想:"明日巴陵道,秋山又几重。"字面上说未来路途的艰难不可预料,实际意思却双关着彼此的山川远隔,重逢难期,无限惆怅之情尽在言外。

相比于戴叔伦《江乡客舍与故人偶集》、司空曙《云阳馆与韩绅卿宿别》等诗寓情于景,运用象征化的意象来抒情达意,本诗的表现方式仅限于白描。白描即不假任何修辞手段,直接言情叙事,它虽是文学写作中最常用的表现方式,但因近体诗形式短小,若想在有限的篇幅中容纳更多的内容,就不能不压缩白描的比例,多运用意象化的表现,以求得意在言外、含蓄不尽的效果。因此从大历诗人开始，中唐的五言律诗总体上呈现出意象化程度高涨的趋势，这也是古典诗歌情景交融的意象化结构趋于定型的标志。但与此同时，像李益《喜见外弟又言别》这样用明白如话的语言直接摹写人情世态的白描笔法，也成就了大历诗长于抒情写意、工于心理刻画的特有魅力。这种白描的能力，基于作者对生命情境的深刻体验及特殊感受的独到把握。清代诗人袁枚主张的"性灵"说，其核心就是崇尚这种直接而透彻地表达各种人生经验的能力。古来诗话摘引佳句，多取写景之胜，而袁枚却说："凡作诗，写景易，言情难。何也？景从外来，目之所触，留心便得；情从心出，非有一种芬芳悱恻之怀，便不能哀感顽艳。"这种芬芳悱恻之怀、哀感顽艳之情的表达，全在于深刻的感受能力和艺术直觉的美妙结合，古往今来以此擅场的诗人屈指可数。前面范晞文所举的大历诗名句，都是这种能力的绝佳体现。袁枚《随园诗话》中所摘佳句，如李葂"春服未成翻爱冷，家书空寄不妨迟"，张哲士"恐有闲人能见访，满庭凉影未关门"，陈毅"老经旧地都嫌小，昼忆儿时似觉长"，高翰起"灯昏妨睡频移背，衾薄愁寒屡曲腰"，都是人之常情，却绝非常人所能写得出。从这个意义上说，性灵真是一个很好的概念。人性情中的一点灵光，就是诗。

（蒋寅）

云阳馆与韩绅卿宿别

司空曙

故人江海别,几度隔山川。
乍见翻疑梦,相悲各问年。
孤灯寒照雨,湿竹暗浮烟。
更有明朝恨,离杯惜共传。

偶然邂逅久别的故人,同宿旅馆,杯酒对酌,本应欢颜相向,畅叙别情,可是在那战乱动荡的年代,灯下相对却恍似梦中,彼此衰老的容颜已不复旧日的风采,连彼此的年龄也记忆不清。诗用朴素的语言道尽人们在那个特定环境下的特殊情态。

从诗题可知,作者与老友韩绅卿在云阳邂逅,因而同宿于旅馆,把酒叙旧。诗题所谓"宿别",意指同宿而兼分别,通常的写法可能是像李颀《送魏万之京》那样,"朝闻游子唱离歌,昨夜微霜初渡河",以离别场景作为诗的起点,以倒叙的笔法插入昨夜的会晤。但司空曙与韩绅卿的晤言不是在平常的年代,而是在兵荒马乱之时,流离颠沛之际,不期然的相聚实在是太偶然、太难得,以至于诗人所有的兴奋和激动都不能不集中于久别重逢的顷刻;而为了不使这悲辛交集的复杂情态的书写显得过于突兀,又不得不从见面之难得写起。可是,这中间的避地失所,音尘寥寂,又岂是三言两语所能说清的?最终,诗人只用"故人江海别,几度隔山川"十个字来概括长久的契阔。这两句措辞极为平淡,几乎不带有情感的修饰,然而意思却极为丰

221

富。"江海别"和"隔山川"以互文见义的修辞手法,道出彼此漂泊不定的踪迹;而"几度"又暗示了其间也有音讯相闻,约略知道对方所在,而始终无由一晤。这时有时无的消息除了增添情感的牵挂之外,只会加深希望落空的失望。于是,当两人在毫无心理准备的情况下突然偶遇,简直就像是做梦,不敢相信是真事。"乍见翻疑梦,相悲各问年"两句道尽战乱年代人们特有的情态。不只是司空曙这么写,戴叔伦《客舍与故人偶集》"还作江南会,翻疑梦里逢",崔峒《喜逢妻弟郑损因送入京》"为经多载别,欲问小时名",李益《喜见外弟又言别》"十年离乱后,长大一相逢。问姓惊初见,称名忆旧容",也都是描写类似的情态。在那个年代,这种异常的情态反倒像是成了一种常态,其中包含的两个细节——或疑为梦境,或互相询问名字和年龄,其他诗人都只写了一个方面,而司空曙却两方面都写到,相比之下更有概括力。

经过多年睽别,兼处于战乱流离的年代,个人经历及家族的命运,无疑都有很多内容要交流。但诗接下去却没有沿着这个意脉展开,而是用一个空镜头摄录了两人挑灯夜话的环境:"孤灯寒照雨,湿竹暗浮烟。"室内孤灯暗淡,窗外阴雨淅沥,即便是友情的温暖也难以驱除深夜的寒意,一如短暂的相逢根本填补不了久别的孤寂。的确,其间彼此的颠沛经历、身世之感,是无论用多少语言也无法述说的。为此,诗人干脆就放弃了直接述说的念头,而宕开一笔,将视野投向了周围环境:夜深雨止,在黯淡的灯光下,幽暗的竹丛湿气弥漫,如烟似雾。按常识来说,幽暗中这一景象是看不清的,诗人也不用看,这就是他心里对环境的感觉。这惝恍迷离的景象可以说就是诗人心境的外化,两句中的景物根本就不是观照、描写的对象,而是表情的媒介,是典型的意象化表现,也就是通常说的寓情于景、情景交融。

由孤灯照雨到湿竹浮烟,时间在不知不觉中流去。但把盏絮话的两个人毫无倦意,仍一杯接一杯地频频劝饮,他们都意识到天明又将握别,各自登程。尾联用一个"共"字写出彼此同有的情怀,一个"恨"字道尽将来的羁愁别恨,再用一个"惜"字描绘殷殷劝酒之状,将两人依依不舍、分外珍惜眼前短暂相聚的情态写得淋漓尽致。

  这首诗虽以第二联出名，但诗的动人情味却多出自第三联。不直接写情叙事，而是用景物描写来间接地表达人物的情感、环境的氛围，这正是大历诗人自觉尝试运用的意象化表现方式。中唐诗论所强调的"取境"，就是像这样根据抒情的需要，选择适当的意象来象征或暗示某种情意。这种写法的好处是，不直接写两人的叙谈，反而给读者留下了更丰富的想象余地。同时，安置两句景物描写，不仅增加了背景、环境的刻画，更间接地烘托、渲染出人物的心理氛围，其表现力明显胜过直接叙事。正因为如此，古人论诗以景物描写为虚，以抒情言事为实，讲究虚实相生，以获得含蓄不尽的效果。近体诗字数无多，如果句句写实，所能表达的内容极为有限，只有以虚济实，虚实相生，才能用有限的文字传达丰富的意蕴。中唐以后，古典诗歌逐渐形成以情景交融的意象化表现为主导的审美倾向，原因就在这里。

（蒋寅）

喜外弟卢纶见宿

司空曙

静夜四无邻,荒居旧业贫。
雨中黄叶树,灯下白头人。
以我独沉久,愧君相见频。
平生自有分,况是蔡家亲。

大动乱中,人们失去的太多,因而更感到亲情的可贵。不然的话,表弟的过访,何以会引起作者如此的喜悦?

按说,作者虽自称"荒居",何至于真的"无邻"?但古训有云:"唯邻是卜。"话不投机,有亦如无。所以,每到夜来,缺少"抗言谈在昔"的朋友,则弥觉寂静落寞,哪里仅是由于"荒居""业贫"而已!这时,来了一位朋友加兄弟的人物,怎能不让他欣喜异常呢?

作者怎样表现这个"喜"字呢?王夫之云:"以乐景写哀,以哀景写乐,一倍增其哀乐。"(《姜斋诗话》)这一艺术的辩证法在此处得到了很好的体现。一盏孤灯,白头相对,两人都感觉到老了。前尘如梦,少壮几时,不能不使他们生出几分凄凉,但这凄凉中分明包含着回忆的甜蜜,思念的痛苦,以及重逢的喜悦,当然还有迟暮相聚的安慰。这种种内涵,妙就妙在全不说破,让读者自己去体味。

当然,"雨中黄叶树,灯下白头人"一联的艺术价值,更主要的还是其意象组合的言情方式。在大自然中,植物的生长和衰落,常使人们通过移情,对自身进行内省,因此,桓温的"木犹如此,人何以堪",才能强烈震撼着后世无数文人的心灵,吸引他们在文学创作中进行仿效。但这一类作品往往带有直接接受的色彩,渗透着强烈的主体意识。如卢纶《同李益伤秋》云:"岁去人头白,秋来树叶黄。"李嘉祐《暮秋迁客增思寄京华》云:"倚树看黄叶,逢人话白头。"黄叶和白头相对比的意味非常明显。而司空曙此联却将几个意象不露痕迹地组合在一起,意蕴含蓄,启人联想。后来韦应物的《淮上遇洛阳李主簿》和白居易的《途中感秋》都学习这种表现手法,但艺术效果显然都不及此作。明人谢榛《四溟诗话》曾对此做过一个比较,云:

> 韦苏州曰:"窗里人将老,门前树已秋。"白乐天曰:"树初黄叶日,人欲白头时。"司空曙曰:"雨中黄叶树,灯下白头人。"三诗同一机杼,司空为优。善状目前之景,无限凄感,见乎言表。

这一比较有着很高的艺术鉴赏力。韦、白诗用虚字连缀,意在表现趋势,但叙述的意味太足,略显直致。若论情景交融,自以司空为优。黄叶树虽是眼前存在的景物,但此刻作为自然界生命衰败的象征,已自然地成了白头人同形同构的对应物。两者之间于是产生一种无形的内在联系,使白头人的形象多了一层生发联想的意蕴。这种细腻、微妙的表现,使古典诗歌的表现技巧由比喻、描写趋向于象征、暗示,在杜甫精工深刻的写实、再现的世界之外又拓开了一个境地,也使古典诗歌情景交融、含蓄暗示的美学特征日益鲜明起来。如果我们从整体上考察唐诗美学趣味的转变的话,就可以看到,这一联诗实在有着深刻的意义。

如果说,颔联是以意象来传达感慨的话,那么,颈联则转为直接抒写,从而也直接呼应了首联。"无邻"的寂寞,再加上"荒居旧业贫",难道还不是"沉沦久"?如此境况,却得卢纶"相见频",这里的感情,事实上已超越血缘的联系,而建立在知音的基础上了,所以,"感""愧"二字,虽略显直致,却恰如其分。作者自己也觉得这种情谊实是难能可贵,于是索性在尾联径自写出:"平生自有分,况是蔡家亲。""蔡家亲",即表亲,用的是羊祜为蔡邕外孙的故事。难道不是吗？这种既是知心朋友，又是亲戚的情形，毕竟是不多见的啊。

这首诗的艺术手法有许多值得谈的，但其语言特色最值得注意。要曲，就完全用象征和暗示；要直，则又完全是口语化。这种搭配法，恐怕并不是偶然的。这意味着，作者对语言结构的形式美，对在不统一中求统一，是有着自己的主观追求的。

（张宏生）

题三闾大夫庙

戴叔伦

沅湘流不尽，屈子怨何深。
日暮秋风起，萧萧枫树林。

此诗题一作《过三闾庙》，是诗人大历中在湖南做官期间路过三闾庙时所作。三闾大夫庙即屈原庙，屈原曾任三闾大夫。据《水经注》载，屈原怀石自沉的地方叫汨罗渊，后人为纪念诗人改称屈潭，并在潭北建屈原庙。地址在今湖南省汨罗市境内。

伟大诗人屈原毕生忠贞正直，满腔忧国忧民之心，一身匡时济世之才，却因奸邪谗毁不得进用，最终被流放江潭，遗恨波涛。他高洁的人格和不幸的遭遇，引起了后人无限的景仰与同情。在汉代，贾谊、司马迁过汨罗江就曾驻楫凭吊，洒一掬英雄泪。贾谊留下了著名的《吊屈原赋》，而司马迁则在他那"无韵之《离骚》"——《史记》里写了一篇满含悲愤的《屈原列传》。时隔千载，诗人戴叔伦也感受到了与贾谊、司马迁同样的情怀："昔人从逝水，有客吊秋风。何意千年隔，论心一日同！"（《湘中怀古》）大历年间，奸臣元载当道，嫉贤妒能，排斥异己。在这种背景下，诗人来往于沅湘之上，面对秋风萧瑟之景，不由他不动怀古吊屈的幽情。《题三闾大夫庙》就是作者情动于中而形于言、即景成章的名篇。

诗首句"沅湘流不尽"发语高亢，如天外奇石陡然而落，紧接着次句"屈子怨何深"又如古钟震鸣，沉重而浑厚，两句一开一阖，顿时给读者心灵以强烈的震撼。从字面上看,"沅湘"一句是说江水长流,无穷无尽,意思当句自足;但实际上"流"这里是双关,既指水,同时也逗出下句的"怨",意谓屈子的哀愁是何等深重,沅湘两江之水千百年来汨汨流去,也流淌不尽、冲刷不尽。这样一来,屈原的悲剧就被赋予了一种超时空的永恒意义。诗人那不被理解、信任的悲哀,遭谗见谪的愤慨和不得施展抱负的不平,仿佛都化作一股怨气弥漫在天地间,沉积在流水中,浪淘不尽。作者在这里以大胆的想象伴随饱含感情的笔调,表现了屈原哀怨之深重,言外洋溢着无限悲慨。

  诗的后两句轻轻宕开,既不咏屈原的事迹,也不写屈原庙,却由虚转实,为我们描绘了一幅秋景:"日暮秋风起,萧萧枫树林。"这并不是闲笔,它让我们想到屈原笔下的秋风和枫树,"嫋嫋兮秋风,洞庭波兮木叶下"(《九歌·湘夫人》),"湛湛江水兮上有枫"(《招魂》)。这是屈原曾经行吟的地方啊!朱熹说"(枫)至霜后叶丹可爱,故骚人多称之"(《楚辞集注》)。如今骚人已去,只有他曾歌咏的枫树在黄昏的秋风中婆娑摇曳,萧萧絮响,诉说着千古的悲剧。然而,作者在题屈原庙的诗中着力写它,还有着更深的寓意。那就是用它来暗示屈原的作品《招魂》,而招魂二字正是本诗的主旨所在。面对屈原庙,诗人以此寄托自己的怀念和凭吊之意。刘永济先生说:"末二句恍惚中如见屈原,暗用《招魂》语使人不觉。短短二十字而吊古之意深矣,故佳。"的确,诗人用《招魂》语作眼前景,使景物与屈原的形象叠合起来,就自然形成象征的寓意。它在字面上不涉及屈原而意义无不关联着屈原,一缕幽思缭绕其中,不尽之意见于言外,令人一唱三叹,情不能已。清人施补华评此诗"并不用意,而言外自有一种悲凉感慨之气。五绝中此格最高"(《岘傭说诗》)。唯其如此,这首小诗虽只寥寥二十字,却成为咏屈原的诗中最著名的篇章之一,千百年来广为传诵。

(蒋寅)

女耕田行

戴叔伦

乳燕入巢笋成竹，谁家二女种新谷。无人无牛不及犁，持刀斫地翻作泥。自言家贫母年老，长兄从军未娶嫂。去年灾疫牛囤空，截绢买刀都市中。头巾掩面畏人识，以刀代牛谁与同。姊妹相携心正苦，不见路人唯见土。疏通畦陇防乱田，整顿沟塍待时雨。日正南冈下晌归，可怜朝雉扰惊飞。东邻西舍花发尽，共惜余芳泪满衣。

安史之乱将李唐王朝由繁华富庶的顶峰猛然推到土崩瓦解的边缘，政治、经济形势十分危急，繁重的兵役赋税全压在广大农民的头上，给他们带来无限的痛苦和不幸。此诗通过两个青年女子耕田的故事，从一个侧面典型地再现了当时的社会现实。

诗分为四段，前四句为第一段，写二女耕田的艰难情形。首句起兴，既交代了时令为暮春，又对下文起了反衬作用。燕有巢居，笋长成竹各得其所，却不知谁家的两个弱女子不得安居，在耕田种谷。三、四两句是写她们耕田的情形。两个弱女子用刀斫地，该有多少辛苦不堪啊！诗人忍不住要问她们为什么家中没有男劳力、没有牛，于是就引出了下面六句女子的自述之词。这是诗的第二段。诗中没写问话，直以"自言"表示女子答词，文辞简省，同时又增加了诗的跳跃性，给读者以想象的余地。

女子自述的六句解开了诗人的疑惑。家贫母老，哥哥尚未娶亲就去服兵役，家无男丁。然而不幸还不止于此，去年牛又病死，无法犁田，为了活命，她们只得"裰绢买刀都市中"。自古男耕女织，女子，尤其是未婚者，都深藏闺阁。所以"裰绢买刀"不只意味着女子家贫，更暗示了她们劳动性质的转换。正因如此，她们才为不能织绣必须耕田而难堪，以至于用头巾将脸遮住，生怕被人看见。以上六句通过女子的自述展现了当时民众的不幸及其根源。唐制："若祖父母老疾，家无兼丁，免征行及番上。"（《旧唐书·职官志》）像两姊妹家中只有独丁（长兄）的农户，本来是在免役之限的，但战争破坏了一切律令和秩序，独丁也照样被拉上前线，于是女子耕田的悲剧就在所难免了。

对于这样一个悲惨的故事，诗人没有停留在简单的叙述介绍上，他从多方面揭示了女子耕田这一故事所包含的社会内容，通过多侧面的艺术表现加深了作品的悲剧性。"姊妹相携心正苦"到"整顿沟塍待时雨"四句是第三段，写女子的劳作，从外表姿态动作来表现她们的心理。"姊妹相携心正苦"从旁观者角度观察还比较笼统，下接一句"不见路人唯见土"就写尽了她们埋头斫地、不敢抬头看人的难堪情状。尽管难堪，还得忍耐，疏通田里的沟，修整田边的埂，直到日正午时才收工回家吃饭。到这里女子耕田的故事就已结束，诗本来可以收尾了，但诗人却没住笔，反而抓住一个细节做文章，在最后四句别开生面，使意境得到了升华。"可怜朝雉扰惊飞"一句暗用《诗经·小雅·小弁》"雉之朝雊，尚求其雌"之典。女子收工回家，惊起道旁双飞并栖的野鸡，不禁顿生感触。更看到东邻西舍花开已尽，意识到春光将尽，一种迟暮之感油然而生，再也忍不住泪水潸然！

这首诗叙事妥帖，刻画细腻，作为"即事名篇，无复倚傍"的新题乐府诗，它直接继承了杜甫的传统，而在心理描写方面，又启元白新乐府的先声，在文学史上占有很重要的地位。

（蒋寅）

除夜宿石头驿

戴叔伦

旅馆谁相问，寒灯独可亲。
一年将尽夜，万里未归人。
寥落悲前事，支离笑此身。
愁颜与衰鬓，明日又逢春。

这首五律是诗人在除夕之夜旅宿石头驿（在今江西南昌新建区）时所作。在这一岁将尽、阖家团圆守岁的欢乐时刻，诗人只能在万里外的旅馆中度过孤独的寒夜。诗起首二句破题写宿石头驿。除夕独宿，无人问候，漫长寒夜，唯孤灯相伴，旅况凄寂可见。然而有寒灯相伴慰藉，聊胜于无，于是转觉可亲。两句语淡而意深，细腻地传达了作者的心境，同时也为颔联作好铺垫：首联凄凉的环境引出万里未归的可悲，颔联的除夕旅泊更点明寒夜独坐的孤苦不堪。"一年将尽夜，万里未归人"两句都是纯客观的事实陈述，但将羁旅中寻常的思乡之情融入除夜这一"每逢佳节倍思亲"的特定情境，就显得味道格外醇厚。明代胡震亨曾指出，戴叔伦这两句系袭用梁简文帝（按：应为梁武帝《子夜四时歌·冬歌》）"一年夜将尽，万里人未归"两句，"但颠倒用之，字无一易"（《唐音癸签》卷十一）。可这么一颠倒，就像李光弼将郭子仪军，旌帜不变，"一号令之精彩皆变"。夜与人成了诗句的中心，一岁之余的除夜之速逝与旅人未归的万里之遥远，形成时空上的强烈对比，将诗人叹衰惜时的伤感和怀归不得的无可奈何之情浓烈地烘托出来。清代诗评家薛雪说:"五字诗,其点化在一字间,而好恶不同。"(《一瓢诗话》)戴叔伦此诗正是一个极好的例证。

诗写到这里题意已足,但内容尚属一般情感范畴,诗人之所思所感当然不能停留于此。果然,颈联两句由时下所感推及自己的平生遭际,顿时拓展了诗的时空。诗人半生奔波于仕途,以至于抛妻别子,独宿他乡。在这无边的寂寥中,他抚今伤昔,忽而俯首蹙眉,忽而含悲苦笑,孤独、落寞、迷惘等种种情绪一时都浮集于心,于是在除夜客情中注入深沉的人生感慨,从而使诗的情感内容得以深化。尾联由此自然引出"愁颜与衰鬓"的衰老之感。其实诗人此时刚四十多岁,他的衰老之感与其说是生理上的,不如说是心理上的。"明日又逢春",一个"又"字不仅表达了诗人对时光飞逝的感叹,而且寄寓着一种对命运无可奈何的悲伤,使全诗结束于一层迷惘的色调之中。

此诗对后世影响极大。晚唐卢延让《冬除夜书情》云:"兀兀坐无味,思量谁与邻。数星深夜火,一个远乡人。"曹松《除夜》云:"残腊即又尽,东风应渐闻。一宵犹几许,两岁欲平分。"来鹄《鄂渚除夜书怀》云:"自嗟落魄无成事,明日春风又一年。"元末戴良《除夜客中》云:"岁月遽如许,蹉跎老却人。一年唯此夜,明日又逢春。湖海未归客,风尘老病身。感时浑不寐,灯火独相亲。"取意均脱胎于此诗,足见其艺术感染力入人之深,无愧于"客中除夜之绝唱"(胡应麟《诗薮》)的评价。

(蒋寅)

春山夜月

于良史

春山多胜事，赏玩夜忘归。
掬水月在手，弄花香满衣。
兴来无远近，欲去惜芳菲。
南望鸣钟处，楼台深翠微。

全诗叙写春日游山流连忘归，入夜玩月而返的胜事，用新巧的语言再现了春山夜月的美景。因为随处洋溢着对美好时光的珍惜眷恋之情，让人感觉不到雕琢的痕迹。

诗题为"春山夜月"，起句却是从白日落笔。因为一座山是否有趣可爱，只消看游人下山早晚即可知道。若到天黑游人还流连忘返，那不用说这是一座很吸引人的山了。于良史游览的这座山，诗题没有说它的名字，估计不是什么名山，但相信是很有魅力的所在。其实春山哪有不美的呢？春日迟迟，草绿花开，林木葱茏，风暖鸟醉。经过一冬严寒瑟缩的人们，谁不陶醉于这满眼生机，目迷五色？眼前的美景是不胜描绘的，既然写不过来，干脆就不写。诗人用一个极概括的"多胜事"来总述春山白昼的佳胜，然后将篇幅都留给了夜晚。因为诗题是《春山夜月》，夜月才是中心。

首句将白昼一笔带过，第二句就开始写夜，准确地说是浓缩了谢灵运《石壁精舍还湖中作》"清晖能娱人，游子憺忘归"两句的意思。那么是什么样的胜事让人流连忘归呢？颔联只拈出两件，就让你不得不称奇了——

"掬水月在手，弄花香满衣。"不夸张地说，这是唐诗里最美的诗句之一。我们很难断定这是作者的真实经验还是锦心妙手的虚拟，但两句写得确实太美了，美得清雅绝俗，美得玲珑剔透。发想奇妙之极而又合于自然。不是吗？掬一捧山泉，也有月光晃漾其中；攀弄花枝，芳香袭人衣裾。此情此景，怎不教人游兴益高，流连不去？

我们都有游山的经验，兴致高时每一处景致都不想错过，往往越走越远；而一旦探得人所未见的绝胜风光，又依依不忍离去。颔联这两句叙述，其实概括了人们游山的共同经验，同时顺便点明惜春的主题。它们在颔联的胜事之外提示了更多的游山乐趣，留给读者去想象。如果说"掬水"两句是点，那么"兴来"两句就是面，有点有面这才呈现了春山夜游的丰富乐趣。如何处理好点和面，即用详略、虚实来实现个别与一般、具体与抽象、局部与整体的互补，在有限的篇幅内达到内容表达、意义传达的最大化，是近体诗写作首先要考虑的问题。于良史这首《春山夜月》为我们提供了值得借鉴的经验。

诗到第三联，题中"春山夜月"四字全都写完，良辰美景赏心乐事四美已并，尾联又该怎么结束呢？夜色中适时传来的钟声帮助了作者，让他用一个有悬念的情境结束了全诗。夜晚山寺鸣钟是唐诗中习见的意象，破空传来的钟声打破了夜的寂静，在人心灵中激起警省，同时也给人时间的提示。当诗人听到钟声随着南风传来时，循声望去，半山腰的楼台都已隐没在夜色之中。这时在他心中唤起的是未能登览的遗憾，还是盘算要不要去投宿的踌躇？无论如何，一点儿不满足，一点儿遗憾，一点儿眷恋，都是游览最佳的心境。无论于良史究竟要表达什么样的心情，这钟声营造的声色交融的境界都是很值得人玩味的。它也是古典诗歌很常见的一种结尾方式，叫作以景结情，即不直接言情，而是通过景物描写寄托情思，让读者自己去玩味其言外之意。于良史这首游览诗从文字到诗意都很浅显，它能列名于最脍炙人口的唐诗中，全靠"掬水月在手，弄花香满衣"一联传诵于世。据扬之水先生考察，现存古代瓷器上所绘诗意画之多，无出这两句之右。陆机《文赋》说：

"立片言而居要,乃一篇之警策。"这是说一篇作品中,若有一两个特别精彩的警句,就会令全篇生色。"掬水月在手"一联正是《春山夜月》的警策所在,它在整篇的浅显平易中如异峰突起,以精巧绝伦的立意取境支撑起全诗的意境,给读者留下深刻的印象。这两句写得太出色,以至于后人甚至推测当日于良史是先得这一联佳句,而后再凑成全篇的。这种情况当然不是没有可能,但问题是光有这一联警句,没有通篇的浑成、洗练与它配合、为它衬托,效果也不会太好。刘勰《文心雕龙·隐秀》篇阐述隐与秀即整体与局部的关系,认为"隐也者,文外之重旨者也;秀也者,篇中之独拔者也。隐以复意为工,秀以卓绝为巧",很周到地说明了整体的浑成妥帖与警句的独拔卓绝相辅相成的关系。拿来印证于良史这首诗,也很能说明问题。

(蒋寅)

山 下 泉

皇甫曾

漾漾带山光，澄澄倒林影。
那知石上喧，却忆山中静。

这是一首写泉的小诗。它不是写山中的泉，而是写山下的泉。山中泉是涓涓细流，而山下泉则常常已汇流成小潭。山下泉依傍山麓，不免倒映出山光林影。诗就是从描写这水中的倒影开始的。

"漾漾"，水缓缓流动貌。"山光"，即山色。首联写轻波荡漾的水面反射着四周景物的色彩，或草木之幽绿，或岩石之沉黑，总之是那山的色调，而在那山的基色上反映出林木扶疏的姿影。因为泉水清冽，诗人用了个"倒"字来写林影，十分生动，而且含义丰富，既可以指水中之影如林木倒伏水面，又可以表示水中之影与实物之形的正反颠倒，体物入微，极其简练而富有情趣。

上两句是对水色的描绘，第三句转而写声，并进而寄托诗人的感兴。泉由山中流到山下，在石上激起喧响，这本是自然之理，也是泉流的最后归宿。然而诗人却设想，这种喧响的嘈杂会让它怀念起在山中时的安静。这里"却忆山中静"的"忆"字有的版本作"益"，如果是"益"那么就是一种以动写静的反衬表现。仔细玩味，我觉得还是"忆"于义为长。诗人生活在大历年代，当时战乱初平，满目疮痍，社会现实令人失望。于是在当时士人的心理上都弥漫着一重消极隐退的情绪，常常是身入仕途，心却萦系在江湖之上、山林之间。这首诗实际上就表现了那种典型的心态。诗人起初渴望立功扬名、一意进取，可当仕宦生活饱经忧患之后，却转而怀念起未出仕时的清闲。"那知石上喧，却忆山中静。"借助移情手法，诗人将自己的内心活动投射到外物上去，使客观外物的泉成了自己心灵的外化和表现。

"仁者乐山，智者乐水。"在中国古代诗人眼中，山水从来就不仅仅是纯粹客观的审美对象，它同时是诗人主体的投射和外化。诗人观赏山水，同时也是在观照自我，在物我之间寻求一种沟通和交流，从而达到天人合一的境界。皇甫曾这首小诗篇幅虽短，同样也体现了这种精神。

（蒋寅）

咏 史

戎 昱

汉家青史上，计拙是和亲。
社稷依明主，安危托妇人。
岂能将玉貌，便拟静胡尘。
地下千年骨，谁为辅佐臣？

中唐诗人戎昱的《咏史》是唐代咏史诗中的名篇，尤以议论见长。据范摅《云溪友议》卷下记载，唐宪宗曾与朝臣讨论和亲之事，宪宗自称记得戎昱《咏史》一诗，并曰："魏绛之功，何其懦也！"朝臣遂息和戎之论。魏绛是春秋时晋国国卿，力主和戎，终使戎狄归附，晋国复霸，是古代和戎国策的首创者，故宪宗斥其"懦"。所谓"和亲"，即是和戎的一种具体做法，汉朝为了笼络匈奴，屡遣公主或宫女远嫁匈奴单于，王昭君即是其中最著名的一人。作为外交手段的和亲当然有利有弊，但当汉朝处于弱势时，和亲总是带有屈辱的色彩，戎昱此诗就持此论。当然，戎诗实际上是借古讽今。安史之乱以后，唐朝履行和亲之计。此时唐朝无力抗击回纥、吐蕃等外族的侵扰，和亲云云，皆是屈辱之求和也。杜甫在成都所作之《警急》诗中云："和亲知计拙，公主漫无归。"即是有感而发。对于戎昱而言，代宗大历年间以仆固怀恩女为崇徽公主下嫁回纥，德宗时又以咸安公主下嫁回纥，皆是他曾亲闻的事例，所谓"汉家青史上，计拙是和亲"者，实即对现实政治之批判也。

那么，戎昱《咏史》诗中的议论到底如何？一般的咏史诗总要对所咏之史实做一番叙述，进而发表议论。此诗却打破常规，它全篇皆为议论，并且并不针对某个具体的历史事件或历史人物，而是从总体上对"和亲"这类历史现象进行议论。就议论本身而言，后人对此诗颇多佳评。如明人徐充曰："此诗辞严义正，虽善史断者，不能过也。首二句正本之论，三、四婉言此事之非所宜。五、六实言此事之不可恃。尾乃言当时立朝之臣无能救正，岂非良、平之罪乎？若为不知，而诛及死者，责至深也。"（《删补唐诗选脉笺释会通评林》）清人乔亿则曰："颔联史论，宜宪宗诵之而廷臣和戎之议息。"（《大历诗略》）若就议论的方式而言，则清人冯班曰："名篇，亦是议论耳，气味自然不同。意气激昂，不专作板论，所以为唐人。"纪昀则曰："太直太尽，殊乖一唱三叹之旨。"（《瀛奎律髓汇评》卷十三）前者似有褒意，后者则是贬评。应该说，此诗的议论确有优点，主要体现在立论严正，措辞得体。首联开门见山，用"计拙"二字将和亲一笔否定。汉代最早提议和亲的是大臣刘敬，他建议汉高祖以长公主妻匈奴单于冒顿："冒顿在，固为子婿。死，则外孙为单于。岂尝闻外孙敢与大父抗礼者哉？兵可无战以渐臣也。"（《史记·刘敬传》）可见和亲确实是汉朝用来对付匈奴的计谋，当时也曾有所成效，戎昱直斥此计为"拙"，势如棒喝。"拙"在何处呢？下文遂即展开。颔联从正面立论：国家社稷，权在君主，责在君主，即使强敌压境，也应由君主负起保家卫国的责任。妇女柔弱，况且本有男主外、女主内的社会分工，她们根本无法承担国家安危的重任。然而现在竟然将国家安危的重任寄托在无位无权的妇女身上了！如此说来，在位的君主还算是"明主"吗？此联表面上只是不露声色的客观叙述，实则讥刺入骨。颈联顺势而下，直斥和亲之举并不能消除边患。历代和亲之举，虽也有汉代王昭君与唐代文成公主那种较有成效的特例，但多数是"赔了公主又折兵"，并未达到安边弭乱的目的。原因很简单，当胡族能够威胁中原王朝时，一定是双方力量失去了平衡。胡族恃强侵扰中原，其目的至少是抢掠子女玉帛，乃至吞并土地，岂是获得一两个美女而已！此联以冷峻的语气进行反诘，义正辞严，不容置辩。正因如此，尾联对提出和亲之计的古代大臣进行追究，便显得理直气壮。徐充认为"地下千年骨"是指"良、平"，即汉初的张良、陈平。今考史籍未载张良、陈平曾有和亲之计，唯汉高祖被匈奴围于平城时，曾用陈平之奇计使单于阏氏，得以解围。《史记·陈丞相世家》称"其计秘，世莫得闻"，《集解》引桓谭《新论》，以为陈平之奇计乃告诉阏氏，汉将献美女予单于，单于得之必会疏远阏氏云云，以挑拨阏氏而解围。即使此说属实，陈平之计也与和亲不同，因其性质并非献媚而是挑拨也。所以"良、平"不过是汉初大臣之代称，实指刘敬之辈。无名氏评此联曰："此事固为一时将相之羞，然刘敬作俑，尤当首诛。"（《瀛奎律髓汇评》）诛心之论，不为过分。

如果置于唐宋诗史的整体背景，戎昱《咏史》诗在议论上的成就又如何呢？在现存的唐宋诗文献中，像戎诗这样从总体上泛论和亲的作品似为孤例，我们只能用有具体对象的咏史诗来作比较。首先是晚唐诗人李山甫的《阴地关崇徽公主手迹》："一拓纤痕更不收，翠微苍藓几经秋。谁陈帝子和番策，我是男儿为国羞。寒雨洗来香已尽，澹烟笼著恨长留。可怜汾水知人意，旁与吞声未忍休。"相传崇徽公主远嫁回纥路经阴地关（在今山西灵石），曾在石壁上留下掌痕，后人刻碑纪念之。此诗是一般的咏史诗写法，对公主和亲的国策表示不满，并对男儿不能卫国御侮感到羞耻。显然，虽然此诗的艺术水准并不低于戎诗，但就其议论而言，此诗不如戎昱诗之深刻透辟。可以说，戎昱诗的议论居于唐代咏史诗之上乘。

无独有偶，宋诗中也有一首主题与李山甫诗相同的作品，就是欧阳修的《唐崇徽公主手痕》："故乡飞鸟尚啁啾，何况悲笳出塞愁。青冢埋魂知不返，翠崖遗迹为谁留。玉颜自古为身累，肉食何人与国谋。行路至今空叹息，岩花涧草自春秋。"此诗的颈联以其议论深得后人赞叹。朱熹曰："以诗言之，是第一等好诗。以议论言之，是第一等议论。"（《朱子语类》卷一三九）清人赵翼也赞曰："此何等议论，乃熔铸于十四字中，自然英光四射。"（《瓯北诗话》卷一一）那么，欧诗的议论究竟好在哪里呢？从议论的内容而言，欧诗并无独特之处。前句同情和亲之女因貌惹祸，以致埋魂异国。后句谴责公卿谋国无方，但能牺牲弱女子以和戎。但是欧诗议论的艺术水准则远迈两首唐诗。试做比较：戎诗与李诗，其议论皆是直接道出，毫无余韵，纪昀批评前者"太直太尽"，其实后者也有同病。欧诗则皆以慨叹出之，前句对公主的不幸遭遇深表同情：其人远嫁异国，至死不返，她有什么过错而遭此厄运？莫非美貌就是命运的拖累？后句批判朝臣之祸国殃民：古语云"肉食者鄙，未能远谋"，诗中所抨击的"肉食"者，岂止是未能远谋，而且是"何曾与国谋"，意即他们身居高位仅为谋取富贵尊荣，对国家安危则漠然视之。所以欧诗的议论不仅深切痛快，而且意蕴无尽，读后发人深省。此外，欧诗对仗精工，意脉曲折，在艺术上远胜戎诗之质木浅直。当然，议论的手段本是到了宋诗才得到长足发展的，故戎诗之议论虽稍逊于欧诗，但并不影响其在唐诗中的地位。

（莫砺锋）

山　石

韩　愈

　　山石荦确行径微，黄昏到寺蝙蝠飞。升堂坐阶新雨足，芭蕉叶大栀子肥。僧言古壁佛画好，以火来照所见稀。铺床拂席置羹饭，疏粝亦足饱我饥。夜深静卧百虫绝，清月出岭光入扉。天明独去无道路，出入高下穷烟霏。山红涧碧纷烂漫，时见松枥皆十围。当流赤足踏涧石，水声激激风吹衣。人生如此自可乐，岂必局束为人鞿？嗟哉吾党二三子，安得至老不更归。

　　《山石》是韩诗的代表作，要讨论《山石》，离不开对韩诗的整体评价。韩愈的诗歌，后人或褒或贬，几如水火。据《冷斋夜话》记载，北宋时沈括、吕惠卿、王存、李常四人曾在一起讨论韩诗，沈括说："退之诗，押韵之文耳，虽健美富赡，然终不是诗。"吕惠卿反驳说："诗正当如是。吾谓诗人亦未有如退之者。"王存支持沈括的看法，李常则站在吕惠卿一边，四人交相诘难，久而不决。沈括与吕惠卿的看法截然相反。沈括说韩诗"终不是诗"，可称非常苛严的批评。到了清代，王夫之在《姜斋诗话》中进一步指出："韩退之以险韵、奇字、古句、方言矜其饾辏之巧，巧诚巧矣，而于心情兴会一无所涉，适可为酒令而已。"那么，韩诗果真"终不是诗"吗？韩诗果真"于心情兴会一无所涉"吗？我觉得不用通读全部韩诗，只要把《山石》细读一过，便会发现沈、王二人立论之偏执、荒谬，因为这首诗淋漓尽致地抒写了诗人的"心情兴会"。

我们先从后代读者的感想谈起。《山石》作于贞元十七年（801）七月，当时韩愈与友人同游洛北惠林寺。二百六十三年以后，苏轼在凤翔与二三友人同游南溪，解衣濯足，高声吟咏《山石》诗，"慨然知其所以乐而忘其在数百年之外也"。苏轼还乘兴次韵《山石》，尾联说："人生何以易此乐，天下谁肯从我归！"要是《山石》诗"于心情兴会一无所涉"，它怎能使二百年后的读者"慨然知其所乐"？后来苏轼看到友人王晋卿所藏的一幅山水画，又联想到《山石》诗，并写了一首七绝："荦确何人似退之？意行无路欲从谁？宿云解驳晨光漏，独见山红涧碧时。"正因《山石》写景叙事细致生动，抒情兴会淋漓，才会使后代读者如睹其景，如历其事，且产生亲切的共鸣。毋庸讳言，韩愈的诗歌确有"险韵、奇字、古句、方言"的成分，部分作品中这种情况还比较严重。但我们不能以偏概全、因瑕弃璧，不能因此忽视韩诗中那些叙述平生坎坷经历、抒发内心不平之鸣的好作品。一部韩诗，就是韩愈一生经历及其心路历程的形象记录。"欲为圣明除弊事，肯将衰朽惜残年。云横秦岭家何在，雪拥蓝关马不前。"（《左迁至蓝关示侄孙湘》）这是一位面折廷争的直臣在贬谪途中的喟然长叹。"衔命山东抚乱师，日驰三百自嫌迟。风霜满面无人识，何处如今更有诗？"（《镇州路上谨酬裴司空相公重见寄》）这是一位冒着生命危险奔赴叛镇的使节的慷慨心声。清人叶燮在《原诗》中说："举韩愈之一篇一句，无处不可见其骨相棱嶒，俯视一切，进则不能容于朝，退又不肯独善于野，疾恶甚严，爱才若渴，此韩愈之面目也。"诚哉斯言！《山石》虽然只写了一次普通的游山经历，但诗中抒发的对自由生活的热爱，对仕宦生涯的厌倦，无不清晰可感，发人深省。这是这首游山诗获得千古读者普遍喜爱的重要原因。

除此之外，《山石》的优点何在？清人查晚晴评《山石》说："写景无意不刻，无语不僻，取径无处不断，无意不转。屡经荒山古寺来，读此始愧未曾道着只字，已被东坡翁攫之而趋矣。"末句的意思大概是欲学《山石》写景叙事的长处，但已被苏轼捷足先登了。的确，苏轼对韩诗艺术的借鉴、学习可谓探骊得珠，后人很难企及。但我们更应注意查氏所说的"屡经荒山古寺来,读此始愧未道着只字"。《山石》中描写的并非名山大刹,而只是一处普普通通的荒山古寺。荒山古寺何处没有?荒山古寺何人没有游历过?但是要将其描写得情景宛然又语新意奇,则非大手笔不能。韩愈又是怎么做到的呢?清人何焯在《义门读书记》中评《山石》说:"直书即目,无意求工,而文自至。"也就是说,韩愈的写法是直接叙写所见所历,而无意于追求工巧奇警。这其实包含两层意思,一是所见之景物无论是否美丽、是否有趣,有睹即书,未曾披沙拣金;二是叙事的脉络严格按照事实上的先后顺序,不做章法意脉的刻意安排。

先看前者。《山石》中写到的景物繁多,它们接踵而至,令人目不暇接。巨大的岩石,狭窄的山路,飞舞的蝙蝠,宽大的芭蕉叶,饱满的栀子花,模糊的壁画……不一而足。诗人对这些景物点出即止,并不着意描写。比如"芭蕉叶大栀子肥"一句,描写一场透雨后的寺中植物,异常生动。但"大""肥"二字,平常之至,甚至有点呆板、庸俗,别的诗人是不敢轻易使用的。可是韩诗中用此二字,顿时化臭腐为神奇,把受雨水滋润的植物的特有状貌刻画得淋漓尽致。可见韩愈固然善用奇字,但他更大的本领却是把平常的字词运用得出神入化。至于"床""席""羹饭",简直称不上是景象,而只是日常生活中的"俗物"。但韩愈把三者并列在一句诗中,也同样意象完足,因为既描写了寺僧热情待客的细节,又凸现了古寺中生活条件的简陋。经过这样的描写,一处荒山古寺的景象栩栩如生地呈现在读者面前,难怪查晚晴读后深感佩服。

再看后者。清人方东树评《山石》说:"从昨日追叙,夹叙夹写,情景如见,句法高古。只是一篇游记,而叙写简妙,犹是古文手笔。"这话说得非常高明。《山石》叙事的线索非常清晰,全诗从黄昏上山写起,然后写入寺升堂、欣赏壁画、用餐止饥、上床休息,最后写天明下山、途中所见及因景兴感。全诗平铺直叙,既无跳跃,也无倒叙,确实很像一篇游记题材的古文。韩愈是古文名家,作诗也长于以文为诗。以文为诗有章法、句法、字法等不同方面的表现,《山石》就是在章法上以文为诗的范例。诗歌,尤其是七言古诗,一般是以章法奇特多变为优点的。韩诗中那些风格奇险雄鸷的七古,结构也多呈奇崛之状。但是正如清人赵翼所云:"其实昌黎自有本色,仍在文从字顺中自然雄厚博大。"(《瓯北诗话》)《山石》便是典型的文从字顺之作,最突出的表现便是叙事层次分明,章法平直简洁。全诗按着时间顺序与空间顺序依次展开,读者仿佛跟着诗人一起,由暮入夜又由夜及明,上山入寺又出寺下山。正因如此,《山石》使诗人的游踪历历在目,对读者来说清晰可感,从而引起强烈的共鸣。否则的话,二百多年后的苏轼何以"慨然知其所以乐而忘其在数百年之外也"?

我们说《山石》无意求工,绝不意味着它有什么"不工"。其实何义门所说的"直书即目",也是经过一番锤炼工夫的。例如次句"黄昏到寺蝙蝠飞",这当然是诗人黄昏入寺的即目所见,但这样的句子难道真是不经锤炼便自动生成的?众所周知,暮色是非常难写的。因为写景的好句必有鲜明的物象,而暮色却使一切物体变得暗淡无光。描写对象的本质便是暗淡、模糊,诗句又何以写得鲜明动人?但韩愈毕竟是大手笔,他敏锐地抓住了在暮色中纵横飞舞的蝙蝠,便写出了咏暮色的千古名句。荒山古寺,必多蝙蝠。黄昏降临,必有成群结队的蝙蝠出来觅食。苍茫的暮色逐渐隐没了景物,横斜穿梭的蝙蝠却造成了动态的画面感,于是暮色变成具象的、可感知的物象。从字面上看,此句仅用"到""飞"二字将黄昏、寺、蝙蝠三个名词连缀成句,简洁朴实,无以复加。但阅读之后闭目一想,即如身临其境。这样描写暮色,真如梅尧臣所说,是"状难写之景如在目前"!谓之工绝,谁曰不然?

清人刘熙载云:"昌黎诗,往往以丑为美。"(《艺概》)此言不错,但更准确的说法应是:韩愈诗,往往化平淡为神奇。正如欧阳修所说,韩诗的特点是"资谈笑,助谐谑,叙人情,状物态,一寓于诗,而曲尽其妙"(《六一诗话》)。也就是说,韩诗中有许多作品并非写重大主题,而是将平凡、琐屑的日常生活取为诗材。这首《山石》便是典型的例子。《山石》的内容有什么重大的意义吗?根本没有。《山石》所写的是激动人心的特殊经历吗?根本不是。据清人方世举考证,韩愈于贞元十七年七月二十二日应侯喜之约往温泉钓鱼,至暮乃往洛北惠林寺投宿。此行产生了两首韩诗名篇:《赠侯喜》和《山石》。在《赠侯喜》中,韩愈说那次垂钓非常扫兴,坚坐半日,仅得"一寸才分鳞与鳍"的小鱼。《山石》所写的经历要比垂钓有趣得多,但也只是一次相当平常的山寺之游。然而诗人把它写得多么有声有色,兴味淋漓!诗中叙述寺僧待客的情形:"僧言古壁佛画好,以火来照所见稀。铺床拂席置羹饭,疏粝亦足饱我饥。"本来黄昏入寺,当务之急是安排食宿。但可能因为"客"都是文学之士(与韩愈同游的有侯喜、李景兴、尉迟汾三人),故寺僧先向客人推荐寺内引以为傲的古代壁画。乃至点了火把来一照,竟然模糊暗淡,所见甚稀。这是多么扫兴!然而寺僧的颠顶朴实,寺庙的年久失修,历历如在目前。及至安排食宿,一切都非常简陋,然而寺僧的热情勤勉,寺庙生活的简朴清苦,亦写得真切生动。至于后半首所写的清晨下山的情景,亦是用平常的字句娓娓道来,但又真切鲜明,引人入胜。天色已明,但晨雾弥漫,故不见道路,诗人只好在雾霭中忽高忽低地乱走一气。及至晨曦驱散雾气,红花碧涧交相辉映,参天大树亦不时入眼。雨后的山涧,水流湍急,诗人赤着双脚踩石渡涧,顿时觉得自由自在,快乐无比。是啊,景色平常而又美丽,生活平凡而又愉快,全靠诗人的一支生花妙笔,才把它们刻画得如此鲜活。俄国的别林斯基说得好:"谁要是为诗所激动,嫌恶生活中的散文,只有从崇高的对象才能获得灵感的话,他还算不得一个艺术家。对于真正的艺术家,哪儿有生活,哪儿就有诗。"(《普希金的作品》)韩愈就是真正的艺术家,他在平凡的生活中发现了美感和诗意,《山石》就是最好的例子。

(莫砺锋)

谒衡岳庙遂宿岳寺题门楼

韩　愈

　　五岳祭秩皆三公，四方环镇嵩当中。火维地荒足妖怪，天假神柄专其雄。喷云泄雾藏半腹，虽有绝顶谁能穷？我来正逢秋雨节，阴气晦昧无清风。潜心默祷若有应，岂非正直能感通。须臾静扫众峰出，仰见突兀撑青空。紫盖连延接天柱，石廪腾掷堆祝融。森然魄动下马拜，松柏一径趋灵宫。粉墙丹柱动光彩，鬼物图画填青红。升阶伛偻荐脯酒，欲以菲薄明其衷。庙令老人识神意，睢盱侦伺能鞠躬。手持杯珓导我掷，云此最吉余难同。窜逐蛮荒幸不死，衣食才足甘长终。侯王将相望久绝，神纵欲福难为功。夜投佛寺上高阁，星月掩映云曈昽。猿鸣钟动不知曙，杲杲寒日生于东。

　　公元805年春，谪居阳山的韩愈遇赦北归，至郴州俟命。八月，授江陵府法曹参军。九月赴任，途经衡山，谒衡岳庙，题诗于门楼。衡山是雄伟奇险的五岳名山，衡岳庙是"秩比三公"的尊贵神庙，两者无疑是庄严肃穆的客观存在。韩愈两年前因论事切直得罪权要而被谪阳山，本年遇赦又受压制不得回京，此时的诗人无疑怀有悲愤难抑的情思。这两个互相矛盾的主题如何表现在一首诗中？刘学锴先生的解读是："这首诗最突出的特点，可以用借题发挥，似庄实谐来概括。……令人联想到在诗人所处的这个现实世界上，一切威严崇高、正值灵应的偶像都不过是徒有其表，虚有其名，神的福佑不过是庙令之流骗人的鬼话。"(《唐诗选注评鉴》)我与刘先生的看法同中有异,我认为韩诗确实有借题发挥之处,但它对衡岳及衡岳庙的态度却是崇敬而非嘲讽,这正是韩诗的高明之处。

　　先看第一个主题。清人汪佑南云:"首六句从五岳落到衡岳,步骤从容,是典制题开场大局面,领起游意。"(《山泾草堂诗话》)的确,此诗立论严正,措辞庄重,有如庙堂典策。开头四句先写衡岳在国家政治与自然地理两个维度中的重要作用,它雄镇南方,带有上苍赋予的威权与尊贵。五、六两句写其雄伟的外观:高入云霄,半山以上即隐没不见,其绝顶则是不可跻攀。刘学锴先生说:"这一段下笔似乎极严肃郑重,但在具体描写中又有意无意地透出所写对象含有一股邪横之气,使人感到这镇压妖怪的南岳神似乎也染上了一股妖气,这从'喷云泄雾藏半腹'的诗句中可以明显体味出来。"我的感觉完全不同,我认为"喷云"句的确是形容衡山的神秘莫测,但这是为了烘托其雄伟、威严、崇高的品质,绝非"邪横",这是古人面对奇特壮伟的山川景物时常会产生的感觉。与此相映衬的是,古代的帝王也往往以神秘莫测的面目出现在臣民眼前。他们以三公之秩来祭祀五岳,正是出于天人合一、君权神授的意识形态。韩诗准确地揭示了衡岳的精神气质,那便是与"妖气"截然相反的神性。韩愈是《原道》的作者,他衷心拥护唐帝国的中央政权及其意识形态。所以在韩愈心目中,"天假神柄专其雄"的衡岳具有崇高尊严的神格,它是自然界中代表上苍镇压南方妖怪的统治力量,不可能与妖怪沆瀣一气。十四年后,韩愈在潮州刺史任上作《鳄鱼文》曰:"昔先王既有天下,列山泽,罔绳擉刃,以除虫蛇恶物为民害者,驱而出之四海之外。"正与此诗相映成趣。

　　"我来正逢"以下八句,在叙述游山过程中展开对衡岳奇景的描写。清人朱彝尊评"紫盖"二句云:"此下须用虚景语点注,似更活。今却用四峰排一联,微觉板实。"(《批韩诗》)汪佑南驳云:"余意不谓然。是登绝顶写实景,妙用'众峰出'领起。盖上联虚,此联实,虚实相生。下接'森然魄动'句,复虚写四峰之高峻,的是古诗神境。朗诵数过,但见其排荡,化堆垛为烟云，何板实之有？"我同意汪说，且认为"紫盖"二句描写云雾消散后众峰突然耸现之景象，既有铺天塞地的视觉印象，又有突兀震撼的心理感受，真是生动逼真，如在目前。唯其如此，才能写出衡岳那种连峰叠嶂、遮天蔽日的整体气象，这是韩诗笔力雄强的绝佳例证。唯其如此，才能顺利过渡到"森然魄动"从而入庙拜礼的主体行为。对于诗人默祷后天气转晴的情节，刘先生评曰："如果将'正直能感通'与诗人的现实遭际联系起来，更可看出诗人实际上并不相信神是正直而能感通的。"我觉得此解失之毫厘。韩愈怀疑的仅是神灵能否感通，而不是其正直品性。而且事实上这是一种似庄似谐的幽默手法，是对秋雨时节偶逢晴朗天气的文学处理手段，不必求之过深。

　　再看第二个主题。"森然魄动"以下四句，刘先生解曰："'下马拜'自然是拜岳神，仿佛真的相信神的力量，故循着松柏夹道的路直趋灵宫，虔诚往谒，可所见庙内外却只是白墙红柱，光彩闪耀，鬼物图画，填满青红色彩而已，完全是一种炫目的表面涂饰，丝毫唤不起肃穆庄严之感。这样来写神庙，正反托出自己'森然魄动'、虔诚趋谒的过于认真。"其实四句诗正如清人方东树所云，是"叙中夹写"（《昭昧詹言》），也即叙事中夹杂着描写，诗人的行动前后连贯，其态度也是一以贯之，诗意并未出现转折、反托。粉墙丹柱，壁画鬼物，几乎是天下神庙的共同形制，它确实"眩目"，但其真正用意正是烘托威严肃穆的气氛，怎会"丝毫唤不起肃穆庄严之感"？至于"粉墙"二句对庙中景物仅是略加点缀，这是出于韩诗一贯的简练风格，况且已经达到如在眼前的艺术效果，画龙点睛足矣，又何必面面俱到、细大不捐？

　　"升阶伛偻"六句，写诗人入庙献祭之情景，其中描写庙令的四句被刘先生解为："突出其察言观色、窥探心理、装神弄鬼，近乎漫画式的手法，调侃讽刺之意显现。"但是据《新唐书·百官志》，唐代的五岳庙令本是专掌祭祀的朝廷命官，这位衡岳庙令既已年老，当是担任此职岁月已久，"祭神如神在"，庙令"睢盱侦伺能鞠躬"，原是其职业习惯，实乃情理中事。韩诗只是如实描写即目所见，虽然语带讥讽，但语气并不凌厉。况且诗人的讽刺之意仅仅针对庙令,与衡岳山神自身无关。否则的话,韩愈也不会"欲以菲薄明其衷"了。刘先生进而认为"使这一切虔诚郑重都化为骗人的儿戏和滑稽的表演,连前面的'岂非正直能感通'也一笔扫去了",未免责之过苛。"云此最吉余难同"一句,金人王若虚认为"'吉'字不安,但言灵应之意可也"(《滹南诗话》),此言似是而非。杯珓是一种简单的占卜用具,掷之于地,视其俯仰,以定吉凶。两片杯珓落地后或俯或仰,当然与投掷的姿势密切相关,庙令熟知其奥秘,故能引导韩愈如何投掷,以求吉兆,这是庙令为了取悦谒庙者的习惯做法。正因如此,韩愈才会对此表示不满,从而引出下文的严正议论。如果"但言灵应之意"而并无求吉之图,则如何引出下文?

"窜逐蛮荒"以下四句,写诗人对于庙令导之掷珓的正面回应。从文本来看,无法判定诗人掷珓结果如何,甚至无法判断他到底有没有掷珓,因为把四句诗解作韩愈拒绝掷珓的言辞也是可通的。刘先生说"求神占卦的结果又是那样上上大吉",似嫌武断。刘先生对整段诗意的解读则是可取的:"窜逐蛮荒,不死已算万幸,只要衣食刚刚温饱就很满足,甘愿就此长终。至于王侯将相之望,自己早就断绝,岳神即使想保佑我也难以奏效了。用釜底抽薪之法对神的福佑作了彻底的否定。"但这种解读只能到此为止,也就是说韩愈所否定的只是神灵能够福佑人类的迷信,而不是神灵本身。所以刘先生进而认为此诗"写衡岳的崇高威严,岳神的灵应显验,自己的虔诚趋拜,仿佛很郑重,其实内里含有对这一切的奚落与嘲讽",未免带有过度阐释的倾向。至于这四句诗中流露出来的诗人心态,则清人程学恂评之最确:"我公富贵不能移、威武不能屈之节操,忽于嬉笑中无心现露。"(《韩诗臆说》)

总之,此诗生动逼真地刻画了衡岳的崇高伟丽,又淋漓尽致地抒发了内心的悲愤不平,两者皆通过诗人入山游览的行为贯穿一线,从而浑融一体。换句话说,诗中之景皆是诗人眼中之景,诗中之情皆是诗人心中之情,从而密合无间。至于全诗的优点,也推程学恂评之最确:"文与诗义自各别,故公于《原道》《原性》诸作,皆正言之以垂教也。而于诗中多谐言之以写情也。即如此诗,于阴云暂开,则曰此独非吾正直之所感乎?所感仅此,则平日之不能感者多矣。于庙祝妄祷，则曰我已无志，神安能福我乎！神且不能强我，则平日不能转移于人可明矣。然前则托之开云，后则以谢庙祝，皆跌宕游戏之词，非正言也。假如作言志诗，云我之正直，可感天地，世之勋名，我所不屑，则肤阔而无味矣！"

（莫砺锋）

去岁自刑部侍郎以罪贬潮州刺史，乘驿赴任。其后家亦谴逐。小女道死，殡之层峰驿旁山下。蒙恩还朝，过其墓，留题驿梁

韩　愈

数条藤束木皮棺，草殡荒山白骨寒。
惊恐入心身已病，扶舁沿路众知难。
绕坟不暇号三匝，设祭惟闻饭一盘。
致汝无辜由我罪，百年惭痛泪阑干。

韩愈性格刚强，择善固执，诚如苏轼在《潮州韩文公庙碑》中所评："忠犯人主之怒，而勇夺三军之帅。"诗如其人，韩诗的整体面貌就是其刚强个性的外化，清人叶燮说得好："举韩愈之一篇一句，无处不可见其骨相棱嶒，俯视一切，进则不能容于朝，退又不肯独善于野，疾恶甚严，爱才若渴，此韩愈之面目也。"（《原诗》卷三）试读其《左迁至蓝关示侄孙湘》："一封朝奏九重天，夕贬潮州路八千。欲为圣明除弊事，肯将衰朽惜残年？云横秦岭家何在，雪拥蓝关马不前。知汝远来应有意，好收吾骨瘴江边。"以及《镇州路上谨酬裴司空相公重见寄》："衔命山东抚乱师，日驰三百自嫌迟。风霜满面无人识，何处如今更有诗。"一位忠鲠刚烈、视死如归的直臣形象如在目前。然而在韩愈的心目中，诗歌并不一定要像古文那样必须以"贯道"为宗旨。韩愈三十八岁时向李巽投赠诗文，自称："旧文一卷，扶树教道，有所明白。南行诗一卷，舒忧娱悲，杂以瑰怪之言，时俗之好。"（《上

兵部李侍郎书》）韩愈的诗论中有两个著名的观点，一是"不平则鸣"："大凡物不得其平则鸣。草木之无声，风挠之鸣。水之无声，风荡之鸣。其跃也或激之，其趋也或梗之，其沸也或炙之。金石之无声，或击之鸣。人之于言也亦然：有不得已而后言，其歌也有思，其哭也有怀。凡出乎口而为声者，其皆有弗平者乎！"（《送孟东野序》）二是"穷苦之言易好"："夫和平之音淡薄，而愁思之声要妙。欢愉之辞难工，而穷苦之言易好也。"（《荆潭唱和诗序》）韩愈激赏以啼饥号寒为主题倾向的孟郊诗，正是这两个观点的综合体现。所以当韩愈的人生中发生悲惨遭遇时，就情不自禁地写出心酸辞苦的作品，其哭女挐诗就是典型的例子。

《礼记·檀弓》记载："子夏丧其子而丧其明。"后人因而用"丧明之痛"来形容丧子的极度悲哀。元和三年（808）孟郊之子不幸夭折，韩愈作《孟东野失子》以安慰之，序云："东野连产三子，不数日辄失之。几老，念无后以悲。其友人昌黎韩愈，惧其伤也，推天假其命以喻之。"此诗主题是用"有子与无子，祸福未可原"的道理来开导孟郊，立论颇为勉强，倒是描写孟郊悲痛之状的句子相当动人："上呼无时闻，滴地泪到泉。地祇为之悲，瑟缩久不安。"没想到十一年之后，韩愈自己也遭遇了丧明之痛，而且比孟郊更加深切。元和十四年（819）正月，唐宪宗遣使迎取佛骨入宫供奉，长安城内上自王公，下至士庶，莫不奔走膜拜。韩愈毅然上表谏阻，词意激烈。宪宗震怒，欲以死罪论处。幸得裴度、崔群等大臣营救，韩愈才得以免死，贬为潮州刺史。正月十四日奉诏后，韩愈即日辞别家人，匆匆上道。韩愈的四女名女挐，年方十二岁，此时正卧病在床，父女二人泪眼相对，韩愈心知此乃死别，女挐凝视着父亲却哭不出声来。韩愈离开长安后，朝廷便强迫韩愈的家人也迁往潮州，一家老少仓皇上路。道路劳顿，饮食不周，这对重病在身的女挐来说真是雪上加霜。二月二日，全家人才走到商州南边的层峰驿，女挐终于一病不起，死后被草草埋葬在驿站旁的山脚下。次年年底，韩愈回京途经层峰驿，来到女挐墓前，写下此诗。此诗颈联曾引起后人的误解，清人朱彝尊称上句"用事亲切有味"，又云："下句不切，且不知何为用'惟闻'

253

二字。"（均见《韩昌黎诗系年集释》，下同）今按上句用《礼记·檀弓》所载："延陵季子适齐，于其反也，其长子死，葬于嬴、博之间。……既封，左袒，右还其封且号者三。"孔颖达释末句曰："乃右而围绕其封，兼且号哭而绕坟三匝也。"这是古代父亲哭子的著名典故，其发生背景则是异国他乡，且在旅途之中，韩诗用此典，精确无比。朱彝尊对韩诗中"惟闻"二字感到大惑不解，徐震指出："愈葬女挐即行，祭墓之事，在愈行后使人为之，故上句言'不暇号'，见行之迫促。此句言'惟闻'，谓得诸传说也。"意谓上句所写乃韩愈之亲历，下句则得诸传闻，此说貌似合理，实亦误解。只有汪佑南注意到韩愈《祭女挐女文》中"我既南行，家亦随遣"，以及《女挐圹铭》中"愈既行，有司以罪人家不可留京师，迫遣之"之句，从而指出："细味两'既'字，是韩公先行，殡与祭不及亲临。……所以此诗有'绕坟不暇号三匝，设祭惟闻饭一盘'二句。"也就是说，颈联二句所写情节均非韩愈亲历，而是从其家人，尤其是从其妻卢氏口中得知者。卢氏是女挐的母亲，她以罪人家属之身，在迁谪途中埋葬女挐，当然只能"草殡荒山"。所以"绕坟""设祭"的主语均是卢氏，只有"惟闻"的主语才是韩愈本人。卢氏率家人南行至韶州，得到刺史张蒙关照，让他们留在韶州，以免前往"恶溪瘴毒聚，雷电常汹汹。鳄鱼大于船，牙眼怖杀侬"（《泷吏》）的潮州去受罪。韩愈本人则于四月二十五日到达潮州，估计此后不久接到卢氏家书而得知女挐去世的消息，反正不可能迟于元和十五年（820）正月韩愈北归至韶州与家人团聚之时。

弄清韩愈哭女挐诗的写作背景，有助于我们感受此诗蕴含的悲痛之情。当女挐抱病上路、匆匆南迁的时候，当女挐惊惧惶恐、一病不起的时候，当女挐命丧驿站、埋葬荒山的时候，作为父亲的韩愈却不在她身边。而且女挐的悲惨遭遇，其直接起因就是韩愈直谏遭贬。要是韩愈像那些"全躯保妻子之臣"（司马迁《答任少卿书》）一样，对唐宪宗奉迎佛骨的荒唐举动不闻不问、装聋作哑，女挐本可安居家中养病，本可得到父亲的关怀照料，又哪会在十二岁时就命丧黄泉？我们当然应对仗义执言、奋不顾身的韩愈表示崇高的敬意，直言进谏是一位朝廷重臣的高风亮节，是儒家提倡的大丈夫精神的生动体现。但是作为一位父亲，韩愈实在亏欠女挐太多。古人常说"忠孝不能两全"，其实有些时候，"忠"与"慈"也不能两全。东汉范滂和明末夏完淳属于前一类例子，韩愈则是后一类情形。韩愈在南迁途中自明心迹说"肯将衰朽惜残年"，他泣别女挐时又有怎样的心情呢？长庆三年（823），也即女挐去世四年之后，韩愈遣人将女挐的遗骸归葬河阳韩氏祖茔，并作《祭女挐女文》，文中声泪俱下："昔汝疾极，值吾南逐。苍黄分散，使汝惊忧。我视汝颜，心知死隔。汝视我面，悲不能啼。我既南行，家亦随谴。扶汝上舆，走朝至暮。天雪冰寒，伤汝羸肌。撼顿险阻，不得少息。不能食饮，又使渴饥。死于穷山，实非其命。不免水火，父母之罪。使汝至此，岂不缘我！"将此文与哭女挐诗对读，一位慈父的悲痛、愧疚之情跃然纸上。"百年惭痛泪阑干"之句绝非虚词，女挐归葬河阳一年之后，韩愈病逝于长安，他的惭痛心情确实持续终生。如果死者有知，父女俩当在泉下抱头痛哭！

与他人的哭子诗相比，韩愈此诗因独特的写作背景而别有伤心处。试看孟郊的《杏殇》："零落小花乳，斑斓昔婴衣。拾之不盈把，日暮空悲归。"苏轼的《去岁九月二十七日在黄州生子遁，小名干儿，颀然颖异。至今年七月二十八日病亡于金陵，作二诗哭之》云："仍将恩爱刃，割此衰老肠。知迷欲自反，一恸送余伤。"清人郑珍的《才儿生去年四月十六，少四十日一岁而殇，埋之栀冈麓》云："木皮五片付山根，左祖三号怆暮云。昨朝此刻怀中物，回首黄泥斗大坟。"三诗所哭之子皆是未及成年即夭折者，作为父亲的三位诗人皆极其悲痛，但究其原因，只能归因于命运，正如孟郊诗云"始知天地间，万物皆不牢"，作为父亲的诗人并无愧疚的心理负担。郑珍诗有学韩痕迹，但并无自责之意。苏轼诗中虽有"忽然遭夺去，恶业我累尔"之句，但将丧子归因于虚无缥缈的因果报应，仍难落到实处。我们不妨推测，如果女挐是在正常情况下因病夭折，韩愈不一定能像他在《孟东野失子》中所说，用"有子与无子，祸福未可原"来自我宽慰，因为正如苏轼所说，"储药如丘山，临病更求方"，再豁达的人遇到丧子之痛也会难以自解，但他多半会写出一首类似孟郊的哭女诗来。是特殊的人生遭遇让韩愈这位铁石心肠的刚强人终于流下了辛酸的眼泪,从而写出这首痛愧交加的哭女挐诗,给古代的哭子诗中增添了一首情文并茂的好作品。我们不妨借用近人陈衍之语来评之:"无此绝等伤心之事,亦无此绝等伤心之诗。就百年论,谁愿有此事?就千秋论,不可无此诗!"(《宋诗精华录》卷三)

(莫砺锋)

华山女

韩 愈

街东街西讲佛经，撞钟吹螺闹宫庭。广张罪福资诱胁，听众狎恰排浮萍。黄衣道士亦讲说，座下寥落如明星。华山女儿家奉道，欲驱异教归仙灵。洗妆拭面著冠帔，白咽红颊长眉青。遂来升座演真诀，观门不许人开扃。不知谁人暗相报，訇然振动如雷霆。扫除众寺人迹绝，骅骝塞路连辎軿。观中人满坐观外，后至无地无由听。抽簪脱钏解环佩，堆金叠玉光青荧。天门贵人传诏召，六宫愿识师颜形。玉皇颔首许归去，乘龙驾鹤去青冥。豪家少年岂知道，来绕百匝脚不停。云窗雾阁事恍惚，重重翠幕深金屏。仙梯难攀俗缘重，浪凭青鸟通丁宁。

韩愈以反佛著称，因上《论佛骨表》得罪唐宪宗，遭遇了"一封朝奏九重天，夕贬潮州路八千"（《左迁至蓝关示侄孙湘》）的悲惨命运，故以反佛斗士的形象著称于世。其实韩愈一生力主尊儒，兼斥佛、老，蔑称佛、老为"二氏"（见《重答张籍书》），且在《进学解》中以"觝排异端，攘斥佛老"自诩，《新唐书·韩愈传》亦赞曰"愈排二家"，可见韩愈对佛、老二家的排斥是不分轩轾的。韩愈不但驳斥老子的思想，而且对奉老子为教主的道教也毫无恕词，他说："今之说者，有神仙不死之道，不食粟，不衣帛，薄仁义，以为不足为，是诚何道邪？"（《进士策问》）其批判矛头显然对准了被李唐王室奉为国教的道教。虽然韩愈的古文中没有像《论佛骨表》那样惊世骇俗的批判道教之力作，但其诗歌中却对道教多方讥讽，《华山女》就是这样一首名篇。

此诗作于何时？方崧卿《韩集举正》系于元和十一二年间，钱仲联《韩昌黎诗系年集释》则云："方说无的据。诗中所云'撞钟吹螺闹宫庭'者，正十四年正月宪宗迎佛骨时事。《谏佛骨表》云：'今闻陛下令群僧迎佛骨于凤翔，御楼以观，舁入大内。'《旧史》云：'是年正月丁亥，上令中使押宫人持香花迎佛骨，留禁中三日。'与诗语合，兹系本年。"元和十四年正月庚辰朔，丁亥乃正月八日，宪宗于此日迎佛骨入京，"留禁中三日，乃历送诸寺。王公士民，瞻奉舍施，惟恐弗及，有竭产充施者，有然香臂顶供养者"（《资治通鉴》卷二四〇）。韩愈乃上表谏止，宪宗大怒，欲处极刑，经裴度、崔群及国戚诸贵等多方规劝，乃于十四日（癸巳）贬韩为潮州刺史。韩愈上表的时间，陈克明《韩愈年谱及诗文系年》推定为正月十一二日。韩愈知迎佛骨事后随即上表，未数日即被贬，其间恐无心情又作《华山女》以讥刺道教。况且诗中所云"撞钟吹螺闹宫庭"等情状，乃当时朝野佞佛风气之常态，并非特指宪宗迎佛骨入宫。所以此诗作年难以确定，若据其诗笔老练且身在长安二点来推测，当作于元和六年（811）韩愈入朝以后。

除了《华山女》之外，韩愈还写过其他讥讽道教之诗，例如《记梦》诗记述夜梦与"神官"相遇之事，末尾云："乃知仙人未贤圣，护短凭愚邀我敬。我能屈曲自世间，安能从汝巢神山。"又如《谢自然诗》驳斥"寒女谢自然"学道成仙的荒诞传说，还有《谁氏子》批判一心学道的"非痴非狂谁氏子"，都是直言指责，态度鲜明。只有《华山女》的写法别出心裁，宋人许顗因而将四首诗进行比较，云："退之见神仙亦不伏，云：'我能屈曲自世间，安能从汝巢神山？'赋《谢自然诗》云：'童骇无所识。'作《谁氏子》诗曰：'不从而诛未晚耳。'惟《华山女》诗颇假借，不知何以得此？"（《彦周诗话》）所谓"假借"，义为"宽容"，《战国策·燕策三》："愿大王少假借之。"即取此义。那么，《华山女》果真是"颇假借"吗？朱熹反驳道："或怪公排斥佛老不遗余力，而于《华山女》独假借如此。非也。此正讥其衒姿色，假仙灵以惑众。又讥时君不察,使失行妇人得入宫禁耳。观其卒章,豪家少年、云窗雾阁、翠幔金屏、青鸟丁宁等语,亵慢甚矣。岂真以神仙处之哉!"(《昌黎先生集考异》卷二)朱熹的反驳非常有力,下文略做分析。

《华山女》诗描写佛、道二教宣传教义、争夺信众的情景,开头六句写佛僧讲经,听众填溢;而道士的宣讲却听众寥寥,冷落难堪。诗人仿佛只是客观叙述,但形容佛教讲经之热闹场景是"撞钟吹螺闹宫庭",浑如一场民间娱乐的闹剧。又指出那些俗讲僧吸引听众的宣讲手段是"广张罪福资诱胁",可见并无精深的教义,而是用因果报应之说对善男信女进行诱骗和威胁。至于道士,则在俗讲僧的诸般手段前全无招架之力,以至于"座下寥落如明星"。这六句诗兼斥二氏,左右开弓,语气冷隽。这就为下文的讽刺主题做了很好的铺垫。

道教在听众争夺战中不敌佛教的局面,终于引出了本诗的主人公——家奉道教的"华山女儿"。她挺身而出,要为道教挽回败局,一举击败从异域传来的佛教,让信众们重归本教。然而华山女现身讲道的准备工作既不是精研道经,也不是斋戒醮告,而是精心地梳妆打扮。她穿上女道士的道冠霞帔,用飘飘然有神仙之概的道衣来映衬其美艳面容:雪白的颈部,红润的脸颊,以及用青黛描画的长眉。原来这副妖艳姿态便是她战胜俗讲僧的盖世法宝!唐代的女道士,多有风流放诞、搔首弄姿者,与韩愈同时代的诗人经常咏及,比如白居易的《赠韦炼师》云:"上界女仙无嗜欲,何因相顾两徘徊?共疑过去人间世,曾作谁家夫妇来!"又如刘言史的《赠成炼师》云:"等闲何处得灵方,丹脸云鬟日月长。大罗过却三千岁,更向人间魅阮郎。"故陈寅恪先生指出:"至于唐代,仙之一名,遂多用作妖艳妇人,或风流放诞之女道士之代称,亦竟有以之目娼妓者。"(《元白诗笺证稿》第四章)这位"华山女"与倚门卖笑的娼妓正是一丘之貉。

经过精心装扮之后,华山女又使出一手绝招。她来到道观升座演讲,却又故意紧闭观门。照理说,既然要向听众宣扬教义,当然应大开观门,广事声张,华山女为何反其道而行之?原来这正是欲擒故纵的妙计:越是难以得到的东西，人们越是趋之若鹜。果然，"有一个妖艳道姑在某观内闭门讲道"的消息一下子传开了，"不知何人暗相报，訇然振动如雷霆"，轰动效应顷刻显现。接下去就是道教大获全胜的热烈场景：听众们纷纷改换门庭，诸多的佛寺顿时变得门可罗雀。道观前则车马填溢，道观内则人满为患。善男信女们受到华山女的感召，慷慨解囊，捐赠的金玉首饰堆积如山。消息终于传进皇宫，皇帝下诏，召华山女入宫。"六宫愿识师颜形"一句，妙不可言。一是宫内诸人并不渴望听到要言妙道，而是急于见识华山女的绝代美貌。二是皇帝下诏召见，却打着"六宫愿识"的旗号。其实华山女是美女而非美男，宫中后妃对她的兴趣哪里比得上皇帝本人？小巫见大巫，"撞钟吹螺闹宫庭"的俗讲僧终于被华山女彻底击败。在一场卑鄙无耻的对抗赛中，更加下流的一方终于胜出。华山女就是这场无耻对抗赛中制敌于死命的道教奇兵。

韩愈笔力雄劲，有如强弓硬弩，写到这里意犹未尽，又进而描写华山女出宫后的行迹。大概皇帝知道华山女艳名已炽，不宜久留深宫，故许其回归社会。华山女回到道观，她故伎重演，故意藏身于重幕深屏、云窗雾阁之间，惹得豪家少年意乱情迷，于是门前蜂狂蝶乱，道观变成了青楼。此诗不但对佛、道二教恣意讥讽，而且对信教的群众也绝无恕词。那是一群何等愚蠢庸俗的信众！他们先是被俗讲僧"广张罪福资诱胁"，又因华山女之美艳而弃佛归道，绝无丝毫肃穆庄敬的宗教情怀。"豪家少年岂知道"，就是这伙信众中最为不堪的一部分。韩愈对他们冷嘲热讽，从而深刻地揭露了唐代佛、道二教繁荣昌盛的社会原因。如此愚蠢庸俗的信众，就是产生荒诞虚妄的宗教的土壤。从这点来看，《华山女》的批判力度远胜于直斥道教虚妄的《谢自然诗》《谁氏子》等同类作品，可证对于荒诞不经的现象，嬉笑怒骂的讽刺远胜于理性的批判。

如上所述，许颚认为此诗乃"假借"道教所倡的神仙之说，朱熹则看清其讥讽本质。由此产生一个问题：如果读者中许颚多而朱熹少，此诗的主旨就会受到郢书燕说的误解，那么诗人的意图岂不会受到遮蔽？换句话说，假如韩愈把讥讽之意写得更明白显敞一些，是否会取得更好的批判效果？笔者思考这个问题时，联想到现代的相声艺术。相声的本质虽是寓庄于谐，其手法却常是寓谐于庄，即故意用一本正经的严肃话语来嘲讽那些庸俗荒谬的事物。为了达到良好的演出效果，相声演员必须掌握好寓谐于庄的"度"。如果把讥讽之意隐藏得过深，某些听众就会感到莫明其妙。如果过浅，则另一些听众又会嫌太浅薄。假如听众的欣赏水平参差不齐、众口难调的话，则宁肯失之过深，而不可失之过浅。因为后者必然会降低作品的艺术水准。讽刺性质的诗歌也是如此。韩愈《华山女》的讥讽之意，对于许顗而言过于深藏不露。但如果为了让许顗读懂而把此诗写得明白浅显，势必会改变其冷隽尖刻的风格，也势必会降低其讥讽力度。我们只能希望读者中多一些朱熹而少一些许顗，而不能要求韩愈降低作品的深度来迁就许顗。

（莫砺锋）

八月十五夜赠张功曹

韩　愈

　　纤云四卷天无河，清风吹空月舒波。沙平水息声影绝，一杯相属君当歌。君歌声酸辞且苦，不能听终泪如雨。洞庭连天九疑高，蛟龙出没猩鼯号。十生九死到官所，幽居默默如藏逃。下床畏蛇食畏药，海气湿蛰熏腥臊。昨者州前捶大鼓，嗣皇继圣登夔皋。赦书一日行万里，罪从大辟皆除死。迁者追回流者还，涤瑕荡垢朝清班。州家申名使家抑，坎轲只得移荆蛮。判司卑官不堪说，未免捶楚尘埃间。同时辈流多上道，天路幽险难追攀。君歌且休听我歌，我歌今与君殊科。一年明月今宵多，人生由命非由他，有酒不饮奈明何！

　　韩愈之诗，以奇险雄鸷的风格在唐代诗坛上独树一帜。宋人张戒云："退之诗，大抵才气有余，故能擒能纵，颠倒崛奇，无施不可。"（《岁寒堂诗话》）所谓"能擒能纵，颠倒崛奇"，在章法上的表现就是结构奇特，《八月十五夜赠张功曹》就是这样一首结构奇特的韩诗名篇。

　　此诗于永贞元年（805）中秋作于湖南郴州。德宗贞元十九年（803），韩愈因京畿灾荒而上书，请求停征赋税，得罪朝廷，被贬为阳山（今属广东省清远市）县令。与此同时，与韩愈同任监察御史的张署则因谏宫市而被贬为临武（今属湖南省郴州市）县令。阳山与临武相去不远，两人遂结伴南迁，过洞庭，下湘水，直到临武才分手：张留于此，韩继续南行。至贞元二十一年（805）正月，德宗死，顺宗即位，改元永贞，韩、张两人俱遇赦北归，因湖南观察使杨凭暗中作梗，两人仅得北行百余里，至郴州（今属湖南）而待命。同年八月，宪宗即位，大赦天下，韩愈量移江陵府法曹参军，张署也量移江陵府功曹参军。就在他们接到量移江陵之命而尚未离开郴州之时，中秋节到了。韩愈因作此诗以赠张署。

  后代的论者也大多注意到此诗的独特结构。清人查慎行评曰："用意在起结，中间不过述迁谪量移之苦耳。"（钱仲联《韩昌黎诗系年集释》引）细察全诗，其起四句，叙中秋夜两人对酒当歌之情景；其结五句，劝张休歌而听己歌，并表明达观之态度。这一起一结，一共才有九句。而中间的一段却多达二十句。如果真如查氏所云，全诗用意在起结，那么真可谓喧宾夺主了。况且中间一段全是写迁谪之苦，以及遇赦而受抑之牢骚的"君歌"，词意酸苦，情绪低落，与末尾三句"我歌"的乐天、达观南辕北辙。当然，也可理解成是用的反衬手法，即以"君歌声酸辞且苦"来反衬苦中取乐之"我歌"。但是中间一段大笔濡染，淋漓尽致，给读者留下深刻的印象。如果仅是用来反衬结尾的达观态度，那真是劝百讽一。况且从艺术效果来看，假如我们将中间一段删去，仅保存一起一结，即保留查氏所说的"用意全在起结"者，那么，此诗还称得上是一首情文并茂的名篇吗？恐怕很难说。因为全诗的着力之处恰恰就在中间一段，所谓"精峭悲凉，源出楚骚"（清人程学恂语，见《韩昌黎诗系年集释》）的评语，即是对此而言。如仅存起结的九句，则全诗精彩顿失。难道韩愈这样的大手笔，竟会把好钢全用在刀背上，而对刀刃反而不甚措意吗？

  张署其人，不以能诗闻名。虽然韩愈在祭张署文中回顾两人结伴南谪的途中曾多有唱和："余唱君和，百篇在吟。"（《祭河南张员外文》）但留存至今的张署诗作只有一首，它作为韩愈《答张十一功曹》的附录而存于韩集。故宋人胡仔云："《昌黎集》中，酬张十一功曹署诗颇多，而署诗绝不见。惟《韩子年谱》载其一篇。"（《苕溪渔隐丛话》后集）而且这首张诗写得比较一般，在艺术水准上与韩诗相去甚远。所以笔者怀疑《八月十五夜赠

《张功曹》的中间二十句,压根就不是出于张署之口的"君歌",而全是韩愈代张署而发且出于己语的代言。这样说的理由在于,这二十句诗所述的主要内容,在韩愈的其他诗作中都曾出现过。请看下表:

《八月十五夜赠张功曹》	其他韩诗
洞庭连天九疑高。	春风洞庭浪,出没惊孤舟。(《赴江陵途中寄赠王十二补阙李十一拾遗李二十六员外翰林三学士》)
蛟龙出没猩鼯号。	阳山穷邑惟猿猴。(《刘生》) 庙开鼯鼠叫。(《郴州祈雨》)
十生九死到官所,幽居默默如藏逃。	追思南渡时,鱼腹甘所葬。(《岳阳楼别窦司直》) 逾岭到所任,低颜奉君侯。(《赴江陵途中寄赠王十二补阙李十一拾遗李二十六员外翰林三学士》)
下床畏蛇食畏药。	有蛇类两首,有蛊群飞游。……猜嫌动置毒,对案辄怀愁。(《赴江陵途中寄赠王十二补阙李十一拾遗李二十六员外翰林三学士》) 南方本多毒,北客恒惧侵。(《县斋读书》)
海气湿蛰熏腥臊。	毒雾恒熏昼,炎风每烧夏。(《县斋有怀》) 腥风远更飘。(《叉鱼》)
嗣皇继圣登夔皋。	嗣皇新继明,率土日流化。(《县斋有怀》)
涤瑕荡垢朝清班。	班行再肃穆,璜佩鸣琅璆。(《赴江陵途中寄赠王二十补阙李十一拾遗李二十六员外翰林三学士》)
州家申名使家抑。	前日遇恩赦,私心喜还忧。果然又羁縻,不得归锄耰。(《赴江陵途中寄赠王二十补阙李十一拾遗李二十六员外翰林三学士》)

上表中后面一栏中的韩诗，全都写于此次南谪以及遇赦北还之际，可以视作《八月十五夜赠张功曹》中间一段内容的复述。这一次贬谪生涯在韩愈心头留下的阴影是如此严重，以至于当他在北归途中偶遇南谪的刘禹锡时，竟细述南谪种种可怕情状来警戒对方："湖波连天日相腾，蛮俗生梗瘴疠烝。江氛岭祲昏若凝，一蛇两头见未曾。怪鸟鸣唤令人憎，蛊虫群飞夜扑灯。雄虺毒螫堕股肱，食中置药肝心崩。左右使令诈难凭，慎勿浪信常兢兢。吾尝同僚情可胜，具书目见非妄征，嗟尔既往宜为惩。"（《永贞行》）后人对此诗的政治含义议论纷纷，我认为诗人对刘禹锡还是持同情态度的，兹不具论。与本文有关的是，诗中对南谪生涯艰辛、可怖的描写，与《八月十五夜赠张功曹》何其相似乃尔！

韩愈论诗，重视穷苦悲怨之词。就在此年韩愈到达江陵府任法曹参军之后，他向兵部侍郎李巽投赠诗文，自称："旧文一卷，扶树教道，有所明白。南行诗一卷，舒忧娱悲，杂以瑰怪之言，时俗之好。"（《上兵部李侍郎书》）可见他认为自己此次南谪所作的诗都是"舒忧娱悲"，也即抒发内心哀怨之情的。同是在此年，韩愈又在《荆潭唱和诗序》中指出："夫和平之音淡薄，而愁思之声要妙。欢愉之辞难工，而穷苦之言易好也。"这与他推重孟郊诗歌"其歌也有思，其哭也有怀"（《送孟东野序》）之抒情倾向可以互相印证。况且韩愈性格刚强，敢于直言，加上命途多舛，常受排挤，所以他的抒情名篇几乎全是抒写哀伤愤怨的牢骚之语，在遭受贬谪、身处逆境之时更是直抒胸臆，从无隐讳。作于《八月十五夜赠张功曹》之后不久的《赴江陵途中寄赠王二十补阙李十一拾遗李二十六员外翰林三学士》一诗，全面地回顾了自己因直言进谏而蒙冤南谪的过程，以及贬谪生涯的种种艰辛，全诗词气愤怨，毫无掩饰，像"殷汤闵禽兽，解网祝蛛蝥。雷焕掘宝剑，冤氛销斗牛"之句，高声呼冤，词气凌厉。及至元和十四年（819），韩愈因上书谏迎佛骨被贬潮州，途中竟向亲戚嘱托后事："知汝远来应有意，好收吾骨瘴江边。"（《左迁至蓝关示侄孙湘》）又借泷吏之口渲染潮州风土之可怖："恶溪瘴毒聚，雷电常汹汹。鳄鱼大于船，牙眼怖杀侬！"（《泷吏》）由此可以推知，

《八月十五夜赠张功曹》这首诗的主旨不太可能是以"迁谪量移之苦"来反衬达观心态，恰恰相反，"迁谪量移之苦"才是此诗的主要题旨。

对于《八月十五夜赠张功曹》的结构特点，清人评说甚多。汪琬云："虚者实之，实者虚之，得反客为主之法。"(《韩昌黎诗系年集释》引)方东树云："一篇古文章法。前叙，中间以正意、苦语、重语作宾，避实法也。"(《昭昧詹言》)吴汝纶云："写哀之词，纳入客语，运实于虚。"(《唐宋诗举要》引)诸家说法虽异，意思则同，都是指此诗结构有运虚避实的特点。所谓"避实"，所谓"反客为主"，所谓"运实于虚"，都是指诗人故意将"实"的诗歌主旨隐藏在"虚"的一方，故意将"主"之意旨借助"宾"之语句予以宣泄。也就是说，此诗中假托"君歌"的中间一段，其实正是诗人想要抒发的内心情思。而见于"我歌"的几句，虽然故作达观之语，以抒潇洒之情，其实只是全诗主旨的反衬。方东树说得好，中间一段是"正意、苦语、重语"，是全诗的重点、主干，是诗中最用力、最精彩的部分，这当然就是诗人自己的内心情思，就是韩愈本人的满腹牢骚，就是"借他人之酒杯，浇胸中之块垒"。汉人辞赋，常采用主宾对话的结构，从而以宾衬主、抑宾扬主，并在篇末点明题旨。此诗表面上也是以宾衬主，其实恰恰相反，篇末的"我歌"只是陪衬，篇中的"君歌"反而是全诗主旨。所以笔者的看法正好与查慎行相反：此诗用意全在中间"述迁谪量移之苦"的一大段精彩文字，起结不过是陪衬耳。

（莫砺锋）

泷 吏

韩 愈

南行逾六旬，始下昌乐泷。险恶不可状，船石相舂撞。往问泷头吏，潮州尚几里？行当何时到，土风复何似？泷吏垂手笑，官何问之愚！譬官居京邑，何由知东吴？东吴游宦乡，官知自有由。潮州底处所，有罪乃窜流。侬幸无负犯，何由到而知？官今行自到，那遽妄问为？不虞卒见困，汗出愧且骇。吏曰聊戏官，侬尝使往罢。岭南大抵同，官去道苦辽。下此三千里，有州始名潮。恶溪瘴毒聚，雷电常汹汹。鳄鱼大于船，牙眼怖杀侬。州南数十里，有海无天地。飓风有时作，掀簸真差事。圣人于天下，于物无不容。比闻此州囚，亦有生还侬。官无嫌此州，固罪人所徙。官当明时来，事不待说委。官不自谨慎，宜即引分往。胡为此水边，神色久懡慌？瓯大瓶罂小，所任自有宜。官何不自量，满溢以取斯？工农虽小人，事业各有守。不知官在朝，有益国家不？得无虱其间，不武亦不文。仁义饰其躬，巧奸败群伦。叩头谢吏言，始惭今更羞。历官二十余，国恩并未酬。凡吏之所诃，嗟实颇有之。不即金木诛，敢不识恩私。潮州虽云远，虽恶不可过。于身实已多，敢不持自贺。

唐代宗大历三年（768），杜甫离开夔州顺江东下，途经公安（今湖北公安），停留数月。杜甫在公安曾得县尉颜十等人的热情接待，也曾受到其他官吏的冷遇,他在《久客》中说:"羁旅知交态,淹留见俗情。衰颜聊自哂,小吏最相轻!"末句辞气甚怨,当是气愤难平之故。然杜甫生性忠厚,且诗风简练,故点到辄止,并未详述那位小吏的行径。转眼半个世纪过去,到了唐宪宗元和十四年(819),韩愈因谏迎佛骨被贬潮州,途经韶州乐昌县(今广东乐昌),在昌乐泷的江头遇到一个小吏,一番问答后,写下了《泷吏》这首诗。

对于此诗主题,后人颇有异解。清人朱彝尊云:"欲道贬地远恶,却设为问答,又借吴音野谚,以致其真切之意。"(《韩昌黎诗系年集释》卷一一,下同)查慎行云:"通篇以文滑稽,亦《解嘲》《宾戏》之变调耳。"沈德潜云:"借吏言以规讽,主意在此。"几种解释都能言之成理,笔者则认为诗人是借题发挥,借与泷吏的一番对答,来描述贬地远恶,同时抒写内心愤慨。试看泷吏训斥韩愈的"官不自谨慎,宜即引分往","官何不自量,满溢以取斯"以及"仁义饰其躬,巧奸败群伦"等语,简直就是朝廷强加在韩愈身上的罪名。再看诗人自承有罪的"凡吏之所诃,嗟实颇有之。不即金木诛,敢不识恩私"等语,又哪会是他的真心话?就在两个月以前,韩愈南谪途经秦岭时,还曾作诗述志:"欲为圣明除弊事,肯将衰朽惜残年?"(《左迁至蓝关示侄孙湘》)他几曾如此卑躬屈膝、妄自菲薄?韩愈此时虽是因罪遭贬之人,但其政治身份乃潮州刺史,仍是前往赴任的朝廷命官,一个小吏安敢对他如此放肆?况且昌乐泷属于乐昌县管辖,乐昌乃韶州的属县,当时的韶州刺史张蒙对韩愈甚为友好,对过境的韩愈寄书赠诗,其治下的底层小吏不应毫无知闻。所以韩诗中所写的泷吏,虽然不像扬雄《解嘲》中的"客"、东方朔《答宾戏》中的"宾"那样纯属虚拟,但也可能含有夸张、虚构的成分。

此诗文字质朴,叙事生动,主要篇幅均为主客对话,宛如一出独幕剧。韩愈南贬,奔波六旬,方来到湍急险恶的昌乐泷。远道来客,人地两生,便向泷吏打听前方还有多远的行程,以及潮州的风土如何。行旅之人向当地人询问此类问题,乃是人之常情。身为管理渡口事务的小吏,向过客解答此类问题，是其应尽的职责。可是泷吏竟然"垂手笑"，也即貌若恭敬，面露讥笑。一句"官何问之愚"，无异当头棒喝。接下来便是一连串的数落和反问：潮州离此尚远，犹如长安与东吴，长官住在长安，怎会知道东吴？况且东吴乃游宦之地，长官理应知晓。潮州却是罪犯流窜之地，我幸未犯罪，何由得到，何由得知？再说长官迟早会到达潮州，哪用急着乱问？泷吏的反应完全出人意料，韩愈仓促见困，惊愧交加，冷汗直冒。泷吏见状，遂改口说前言是戏弄长官的，其实自己曾到潮州去过。接着便对潮州之偏远荒凉、险恶可怖大肆渲染。"鳄鱼大于船，牙眼怖杀侬！"唐时"侬"字尚不能释"你"，故此句中的"侬"字与前文的两处一样，都是泷吏自称。只有后文"比闻此州囚，亦有生还侬"中的"侬"字泛指一般的人。但此句的意思，仍是恐吓韩愈。然后泷吏又声色俱厉地教训韩愈：你被贬潮州，完全是咎由自取，自当引咎前往，为何在此神色慌张？况且你在朝为官，对国家有何益处？你既不能文，又不能武，假仁假义，奸滑败群，岂不像只寄生虫？韩愈听后叩头称谢，自承有罪。全诗遂终。

众所周知，韩愈其人，勇毅刚强，忠贞鲠亮。他在朝为官时面折廷争，不避君主雷霆之怒；宣抚叛镇时据理力争，不畏军阀虎狼之威。岂知在荒远之地遇到这位阛闠小吏，横遭对方冷嘲热讽，竟然无言以对，只得忍辱含垢。何以有如此大的反差？时势不同也。庄子说得好："吞舟之鱼，砀而失水，则蚁能苦之。"（《庄子·庚桑楚》）司马迁也说得好："猛虎在深山，百兽震恐。及在槛阱之中，摇尾而求食，积威约之渐也。"（《报任少卿书》）周勃出狱后说："吾尝将百万军，然安知狱吏之贵乎！"（《史记》卷五七）路温舒则引俗语说："画地为狱议不入，刻木为吏期不对。"（《汉书》卷五一）泷吏虽非狱吏，但在泷头这个偏僻险恶的弹丸之地，这个小吏完全可以作威作福，肆无忌惮，其权势、威风与狱吏无异。路经此地的韩愈受其羞辱，除了忍气吞声外别无良策。

此诗成为名篇，主要原因就是绘声绘色地刻画了一个歹毒阴险的小吏，这是中国诗歌史上第一次出现此类人物形象。这位泷吏为虎作伥，落井下石,貌恭心险,笑里藏刀。他狐假虎威,欺压良善,巧舌如簧。他随意构陷别人的罪状,却又显得义正词严。他任意侮辱别人的人格,却又装得面带笑容。他对因忠获罪的直臣毫无敬意,反倒肆意侮弄。他对无辜遭难的迁客毫无同情,反倒幸灾乐祸。韩诗不动声色地直录其口语,用白描手法为泷吏留下一幅栩栩如生的肖像画,从而把此类人物牢牢地钉在历史的耻辱柱上,《泷吏》真是一篇以诗为讽的典范之作。

(莫砺锋)

九年十一月二十一日感事而作

白居易

祸福茫茫不可期，大都早退似先知。
当君白首同归日，是我青山独往时。
顾索素琴应不暇，忆牵黄犬定难追。
麒麟作脯龙为醢，何似泥中曳尾龟？

　　此诗题中的"九年"指唐文宗大和九年（835），由于十一月二十一日正是"甘露事变"发生的当日，后人皆认为诗人所"感"之事即甘露事变。当然此诗不可能作于事变当天，因为洛阳距离长安六百余里，身在洛阳的诗人不可能获知当日长安突发事变的消息。况且诗人于题下注云："其日独游香山寺。"很像事后追记的口吻。那么此诗究竟作于何日？不妨从甘露事变的进程稍做推测：十一月二十一日，事变爆发，宰相王涯被宦官逮捕，不胜拷掠之苦，自诬谋反。二十二日，文宗在宦官的胁迫下使令狐楚草制宣告王涯反状。贾𫗧被捕。二十三日，李训于奔亡途中被捕，自请押送者斩其首。二十四日，神策军用李训的首级引领王涯、贾𫗧、舒元舆至刑场处死。白诗"当君白首同归日"一句，乃用晋人潘岳、石崇之典故。《晋书·潘岳传》载潘、石二人被孙秀诬以谋反之罪，"初被收，俱不相知。石崇已送在市，岳后至，崇谓之曰：'安仁，卿亦复尔耶！'岳曰：'可谓白首同所归。'岳《金谷诗》云：'投分寄石友，白首同所归。'乃成其谶"。白诗用此典咏王涯、贾𫗧、舒元舆、李训等"甘露四相"同日遭戮之事，极为精切。这说明白诗的写作定在"甘露四相"被戮之后,题中所云"九年十一月二十一日",追记之辞也。

宦官专权是中唐政治肌体上最大的毒瘤,当时宦官们掌握着左右神策军,连皇帝都受制于他们,故司马光在《资治通鉴》卷二六三中评议中唐宦官之嚣张气焰:"劫胁天子如制婴儿","使天子畏之如乘虎狼而挟蛇虺"。白居易对此深恶痛绝,曾公开宣言"危言诋阍寺,直气忤钧轴"(《和梦游春诗一百韵》)。早在宪宗元和年间,时任学士和拾遗的白居易就曾奋不顾身地上书抨击宦官头子俱文珍、李辅光、吐突承璀等,甚至不惜批皇帝之逆鳞。可是当"甘露事变"发生的时候,白居易已经不是三十年前那位无所畏惧的英年朝士了。早在元和四年(829),白居易以太子宾客分司东都,便开始了他的"中隐"生涯。到了元和九年九月,朝廷任命他为同州刺史,辞疾不赴,十月改授"太子少傅分司东都",那是一个"月俸百千官二品"(《从同州刺史改授太子少傅分司》)的闲职,白居易对之相当满意。当"甘露事变"的惊人消息传到洛阳时,白居易的心情十分复杂。一方面,他当然痛恨宦官的倒行逆施。另一方面,他又庆幸自己急流勇退,及时避开了朝廷里的政治风波,从而没有像朝中诸臣那样横遭杀身之祸。那么,白居易对王涯等"甘露四相"又持什么态度呢?正是在这一点上,后人见仁见智,歧见纷纭。

北宋苏轼《书乐天香山寺诗》云:"白乐天为王涯所谗,谪江州司马。甘露之祸,乐天在洛,适游香山寺,有诗云:'当君白首同归日,是我青山独往时。'不知者,以乐天为幸之。乐天岂幸人之祸者哉!盖悲之也。"(《苏轼文集》卷六七)苏轼未点明"不知者"之名,今考南宋魏庆之《诗人玉屑》卷十六"甘露诗"条云:"沈存中谓:乐天诗不必皆好,然识趣可尚。章子厚谓不然,乐天识趣最浅狭,谓诗中言甘露事处,几如幸灾。虽私仇可快,然朝廷当此不幸,臣子不当形之歌咏也,如'当公白首同归日,是我青山独往时'。"沈存中即沈括,章子厚即章惇,都与苏轼有所交往,苏轼所谓"不知者"或即章惇。苏、章二人乃同年进士,入仕后交往密切。章惇所言,苏轼当有所闻,但驳议时姑隐其名。章惇称白居易与王涯有"私仇",当指苏轼所云白居易"为王涯所谗,谪江州司马"之事。元和十年(815),宰相武元衡被刺。身居卑职的白居易最早上书要求捕贼雪耻,得罪了朝中权贵,被执政者奏贬江表刺史。时任中书舍人的王涯落井下石,上疏论"居易所犯状迹,不宜治郡,追诏授江州司马"(《旧唐书·白居易传》)。况且王涯其人,"贪权固宠,不远邪佞",为相后因行苛政而招民怨,"甘露事变"中赴刑场,"百姓怨恨,诟骂之,投瓦砾以击之"(《旧唐书·王涯传》)。即使白居易对其下场有幸灾之意,亦不过分。但事实并非如此。白居易与王涯虽有前嫌,其后的关系也很疏远,但白居易从未在诗文中对王涯有过微词。王涯在"甘露事变"中惨遭宦官杀害,白居易更不可能在这个时刻产生幸灾之心。况且"当君白首同归日"所用之典乃潘岳、石崇同日罹难,这个典故的重点是同归于尽,不能用于单数的对象。如果此句中的"君"独指王涯,那么怎能用"同归"二字?所以"君"字应是泛指甘露事变中遇害的多位朝官,尤其是指"甘露四相"。白居易与贾𫗧、舒元舆一向交好,两个月前被任命为同州刺史即因舒元舆之荐。"甘露四相"同时遇害虽出偶然,但那确是朝士与宦官长期斗争的必然结果,身为朝士的白居易怎会对遇害朝士幸灾乐祸!

苏轼与章惇对白诗有不同解读也许可归因于学养或见识有异,但也与他们的人品相殊不无关系。苏轼胸襟坦率,潇洒磊落,虽在政治风波中树敌甚多,但从未因私怨而怀恨于心,即使对政敌王安石也是如此。章惇却性格偏狭,睚眦必报。宋仁宗嘉祐二年(1057),章惇与苏轼同时进士及第。因是年状元乃章惇之侄儿章衡,章惇耻其名次居于章衡之下,竟于两年后重新应举高中后方肯出仕。苏、章二人入仕后一向交好,即使在苏轼遭受乌台诗案时,章惇还曾上书论救。但到了哲宗绍圣年间,新党重掌政权,章惇登上宰相宝座后,却对苏轼一贬再贬,直到将其贬至"非人所居"的海南,必欲置之死地而后快。章惇对苏轼的迫害,虽有党争的因素,但也未尝没有自私自利的阴暗心理在起作用。黄庭坚说"时宰欲杀之"(《跋子瞻和陶诗》),佛印说"权臣忌子瞻为宰相尔"(见《钱氏私志》),可见章惇之用心路人皆知。相反,苏轼却以不念旧恶的胸怀对待章惇。元符三年(1100)宋哲宗突然去世，朝局又变，章惇罢相，并于次年远贬雷州。遇赦北归的苏轼在途中获知此事，立即写信给章惇的外甥黄寔，说雷州并无瘴疠，让他转劝章惇之母以宽心。此后朝野相传苏轼即将还朝拜相，章惇幼子章援持书来见苏轼，为其父求情。苏轼当即亲笔给章惇回信，多方劝慰，且在书信背面亲笔抄录一道"白术方"，让章惇服用以养年。南宋刘克庄评此事曰："君子无纤毫之过，而小人忿忮，必致之死。小人负丘山之罪，而君子爱怜，犹欲其生。此君子小人之用心之所以不同欤！"（《跋章援致平与坡公书》）苏轼与章惇对白诗的不同解读，与"君子小人之用心不同"不无关系。由此可见当后人对古诗意蕴产生完全相反的评判时，见仁见智固然是可能的原因，以己度人也是不容忽视的因素。西谚云："有一千个读者就有一千个哈姆莱特。"我们也可说有一千个读者就有一千个李白、一千个杜甫和一千个白居易。

（莫砺锋）

不 致 仕

白居易

　　七十而致仕,礼法有明文。何乃贪荣者,斯言如不闻。可怜八九十,齿堕双眸昏。朝露贪名利,夕阳忧子孙。挂冠顾翠绥,悬车惜朱轮。金章腰不胜,伛偻入君门。谁不爱富贵,谁不恋君恩。年高须告老,名遂合退身。少时共嗤诮,晚岁多因循。贤哉汉二疏,彼独是何人。寂寞东门路,无人继去尘。

　　这是《秦中吟》十首中的一首,题目一作《合致仕》,据说是为讽刺杜佑年七十不致仕而作。李肇《唐国史补》载:"高贞公致仕,制云:'以年致政,抑有前闻。近代寡廉,罕由斯道。'是时杜司徒年七十,无意请老,裴晋公为舍人,以此讥之。"白居易有诗颂扬高郢(740—811)年满即致仕,此诗或为同时作,时间应该在唐宪宗元和四年(809)前后。诗中以一系列细节刻画了这类人到年龄不退休的那种恋栈心态,对他们老态龙钟犹尸位素餐的丑态也进行了描写,在此基础上再由少壮与老耄的心理差异说明恋栈乃具有普遍意义的人性弱点,能够像汉代二疏叔侄那样突破这种心理局限的贤人,实在是少而又少。这一主题的丰富意涵,包含着诗人对自身所属的士大夫群体的普遍人格的深刻揭示和历史反思。

　　白居易在《与元九书》中把自己的诗作分为四类:讽谕诗、闲适诗、感伤诗和杂律诗。讽谕诗就是关注社会现实,补察时政,利用诗歌向君主进谏的一类作品,据他自己说包括"自拾遗来,凡所遇所感,关于美刺兴比者;

又自武德至元和，因事立题，题为《新乐府》者，共一百五十首"。

白居易自入官后，了解四方民生政事，便抱定"文章合为时而著，歌诗合为事而作"的宗旨，将文学作为辅佐政治的工具。任左拾遗后，身为谏官的他，更是月请谏纸，频上奏疏。"启奏之外，有可以救济人病，裨补时阙，而难于指言者，辄咏歌之，欲稍稍递进闻于上"，这一方面让皇帝了解世间舆情，另一方面也尽到自己谏官的责任。为了真切地反映现实，并且让人感觉明白易懂，他采用古代乐府诗的体裁，取其长于叙事而通俗易懂的优点，但又不沿用旧题，而是"因事立题"，形式上也做了适当调整，故名为新乐府。他在《新乐府序》中将新乐府诗的形式特点概括为：（1）篇无定句，句无定字，篇幅完全根据内容需要而定。（2）首句说明题旨，结尾表明写作意图。（3）语言质朴，使读者容易理解。（4）主题切中时弊，使读者引以为戒。（5）叙事真实不假，使读者信而不疑。（6）表达流利而畅达，便于谱入歌曲传唱。系列组诗《秦中吟十首》中的这首《不致仕》便具有上述特点。

诗的结构分为前后两段，前半叙事，后半议论，符合"首句标其目，卒章显其志"的结构特征。

起句首先紧扣题目中的"致仕"二字，和下句一起说明了立论的前提：七十岁退休既为礼法明文规定，那就应该遵守。可是朝臣中偏有一辈贪恋荣华者，毫不理会礼法，就是赖着不退。首两联挑明了题目"不致仕"的问题，成为全诗的引子。接下来八句具体叙写那些人的老耄之态和不肯退休的原因。"可怜"一联状其老态，"朝露"一联剖析其恋栈心理。朝露和夕阳在这里都是人生老境的暗喻，因来日无多，就愈益贪图享受，越发在意名利，同时又不免为子孙计，故不愿退也不忍退。"挂冠"一联承上，用辞官和休致的别称"挂冠""悬车"，配以"顾翠绥""惜朱轮"来刻画这些人的心理，一个"顾"字，一个"惜"字将他们的恋栈之情描摹得惟妙惟肖。"金章"一联又承"可怜"一联，写其老态龙钟、不堪驱走之状，暗示这些逾龄不退的老臣实已衰朽无用，备位而已。

面对这些尸位素餐、无所作为的老朽，白居易觉得真是可怜又可恨，不由得感慨：爱富贵恋荣宠固然是人之常情，但既到年龄就必须让贤，功成名就更宜急流勇退——这不是什么高深的道理，乃是古来圣贤谆谆教人的老生常谈。白居易的可贵在于拥有理性的自我反省能力，他未雨绸缪地意识到："少时共嗤诮，晚岁多因循。"的确，年轻时看不惯的事，老来就觉得很正常；年轻时鄙视的行为，老来泰然行之而毫不介意，这乃常有的事。两句无意中触及人性的一个缺陷，所针对的不只是那些老耄之辈，而且是未来的自己。人们少壮时看到老辈的陈腐僵化、乡愿保身、尸位素餐、贪财好色，不总是希望自己到老别这副模样吗？可一旦自己桑榆向晚，又是怎么样呢？

这么一想，白居易不禁对汉代的疏广、疏受叔侄产生由衷的钦佩，那是何等超逸的高人，竟能跳出世俗的陷阱，挣脱名利的缰锁！结联用"寂寞东门路，无人继去尘"将古今联系起来，表达一种物是人非的感慨，这要比直说斯人不再更为隽永有味。而援引古贤的佳话来作对比，也比直接否定现实更启人思索。最主要的是，"无人继去尘"是对包括自己在内的士大夫群体的整体批判，比诗僧灵澈"相逢尽道休官去，林下何曾见一人"的冷嘲更具有反身的力量。

乐府写作从汉乐府的"缘事而发"，一变而为建安诗人的以古题咏时事，再变而为杜甫的"即事名篇"，并经元结、戴叔伦、顾况等大历诗人一脉传承，到白居易发展成讽喻时事的新乐府，为这古老的体裁注入了鲜活的批判精神，也在当时产生了强烈的反响。《与元九书》提到："凡闻仆《贺雨诗》，众口籍籍，以为非宜矣；闻仆《哭孔戡诗》，众面脉脉，尽不悦矣；闻《秦中吟》，则权豪贵近者，相目而变色矣；闻《登乐游园》寄足下诗，则执政柄者扼腕矣；闻《宿紫阁村》诗，则握军要者切齿矣。"这些犀利的诗作为白居易赢得了广泛的读者，在那还没有大众传媒的时代，这些直面现实、批评时政的作品，为人们提供了有新闻价值的时事评论，其中包含的历史信息至今仍为唐史研究所取资。白居易的这些作品提醒我们，诗歌不只是抒发情爱、摹写风花雪月的雕虫小技，也是体察世道、关注民生的经国大业，同时还是惩恶扬善、针砭现实的有力武器。只有情感之真、文辞之美，而没有伦理之善，绝不可能成就高尚、伟大的文学。

（蒋寅）

赋得古原草送别

白居易

离离原上草，一岁一枯荣。
野火烧不尽，春风吹又生。
远芳侵古道，晴翠接荒城。
又送王孙去，萋萋满别情。

赋得，就是即席作诗时赋咏自己分到的题目，通常是摘取古人成句，或咏当前应景之物。这种风气出现于建安时代，当时幕府文士经常聚会，用同一个题目写作诗赋，后来相沿成俗。因为诗题多为随机获得，故诗题前冠以"赋得"两字。现存古诗中标名"赋得"的作品，最早的是南朝梁元帝的《赋得兰泽多芳草》。唐代科举考试，试五言六韵或八韵排律一首，为了磨炼应试能力，士人宴集常取古人诗句或应景名物为题赋诗，各人拈到什么题就写什么，韵也是临时拈取，或以诗题中字为韵，以培养才思和写作能力。此外，唐人在应制（奉皇帝之命）、应令（奉太子之命）或应教（奉诸王之命）赋诗的场合，或饯别宴集之际，也多分题写作，同样题作赋得某题。在一次送别宴上，白居易拈得"古原草"一题，即以古原草为咏歌对象作诗赠别行人，借着描写和赞美野草的顽强生命力，表达了对行人的激励之意和自己的惜别之情。

自唐代宗大历年间开始，京官外放常邀集京城名诗人赋诗饯送，当时以钱起、郎士元为代表的一批诗人都是这种宴会上的明星。重臣出京，如果没有钱、郎两位出席赋诗，甚至会显得很没面子。由于钱别对象是既定的，与会者可以事先构思（当时叫宿构），宴集时为了体现公平，不仅要临时限韵，还要再拈赋一个题目，以提高写作难度。这时，送别是同席的大主题，赋得对象则是各人的小主题。两个主题如果有天然的关联，那还好办；若两者如水火、参商之不相容不相合，那么如何在诗中处理好大小两个主题的关系，就是很费神的事了。还好，白居易分得的"古原草"，与送别还不算太不搭界，但如何自然地把两者捏合到一起，仍须费一番心思。

题为"赋得古原草送别"，自然要从草写起；又因为是古原草，更须写出古原的苍茫感。起句"原上草"三字，虽写了原写了草，但看上去比较平常，如果不是冠以"离离"二字，简直就不成诗。这"离离"两个字可有来历，它们出自《诗经·王风·黍离》："彼黍离离，彼稷之苗。"原指植物纷披丰茂的样子。自古流传的《诗序》说："《黍离》，闵宗周也。周大夫行役，至于宗周，过故宗庙宫室，尽为禾黍。闵周室之颠覆，彷徨不忍去，而作是诗也。"对于熟悉经传的古人来说，这两个字蕴含着浓厚的兴亡之感，平淡无奇的"原上草"一用"离离"来形容，顿时平添一抹莽莽苍苍的古意，渲染出古原的感觉。当然，在这首诗中，那种感觉尚未弥漫开来，马上就被充满生气的次句所覆盖。生命轮回的生机伴随春风拂过古原，给古原注入了生气。"一岁一枯荣"，字面上是枯荣轮替，各占一半，但在这里，重心完全落在了"荣"字上。因为眼前正是春意盎然之时，经冬枯伏、野火烧残的原草正在复苏挺生。随着岁月更迭周而复始的生命周期，意味着自然的永恒，同样也暗示了题中的"古"字。

我们许多人从孩童时代就知道这首诗，而且牢记了颔联两句。是的，"野火烧不尽，春风吹又生"，既像是张扬生命力的信念，又像是满含哲理的格言，在以后漫长的时代，不知道给多少人带来信心，在看不到光明的长夜等待、坚持，坚信春天终究会来临。无论你看没看过长篇小说《野火春风斗古城》，只要看到这书名，就知道它典出白居易这两句诗，然后就可以推想作者要表达什么样的信念。但读者可能很少意识到，这两句诗的力量全然来自首联的"一岁一枯荣",铁定的自然规律已预设了结果,这才使颔联的到来显得那么充满自信,天然地带有不容置疑的说服力。

诗写到这里,题中的古原草已写完,警句营造的高潮也已过去,但对古原的着墨还不多,送别之意尚未引出,诗人该考虑上半首的咏古原草如何同送别的大主题绾合了。颈联将目光投向远方,使古原展现在视野中,一条驿道在茫茫原草的簇拥下延伸。此情此景脱口而出,让"远芳侵古道"成了古原草和送别两个主题的连接与过渡。这看似颇为平淡的一句,为送别埋下了伏笔,同时又点明上文暗示的"古"字,为古原作正面描写。正如鲁迅所说:"其实地上本没有路,走的人多了,也便成了路。"(《故乡》)路既已成"古道",则原野之古更不须说。

原上茂盛的野草蔓延向古道,使原本已甚荒凉的道路更形冷寂。但年轻的诗人内心正荡漾着青春的激情,并未感觉到景色的荒凉,或者说不愿将眼前的景致写得过于荒凉,便用"远芳"代指野草,使它带有亲切之意;同时,用"侵"字来描写野草对道路的挤压,又似对小小冒犯的微嗔,非但不给人厌恶感,甚至还在相当程度上淡化了实景的萧瑟。下句用"晴翠"代指反射着阳光的原上草,这生机勃勃的景象装饰了贫瘠的古原,同时也淡化了"荒城"的苍凉感,从而使结句送别的眷恋定格在温暖和煦的氛围中,不再有衰飒之感。

结联"又送王孙去,萋萋满别情",正式点明全诗的大主题——送别。本来,只用两句来写第一主题很容易流于单薄,但这里化用淮南王刘安《招隐士》"王孙游兮不归,春草生兮萋萋",以传统意象所积淀的丰富意蕴,大大充实了诗句的内涵,从而加重了送别主题的分量。《招隐士》收入《昭明文选》,历来脍炙人口,王孙春草也成为送别诗常用的语料。谢灵运《悲哉行》:"萋萋春草生,王孙游有情。"王维《送别》:"春草明年绿,王孙归不归?"都是为人熟知的名句。王夫之《楚辞通释》说:"王孙,隐士也。汉、秦以上,士皆王侯之裔,故称王孙。"唐人习惯用王孙指代有身份的世家子弟。白居易此诗究竟是虚拟之作,还是实际送别之作,并不清楚。但这里设定的角色应当不是寻常人士，所以用了《招隐士》的典故，一方面切合行人的身份，另一方面紧扣送别的主题。"萋萋"乃是形容春草茂盛的词，与"满别情"相连，就变成茂密的春草满含惜别之情，构成一个移情式的修辞，即将抒情主人公的情感投射到客观景物上去，如王国维《人间词话》所说的"以我观物，故物皆著我之色彩"，不仅自然生动，更使咏"古原草"和"送别"两个主题最后融而为一。

  据说这首诗是白居易十七岁时所作，少年诗人已表现出很强的驾驭题材的能力和高超的写作技巧。晚唐人张固《幽闲鼓吹》记载，白居易应举至京，以诗谒著作郎顾况。顾况一看姓名，瞪着白居易说："米价方贵，居亦弗易。"及披卷，第一篇就是《赋得古原草送别》，不禁叹赏："道得个语，居即易矣。"经顾况延誉，白居易由此著名，二十七岁即高中进士，有诗曰："慈恩塔下题名处，十七人中最少年！"直到今天来看，这首少作仍表现了出色的写作能力，难怪他能一举及第，并留下上面的佳话。

（蒋寅）

李 白 墓

白居易

采石江边李白坟，绕田无限草连云。
可怜荒陇穷泉骨，曾有惊天动地文。
但是诗人多薄命，就中沦落不过君。
渚𬞟溪藻犹堪荐，大雅遗风已不闻。

传说李白醉后泛舟采石矶，爱水中月，欲拾之而溺水死，当地为其建衣冠冢。古往今来，无数骚人墨客过此低回，留下了谒墓凭吊的诗篇。其中尤以白居易这首七律最为著名。

诗的首句按一般吊古的起式交代李白墓的所在："采石江边李白坟。"极平常的字句，但由于省略了谓语动词而显得干净有力。两组名词直接拼接，倏然把诗要描述的对象推到读者面前，唤起读者对李白墓景象如何的关注。于是第二句便自然地引出对眼前景象的描绘："绕田无限草连云。""绕田"是说围绕墓地。茂密的荒草长满了墓地，仿佛一直蔓延到天边与浮云相接。这一刻意夸张的景物描写，不仅形象地再现了墓地的满目荒凉，同时也流露出作者的满心凄凉：曾几何时，独步当世的一代诗豪，竟沦落到这步田地！诗人抚今忆昔，悲从中来："可怜荒陇穷泉骨，曾有惊天动地文。"谁能想到眼前这瑟瑟草中的一抔黄土，竟掩埋着"笔落惊风雨，诗成泣鬼神"的盖世奇才呢？倘使知道，面对这黄土陇中的寒骨，也唯有更添感伤而已。三国时代的魏文帝曹丕曾说："生有七尺之形，死唯一棺之土，唯立德扬名，可以不朽，其次莫如著篇籍。"（《三国志·文帝纪》注）李白的诗篇，足以笼盖古今，万世不朽了，然而这又于他何补呢？曾经写下惊天动地文的"谪仙人"，终究成为"荒陇穷泉骨"！这不禁让人想到杜甫《梦李白》诗中的两句："千秋万岁名，寂寞身后事。"这位毕生景仰李白的大诗人，似乎早已洞见人生不可避免的悲剧性结局，从而发出沉重的悲慨。这个预言，当白居易站在李白墓前时，它就已不幸成真。

　　大凡伟大的诗人，都有强烈的自我意识，总是经常对自己文学的命运、对自己在历史上的位置进行冷静的思索。白居易这首诗也表现了这一点。在前四句抒发了对李白身后凄凉的感叹后，诗人宕开一笔，从历史的高度对自身所属的群体的命运做了概括："但是诗人多薄命。""但是"，即只要是。这是说大凡诗人命运总是悲惨的。的确，想想历来的诗人有几个是志得意满的？屈原沉江，阮籍佯狂，嵇康、谢灵运、谢朓就戮，左思、鲍照沉迹下僚，庾信老死异国，直到唐朝的陈子昂、王勃、卢照邻、王昌龄……命运对诗人似乎总是最残酷，所谓"但是诗人多薄命"实在是白居易饱含着无限辛酸和悲哀的浩叹，其中也渗透着对自身遭际的感慨。在他看来，自古以来诗人遭遇的不幸没有过于李白的。绝对地说，李白也许还不能算最不幸的，他每到一处有人逢迎，诗篇天下传诵，还有过三年"忽蒙白日回景光，直上青云生羽翼"的得意时光。然而相对来说，以他的绝世奇才，沦落至此，就是莫大的不幸了。白居易说"就中沦落不过君"，正是基于这种理解而言的，显出他对李白的无限景仰。这两句先推而广之，使诗境超越瞬间经验而带有历史深度，再收拢回到主题，一开一阖，增加了诗的容量。末联承颔联而反其意作结，表达了自己对李白的悼念和追慕之情。荒陇当前，采些萍藻可以祭奠英灵，寄托一腔哀思，可是要想听到诗人那大气磅礴的歌吟却再也不可能了！李白在其《古风》首篇的开头就说："大雅久不作，吾衰竟谁陈？"他是把张扬建安以上的刚健古朴之风作为目标的，自他仙去，此音岑寂。白居易也只能空自嗟叹，无力挽狂澜于既倒。但他的新乐府在某种程度上却是与李白的大雅余风精神相通的，虽然他在《与元九书》中还没有明确指出这一点。

《白氏文集》《全唐诗》所载此诗均无"渚蘋溪藻"一联,全诗仅六句。八句之作见于明曹学佺《石仓十二代诗选》,清编《古今图书集成·职方典》也有收录,并改题作《谪仙楼》。白居易原诗可能就只有六句,后人续写补足为一首七律。加上这两句充当尾联后,全诗结构更显完整,语意更为完足,也更符合读者的阅读期待。就像《红楼梦》一样,读者更愿意看到的还是曹雪芹原著、无名氏补写的一百二十回本。

(蒋寅)

岁晚旅望

白居易

朝来暮去星霜换，阴惨阳舒气序牵。
万物秋霜能坏色，四时冬日最凋年。
烟波半露新沙地，鸟雀群飞欲雪天。
向晚苍苍南北望，穷阴旅思两无边。

元和十年（815），白居易以太子左赞善大夫的身份上书言武元衡、裴度被刺事，被劾僭越，受到攻击，被贬为江州司马。这首诗写于他从长安到江州的路上。

正是岁末，时序变化，令人惊心。"星霜"指岁月，"朝来暮去"极言面对寒冬一天天逼近，心中充满无奈。这个寒冬的到来，并不仅仅是大自然的变化，也是心灵敏锐的感受。张衡《西京赋》云："夫人在阳时则舒，在阴时则惨，此牵乎天者也。"《文选》薛综注："阳谓春夏，阴谓秋冬。"作为普遍的天人感应，或许确实如此，但对于刚刚在政治斗争中受到重大挫折的诗人来说，他对阴阳之变无疑更有切身之感，所以特别点出"阴惨阳舒"。下面就具体描写"星霜"变换之后的"气序"。秋天是万物凋零的时候，一次寒霜，就带来一次凋零。"凋年"，出自鲍照《舞鹤赋》："去帝乡之岑寂，归人寰之喧卑。岁峥嵘而愁暮，心惆怅而哀离。于是穷阴杀节，急景凋年。凉沙振野，箕风动天。"本指光阴荏苒，一年将尽，但作者用这个典故，所谓"冬日最凋年"，不仅指年光之年，也指年华之年。他所面对的，确实是冬日的萧瑟,而他的心灵,同样是一片萧瑟。被贬江州是白居易生活的一个分水岭,这首诗中表达的情绪,即从一个侧面印证了这一点。颈联的意蕴可以有不同理解。若从积极的方面看,则水面虽已逐渐结冰,仍有新沙之地袒露,而欲雪之时,一片阴霾,众鸟仍然振翅而飞,表现出生命力。但是,从全篇情调来说,也不妨另做解释,即新沙地和众鸟都暗指朝中新得势之人,他们在这严酷的时节,仍然能够找到自己的位置,活得很是舒心。这就让作者情何以堪,因此,傍晚时分,他四处眺望(所谓"南北望",是一种省略式的写法),一片苍茫,"穷阴"(冬日的景象)和羁旅之思,都是无边无际。实际上,这表达了他对现实的失望,以及对前程的迷茫。

对于这首诗,《唐宋诗醇》有一段评语:"倚天拔地,字字奇警,与杜甫《阁夜》诗极相似。"推为"字字奇警",或有过誉,但它的确和杜甫《阁夜》极为相似。首先,二诗皆以岁暮节序为开端,以苍茫寂寥作结,中间铺开所见、所闻、所思、所感,结构上基本一样。其次,中二联有意识地用数目字对仗,如前者的"五更""三峡""千家""数处",后者的"万物""四时""半露""群飞",用这些字词,将时间和空间按照情感特征加以安排;同时,大与小、远与近、实与虚等,也都融为一个有机的整体,所用的手法大致一样。最后,从风格上看,二诗都由个人身世联想天下国家(当然白诗隐晦一些),境界阔大,情感沉郁。

当然,说是"极相似",毕竟不是全相同,两篇作品仍然各有特色。

从描写上来说,杜甫更看重的是声,白居易更看重的是色,所以,杜诗的中二联有三句都写声音,而白诗的中二联则基本上都在写景象。至于虚实,杜点出人事,即所谓"野哭千家闻战伐,夷歌数处起渔樵",将"战伐"对百姓的影响揭示出来,而白则将想要表达的迁谪之感隐藏在后面,由此也导致一个结果:虽然都是沉郁,但杜诗的程度会更深沉一些。

从结构上来说,杜诗的脉络更为曲折。如前人曾经指出的,杜诗的结句"人事音书漫寂寥","人事音书"四个字,前两个字关合"野哭千家闻战伐,夷歌数处起渔樵",后两个字关合"天涯霜雪霁寒宵"和"三峡星河影动摇"。至于白诗，结构相对明快简单，结句"穷阴旅思两无边"，"穷阴"和"旅思"正好把前面所描写的一切全都收束。

所以，如果说白诗是有意学杜，应该可以成立；但若说"极相似"，倒也不一定完全如此。

白居易的诗歌创作学习杜甫，是文学史上众所周知的事实。但是以往的论者更多提及的是白居易新乐府从杜诗中获得的资源，而对其他类型的作品有所忽略。从《岁晚旅望》和《阁夜》的比较来看，杜甫七言律诗同样对白居易产生了重要影响。在某种意义上，也可以说白居易是李商隐、韩偓等人学习杜甫七言律诗的一座中间桥梁。

（张宏生）

遣悲怀三首

元 稹

谢公最小偏怜女，自嫁黔娄百事乖。
顾我无衣搜荩箧，泥他沽酒拔金钗。
野蔬充膳甘长藿，落叶添薪仰古槐。
今日俸钱过十万，与君营奠复营斋。

昔日戏言身后意，今朝皆到眼前来。
衣裳已施行看尽，针线犹存未忍开。
尚想旧情怜婢仆，也曾因梦送钱财。
诚知此恨人人有，贫贱夫妻百事哀。

闲坐悲君亦自悲，百年都是几多时？
邓攸无子寻知命，潘岳悼亡犹费词。
同穴窅冥何所望，他生缘会更难期。
唯将终夜长开眼，报答平生未展眉。

元稹的《遣悲怀三首》被选入《唐诗三百首》以后，就成了广为人知的名篇。《唐诗三百首》的编选者孙洙评之曰："古今悼亡诗充栋，终无能出此三首范围者。勿以浅近忽之。"这种看法也随着《唐诗三百首》而家喻户晓，深入人心。但事实上这组诗并未得到众口一词的高度肯定，对它的否定或批判性意见也曾产生很大的影响。

对《遣悲怀三首》的否定，主要是从作品和作者这两个角度入手的。先看前者。《唐诗三百首》成书于清乾隆二十八年（1763），七十多年以后，潘德舆在其《养一斋诗话》（此书初刻于道光十六年，即 1836 年）卷三中就表示了与孙洙针锋相对的意见："微之诗云'潘岳悼亡犹费词'，安仁悼亡诗诚不高洁，然未至如微之之陋也。'自嫁黔娄百事乖'，元九岂黔娄哉！'也曾因梦送钱财'，直可配村笛山歌耳。"至于后者，则可以陈寅恪先生成书于二十世纪五十年代的《元白诗笺证稿》为代表。陈先生在此书中设专节《艳诗及悼亡诗》，从元稹的品行入手对其《遣悲怀三首》进行了严词批评："'唯将终夜长开眼，报答平生未展眉。'所谓'长开眼'者，自比鳏鱼，即自誓终鳏之义。其后娶继配裴淑，已违一时情感之语，亦可不论。惟韦氏亡后不久，裴氏未娶以前，已纳妾安氏。……夫唐世士大夫之不可一日无妾媵之侍，乃关于时代之习俗，自不可以今日之标准为苛刻之评论。但微之本人与韦氏情感之关系，决不似其自言之永久笃挚，则可以推知。"在中国古代，人们对文学作品的评价一向是人文并重，所以上述两种观点也是相辅相成的。那么，我们应该如何看待这些不同意见呢？

《遣悲怀三首》中，第三首中提到的"潘岳悼亡"，是指晋代诗人潘岳哀悼亡妻的《悼亡诗》三首，这是被萧统选进《文选》的名篇。顾名思义，"悼亡"本是哀悼亡者的意思，但从潘岳作《悼亡诗》开始，"悼亡"成了哀悼亡妻的专有名词，诗人哀悼其他人时是不用这个题目的。潘岳的三首悼亡诗都是五言诗，每首的篇幅都在二十句以上，清人陈祚明评曰："安仁情深之子，每一涉笔，淋漓倾注，宛转侧折，旁写曲诉，刺刺不能自休。夫诗以道情，未有情深而语不佳者。所嫌笔端繁冗，不能裁节，有逊乐府古诗含蕴不尽之妙耳。"（《采菽堂古诗选》卷十一）潘德舆说"安仁悼亡诚不高洁"，大概也有此意。若与元稹诗相比，潘诗显然较为典雅、深密，比如第一首中写人去室空情景的一段："望庐思其人，入室想所历。帏屏无仿佛，翰墨有余迹。流芳未及歇，遗挂犹在壁。怅恍如或存，回惶忡惊惕。如彼翰林鸟，双栖一朝只。如彼游川鱼，比目中路析。春风缘隙来，晨霤承檐滴。"相对而言，元诗的"针线犹存未忍开"之句就显得浅近简单。潘德舆说元诗"陋",当即指此而言。但是,人称"元才子"的元稹为何要把这三首诗写得如此明白浅显、直如口语呢?我们不妨再读几首元稹的其他悼亡诗。韦丛卒后,元稹一连写了好多首悼亡诗,在今存元氏诗集中,《夜间》一诗题下自注云:"此后并悼亡。"陈寅恪先生认为从《夜间》直到《除夜》的十四首诗(包括《遣悲怀三首》)都是悼亡诗,甚确。这些诗作的语言风格并不都像《遣悲怀三首》这样浅白,例如《夜间》:"感极都无梦,魂销转易惊。风帘半钩落,秋月满床明。怅望临阶坐,沉吟绕树行。孤琴在幽匣,时进断弦声。"就相当典雅庄重。至于《空屋题》中的"月明穿暗隙,灯烬落残灰",《城外回谢子蒙见喻》中的"寒烟半堂影,烬火满庭灰",都与潘诗甚为相似。可见元稹并不是不能写出像潘岳那样的悼亡诗来,《遣悲怀三首》的浅显风格是他有意为之的结果。悼亡诗本该是对着亡妻的独白,正像夫妻之间的日常对话,肯定是随口而出的平常话语,何"陋"之有?

顺便交代一下,有的学者认为《遣悲怀三首》是在韦丛逝世多年之后才写成的,陈寅恪先生曾以"今日俸钱过十万"一句为据,认为韦丛亡时元稹正在洛阳任监察御史,其月俸远不及十万之数,所以此诗作于元和十三年(818)元稹权知通州州务时,距离韦丛之卒年(809)已有九年之久。赵昌平先生认为此诗作于元稹升任同中书门下平章事时,即在长庆二年(822),那就是事隔十多年后的追思之作了(见赵昌平《唐诗三百首全解》)。这种说法与事实不符。卞孝萱先生在其《元稹年谱》中以坚实的考据证实了《遣悲怀三首》是在韦丛去世的当年写成的,一则元稹以监察御史分司东台,其实际官俸可近十万之数;二则元诗写成之后,白居易随即作《答谢家最小偏怜女》等诗和之,而白诗是元和五年所作。白居易的诗集是他本人生前所编,后来保存得相当完整,其编年是相当可靠的。因此元稹的《遣悲怀三首》不可能是多年之后的追思之作,而是突遭丧妻之祸后直抒胸臆而成的。

韦丛之父是韦夏卿,官至太子少保,元和二年卒。韦丛是韦夏卿的幼女,故元稹称她为"谢公最小偏怜女",这是活用东晋才女谢道韫得其叔父谢安赏识的典故，意谓韦丛是出自名门的大家闺秀，又得其父爱怜。韦丛于贞元十九年（803）与元稹结婚，当时元稹初入仕途，任秘书省校书郎。校书郎官居九品，俸禄较薄，故元稹家境相当贫寒。而当时的韦夏卿正任太子宾客的显职，所以韦丛嫁给元稹，真可谓"下嫁"。潘德舆对"自嫁黔娄百事乖"一句大为不满，说："元九岂黔娄哉！"这可能是因为黔娄是古代以安贫乐道著称的贫士，元稹的身份和行为与之颇不相合。其实，一则元稹当时确实比较贫困，他在《祭亡妻韦氏文》中说："逮归于我，始知贱贫。食亦不饱，衣亦不温。"即使语有夸张，当离事实不远。而且古人称道黔娄，经常涉及其妻。例如陶渊明在《五柳先生传》中说："黔娄之妻有言：'不戚戚于贫贱，不汲汲于富贵。'极其言兹若人之俦乎！"因为据《列女传》的记载，黔娄之妻是与黔娄一同安贫乐道的伴侣。所以元稹自称黔娄，也含有表彰韦丛安贫乐道之意在内。这样的写法，无可厚非。

　　《遣悲怀三首》的文字非常浅显，虽然诗中也有一些典故，但一则都是熟典，二则都用浅近文字直接叙事，并不难懂。像第三首中的第三句："邓攸无子寻知命。"邓攸字伯道，西晋人。永嘉年间中原大乱，邓攸携带一子一侄仓皇南奔，兵荒马乱中无法同时保全两个幼儿，因侄儿是亡弟的独子，为保全亡弟子嗣，便舍弃亲生儿子而独携侄儿逃到江东。没想到后来邓攸竟终生无子。时人哀之，说："天道无知，使邓伯道无儿！"韦丛卒时年二十七岁，只留下一个年幼的女儿而没有儿子，所以此句一方面是慨叹自己无子，一方面也有惋惜像韦丛那样的善人竟无子嗣的意思在内。"知命"在这里是知道命运的意思，赵昌平先生解作"五十而知天命"之意，与诗意游离，与元稹写诗时的年龄也不合。从整体来看，《遣悲怀三首》的文字真像口语一般易懂，清人陈世镕评之曰："悼亡之作，此为绝唱。元、白并称，其实元去白甚远，惟言情诸篇传诵至今，如脱于口耳。"（《求志居唐诗选》）确实，元稹诗的总体成就远不如白居易，但《遣悲怀三首》却是脍炙人口的名篇，其成功之处正在以浅近的语言表达深挚的情感，深衷浅貌故感人肺腑。潘德舆讥笑"也曾因梦送钱财"之句"直可配村笛山歌耳"，这是士大夫自命高雅的偏见。村笛山歌，正是产生于民间的天籁之音，其价值还在典雅高华的庙堂诗乐之上。况且金圣叹说得好："诗非异物，只是人人心头舌尖所万不获已，必欲说出之一句说话耳。"（《与家伯长文昌》）元稹丧妻之际，悲从中来，发声一恸，遂写出其"心头舌尖所万不获已必欲说出"的《遣悲怀三首》来。此时此际，哪能顾得上字斟句酌、布局谋篇？顺便说一下，"也曾因梦送钱财"到底指什么，赵昌平先生说是指"焚烧纸锭"，我觉得可能是说因梦中闻韦丛之语而馈赠钱财予他人（亲友、婢仆等），这才与上句"尚想旧情怜婢仆"互相紧扣。当然这两种解法都能说通，很难确定究以何者为是。

那么，历代论者对元稹的品行不无微词，这是否会影响读者对《遣悲怀三首》的接受呢？首先，前人对元稹人品的批评存在着不实之词。事实上元稹只是在仕途上稍有躁进之心，不像其好友白居易那样乐天安命而已。在反对宦官专权、反对军阀割据等方面，元稹与白居易一向志同道合，互相支持，这正是他们的友谊终生不渝的根本原因。元稹对待爱情似乎不如白居易那样专一，他早年曾与一位才貌双全的女子（就是《莺莺传》中崔莺莺的原型）恋爱，后娶韦丛为妻，韦丛卒后又先后纳安仙嫔为妾、娶裴淑为妻，因此常得"薄倖"之讥。但学界对此看法不一，例如吴伟斌先生就有专文驳斥"元稹薄倖说"（详见其《元稹考论》）。我认为即使元稹在爱情上不够专一，也不影响读者对《遣悲怀三首》的喜爱。因为至少在写《遣悲怀三首》时，他的情思是绝对真挚的。此外，人们也注意到元稹在《遣悲怀三首》中信誓旦旦地说"唯将终夜长开眼，报答平生未展眉"，但不到两年就纳妾安仙嫔，安仙嫔卒后又迎娶裴淑，似乎言而无信，陈寅恪先生就责备他"已违一时情感之语"。但平心而论，韦丛卒时元稹年方三十一岁，又没有子嗣，在当时的社会里，要让身为官员的元稹从此独身，近于苛求。况且"唯将终夜长开眼"虽是用鳏鱼之典，但是此典原有二义，《释名·释亲属》云："无妻曰'鳏'。……愁悒不寐，目恒鳏鳏然。故其字从鱼，鱼目恒不闭者也。"陈寅恪先生说元稹"自比鳏鱼，即誓终鳏之义"，诚有所据，但也不妨仅取"目恒鳏鳏然"之义，将此句解作终夜难眠之状，而不必看成是从此不娶的

293

誓言。从元稹的诗句来看，重点也在"终夜长开眼"。至于元稹后来另行婚娶，则与写诗时的悲痛心情并不矛盾，也不应影响读者对此诗的接受。吴伟斌先生举苏轼的悼亡名作《江城子》（十年生死两茫茫）为旁证，说苏轼在王弗去世三年后另娶其堂妹王闰之为妻，写《江城子》时正与王闰之在一起生活，这并不影响他在词中追悼王弗的情感之真挚，很有说服力。

  《遣悲怀三首》成为悼亡名作的原因何在？前人多有论说。例如清人周咏棠说："字字真挚，声与泪俱。骑省悼亡之后，仅见此制。"（《唐贤小三昧续集》）陈寅恪先生也指出："专就贫贱夫妻实写，而无溢美之词，所以情文并佳，遂成千古之名著。"的确，这三首诗只写了两方面的内容：一是回忆夫妻间的日常生活，二是抒写丧妻后的悲痛心情，字字真诚，绝无虚饰。由于"贫贱夫妻百事哀"，所以回忆得最多的是与韦丛成婚后捉襟见肘的艰辛生活，这当然使身为丈夫的元稹感到万分愧疚。第一首的中四句絮絮叨叨地细述种种生活细节，活画出一对"贫贱夫妻"的窘迫情状。如果细读，则"野蔬充膳甘长藿，落叶添薪仰古槐"二句写韦丛勉力打理全家生计之艰难，而"顾我无衣搜荩箧，泥他沽酒拔金钗"二句则写夫妻在贫苦生活中相怜相惜，辛酸中又蕴含着几分甜蜜。正因如此，"今日俸钱过十万，与君营奠复营斋"二句表面上语气平淡，意思也有点凡庸，但字里行间蕴含着深哀巨痛，感人至深。元稹所写当然是他独特的痛切感受，但正如金圣叹所说："作诗须说其心中之所诚然者，须说其心中之所同然者。说心中之所诚然，故能应笔滴泪。说心中之所同然，故能使读我诗者应声滴泪也。"（《答沈匡来元鼎》）元稹追怀亡妻时的巨大遗憾，典型地写出了人生的一大缺憾：当你的生活条件获得改善之后，最应该与你分享的人却已不在人世。在元稹此诗之后，我们又读到了欧阳修在《泷冈阡表》中回忆其父亲的两次慨叹："祭而丰，不如养之薄也。""昔常不足，而今有余，其何及也！"以及陆游在《喜雨歌》中对未及看到丰年的穷苦百姓的悲悯："斯民醉饱定复哭，几人不见今年熟！"还有郑板桥《乳母诗》中的"平生所负恩，不独一乳母。长恨富贵迟，随令惭恧久！"尽管他们追思的对象各有不同，但作为人生缺憾的性质却是一样的。《遣悲怀三首》就是一组既说出了"其心中之所诚然者",又说出了"其心中之所同然者"的好诗,它们永远感动着千千万万的读者,这不是偶然的。

(莫砺锋)

行 宫

元 稹

寥落古行宫，宫花寂寞红。
白头宫女在，闲坐说玄宗。

元稹的《行宫》是一首五言绝句，后代的论者众口一声地称赞其以简驭繁，清人沈德潜云："只四语，已抵一篇《长恨歌》矣。"（《重订唐诗别裁集》卷一九）清人潘德舆云："'寥落古行宫'二十字，足贬《连昌宫词》六百余字，尤为妙境。"（《养一斋诗话》卷三）明人胡应麟则称其："语意妙绝，合建七言《宫词》百首，不易此二十字也。"（《诗薮·内编》卷六）胡应麟认为《行宫》乃王建所作，故将其与王建的《宫词》相比。然而王建的《宫词》由一百首七言绝句组成，它们虽然都是表现宫内生活的，但每首皆写不同方面的细节，诸如皇帝早朝、宫廷戏乐、宫人寂寞、乐师辛苦等，并无统一的主题，它们与主题鲜明的《行宫》缺乏可比性。故本文只将《行宫》与《长恨歌》《连昌宫词》进行对比。白居易的《长恨歌》全诗一百二十句，八百四十字。元稹的《连昌宫词》全诗九十句，六百三十字。《长恨歌》《连昌宫词》都是流传千古的名篇，并非意芜词冗的平庸之作，为何寥寥二十字的《行宫》能与它们相提并论呢？

关键在于相同的主题。《长恨歌》描写唐玄宗与杨贵妃悲欢离合的故事，后人对其主题歧说纷纭，影响最大的一种是目睹《长恨歌》写作过程的陈鸿所言："乐天因为《长恨歌》，意者不但感其事，亦欲惩尤物、窒乱阶，垂于将来者也。"(《长恨歌传》)意即白居易通过李、杨的爱情悲剧来揭示马嵬坡事变的前因后果，从而将女色误国、荒淫败政的惨痛教训垂诫史册。《连昌宫词》则通过一座行宫由盛转衰的变化，抒发诗人的兴亡之感，既揭露玄宗荒淫误国，亦表达对太平盛世的向往。两首诗虽然各有重点，但其主题显然有所交集、重合，那就是对唐玄宗一朝由盛转衰的过程的深沉慨叹。显然，这也正是《行宫》的主题。在一座久被废弃的古行宫里，几位白头宫女"闲坐说玄宗"，她们是在说些什么呢？诗中一语未及，但读者自可合理地展开想象。宫女业已白头，让人联想到李绅、白居易和元稹的同题之作《上阳白发人》。白诗云："上阳人，红颜暗老白发新。绿衣监使守宫门，一闭上阳多少春。玄宗末岁初选入，入时十六今六十。"白诗小序云："天宝五载已后，杨贵妃专宠，后宫人无复进幸矣。六宫有美色者辄置别所，上阳是其一也。贞元中尚存焉。"《行宫》未曾明言所咏乃何宫，但既是行宫，当不在皇城内，即与上阳宫、连昌宫等类似。《行宫》中的白头宫女既然熟知玄宗朝的故事，当亦是玄宗末年被选入宫者。"上阳白发人"入宫后"未容君王得见面，已被杨妃遥侧目。妒令潜配上阳宫，一生遂向空房宿"，《行宫》中的白头宫女大概也有类似的悲惨命运。不仅如此，她们最关心玄宗、杨妃的一举一动。曲江春游、骊山夜宴的传闻，肯定使她们满心向往，不胜歆羡。而仓促西奔、血染马嵬的传闻，肯定使她们莫名惊诧，不胜唏嘘。本来宫女们是不敢随便议论宫中秘事的，中唐诗人朱庆馀《宫词》说得好："含情欲说宫中事，鹦鹉前头不敢言。"然而玄宗的故事已是前朝遗事，白头宫女又身处无人光临的冷宫，就不再有此顾忌。宫中的岁月既漫长又无聊，她们当然要"闲坐说玄宗"了。玄宗既是亲手开创了开元盛世的一代明君，又是亲手酿成安史之乱的一代昏君，他留下的故事格外丰富。《连昌宫词》中的"宫边老翁"曾细细诉说玄宗朝的史实："姚崇宋璟作相公，劝谏上皇言语切。燮理阴阳禾黍丰，调和中外无兵戎。长官清平太守好，拣选皆言由至公。开元之末姚宋死，朝廷渐渐由妃子。禄山宫里养作儿，虢国门前闹如市。弄权宰相不记名，依稀记得杨与李。庙谟颠倒四海摇，五十年来作疮痏。"幽闭深宫的宫女当然不会评说前朝政治上的得失，她们关注的无非是玄宗、杨妃悲欢离合的故事，也就是白居易在《长恨歌》中工笔重彩进行铺叙的内容。对于唐人来说，唐玄宗真是一位令人爱恨交加、难有定评的人物。试看杜甫在马嵬事变发生不久所写的《哀江头》，对玄宗的态度就已如此。宋人张戒评曰："题云《哀江头》，乃子美在贼中时，潜行曲江，睹江水江花，哀思而作。其词婉而雅，其意微而有礼，真可谓得诗人之旨者。"的确，《哀江头》中对玄宗、杨妃当年的骄奢淫逸有所讥刺，正是他们只图享乐、不恤国事导致了安史之乱。但是当年曲江游赏的盛况毕竟是盛世光景的一个点缀，而眼前的冷落凄凉则是亡国的惨象，故兴亡之感弥漫于字里行间。何况玄宗、杨妃一奔亡，一惨死，都已为自己的行为付出惨重的代价，此时杜甫对他们的感情已是怜悯多于责备。帝王与后妃毕竟是国家的象征，玄宗、杨妃的悲剧结局意味着大唐盛世的终结，诗人对此无限怅惋。白居易的《长恨歌》，元稹的《连昌宫词》，就情感倾向而言，都与《哀江头》大同小异。可以说，玄宗、杨妃悲欢离合的故事，以及唐人对玄宗、杨妃的基本态度，读者都很熟悉。所以"白头宫女在，闲坐说玄宗"二句诗，会使读者产生无比丰富的联想，进而产生无比深沉的感慨。一句话，玄宗的事迹既丰富生动又广为人知，这是《行宫》一诗能够以简驭繁的根本原因。要是宫女们所说的是"肃宗""德宗"，或是并无悲欢离合的传奇经历的其他唐代帝王，多半不会产生如此神奇的效果。

　　《行宫》的行文极其简洁，但艺术上仍是可圈可点。首句正面描写行宫：这是一座"古行宫"，它曾接待过古代的帝王，如今则已"寥落"，车马绝迹，门庭冷落。次句让人联想起盛唐诗人王维的名篇《辛夷坞》："木末芙蓉花，山中发红萼。涧户寂无人，纷纷开且落。"也让人联想起明代哲人王阳明的名言："你未看此花时，此花与汝心同归于寂。你来看此花时，则此花颜色一时明白起来。"（《传习录》）大自然不会随着人事而变迁，纵然盛世已逝，行宫冷落，但春风一吹，依然花红草绿。此花虽然盛开，但是无人欣赏，只好"寂寞红"。将"寂寞"置于"红"字之前，妙不可言。假如翻译成白话，大概是"宫花寂寞地红着"，这几乎就是"同归于寂"的意思。经过前二句的渲染，一个寂寥凄清的氛围已经形成。后二句便直入主题：几个满头白发的宫女，闲坐在一起谈说前朝帝王后妃的传奇故事。四句诗内竟有三个"宫"字，如果说"行宫"和"宫女"是固定搭配的词组，那么"宫花"显然不是。近体诗本来忌用相同的字眼，此诗连用三个"宫"字，却很好地强调了一个幽深的封闭环境：连春光也被深锁在宫内。诗中仅有的两个颜色字"红""白"也相映成趣，如果借用金圣叹的评点法，可说是"红是红，白是白"。花红意味着自然的终而复始，亘古如斯，头白则象征着人事的迅速变迁，一去不返。两相对照，感慨生焉。只要我们把目光从玄宗这个言说对象转移到言说主体"白头宫女"身上，《行宫》也可以与白居易的《上阳白发人》相提并论。上阳白发人如何打发长达数十年的幽闭生涯？"莺归燕去长悄然，春往秋来不记年。惟向深宫望明月，东西四五百回圆"，这是夜长不眠的情景。那么无聊的白天呢？多半就是"闲坐说玄宗"了。两者之间正可互补，可惜后代的诗论家未曾论及。尽管元稹在《上阳白发人》中说过"此辈贱嫔何足言"的混账话，但《行宫》中的白头宫女肯定会引起读者的深切同情，这是"形象大于思想"的文学原理的生动例证。

（莫砺锋）

赋得春雪映早梅

元　稹

飞舞先春雪，因依上番梅。一枝方渐秀，六出已同开。积素光逾密，真花节暗催。抟风飘不散，见晛忽偏摧。郢曲琴空奏，羌音笛自哀。今朝两成咏，翻挟昔人才。

从武则天时代开始，唐代科举考试有了一道诗题，让考生当场作一首五言六韵或八韵的排律，诗题和韵部都是限定的。像这样按得到的题目赋诗，就称为"赋得"。士人为了应付科举考试，平时都要练习写作六韵和八韵的排律，当时叫"试律"，后世通称"试帖"。日常写作时，或分题赋诗，或自定题目。元稹这首"春雪映早梅"，紧扣题目，一句写春雪，一句写早梅，回环勾连，既各自分赋，又互相映衬，你中有我，我中有你，最见体物入微之妙。

试帖诗的写作不同于一般诗歌，有特殊的讲究。清人朱琰《唐试律笺》说："诗家感触，都由兴象。即事成章，因诗制题。试律则先立题而后赋诗，大要以比附密切为主。"因此历来讲试帖诗法，除了强调内容的堂皇正大、歌功颂德之外，艺术表现都围绕"切"来立论。要做到"切"，首先要弄清题目所包含的意思，前人称为"诂题"，即郑光策所说的"题中有一字，即须照应不遗；题意有数重，又须回环钩绾"（梁章钜《试律丛话》卷一引）。本诗题为"春雪映早梅"，其中包含春、雪、映、早、梅五重意思，诗必须面面照顾到。我们来仔细分析一下，看看元稹是否做到了。

首联"飞舞先春雪,因依上番梅",说春天最初的雪飘舞着,落到最先开的梅花上。字面明写到春、雪、梅,因依、上番又暗含着映、早,可以说"春雪映早梅"五个字都已写到。这在传统文章学里叫破题,即起手就总括题旨,好像将题面挑破,让人看到里面蕴含的内容,下面就可以依次叙写了。

首联先写雪,后写梅,次联相承而先写梅,后写雪:"一枝方渐秀,六出已同开。"晚唐诗僧齐己曾以《早梅》诗向诗友郑谷请教,郑谷将"前村深雪里,昨夜数枝开"的"数枝"改为"一枝",更突出了早梅的"早",后人称为"一字师"。元稹的"一枝方渐秀",说一个枝头渐见含苞,比"一枝开"更见"早"意,取意更贴切。而下句"六出已同开",用"开"字将雪坐实为雪花,又用"同"字衬托梅苞,暗示出"映"字,这是化虚为实的笔法。

次联虽已带出"映"字之意,但还没正面描写,第三联才落到"映"字。仍是承上先写雪,后写梅:"积素光逾密,真花节暗催。"随着时间的推移,雪愈积愈厚,变得像丝织的素闪着耀眼的荧光,而梅却开始绽放出真正的花,梅花之真反衬了雪花的假,这又是化实为虚的笔法。这假花之光与真花之色的对比,虽未点出"映"字,而映照之意已在其中。

在第三联从光、色写雪、梅之映照后,第四联又从形、质来写梅、雪的对照。仍是承上先梅后雪:"抟风飘不散,见睍忽偏摧。"梅花因为是早梅初开,经风并不飘零,而积雪已难禁初春的暖意,太阳一照便消融滴落。这一番景象仍然是"映",只不过不是光线色彩的静态映照,而是形与质的动态映照罢了。诗写到这里,春雪将融,早梅已盛,由直观所见已无题意可写,但就这么结尾,诗意未免也太狭窄了。篇幅还剩两联,结尾拓开诗境还有相当的余地。

第五联依旧承上分写雪、梅,但用了两个紧扣雪和梅的典故:"郢曲琴空奏,羌音笛自哀。"上句用"郢曲"代指琴曲《阳春白雪》,下句用羌笛代指乐府横吹曲里的《梅花落》,前者是寡和的雅调,后者是流行的俗乐。而无论雅调俗曲,面对眼前转瞬消融、年光易老的春雪和早梅,向来琴工只能奏出一种空虚的惆怅,笛手只能奏出一种哀怨的感伤,而此刻作者却欣然发现自己同时写出了雪的惆怅和梅的哀伤，竟能集前人之长！这"今朝两成咏，翻挟昔人才"的快意，不由得让他平添一股自信豪迈之情。按常规来说，诗以这种自得之意结束并不得体，不太符合试帖诗的体制要求，所以纪晓岚的评语是"结自誉，非体"。这个问题需要放到唐人试帖诗写作的历史语境中去认识。

　　对于元稹这首《赋得春雪映早梅》，清初诗论家冯班就断定它是"省试体"。其结构和取意都十分切题，题中的每一个字都照应不遗，紧扣题意层层写来，各联写雪和梅都婉转相承，有前人所谓"回环钩绾"之妙。纪晓岚同样认为"此试帖体，不以诗论"，所以对结尾的自誉不太认可。前人论试帖诗的结尾方式，说："末后一截，或就题中收住，或从题外推开，或映切本题，以寓怀抱，以申颂扬。"（徐曰琏、沈士骏编《唐律清丽集》卷首《论试体诗七则》）元稹的结尾哪种都不符合，说明唐人写作试帖诗并不遵循后人所信奉的那些规则。除了结尾方式之外，此诗对近体诗的格律也不太恪守。前人对试帖诗的声律，一般持这样的原则："律句不可入古诗，而古句入律，弥见其健。唐人诗往往如此。然在场屋中，宁谐声协律，勿用拗句。"（《论试体诗七则》）可是我们看"今朝两成咏"一句，虽系唐人常用的句律，但二、四字声眼都不合律，由此可知，元稹遇到难以谐律的地方，宁可失律也不愿以词害意。这就是唐人的观念，后人一般都严守格律，不敢稍微失谐。我的看法是，试帖诗既然是学习和考试的标准诗体，写作时当然还是以遵守格律为要务。

（蒋寅）

金铜仙人辞汉歌

李 贺

　　茂陵刘郎秋风客,夜闻马嘶晓无迹。画栏桂树悬秋香,三十六宫土花碧。魏官牵车指千里,东关酸风射眸子。空将汉月出宫门,忆君清泪如铅水。衰兰送客咸阳道,天若有情天亦老。携盘独出月荒凉,渭城已远波声小。

　　唐宪宗元和七年(812),二十三岁的李贺作《金铜仙人辞汉歌》,此诗所咏的史实非常明确,因为诗序中已交代清楚:"魏明帝青龙元年八月,诏宫官牵车西取汉孝武捧露盘仙人,欲立置前殿。宫官既拆盘,仙人临载,乃潸然泪下。"此事史籍有载,据《三国志·魏书·明帝纪》裴松之注引《魏略》,景初元年(237),"徙长安诸钟虡、骆驼、铜人承露盘,盘折,铜人重不可致,留于霸城"。李贺序中所云,除年代不够准确外(青龙元年为公元 233 年),其余均为史实。甚至连铜人流泪也载于史册,裴注引《汉晋春秋》:"帝徙盘,盘折,声闻数十里,金人或泣,因留于霸城。"但是李贺为何作诗追咏六百年前的故事?诗中又为何用大笔濡染铜人流泪的细节?让我们先读文本。

　　首句从汉武帝说起。"茂陵刘郎秋风客",这个称号真是别出心裁。按古人的习惯,"刘郎"应是对刘姓青年男子的美称,比如《幽明录》中所载的刘晨,曾与阮肇在天台山中同遇仙女,仙女即呼其为"刘、阮二郎"。唐代诗人刘禹锡在诗中自称"刘郎",即出此典。《汉语大辞典》中"刘郎"条的第一义项是"刘姓帝王",并举《宋书·符瑞志》为书证:"逆旅妪曰:'刘郎在室内,可入共饮酒。'"此乃误引。《宋书》中所说的"刘郎",乃指宋武帝刘裕少时,当时他还是个以贩履为业的穷小子。等到刘裕称帝以后,谁还敢称他为"刘郎"?李诗中说"茂陵刘郎",是指汉武帝登基乃至驾崩之后。汉武帝十六岁登基,在位长达五十四年,这才是"刘姓帝王"。但是除了李贺之外,恐无他人敢称武帝为"刘郎"。至于"秋风客",当因武帝曾作《秋风辞》。清人王琦评曰:"然以古之帝王而渺称之曰'刘郎',又曰'秋风客',亦是长吉欠理处。"(《李长吉歌诗汇解》卷二)然而诗人之言,何必定要合"理"?还是清人黄周星说得好:"徽号甚妙,使汉武闻之,亦当哑然失笑。"(《唐诗快》卷二)因为这个称呼不但显得亲切,而且富有"文艺范"。汉武帝虽是雄才大略的帝王,但多情善感,且喜好文艺,以"刘郎"称之,妙不可言。

汉武帝的生命力特别旺盛,不但功业彪炳,且有无数风流韵事。无怪他渴望延长生命,求仙服丹,无所不至。他听信方士之言,在建章宫中建造高达二十丈的铜人,掌托铜盘,夜承露水,和玉屑而饮之,以求延年益寿。可惜死生有命,寿夭自有定数。杜诗说得好:"人生七十古来稀。"汉武帝享年七十有一,终究难逃一死。也许他对此耿耿于怀,故死后犹不甘寂寞,据《汉武故事》记载:"甘泉宫恒自然有钟鼓声,候者时见从官卤簿,似天子仪卫。"李诗前四句,就是对这个传说的生动想象。岁月无情,朝代更迭,三百个春秋风驰电掣,转眼到了魏代。魏明帝下令将铜人移往洛阳。李贺用浓墨重彩深情描写铜人启行的过程:魏官车载铜人,向千里之外的洛阳进发。及出长安东门,秋风凄厉,如箭镞般射入眼眶,直吹得两眼发酸。铜人思念汉武帝,不由得潸然泪下。"铅水"一词,想落天外,又妙合情理。一则铜人之泪水应有金属性质,二则此泪水格外沉重。读者恐怕都未见过铅水,但读过此句后闭目一想,竟仿佛得见两行沉重的、闪耀着暗淡银光的泪水从铜人眼中缓缓流出。晋人桓温曾有名言:"木犹如此,人何以堪!"我们完全可以仿照着说:"铜人犹如此,人何以堪!"

铜人流泪，当然是因为思念汉武帝。"忆君清泪如铅水"句中所说的"君"，必是指汉武帝。但是李贺为何要对这个细节如此濡染大笔？则众说纷纭，主要有四种解法。第一种是出于黍离之悲，明代无名氏云："前四句有黍离之感，方落出铜人泪下。"又云："铜驼荆棘之情，言下显然。"（《李长吉歌诗编年笺注》引）第二种是感怀时事，今人钱仲联先生云："此诗是伤顺宗之死及王叔文诸人被贬出京之作。……借金铜仙人之离长安，指王叔文诸人被贬出京，不忍离开顺宗之情景。"（《李贺年谱会笺》）第三种亦是感怀时事，但具体指向有异，清人姚文燮云："宪宗将浚龙首池，修麟德、承晖二殿，贺盖谓创建甚难，安得保其久而不移易也。孝武英雄盖世，自谓神仙可期，作仙人以承露，糜费无算。中流《秋风》之曲，可称旷代，今茂陵寂寞，徒有老桂苍苔。而魏官牵车蹂践，悲风东来，唯堪拭目。……嗟夫！以孝武之求长生且不免于死，所宝之物已迁他姓，创造之与方术，有益耶？无益耶？读此当知辨矣。"（《昌谷诗集注》卷二）第四种是自抒怀抱，清人陈沆云："自来说此诗者，不为咏古之恒词，则谓求仙之泛刺，徒使诗词嚼蜡，意兴不存。试问《魏略》谓魏明帝景初元年，徙长安诸钟虡、骆驼、铜人承露盘，而此故谬其词曰'青龙元年'，何耶？既序其事足矣，而又特称曰'唐诸王孙'云云，何耶？此与《还自会稽歌》，皆不过咏古补亡之什，而杜牧之特举此二篇，以为离去畦町，又何耶？《归昌谷》诗云：'束发方读书，谋身苦不早。……发轫东门外，天地皆浩浩。心曲语形影，只身焉足乐。岂能脱负担，刻鹄曾无兆。'而后知'空将汉月出宫门，忆君清泪如铅水''潸然泪下'之意，即宗臣去国之思也。'衰兰送客咸阳道'，即《还自会稽歌》之'辞金鱼''梦铜辇'也。'渭城已远波声小'，即王粲诗之'南登灞陵岸，回首望长安'也。长吉志在用世，又恶进不以道，故述此二篇以寄其悲。特以寄托深遥，遂尔解人莫索。"（《诗比兴笺》卷四）

对诗歌旨意进行阐释虽然有多种可能性，但是万变不离其宗，任何阐释必须符合文本。离文本越近，其合理性也越大。凡与文本风马牛不相及者，其合理性就不复存在。上述四种解说中，后面三种显然与文本相距较远。第

305

二种认为李贺有感于顺宗之死及王叔文诸人被贬,可是唐顺宗其人,享年仅四十有六,登基不到一年即被迫退位,且始终缠绵病榻,他与汉武帝的差异不可以道里计。至于王叔文诸人被贬出京,又与铜人有何相似?恐怕只有流泪忆君一端。但是铜人流泪是追忆数百年前之武帝,王叔文诸人则是思念刚退位的顺宗,若李贺果真取之相比,那真是比拟不伦。即使李贺真有此意,历代去国怀君的贤臣不知有几,为何一概不取,偏偏托意于铜人?况且全诗中充溢着浓重的沧桑、黍离之悲,却不见有丝毫忠而被谤之怨。第三种的情况大同小异:唐宪宗一朝,并无大兴土木、劳民伤财之事。即使偶尔修缮宫殿,李贺意欲讥讽,则尽可借历代君主所建之著名宫殿如秦之阿房、汉之井干为喻,何取于铜人?汉武帝铸造铜人,意在追求长生而非享受奢华。后人讥之,亦指向其迷信而非靡费。李贺为何用此来讥刺唐宪宗修缮宫殿?况且全诗中除了"三十六宫"一句稍及宫殿广大之外,根本没有写到"宫室崔巍"的情形,李贺写诗怎会如此离题万里?

第四种解说最难证伪,因为它涉及文本的意蕴与诗人的心态之关系。一般来说,这两者当然是密切相关的。李贺是否"志在用世"?当然是。李贺有没有"宗臣去国之思"?当然有。然而陈沆对此诗的解说仍不合理,因为诗人的心态不一定与其每篇作品的意蕴若合符契。陈沆的具体解析则多有穿凿附会之弊,比如他发现魏移铜人事在景初元年,遂诘问"而此故谬其词曰'青龙元年',何耶"。其实诗人作诗,对史实多凭记忆,一时误记,乃为常情。而且李贺有什么必要"故谬其词"?所咏之事如此明确,难道把年代故意写错就能表达什么深层含意?又如序中自称"唐诸王孙"云云,陈沆又诘问"何耶",其实这是由于序文以"魏明帝青龙元年"发端,接下来的叙事皆属过去式,唯末句转到当前,若径云"李长吉",语气过于突兀,故需点明"唐"字。李贺本为宗室子弟,故自称"唐诸王孙"。这难道又有什么深层含意?至于"志在用世""宗臣去国之思",虽是李贺固有的心态,但是否寄寓在此诗中,仍需进行文本分析。先看后者。李贺于元和七年(812)因病辞去奉礼郎之职,离开长安返回昌谷。作为胸怀大志的宗室子弟,此时的诗人胸怀"宗臣去国之思"，是理所当然的事情。此诗以如此伤感的情调描写铜人辞汉之事，与诗人心态不无关系。但是"宗臣去国之思"只是诗人咏怀古迹的心理背景，并非诗歌的主要意蕴，因为它在文本中若隐若现，远不如沧桑黍离之感那样浓重、明晰。至于前者，则笔者对此诗几番细读，未见"用世之志"的蛛丝马迹。陈沆所云，皆用李贺的其他作品作为旁证，语多穿凿，不足为训。陈沆的解说是一种"过度阐释"，既然无法落实于文本分析，则所谓"特以寄托深远，遂尔解人莫索"，遁辞而已。

那么，李贺诗中的铜人究竟为何流泪呢？让我们从文本分析入手。全诗十二句，着重描写了三点内容：一是汉武帝身后寂寞，二是铜人出宫时心酸流泪，三是铜人出关后天地寂寥，正是这些内容在诗人心中组成了浓重的沧桑、黍离之感。汉武帝一代雄主，功垂史册，可是在李贺眼中，他只是生前吟唱"秋风起兮白云飞，草木黄落兮雁南归。……欢乐极兮哀情多，少壮几时兮奈老何"的"秋风客"，死后则是忽隐忽现的游魂。汉宫荒寂，桂冷苔碧，何等凄凉！甚至汉宫中的铜人也被新朝运走，临载之际，伤心流泪。只有天上明月亘古不变，当年曾照着铜人举盘承露，如今又照着他独出宫门。至于武帝的文治武功，汉宫的辉煌宏伟，早已灰飞烟灭，归于空无。应该说，"金铜仙人辞汉"这类题材，在任何诗人的笔下都难免带有沧桑、黍离之感。张说是盛唐名相，其《邺都引》云："试上铜台歌舞处，惟有秋风愁杀人。"李白豪情满怀，其《梁园吟》云："昔人豪贵信陵君，今人耕种信陵坟。荒城虚照碧山月，古木尽入苍梧云。"李贺生于中唐，国步维艰，当然会对沧海桑田与朝代兴替怀有更加深切的感受。如果此诗仅仅表现了沧桑、黍离之感，那它未必能在同类诗中脱颖而出。此诗的独特之处是诗人在感怀历史沧桑的同时，渗入了格外浓烈的时间迁逝、生命无常之感叹，从而将抒情主体与感怀的客体融为一体。在李贺笔下，不但铜人多情，连衰兰亦能送客，明月亦解伴人。"天若有情天亦老"一句，后人皆评为千古奇句，其奥秘就在于诗人将内心愁绪投射于天地万物。李贺体弱多病，多愁善感，他仿佛预见到自己年命不永，故对生命的短促怀着深切的焦虑。诸如"我当二十不得意，一生愁谢如枯兰"（《开愁歌》）、"月寒日暖，来煎人寿"（《苦昼短》）、"王母桃花千遍红，彭祖巫咸几回死"（《浩歌》）等句，即是明证。在李贺心中，天地万物都是短暂的，都会无可奈何地走向衰老、死亡。所以铜人的泪水就是从诗人心中流出的血泪，它包含着青春不永的惆怅、生命短促的焦虑、历史沧桑的感喟、朝代更迭的悲慨……万感交集，忧来无端，所以那两行泪水格外沉重，有如铅水。所谓"寄托深远"，倘在兹乎？

（莫砺锋）

苏小小墓

李 贺

幽兰露，如啼眼。无物结同心，烟花不堪剪。草如茵，松如盖。风为裳，水为佩。油壁车，夕相待。冷翠烛，劳光彩。西陵下，风吹雨。

苏小小是南齐时杭州名妓，死后葬于嘉兴西南。真娘乃唐代苏州名妓，死后葬于苏州虎丘。两人生活的时代、地点都不相同，其墓也分处两地，但人们往往把她们相提并论。范摅《云溪友议》卷中载："真娘者，吴国之佳人也，时人比于苏小小。"李绅《真娘墓》诗序云："吴之妓人歌舞有名者，死葬于吴武丘寺前，吴中少年从其志也。墓多花草，以蔽其上。嘉兴县前，亦有吴妓人苏小小墓，风雨之夕，或闻其上有歌吹之音。"唐宪宗元和十年、十一年（815—816）间，李贺南游途经嘉兴，作《苏小小墓》。无独有偶，十年之后，即唐敬宗宝历元年、二年（825—826）间，正任苏州刺史的白居易作《真娘墓》云："真娘墓，虎丘道。不识真娘镜中面，唯见真娘墓头草。霜摧桃李风折莲，真娘死时犹少年。脂肤荑手不牢固，世间尤物难留连。难留连，易销歇。塞北花，江南雪。"李贺比白居易年轻十八岁，写作《苏小小墓》时年仅二十七岁，不久逝世。但是李贺天纵英才，诗名早著，元和年间深得韩愈之揄扬。

白居易虽与李贺没有交往，但不会未闻其名。白居易写《真娘墓》时，多半已读过李贺十年前所写的《苏小小墓》。两首诗题材相似，又皆是短章，且多用三字句，白诗或受到李诗的影响，但是没有直接的证据。那么，如果撇开可能存在的影响不谈，二诗的异同优劣如何？

首先，两诗的题材都是咏名妓之墓，但主旨差异甚大。《乐府诗集》卷八五《杂歌谣辞》载《苏小小歌》云："我乘油壁车，郎骑青骢马。何处结同心，西陵松柏下。"解题则引《乐府广题》曰："苏小小，钱塘名倡也，盖南齐时人。"苏小小的生平事迹，如此而已。从《苏小小歌》来看，她对爱情怀有热烈的向往，"西陵松柏下"就是她与情郎的相会之地。至于她是否失恋，是否早夭，均不可知。李贺则充分发挥想象，把她描写成独居幽圹、饱受相思之苦的一个女鬼。全诗情调凄苦悱恻，不忍卒读。曾益解曰："西陵之下，与欢相期之处也。则维风雨之相吹，尚何影响之可见哉！平昔之所为，无复可睹；触目之所睹，靡不增悲。凄凉楚惋之中，寓妖艳幽涩之态，此所以为苏小小墓也。"（《昌谷集》卷一）的确，细长的兰花瓣上缀满露珠，宛如含泪悲啼之美目。墓侧虽有满地烟花，但不能像绸缎一样施以刀剪，又有何物可以绾成同心之结！尽管如此，这位女鬼依然热切地追寻着人间的爱情，她不甘心长眠泉下，而是以风为裳，以水为佩，飘忽往来，寻寻觅觅。她备好了油壁香车，点着了翠烛般的荧荧磷火，只等黄昏降临，便前往西陵去会她的情郎。可是西陵下寂寥无人，只有一片冷风苦雨而已。这虽是一首鬼诗，却充满了对生的留恋、对爱的追求。在一片凄冷阴森的幽冥世界中，闪现出来的身影却不是一个可怖的女鬼，而是那位美丽多情的苏小小！反观白居易的《真娘墓》，则完全是一个不同的主题。真娘是白居易的同时代人，因其早夭，故白氏未及见之。"不识真娘镜中面，唯见真娘墓头草"既是对真娘早夭的同情，也是对自身迟来的懊恼。于是引发下文的无限感慨：真娘少年早夭，其绝代美貌从此消歇。"霜摧桃李风折莲"句用自然界的风刀霜剑摧残美丽的花卉为喻，当然可能指患病不治等意外的不幸，但也可能指受到社会恶势力的迫害等命运悲剧。最令诗人感到悲痛的是，绝世容颜转瞬即逝，真像塞北的花、江南的雪！

应该承认，就各自的主题而言，《苏小小墓》与《真娘墓》都表现得相当出色。春兰秋菊,各有千秋。但就诗歌自身的艺术成就来看,两诗仍有细微差别。《苏小小墓》在表面上纯属对墓主的客观描写,对诗人自身则一言未及。但充溢于字里行间的情愫除了同情之外,也有自抒怀抱的因素。李贺其人,才华横溢,苦心孤诣。他狂热地追求诗美的极境,呕心沥血,至死不懈。所谓上天为白玉楼作记的传说(见李商隐《李贺小传》),正是其追求卓越死犹不已的艺术象征。热烈忠贞,至死不渝,苏小小对爱情的态度如此,李贺对诗美的态度也是如此。唯其如此,当他来到苏小小的墓地,看到草如茵、松如盖的幽洁环境,便恍然如见小小其人。他们追求的对象虽然不同,但都是人间的美好事物,所以存在着移情所需的心理条件。换句话说,当李贺作诗咏苏小小墓时,他心中产生了深切的共鸣,设身处地地展开想象,所以写得如此感人。白居易则不然,他对真娘虽也满怀同情,但真娘只是他欣赏、怜惜的对象。"不识真娘镜中面,唯见真娘墓头草"云云,真娘是真娘,诗人是诗人,两者互不干涉。白居易对真娘的同情心中并无移情作用,而只是对于客观现象的慨叹。所以就感情的深度而言,《真娘墓》比《苏小小墓》稍逊一筹。

  《苏小小墓》的意境浑融自然,全诗句句皆是描写墓主,此外不赘一字,绝不拖泥带水。诗人对苏小小的同情、赞美皆从具体的描写和叙事中自然流露,可谓不着一字,尽得风流。《真娘墓》则异于是,诗人不特亲自显身,而且大发议论。"脂肤荑手"当然是指真娘的绝代美貌,但"世间尤物"则泛指一切美好事物。从上句到下句,其实是从个别事例过渡到普遍规律的哲学推理过程。"塞北花,江南雪"则是用更多的个别事例来证实"尤物难留"这个普遍规律。如果说《苏小小墓》是艺术家创造的"这一个"典型,那么《真娘墓》像是哲学家用逻辑思维得出的普遍性道理。诗歌属于艺术而非哲学,诗人的主要任务是创造独特的艺术形象而不是揭示普遍的哲学规律。也许白居易在写作新乐府诗时习于"卒章显其志"的议论方式,他写《真娘墓》时虽也注重描写、抒情,但仍然忍不住大发议论。在诗中直接议论对于新乐府诗那种"不为文而作"(白居易《与元九书》)的社会批判之作或许可行，但对《真娘墓》这种抒情诗则不很合宜。尽管白居易以过人的才华把《真娘墓》写得文采斐然、有声有色，但离《苏小小墓》那般的悱恻哀感、直击人心的境界仍然未达一间。所以《苏小小墓》与《真娘墓》虽然都是哀悼死去的美貌妓女，但具体的哀怨之情却相差甚远。

（莫砺锋）

渔 翁

柳宗元

渔翁夜傍西岩宿,晓汲清湘燃楚竹。
烟销日出不见人,欸乃一声山水绿。
回看天际下中流,岩上无心云相逐。

柳宗元长期被贬谪在南方,集中留下许多描绘南地风土民情的诗篇,这是作者在贬任永州期间作的一首七言古诗,描写渔翁闲适自在的生活。

首句写渔翁暮宿西岩,即永州的西山。渔人一般白天捕鱼,日暮归家,而这位渔翁天晚却不回家,就泊舟西山下过宿,显然是一个放任自由、潇洒不拘的隐者,而非普通的渔人。诗不仅一开场就把镜头对着主人公,而且也暗示了他的性格特征。一夜无话,放过不提,次句单表渔翁早起晨炊的情景:从湘江汲水,燃起岩上的枯竹。这本是极为平常的生活情景,可是不言水而称清湘,不言枯竹而称楚竹,就显得新奇别致而富于地方色彩。两句写渔翁夜宿晨兴、随遇而安的适意生活,富有情趣,隐隐透出作者的欣赏、向往之情。

南方的早晨,山林水滨常雾气浮漫,所以能听到渔翁汲水燃竹之声,却看不清他的身态容颜。等到日出雾散,能看清渔翁的模样了,他却早已离去,只留下一声渔歌,悠长地回荡于青山碧水之间。"欸乃"本是摇橹声,唐代民间有《欸乃曲》,唱渔人生活,这里用来指渔歌。本来渔歌自唱,山水自绿,两者毫无关系,经诗人巧妙的剪辑,就产生了一种瞬间并发的效果,好像是一唱渔歌使山水焕然绿遍！"绿"在这里不再是静态的描述，而成了富于动感和突发性的呈现。试闭目一想，真觉得"胜景在目，奇趣荡胸"（喻守真《唐诗三百首详析》）。由于诗人新奇的构思、写照，渔翁本来平淡无奇的漂泊生活变得富有传奇色彩、富有浪漫的诗意。

末二句是想象渔翁泛舟乘流而下的情景，回望天水相连之际，西岩上飘游的白云仿佛也在追随着渔舟。"岩上无心云相逐"是上五下二的特殊句法，"无心云"化用陶渊明《归去来辞》的"云无心以出岫"，这闲适流动的云彩，不仅使画面变得生动，也渲染了自由轻松的隐逸生活情趣。诗人的谪宦生活沉闷压抑，"欲采蘋花不自由"，诗中那孤舟漂泊、来去无踪的渔翁形象，显然寄托着诗人的理想，也流露出他孤芳自赏的寂寞心境。

这首诗造语奇妙，构思独特，历来脍炙人口。不过它的结构也曾遭非议。苏东坡就曾说"此诗有奇趣，然其尾两句虽不必亦可"（《冷斋夜话》）。从表现的完整来说，的确不要末二句也可以是一首出色的作品，但那不符合诗人的创作意旨。他不光要写景，写渔父，还要表现自我，末两句正是表现自我的关键。这么来看，末两句并不是可有可无的。

（蒋寅）

西塞山怀古

刘禹锡

王濬楼船下益州，金陵王气黯然收。
千寻铁锁沉江底，一片降幡出石头。
人世几回伤往事，山形依旧枕寒流。
今逢四海为家日，故垒萧萧芦荻秋。

五代何光远《鉴诫录》卷七云："长庆中，元微之、刘梦得、韦楚客同会白乐天之居，论南朝兴废之事。乐天曰：'古者言之不足，故嗟叹之，嗟叹之不足，故咏歌之。今群公毕集，不可徒然。请各赋《金陵怀古》一篇，韵则任意择用。'时梦得方在郎署，元公已在翰林。刘骋其俊才，略无逊让，满斟一巨杯，请为首唱。饮讫，不劳思忖，一笔而成。白公览诗曰：'四人探骊，吾子先获其珠，所余鳞甲何用？'三公于是罢唱，但取刘诗吟味竟日，沉醉而散。"这个故事出于杜撰，因为长庆年间（821—824）刘禹锡从未与元、白会面，且韦楚客早于元和九年（814）去世。但"金陵怀古"确实是绝佳的怀古诗题，屡经兴亡的六朝故都确是诗人抒发怀古幽情的绝佳对象。刘禹锡虽然没有与元、白等人一起写金陵怀古诗，但受到白居易赞颂的刘诗《西塞山怀古》的主题其实就是金陵怀古，清人汪师韩、袁枚、黄叔灿等人径称此诗为《金陵怀古》（分见《诗学纂闻》《随园诗话》《唐诗笺注》）。若与唐诗中另外两首七言律诗体的金陵怀古诗进行比较，便可看出刘诗确是一首出类拔萃的怀古名篇。这两首诗原文如下：

许浑《金陵怀古》:"玉树歌残王气终,景阳兵合戍楼空。松楸远近千官冢,禾黍高低六代宫。石燕拂云晴亦雨,江豚吹浪夜还风。英雄一去豪华尽,唯有青山似洛中。"

李群玉《秣陵怀古》:"野花黄叶旧吴宫,六代豪华烛散风。龙虎势衰佳气歇,凤凰名在故台空。市朝迁变秋芜绿,坟冢高低落照红。霸业鼎图人去尽,独来惆怅水云中。"

金陵是六朝故都,诗人当然不可能在一首诗中对金陵历史上的兴亡故事一一道来,况且七言律诗篇幅有限,故只能笼统言之,许诗云"禾黍高低六代宫",李诗云"六代豪华烛散风",皆是如此。此外,诗人势必采用举一反三的手法,许诗云"景阳兵合戍楼空",这是以陈亡为例;李诗云"野花黄叶旧吴宫",这是以吴亡为例。一是逆时上溯,一是顺时下沿,都是举一反三以涵盖六朝。刘诗采用同样的手法,但具体写法则别具手眼。刘诗作于长庆四年(824),刘禹锡赴和州(今安徽和县)刺史任途经鄂州武昌县(今湖北省黄石市),县东有西塞山,屹立江边,相传西晋大将王濬伐吴时烧断横江铁索即在此地。铁索既断,晋军顺流而下,势如破竹,东吴即亡。前四句皆咏西晋灭吴之事,表面上也是举一反三以咏六代兴亡,但不像许、李二诗那样点到即止,而是挥毫泼墨,兴会淋漓。首句高屋建瓴,次句如丸走坂,思绪如江水奔泻,句法则一气贯注。王濬率军从益州出发攻往金陵,刘禹锡从夔州出发赴任和州,都是沿江东下。不难想象当诗人过三峡、下江陵时,滔滔滚滚的江水给他留下深刻的印象。如今在晋军伐吴的古战场作诗怀古,王濬楼船顺流直下的历史景象顿现眼前。于是次联直咏其事,此地铁锁沉江,五百里外的金陵城里随即举起降幡。晋军破吴的重大历史事件,只用两句诗予以概括,而且只用"铁锁沉江"与"降幡出城"两个特写镜头予以表现,真乃画龙点睛之笔。近人俞陛云评曰:"前四句皆言王濬平吴事,亦一气贯注。"(《诗境浅说》)甚确。更应注意到,首联的思绪从益州移到金陵,次联的思绪则从西塞山移到金陵,四句之中思绪两次东西跳荡,终点则皆为金陵。前人径称此诗为"金陵怀古",洵非虚语。选择王濬击破吴军长江防线的事件为怀古之焦点，其实质也是例举吴亡一事以涵盖六朝，但与许、李二诗相比，刘诗显然更加凝练，更加生动。至于许、李二诗皆点明"六代"，刘诗则用第五句暗逗此意，清人屈复曰："前四句止就一事言，五以'几回'二字包括六代，繁简得宜，此法甚妙。"（《唐诗成法》）"几回"不但指多回，而且暗含一回复一回之意，全句意即金陵之亡国悲剧不断上演，亦使后人而复哀后人也！第六句则诚如清人纪昀所评，"一笔折到西塞山"（《瀛奎律髓汇评》），故全联意即人事变迁而山川依旧，此正怀古诗题中应有之意蕴。正因如此，刘诗虽然题作《西塞山怀古》，但它比许、李二诗更加切合金陵怀古这个主题。清人汪师韩评刘诗曰："假使感古者取三国、六代事，衍为长律，便使一句一事，包举无遗，岂成体制？梦得之专咏晋事也，尊题也。下接云'人世几回伤往事'，若有上下千年，纵横万里在其笔底者。山形枕水之情景，不涉其境，不悉其妙。至于芦荻萧萧，履清时而依故垒，含蕴正靡穷矣。所谓'骊珠'之得，或在于斯者欤？"这是后人对白居易评语的回应，也是对刘诗题旨的准确论断。

  此外，就怀古诗抒写诗人怀抱的角度来看，刘诗也堪称出类拔萃。许诗是标准的怀古诗写法，所抒写的是诗人面对古迹兴起的沧桑之感。清人金圣叹评末句云："'青山似洛中'，掉笔又写王气依旧未终。"（《贯华堂选批唐才子诗》）实为误解。金陵四周环山，山川形势颇似洛阳。故晋室南渡后，士人在金陵缅怀故都洛阳，叹曰："风景不殊，正自有山河之异！"（《世说新语·言语》）许诗意乃金陵之山川形势一如洛阳，意即两地皆曾迭经兴亡，非谓其仍有王气也。李诗前六句所抒之沧桑感，一如许诗。尾句中明言"独来惆怅"，更突出诗人自我，其怀古情思则略同于许诗。刘诗则不同。其前六句也是抒写沧桑之感，情绪比较低沉，但尾联未像许、李二诗那样喟然叹息，反而颇能振起，清人何焯评曰："今则四海为家，旧时军垒无所复用，惟见芦荻萧萧耳。然则兴亡得丧，古今亦复何常哉！"（《唐诗鼓吹评注》）清人陆贻典评曰："末将无数衰飒字样写当今四海为家，于极感慨中却极壮丽，何等气度，何等结构！此真唐人怀古之绝唱也。"（《唐诗鼓吹笺注》）清人张谦宜则评曰："太平既久，向之霸业雄心消磨已净。此方是怀古胜场。"（《絸斋诗谈》）今人刘学锴则指出当时"安史之乱以来藩镇割据叛乱的局面暂告结束，国家统一的局面终于重新出现"，"'故垒萧萧芦荻秋'的萧瑟景象中透露的正是对'今逢四海为家日'的欣慰与珍惜"（《唐诗选注评鉴》）。上引数说皆甚中肯，这正是"诗豪"刘禹锡独擅胜场的表现。明人胡应麟云"梦得骨力豪劲"（《诗薮》），同样的金陵怀古主题，刘诗远比许、李二诗来得爽朗健举，正是得力于此。

（莫砺锋）

奉送李户部侍郎自河南尹再除本官归阙

刘禹锡

昔年内署振雄词,今日东都结去思。
宫女犹传洞箫赋,国人先咏衮衣诗。
华星却复文昌位,别鹤重归太一池。
想到金门待通籍,一时惊喜见风仪。

按唐人习惯,七律多用于应酬的场合。刘禹锡七律的题材也多集中于唱和、赠答和送别。清代诗论家吴乔说刘禹锡七律"虽有美言,亦多熟调",但《奉送李侍郎自河南尹再除本官归阙》《赠令狐相公镇太原》等诗"或切其地,或切其人,或切其事与景,八面皆锋"(《围炉诗话》),他的这个评价极有见地。

开成二年(837)三月,户部侍郎李珏出任河南尹期年后再返原职,刘禹锡在洛阳赋此诗送他回长安。李珏其人,由《新唐书》本传观之,是个正直君子,但短短一年想来也不能有多少可歌可颂的政绩。所以诗的首句从李珏旧为翰林擅才名写起,次句对以今日归朝吏民眷思;前称扬其文采,后颂美其政绩。颔联上句承首句,辞章犹传诵于宫女之口,庆幸其出守时间之短;下句承次句,用东都人悲周公西归之典,美其居洛虽短而惠人之深。颈联点题,上句贺再除户部侍郎,下句称其职任之清要。尾联设想其还朝复职,旧日同僚相见惊喜之情。李珏其实并不是由户部侍郎出任河南尹的,他因替李宗闵遭贬申辩,先贬为江州刺史,再迁河南尹。末句的"一时惊喜"以僚友的欣慰衬托李珏的文采风流,多半也含有"前度刘郎今又来"的扬眉吐气之感。

　　细绎全诗,可见诗歌结构完全脱弃送别诗的常套,不涉及送别时节场景和惜别眷恋之意,只紧扣李珏的两都履历,以实笔正面突出李珏的文采风流,以典故侧面虚写其尹洛治绩,而幸其还朝之速的情感溢于言外,可以说妥帖周到地表达了对李珏的祝贺和赞美。就送别同辈达官而言诗的构思不落俗套,颂美之辞有礼有节,如何焯所说:"'先咏'二字,寓颂于思,敏妙无迹,且托诸通国想望,则出于不言同然之公心,非已因事攀附,亦有地步。"(卞孝萱《刘禹锡诗何焯批语考订》)全诗用典突出重点而不显得堆砌,"衮衣诗"回应东都,"洞箫赋"暗伏金门通籍,极为自然贴切。星复文昌和鹤归太一又装饰了台阁生活的高华清逸,衬托了李珏回归户部侍郎之职的荣耀。

　　无论从哪方面看,此诗似乎都不符合送别诗的一般要求,却又的确是一首情到、意到、辞到的符合体制之作。这意味着,送别诗在大历诗中形成固定模式后,刘禹锡力图摆脱俗套,在表面的平实中展示细腻的肌理,树立起新的写作范式。另一首《送景玄师东归》云:"东林寺里一沙弥,心爱当时才子诗。山下偶随流水出,秋来却赴白云期。滩头蹑屦挑沙菜,路上停舟读古碑。想到旧房抛锡杖,小松应有过檐枝。"方回评曰:"刘禹锡诗格高,在元、白之上,长庆以后诗人皆不能及,且是句句分晓,不吃气力,别无暗昧关锁。"(《瀛奎律髓汇评》卷四七)纪晓岚认为以方回之说评此篇并不准确,但用来评刘禹锡诗却很中肯,堪称知言。这里所说的"句句分晓",就是意思清楚,层次分明;"不吃气力,别无暗昧关锁",就是指节奏轻松明快,意脉清晰可见,没有深隐费思索的意匠在里面。回过头来再看《奉送李户部侍郎自河南尹再除本官归阙》,岂非也正好体现出这一特色?

(蒋寅)

题润州金山寺

张　祜

一宿金山寺，微茫水国分。
僧归夜船月，龙出晓堂云。
树影中流见，钟声两岸闻。
因悲在城市，终日醉醺醺。

宋人梅尧臣云："诗家虽率意，而造语亦难。若意新语工，得前人所未道者，斯为善也。必能状难写之景，如在目前；含不尽之意，见于言外，然后为至矣。"（见欧阳修《六一诗话》）什么样的景物算是"难写之景"呢？对于唐人而言，润州的金山寺多半名列其中。金山是长江中流的一座小山，因四面环水，就像鲍照笔下的瓜步山一样，"因迥为高，据绝作雄，而凌清瞰远，擅奇含秀，是亦居势使之然也。"（《瓜步山揭文》）东晋明帝时建寺于山，初名"泽心寺"，名副其实。如此山水形胜的一座名刹，当然会受到争新出奇的诗人的青睐，于是历代诗人吟咏不绝。本文试以唐五代题咏金山寺的几首五言律诗为例，来看看诗人是如何处理此类题材的。

我们先排除许棠的一首："四面波涛匝，中楼日月邻。上穷如出世，下瞰忽惊神。刹碍长空鸟，船通外国人。房房皆叠石，风扫永无尘。"就写景而言，此诗有两个缺点，一是描写抽象，二是夸张过度，故全篇不见精彩。也许许棠在写出咏洞庭君山的名句"四顾疑无地，中流忽有山"（《过洞庭湖》）时耗尽精力，来到金山时已经江郎才尽。

其余三首皆曾受到后人赞誉,一是中唐诗人张祜的《题润州金山寺》。二是晚唐诗人孙鲂的《题金山寺》:"万古波心寺,金山名目新。天多剩得月,地少不生尘。过橹妨僧定,惊涛溅佛身。谁言张处士,题后更无人?"(见《全唐诗》)三是南唐诗人韩垂的《题金山》:"灵山一峰秀,岌然殊众山。盘根大江底,插影浮云间。雷霆常间作,风雨时往还。象外悬清影,千载长跻攀。"有趣的是,后人评论后面二首时常常把它们与张祜诗进行比较,也即将张诗视为评价之标准。先看第二首。马令《南唐书·孙鲂传》载:"金山寺题咏,众因称道唐张祜有'僧归夜船月,龙出晓堂云'之句,欲和,众皆搁笔。鲂复吟云:'山载江心寺,鱼龙是四邻。楼台悬倒影,钟磬隔嚣尘。过橹妨僧定,惊涛溅佛身。谁言题咏处,流响更无人?'时人号为绝唱。"可见孙鲂写诗的主观意图就是与张祜争胜,无论是孙诗的何种文本,其尾联都流露出顾盼自雄之意。张、孙二诗高下如何?宋人计有功云:"润州金山寺,张祜、孙鲂留诗,为第一篇。"(《唐诗纪事》)元人辛文房则评孙诗云:"当时谓骚情风韵,不减张祜云。"(《唐才子传》)可见二诗皆受后人推重,后人甚至认为难分甲乙。但也有人认为孙诗稍逊一筹,宋人胡仔指出:"祜诗全篇皆好,鲂诗不及之,有疵病。如'惊涛溅佛身'之句,则金山寺何其低而且小哉!'谁言张处士,题后更无人',仍自矜衒如此,尤可嗤也。"(《苕溪渔隐丛话》)再看第三首,明人杨慎云:"此唐人韩垂《题金山寺诗》也,当为第一。张祜诗虽佳,而结句'终日醉醺醺',已入张打油、胡钉铰矣。"(《升庵诗话》)真乃众说纷纭,莫衷一是。笔者则认为后二首皆有疵病,唯张祜诗堪称名篇。孙诗的两种文本中,只有颈联完全相同,它也确是诗中最为精警之联。胡仔说其缺点是将金山写得太低太小,若是一般的咏山诗,则此话有几分道理。虽说金山的实际高度不过十余丈,方圆也不过里许,但诗人咏山,当然允许夸张,因为诗歌不同于地理学家的测绘报告,若是实写其高度、面积,则有何意味?但是考虑到金山的实况,则可看出此联之佳正是写出了金山位处长江中流的特点,故过往船只的橹声妨碍僧人入定,江涛溅起的浪花打湿了寺中佛像。也就是孙鲂的意图并非形容金山之高且大，我们又何必从这个角度来批评他？孙诗的真正缺点是其余三联皆较平钝，故全篇难称佳作。韩诗的缺点则是形容金山之高大时过于夸张，故清人贺裳讥曰："金山一拳，苦不甚高，安能插影云间？此可言匡庐矣。"（《载酒园诗话又编》）此外它也没能揭明金山位居中流的特点（"盘根大江底"句用来描写江边之山亦无不可）。杨慎性喜标新立异，故力排众说推之为第一，实不足据。

那么，张祜诗又好在何处呢？先从其缺点谈起。张诗的尾联，后人讥评甚多。杨慎之后，如明人谢榛称其为"虎头鼠尾"（《四溟诗话》），清人毛先舒称其"村鄙乃尔，不脱善和坊题帕手段"（《诗辩坻》），清人屈复称其"一结何草草乃尔"（《唐诗成法》），如出一口。当然也有人为其辩护，如清人冯舒云："中二联极重难结，故以'一宿'结之，非凑语也。"冯班亦云："第七句紧应'一宿'，落句直似换不得，然格调颇俗。"（《瀛奎律髓汇评》）意即尾联与首联呼应，即以平日城居之无聊昏浊反衬金山之清幽脱俗，故尚有可取。又如清人黄生云："写景真确不易，第结欠佳，然此韵颇窘。凡寓窘韵，虽有佳语，无所可用，当为作者恕之。"（《唐诗摘钞》）"窘韵"即窄韵，张诗押"文"韵，整个韵部中可押之字不多，尾联因迁就韵脚而致欠佳。更公允的意见是尾联虽然欠妥，然不足以损害全篇之佳，如清人王思任云："结句允入打油、钉铰，然前六句可以鼻祖此山。"（见《唐风怀》）又如清人贺裳云："结语稍凑，不能损价也。"（《载酒园诗话又编》）在前六句中，最著名的当然是颈联，据说张祜本人也对此联相当自负，当他在白居易面前与徐凝争名时，即自举此联为"嘉句"（《唐摭言》）。此联好就好在它准确而生动地写出了金山位处长江中流的特点，明人江盈科曰"唐人登眺之诗，皆与山川相称，中间联句，真是移动不得"（《雪涛阁四小书》），即举此联以为例证。所谓"移动不得"，意即无法移到其他描写对象，也即扣紧所咏山川的特征。颔联稍逊颈联之醒豁，但同样含有寺处江中、四周环水之意，正如清人王谦所评："中二联独切金山，移易不动，仍有妙极自然、无迹可求处。"（《碛砂唐诗》）二联从不同的角度描写金山，皆有独到之处，正如明人陈继儒所评："三、四写朝夜幽隐之奇，五、六摹见闻清远之异。金山寺，古今最号胜景，得此诗而益显。"（《唐诗选脉会通评林》）甚至有人认为颔联更胜一筹，如明人胡应麟云："晚唐有一首之中，世共传其一联，而其所不传反过之者。如张祜'树影中流见，钟声两岸闻'，虽工密，气格故不如'僧归夜船月，龙出晓堂云'也。"（《诗薮》）即使是首联，亦曾得好评，如清人王思任云："予极爱其'微茫'一语，声到界破。"（《唐风怀》）所以，张祜此诗虽有微瑕，但毕竟生动地写出了金山寺这个"难写之景"，诚如元人方回《瀛奎律髓》中所评："此诗金山绝唱！"

（莫砺锋）

哭刘蕡

李商隐

上帝深宫闭九阍,巫咸不下问衔冤。
黄陵别后春涛隔,湓浦书来秋雨翻。
只有安仁能作诔,何曾宋玉解招魂。
平生风义兼师友,不敢同君哭寝门。

刘蕡是唐代政治史和科举史上的著名人物。唐文宗大和二年(828),刘蕡应制举"贤良方正能言极谏"科,在对策中痛言宦官专权之害,言辞激切,无所讳避。考策官冯宿等人见策叹服,以为晁错、董仲舒无以过之,但是慑于宦官气焰,仍然将刘黜落。即便如此,宦官头子仇士良还追究两年前刘蕡进士及第时的主考杨嗣复的责任,责备他说:"奈何以国家科第放此风汉耶?"杨嗣复恐慌之下,竟答曰:"嗣复昔与刘蕡及第时,犹未风耳!"(《玉泉子》)在宦官势力的迫害下,刘蕡终生沉沦下僚,最后郁郁以终。然而孔子有言:"德不孤,必有邻。"(《论语·里仁》)刘蕡下第,同科登第的李郃说:"刘蕡不第,我辈登科,实厚颜矣!"奋然上书请以所得官职转让刘蕡,事虽不行,时论壮之。唐宣宗大中三年(849),刘蕡卒于江州,身后寂寞,在政坛与文坛上均未引起反响。只有正在长安的李商隐闻此噩耗,连作四诗哀悼刘蕡,其中就包括这首诗。此诗是唐诗中最负盛名的悼友诗,堪称为刘蕡其人在唐诗苑中树立的一座丰碑。

李商隐结识刘蕡,约在唐文宗开成二年(837),其时二人同在山南西道节度使令狐楚幕中。不久令狐楚去世,李、刘萍踪宦海,天各一方。直到大中二年(848)春,李商隐从江陵返回桂林,方在湘江流入洞庭湖处的黄陵偶遇刚从柳州放还的刘蕡(从刘学锴说),匆匆一面,随即分道扬镳。没想到一年半以后,就得到刘蕡去世的消息。李商隐与刘蕡的年龄大约相差十余岁,且平生离多会少,但二人志同道合,在政治上都强烈反对宦官专权。甘露事变发生后,宦官气焰空前嚣张,视天子如傀儡,视朝士如草芥,李商隐却连作《有感二首》和《重有感》,严词斥责宦官之欺君弄权、滥杀无辜,且公然希望藩镇进军长安以清君侧。这种忧国如焚、爱憎分明的政治态度,与刘蕡的对策交相辉映。正因如此,此诗开头高屋建瓴,从朝廷说起。《九辩》云:"岂不郁陶而思君兮,君之门以九重。"《离骚》云:"吾令帝阍开关兮,倚阊阖而望予。"又云:"巫咸将夕降兮,怀椒糈而要之。"《招魂》云:"帝告巫阳曰:'有人在下,我欲辅之。魂魄离散,汝筮予之。'……巫阳焉乃下招曰:'魂兮归来!'"李诗杂用楚辞中词语,构建出一个迷离阴冷的昏暗世界:上帝居处幽深,重门紧闭,世人无由得入。人间充满冤屈,也没有神巫降临察问。《楚辞》中神话境界的真实指向都是现实世界,李诗则正如胡以梅所评,"将忠良受屈,昏君无权,全部包举"(《唐诗贯珠串释》)。具体到刘蕡身上,则此联意谓刘蕡衔冤久矣,却不见朝廷为他申冤平反。此时刘蕡已死,且身后寂寥,故此联意存双关:刘蕡抱冤而死,却不见有人为他招魂!

次联堪称警句。上句写去年春天诗人与刘蕡在黄陵萍水相逢,随即各奔前程。李商隐南下桂林,刘蕡则北上澧州(刘卒前任澧州员外司户),从此相隔烟波浩渺的洞庭湖,"春涛隔"乃是实境。但是使二人别多会少的根本原因是变幻莫测的宦海风波和波谲云诡的政治局势,在李商隐看来,刘蕡的身影一直在政治波涛中隐现,"春涛隔"又是虚境。下句写收到从浥浦寄来的讣音时,正是阴雨连绵的深秋时节,"秋雨翻"乃是实境。秋雨会使人感到身体的寒意和心境的凄凉,李商隐的诗句"休问梁园旧宾客,茂陵秋雨病相如"(《寄令狐郎中》)、"秋霖腹疾俱难遣,万里西风夜正长"(《王十二兄与畏之员外相访见招小饮时予以悼亡日近不去因寄》）、"君问归期未有期，巴山夜雨涨秋池"（《夜雨寄北》）皆是显例。此刻诗人惊闻噩耗，哀伤愤怨，悲怆激烈，心绪如暴雨般翻滚跳荡，"秋雨翻"又是虚境。两句诗不但在字面上对仗工整，而且在意脉上互相映衬，文情并茂，感人至深。

逝者逝矣，存者又能如何？颈联坦承自己确有文才，能像潘岳那样撰写诔文，但亦仅此而已。因为死者不能复生，纵然是宋玉，也未能真为屈原招魂，何况自己？此联从自身着眼，表哭友之意，真切地抒写了一介文士无可奈何的心情。尾联归入哭友主题，表明自己与刘蕡亦师亦友的亲密关系，也表明此种关系植根于"风义"即风节道义，绝非一般的私人交谊。《礼记·檀弓》载孔子言曰："师，吾哭诸寝。朋友，吾哭诸寝门之外。"以示尊卑有别。今刘蕡于李商隐，于交谊则朋友也，按礼制应哭于寝门之外。然于道义则师长也，故应哭于内寝，安敢视同于朋友而哭于寝门之外耶？尾联紧扣题面，且表明对亡友的无限崇敬。

此诗主旨，清人姚培谦解得最好："举声一哭，盖直为天下恸，而非止哀我私也。"（《李义山诗集笺注》）刘蕡本为天下之士，刘蕡的生平大节，皆与天下之安危相关。诗人与刘蕡的交谊，完全建立在政治态度与道义风节的基础上。诗人对刘蕡的哀悼痛惜，也完全是从天下着眼，代公道立言。刘蕡虽然抱屈终生，赍志而殁，但历史终究还其清白，授其令名。刘蕡应举被黜的那道对策，在新、旧《唐书》中均全文登载，成为唐代科举史上唯一全文载入正史的范文。而李商隐的《哭刘蕡》，则是用诗语写成的悼词，也因其情文并茂而永垂于文学史。这一切都充分证明了孔子的判断："德不孤，必有邻。"

（莫砺锋）

嫦　娥

李商隐

云母屏风烛影深，长河渐落晓星沉。
嫦娥应悔偷灵药，碧海青天夜夜心。

如果根据入选篇目之数量来排名，《唐诗三百首》中最重要的诗人依次是杜甫、李白、王维和李商隐。《唐诗三百首》成书于清乾隆二十八年（1763），此前十三年，题署作乾隆帝"御选"的《唐宋诗醇》已经问世，此书入选的唐代诗人仅有李白、杜甫、韩愈、白居易四人。《唐宋诗醇》的编选显然体现了封建时代的正统诗学观念，《唐诗三百首》则并不严守藩篱。《唐诗三百首》选录李商隐作品多达二十四首，其中仅《无题》诗就多达六首，不但有眼光，而且见胆识。李商隐的《无题》诗向来难得确解，但其中蕴含着爱情旨意却是人所公认的。苏雪林曾著《李义山恋爱事迹考》，自诩破解了李商隐诗中隐藏的许多爱情秘密，但此书推论过深而考据欠精，如果说李商隐与宋华阳姐妹曾有情愫还算言之有据，那么说李商隐曾与唐文宗宠爱的宫嫔飞鸾、轻凤私通款曲，就堪称荒唐之言了。苏雪林后来将此书改名为《玉溪诗谜》，当是自觉猜测的成分过多吧。与《无题》同样难解的是《锦瑟》，此诗以首句"锦瑟无端五十弦"之首二字为题，其实也是一首无题诗。清人王渔洋说："一篇锦瑟解人难！"（《戏仿元遗山论诗绝句》）可谓慨乎言之。笔者不敢冒险解读《锦瑟》或《无题》，本文试对明白如话的《嫦娥》的主题做些分析。

《嫦娥》仅有四句，字句浅显，内容也很清楚。但是，它的主题究竟是什么？前人歧解纷纭，为免词冗，下文选择最主要的六种解说罗列如下：

宋人谢枋得云："诗意谓嫦娥有长生之福，无夫妇之乐，岂不自悔？前人未道破。"（《唐诗绝句注解》）近人俞陛云亦云："嫦娥偷药，本属寓言，更悬揣其有悔心，且万古悠悠，此心不变，更属幽玄之思，词人之戏笔耳。"（《诗境浅说续编》）

清人黄生云："义山诗中多属意妇女，……此作亦然。"（《唐诗摘钞》）屈复亦云："嫦娥指所思之人也，作真指嫦娥，痴人说梦。"（《玉溪生诗意》）

清人程梦星云："此亦刺女道士。首句言其洞房深曲之景，次句言其夜会晓离之情，下二句言其不为女冠，尽堪求偶，无端入道，何日上升也？则心如悬旌，未免悔恨于天长海阔矣。"（《李义山诗集笺注》）清人冯浩云："或为入道而不耐孤孑者致诮也。"（《玉溪生诗集笺注》）

清人何焯云："自比有才调翻致流落不偶也。"（《李义山诗集辑评》）宋顾乐亦云："借嫦娥抒孤高不遇之感，笔舌之妙，自不可及。"（《唐人万首绝句选》）

清人张采田云："义山依违党局，放利偷合，此自忏之词，作他解者非。"（《玉溪生年谱会笺》）又云："嫦娥偷药，比一婚于王氏，结怨于人，空使我一生悬望，好合无期耳，所谓'悔'也。"（《李义山诗辨正》）

清人纪昀云："意思藏在第一句，却从嫦娥对面写来，十分蕴藉。此悼亡之诗，非咏嫦娥。"（《李义山诗集辑评》）

第一种解读意谓此诗的主题就是咏嫦娥，此外别无寄托。当然论者都注意到诗人并未严格遵照嫦娥传说的原貌，因为嫦娥的传说其实非常简单，《淮南子·览冥训》载："羿请不死之药于西王母，姮娥窃以奔月。"高诱注："姮娥，羿妻。羿请不死之药于西王母，未及服之，姮娥盗食之，得仙，奔入月中，为月精。"如此而已。李商隐说嫦娥自悔盗药，以落得夜夜孤寂，正如俞陛云所说，是出于"悬揣"。谢枋得把嫦娥自悔的原因落实为"有长生之福,无夫妇之乐",更是根据李商隐诗意的进一步"悬揣",不过揣摩得相当合理。但是如果说李诗的主题就是如此,则正如俞陛云所说,全诗遂成"词人之戏笔",那么浸透在字里行间的款款深情又是来自何处?此解低估了此诗的意蕴,故不可取。

第二种解读意谓此诗乃自抒情愫,诗中的嫦娥就是诗人思念之人。爱情主题在李商隐诗中相当普遍,所以此解有一定的合理性。然而若与李商隐那些抒写相思之情的诗相比,此诗仍有其独特之处。比如《无题》诗中的写情名句:"身无彩凤双飞翼,心有灵犀一点通。""刘郎已恨蓬山远,更隔蓬山一万重。""春心莫共花争发,一寸相思一寸灰。""春蚕到死丝方尽,蜡炬成灰泪始干。"同样是缱绻悱恻,同样是黯然销魂,但在失望中仍然怀有一丝希望,不像《嫦娥》这般语气决绝、彻底绝望,仿佛已是生离死别。所以笔者认为此解尚属可取,但仍然不够准确。

第三种解读也可讲通。唐代的女道士多有风流放诞、不守清规者,李商隐对这种情形了如指掌,其《碧城三首》即专咏女冠恋情者,刘学锴、余恕诚先生解曰:"胡震亨、程梦星、冯浩等谓咏女冠恋情,且笺解已大致融洽,他说可勿论矣。……此三首究系自叙艳情,抑从旁观角度写女冠艳情,不易确定。细味之,似含讽意,则自叙艳情之可能性似较小。"(《李商隐诗歌集解》)从表面上看,《嫦娥》的旨意与《碧城三首》甚为相似,程梦星、冯浩等人对两者之笺解也出于同一思路。但是仔细体会,两者的语气毕竟有异。《碧城三首》虽然词多隐晦,但对男欢女爱之内容多方渲染,甚至语涉秽亵,比如"紫凤放娇衔楚佩,赤鳞狂舞拨湘弦""七夕来时先有期,洞房帘箔至今垂"等,全无方外清净之象,即使移用来描写秦楼楚馆,也无不可。刘、余二人称其"似有讽意",甚确。而《嫦娥》显然与之异趣。《嫦娥》无一字一句稍及暧昧,全诗皆置于孤独寂寞的氛围中,长河晓星与碧海青天构成广漠、清幽的意境,且渗透着诗人的深切同情。如果说此诗旨在讽刺,未免过于深曲,故此解不够确切。

第四种解读也不够确切。从根本的意义来说,几乎所有的古典诗歌都是抒情诗,诗中都蕴含着诗人的自我,此诗又何必不然?美人香草,本是古典诗歌中相当常见的表现手法,李商隐也不例外。李商隐的某些作品,到底是刻画男女相思,还是自抒怀抱,往往在两可之间。他有诗云:"非关宋玉有微辞,却是襄王梦觉迟。一自高唐赋成后,楚天云雨尽堪疑!"(《有感》)冯浩解曰:"屡启不省,故曰'梦觉迟',犹云唤他不醒也。不得已而托为'无题',人必疑其好色,岂知皆苦衷血泪乎?"(《玉溪生诗集笺注》)纪昀则持异解:"详诗语是以文词招怨之作,故题曰'有感',乃为似有寓托而实不然者作解。"(《李义山诗集辑评》)究以何者为是,仍难断定,因为两种情况都是存在的。说《嫦娥》诗中含有美人香草的寄托,从情理上说当然难以断言其非,但是细味全诗,总觉这种解读相当勉强。嫦娥因盗食不死之药而飞入月宫,非因其才能出众而自致隆高也。如果李商隐用嫦娥的故事来"自比有才调",分明是比拟不伦,擅长用事的李商隐岂能如此笼统地用典?况且诗中的嫦娥因身处高寒之地而自伤孤寂,与"流落不偶"或"不遇之感"分属不同的心态,擅写心曲的李商隐岂能如此粗糙地抒情?所以此解虽然出于以读书精审而著称的何焯,也完全有可能是智者千虑,必有一失。

第五种解读最不可取。所谓"依违党局,放利偷合",本是强加在李商隐身上的诬陷不实之词。李商隐出身孤寒,他因才华出众而先后受到令狐楚和王茂元的赏识,令狐聘之入幕,茂元则招之为婿。由于令狐为牛党要员,而茂元却亲近李党,李商隐遂身不由己地处于两党的夹缝中,从此左右为难,受尽冷遇。对于这种遭遇,李商隐当然痛心疾首,但这并非本人的过失,又有什么需要"自忏"?至于说所悔者乃婚于王氏,更是谬说。李商隐与王氏夫妻恩爱,王氏去世时,李商隐年方四十,正当盛年,但他从此独身,终身未曾续娶。即使任职梓州时的顶头上司柳仲郢主动让他纳一美貌歌伎为妾,他也上启拒绝。王氏亡后李商隐写了多首悼亡诗,深切怀念亡妻,他怎会后悔"婚于王氏"?

第六种解读将此诗主题理解为悼亡,这是笔者最为认同的一种观点,下文稍做分析。纪昀的这种解读并未得到公认,比如当代的李商隐研究专家刘学锴、余恕诚两位先生即深表不然："自伤、怀人、悼亡、咏女冠诸说中，悼亡说最不可通。盖嫦娥窃药飞升，反致子处月宫，清冷索寞，故曰'应悔'；而亡妻之弃人间，诚非所愿，若作悼亡，则'应悔'二字全无着落。"（《李商隐诗歌集解》）这种反驳相当有力，理由与上文对第四种解读的分析有相似之处。但笔者反复思考，仍觉得上述说法不无可商。如果单纯从用典精确的要求来看，"应悔"二字确实只适用于嫦娥，因为王氏并非自杀身亡者。但诗人运思，本不避曲笔，只要能表达内心衷曲，即使不当于理亦不足深病。况且人们在痛悼亲人亡故之时，往往会诘问亡者为何抛弃自己而去，这只是由深哀巨痛导致的非理性表达，并不意指亡者果真为自弃人世者。李商隐既在诗中将王氏逝世幻想成嫦娥飞升，然后揣想她在天上倍感孤寂且自悔飞升，又有何不可？即使就诗论诗，笔者觉得这里最多只能说诗人用典之精确没有达到锱铢不爽的程度，并不足以否定全诗的构思。在诗文中运用事典，精确度当然是值得追求的目标。但是一般说来，只要大致相似，即属可取，不一定非要绝对精确、毫发无憾。况且这是一首短诗，其主体部分仅由一个事典构成，要是所咏之事与所用之典完全一致，反而会显得意尽事中，毫无余味。相反，在基本上不违反事典原义的前提下对细节稍加变通，反能跳出原典的局限，从而包蕴更深永的意味，《嫦娥》一诗就是如此。笔者认为沈祖棻先生对此诗的解读最惬人意，谨撮要转引其言如下："全诗的布局是由景入情，由实而虚。第二句写了长河晓星，是当夜的生活实际。而由星、河想到月，想到月里嫦娥，想到她的孤独，也极自然近情。所以便以嫦娥之奔月，比王氏之死亡。在这三、四句诗中，作者放纵了自己的想象。他想到，嫦娥到了月宫以后，……她唯一的伴侣，就是自己的影子。这是多么孤独，多么冷清。在这种环境和心情之下，她应该对于偷吃灵药，虽然变成了不死不老的仙人，却要以永恒地过着单身生活为代价这一行为，感到后悔吧。说'碧海青天'，见空间之无限。说'夜夜'，见时间之无穷。这种无边无际的凄凉，无穷无尽的寂寞，本是生者即自己所感，却推而及于死者，这显然是受到杜甫《月夜》的启发。诗以妻子比为月里嫦娥，以'碧海青天夜

夜心'写她的环境和心情，就有人间天上，永无见期之感，更增加了死别的伤痛。"(《唐人七绝诗浅释》)

　　古语说"诗无达诂"，像李商隐《嫦娥》此类意蕴深密的诗作，更不能有类似标准答案般的最优解读。在不违背相关史实与本文内容的基础上，读者完全可以自行选择最满意的解读方法。本文罗列前人关于《嫦娥》的六种异解并试做浅析，就是想说明这种情况。

（莫砺锋）

山　行

杜　牧

远上寒山石径斜，白云生处有人家。
停车坐爱枫林晚，霜叶红于二月花。

　　这是一首秋天游山所写的即景小诗。寥寥几笔简练的速写，描绘出一幅清隽明丽的图景，表达了对大自然、对秋天、对野趣的赏爱之情，千百年来，广为传诵。

　　深秋时节，诗人乘车出游，来到一座山前，但见山色深沉，一条浅色的石路醒目地直伸向山顶，仿佛在唤人登临。诗人兴致勃发，驱车登山。山虽高却并不陡，山道蜿蜒曲折，显得迥远而幽深，由是给人一重寒意。首句写出了诗人初上山时的所见所感。

　　随着车行渐高渐远，山顶的景物依稀可见。顺着石径望去，在那山路的尽头，白云缭绕的地方，竟有星点房舍。是人家！惊奇之余，诗人更感到欣喜。是啊，在远离尘嚣的深山，在孤高绝顶的山巅，竟有人家居住！一定是和自己一样乐此深山，因而栖隐遁世的高人吧，虽未谋面，诗人已有知音之感了。"白云生处有人家"承上句继续写山行遥望之景，镜头拉得更近，景物却变得更虚。不写山高，不言山顶、房舍，只写白云生处有人家，则山之高峻，人家之邈远可以想见。用"生"字写云，取义极虚，使整个画面带有超凡出世的色彩。不过，高远的寒山，点缀三两户人家，更多的还是给人一种亲切而富于生活气息的人间情调。

三四两句将目光收回到身边近景。秋深的黄昏，在万木凋零中，一片经霜的枫林红艳如火，简直胜过二月的鲜花！诗人被这壮丽的美景迷住了，竟久久停车不前。诗人将因果关系作了变动，先说停车，然后才说原因（"坐"是因为的意思）是喜爱枫林的晚景——霜叶红于二月花。第三句对诗人流连于枫林晚景的叙述是一个间接表现、一个烘托、一个暗示，同时又是一个悬念，暗示这里有着神奇的、引人入胜的美丽景观。可是诗人什么也没说，在这宁静的画面和沉默的时刻中，他积蓄着力量。当他以十二分的笔力，将"霜叶红于二月花"推到期待着的读者面前时，那带着旺盛的生命力扑面而来的浓烈色彩便一扫秋的萧瑟，真令人心清目爽，精神为之一振！

　　在中国古典诗歌中，悲秋是传统的主题，而杜牧这首诗却赞美秋天，讴歌秋的生命，从中不难体会到诗人对自然、对生活的无比热爱。诗中比喻的新颖奇绝，色彩的鲜明悦目，以及那流动于字里行间的韵致，更给人无穷的回味。

（蒋寅）

台 城

韦 庄

江雨霏霏江草齐，六朝如梦鸟空啼。
无情最是台城柳，依旧烟笼十里堤。

南京旧称金陵，向有"江南佳丽地，金陵帝王州"（谢朓《入朝曲》）的美誉。钟山、汤山、方山、雨花台、牛首山、石头山（即今清凉山）、幕府山坐落在它的四郊，形成天然屏障；长江、秦淮河环绕在它的周围，变为难以逾越的天堑。故周威王、秦始皇称之有王气，诸葛亮也盛赞："钟山龙盘，石头虎踞，真乃帝王之宅也。"唐代之前，吴、东晋、宋、齐、梁、陈六朝相继在此建都达三百年之久。诚如李白所说："金陵昔时何壮哉，席卷英豪天下来。"（《金陵歌送别范宣》）金陵一跃而为全国政治、经济、文化中心。"地拥金陵势，城回江水流。当时百万户，夹道起朱楼。"（李白《金陵三首》之二）就描写了当时的盛况。

六朝统治者都将自己的宫城（即台城，旨在保卫皇宫与中央政府台省）依山傍水建在城中。山者，鸡笼山（即今北极阁山）也；水者，北湖（即今玄武湖）也。"台城六代竞豪华，结绮临春事最奢"（刘禹锡《台城》）。"结绮""临春"，还有"望春"，是陈后主在宫中修的楼阁名。其实六个朝代都新建或改造了不少宫殿，宫殿周围还要积石为山，引水为池，种植花草树木。此外，它们还在都城内外兴建了三十多处皇家花园与离宫别馆。其中数以鸡笼山为中心的华林园和以覆舟山（今九华山）为中心的乐游园最为有名。宋文帝甚至还在烟波浩渺的玄武湖中建起了名为方丈（今梁洲）、蓬莱（今环洲）、瀛洲（今樱洲）的三神山。当然皇亲国戚、达官贵人们也在首都兴建了大量花园豪宅，还有为数众多的佛寺遍布都城各处。杜牧的《江南春》大致描写了六朝时期南京地区的美景："千里莺啼绿映红，水村山郭酒旗风。南朝四百八十寺，多少楼台烟雨中。"

公元589年，陈朝灭亡，隋文帝下令将六朝首都的城墙、皇宫、官署夷为耕地，以免后人据以称王称霸，并且将扬州州治从金陵移往江都（今扬州市），只留下比较小的石头城作为蒋州（今南京）的州城。唐朝继续推行抑制金陵的方针，有段时期甚至取消了它作为州的建制，而将其上元县改属润州（今镇江市）。这就使金陵成了由极盛迅速变为极衰的典型，唐以后的诗人们都喜欢把它当作抒发沧桑之感的题材。

在历代众多的金陵怀古诗中，韦庄的《台城》堪称上乘之作，这与他的家庭出身、生活经历、文学修养密切相关。韦庄，字端己，长安杜陵人，宰相韦见素的后代。而韦见素是一个认识到安禄山必反，一再进谏，始终未被采纳，并亲身经历了安史之乱的人。韦庄还是著名诗人韦应物的四世孙。这样的家庭出身使他能够受到良好的教育，胸怀大志，关注国家的命运和前途。公元880年春，韦庄在长安应试未第，目睹了当年冬天黄巢攻陷长安的过程，并于公元883年春在洛阳写了著名的《秦妇吟》。"含元殿上狐兔行，花萼楼前荆棘满。昔时繁盛皆埋没，举目凄凉无故物。内库烧为锦绣灰，天街踏尽公卿骨。"这就是韦庄所见到的战争给长安留下的创伤。听说金陵固若金汤，未见戎马，于是携家带口，流落江南，并写了《上元县》《金陵图》《谒蒋帝庙》等一批金陵怀古诗，利用一些历史古迹作为载体，将自己对社会现实的感受表现了出来。《台城》可以说是其中最出色的一篇。

这首诗的起句写长江之滨，细雨霏霏，芳草萋萋。欧阳炯《江城子》尝云："晚日金陵岸草平。""齐"与"平"都是远眺江边丰草所获得的印象。诗人来自西北，对这颇具江南地方特色的自然景观的感受似乎特别新鲜，特别深刻。

次句内涵十分丰富。鸟啼二字明写所闻,暗写所见。我们从中可以体会到诗人在《幽居春思》诗中所描述的"翠羽春禽满树喧"的动人画面与音响。"六朝如梦"四字则写了诗人对以台城为政治中心的那一段历史的总体感受。诗人着一"空"字,又巧妙地将所见、所闻、所感紧密地联系在一起:江山如画,而过去主宰与享受这如画江山的六朝统治者们,却成了历史上的匆匆过客而不复存在了。诚如李白所说:"四十余帝三百秋,功名事迹随东流。"(《金陵歌送别范宣》)

三、四两句补写了诗人在台城遗址所见到的最美丽的景象。唐代的北湖面积是今天玄武湖的三倍。东晋初年,沿北湖南岸,从覆舟山北麓一直到幕府山下,修了条十里长堤。长堤上笼罩着嫩绿的柳枝与鹅黄色的柳穗,花草树木中莺歌燕舞,到处是一派生机勃勃的景象。这是多么诱人的画面。幸运的是,现存南京明城墙鸡鸣寺至解放门一段即为六朝台城故址的一部分,仍然是我们眺望玄武湖美景的最佳地点。这两句诗中特别值得注意的是"无情"二字。十里长堤上的杨柳丝毫不顾六朝政权的灭亡,依然抽条、吐绿、飘絮,显示着春天的美丽,确实是够无情的了。诗人恰恰通过柳之无情,希望人们去思考六朝灭亡的历史教训:历史是无情的,如果一个政权倒行逆施,只能遭到历史的遗弃和嘲弄。

此诗好就好在通过怀古,表达了诗人对摇摇欲坠的晚唐政权的深沉忧虑,而且诗人的忧虑还充满着批判意识。公元880年12月,黄巢起义军入潼关、下华州,唐僖宗慌忙逃往成都,韦庄不久写了首《立春日作》,诗云:"九重天子去蒙尘,御柳无情依旧春。今日不关妃妾事,始知辜负马嵬人。"此诗不仅为杨贵妃翻案,将酿成安史之乱的罪责理所当然地归于唐玄宗,而且将酿成广明之乱的罪责也理所当然地归于当朝皇帝唐僖宗。特别值得我们注意的是,诗中也称御柳"无情"。这就使我们认识到《台城》一诗不仅在批评六朝皇帝,也在批评唐代皇帝,而且还指出唐玄宗、唐僖宗们已经在重蹈六朝的覆辙。

作者还善于渲染艺术气氛来烘托自己的内心情绪。如同先祖韦见素身为宰相，虽然清醒地认识到安史之乱即将爆发，却无法阻止这一历史悲剧的产生一样，韦庄作为一介书生（他直到乾宁元年59岁时方考取进士），虽然清醒地认识到唐末动乱之源，却无法阻止唐末动乱的延续。他胸怀大志，而且这种志向似乎一直都没有泯灭过。但是他毕竟身处乱世，而且文战不利，长期过着流离的生活，难免有走投无路的感觉，他在《寓言》诗中写道："为儒逢乱世，吾道欲何之？学剑已应晚，归山今又迟。"他笔下的《独鹤》应当说就是他自己的写照："夕阳滩上立裴回，红蓼风前雪翅开。应为不知栖宿处，几回飞去又飞来。"所以他在诗中一再流露出"浮生如梦"的情绪，如《忆昔》："今日乱离俱是梦，夕阳唯见水东流。"《上元县》："有国有家皆是梦，为龙为虎亦成空。"《杂感》："鱼龙爵马皆如梦，风月烟花岂有情。"《含山店梦觉作》："灯前一觉江南梦，惆怅起来山月斜。"所以，"六朝如梦"既是他对六朝的感受，也是他对晚唐政权和个人前途的体验。诗中所弥漫着的对国家命运和个人前途悲观失望的情绪，在那个时代的知识分子中具有普遍性。作者通过迷蒙细雨与朦胧烟柳所着力营造出来的氛围，恰到好处地传达了这种情绪，真所谓"悲凉之雾，遍被华林"（借用鲁迅《中国小说史略》论《红楼梦》语）。

就构思而言，这首诗也有着自己的特点。诗人通常用台城的衰败景象来抒写自己的情感，如刘禹锡笔下的《台城》："万户千门成野草，只缘一曲后庭花。"《史记·武帝本纪》云："帝作建章宫，度为千门万户。"诗中的"万户千门"显然指皇宫，说它已变成了荒野。再如张乔笔下的《台城》："宫殿余基长草花，景阳宫树噪村鸦。"齐有景阳楼，陈有景阳殿。诗中的"景阳宫"显然借指皇宫，是说昔日的皇宫遗址已经变成百姓村落。它们都成功地写出了台城的沧桑变化。但是韦庄的《台城》没有写这些衰败景象，而是写台城美景依旧。"暮春三月，江南草长，杂花生树，群莺乱飞。"梁人丘迟《与陈伯之书》所描绘的春色，在这首诗中似乎得到了再现。韦庄之意不在写物质上的沧桑变化，而在写精神上的沧桑之感，诗人恰恰希望通过景色依旧来反衬人事全非，以引起读者对历史与现实的关注与思考。

（徐有富）

咸阳西门城楼晚眺

许　浑

一上高城万里愁，蒹葭杨柳似汀洲。
溪云初起日沉阁，山雨欲来风满楼。
鸟下绿芜秦苑夕，蝉鸣黄叶汉宫秋。
行人莫问当年事，渭水寒声昼夜流。

晚唐诗人许浑的诗风有两大特征，其一是对仗精工，铢两悉称。明人高棅将"许用晦之对偶"与"杜牧之豪纵""温飞卿之绮靡""李义山之隐僻"并列为晚唐诗坛之风格特色（《唐诗品汇总叙》）。其实温庭筠、李商隐二人也是长于对仗的，由此可见许浑在对仗方面独占鳌头。"许丁卯"之得名，实因许浑居于丹阳丁卯桥，其集名曰《丁卯集》，但读者不妨从"丁是丁，卯是卯"的俗语产生联想，能用天干地支为句中对偶，当然是天然巧对。其二是诗中颇多与水有关的意象，宋人《桐江诗话》云："许浑集中佳句甚多，然多用'水'字，故国初士人云'许浑千首湿'是也。"（《苕溪渔隐丛话》前集）集中体现这两个特征的许诗名篇当推《咸阳西门城楼晚眺》。

此诗在《全唐诗》中题作《咸阳城东楼》，然许浑手编之《乌丝栏诗》中原作此题，况且第三句下有原注云："南近磻溪，西对慈福寺阁。"如在城东之楼，则无法眺见寺阁，更不得见到日沉寺阁也。

先看第一方面。此诗颔联脍炙人口，"山雨欲来风满楼"且成为万众传诵的成语，但全联的对仗，仍是毁誉参半。对此联的批评意见有两种，一是

"阁"字与"楼"字犯重，清人屈复云："次联名句，'阁''楼'相犯……终是一病。"(《唐诗成法》)清人周咏棠云："'楼''阁'二字作对，殊觉草草。"(《唐贤小三昧集续集》)这种意见似是而非。对仗固应避免同义词相对以导致的"合掌"，但不必回避所有的同类词语，否则如何属对？"阁""楼"二字在专载对仗词句的典籍《词林典腋》《诗腋》中皆属"宫室"一类，正是工对之范例。况且此诗中的"阁"实指寺阁，"楼"则实指城楼，二者之大小、形制相去甚远，为何不能作对？

二是上下句的艺术水平不相称，清人唐孟庄云："次联下句胜上句。"(《删补唐诗选脉会通评林》)金圣叹驳云："二句只是一景，有人乃言'山雨'句胜于'溪云'句，一何可笑！"(《贯华堂选批唐才子诗》)有些现代读者也认为此联之妙仅在下句，甚至认为上句乃依照下句拼凑而成。其实诗人写诗的次序虽有可能先得到下句，然后足成全联，但只要意脉流畅，就并无大碍。由于下句乃神来之笔，且包蕴着深刻的哲理，从而成为千古名句，上句难免相形见绌。但就全联而言，正如金圣叹所云，"二句只是一景"，这是夏秋时节暴雨骤至前的常见景象：先是天边涨起乌云，接着狂风大作。身在城楼的诗人先看到云涨日落，再感到风满城楼，于是预感到一场暴雨即将来袭。一联之中，既有视觉，又有听觉与触觉，还有思绪，情景交融，浑然一体，工整的对仗丝毫没有阻碍意脉的流动，正如清人查慎行所评："二语工于写景，而无板重之嫌。"(《初白庵诗评》)真是名不虚传的名联。

颈联与颔联相比稍为逊色，但也是属对精工的佳联。此联字字皆对，真可谓铢两悉称，但是如此工对并未阻滞意脉之流动，奥秘在于其中蕴藏着朝代变迁的时间长河。诗人从咸阳城楼上远眺，目力所及尽是古代上林苑的废墟。上林苑始建于秦代，自秦惠文王至始皇帝，相继扩建。汉初一度还为民田，到汉武帝时又大规模扩建，至汉末复废。就像王昌龄的诗句"秦时明月汉时关"(《出塞》)一样，此联上下句之间也是互文关系。曰"秦苑"，曰"汉宫"，实指秦代的宫苑与汉代的宫苑相继建于此地，当时是何等的富丽繁盛，如今安在哉？唯剩鸟下绿芜、蝉鸣黄叶而已！黄昏渐至，秋风阵阵，诗人心中的沧桑之感油然而生，抒情全寓于写景，手法高明，亦堪称名联。

再看第二方面。此诗首联写到"汀洲"，尾联写到"渭水"，颔联则渲染浓浓的雨意，满篇水汽，真是"千首湿"的好例。对于首联，清人沈德潜质疑说："咸阳何地，而竟如汀洲耶？"（《唐诗别裁集》）其实唐代的西北地区并非绝对没有汀洲，李商隐《安定城楼》云"绿杨枝外尽汀洲"，安定即今甘肃泾川，远在咸阳西北三百里处，况且位于渭水之畔的咸阳？当然许浑诗中用一"似"字，大可玩味。诗人家在江南水乡，见惯了长满蒹葭杨柳的汀洲，如今人在他乡，突然看到类似的景象，顿生乡思。此句妙在只写眼前景物，并未说破思乡之意，意在言外，含蓄蕴藉。对于尾联，明人周珽认为意在怀古："故行人不必问前朝之事，即观渭水寒声，可以识后流犹前流矣。"（《唐诗选脉会通评林》）清人金圣叹认为意在怀乡："孔子曰：'逝者如斯，不舍昼夜。'今人问前人，后人且将问今人，后人又复问后人，人生之暂如斯，而我犹羁万里耶？"（《贯华堂选批唐才子诗》）其实诗人多半意在双关，渭水波声千古如斯，而河畔的人事却瞬息变幻，故起怀古之思；渭水日夜东流，诗人家在东南而不得归，故起怀乡之念。由此可见，首、尾两联中的水意象都是自然咏及，并无生硬之感。

全诗中最好的水意象是在颔联。云起溪上，当然充满水汽。风带雨意，更是湿意可掬。即使不考虑句中蕴含的深刻哲理，"山雨欲来风满楼"也堪称千古名句，因为它将暴雨将至时的情景、氛围，乃至人们的心理感受写得淋漓尽致。如此的"湿"诗，真乃烟霞满纸！

（莫砺锋）

淮上与友人别

郑 谷

扬子江头杨柳春,杨花愁杀渡江人。
数声风笛离亭晚,君向潇湘我向秦。

郑谷《淮上与友人别》是晚唐的七绝名篇,后人赞不绝口,比如清人宋宗元以为像李白诗:"笔意仿佛青莲,可谓晚唐中之空谷足音矣。"(《网师园唐诗笺》)黄叔灿则以为像王昌龄、王维诗:"不用雕镂,自然意厚,此盛唐风格也,酷似龙标、右丞笔墨。"(《唐诗笺注》)俞陛云也以为其成就可承王维:"送别诗,惟'西出阳关'久推绝唱。此诗情文并美,可称嗣响。凡长亭送客,已情所难堪,客中送客,倍觉销魂也。"(《诗境浅说续编》)李白、王维、王昌龄是盛唐最擅七言绝句的三位大家,上述评语说明郑谷此诗在后人心目中的地位之高。然而对此诗的尾句,明人谢榛深不以为然,他说:"(绝句)凡起句当如爆竹,骤响易彻。结句当如撞钟,清音有余。郑谷《淮上别友》诗'君向潇湘我向秦',此结如爆竹而无余音。予易为起句,足成一首,曰:'君向潇湘我向秦,杨花愁杀渡江人。数声长笛离亭晚,落日空江不见春。'"(《四溟诗话》卷一)谢榛论诗,好发高论,敢于议论古人得失,曾经宣称:"夫万物一我也,千古一心也,易驳而为纯,去浊而归清,使李杜诸公复起,孰以予为可教也!"(同上卷三)《四溟诗话》中指摘唐诗之病,且代为点窜改正者,举不胜举。他还引用友人的话称道自己:"闻子能假古人之作为己稿,凡作有疵而不纯者,一经点窜则浑成。"(同上卷三谢榛的有些意见不无道理，比如他认为许浑的七律名作《金陵怀古》"若删其两联，则气象雄浑，不下太白绝句"（同上卷二），尚属可取。但他对郑谷诗的改写，则引起后人讥议纷纷。明人陆次云曰："结句最佳。后人谓宜移作首句，强作解事，可嗤，可鄙！"（《五朝诗善鸣集》）清人沈德潜亦曰："谢茂秦尚不得其旨，而欲颠倒其文，安问悠悠流俗！"（《唐诗别裁集》卷二〇）那么，谢榛对郑诗的改写可取吗？让我们先将此诗细读一过。

　　此诗作于唐昭宗大顺二年（891）晚春，是郑谷由江南返回长安，途经扬州时所作。诗题中的"淮上"泛指淮河之畔，因淮南节度使治所在扬州，故扬州亦可称淮上。"友人"不知指谁，揆诸诗意，当系从扬州南下潇湘者。首二句交代作诗之背景：暮春时节，诗人与友人在扬子江边相别。"扬子江头"指扬子津，乃运河与长江交汇处，唐时为南北交通要津。暮春时节，正是容易使人伤感的时刻。诗人与友人分手于此时此地，眼看着漫天飞舞的杨花，怎不愁杀人也！"渡江人"既指友人，因为他即将渡江南下，但也指诗人，因为他刚从润州渡江北来。从表面上看，首二句平平而起，无甚奇警，但正如清人郭兆麒所评："首二语情景一时俱到，所谓妙于发端。'渡江人'三字已含下'君'字、'我'字在。"（《梅崖诗话》）第三句转为抒写离情。风笛者，风中之笛声也。笛声悠长，随风远扬。诗人在暮色渐浓的离亭里忽然听到数声风笛，虽未明言所闻何曲，但前二句两次提及杨柳，很可能这首笛曲就是著名的《折杨柳》。清人朱之荆曰："'风笛'从'离亭'生出，因古人折柳赠别，而笛曲又有《折杨柳》也。"（《增订唐诗摘钞》）推测合理。《折杨柳》原是汉横吹曲名，多抒离愁别绪。盛唐诗人王之涣诗云："羌笛何须怨杨柳，春风不度玉门关。"（《凉州词》）李白诗亦云："此夜曲中闻折柳，何人不起故园情！"（《春夜洛城闻笛》）况且郑谷此时客中送客，心中的离愁别绪又该是何等的浓郁、沉重！蓄势至此，诗人终于郑重推出结句："君向潇湘我向秦！"此句受到后人的激赏，明人王鏊曰："不言怅别，而怅别之意溢于言外。"（《震泽长语》卷下）吴山民曰："末以一句情语转上三句，便觉离思缠绵，佳！"（《删补唐诗选脉笺释会通评林》）由此可见，此诗情文并茂,意境亦完整,诚如今人刘拜山所评:"扬子江,分手之地;杨柳春,分手之时。杨花紧承杨柳,既点出暮春,又暗寓行人飘泊。二'杨'字、二'江'字,有如贯珠,层累而下,音响浏亮。一结直叙南北分携,便缴足'愁杀'之意,情味弥永。"(《千首唐人绝句》)

那么,如果单论尾句,谢榛的意见可取吗?谢氏不满此句,理由是"此结如爆竹而无余音"。所谓"如爆竹",大概是指奇警响亮,引人耳目。"君向潇湘我向秦"一句,构句奇特不凡,音调亦高亢浏亮,或如爆竹。但是此句的意蕴一览无余,也即"无余音"吗?否也。明人周明辅评曰:"茫茫别意,只在两'向'字中写出。"(《增定评注唐诗正声》)因为两个"向"字的方向正好是南辕北辙,简洁而巧妙地写出了客中送客、天涯分袂的特征。"潇湘"是一个特殊的地名,它会使人联想到自沉汨罗的屈原、临湘吊屈的贾谊,以及所有遭谗被贬的迁客骚人,所以杜牧诗云:"楚国大夫憔悴日,应寻此路去潇湘。"(《兰溪》)郑诗说"君向潇湘",暗含着对友人浪迹江湖的不幸命运的同情。"秦"即秦中,也即长安,是唐代的国都,是读书人实现人生理想的政治舞台。郑谷四年前已经进士及第,但适逢兵荒马乱,直到景福二年(893)方释褐授官。当他写《淮上与友人相别》时,尚是一介白丁,正要前往长安谋求官职。"我向秦"三字,其实浸透着诗人在仕途上辛勤奔走的无限酸辛。况且此前数年间郑谷漂泊于巴蜀荆楚等地,足迹远及潇湘,其《远游》诗足以为证:"江湖犹足事,食宿戍鼙喧。……乡音离楚水,庙貌入湘源。"在唐末兵连祸结的时代背景中,读书人的求仕之途充满着艰难危苦。此时的郑谷与友人像两片浮萍漂泊于江湖风波之中,在扬州偶然相遇,随即各奔天涯。"君向潇湘我向秦"一句,充溢着多么丰富的意蕴和情思,它能引起读者多么丰富的联想和感慨!这岂如谢榛所云"而无余音"!

谢榛将郑谷诗的尾句移作首句,并添一尾句形成一首新的七绝,对此,刘学锴先生评曰:"这样改诗,可谓点金成铁。不过谢榛也做了一件好事,用拙劣的改作进一步显示出郑谷原作的隽永情味。"(《唐诗选注评鉴》)的确如此,经过谢榛的非议及改作,郑诗尾句的妙处显得更加清楚了。清人贺贻孙《诗筏》中说得好:"诗有极寻常语,作发句无味,倒用作结方妙者,如郑谷《淮上别友人》云……盖题中正意只'君向潇湘我向秦'七字而已,若开头便说,则浅直无味。此却倒用作结,悠然情深,令读者低回流连,觉尚有数十句在后未竟者。唐人倒句之妙,往往如此。"

(莫砺锋)

春宫怨

杜荀鹤

早被婵娟误，欲妆临镜慵。
承恩不在貌，教妾若为容。
风暖鸟声碎，日高花影重。
年年越溪女，相忆采芙蓉。

诗中描写春日宫中妃嫔因不被宠幸而懒于梳妆的情态，以寄托诗人怀才不遇的郁闷失意之感，同时表达了诗人因追求功名而放弃了自由生活所感到的深深怅惘。

白居易《长恨歌》形容杨贵妃的魅力是"回眸一笑百媚生，六宫粉黛无颜色"，是啊，宫廷里数量众多的妃嫔，能博得君王宠幸的究竟有几人？多少红颜丽质都在寂寞的岁月中凋零于冷宫。这些宫中女子的命运，作为宫廷秘闻的一抹悲凉的底色，历来为文人所关注、所怜悯，而描写这些女子，包括妃嫔和宫女的寂寞生活及哀怨情绪，也成为古典诗歌中一类独特的题材——宫怨。宫怨是唐人很喜欢写作的题目，通常叙写不被君王宠幸的妃嫔或宫女的寂寞生活，表现她们内心哀怨和希冀交织的复杂情绪。文人经常在她们身上看到与自己相似的侘傺不遇、寂寞终老的命运，因此在吟咏宫怨题材时不觉就寄托了自己怀才不遇的悲哀和怨望之情。

晚唐诗人杜荀鹤的这首《春宫怨》是写春日宫人的怨情，诗中的"妾"是古代女子的自称，所以它是以第一人称的方式即假托宫人的口吻来抒情的作品。这种表现方式古人称为"代言"。诗的起句劈头就以自悔兼自伤的语气道出眼前的处境——自己被美貌所害很久了。"婵娟"本来是形容女子姿态美好的词,生为女子而容貌昳丽,在当时可以说拥有了丰厚的资本,这样的女子对未来的期望也比一般女子要高,所谓"天生丽质难自弃"是也。可问题是,后庭三宫六院七十二嫔妃,加上才人宫女千百佳丽,哪个不是美女,哪个没有美貌啊?光凭美貌就能赢得君主的欢心吗?正像清代贺裳《载酒园诗话》说的:"'承恩不在貌,教妾若为容',此千古透论。卫硕人不见答,非貌寝也;张良娣擅权,非色胜也。陈鸿《长恨传》曰:'非徒殊艳尤态独能致是,盖才智明慧,善巧便佞,先意希旨,有不可形容者焉。'即此诗转语。"这是说后宫擅宠不只凭美貌,还要比拼智慧、才艺、魅力,甚至运气。在这种情况下,自幼给她带来骄傲,让她自视甚高的美貌,反令她或疏于心计,或招人嫉妒,一直遭受冷遇。"早被婵娟误",一个"误"字说尽了后宫争宠的所有险恶,同时交代了主人公久遭冷遇的现状。

因为久旷不遇,主人公早已失去邀宠的意愿,待要梳妆,对镜却又懒得打理。常言道,士为知己者死,女为悦己者容。得不到君王的宠顾,装扮又有什么意义呢?"临镜慵"虽只是描写外在的动作姿态,却传达了内在的心理活动,可以说是形神兼备。颔联两句分承首联,"承恩不在貌"回应起句,揭示了"早被婵娟误"的原因;"教妾若为容"承第二句,补充说明"欲妆临镜慵"的理由。同时,两句又是流水对,上下意思连贯,强调了诗的主旨。熟悉古典诗歌的读者会想到,"若为容"本自《诗经·卫风·伯兮》:"自伯之东,首如飞蓬。岂无膏沐,谁适为容?"这是以思妇的口吻说,自从丈夫随军出征后,自己每天头发蓬乱,没有心思打扮。知道"若为容"三字所本,就更容易理解"女为悦己者容"的殷勤,而不难体谅"承恩不在貌"一句所包含的失落感。

就在女主人公哀怨叹息之际,一阵鸟鸣声传来,将她的视线引向窗外,一幕和煦骀荡的春景展现在眼前:"风暖鸟声碎,日高花影重。"暖风吹来细碎的鸟鸣,正午的阳光为低垂的花丛留下浓荫。这一联体物之工,在当时就备受赞赏。杜荀鹤诗给人的印象有点鄙俚近俗,唯独这首《春宫怨》被推为唐代宫词之最,甚至传有谚语曰:"杜诗三百首,唯在一联中。风暖鸟声碎,日高花影重。"这两句不光体物工致入微,它那暖融融、懒洋洋的慵倦气息,也正与女主人公的心境相似。面对眼前的园景,她不由得想到,南方的家乡该是初夏时分了,当年的女伴们该泛舟采莲了吧?于是结联自然地引出"年年越溪女,相忆采芙蓉"两句。越溪女原指西施,王维《西施咏》有"朝为越溪女,暮作吴宫妃"之句,这里代指女主人公故乡的同伴。不说主人公想念儿时的同伴,怀念一起泛舟采莲的日子,却说她们年年采莲时都会想念自己,回忆过去的时光,这是从对面着笔的写法,比直接写自己思念同伴,多了一层婉曲含蓄的韵味;而女主人公落寞失意之余,不禁怀念从前自由生活的神往之情,同时跃然纸上。从诗的结构说,意脉的演进大概如此,但要是从作者的意图来看,那么结联又是在上四句表达怀才不遇之感后,更拓展了一层意思,即进取失利的悲哀之余又为丧失"文章甘世薄,耕种喜山肥"(《乱后山中作》)的逸乐生活而深感惆怅。这就在很大程度上提升了作品的精神品格,使诗没有仅仅停留在怀才不遇的怨艾上。

  作为一个以特殊对象的情感生活为表现对象的类型,宫怨诗历来就有两种写法,一种是用第三人称来写的叙事体,如王昌龄的同题之作《春宫怨》:"昨夜风开露井桃,未央前殿月轮高。平阳歌舞新承宠,帘外春寒赐锦袍。"另一种就是杜荀鹤所用的代言体。代言体是古代诗歌中常用的一种表现手法,即站在抒情主人公的立场,以第一人称的方式叙事、抒情,这在乐府、拟古、填词等体裁中很常见。它的优点是用第一人称来表达,可以直接诉说内心感受,有一种设身处地的真实感,而且便于将复杂的社会问题和个人经验用概括的方式表现出来。试想,如果不是出于主人公的自述,"早被婵娟误"所包含的人情世态要多少文字才能说清?"承恩不在貌"所包含的历史经验又要多少文字才能证实?而作为抒情主人公对个人经历的反思和对宫廷现实的总结,十个字就说透了一切。至于通过角色设定来寄托作者的情怀,表达某种不宜直接表达的意愿和感触,代言体就如同戴上一副面具，可以借角色之口更直接地表达对现实的不满，尽情宣泄自己的愤懑和不平。宫怨诗所描写的宫闱女性的不幸命运，多少有着怀才不遇的士人群体的影子；其中所表达的对妃嫔宫女的同情，很大程度上也是对自身命运的伤悼。

（蒋寅）

魏城逢故人

罗　隐

一年两度锦江游，前值东风后值秋。
芳草有情皆碍马，好云无处不遮楼。
山将别恨和心断，水带离声入梦流。
今日因君试回首，淡烟乔木隔绵州。

罗隐生在晚唐，处于乱世，屡试不第，到处漂流。这首诗是他漂流到四川时所作。魏城是剑南道的一个县，其地在今绵阳市游仙区。诗题一作《绵谷回寄蔡氏昆仲》，绵谷在绵州的东北。罗隐从成都锦江之滨来到魏城，见到老朋友蔡氏兄弟，而旋复言别，走到绵谷的时候回望魏城，充满离愁别恨，于是写下此诗。

锦江是成都的重要标志之一，而魏城离成都不远，首联写诗人在春天和秋天两次到了成都，终于有机会和蔡氏兄弟见面。见面不易，分别亦难，绿草也似知人的心意，阻挡着马蹄前行，而云雾缭绕，也似故意将蔡氏兄弟的居处遮住，以免回头眺望，触目伤心。但离别的伤感难以抑制，一路经行之处，山的景色，引起心中万般怅恨。这一句的情景关系，可以和辛弃疾《水龙吟·登建康赏心亭》并观："遥岑远目，献愁供恨，玉簪螺髻。"至于水，则是带有离声，萦绕在梦中。这一句又可以令人联想到秦观著名的《江城子》："便作春江都是泪，流不尽，许多愁。"全诗最后突出一个"回"字：走在路上，回望魏城，唯见高大的树木被笼罩在暗淡的云烟中而已。

书写朋友间的离情，在中国古典诗词中有不少名篇，这一首从总体来说并不特别出色，但是"芳草"一句，却给全诗增加了不少亮色。甚至可以说，这首诗之所以能够在文学史上留下印迹，主要就是由于这一句。

　　草的意象是写离别之情时经常使用的。在诗中较早的如淮南王刘安《招隐士》："王孙游兮不归，春草生兮萋萋。"以及白居易由此发展而来的著名的《赋得古原草送别》："离离原上草，一岁一枯荣。野火烧不尽，春风吹又生。远芳侵古道，晴翠接荒城。又送王孙去，萋萋满别情。"在词中则有欧阳修《踏莎行》："候馆梅残，溪桥柳细。草薰风暖摇征辔。离愁渐远渐无穷，迢迢不断如春水。寸寸柔肠，盈盈粉泪。楼高莫近危阑倚。平芜尽处是春山，行人更在春山外。"这些，都可以见出春草之上所笼罩着的浓浓的感情色彩。罗隐的诗也给春草（"芳草"）赋予了感情色彩，不过却转换角度，让其有了主动性，这就将物与我的关系做了一定的调整，显得较为别致。

　　在文学史发展的过程中，任何一点儿新颖的东西，往往都会引起后世敏感的作家的兴趣，从而构成不同形式的传播链。清代词人谭献有一首《蝶恋花》："庭院深深人悄悄。埋怨鹦哥，错报韦郎到。压鬓钗梁金凤小，低头只是闲烦恼。花发江南年正少。红袖高楼，争抵还乡好？遮断行人西去道，轻躯愿化车前草。"对于这首词，清末词学批评家陈廷焯评价很高，略谓："'庭院深深'阕，上半传神绝妙，下半沉痛已极，真所谓'情到海枯石烂时'也。"（《白雨斋词话》卷五）"情到海枯石烂时"，就是从末二句草的意象而来的，体现了一种坚定和执着，为了表达爱的心迹，为了留住爱人，她宁愿化作青草，用柔弱的身躯挡住远行的车辆。要帮助对方克服外面的巨大诱惑，因此不惜拦在车前。草能挡住车子吗？多半不能，唯其如此，才见出其"沉痛已极"，"所谓'情到海枯石烂时'也"。显然，这个思路和罗隐的诗深有渊源，只是表达得更为炽烈，更为决绝。

（张宏生）

孤　雁

崔　涂

几行归塞尽，念尔独何之。
暮雨相呼失，寒塘欲下迟。
渚云低暗度，关月冷相随。
未必逢矰缴，孤飞自可疑。

顾名思义，咏物诗就是以某种事物为吟咏对象的诗歌。虽然晋人陆机在《文赋》中说"诗缘情而绮靡，赋体物而浏亮"，仿佛"体物"仅是赋的功能，但事实上诗与赋这两种文体在功能上早就互通有无了。在中国诗歌的两大源头中，《诗经》中有《鸱鸮》，《楚辞》中有《橘颂》，都是最早的咏物诗佳作。但是陆机的话也有一定的道理，因为古典诗歌的主要功能确是抒情而非咏物。刘勰在《文心雕龙》中专设《物色》一篇，他说："诗人感物，联类不穷。流连万象之际，沉吟视听之区。"这好像是相当重视咏物了，但实际上他强调的只是"感物"，就是见物兴感，因物生情，从而产生无穷的联想。也就是说，"物"只是诗歌的写作缘由而不是主要内容，以写物为主旨的诗作仍较少见。正因如此，萧统的《文选》虽然把诗歌按内容细分为二十多类，"咏物"却未能自成一类，只好归入"杂诗"。到了唐、宋两代，咏物诗得到了较大的发展，但仍然无法与言志述怀的抒情诗相比，万口传诵的名篇也相对较少。宋末的方回在《瀛奎律髓》中专设"着题"一类，所谓"着题"，含义近于"咏物"。方回曰："着题诗，即六义之所谓'赋而有比'焉，极天下之最难。石曼卿《红梅》诗有曰：'认桃无绿叶，辨杏有青枝。'不为东坡所取，故曰：'题诗必此诗，定知非诗人。'然不切题，又落汗漫。"说咏物诗"极天下之难"也许稍嫌夸张，但揆诸唐宋诗史的实际情况，可知咏物诗确实很难写得出色。《唐诗三百首》中入选的咏物诗数量很少，如果剔除韩愈的《山石》、李商隐的《锦瑟》和无名氏的《金缕衣》等有名无实的"咏物诗"，大概只剩骆宾王的《在狱咏蝉》、杜甫的《古柏行》、白居易的《草》、李商隐的《蝉》《落花》等寥寥数首。在《唐诗三百首》所选的咏物诗中，崔涂的《孤雁》无疑是一首名作，值得细读。

崔涂的《孤雁》诗好在哪里呢？让我们从方回的话说起。宋初诗人石曼卿咏红梅的两句断句，虽然相当贴切地写出了红梅的外貌特征，但仅状其形貌而未传其风神，故苏轼在自作《红梅》诗中嘲讽说："诗老不知梅格在，更看绿叶与青枝。"他还在《评诗人写物》中批评石诗说："此至陋语，盖村学中体也。"苏轼一贯认为无论是写诗还是绘画，都应该超越形似而追求神似，他说："论画以形似，见与儿童邻。赋诗必此诗，定知非诗人。"（《书鄢陵王主簿所画折枝》）当然，苏轼并不是反对绘画追求形似，而是反对只求形似却忽略了神似。正如南宋葛立方所说："非谓画牛作马也，但以气韵为主尔。"（《韵语阳秋》卷十四）苏轼所说的"梅格"，"格"就是品格、精神、气质。石曼卿的诗句只写出了红梅的外貌特征而未及其风神，所以不是成功的咏物诗。当然，如果完全脱离了所咏之物的外貌特征，就会像方回所云"不切题，又落汗漫"，即不知所咏为何物，就连是否属于咏物诗都值得怀疑了。金人王若虚曾举过一个例子，他看到别人所写的两首词意扑朔迷离的《墨梅》诗："予尝诵之于人，而问其咏何物，莫有得其仿佛者。告以其题，犹惑也。尚不知为花，况知其为梅，又知其为画哉？"（《滹南诗话》）由此可知，咏物诗难就难在如何处理形似与神似的关系。如果顾此而失彼，那么"楚固失之，齐亦未为得也"，都不能成为优秀的咏物诗。

明人周珽评《孤雁》诗曰："首二语已尽孤雁面目，便含怜悯深心。三四写其失群彷徨之景，五六写其孤飞索寞之态，结用宽语致相惜相悲之意,以应起联,何等委婉顿挫。"(《唐诗选脉会通评林》)这个评语说得相当中肯。大约是在春寒料峭的时节,诗人眺望长空,看到几行鸿雁纷纷北飞,逐渐消失在天边。这时突然又出现了一只孤雁,独自掠过长空。诗人不禁关切地询问孤雁:你形单影只,要飞往何处去呢?孤雁者,离群之雁也。首联从雁群写到孤雁,点明其离群独飞的背景。从第三句开始,便具体刻画此雁孤独之状态。纪昀评第三句说:"'相呼'则不孤矣,三句有病。"许印芳反驳说:"孤雁乃失偶之雁,而未尝无群,'相呼'者,呼其群也。晓岚訾之,非是。"(《瀛奎律髓汇评》)我觉得两者皆非。鸿雁并非一雌一雄长相厮守如鸳鸯者,许印芳所谓"失偶之雁",失之穿凿。纪昀说"相呼则不孤矣",误将此句理解为孤雁尚在与雁群相呼,他没有注意到首句"几行归塞尽",明言群雁已经尽数飞往北塞,此时空中仅剩孤雁而已。俞陛云解此最确,他认为:"三句言其失群之由,四句言失群仓皇之态。"(《诗境浅说》)雁群一路上都是互相呼唤着以免离散的,但在风雨交加的黄昏,天色黑暗,飞行困难,此雁终于掉队成为孤雁。孤雁惊恐万分,想要飞下寒塘休憩,却又迟疑不决。尾联与第四句互相呼应:其实孤雁在途中未必会逢到猎人的弓箭,但是它既已离群,就难免心存疑惧。俞陛云说:"客子畏人,咏雁亦以自喻,此诗乃赋而兼比者也。"我们虽不必解得如此落实,但诗人对孤雁的安全如此关切,确实颇有同病相怜之意。凡流落异乡之人,每易生孤寂畏惧之心。汉代民歌有句云:"男儿在他乡,焉得不憔悴。"曹丕《杂诗》有句云:"弃置勿复陈,客子常畏人。"说的都是这种情形。崔涂乃江南人士,"穷年羁旅,壮岁上巴蜀,老大游陇山。家寄江南,每多离怨之作"(《唐才子传》)。他的另一首被选进《唐诗三百首》的名篇《除夜有怀》云:"迢递三巴路,羁危万里身。乱山残雪夜,孤烛异乡人。渐与骨肉远,转于僮仆亲。那堪正飘泊,明日岁华新。"抒写流落异乡的孤独寂寞,极其生动、贴切,以至于宋末的刘辰翁说:"平生客中除夕诵此,不复有作。"诗才卓著的刘辰翁为什么"不复有作"?就是因为崔诗已将此题此意写得淋漓尽致,后人只需阅读便会身临其境,身同此感。由此可见崔涂何其善于抒写异乡客子的心态,人们认为他笔下的孤雁实为"自喻",不无道理。

正因如此,崔涂《孤雁》诗的着力之处在于摹写雁之神态,而不在描绘其外形。全诗从夜空中那个孤独的雁影写起,然后写其一连串的动作:呼唤同伴,盘旋寒塘,穿过渚云,飞掠关月;荒芜凄凉的背景,压抑恐怖的氛围,把孤雁孤独、凄恻的心态烘托得栩栩如生。而诗人关切、怜悯的目光也始终伴随着孤雁,或飞或止,忽惊忽忧;从开头口吻亲切的深情叩问,到结尾语带安慰的代揣心事,细腻周到,无微不至。全诗在情景交融方面已达到浑然一体的程度,暮雨、寒塘、暗云、冷月,既突出了环境的艰险、凄凉,也衬托了孤雁心境的孤独、惶恐。诗人简直已化身为孤雁,并设身处地地体会孤雁的心情,否则怎能把咏物诗写得如此情真意切!如此咏物,可谓神似;如此咏物,可谓寄托遥深!清人孙洙将此诗作为咏物诗的代表作选入《唐诗三百首》,真是目光如炬。

然而,崔涂的《孤雁》也曾受到一些批评。美国批评家哈罗德·布鲁姆在《影响的焦虑》一书中指出,前代的伟大诗人会对后代诗人产生巨大的影响,同时会给他们带来巨大的焦虑,因为伟大诗人的成就太难超越。崔涂的不幸在于他是晚唐诗人,在他之前,杜甫早以"集大成"的姿态出现在唐代诗坛上。为什么这样说呢?原来杜甫也写过一首《孤雁》,同样是五言律诗,同样是咏物名篇!于是,当人们评价崔涂的《孤雁》时,难免会联想到杜甫的同题之作。北宋的范温说:"尝爱崔涂《孤雁》诗云'几行归塞尽,念尔独何之'八句,公又使读老杜'孤雁不饮啄'者,然后知崔涂之无奇。"(《潜溪诗眼》)按,此处的"公"指黄庭坚。方回在《瀛奎律髓》的"着题"类中同时选入了杜甫和崔涂的《孤雁》诗,并评论说:"老杜云:'谁怜一片影,相失万重云。'此云:'暮雨相呼失,寒塘欲下迟。'亦有味,而不及老杜之万钧力也。"范温、方回本来相当欣赏崔涂《孤雁》诗,但又认为若与杜甫的同题诗相比,崔诗便相形见绌了。为了便于读者比较,现将杜甫的《孤雁》全引如下:"孤雁不饮啄,飞鸣声念群。谁怜一片影,相失万重云。望尽似犹见,哀多如更闻。野鸦无意绪,鸣噪自纷纷。"毋庸置疑,这首杜诗也是一首咏物佳作。方回推崇"谁怜一片影，相失万重云"一联有"万钧力"，确非虚誉。以广漠而沉重的"万重云"来衬托孤雁的"一片影"，不但张力强大，而且意境空灵，全无咏物诗很难避免的"粘皮带骨"之病。而诗人对孤雁的关切之情也很好地渗透在字里行间，举重若轻，非大手笔不能。从整体上说，杜诗确实写得很好，正如李天生所评："着意写'孤'字，直探其微，而无一笔落呆。"（《瀛奎律髓汇评》）但是它并非无懈可击，比如最后两句，虽然许印芳认为："结句'野鸦'衬'雁'，'纷纷'衬'孤'，题字无一落空，此法律谨严处。"（同上）但平心而论，前六句皆咏孤雁，结尾忽然阑入他物，毕竟显得突兀。而且孤雁独在长空，群鸦飞止则皆近地面，两者不在一个画面之中，不宜杂糅一处。至于王彦辅云："公值丧乱，羁旅南土，而见于诗者，常在乡井，故托意于孤雁。章末，讥不知我而诮诮者。"（《杜诗详注》引）这也许合于杜甫之本意，但咏物诗之寄托，似不应如此显露。所以我认为，崔涂《孤雁》之艺术造诣比杜甫的同题之作有过之而无不及，堪称唐代诗坛上水平最高的咏孤雁诗。方回仅取两诗的颔联相比而说崔诗不如杜诗之笔力，尚属有理；而范温所谓"然后知崔涂之无奇"，恐是出于过分崇拜杜甫的心理，难称公允。

古代诗人常有因咏某物而得号者，例如晚唐郑谷因《鹧鸪》诗而得号曰"郑鹧鸪"，北宋谢逸因《蝴蝶》诗而得号曰"谢蝴蝶"等。北宋诗人鲍当咏孤雁云："天寒稻粱少，万里孤难进。不惜充君庖，为带边城信。"为时人激赏，得号曰"鲍孤雁"（见司马光《温公续诗话》）。清人梅曾亮也称崔涂为"崔孤雁"（见陆蓥《问花楼诗话》），崔涂此诗堪称古今咏孤雁诗中的绝唱，他完全有资格获得这一美称。宋末词人张炎还曾作有《解连环》（孤雁）一词，无论是词句还是意境都深受崔涂诗的影响，他后来也被称作"张孤雁"（孔齐《至正直记》）。

（莫砺锋）

惜 花

韩 偓

皱白离情高处切,腻红愁态静中深。
眼随片片沿流去,恨满枝枝被雨淋。
总得苔遮犹慰意,若教泥污更伤心。
临轩一盏悲春酒,明日池塘是绿阴。

　　清人吴乔云:"明人以集中无体不备,汗牛充栋者为大家。愚则不然,观于其志,不惟子美为大家,韩偓《惜花》诗,即大家也。"(《围炉诗话》卷一)为何韩偓以一首《惜花》诗即能称大家?吴乔所谓"观于其志",又是指何而言?韩诗字面上句句都是惜花之意,但后人都认为别有寄托,主要有两种意见:一,自咏怀抱。如清人朱三锡云:"此篇句句是写惜花,句句是写自惜意,读之可为泪下。"(《东岩草堂评订唐诗鼓吹》)二,抒发亡国之恨。持此说者最众,比如清人吴闿生云:"此伤唐亡之旨,韩公多有此意。"(《韩翰林集》)吴汝纶则云:"亡国之恨也。"(《唐宋诗举要》引)今人刘学锴先生则认为它"称得上是一首唐王朝的挽歌"(《唐诗选注评鉴》)。这种评价符合事实吗?

　　韩偓是唐末大臣,唐昭宗对其极为倚重。在朱温即将篡唐的危难时刻,韩偓始终忠于朝廷,因此被贬荒远之地。唐朝既亡,韩偓义不仕梁,入闽隐居。据南宋刘克庄《跋韩致光帖》,在朱温篡唐八年之后,韩偓仍然书唐故官而不用梁之年号,真乃唐末凤毛麟角的忠节之士。正因如此,后人解读

《惜花》诗时，往往将它与唐末史实直接联系，例如吴乔云："余读韩致尧《惜花》诗结联，知朱温将篡而作，乃以时事考之，无一不合。起语云'皱白离情高处切，腻红愁态静中深'，是题面。又曰'眼随片片沿流去'，言君民之东迁也。'恨满枝枝被雨淋'，言诸王之见杀也。'总得苔遮犹慰意'，言李克用、王师范之勤王也。'若教泥污更伤心'，言韩建之为贼臣弱帝室也。'临轩一盏悲春酒，明日池塘是绿阴'，意显然矣。此诗使子美见之，亦当心服。"（《围炉诗话》卷一）姚范对此评极为推重："看唐诗当须作此想，方有入处。"（《援鹑堂笔记》卷四四）陈沆的解读也基本相同："此伤朱温将篡唐而作。次联言君民之东迁，诸王之见害也。三联望李克用之勤王，痛韩建之逆主也。结末沉痛，意更显然。"（《诗比兴笺》卷四）今人吴在庆《韩偓集系年校注》卷二中系此诗于后梁乾化五年（915），此时韩偓身在闽地南安，上距唐亡已有八年，故吴认为："此诗乃作于唐亡后多年，非唐将亡时诗，以唐将亡时情事比附解释诗句，恐未必符合。"可惜此诗作年并无确据，据此反驳吴乔之解读亦显无力。笔者也不认同吴乔之解读，因为如果每句皆指某项史实，那么此诗究竟作于何年？今检朱温逼迫朝廷东迁洛阳并弑昭宗，事在天祐元年（904）。朱温使蒋玄晖尽杀昭宗诸子德王等九人，事在天祐二年（905）。至于李克用之勤王，如指其在黄巢进犯长安时率军赴难，则事在中和二年（881）；如指其在昭宗遇弑后令三军缟素，临终时遗命务灭朱温，则事在天祐元年（904）及五年（908）。王师范之奉诏进攻朱温军，事在天复元年（901）。韩建在华州行在所杀通王等诸王十一人，事在乾宁四年（897）。除了李克用之勤王难以确定年代以外，其余史实皆发生在天祐二年（905）以前。如韩诗全篇皆紧扣史实，则末联乃指唐室将亡而未亡，故必作于天祐五年（907）朱温篡唐之前。这样，此诗必作于天祐二年至天祐五年之间，也即唐朝的末代皇帝昭宣帝时期。韩偓于此时作诗惜花，并暗讽时事，为何所及之时事忽前忽后，时序混乱？且如韩建杀诸王早于蒋玄晖杀诸王八年，为何在韩诗中的时序先后颠倒？而且同样是指诸王被杀，为何叙德王等被杀用叙述语气，而叙较早发生之通王等被杀却用假设语气？可见吴乔之解读其实是穿凿附会,故扞格难通。

且从艺术上看,吴乔之解读也绝不可取。若依此解,则韩诗除了首联以外句句皆实指某事,全篇则浑如哑谜,这是对比兴手法的极大曲解。韩偓诗风,以"词致婉丽"为最大特征,宋人陈政敏和薛季宣皆持此论(分见《遁斋闲览》与《浪语集》卷三〇《香奁集叙》)。韩偓要在咏物诗中暗寓亡国之恨,岂会如此直截浅露!

那么,韩偓《惜花》诗还能"称得上是一首唐王朝的挽歌"吗?能!我们先从咏物的角度来细读此诗。古代咏物诗的主流,是咏物中需有寄托,在对物象的描写中需有情感的投射。早在南朝,刘勰就指出:"人禀七情,应物斯感。感物吟志,莫非自然。"(《文心雕龙·明诗》)又云:"写物图貌,既随物以宛转。属采附声,亦与心而徘徊。"(《文心雕龙·物色》)到了唐代,杜甫的咏物诗树立了咏物寄情的典范,正如清人乔亿所言:"咏物诗齐梁及初唐为一格,众唐人为一格,老杜自为一格。……当分别观之以尽其变,而奉老杜为宗。大率老杜着题诸诗并感物兴怀,即小喻大,何尝刻意肖题,却自然移他处不得。"(《剑溪说诗》)韩偓生于唐末,作诗咏物当然会继承杜甫的传统。况且韩偓的姨丈李商隐即是咏物诗大家,其咏物之作大多深情委婉,寄托遥深。韩偓年方十岁即以送别诗蒙李商隐之赏识,日后李商隐有诗追忆云:"十岁裁诗走马成,冷灰残烛动离情。桐花万里丹山路,雏凤清于老凤声。"(《韩冬郎即席为诗相送,一座尽惊。他日余方追吟"连宵侍坐徘徊久"之句,有老成之风。因成二绝寄酬,兼呈畏之员外》之一)李商隐的诗风会对韩偓产生一定影响,乃情理中事。所以韩偓的咏物诗也与李商隐诗一样具有寄托遥深的特点,这首《惜花》诗即是一例。试看李商隐《落花》:"高阁客竟去,小园花乱飞。参差连曲陌,迢递送斜晖。肠断未忍扫,眼穿仍欲稀。芳心向春尽,所得是沾衣。"诚如清人姚培谦所评:"此因落花而发身世之感也。天下无不散之客,又岂有不落之花!至客散时,乃得谛视此落花情状。三四,花落之在客者。五句,花落之在地者。六句,花落之犹在树者。……人生世间,心为形役,流浪生死,何以异此。只落得有情人一点眼泪耳。"(《李商隐诗歌集解》引)何焯评曰:"致光《惜花》七字意度亦出于此。"(同上)此评极具手眼。李诗虽然寄托着身世之感,但在字面上则句句皆是写落花。韩诗"意度亦出于此",当然也是别有寄托,但字面上则句句皆是写惜花。首联开门见山,叙述枝头残花之情状。"皱白"者,枯萎皱缩之白花也。"腻红"者,细腻鲜丽之红花也。白花即将脱离高枝,故离情悲切。红花暂时无恙,然亦深愁盛况难久,故沉寂无语。不同品种的花卉,开花落花都是有早有晚,但是花期短促则是普遍规律。所以在诗人眼中,"皱白"也好,"腻红"也好,都是转瞬即逝、值得哀悼的美好事物。此联的写法颇为新奇,诗人并未说自己如何怜惜残花,而是说将落未落的花朵在枝头自哀自怜。这样的拟人手法赋予花朵以情感、生气,堪称传神之笔。次联转从诗人的角度来观花:水流花谢,诗人的眼光随着片片落花流向远方。雨淋残花,诗人的心中愁恨堆积。颔联将情思转到飘坠地下的落花:落花随风飘荡,不由自主。如果落处有青苔遮掩,总算是个洁净的去处,诗人还能得到一丝慰藉。假如花落在污泥浊水之中,诗人就更加伤痛难忍了。这两联前者实写,后者虚拟,虚实相应,很好地表现了诗人惜花、悼花的百转愁肠。末联写落花既尽,春天已逝,诗人无可奈何,只得以酒浇愁。明日重到此地,映在池塘中的就只有一片绿荫了!

  诗人惜花,多因花期短促象征着美好的事物容易消逝。刘禹锡诗云:"但是好花皆易落,从来尤物不长生。"(《和杨师皋给事伤小姬英英》)吴融诗云:"月不长圆花易落,一生惆怅为伊多。"(《情》)前者实为哀悼少女早逝,后者干脆以"情"为题。杜甫在乾元元年(758)春季在曲江池边看到落花成阵,不由得连声惊叹:"一片花飞减却春,风飘万点正愁人!且看欲尽花经眼,莫厌伤多酒入唇。"(《曲江》)清人蒋金玉评曰:"只一落花,连写三句,极反复层折之妙。接入第四句,魂消欲绝。"(《杜诗镜铨》卷四)为何如此?因为此时大唐王朝中兴无望,诗人自己也前途渺茫,满腹愁绪,乃借落花一吐为快。如果说前人的落花诗多抒哀惋之情,那么韩偓的《惜花》诗简直是悲不自胜。如非心怀深哀巨痛,何以至此？对韩偓而言，还有什么比唐朝衰亡更加悲伤之事？所以吴汝纶一针见血地指出："亡国之恨也！"我们不必将此诗句句落实到唐末史实，诗人的比兴手法是从整体着眼的，他对亡国之恨的抒写也是从整体落笔的。唯其如此，此诗在千古的落花诗中才会卓然挺出，因为它确实是情深意长的"一首唐王朝的挽歌"。

（莫砺锋）

附录一

唐诗发展概述

张伯伟

唐朝是中国诗歌史上的黄金时代。习惯上，人们总是将唐诗与汉文、宋词、元曲并称，以诗作为唐的"一代之胜"。尽管以某一种文体作为一代文学的代表，无论在理论上还是在史实上都难免扞格不通，但自明清以来，这无疑是一种影响最广的概括。[①] 诗歌发展至唐代，不仅数量庞大，作者众多，而且各体皆备，流派纵横。《诗薮》外编卷三指出：

> 甚矣，诗之盛于唐也！其体，则三、四、五言，六、七、杂言，乐府、歌行、近体、绝句，靡弗备矣。其格，则高卑远近、浓淡浅深、巨细精粗、巧拙强弱，靡弗具矣。其调，则飘逸浑雄、沉深博大、绮丽幽闲、新奇猥琐，靡弗诣矣。其人，则帝王将相、朝士布衣、童子妇人、缁流羽客，靡弗预矣。

即以流传至今的唐诗而言，其数量约在五万五千首以上[②]，仍然是相当可观的。作为中国传统文化的一部分，唐诗也是世界文化的重要遗产，被翻译成

[①] 参见焦循《易馀籥录》和王国维《宋元戏曲考·自序》。
[②] 《全唐诗》收诗四万八千九百余首，其后补遗者不一，而以陈尚君《全唐诗补编》收罗最富，后出转精。

许多种文字[1]，受到各国学者的研究和各国人民的喜爱。

　　按照惯例，史家总是将唐诗的发展分成若干阶段来探讨和叙述。不同的阶段自然有不同的特色，不过其间的区别并非用历史上的某一个点就可以判然划分，前后的分界往往也互相渗透。这里采用的是历来较为通行的"四唐说"[2]，它是由严羽率先提出的。《沧浪诗话·诗体》曰：

> 以时而论，则有……唐初体（唐初犹袭陈隋之体），盛唐体（景云以后，开元天宝诸公之诗），大历体（大历十才子之诗），元和体（元白诸公），晚唐体。

这里的"大历""元和"即指中唐。高棅《唐诗品汇·五言古诗叙目·正变》承其说而稍变曰：

> 唐诗之变渐矣。隋氏以还，一变而为初唐，贞观、垂拱之诗是也；再变而为盛唐，开元、天宝之诗是也；三变而为中唐，大历、贞元之诗是也；四变而为晚唐，元和以后之诗是也。

兹以此为基本线索略述如下。

---

[1] 目前已知唐诗被译成英、法、德、意、西、葡、瑞典、荷、俄、罗马尼亚、匈、捷、波、阿尔巴尼亚、日、朝、越、马来西亚、泰等国的语言，参见王丽娜《唐诗在国外》，载《唐代文学研究年鉴》（1992），广西师范大学出版社1993年版。

[2] 前人也有反对将唐诗分作初、盛、中、晚者，而以清人为最。如钱谦益《唐诗英华序》（《有学集》卷十五）、吴乔《围炉诗话》卷三等。明人徐师曾《文体明辨序说·近体律诗》指出："盛唐诗亦有一二滥觞晚唐者，晚唐诗亦有一二可入盛唐者，要当论其大概耳。"此说较为通达。

一、南北文风的交融和唐诗面貌的形成

(一) 先唐时期南北文风的交融

　　文学、学术南北之别,由来已久,在政治上南北对立的形势下,显得尤为突出。不过,南北之间的使臣往来,以及南北之间的和战,在客观上也造成了南北文风的交融。① 庾信是由南入北的最著名的诗人。他在梁朝之时,是萧纲宫体文学集团的成员之一②,其诗歌内容不外乎风花雪月、醇酒美人,风格则绮靡轻艳,音韵谐协,声律越来越接近于今体诗。正如刘熙载所指出:"庾子山《燕歌行》开唐初七古;《乌夜啼》开唐七律,其他体为唐五绝、五律、五排所本者,尤不可胜举。"而在他流亡北方的晚年作品中,固然也有部分"轻艳"之作③,但绝大多数的诗赋,却将南方文学的"清绮"和北方文学的"气质"结合在一起④。尤其是他的《咏怀诗》二十七首,标志着贵

---

　　① 《北史·李谐传》指出:"既南北通好,务以俊义相矜。衔命接客,必尽一时之选,无才地者不得与焉。梁使每入,邺下为之倾动。贵胜子弟,盛饰聚观,礼赠优渥,馆门成市。宴日,齐文襄使左右觇之,宾司一言制胜,文襄为之抚掌。魏使至梁,亦如梁使至魏,梁武亲与谈说,甚相爱重。"《周书·王褒庾信传论》指出:"既而革车电迈,渚宫云撤,尔其荆、衡杞梓,东南竹箭,备器用于庙堂者众矣。唯王褒、庾信奇才秀出,牢笼于一代……由是朝廷之人,闾阎之士,莫不忘味于遗韵,眩精于末光,犹丘陵之仰嵩、岱,川流之宗溟、渤也。"

　　② 《梁书·庾肩吾传》载:"初,太宗在藩,雅好文章士。时肩吾与东海徐摛、吴郡陆杲、彭城刘遵、刘孝仪、仪弟孝威,同被赏接。及居东宫,又开文德省,置学士,肩吾子信、摛子陵、吴郡张长公、北地傅弘、东海鲍至等充其选。"庾信现存诗歌中的奉和之作多为在梁时所作。

　　③ 如庾信的许多奉和赵王的作品,《周书·文闵明武宣诸子》特别记载赵王招"好属文,学庾信体,词多轻艳"。

　　④ 杜甫曾这样评价庾信晚年的诗文:"庾信文章老更成,凌云健笔意纵横。"(《戏为六绝句》)"庾信生平最萧瑟,暮年诗赋动江关。"(《咏怀古迹》五首之一)《四库全书总目》卷一四八《庾开府集笺注》提要指出:"至信北迁以后,阅历既久,学问弥深,所作皆华实相扶,情文兼至,抽黄对白之中,灏气舒卷,变化自如。"

游之诗与士人之诗的融合,即一方面讲求俪句用典,一方面着重言志抒情。至隋文帝开皇九年(589)灭陈,结束了晋永嘉以来近三百年的南北分裂局面,南北学术文化也获得了空前的交流与融合,由此奠定了唐代经济文化大发展的基础。南北统一,从政治上说,是南归并于北;而从学术文化上来说,则是北归并于南。经学、文学乃至书法,无一不是如此。[①]作为唐宋韵书之蓝本的《切韵》,也是颜之推、陆法言等人"参校方俗,考核古今,为之折衷"(《颜氏家训·音辞》),"论南北是非,古今通塞"(《切韵序》)审订而成,这为唐代诗文创作的用韵提供了依据。隋朝文人如卢思道、薛道衡、杨素及隋炀帝杨广等人的作品,都对唐诗的形成起到了先导作用。前人曾这样评价道:

卢子行一气清折,音节直逼初唐。(黄子云《野鸿诗的》)

六朝歌行可入初唐者,卢思道《从军行》、薛道衡《豫章行》,音响格调,咸自停匀,体气风神,尤为焕发。(胡应麟《诗薮》内编卷三)

隋混一南北。炀帝之才,实高群下,《长城》《白马》二篇,殊不类陈、隋间人。杨处道沉雄华赡,风骨甚道,已辟唐人陈、杜、沈、宋之轨,余子莫及。(王士禛《古诗选·五言诗凡例》)

炀帝艳情篇什,同符后主,而边塞诸作,铿然独异,剥极将复之候也。杨素幽思健笔,词气清苍,后此射洪、曲江,起衰中立,此为胜广云。(沈德潜《说诗晬语》卷上)

[①] 参见皮锡瑞《经学历史》七"经学统一时代",中华书局1959年版。

卢思道和薛道衡的贡献，主要体现在七言歌行，既具有南朝诗歌声韵优美、对仗工整、辞藻华丽的特点，而又能贯以北人雄直之气，直接影响了初唐四杰的创作。至于杨广的诗，大多仍为宫体，词意卑下。边塞之作，仅寥寥数篇，夸述武功，言过其实。《春江花月夜》则从反面刺激了张若虚。

（二）贞观、永徽时代的诗坛与律诗的形成

贞观和永徽分别是唐太宗和高宗的年号，这里用以概括初唐前期的诗坛。从作者身份来看，台阁重臣占有绝对的比重，所以宫廷诗歌成为这一时期的主流。这些诗歌与齐、梁宫体相较，既有联系，也有区别。从艺术上来说，它们努力要完成由永明体向律诗的过渡。另一条支流，延续着陶渊明以来士人之诗的传统，其代表人物是王绩，他的作品也成为唐诗的前旌。

在唐太宗的时代，宫廷诗人的代表人物主要有太宗李世民、重臣魏徵、长孙无忌、陈叔达、褚亮、虞世南、李百药等。他们的理论主张和创作实际之间还存在着一定的距离。魏徵《隋书·文学列传序》指出：

> 江左宫商发越，贵于清绮；河朔词义贞刚，重乎气质。气质则理胜其词，清绮则文过其意，理深者便于时用，文华者宜于咏歌，此其南北词人得失之大较也。若能掇彼清音，简兹累句，各去所短，合其两长，则文质斌斌，尽善尽美矣。

他们所向往的，是融合南北文风。但他们心目中的"南"，并不是齐、梁以来的诗歌，而是以陆机、潘岳诗歌为首的太康体[①]。上文指出的"气质"与"清绮"，就分别代表了建安体和太康体的特色。初唐文人也正希望通过综合两

[①] 唐太宗亲自写了《晋书·陆机传论》，赞之曰："文藻宏丽，独步当时；言论慷慨，冠乎终古……其词深而雅，其义博而显，故足远超枚马，高蹑王刘。百代文宗，一人而已。"这与魏徵的意见可相阐发。

者之长，形成代表大唐帝国的新诗风。然而在创作实际上，"贞观之诗，未脱齐、梁"（吴乔《围炉诗话》卷三）。这样就陷入了一种难堪的局面，即一方面在理论上排斥齐、梁，视之为"浮艳之词""迂诞之说"（魏徵《群书治要序》）；另一方面在实践上"承陈、隋风流，浮靡相矜"（《新唐书·文艺传》）。这种局面，到上官仪而开始转变。

《旧唐书·上官仪传》载："（仪）本以词彩自达，工于五言诗，好以绮错婉媚为本。仪既贵显，故当时多有效其体者，时人谓为'上官体'。"上官体的特色是"绮错婉媚"，如果说，"绮错"多是继承陆机的对偶与华丽而来的话，那么，"婉媚"则主要是吸收了宋、齐以来刻画景物的工于形似和音韵婉转的艺术经验。[①]上官仪所作的《笔札华梁》一书，中心内容是对偶和声病，而这两方面的内容都是与齐、梁以来的创作密切相关的。[②]至此，吸收齐、梁文学的艺术经验，探讨诗歌的声律问题，并在创作实践中加以验证，便形成了一种新风尚。如上官仪与许敬宗等摘取古今作品中的英词丽句，于龙朔元年（661）编成《瑶山玉彩》五百卷。许敬宗、顾胤、许圉师、上官仪、杨思俭、孟利贞、姚涛、窦德林、郭瑜、董思恭、元思敬等人于龙朔二年（662）编成《芳林要览》三百卷。元兢（字思敬）又进而从中选出《古今诗人秀句》两卷。在理论上，则有元兢的《诗髓脑》、崔融的《唐朝新定诗格》等，都是有意识地注重齐、梁文学中的积极因素。在律诗的形成过程中，宫廷诗人具有不可磨灭的贡献。上官仪的孙女上官婉儿，中宗、武后时操持选

---

① 钟嵘《诗品》评陆机："尚规矩，贵（案：此上原有'不'字，据韩国车柱环《钟嵘诗品校证》删）绮错。"即指其诗之重排偶而好华美。上官体之"绮错"亦含此意。卢藏用《右拾遗陈子昂文集序》中也将上官仪视为南朝诗风的继承者。

② 《笔札华梁》原书久佚，佚文散见于《文镜秘府论》等书中。张伯伟《全唐五代诗格校考》辑考其文，可参看。

柄，沈佺期、宋之问对她甚为服膺①。上官婉儿之作"采丽益新"(《唐诗纪事》卷三)，显然继承了上官体的诗风。沈佺期、宋之问则是使律诗定型的关键人物。其中，沈氏长于七律，《龙池篇》《独不见》等篇颇能以秀丽之词运流宕之气，而其贬谪途中的作品，如《遥同杜员外审言过岭》等篇，凄婉沉挚，已能摆脱初唐格调。宋氏偏擅五律，其作如《题大庾岭北驿》《度大庾岭》等诗，语近旨远，排律则赡丽典重，《奉和晦日幸昆明池应制》即被上官婉儿评为众作之冠。时人称二人为"沈宋"，《三唐诗品》评其源出于谢朓、沈约，正说明他们的作品是上承上官仪以来的诗风，并追溯到齐、梁②，从一个重要的侧面塑造了唐诗的面貌。《新唐书·宋之问传》载：

> 魏建安后迄江左，诗律屡变。至沈约、庾信，以音韵相婉附，属对精密。及之问、沈佺期，又加靡丽，回忌声病，约句准篇，如锦绣成文。学者宗之，号为"沈宋"。

元稹《唐故工部员外郎杜君墓系铭》写道：

> 沈、宋之流，研练精切，稳顺声势，谓之为律诗。③

从中也不难看出上官体的影子。而律诗，尤其是五言律诗，应该被视为唐诗中极富于创新性的体式。

---

① 《唐诗纪事》卷三载："中宗正月晦日幸昆明池赋诗，群臣应制百余篇。帐殿前结彩楼，命昭容选一首为新翻御制曲。从臣悉集其下，须臾纸落如飞，各认其名而怀之。既进，唯沈、宋二诗不下。又移时，一纸飞坠，竞取而观，乃沈诗也。及闻其评曰……沈乃伏，不敢复争。""昭容"即上官婉儿。
② 元兢《古今诗人秀句序》曰："时历十代，人将四百，自古诗为始，至上官仪为终。"其选择标准则是以谢朓诗为例加以阐述的。
③ 《元稹集》卷五十六，中华书局1982年版，第601页。

（三）从"初唐四杰"到陈子昂

上官体所代表的宫廷诗风，在唐高宗显庆、龙朔年间达到鼎盛，而初唐诗歌中另一支潜流，是以王绩为代表的在野诗人，他们在努力追寻着"正始之音"。王绩身在隋唐，心向魏晋，最为推崇的是陶渊明、阮籍和嵇康[①]。他的诗歌多为五言，除古体外，也有完全符合格律的律诗和绝句，如《野望》《九月九日》《过酒家》等。特别是他用五律诗体写田园景色，在内容上继承了陶渊明，而在形式上改古体为今体，又下启盛唐王维、孟浩然的田园诗。不过，作为一个隐者，他无意于改革诗风。自觉革除诗坛浮靡之习的，是他的侄孙王勃等"四杰"。他们活动于贞观初至武后朝前期，以批判上官体的姿态迎接着盛唐诗的到来。《旧唐书·杨炯传》载：

> 炯与王勃、卢照邻、骆宾王以文词齐名，海内称为王、杨、卢、骆，亦号为"四杰"。

"四杰"是初唐诗坛上第一批改革者。王勃《山亭思友人序》云：

> 至若开辟翰苑，扫荡文场，得宫商之正律，受山川之杰气。虽陆平原、曹子建，足可以车载斗量；谢灵运、潘安仁，足可以膝行肘步。思飞情逸，风云坐宅于笔端；兴洽神清，日月自安于调下云尔。（《王勃集》卷四）

杨炯《王勃集序》指出：

[①] 王绩作品中提及陶渊明十一次，阮籍九次，嵇康五次。又其诗歌题材，亦多咏怀、饮酒、田园、游仙之作，都是魏晋诗人所习用者。参见叶庆炳《王绩研究》，收入其《唐诗散论》，洪范书店1981年版。

  尝以龙朔初载，文场变体，争构纤微，竞为雕刻。糅之金玉龙凤，乱之朱紫青黄，影带以徇其功，假对以称其美。骨气都尽，刚健不闻。思革其弊，用光志业……知音与之矣，知己从之矣。于是鼓舞其心，发泄其用。八纮驰骋于思绪，万代出没于毫端……壮而不虚，刚而能润，雕而不碎，按而弥坚……积年绮碎，一朝清廓；翰苑豁如，词林增峻。（《杨炯集》卷三）

  他们的诗歌，有着刚健的精神和壮阔的景象，内容则或泄愤懑，或抒别情，或记边塞情事，或写都城生活。即便他们对于初唐诗坛的改革还不尽彻底，但盛唐的主旋律在这里已经具备基本音符。

  需要指出的是，"四杰"年少才高、官小志大的精神面貌，并不是完全由他们自身的天才决定的。隋文帝以考试选拔官吏，借以缓和南北士族的矛盾。初唐科举之法，沿袭隋代之旧，其内容以经术为主，到高宗后期则转变为试诗赋[①]。考试制度的确立，打击了门阀贵族的力量，给穷阎白屋之士带来了希望，从而缓和并平衡了统治阶级内部矛盾，使唐帝国社会及政治局势趋于安定。而考试之前，往往有公卷之预拔，故行卷、干谒以自炫自媒者比比皆是，士人的精神也为之一变。与王勃、骆宾王均有交往的员半千在高宗咸亨年间曾作《陈情表》曰：

  若使臣七步成文，一定无改，臣不愧子建；若使臣飞书走檄，援笔立成，臣不愧枚皋；陛下何惜玉阶前方寸地，不使臣披露肝胆，抑扬词翰？请陛下召天下才子三五千人，与臣同试诗策判笺表论，勒字数，定一人在臣先者，陛下斩臣头、粉臣骨，悬于都市，

[①]《唐会要》卷七十六《贡举中·进士》指出："调露二年四月，刘思立除考功员外郎。先时，进士但试策而已，思立以其庸浅，奏请帖经及试杂文，自后因以为常式。"所谓"杂文"，即指诗赋。

以谢天下才子。望陛下收臣才，与臣官。如用臣刍荛之言，一辞一句，敢陈于玉阶之前。如弃臣微见，即烧诗书，焚笔砚，独坐幽岩，看陛下召得何人，举得何士？（《文苑英华》卷六〇一）

这种恢奇乃至狂妄的语气，正是在新的历史条件下，对一代士人精神风貌的侧写。《唐文粹》专辟《自荐书》两卷，正可见出唐人干谒风气的兴盛[①]。"四杰"的崛起，岂是偶然？

从艺术上来看，"四杰"最擅长的是两类诗体：一是七言古诗，尤其是歌行体，他们的歌行铺张扬厉，流转宕逸。《诗薮》内编卷三指出："王、杨诸子歌行，韵则平仄互换，句则三五错综，而又加以开合，传以神情，宏以风藻，七言之体，至是大备。"如骆宾王的《帝京篇》、卢照邻的《长安古意》等。二是五言律绝，在他们的手中更加完善。胡应麟说"四杰"的诗"近体铿锵，下开百世，其功力匪邈小也"[②]。不过，他们的作品仍然难免"当时体"，新追求和旧影响并存。初唐诗风的彻底转变，还有待于陈子昂的登高一呼。

陈子昂在诗歌创作上明确提出了"风骨"和"兴寄"的主张，并且付诸实践。他的理论和创作，看似复古，实为开新。《与东方左史虬修竹篇序》曰：

文章道弊五百年矣。汉魏风骨，晋宋莫传，然而文献有可征者。仆尝暇时观齐梁间诗，采丽竞繁，而兴寄都绝，每以永叹。思古人，常恐逶迤颓靡，风雅不作，以耿耿也。一昨于解三处，见明公《咏孤桐篇》，骨气端翔，音情顿挫，光英朗练，有金石声。遂用洗心饰视，发挥幽郁。不图正始之音，复睹于兹，可使建安作者相视而笑。（《陈伯玉文集》卷一）

[①] 参见钱穆《记唐文人干谒之风》，载《中国文学讲演集》，巴蜀书社1987年版，第111—119页。

[②] 《与顾叔时论宋元二代诗十六通》之五，《少室山房类稿》卷一百十八。

从理论上来看，"四杰"对于上官体的批判，也曾经提出类似的意见。不过，在创作实绩上，"四杰"的作品中尚缺乏对于社会现实的正视，而陈子昂的诗则继承了建安、正始文学的传统，揭露时弊，抒发感慨，彻底改变了贵游文学的作风。他在《登幽州台歌》中放开歌喉唱道："前不见古人，后不见来者。念天地之悠悠，独怆然而涕下。"（《全唐诗》卷八十三）这样深广的历史感和空间感，一洗六朝的金粉气息，为盛唐之音谱写了序曲。"兴寄"一词，"兴"指感兴；"寄"为寄托，就是有感而作，作而有所寄托的意思。他的《感遇》三十八首，便是感而有所寄托之作。《新唐书·陈子昂传》载，王适见其《感遇》诗曰："是必为海内文宗。"又谓"子昂所论著，当世以为法"。卢藏用称"道丧五百岁而得陈君"（《右拾遗陈子昂文集序》，《全唐文》卷二百三十八），说明他的诗歌体现了"道"。杜甫《陈拾遗故宅》云："终古立忠义，《感遇》有遗篇。"（仇兆鳌《杜诗详注》卷五）《感遇》诗值得重视，在于其有兴寄；兴寄之所以可贵，在于其植根于忠义。文本于道，文道一贯，这是中国诗歌的传统，自贵游文学兴起而"道丧"，自陈子昂出现才逐步恢复。所以唐人高度评价陈子昂的贡献，李华《扬州功曹萧颖士文集序》称"近日陈拾遗文体最正"（《唐文粹》卷九十三），独孤及《赵郡李华中集序》称"陈子昂以雅易郑，学者浸而向方"（《毗陵集》卷十三），韩愈《荐士》称"国朝盛文章，子昂始高蹈"（《韩昌黎诗系年集释》卷五），白居易《与元九书》称唐兴二百年来可举的诗人，首推陈子昂。唐代文运之开新，实肇始于陈子昂之复古。复古便是恢复古代的文道合一的传统。他影响了张九龄、李白和杜甫，呼唤了盛唐诗的到来；他影响了韩愈，导致了古文运动的兴起[①]。所以方回这样评论道："陈拾遗子昂，唐之诗祖也。不但《感遇》诗三十八首为古体之祖，其律诗亦近体之祖也。"（《瀛奎律髓》卷一）

[①] 员兴宗《陈子昂韩退之策》曰："（子昂）文传太原卢藏用，藏用传苏源明，源明则退之所师友也。不知者以退之倡古文于唐，知者以为无陈而无以为之也……故卢藏用曰：'道丧百五岁而起子昂'，其此之谓与？虽然，君子独行则无徒也，独唱则无和也，其后善继，则退之之力也。故杜牧曰：'唐三百岁而有退之'，其此之谓与？"（《九华集》卷九）

他就像罗马神话中的伊阿诺斯神（Janus）一样有着"两张脸"：一张面对过去，向着建安、正始的文学传统皈依；一张朝向未来，为盛唐文学的到来做开路先锋。

二、盛唐气象

就唐诗初、盛、中、晚的划分来看，盛唐诗从景云到永泰的五十余年时间，为期最短而成就最高，是古典诗歌的顶峰。天宝后期，殷璠编辑了一部当代诗选《河岳英灵集》，在书的"序"和"论"中，他回顾了唐诗的历程，指出盛唐诗的特色所在：

> 自萧氏以还，尤增矫饰。武德初，微波尚在。贞观末，标格渐高。景云中，颇通远调。开元十五年后，声律风骨始备矣。……璠今所集，颇异诸家，既闲新声，复晓古体，文质半取，风骚两挟。言气骨则建安为传，论宫商则太康不逮。[①]

盛唐诗建立在融合南北文风的基础上（"声律风骨始备""文质半取"），又超越了前朝文学（"既闲新声，复晓古体""言气骨则建安为传，论宫商则太康不逮"）。"气骨"是从陈子昂以来的兴寄风骨，这是传承了建安、正始文学；"宫商"则是南齐永明以来的声律对偶，这是发展了太康文学。两者完美结合，就构成了雄壮浑厚、神韵天然的盛唐气象。

思想解放导致资源的繁富是盛唐诗的一大背景。太宗时代开文学馆以讨论经义；立周公、孔子庙，并以左丘明以下二十二人配享（《唐会要》卷三十五《学校》）；又命孔颖达作《五经正义》。儒学的发达，催生了当时

[①] 引文据李珍华、傅璇琮《河岳英灵集研究》附"河岳英灵集（校点）"，中华书局1992年版，第117、119页。

士人济世拯民的热望和建功立业的理想。杜甫乃有"法自儒家有"(《偶题》)、"穷年忧黎元"(《自京赴奉先县咏怀五百字》)之句。唐代帝王为了抬高其族里,托为老子后裔。唐玄宗有御注《道德经》,道教思想也风靡一时,这在李白的诗歌中便有明显的反映。佛教发展至唐代,不仅有玄奘、义净等译经大师的存在,更有六祖惠能开创禅宗,对此后中国的思想和文学产生深远的影响。由于文治武功的卓绝,开元年间的经济也繁荣富庶,长安、洛阳均为国际性大都市,中外文化交流频繁,诗歌中以蕃胡的乐器、歌唱、舞蹈及多种生活情态为题材者比比皆是。[1]大唐文化也享誉四方,新罗、百济、高句丽、吐蕃、高昌、日本也都纷纷派遣子弟僧徒来华学习。这一切,都使得唐代文人富有一种浪漫高扬的精神气质。而安史之乱给国家、人民带来的苦难,尤其是与大唐盛世的鲜明对照,也在诗人的心灵上造成极大的挫伤,从而使其发出沉郁深重的哀歌。

从景云到开元十五年(727)前后是初唐到盛唐的过渡,其中以张说、张九龄的贡献最大,他们以时相、文宗之尊,"引文儒之士以佐王化"(《大唐新语》卷一)。张说曾举荐孟浩然、房琯,引韦述为集贤院直学士;又赏王湾诗句,手题政事堂,示能文者令为楷式;谪居岭南时,一见张九龄,便称其为后起词人之冠。其后张九龄为相,汲引文士亦如张说,如卢象、皇甫冉、包融、李泌等,都受到他的器重。而据《登科记考》等著作,开元十五年前后,一大批诗人及第,活跃在长安诗坛上的诗人,可考者有三十人左右[2]。当时还有"吴中四士",即贺知章、张旭、包融、张若虚,其中像张若虚的

---

[1] 参见向达《唐代长安与西域文明》,生活·读书·新知三联书店1957年版,第1—116页。谢海平《唐代留华外国人生活考述》,台湾商务印书馆1978年版,第401—418页。

[2] 顾况《监察御史储公集序》指出:"开元十四年,严黄门(挺之)知考功,以鲁国储公(光羲)进士高第,与崔国辅员外、綦毋潜著作同时。其明年,擢予常建少府、王龙标昌龄,此数人皆当时之秀。"(《全唐文》卷五百二十八)参见赵昌平《开元十五年前后——论盛唐诗的形成与分期》,载《中国文化》第二期,1990年6月。

《春江花月夜》，尽管用的是宫体旧题，但却一扫浮靡华丽。"春江潮水连海平，海上明月共潮生。滟滟随波千万里，何处春江无月明……江天一色无纤尘，皎皎空中孤月轮。江畔何人初见月？江月何年初照人？人生代代无穷已，江月年年只相似。不知江月待何人，但见长江送流水。白云一片去悠悠，青枫浦上不胜愁。谁家今夜扁舟子，何处相思明月楼。"（《全唐诗》卷一百十七）诗人在神奇的永恒面前，所展现的是青春的惆怅与哀伤。这种淡淡的忧伤，正符合由初唐到盛唐时代充满青春气息的清新歌唱的特征。所以到了开元、天宝之世，诗人无论是描写边塞风光，还是刻画田园景致，风格上虽然有壮丽和优美之异，但都具备爽朗自然的特征。所以前人论盛唐诗，也总是以这一时期为最具代表性[①]。

除了李白和杜甫，盛唐时期的其他诗人，根据他们所偏爱的题材和主要风格特征，大致可分作边塞和田园两大诗派。

（一）边塞诗派

边塞诗是以描写边塞战争、风光及生活为题材的诗，是汉族与各族人民长期冲突与融合的一个历史侧面。从某种意义上说，《诗经》中以征戍为主题的作品，如《小雅》中的《采薇》《何草不黄》、《大雅》中的《常武》、《豳风》中的《东山》《破斧》是其写作上的远源。汉代以降，乐府中的《上之回》《战城南》以及魏晋以来的《从军行》《度关山》《关山月》《出塞》《入塞》等题目，也都是唐代边塞诗中所常见者。隋唐君臣也颇多边塞之作，如杨素的《出塞》和薛道衡、虞世基的和诗，以及唐太宗、魏徵等人的作品，都为盛

[①] 例如，杜确《岑嘉州集序》曰："开元之际，王纲复举，浅薄之风，兹焉渐革。其时作者，凡十数辈，颇能以雅参丽，以古杂今。"（《全唐文》卷四百五十九）权德舆《左武卫冑曹许君集序》曰："开元、天宝以来，稍革颓靡，存乎风兴。"（同上书，卷四百九十）《蔡宽夫诗话》曰："开元后，格律一变，遂超然越度前古。当时虽李、杜独据关键，然一时辈流，亦非大和、元和间诸人可跂望。"（《苕溪渔隐丛话》前集卷十引）《唐诗品汇·凡例》："开元、天宝间，神秀、声律粲然大备，故学者当以是楷式。"

唐边塞诗的出现奠定了基础①。不同的是，他们多沿用乐府旧题，也未必有亲身从军的经历，而盛唐边塞诗派的作者，多怀着建功立业的壮志，有着较长时间入幕从军的生活体验，对边疆的奇异风光和军旅的艰苦环境有深切的观察，所以表现于文字，便真实、深刻、自然。同时，在体裁上他们多采用七言歌行和绝句，风格上则以悲壮奇异为主。《沧浪诗话·诗评》指出："唐人好诗，多是征戍、迁谪、行旅、离别之作，往往能感动激发人意。"征戍即指边塞诗，其中最具代表性的诗人是高适、岑参、王昌龄、李颀。

高适与岑参都擅长写边塞诗，故高、岑并称，杜甫已有"高岑殊缓步，沈鲍得同行"（《寄彭州高三十五使君适虢州岑二十七长史参三十韵》，《杜诗详注》卷八）之句，《沧浪诗话·诗评》曰："高、岑之诗悲壮，读之使人感慨。"就进一步指出两人的风格特征。然而同是悲壮，高诗悲壮中带有浑朴，所谓"多胸臆语，兼有气骨"（《河岳英灵集》卷上）。如《燕歌行》云：

　　摐金伐鼓下榆关，旌旆逶迤碣石间。校尉羽书飞瀚海，单于猎火照狼山。山川萧条极边土，胡骑凭陵杂风雨。战士军前半死生，美人帐下犹歌舞。大漠穷秋塞草腓，孤城落日斗兵稀。身当恩遇常轻敌，力尽关山未解围。②

岑诗则悲壮中带有奇丽，所谓"语奇体峻，意亦造奇"（《河岳英灵集》卷上）。他用奇崛的句子描写边疆夏日的飞雪，如《白雪歌送武判官归京》：

---

① 如陶翰《燕歌行》的"雪中凌天山，冰上渡交河"，本于虞世基《出塞》的"雪暗天山道，冰塞交河源"；岑参《白雪歌送武判官归京》的"风掣红旗冻不翻"，本于虞世基《出塞》的"霜旗冻不翻"；王昌龄《出塞》的"但使龙城飞将在，不教胡马度阴山"，本于崔湜《大漠行》的"但使将军能百战，不须天子筑长城"。参见邱俊鹏《唐代边塞诗与传统征戍诗》，载西北师范学院学报编辑部、西北师范学院中文系编《唐代边塞诗研究论文选粹》，甘肃教育出版社1988年版，第53—62页。

② 刘开扬《高适诗集编年笺注》，中华书局1981年版，第97页。

"北风卷地白草折,胡天八月即飞雪。忽如一夜春风来,千树万树梨花开。"他又用跳宕的三句一转韵的方式描写飞沙走石,《走马川行奉送出师西征》云:"君不见,走马川[1],雪海边,平沙莽莽黄入天。轮台九月风夜吼,一川碎石大如斗,随风满地石乱走。"而火山、热海等戈壁风光,更是前人未曾入诗的材料,如《火山云歌送别》:"火山突兀赤亭口,火山五月火云厚。火云满山凝未开,飞鸟千里不敢来。"又如《热海行送崔侍御还京》:"侧闻阴山胡儿语,西头热海水如煮。海上众鸟不敢飞,中有鲤鱼长且肥。岸旁青草常不歇,空中白雪遥旋灭。蒸沙烁石然虏云,沸浪炎波煎汉月。"[2]所以,"奇"也就成为岑参诗的重要特征。

如果说,高、岑的边塞诗多用古体的话,那么,王昌龄便是以七绝见长[3]。他在当时被称作"诗天子"(《琉璃堂墨客图》)[4]或是"诗家夫子"(《唐才子传》卷二),其享有的盛誉似乎超出后人的想象。他的边塞诗,将英雄气概和儿女情怀并写,既壮怀激烈,又优柔婉丽。如《从军行》:

烽火城西百尺楼,黄昏独坐海风秋。更吹羌笛关山月,无那金闺万里愁。(其一)

琵琶起舞换新声,总是关山离别情。撩乱边愁听不尽,高高秋月照长城。(其二)

青海长云暗雪山,孤城遥望玉门关。黄沙百战穿金甲,不破楼兰终不还。(其四)

---

[1] "川"下原有"行"字,乃涉诗题而衍,兹据程千帆说改。参见《读岑参〈走马川行奉送出师西征〉记疑》,收入其《古诗考索》,上海古籍出版社1984年版,第162—168页。

[2] 陈铁民、侯忠义《岑参集校注》卷二,上海古籍出版社1981年版,第169页。

[3] 宋育仁《三唐诗品》卷二评曰:"其源出于鲍明远,缩作短篇,自成幽峭。七绝擅名,亦由关塞之词,江山所助。"不过,《河岳英灵集》收他十六首诗,为全集之冠,占绝大多数的却是五古,七绝仅三首,似乎反映了当时人的一种看法。

[4] 参见卞孝萱《〈琉璃堂墨客图〉残本考释》,收入其《唐代文史论丛》,山西人民出版社1986年版,第187—192页。

大漠风尘日色昏，红旗半卷出辕门。前军夜战洮河北，已报生擒吐谷浑。（其五）

　　在一组诗中将两种不同的情感同时并写，诗情悲凉而爽朗，这种情感上的张力造成了其诗的动人力量。

　　至于李颀的边塞诗，则喜用乐府古题，如《古从军行》《塞下曲》《古意》等。《河岳英灵集》卷上选他十四首诗，五古和七言歌行便占了十二首，并评论他的诗"发调既清，修辞亦秀，杂歌咸善，玄理最长"。

　　需要指出的是，边塞诗派的诗人并非只写边塞，亦犹田园诗派的诗人不专写田园一样，如王昌龄写宫怨和李颀写音乐的诗都是不容忽视的。

（二）田园诗派

　　魏晋以来，以描写田园山水著名的是陶渊明和谢灵运。田园诗与山水诗的区别主要在于，田园诗描写的对象是固定的、单一的，而山水诗则是变动的，多样的。故田园诗重在写景中之情，山水诗则在写情中之景。盛唐的田园诗派，便是在其基础上的进一步发展。他们将田园风光和山水景色结合起来，特别是将自己的情感融入描写对象之中。这一诗派的代表诗人是孟浩然、王维、储光羲等。

　　以山水、田园为题材的诗歌，原来是属于南方文学传统的。孟浩然一生中除了在洛阳和长安的短暂几年，大多数时间是在吴、越、巴蜀的漫游和在江汉的隐居中度过的，所以，他就很自然地将行旅和田园融会到笔端。并且，他是一个努力写作五言诗，特别是五言律诗的诗人[①]，因而能上接陶、

　　[①] 今本《孟浩然集》中共收诗二百六十三首，其中五言诗二百四十八首，五律有一百二十九首，五言排律三十七首，从这比例中也可略窥一斑。王世贞《艺苑卮言》卷四评孟诗"句不能出五字外，篇不能出四十字外，此其所短也"，也从另一侧面指出他擅作五律的特色。

谢及齐、梁的山水之作，用今体加以表现。他自己说："尝读《高士传》，最嘉陶征君。日耽田园趣，自谓羲皇人。"（《仲夏归南园寄京邑旧游》，《孟浩然诗集》卷一）这当然不仅在于嘉慕陶渊明的为人，也包括其作品。陈绎曾《诗谱》评孟浩然诗"祖建安，宗渊明，冲淡中有壮逸之气"。皮日休《郢州孟亭记》也曾举出若干句子：

> 北齐美萧悫有"芙蓉露下落，杨柳月中疏"，先生则有"微云淡河汉，疏雨滴梧桐"。乐府美王融"日霁沙屿明，风动甘泉浊"，先生则有"气蒸云梦泽，波撼岳阳城"。谢朓之诗句，精者有"露湿寒塘草，月映清淮流"，先生则有"荷风送香气，竹露滴清声"。此与古人争胜于毫厘也。（《皮子文薮》卷七）

当时杜甫曾说"高人王右丞"（《解闷十二首》之八），"吾怜孟浩然"（《遣兴五首》之五），被后人看成是推崇王、孟的"公论"（《彦周诗话》）。田雯《古欢堂杂著》卷二也说"王维、孟浩然清淑散朗，窈窕悠闲，取神于陶、谢之间"，则指出两人并称的原因是同出一源。不过，相较而言，孟浩然的诗更加闲淡疏远，而才力未免不足。好之者谓其诗"一味妙悟"[①]，清旷神韵不可企及；诋之者则谓其诗"韵高而才短，如造内法酒手而无材料尔"（《后山诗话》引苏轼语）。他是第一个在唐代大量写作田园山水诗的诗人，继陶、谢之后，开王维先声。他在"仕"与"隐"的矛盾中以归隐终其生，"欲徇五斗禄，其如七不堪"（《京还赠张维》，《孟浩然集》卷三），这是寒士与布衣的传统。所以他的作品也能彻底打破初唐咏物、应制的题材限制，表现出盛世隐士的欢乐与忧愁。而他的诗歌中缺乏气象宏伟的巨制这一现象，也可以视作由初唐到盛唐转折期的象征。

[①] 严羽《沧浪诗话·诗辨》曰："孟襄阳学力下韩退之远甚，而其诗独出退之之上者，一味妙悟而已。"

王维代表了唐代山水田园诗派的最高成就。从六朝到唐代，由于贵族门第的衰替，人们对"田园"的看法也有所转变，不再有藐视或轻蔑的意味。所以在王、孟的诗集中，常常明确写出"田家"或"田园"。孟浩然的诗中这样的词出现了十三次，王维更喜欢在标题上使用，如《丁寓田家有赠》《渭川田家》《春中田园作》《淇上即事田园》《田家》《田园乐七首》等。当然，诗中的主人多半不是农民，而是拥有或多或少土地的隐士，这也是这类诗人的生活基础。王维是诗人，也是画家和音乐家。他在《偶然作》其六中写道："宿世谬词客，前身应画师。"（《王右丞集笺注》卷五）苏轼评曰："味摩诘之诗，诗中有画；观摩诘之画，画中有诗。"[1]他既是田园诗的代表，又是南宗画派的祖师，自他以后，诗与画的关系也进一步密切起来。后人如杨公远自编诗集，题为《野趣有声画》；姜绍书撰明代画史，则题曰《无声诗史》。据说王维还以一曲琵琶《郁轮袍》得到公主的赏识，并由此而一举登第[2]。正因为他的艺术才能多样，其诗歌中对色彩和声音的捕捉也就特别灵敏。例如：

泉声咽危石，日色冷青松。（《过香积寺》）

日落江湖白，潮来天地青。（《送邢桂州》）

大漠孤烟直，长河落日圆。（《使至塞上》）

声喧乱石中，色静深松里。（《青溪》）

荆溪白石出，天寒红叶稀。山路元无雨，空翠湿人衣。（《山中》）

---

[1] 《苏轼文集》卷七十，中华书局1986年版，第2209页。
[2] 《唐诗纪事》卷十六引《集异记》，上海古籍出版社1987年版，第236页。

以上诸句，一方面可以反映出王维五言诗中"清远""雄浑"（《唐诗别裁集》卷十一）的两类，另一方面，尽管写景有精微与阔大、细致与粗犷之别，但都具有绘画美和音乐美。《河岳英灵集》卷上评他的诗"词秀调雅，意新理惬。在泉为珠，着壁成绘。一句一字，皆出常境"。"为珠""成绘"即指其诗的音乐美和绘画美；"词秀"而调不失雅，"意新"而于理为惬，原因就在于他的诗在语言表达上的自然朴素，故能出于"常境"而又超出"常境"。

王维在后世被称为"诗佛"，与"诗圣""诗仙"并列，代表了中国文学中的儒、道、释。在同时，其友人苑咸便称其为"当代诗匠，又精禅理"（《酬王维诗序》，《全唐诗》卷一百二十九）。王维出身于一个宗教气氛浓厚的家庭，他的母亲博陵崔氏，"师事大照禅师三十余岁"（《请施庄为寺表》，《王右丞集笺注》卷十七），他自己与佛教各宗各派的僧人多有交往[①]，其诗歌也颇受禅宗影响。如王夫之指出："'长河落日圆'，初无定景；'隔水问樵夫'，初非想得。则禅家所谓'现量'也。"（《姜斋诗话》卷二）"现量"便是如其本来面目，不劳苦思冥想之意。[②] 如其《秋夜独坐》中的"雨中山果落，灯下草虫鸣"、《终南别业》中的"行到水穷处，坐看云起时"等句，都是以"现量"方式表达的瞬间感受。王维还经常在诗中以有写无，如"山静泉逾响"（《赠东岳焦炼师》），"谷静泉逾响"（《奉和圣制幸玉真公主山庄因题石壁十韵之作》），"空山不见人，但闻人语响"（《鹿柴》），"人闲桂花落，夜静春山空。月出惊山鸟，时鸣春涧中"（《鸟鸣涧》）。这与其佛教修养是分不开的。[③]

[①] 参见陈允吉《王维与华严宗诗僧道光》《王维与南北宗禅僧关系考略》，载《唐音佛教辨思录》，上海古籍出版社1988年版，第39—66页。

[②] 戴鸿森《姜斋诗话笺注》引《相宗络索》："现量，现者有现在义，有现成义，有显现真实义。现在，不缘过去作影，现成，一触即觉，不假思量计较。显现真实，乃彼之体性本自如此，显现无疑，不参虚妄。"人民文学出版社1981年版，第53页。

[③] 《肇论·物不迁论》指出："寻夫不动之作，岂释动以求静，必求静于诸动。必求静于诸动，故虽动而常静。不释动以求静，故虽静而不离动。"王维当受此影响。

储光羲是盛唐诗人中最爱写田园，因而也最像陶渊明的作者。《三唐诗品》卷二评"其源出于陶公"，正是有见于此。王、孟的田园山水之作多用五律为之，在形式上便有唐人特色，而储光羲则多以五古为之，贺贻孙《诗筏》就曾评论他"独以五言古胜场"，这也使其诗中的古风更为浓厚。他的《同王十三维偶然作》十首及《田园杂兴》八首，都是直接描写农村田园生活的代表作。虽然他与王维同时，后人也常常将两人相提并论，但王维能够兼擅众体，而储光羲则仅擅长一体，所谓"王兼长，储独诣也"（《载酒园诗话又编》）。

（三）李白和杜甫

盛唐诗的顶峰无疑是以李白和杜甫为代表的，后人总是将李、杜并称，他们是一对双峰并峙的诗人，堪称诗歌星空的"双子星座"。在中国诗歌史上，只有杜甫获得了"诗圣"的美名，这无疑是诗国的桂冠。孟子曾称儒家宗师孔子为"圣"，而杜甫的诗也正是儒家精神的集中体现。他的诗中闪耀着人伦的光辉，流露出广博的爱心。他的一生，以仁者的怀抱，践履了儒家的操守，并且使儒家精神在文学中得到具体生动的显现。与"诗圣"联系在一起的，还有"集大成"的称号，这一原出于孟子赞颂孔子的话，用在杜甫的身上，更多的是就其在文学史上承先启后的地位而言的[①]。杜甫广泛吸取了汉魏以来直至盛唐诗人的艺术经验，"别裁伪体""转益多师"（《戏为六绝句》），从而达到了"尽得古今之体势，而兼人人之所独专"（《唐故部员外郎杜君墓系铭序》，《元氏长庆集》卷五十六）的诗学高峰。而他的"读书破万卷"（《奉赠韦左丞丈二十二韵》），也使其诗在对偶、用典、造句、炼字等方面获得很高的成就，并对宋人产生极大的影响（如江西诗派的"夺胎换骨"说）。杜甫对于文学传统，是在选择中传承，由传承而走向创造。

[①] 参见程千帆、莫砺锋《杜诗集大成说》，载《被开拓的诗世界》，上海古籍出版社1990年版，第1—24页。

由于这种创造的方式以儒家文化的精神为根基,因而它也成为唐以后中国诗人从事创作的理想的必由之路。和"诗圣"相对,李白当时被人称作"谪仙人",后代又称其为"诗仙"[①],其实他并不如人们想象的那么飘逸和超脱。如果说杜甫对于人生的痛苦是一意负荷的话,李白诗中所展示的则是一个在痛苦中不断试图挣脱腾越而又始终无法扬弃痛苦的躁动不安的灵魂。李白所处的时代正是对道教尊崇至极的时代,他也自述"五岁诵六甲"(《上安州裴长史书》),"十五游神仙"(《感兴》八首之五),"云卧三十年,好闲复爱仙"(《安陆白兆山桃花岩寄刘侍御绾》)。但即使在他的游仙诗中,也找不到任何哲学的思辨或宗教的沉思,有的只是对生命无常的咏叹:或以紧张热烈的情绪哀叹它的逝去,或以恣纵倜傥的笔调幻想它的永恒。在中国诗歌中,对于人生哀乐的抒发,恐怕没有一个诗人能像李白那样,用最直率、最真诚、最热烈的声音歌唱了。他是一个真正的浪漫主义诗人,能够将主观的东西由个人扩展到社会,用他的心灵去包围整个世界,并且对未来充满了渴望之情。这些都使他的作品在众多的唐诗中焕发出异彩,具有永恒的魅力。李白与杜甫的个性、思想和行为有异,他们的文学主张、创作成就以及对后世的影响也是各不相同的。

李白比杜甫年长十余岁,他在文学主张上继承其乡先辈陈子昂的看法,以复古为革新。所以《本事诗·高逸》将两人并称曰:

> 白才逸气高,与陈拾遗齐名,先后合德。其论诗曰:"梁、陈以来,艳薄斯极,沈休文又尚以声律。将复古道,非我而谁?"故陈、李二集,律诗殊少。

[①] 李白《对酒忆贺监二首序》曰:"太子宾客贺公,于长安紫极宫一见余,呼余为'谪仙人'。"严羽《沧浪诗话·诗评》曰:"人言太白仙才,长吉鬼才,不然。太白天仙之词,长吉鬼仙之词耳。"

杜甫则强调"转益多师"和"不薄今人爱古人"(《戏为六绝句》)。他们的作品也显示出复古与创新的不同趋向。兹略分古诗和今体比较如下：

1. 古诗

　　古诗可分五古和七古，唐人乐府不必入乐，故可归入古诗①。李白的诗歌中古诗甚多，《瓯北诗话》卷一已指出"青莲集中古诗多，律诗少"。他的五言古诗如《古风》五十九首，与陈子昂、张九龄的《感遇》一样，延续的是阮籍、郭璞以来正始文学的传统②。与李白不同的是，杜甫的五古多有新变，他往往运用律诗句法入于古诗，是纯粹的唐音③。这种方式，影响到中唐的元、白，乃至清初的吴伟业。李白的七言歌行出于鲍照，而气势更胜之，所以杜甫有"俊逸鲍参军"(《春日忆李白》)之评。《唐宋诗醇》卷六也指出，李白的七古"往往风雨争飞，鱼龙百变；又如大江无风，波浪自涌。白云从空，随风变灭。诚可谓怪伟奇绝者矣"。而杜甫的七古和他的五古一样，也往往杂用律诗句法。至于乐府，李白多用汉魏六朝旧题，所谓"古题无一弗拟"(《唐音癸签》卷九)；而杜甫则自出新意以命题谋篇，正如元稹指出的："近代唯诗人杜甫《悲陈陶》《哀江头》《兵车》《丽人》等，凡所歌行，率皆即事名篇，无复倚傍。予少时与友人乐天、李公垂辈，谓是为当，遂不复拟赋古题。"(《乐府古题序》，《元稹集》卷二十三)这一直影响到元、白的新乐府运动。

---

　　① 曾国藩编《十八家诗钞》即将唐人乐府划入古诗，不予专列一门。
　　② 王士禛《古诗选·五言诗凡例》云："唐五言古诗凡数变，约而举之：夺魏晋之风骨，变梁陈之俳优，陈伯玉之力最大，曲江公继之，太白又继之，《感寓》《古风》诸篇，可追嗣宗《咏怀》、景阳《杂诗》。"不过，李白诗中也有以唐调为之者，故王氏又指出："李诗有古调，有唐调，要须分别观之。"(《带经堂诗话》卷一)
　　③ 任源祥《与侯朝宗论诗书》曰："杜甫诗雄压千古，而五言古诗则去古远甚。甫非不自辟门户，而磋砑怒张，无复风流蕴藉，故谓之唐音。"(《鸣鹤堂文集》卷三)但任氏对此取否定的态度，则是不足为凭的。

2. 今体

今体诗可分律诗和绝句。就律诗而言，它属于唐代最新的诗体，所以焦循将律诗视为唐代的"一代之胜"（《易馀籥录》卷十五）。诗之所以称"律"，集中表现在格律和对偶。李白的思想恣纵豪迈，不受束缚，其诗歌也"不屑束缚于格律对偶"，所以从数量来看，"五律尚有七十余首，七律只十首而已"（《瓯北诗话》卷一）。至于平仄完全合乎格律的七律，仅有寥寥三四首。他的律诗往往一气呵成，类似乐府歌行。如其《夜泊牛渚怀古》《登金陵凤凰台》等名作，格律、对偶均不十分讲究。《石洲诗话》卷一指出："太白五律之妙，总是一气不断，自然入化，所以为难能。"《古欢堂杂著》卷二也指出："青莲作近体如作古风，一气呵成，无对待之迹，有流行之乐，境地高绝。"杜甫则是全力写作律诗的盛唐第一诗人。[①]他自称"为人性僻耽佳句，语不惊人死不休"（《江上值水如海势聊短述》），又说"晚节渐于诗律细"（《遣闷戏呈路十九曹长》）。所谓"细"，也正表现在格律声调方面。《杜诗详注》卷一引李天生语曰："少陵七律百六十首，惟四首叠用仄字。"但考其异文，实不相叠，"可见'晚节渐于诗律细'，凡上尾仄声，原不相犯也"。当然，这不仅仅是表现技巧的问题，杜甫丰富的阅历、深重的感慨和艺术的敏锐，使七律在他的手中达到无与伦比的程度[②]。在其晚年的作品中，为了更完美地表达其内心的怫郁愁苦之情，他又往往打破律诗格律，写作拗体。

[①] 杜甫约一千五百首现存的诗中，五七言律诗和排律的数量有九百多首。如果将他与盛唐的其他诗人比较的话，以七律为例，李白八首，王维二十二首，孟浩然四首，高适七首，岑参十一首，李颀七首，王昌龄二首，杜甫乃有一百五十首。即使考虑到各诗集版本所收作品略有多寡，但不会影响到这一结论。况且在杜甫之前，七律完全符合规范者少，即使王维亦每有不合者。

[②] 管世铭《读雪山房唐诗钞凡例》这样指出："七言律诗至杜工部而曲尽其变……其气盛，其言昌，格法、句法、字法、章法，无美不备，无奇不臻，横绝古今，莫能两大。"

如其《愁》诗题下注曰："强戏为吴体。"实即"拗体"①。这类诗，平仄既多不合格律，结构、句法也往往轶出常轨，以古诗甚至古文的笔法为之。宋代黄庭坚最欣赏杜甫晚年在夔州以后所作诗，也就是注意到了这种拗折艰涩而又无雕琢之迹的艺术手段。

绝句体裁短小，其源出于汉魏六朝的乐府小曲，特别是南朝的吴歌西曲，贵在"缩万里于咫尺"②，因此向来以情韵婉转、风神绵邈为上。到了唐人，加以律化，其格律恰为律诗之半，故又称为小律诗。李白的绝句便有此妙，所以沈德潜这样说："七言绝句以语近情遥、含吐不露为贵，只眼前景、口头语而有弦外音，使人神远，太白有焉。"（《唐诗别裁集》卷二十）胡应麟甚至评道"太白五七言绝，字字神境，篇篇神物"（《诗薮》内编卷六）。杜甫有意创新，其绝句也是别为一体。③李重华《贞一斋诗说》指出："杜老七绝，欲与诸家分道扬镳，故尔别开异径。"田雯甚至认为他是"避太白而别寻蹊径"（《古欢堂杂著》卷二）。这种"别体"主要就是以对偶和议论为之。仇兆鳌指出："少陵绝句，多纵横跌宕，能以议论摅其胸臆。气格才情，迥异常调，不徒以风韵姿致见长矣。"（《杜诗详注》卷十一）从诗歌史上来看，杜甫的以议论入绝句以及押仄韵、对起对结等手法，在晚唐有李商隐等人仿效，宋代一些大家也加以继承和发扬。尤其是他开创了论诗绝句体，对

---

① 方回《瀛奎律髓》卷二十五指出："拗字诗在老杜集七言律诗中谓之'吴体'。老杜七言律一百五十九首，而此体凡十九出。不止句中拗一字，往往神出鬼没。虽拗字甚多，而骨格愈峻峭。"

② 《姜斋诗话》卷二指出："论画者曰：'咫尺有万里之势'，一'势'字宜着眼。若不论势，则缩万里于咫尺，直是《广舆记》前一天下图耳。五言绝句，以此为落想时第一义，唯盛唐人能得其妙。"

③ 前人往往因此批评他不工此体，如《诗薮》内编卷六："少陵不甚工绝句。"《艺苑卮言》卷四："太白之七言律，子美之七言绝，皆变体。间为之可耳，不足多法也。"《读雪山房唐诗钞凡例》："少陵绝句，《逢李龟年》一首而外，皆不能工，正不必曲为之说。"

后世影响甚大。①

　　李白和杜甫作为中国诗歌史上的两颗巨星,一直受到后人的尊崇。尽管到了中唐出现了李、杜优劣论,直到现代学术史上,还不免对二人有所褒贬,其原因不仅是审美的,有时也是被政治干预的。但正如韩愈在《调张籍》中所说:

　　　　李杜文章在,光焰万丈长。不知群儿愚,那用故谤伤。蚍蜉撼大树,可笑不自量。(《韩昌黎诗系年集释》卷九)

三、唐诗的新变局

　　近代诗人陈衍在审视两千多年中国诗歌的发展后,提出了著名的诗歌史上"三元"说——"余谓诗莫盛于三元:上元开元,中元元和,下元元祐也"(《石遗室诗话》卷一)②。唐诗的变局就集中在元和时期。在此之前的大历时期,诗歌创作具有过渡的特征;元和以降,则沿着新变的途径继续流衍,直到宋诗的出现,才再次有了新的面貌,而宋诗的新貌与元和诗人的实践也是分不开的。

　　对元和时代的文坛做出高度概括的,是李肇《国史补》卷下的一段话:

　　　　元和以后,为文笔则学奇诡于韩愈,学苦涩于樊宗师;歌行则学流荡于张籍;诗章则学矫激于孟郊,学浅切于白居易,学淫靡于

---

① 钱大昕《十驾斋养新录》卷十六指出:"元遗山论诗绝句,效少陵'庾信文章老更成'诸篇而作也。王贻上仿其体,一时争效之。厥后宋牧仲、朱锡鬯之论画,厉太鸿之论词、论印,递相祖述,而七绝中又别启一户牖矣。"这种论诗绝句的方式还影响到日本和朝鲜。参见张伯伟《论诗诗的历史发展》,载《文学遗产》1991年第4期。

② 沈曾植《与金潜庐太守论诗书》则云:"吾尝谓诗有元祐、元和、元嘉三关。"虽然将上元推到刘宋元嘉时代,但另二"元"还是相同的。

389

元稹,俱名为"元和体"。大抵天宝之风尚党,大历之风尚浮,贞元之风尚荡,元和之风尚怪也。[①]

在这一段话中,"奇诡""苦涩""矫激""浅切"似指语言风格,而"流荡"和"淫靡"则又与使用的题材有关。不过,从诗歌史的角度考察中唐诗歌的新变,我们还有必要做更为仔细的分析。

(一)诗体

中国古典诗歌的诗体到唐代而定型,大要而言,可分古体和今(近)体两类。古体诗又可分古诗和乐府,从字数上看,则有五言、七言和杂言;今体诗则分律诗和绝句,字数也以五言和七言为主,六言绝句只占少数。中唐诗歌的新变,首先就表现在诗体上。这是一个文体大变的时代,传奇、散文、诗歌,无一不是如此。

1. 乐府

盛唐乐府有两种倾向:一是以李白诗为代表的拟古体,据《乐府诗集》统计,李白的拟古乐府在一百篇以上;二是以杜甫诗为代表的新创体,杜甫热衷于新题乐府的创作,其内容则是讽喻的,如《悲陈陶》《哀江头》《兵车行》《丽人行》等。而大历时期的元结和顾况的乐府正是将这两者绾合为一,即在形式上偏于古题且在内容上偏于讽喻,如元结的《系乐府》十二首和《补乐歌》十首等,顾况的《上古之什补亡训传》十三章以及其他乐府之作,都标志着从杜甫到白居易的过渡。尤其是顾况用诗句的第一、二字为题,题下注明主题,如"困,哀闽也","采蜡,怨奢也",直接对白

[①] 白居易《余思未尽加为六韵重寄微之》则曰:"制从长庆辞高古(微之长庆初知制诰,文格高古,始变俗体,继者效之也),诗到元和体变新(众称元、白为千字律诗,或号元和格)。"元稹在《上令狐相公诗启》中也指出当时人对元和体的不同理解。这里不取狭义的"元和体"之说。

居易新乐府"首句标其目"(《新乐府序》)的写作方法产生了重要影响。自觉地以"新"和"旧"相区别从事创作的是李绅，他写作了二十首新题乐府，并带动了元稹。元氏在《和李校书新题乐府十二首序》中说："世理则词直，世忌则词隐。予遭理世而君盛圣，故直其词以示后。"(《元稹集》卷二十四)透露了新乐府产生的时代背景。至白居易，便明确将自己的作品称为"新乐府"。所谓新乐府，就是以新题所写的讽喻性的乐府诗。其特点一是用新题，二是讽喻，三是不必入乐。其中讽喻是必要条件，而题目的沿旧或创新和是否入乐则不是绝对的①。白居易曾将自己五十一岁前所写的一千三百多首诗分为四类：一讽喻，二闲适，三感伤，四杂律，新乐府均在讽谕类中。所以吴融在为贯休《禅月集》所作的序中，就把《新乐府》五十首直接称为"讽谏五十篇"。

　　本来，美刺褒贬是中国诗学的传统之一，诗人首先是士人，因而也就担负着"任重而道远"的使命。但是安史之乱以后，诗人的精神状态由盛唐的豪迈进取转变为忧郁感伤，由向外的扩张转为向内的收敛。所以大历诗人的创作，诗歌境界也从盛唐的雄浑壮阔转变为局促衰飒，诗歌主题也特别钟情于衰老、孤独、友谊、乡愁和隐逸等。②诗人既已不复有拯世济民的雄心，诗歌也就失去了扬善惩恶的功能。白居易等人掀起的新乐府运动，和韩愈等人掀起的古文运动一样，是在不同的文体上追求共同的文学效用。其新乐府，便是"一部唐代《诗经》"③。白居易在《新乐府序》中指出：

---

　　① 如白居易《读张籍古乐府》云："张君何为者？业文三十春。尤工乐府诗，举代少其伦。为诗意如何？六义互铺陈。风雅比兴外，未尝著空文。读君《学仙》诗，可讽放佚君；读君《董公》诗，可诲贪暴臣；读君《商女》诗，可感悍妇仁；读君《勤齐》诗，可劝薄夫敦。"(《白居易集笺校》卷一)可见当时人是可以将用古题所写的讽喻性乐府视同新乐府的。
　　② 参看蒋寅《大历诗风》第四章，上海古籍出版社1992年版，第39—114页。
　　③ 陈寅恪《元白诗笺证稿》，上海古籍出版社1978年版，第110页。

> 篇无定句，句无定字，系于意不系于文。首句标其目，卒章显其志，《诗三百》之义也。其辞质而径，欲见之者易谕也。其言直而切，欲闻之者深诫也。其事核而实，使采之者传信也。其体顺而肆，可以播于乐章歌曲也。总而言之，为君、为臣、为民、为物、为事而作，不为文而作也。（《白居易集笺校》卷三）

在《与元九书》中，他更将新乐府概括为这样两句话："文章合为时而著，歌诗合为事而作。"（《白居易集笺校》卷四十五）其理论核心是讽喻，基本方法或手段是美刺。他强调诗歌要为时、为事，不为文而作，其新乐府也作于身为谏官时，表现了一个儒者的良知和勇气。据其自述，"凡闻仆《贺雨》诗，而众口籍籍，已谓非宜矣；闻仆《哭孔戡》诗，众面脉脉，尽不悦矣；闻《秦中吟》，则权豪贵近者相目而变色矣；闻《乐游园》寄足下诗，则执政柄者扼腕矣；闻《宿紫阁村》诗，则握军要者切齿矣"（《与元九书》）。文学的力量在于真实，在于直面惨淡的人生，所以白居易也特别强调诗歌的真实性原则并努力实践。前人或评白诗"如山东父老课农桑，言言皆实"（《臞翁诗评》，《诗人玉屑》卷二引），即指此而言。元、白新乐府一直影响到晚唐皮日休的《正乐府》以及聂夷中的古题和新题乐府。

2. 古诗

盛唐的五古大致可分三派：一派以张说、张九龄、李白为代表，原本于正始之音；一派以王维、孟浩然、储光羲为代表，效法乎陶渊明；还有一派以杜甫为代表，在传统之外，以"篇幅恢张，纵横挥霍"的"变调"（沈德潜《唐诗别裁集·凡例》），开创了"沉着痛快"的一派。中唐五古之变，也是对杜甫五古的进一步发展。[①] 其中最具代表性的是韩愈。杜甫的五古从篇

---

① 这里有意忽略了韦应物和柳宗元，他们的五古是沿着陶渊明、谢灵运的路子向前走的，是盛唐王、孟一派的余波。

幅上看，明显体制阔大，具有汉赋格局，是文体上的隔代遗传。韩愈也继承了这一特色，如《病中赠张十八》《南山》《送文畅师北游》等作，皆用古文章法安排篇章结构。白居易、张籍的长篇五古也是如此。在表达的内容方面，韩愈则是"资谈笑，助谐谑，叙人情，状物态，一寓于诗，而曲尽其妙"（《六一诗话》）。杜甫的五古，除了描写比较重大的题材和反映较为广阔的社会生活之外，也常常将家庭琐事、身边景物写入诗中，表现出对人情物理的观察，韩诗正是对杜诗的进一步发展。

盛唐的七古大多还局限在乐府和歌行的范围中，从用韵方面看可分两类：一类是四句一转韵，平仄韵相间为用，接近于初唐诗作（这一布局方式来源于六朝骈赋）；另一类是一韵到底，但写的人不多。根据写作七古的数量统计可以得出这样的结论：元和时代的七古较之于盛唐已更受重视。韩愈的七古，从表现内容上看，范围比较宽阔。他的"以文为诗"，也突出地表现在七古诗的创作上，如《琴操》《山石》《石鼓歌》等作品，前人已有许多评论，指出其中的古文章法。[①] 从用韵来看，韩愈的七古往往一韵到底，如《游青龙寺赠崔大补阙》《赠崔立之评事》《送区弘南归》等作，并且常常是押险韵。欧阳修说"予独爱其工于用韵"，"得韵窄则不复旁出，而因难见巧，愈险愈奇"（《六一诗话》）。虽然这是针对其五古而言，移之以论其七古，也是适用的。白居易的七古也有新变，如"长庆体"的代表作《长恨歌》《琵琶行》，不仅是当时流传最广的作品[②]，而且在文体上也有新创，如《长恨歌》与《长恨歌传》的相辅相成。从七古本身而言，他以律句入歌行，转韵平仄相间，接近初唐的宫体风格（他自己也说"一篇《长恨》有风情"）。此外，

[①] 参见程千帆《韩愈以文为诗说》，载张伯伟编《程千帆诗论选集》，山西人民出版社1990年版，第205—230页。

[②] 《唐摭言》卷十五《杂记》载："白乐天去世，大中皇帝以诗吊之曰：'缀玉联珠六十年，谁教冥路作诗仙。浮云不系名居易，造化无为字乐天。童子解吟长恨曲，胡儿能唱琵琶篇。文章已满行人耳，一度思卿一怆然。'"虽然不能肯定此诗为宣宗所作，但《长恨歌》《琵琶行》流传人口的情形在此诗中得到了清楚的反映。

他的新乐府中多采用三三七或三七的句法,也是吸取了当时民间歌谣的句式特别。至于元稹的《连昌宫词》,也是吸收了新乐府的写法而创作的新作品。①

3. 律诗

律诗是唐人的创造,在盛唐以前,五律占有绝对的优势,只有杜甫是在重视五律的同时,也全力写作七律的诗人。自大历始,五律和七律的比例开始变化,但他们写得最多也最擅长的诗体仍然是五律②。到了元和时期,这种情形便发生了根本的转变。以下的统计或许能说明问题③:

元和时期代表性诗人五律、七律创作数量对照表

姓名	五律	七律
韩　愈	38	14
柳宗元	8	12
刘禹锡	177	184
白居易	372	568
元　稹	149	98
张　籍	133	81
王　建	53	81
贾　岛	225	21

---

① 参看陈寅恪《元白诗笺证稿》第一章、第三章和第五章。
② 姚鼐《今体诗钞序目》指出:"中唐大历诸贤,尤刻意于五律。"另可参看蒋寅《大历诗风》第八章"体式与语言",第207—236页。
③ 这是根据吕正惠《元和时代诗体之演进》得到的统计结果。《文学评论》第八集,黎明文化事业公司1984年版。

从上表可见，创作七律的比例已逐步提高，所以《瓯北诗话》卷四指出："中唐以后，诗人皆求工于七律，而古体不甚精诣。"下逮北宋，七律更能取代五律地位，越到后来，越是如此。①继续努力写作五律的诗人是张籍和贾岛。自从明人杨慎指出"晚唐之诗分为二派：一派学张籍，则朱庆馀、陈标、任蕃、章孝标、司空图、项斯其人也；一派学贾岛，则李洞、姚合、方干、喻凫、周贺、'九僧'其人也……其诗不过五言律，更无古体"（《升庵诗话》卷十一"晚唐两诗派"条）以后，清人李怀民在《重订中晚唐诗主客图》中，以张籍为"清真雅正主"，贾岛为"清真僻苦主"②，而张、贾皆渊源于杜甫。张籍沉着而平浅，贾岛奇险而平实，他们都能"搜眼前景而深刻思之，所谓'吟成五个字，捻断数茎须'也"（《升庵诗话》卷十一），所以一方面发展了杜甫写家庭琐事、日常生活的题材传统，另一方面又继承了杜甫"语不惊人死不休"的炼字之诀。这不仅影响了晚唐诗人，也成为南宋江湖诗派学习的榜样。

4. 绝句

杜甫的绝句虽然未必得到诗评家的一致首肯，但其影响甚远却是诗歌史上的事实。绝句之称最早出现于南朝徐陵所编《玉台新咏》，其中收录四首五言四句诗，题曰《古绝句》。但将七言四句的诗也赋予绝句之称，则是从杜甫开始较为普遍的。中唐诗人在绝句方面接受杜甫的影响，一是将日常生活、眼前景物随意写入，二是采用议论的方式写作绝句。杜甫的绝句有随意性的特征，如《绝句漫兴九首》《戏为三绝句》《江畔独步寻花七绝句》等，

---

① 李怀民《重订中晚唐诗主客图》指出："今之选唐诗者，大概古今并收……且矜尚七言诗，利其句长调高，便于讽咏，不知七言律诗，唐人不轻作……元、白、刘梦得沿及北宋，其风少炽，然未有如后世之甚者也。今则匝街遍市，无非七律填满。"

② 由于李怀民自谓其书构想与前人龚贤（半千）《中晚唐诗纪》和杨慎《升庵诗话》不谋而合，所以一般讨论中晚唐诗分张籍、贾岛二派之说始于杨慎。实则方回《瀛奎律髓汇评》卷二十朱庆馀《早梅》诗下评曰："韩门诸人，诗派分异，此张籍之派也。姚合、李洞、方干而下，贾岛之派也。"故此说实始发于方回。

白居易承之而变本加厉。《唐人万首绝句选评》指出："三唐绝句，莫多于白傅，皆率意之作。而其妙处，往往以口头语、眼前景，使人流连不尽。"《古欢堂杂著》也指出："香山山峙云行，水流花开，似以作绝句为乐事者。"都是就其绝句的率意特征而言。既然是随意而作，则可入于游戏，可入于议论，可快心自得，也就是在这个意义上，白居易的绝句"亦开宋人之门户耳"（《诗源辩体》卷二十八）。刘禹锡是白居易晚年的诗友，他继承了杜甫以议论为绝句的方式，"下开杜紫微一派"（《读雪山房唐诗钞凡例》）。而其《竹枝词》从沅、湘民歌中吸收养分，也给诗坛增加了新鲜的活力。

总之，如果从较为广泛的意义上来理解"诗到元和体变新"，则不难发现，这是中国古代诗歌史上诗体变化最大的一个时期。

（二）语言

诗歌语言的变迁是诗歌发展的重大标志。从日常生活的语言中提炼出书面语言，是语言的散文化；从日常语言和书面语言中再凝练而成诗歌语言，是语言的诗化。诗歌语言的不断变化，实际上是生活语言和文学语言之间不断往复的过程，并且或接近或遥远。从《诗经》的四言体，到《楚辞》的六言体、古诗的五七言体，再到诗体成熟阶段出现的词体、词体成熟阶段出现的散曲，以及最终出现的白话新诗，从诗歌的节奏来看，这一发展趋势标志着文学语言向自然语言的不断靠近。唐代正是诗歌语言高度成熟的阶段，因而也就出现了诗歌的高峰，而杜甫乃是当之无愧的代表。他的语言一方面是高度诗化的，另一方面又是非常生活化的。[①]他的诗歌，出之于"颇学阴何苦用心"（《解闷十二首》之七）的努力和"语不惊人死不休"（《江上值水如海势聊短述》）的锤炼，同时又不避散文语言，不避俚俗之语。于是

[①] 这一点其实也可说是唐诗的共性，和南朝诗歌充满贵族气息的语言相比，唐诗的语言无疑是健康、爽朗、凝练而又充满生活气息的。参见林庚《唐诗的语言》，载其《唐诗综论》，人民文学出版社1987年版，第80—99页。

到了元和时代，诗歌语言就从两个方面发生了变化：一是以韩愈、孟郊为代表的追求怪异，一是以元稹、白居易为代表的追求通俗。前者是从散文语言中吸取养分，后者是从生活语言中采撷精华。

1. 怪异

李肇有"元和之风尚怪"的结论，这应该是针对韩愈、孟郊、卢仝、李贺等人而言的。前人评韩愈的诗"怪怪奇奇，独辟门户"（归庄《严祺先文集序》，《归庄集》卷三），孟郊诗"刿目鉥心""钩章棘句"（韩愈《贞曜先生墓志铭》），卢仝则自号"僻王"，其诗"尚奇僻，古诗尤怪"（丁仪《诗学渊源》卷八），李贺"语奇而入怪"（周紫芝《古今诸家乐府序》）。最具代表性的，当数韩、孟等人所作的《会合》《纳凉》《同宿》《秋雨》《城南》《斗鸡》《征蜀》等联句，险韵、奇字、古句、方言，各极其能。如《城南联句》长达一百五十韵，竟有好多字为后来韵书所不载者[①]。韩、孟语言的尚怪，和他们对于文学创作应务去陈言的看法是一致的。顾嗣立《寒厅诗话》指出：

> 韩昌黎诗句句有来历，而能务去陈言者，全在于反用。如《醉赠张秘书》诗，本用嵇绍鹤立鸡群语，偏云"张籍学古淡，轩鹤避鸡群"；《县斋有怀》诗，本用向平婚嫁毕事，偏云"如今便可尔，何用毕婚嫁"；《送文畅》诗，本用老杜"每愁夜中自足蝎"句，偏云"照壁喜见蝎"；《荐士》诗，本用《汉书》"强弩之末不能入鲁缟"语，偏云"强箭射鲁缟"；《岳庙》诗，本用谢灵运"猿鸣诚知曙"句，偏云"猿鸣钟动不知曙"。此等不可枚举。

除了怪异的特点，韩愈等人在诗歌语言上的变革是"以文为诗"。《后山诗

[①] 严虞惇曰："诗中用狞、趠、䨻、澄、㶇、砺、妷、𦆻、䰇、㭚、䬼、蝾、蟛、睢凡十四韵，今韵不载。"（《韩昌黎诗系年集释》卷五《城南联句》下引）

话》指出:"退之以文为诗,子瞻以诗为词,如教坊雷大使之舞,虽极天下之工,要非本色。"又引黄庭坚语曰:"诗文各有体,韩以文为诗,杜以诗为文,故不工尔。"这种意见未必正确。诗文各有其体是文学上的事实,但优秀的诗人在"得体"之后,往往不拘一格,创造性地"破体",从而形成一种"新体",也是文学史上常有的现象。① 韩愈的"以文为诗",除了以古文章法剪裁结构以及以议论为诗之外,在语言上还吸取了散文的句法和虚字入诗。例如七言诗的句脉多是上四下三,韩愈乃变为上三下四,如《送区弘南归》的"落以斧引以缧徽""嗟我道不能自肥""子去矣时若发机"等句式,接近于民谣。② 又如《南山》诗状写南山之貌,连用五十一个"或"字——"或连若相从,或蹙若相斗,或妥若弭伏,或竦若惊雊,或散若瓦解,或赴若辐辏……",可能是受到《佛所行赞》的影响③。又如卢仝的《月蚀诗》,采用古文句法,打破诗句的整饬与对称:"玉川子又涕泗下,心祷再拜额榻砂土中。地上蚍蜉臣仝告愬帝天皇,臣心有铁一寸,可刳妖蟆痴肠。上天不为臣立梯磴,臣血肉身,无由飞上天,扬天光。"(《全唐诗》卷三百八十七)句法和节奏都接近于散文。再如韩愈《古风》中的"无曰既蹙矣",《嘲鲁连子》中的"顾未知之耳",《符读书城南》中的"学与不学欤"等句,皆以虚字结尾。这种以文为诗的写法,在语言上便是一种散文化,而散文化与诗化的语言相较,有时也会更接近于自然语言。从这个意义上说,韩愈等人和白居易等人的努力并不完全是对立的,也有殊途同归之处。

---

① 关于韩愈"以文为诗"的评价,参看程千帆《韩愈以文为诗说》,收入《程千帆诗论选集》。

② 何焯《义门读书记》卷三十指出:"汉《铙歌·上邪》篇云:'山无陵江水为竭。'又汝南童谣云:'饭我豆食羹芋魁。'其句脉皆上三字略断,韩子必有本也。"

③ 参见饶宗颐《韩愈〈南山诗〉与昙无谶译马鸣〈佛所行赞〉》,载《文辙——文学史论集》。

2. 通俗

"元轻白俗"是苏轼在《祭柳子玉文》中的一句评语,不无贬义。但吸取鲜活的民间语言,为达到高度发展的诗歌语言注入生机,是白居易继杜甫之后所作的努力,所以王安石有"世间俗言语,已被乐天道尽"(《苕溪渔隐丛话》前集卷十四引《陈辅之诗话》)之说。《诗人玉屑》卷六"善用俗字"条曰:

> 数物以"个",谓食为"吃",甚近鄙俗,独杜子美善用之。云"峡口惊猿闻一个"、"两个黄鹂鸣翠柳"、"却绕井栏添个个"、"临岐意颇切,对酒不能吃"、"楼头吃酒楼下卧"、"梅熟许同朱老吃"。盖篇中大概奇特,可以映带之也。

可见杜甫是较早以俗字入诗的诗人。中唐时期的诗歌语言发生了剧变,白居易是从另一个方面做出贡献的诗人。大要而论,约有两端:

第一是句式。盛唐时民间就流行三七或三三七的句式,如敦煌曲中的《十二时》等,大历时期的张志和、颜真卿等人也有《渔父词》唱和之作二十余首(今存原唱五首,和作十五首)。然而据现存可考之作言,白居易所作的数量较多,影响较大。他的《山鹧鸪》《醉歌》《就花枝》《劝我酒》《泛小轮》《忆江南》《长相思》《花非花》《十二时》等,都采用了三三七的句式。而他的《忆江南》三首,也曾经引起刘禹锡的和作[①]。如白居易之作曰:

> 江南好,风景旧曾谙。日出江花红胜火,春来江水绿如蓝。能

[①] 任半塘、王昆吾《隋唐五代燕乐杂言歌辞集》(巴蜀书社1990年版)所收最全,编者还引用了刘禹锡句"才子声名白侍郎"、梅圣俞句"村里黄幡绰,家中白侍郎"以及黄庭坚"家里乐天,村里谢安石"等句,证明白居易的通俗作品流行于民间。

不忆江南?

刘禹锡和作曰:

> 春去也,多谢洛城人。弱柳从风疑举袂,丛兰裛露似沾巾。独坐亦含嚬。

再如白居易的《长相思》:

> 汴水流,泗水流,流到瓜洲古渡头。吴山点点愁。 思悠悠,恨悠悠,恨到归时方始休。月明人倚楼。

这种来源于民间的诗歌节奏,为白居易等人所吸收,成为文人填词的先例。这些作品,多收入郭茂倩的《乐府诗集》中。到了宋代,词体终于蔚为大国。

第二是词汇。杜甫以后,用口语入诗的有顾况,如"心相许,为白阿孃从嫁与"(《梁广画花歌》)、"八十老婆拍手笑"(《杜秀才画立走水牛歌》)、"羞杀百舌黄莺儿"(《郑女弹筝歌》)等。[①]至于白居易诗的口语表现则更为突出,"'亲家翁''开素''鹊填河',皆俗语"(朱翌《猗觉寮杂记》卷二)。传说他写诗努力使老妪能懂,其诗就必然会平白浅易[②]。也正因为如此,他的诗在当时流行甚广。"二十年间,禁省观寺、邮候墙壁之上无不书,王公妾妇、牛童马走之口无不道……自篇章以来,未有如是流传之广者"(元稹《白氏长庆集序》,《元稹集》卷五十一)。日本、鸡林(古朝鲜名)对白

[①] 赵昌平校编《顾况诗集》卷二,江西人民出版社1983年版。
[②] 入矢义高《白居易的口语表现》对白诗中口语词汇的运用有细致的分析,可参看。曹虹译,载《古典文学知识》1994年第4、5期。

诗也推崇备至[①]。而以浅俗的语言改变盛唐以来高度成熟的诗歌语言，也从另一个方面显示了新变，从而在一定程度上表现了"元和之风尚怪"。

（三）题材

唐代水陆交通的发达，使城市经济逐步繁荣。尤其是在安史之乱以后，江南的海运、漕运繁忙，因此，除了北方的长安、洛阳等城市以外，南方的扬州、益州、广州也发达起来，市民阶层也随着城市的兴盛而出现。这一新兴阶层要求有表现他们生活的文学艺术，大历以后市民文学的发展就与这样的背景有关。市民文学的特征，一是通俗。唐代的变文和俗讲，题材由通俗化的佛经故事转变为表现世俗。傀儡戏和参军戏、民间小说、文人传奇都在此时繁荣发展。二是故事性。上述种种形式即属于叙事文学，诗歌受其影响，一方面通俗化，另一方面也故事化。如《莺莺传》之于《会真诗》，《长恨歌》之于《长恨歌传》等。三是女性题材的涌现。如传奇中的李娃、霍小玉成为正面歌颂的主角。诗词中的爱情题材更是比比皆是。加上唐代的进士大多尚才华而不守礼法，自贞元、元和以来，尤多放诞。《国史补》卷下载："长安风俗，自贞元侈于游宴。"杜牧《感怀诗》亦云："至于贞元末，风流恣绮靡。"（《樊川诗集》卷一）[②]这几个方面的因素导致中唐诗歌在题材的选择上，女性成为关注的重心之一，尽管作家的态度并不完全一致。

元和时期的艳情诗以元稹为代表，《国史补》卷下所谓"学淫靡于元稹"。他自编诗集，其中一类便是"艳诗"[③]。《才调集》卷五收其诗五十七

[①] 日本林鹅峰《本朝一人一首》卷十指出："嵯峨帝御宇，《白氏文集》全部始传来本朝，诗人无不效《文选》、白氏者。"元稹《白氏长庆集序》指出："鸡林贾人求市颇切，自云：本国宰相每以百金换一篇。其甚伪者，宰相辄能辨别之。"白诗的研究，至今在日本汉学界仍是热门。

[②] 参见陈寅恪《元白诗笺证稿》第四章"艳诗及悼亡诗"的有关论述。

[③] 元稹《叙诗寄乐天书》曰："近世妇人晕淡眉目，绾约头鬘，衣服修广之度，及匹配色泽，尤剧怪艳，因为艳诗百余首。"虽然他自称此类诗是"以干教化"者，实际上还是写男女悲欢之情。

首，均属此类。艳情诗在句式上多吸收南方民间歌谣体，即多用叠字格，如"裙裾旋旋手迢迢，不趁音声自趁娇"（《舞腰》），"半欲天明半未明，醉闻花气睡闻莺"（《春晓》），"相逢相失还如梦，为雨为云今不知"（《所思》），故便于流传；在语言上则有宫体诗的唯美风格，如"低鬟蝉影动，回步玉尘蒙。转面流花雪，登床抱绮丛。鸳鸯交颈舞，翡翠合欢笼。眉黛羞偏聚，唇朱暖更融。气清兰蕊馥，肤润玉肌丰。无力慵移腕，多娇爱敛躬。汗光珠点点，发乱绿葱葱"（《会真诗三十韵》）。这类诗在当时影响颇大，"凡言之浮靡艳丽者谓之元、白体"（《唐诗纪事》卷五十二）。杜牧还曾假借李戡之名，斥元、白之作为"纤艳不逞""淫言媟语"，以至于"流于民间，疏于屏壁，子父女母，交口教授"（《李府君墓志铭》，《樊川文集》卷九）。作为时代特色之一，诗人在题材的选择上偏于女性，还见于当时的乐府创作中。这就是以李贺为代表的宫体乐府[①]。从题目上看，就不难发现他的乐府与六朝乐府的渊源，如《美人梳头歌》《夜来乐》《莫愁曲》等。他倾慕庾肩吾的《宫体谣引》，特地到会稽寻访其遗文（见《还自会稽歌序》）。这些作品，对晚唐的杜牧、温庭筠、李商隐都有很大影响。与此同时，宫词创作也盛极一时。《六一诗话》指出："王建《宫词》一百首，多言唐宫禁中事。"张籍、刘禹锡、元稹、白居易等人都写了不少宫词。而王涯、令狐楚、张仲素的《元和三舍人集》[②]，其内容也多是宫词、闺怨之类。这与当时市民阶层兴起的背景是分不开的。

《诗源辩体》卷二十六指出："李贺乐府、七言声调婉媚，亦诗余之渐（上源于韩翃七言古，下流至李商隐、温庭筠七言古）。"这只是就声调而

[①] 沈亚之《序诗送李胶秀才》曰："余故友李贺，善择南北朝乐府故词，其所赋亦多怨郁凄艳之巧，诚以盖古排今，使为词者莫得偶矣。"（《沈下贤文集》卷九）朱自清《李贺年谱》也指出："贺乐府歌诗盖上承梁代'宫体'，下为温庭筠、李商隐、李群玉开路。详宫体之势，初唐以太宗之好尚，一时甚盛；至盛唐而漫衰，至贺而复振焉。"

[②] 据陈尚君《唐人编选诗歌总集叙录》，此书原名当作《翰林歌辞》。载《中国诗学》第二辑，南京大学出版社1992年版。

言，其实，词体在晚唐五代兴起和长短句更适合于言情有关。史传上说李贺做过协律郎的官，其诗又"多怨郁凄艳之巧"，所以能够促进词体的兴起。从诗的方面说，则引发出写作爱情诗的巨子——李商隐。

　　李商隐作为晚唐的大诗家和骈文作家，与杜牧并称"小李杜"，与温庭筠并称"温李"，又与段成式、温庭筠合称"三十六体"[①]。但在诗歌史上最值得重视的，还是李商隐的爱情诗。以男女恋情为表现对象的诗，在中国古代并不少见。《诗经》第一篇《关雎》，唱出的便是"窈窕淑女，君子好逑"的恋慕少艾，以及"求之不得，辗转反侧"的相思之苦。但是在传统的《诗经》学中，这首诗被涂上了严肃郑重的色彩，学界将它与政治上的美刺讽谏结合起来。《楚辞》更是奠定了中国诗学中香草美人的传统，男女之情成为政治讽喻或君臣遇合的象征。纯粹的爱情题材变成了里巷男女的专利，文人作品中的此类描写，总是寓意于或被解读为"托志帷房，睠怀身世"（《白雨斋词话》卷五）。李商隐笔下有许多真正意义上的爱情诗，尽管其中的一部分仍然是有托之作[②]。例如：

　　　　巧啭岂能无本意，良辰未必有佳期。（《流莺》）

　　　　春心莫共花争发，一寸相思一寸灰。（《无题》）

　　　　身无彩凤双飞翼，心有灵犀一点通。（《无题》）

　　[①] 见《旧唐书·文苑·李商隐传》。王应麟《小学绀珠》卷四指出："三人皆行第十六。"故称"三十六体"。
　　[②] 如何焯评曰："《叩弹集》云：义山《无题》，杨孟载谓皆寓言君臣遇合，长孺亦云不得但以艳语目之。吴修龄又专指令狐绹说，似为近之。"（朱鹤龄笺注、沈厚塽辑评《李义山诗集》卷上）。将他的爱情诗一律看成"美人香草之遗"，这是不全面因而也是不正确的。

403

> 春蚕到死丝方尽,蜡炬成灰泪始干。(《无题》)

> 刘郎已恨蓬山远,更隔蓬山一万重。(《无题》)

当然,由于李商隐的诗歌往往寄意深远、构思密致、措辞婉约、氛围迷蒙,所以夙称难解,对于其以男女爱情为题材的作品,究竟是否有更深的寄寓也难免见仁见智。但从他的全部作品看,李商隐是个以"情"胜的诗人。不仅如此,他托之于诗的许多感情,往往是他自己所百思不得其解的。徐铉说:"人之所以灵者,情也;情之所以通者,言也。其或情之深、思之远,郁积乎中,不可以言尽者,则发为诗。"(《萧庶子诗序》,《徐文公集》卷十八)李商隐正是一位情深意远的诗人,他以不尽意之言写其不可以言尽之情,用迷离惝恍的诗风将中国古代的爱情诗推向了一个高峰。

(原载张伯伟《中国诗词曲史略》,北京大学出版社2022年版)

附录二

唐诗文献综述

周勋初

唐代诗歌的成就极为卓越，历代有关唐诗的研究成果也极为丰富。深入了解有关唐诗的文献，既有助于读者的学习，也有助于研究工作的开展。

唐诗之所以能够流传后世，从早期的情况来说，依仗下面三项有利条件：（一）唐五代时积累了许多有关当代诗歌的基本材料。（二）宋初在帝王的倡导下，注意搜集和保存唐代文献，从而推动了唐诗的整理和编纂的工作。（三）印刷术的发明，使各项成果能以更有效的方式保存与传播。

下面对唐诗文献的几个重要方面分类叙述，其名称与次序为：文集、史传、小说、谱牒、碑志、壁记、登科记、书目、诗话、艺术、地志、政典、释道书，共计十三类。

一、文集

首先可从宋初帝王热心保存文献说起。

唐代自安史之乱以后，藩镇割据，军阀混战，中央政权在不断遭到削弱之后，终告覆灭。宋太祖赵匡胤建国之后，接受前代教训，采取偃武修文的国策，其后几代帝王都很热心文化事业，并做出了成绩。

宋敏求《春明退朝录》卷下曰："太宗诏诸儒编故事一千卷，曰《太平总类》；文章一千卷，曰《文苑英华》；小说五百卷，曰《太平广记》；医方一千卷，曰《神医普救》。《总类》成，帝日览三卷，一年而读周，赐名曰《太平御览》。又诏翰林承旨苏公易简、道士韩德纯、僧赞宁集三教圣贤事迹，各五十卷，书成，命赞宁为首坐，其书不传。真宗诏诸儒编君臣事迹一千卷，曰《册府元龟》，不欲以后妃妇人等事厕其间，别纂《彤管懿范》七十卷。又命陈文僖公袞历代帝王文章为《宸章集》二十五卷，复集妇人文章为十五卷，亦世不传。"于此可见当时修书的规模之大和编纂的收获之丰。

这些书中，尤以后世称为宋初四大书的《太平御览》《太平广记》《文苑英华》《册府元龟》的价值为大。《太平御览》为类书，《太平广记》为小说总集，《文苑英华》为文学总集，《册府元龟》为分类政治通史。这四种书，都是各个门类的集成之作，至今仍为探讨这些门类的问题时从中发掘材料的渊薮。

对研究唐诗来说，《文苑英华》的价值尤高。太宗于太平兴国七年（982）敕李昉、扈蒙、徐铉、宋白等人修纂此书，又命苏易简、王祜等人参修，雍熙四年（987）编成。这书为接续梁昭明太子萧统《文选》而作，文体分三十八类，也与《文选》全同。诗是其中主要的一种文体，也是容量最大的一种文体。

《文选》所收，上起先秦，下讫梁初。《文苑英华》即上起梁代，下讫于唐。唐代之前作品录入的很少，所以《文苑英华》中的作品，什九以上为唐人之作，以唐诗而言，即有一万余首之多。南宋宁宗嘉泰年间，周必大致仕家居，始行刊刻。其时此书历经传写，已多误脱，必大乃命门客彭叔夏等援用唐代的许多文献详加校雠。叔夏后撰《文苑英华辨证》十卷，留下了许多珍贵的异文，且发凡起例，将考订成果分为二十一例，逐项论述，成了校雠学上的一部名著。

周必大在《文苑英华序》中述及唐人文集流传的情况时说："是时印本绝少，虽韩、柳、元、白之文尚未甚传，其他如陈子昂、张说、九龄、李翱等诸名士文集世尤罕见，故修书官于宗元、居易、权德舆、李商隐、顾云、罗隐辈或全卷收入。"可见其中收容之富。后人也就利用此书广泛地进行纂辑，即以《四库全书》中所保存的七十六家唐人文集而言，其中李邕、李华、萧颖士、李商隐等人的集子，都是这样辑出来的。

君主热衷于保存前代文献，臣下自然会热烈响应，例如太宗时参与三大书编纂的宋白，就曾利用有利条件进行搜集和整理，《宋史·宋白传》曰："唐贤编集遗落者，白多缵缀之。"

与宋白同时的宋绶，也是著名的文献学家，其子宋敏求，于此做出了更大贡献。他曾预修《唐书》，又私撰唐武宗以下实录一百四十八卷，说明他对唐代的史事极为熟悉。先是宋绶曾编有《唐大诏令集》一种，宋敏求重加厘正，分为十三类，于熙宁三年（1070）重为之序。唐代典册赖此传世。宋敏求还编有《长安志》二十卷，记载唐代都城的形胜遗迹，这些都为了解唐代文化提供了极为有用的材料。

宋敏求家多藏书，还乐于供人使用。王安石编《唐百家诗选》，就是利用宋敏求所珍藏的文献编纂的。关于此书的编者和性质，后世多异说，经过近代学者的缜密考证，确认此书仍为王安石编定，他利用的是宋敏求家藏的唐诗百余编，其中绝大部分又当是唐代进士的行卷，因此这些集子的卷数每与书目上的记载不同，而且内容也与传留下来的集子不尽相同。

目前能够看到的唐人文集，差不多都是经过宋人搜集整理而编纂出来的。材料来源不同，整理加工的水平有差异，各种集子的面目也就有所出入了。

这里可举韩愈文集的流传为例，说明宋代学者在整理和保存唐代文献的工作中做出了怎样的努力。

韩愈殁于长庆四年（824）冬，门人李汉即收拾其遗文，进行编纂，《昌黎先生集序》中称"得赋四，古诗二百一十，联句十一，律诗一百六十，杂著六十五，书启序九十六，哀词祭文三十九，碑志七十六，笔砚鳄鱼文三，表状五十二，总七百，并目录合为四十一卷，目为《昌黎先生集》，传于代"。七百之数显然是不对的。有的本子作七百一十六，有的本子作七百三十八，方崧卿《韩集举正》云其数"皆有不合"，而始从"阁本、杭本，要是唐本之旧"。而据方氏介绍，唐代即有令狐（澄）氏本、南唐保大本和赵德《文录》本。这些本子之间当然也有很多差异。

但宋初学者见到的韩集，大体上与李汉原编相去不远。《崇文总目》著录仍为四十卷，柳开在《昌黎集后序》、穆修在《唐柳先生集后序》中也说韩集得其全，所以后人对韩集的整理加工，主要放在辑佚和校订上。

按宋代目录所记，唐人文集正本之外，常见有"集外文"的著录，如《郡斋读书志》于《高适集》十卷之外别著"集外文二卷、别诗一卷"，《李观文编》三卷之外别著"外集二卷"，《柳宗元集》三十卷之外别著"集外文一卷"，《刘禹锡集》三十卷之外别著"外集十卷"。韩愈的情况同样如此，于《韩愈集》四十卷之外别著"集外文一卷"。到了赵希弁编《郡斋读书附志》时，则除《昌黎先生文集》四十卷外，别著"外集三卷、《顺宗实录》五卷、附录三卷"。显然，四十卷之外的作品，除《顺宗实录》等因体例不同有时分别著录外，应当就是宋代那些热爱韩文的人辛勤搜集得来的了。

宋代学者整理韩集时，还做了大量的文字校订工作，这方面的学术专著，前有方崧卿于孝宗淳熙十六年（1189）刊行的《韩集举正》十卷、《外集举正》一卷。方氏将采获到的各种不同版本仔细地做了比照，所据者有石本、令狐（澄）氏本、蔡谢校本、南宋保大本、秘阁本、祥符杭本、嘉祐蜀本、赵德《文录》、谢任伯本、李汉老本，以及《文苑英华》《唐文粹》等。在校雠体例上，方氏也有很好的创树，云是"当刊正者以白字识之，当删削者以圈毁之，当增者位而入之，当乙者乙而倒之，字须两存而或当旁见者，则姑注于其下，不复标出"。应该说，这是很严肃而科学的一种校雠法。

随后朱熹于宁宗庆元三年（1197）撰《韩文考异》十卷，在方氏的基础上又把整理工作提高了一步。朱熹为一代大儒，经他加工的著作，自然更有可观。他认为，方崧卿的弊病在于识见不足，"去取多以祥符杭本、嘉祐蜀本及李谢所据馆阁本为定，而尤尊馆阁本，虽有谬误，往往曲从，他本虽善，亦弃不录"。朱熹本人则"悉考众本之同异，而一以文势义理及他书之可验者决之。苟是矣，则虽民间近出小本不敢违；有所未安，则虽官本、古本、石本不敢信"。这样也就在重视底本校勘的基础上，兼用了一些理校方法。由于他态度严谨，学识高明，所以《考异》一出，《举正》几废，说明宋代的文献整理工作沿着精益求精的道路正常地发展着。

唐代文集就是这样经过不断加工而流传下来的。

研究唐诗必须根据现存文献，当然无法回避版本方面的问题。我们必须对前人文集版本变迁的来龙去脉有所了解，才能知道各种本子的优劣，从而有所抉择。

版本问题与印刷术的发明有关，这里也应做些介绍。

唐代中晚期时，已有印刷品出现，但多限于佛像和历本等物。五代之时，已有官府主持雕版印制的五经和九经，也有一些私人主持印制的总集和类书，但这项技术用于印制文集，要到宋代之后方才普遍。

一些热爱前人诗文的文士，自然会想到运用这项新的技术把喜爱的集子流传下去。穆修刻印韩柳二集，是这方面的典型事例。有关此事，宋人笔记《东轩笔录》卷三、《曲洧旧闻》卷四等均有记载。后人综合诸说，作《穆参军遗事》，引《易学辨惑》曰："（穆参军）老益贫，家有唐本韩柳集，乃丐于所亲厚者，得金募工镂板，印数百帙携入京师相国寺，设肆鬻之。伯长坐其旁，有儒生数辈至其肆，辄取阅。伯长夺取，怒视谓曰：'先辈能读一篇，不失句读，当以一部为赠。'自是经年不售。"生动地记录了这些文士的热忱和干劲。

穆修整理韩集，倾注了巨大的精力，时历二纪之外，文字才行点定，刻印成集后，自行设摊出售。由此可见，随着新技术的采用，书籍迅速地成为流通商品，这对文化的发展具有巨大的促进意义。

唐人诗集也就以更大的规模流通于社会。

唐代诗人为了让自己的作品不致散佚泯灭，费尽了苦心，还是难以经受兵燹的洗劫和时光的冲刷。即使像白居易那样，经过周密思考，将六七十卷的文集抄写五本，三本藏在少受外界侵害的佛寺，两本分付亲人，但还是不能保证各处藏本的安全。香山寺的本子经乱不复存在，东林寺的本子则为淮南军阀高骈仗势取去，随后也就不知所终，于此可见，仅靠抄本传世，何等困难。至于那些穷苦文人，无力进行抄写，更是无法确保其诗文的存亡了。

宋代印刷事业的发展，为保存唐人文集提供了最好的条件。文集一经印刷发行，那就不是区区"五本"的问题了。读者容易购置，也容易保存，唐诗能传留下来，应该归功于宋人的及时整理和印刷发行。

后人研究唐诗，总是希望得到宋版的集子作为依据，这是因为除唐写本之外，宋本已是最近原貌的了。

从事校雠工作和整理古籍的专家重视宋本，即使是残缺的本子，也无不视若拱璧，原因就在求真。宋本不可得，则求明复宋本或影钞宋本，目的都在力求复现这些本子之中保留着的作品的原貌。

白居易《郡中即事》诗有"遥思九城陌，扰扰趋名利。今朝是只日，朝谒多轩骑"之句。"只日"，马元调本《白氏长庆集》作"双日"，日本那波道圆本作"直日"，都难通读。宋绍兴本作"只日"，卢文弨据之校改。《宋史·张洎传》："自天宝兵兴之后，四方多故，肃宗而下，咸只日临朝，双日不坐。"朱金城《白居易集笺校》举此以证，遂怡然理顺。于此可见宋本存真之可贵。

宋人刊刻唐人诗集，参与的人多，成果也可观。总的看来，要以陈起的贡献为最大。

韦居安《梅磵诗话》卷中云："陈起宗之，杭州人，鬻书以自给，刊唐宋以来诸家诗，颇详备，亦有《芸居吟稿》板行，芸居其自号也。"他是江湖诗派中的核心人物。既有诗才，又喜诗道，因此经他整理刊刻的唐人诗集，水平大都很高。尽管有人说他喜以己意改字，然无显证，而他做出的成绩，时人给予了高度评价。刘克庄《赠陈起》诗曰："炼句岂非林处士，鬻书莫是穆参军。"但他是专业的书商，这与穆修有所不同。

江湖诗派本重中晚唐诗，陈起为了张大诗派的声势，出版了许多中晚唐诗人的集子，所以周端臣《挽芸居二首》中曰："字画堪追晋，诗刊欲遍唐。"说明他在保存唐诗和扩大其影响上做出了巨大的贡献。

陈起所刻的书，卷末或署"临安府棚北大街睦亲坊南陈宅书籍铺刊行"，或署"临安府棚南睦亲坊南陈宅书籍铺刊行"，或云"临安府棚北大街陈宅书籍铺印"，或云"临安府陈氏书籍铺刊行"……据叶德辉《书林清话》卷二介绍，传世尚有《韦苏州集》十卷，《唐求集》一卷，《李群玉诗集》三卷，《后集》五卷，《张蠙诗集》一卷，《周贺诗集》一卷，李中《碧云集》三卷，《鱼玄机诗》一卷，《李贺歌诗编》四卷，《集外诗》一卷，《孟东野诗集》十卷，韦庄《浣花集》十卷，《罗昭谏甲乙集》十卷，《朱庆馀诗集》一卷，李咸用《李推官披沙集》六卷，《常建诗集》二卷。实际上自不止此数。江标影刻《唐人五十家小集》，很多本子原为陈起、陈思父子二人所刻。这些书籍，出自棚北大街陈宅，故习称"书棚本"，向为藏书家所珍视。

明代正德、嘉靖年间，吴下出现一种"唐十二家诗"，《杜审言集》前有庐陵杨万里序，《孟浩然集》前有宜城王士源序、韦绦重序，《岑嘉州集》前有京兆杜确序，《王摩诘集》前有王缙的《进王摩诘集表》。这些地方保留着宋本的原始面貌。这种"唐十二家诗"的行格为每半页十行、行十八字，和书棚本行格一样。这是从正德年间的一批唐人诗集中选出十二家加以重印或复刻而编成的。推究起来，其源应当出自书棚本。

嘉靖时期朱警刻《唐百家诗集》，其行格也是半页十行、行十八字。朱氏在序言中说，各家诗集均以宋本为底本。后人当然不能贸然断定他是根据书棚本而重刻的，但推断其中有不少本子原出陈起父子所印的宋本，当去事实不远。由此可见，陈起父子当年刊行的唐人诗集，除有大量的中晚唐时期的诗集之外，也有很多初、盛唐时期的作家作品。

总的看来，唐诗由于宋人的及时整理而多少得以保存原貌，又由于宋人及时刊行而得以传留后世。

上面只是举书棚本系统的诗集的流传情况为例，来说明唐诗何以保存下来。由于宋代书肆林立，印刷业发达，刊刻的唐人诗集数量是很多的。有的诗集则以抄本的方式流传下来。到了明代，文化事业更见发展，文坛上又时而兴起崇尚盛唐之风，时而兴起崇尚中晚唐之风……书商也就配合着搜集、整理、刊刻相应的诗集以求售。这时出现了许多唐人诗集的合刻本，除朱警《唐百家诗集》一百八十四卷外，黄贯曾刻《唐诗二十六家》五十卷，蒋孝刻《中唐十二家诗》七十八卷，黄德水、吴琯刻《唐诗纪》一百七十卷，等等。到了明末，就出现了胡震亨所编的《唐音统签》一千零三十三卷，清初又出现了季振宜所编的《唐诗》七百一十七卷。其后清圣祖玄烨命彭定求等以季、胡二书为底本，重修《全唐诗》，成九百卷，唐诗的整体面貌也就大体上固定了下来。

二、史传

史传一类著作，名目繁多，大体说来，有正史（纪传）、编年、别史、伪史、杂史之别。"正史""伪史"之分，自然是从皇朝的正统名分着眼的；"正史""编年"之分，则是从著作体裁区分的；"别史"的性质很杂，其中一部分为政典；"杂史"的性质则近于小说。

研究唐诗，应该首重正史中的资料。因为李唐皇朝重视修史，建有一套完整的征集史料制度。这在《唐会要》卷六三《诸司应送史馆事例》内有详细记载。如云"祥瑞"则"礼部每季具录送"，"天文祥异"则"太史每季并所占候祥验同报"，"变改音律及新造曲调"则"太常寺具所由及乐词报"，"硕学异能，高人逸士，义夫节妇"则"州县有此色，不限官品，勘知的实，每年录附考使送"。其后又云："如史官访知事由，堪入史者，虽不与前件色同，亦任直牒索。承牒之处，即依状勘，并限一月内报。"说明史官还有征集史料的责任和权力。

唐代的达官贵人，身殁之后，无不请人撰写行状传记，呈交史馆，以备采撰。有人认为某人应该入史，也可将其事迹径送史官，以备采择，如元稹有《与史馆韩侍郎书》，介绍甄济的事迹，柳宗元有《与史官韩愈致段秀实太尉逸事书》，介绍段秀实的事迹，可见唐朝的史馆中采择史料的渠道是畅通的，史源相当丰富。

正史的来源比较可靠,历朝历代又起用著名的文人学士撰写,后起王朝编纂前代史实,组织措施和修史程序都比较正规,因此相对地说,正史的记载总是比较可靠。

但这并不是说正史中的文字全然可信。由于唐代距今已久,传主的生活年代距离修史之时也已历有年代,文献难免有所散佚,而原始史料中的记载也不可能没有错误,因此引录史文时,仍然需要细加考核。例如高适其人,官高位重,在盛唐诗人中是很突出的,因此新、旧《唐书》中都列有详细的传记。传记大体可信,但在叙及后期入川任职时,却都记作先任蜀州刺史,后任彭州刺史,以致后来的《唐才子传》等书均袭此误。这与高适的仕履显然不合。据此研读高诗,就会觉得扞格难通。后来黄鹤等人注释杜诗,援用了柳芳《唐历》和房琯《蜀州先主庙碑》等文献,确证高适入川实为自彭迁蜀。柳芳《唐历》成书于中唐,柳芳、房琯均与高适同时,二人之文今已不传,但为宋人的注文所征引,可以据之订正两《唐书》的错误。这就说明,研究唐代某一诗人,不但应当援据正史,同时还要参稽与之有关的各种著述,特别是与此一诗人同时或与其时代相近的文献,以补正史之不足。

唐、五代的史书,列入正史者共四种,即后晋刘昫领衔实为张昭远等人修撰的《旧唐书》,北宋欧阳修、宋祁等人修撰的《新唐书》,宋初薛居正领衔实为卢多逊等人修撰的《旧五代史》,欧阳修个人修撰的《新五代史》(原名《五代史记》)。这些著作各有其优缺点,援用之时应当有所了解。

关于《新唐书》和《旧唐书》的高下,前人议之颇多,大体说来,可做下面这样的区划。宣宗之前的人物传记,可以偏重《旧唐书》中的记载,因为在此之前的几个朝代,有关的帝王实录等重要文献大体上还算保存完整,吴兢等人修撰的《唐书》保存得也较完整,张昭远等人据此修撰,也就容易显示水平。宣宗之后,由于国史中断,也未编成实录,时衰世乱,史官也难以多方搜求文献,这样也就影响到史料的完整。《新唐书》继起,欧阳修和宋祁等人鉴于中唐之后史料不足,大量吸收笔记小说等方面的文字入史,总的看来,这一部分的传记确比《旧唐书》有所提高,但在本纪部分,则因力求简括之故,许多重要史料被删削,反而不及《旧唐书》之详悉。

唐代的人大都能诗。一些达官贵人都有诗篇传世。因此,新、旧《唐书》中的列传部分,也就是考察这些诗歌作者的有用材料。但纯以诗名而又够得上入史的人毕竟不多,绝大部分诗人声名不显,只有部分赫赫可称的人才能进入文苑。这些人不见得有完整的行状、墓志等材料留存,史官也就只能大量采择小说为之立传了。

例如王勃,一共只活了二十七岁,生平没有干过什么大事,但文才出众,小说中多所记载,于是《新唐书·文艺传》中也就援用了这方面的不少材料。如有关写作《滕王阁诗序》事,出于《唐摭言》卷五;有关腹稿之事,出于《酉阳杂俎》卷一二《语资》;有关王通居白牛溪教授门生甚众事,出于《贾氏谈录》;有关王勃作《唐家千岁历》事,出于《封氏闻见记》卷四《运次》……又如杜甫,《新唐书·文艺传》中叙及严武欲杀之事,出于《云溪友议·严黄门》;《严武传》中叙及武卒,母喜曰:"而今而后,吾知免为官婢矣!"则出于《国史补》卷上《母喜严武死》。这类记载中夹杂着很多失实的传闻,在引用时,必须加以别择。

正像《唐书》有新、旧两种传世一样,《五代史》也有两种传世。《旧五代史》虽无完整本子留存下来,但经过《四库全书》馆臣邵晋涵等人的努力,利用《永乐大典》等书中的材料重行纂辑,一般认为已是十得七八。因为薛居正等人修书时依据的是帝王实录等重要史料,因此《旧五代史》有其可贵之处。欧阳修写《新五代史》,着重借修史体现自己的史学思想,但在史实方面,也有一些异同和补订。宋初陶岳著《五代史补》五卷,乃补《旧五代史》而作,叙事首尾详具,可参看。

五代十国,这是我国历史上最为混乱的时期之一。四分五裂的大地上,也活动着不少诗人,虽然成就并不太高,但也反映出了这一时期由唐入宋的过渡特点。其中部分诗人的事迹,也见于史书。

五代有史,十国之中,除北汉外,也都有史书留存。如南唐有马令《南唐书》三十卷、陆游《南唐书》十八卷,后蜀有张唐英《蜀梼杌》三卷,吴越有钱俨《吴越备史》四卷，南汉有吴兰修《南汉纪》五卷、梁廷枏《南汉书》十八卷，而合长沙马殷、武陵周行逢、江陵高季兴三国事迹，有周羽翀《三楚新录》三卷，而合十国中之吴杨氏，南唐李氏，蜀王氏，孟氏，南汉刘氏，闽王氏五国事迹成者，则有北宋人撰《五国故事》二卷。读者如想研究某一位厕身于割据一方的军阀统治区内的诗人，了解其周围的环境，也就可以找这些书一读。

在这些地区内，南唐和蜀地的局势比较稳定，经济条件也好，许多著名的文人前去避难，留滞于此，提高了两地的文化水平，流传下来的史料也就丰富，而撰述南唐野史者为数更多。史载记江南史事者有六家，徐铉、王举、路振、陈彭年、杨亿、龙衮均曾有书，此外有郑文宝《南唐近事》二卷、《江表志》三卷，史虚白之子《钓矶立谈》一卷，不著撰人姓名《江南余载》二卷。有关南唐诗人的事迹，可以从中搜求。

这些私人著作，限于个人见闻，失实之处颇多，需要利用各种材料互证。例如马令《南唐书》卷五《后主书》中记载：曹彬破金陵，"煜举族冒雨乘舟，百司官属仅十艘。煜渡中江，望石城，泣下，自赋诗云：'江南江北旧家乡，三十年来梦一场。吴苑宫闱今冷落，广陵台殿已荒凉。云笼远岫愁千片，雨打归舟泪万行。兄弟四人三百口，不堪闲坐细思量。'"按元宗李璟共十子，后主为第六子，显与诗中所说兄弟四人的情况不合。再检郑文宝《江表志》卷一，得知此诗实为吴让帝杨溥于泰州永宁宫之作，这样全诗才能豁然通解。夏承焘《南唐二主年谱》对此早已考释清楚，然而至今还有不少人仍将此诗误归李煜名下，这是他们不熟悉当时的史料，也不知道杨溥其人的缘故。

十国的历史更见混乱，后代一直有人试图系统地加以整理，使之明晰可读。宋代路振著《九国志》，采吴、南唐、吴越、前后二蜀、东南二汉（东汉即北汉）、闽、楚九国事，成四十卷，其后又经张唐英增入北楚事，成五十一卷，然已残佚，今传世者仅十二卷。虽然可供参证之处不少，但终使人不无遗憾。时至清初，吴任臣的《十国春秋》一书出现，弥补了这方面的不足。

全书计一百一十四卷，内吴十四卷、南唐二十卷、前蜀十三卷、后蜀十卷、南汉九卷、楚十卷、吴越十三卷、闽十卷、荆南四卷、北汉五卷、纪元表和世系表各一卷、地理表二卷、藩镇表一卷、百官表一卷，内容丰富，考证翔实，实属研究十国历史的佳制。这书是吴任臣的精心结撰之作，搜辑既勤，体例又精，成就自高。目下已有徐敏霞、周莹的点校本出版，研究这一阶段诗歌的人，可以充分利用此书了解所谓残唐五代割据区内诗人的动态。

到了元代时，出现了西域人辛文房写作的《唐才子传》十卷。这是一部研究唐诗的专著，共录诗人三百九十七名，介绍事迹，间加评论，实为学习唐诗的必读之书。《四库全书总目》称其"叙述差有条理，文笔亦秀润可观"。然辛氏考订欠精，错误也不少。如该书卷五《张登》曰："尝晚春乘轻车出南薰门，抵暮诣宜春门入，关吏捧版请书官位，登醉题曰：'闲游灵沼送春回，关吏何须苦见猜。八十老翁无品秩，三曾身到凤池来。'其狷迫如此。"与权德舆《唐故漳州刺史张君集序》等文中记叙的张登事迹殊不合。查《湘山野录》知此实为宋人张士逊事。徐自明《宋宰辅编年录》卷四："(康定元年)五月壬戌，宰相张士逊拜太傅、邓国公，致仕"，"士逊自景祐五年三月拜相，至是年五月罢，凡三入相，仅三年"。辛文房所看到的，当是《湘山野录》的原文，该处正作张邓公，而偶有残夺，讹作"登"字，辛氏遽尔录入，遂成大错。

为此之故，后人起而订正者有之，加说明者有之，最近几年里就出现了好几种校注本。傅璇琮主编的《唐才子传校笺》，集合各方面的专家详加笺释，反映出了近年来唐代诗人研究方面的最新成就，足资学者参考。

最后还应对司马光的《资治通鉴》一书略加介绍。这是一部编年史的名著。《唐纪》部分，委托唐史学家范祖禹纂为长编，自行删定，在材料的取舍和综合上极见功夫。因此《资治通鉴考异》中的唐代部分，也是史学领域中不可多得的宝贵材料。胡三省为《资治通鉴》作注，功力至深，特别是阐述唐代官制和地理的文字，尤为精到。但顾名思义，司马光著此书的目的，是给皇帝提供政治上的借鉴，文学问题非其措意，因此有人曾说，假如王叔文在政治斗争失败时不朗诵杜甫《诸葛亮祠堂》诗,那么杜甫的名字也就不可能在书中出现。只是研究唐诗的人如想了解某一阶段的历史情况,那么阅读《资治通鉴》,不失为便捷可据的途径。

三、小说

总的说来,见之于史传的唐代诗人,为数还是很少的。我们今天要想更多地了解唐代诗人的情况,就得从小说中去寻找。

"小说"一名的内涵,古今有很大的差别,就以古时对这一概念的使用来说,其内涵也在不断扩大。《四库全书》中的小说家,包括过去目录书中所说的"杂史""传记""故事""小说"等类,因此当代学术界常用"笔记小说"一名来指代,以与近代所说的小说这一文体相区别。

笔记小说的内容极为丰富,文人信笔所之,把所见所闻记录下来,当然无所不可包容了。其中一些喜欢记录文坛掌故的小说,对于研究唐诗来说,价值更大。例如中唐时期李肇著《国史补》三卷,记录了开元至长庆一百多年之间的逸闻琐事,里面有关李邕、崔颢、王维、李白、韦应物、李益、韩愈、元稹、白居易等人的记载,都是后人经常征引的资料;又如五代时期孙光宪著《北梦琐言》三十卷,详载唐末、五代及诸国杂事,记录了许多中晚唐及五代时文人的事迹,诸如顾况、白居易、李商隐、温庭筠、皮日休、聂夷中、杜荀鹤、罗隐、韦庄、和凝等人的逸事,还记载了有关文人温卷等情事,都是研究文史的好材料。

利用小说研究唐诗,能解决的问题很多。这里举例做些说明,借以证实小说确有其重要的文献价值。

一是可见时代风气。例如《国史补》卷下《叙时文所尚》曰:"元和以后,为文笔则学奇诡于韩愈,学苦涩于樊宗师;歌行则学流荡于张籍;诗章则学矫激于孟郊,学浅切于白居易,学淫靡于元稹,俱名为'元和体'。大抵天宝之风尚党,大历之风尚浮,贞元之风尚荡,元和之风尚怪也。"这对元

417

和时期文坛上的新风貌是一个高度的概括。研究唐诗的人，自当细细体会。又如《北梦琐言》卷七："唐卢延让业诗，二十五举方登一第。卷中有句云：'狐冲官道过，狗触店门开。'租庸张濬亲见此事，每称赏之。又有'饿猫临鼠穴，馋犬舐鱼砧'之句，为成中令汭见赏。又有'栗爆烧毡破，猫跳触鼎翻'句，为王先主建所赏。尝谓人曰：'平生投谒公卿，不意得力于猫儿、狗子也。'人闻而笑之。"可以想见晚唐五代时的诗坛争逐新异，以致某些诗篇的内容趋于浅薄无聊，由此也可看出当时一些达官贵人欣赏水平的低下。

二是可测政治风波。例如《太平广记》卷二五六引《卢氏杂说》曰："唐卫公李德裕，武宗朝为相，势倾朝野。及罪谴，为人作诗曰：'蒿棘深春卫国门，九年于此盗乾坤。两行密疏倾天下，一夜阴谋达至尊。目视具僚亡匕箸，气吞同列削寒温。当时谁是承恩者？背有余波达鬼村。'又云：'势欲凌云威触天，朝轻诸夏力排山。三年骥尾有人附，一日龙髯无路攀。画阁不开梁燕去，朱门罢扫乳鸦还。千岩万壑应惆怅，流水斜倾出武关。'"二诗对李德裕政治上的失败持幸灾乐祸的态度，所言与史实多不合。今知《卢氏杂说》的作者为卢言，乃是牛党中倾陷李德裕的主要人物。读此诗后，可以了解当时各派以文字进行政治斗争已达到不择手段的地步。

三是可考诗人年代。笔记小说的作者限于个人见闻，有时二人同记一事，年代会有很大出入。如中唐时期的诗人宋济，《全唐诗》小传云是德宗时人，与杨衡同栖青城山，而《唐摭言》卷一〇《海叙不遇》则记宋济为玄宗时人，岑仲勉在《读全唐诗札记》中采《唐摭言》说，但他后来撰《唐人行第录》时，则据《太平广记》卷一八〇引《卢氏小说》中德宗见宋济事，改订为德宗时人。因为《太平广记》卷二五五引《卢氏杂说》，记宋济与许孟容相善，许孟容知举，宋济不第，借故讥之。可见岑氏在小说中发现了新材料，重新得出了正确的结论。

四是可辨名字正误。唐代诗人距今已有千年之久，他们的名字，在流传中难免发生点画之误。例如中唐时期的诗人张祜，一作张祐，二者显有一误。胡震亨《唐音癸签》卷二九："张祜之祜，人多作祐字者。小说，张子小名冬瓜,或以讥之,答云:'冬瓜合出瓠子'。则张之名祜不名祐,可知矣。"按此事原出冯翊子撰《桂苑丛谈》,可知早在《又玄集》等书中记作"张祐"者均误。

五是可征诗篇遗佚。有些不知名的诗人并无专集,或虽有集而不传,仅靠小说偶载其诗,因而传世,例如《北梦琐言》卷九:"江淮间有徐月英,名娼也,其送人诗云:'惆怅人间事久违,两人同去一人归。生憎平望亭前水,忍照鸳鸯相背飞。'亦有诗集。金陵徐氏诸公子宠一营妓,卒,乃焚之,月英送葬,谓徐公曰:'此娘平生风流,没亦带焰。'时号美戏也。"又如《唐语林》卷三叙骆浚事,骆为度支司书手,尝题诗一绝于柏树曰:"干耸一条青玉直,叶铺千叠绿云低。争如燕雀偏巢此,却是鹓鸾不得栖。"遂见知于李吉甫,得升迁。后典名郡,于春明门外筑台榭,卢拱尝题诗曰:"地礜如拳石,溪横似叶舟。"世称骆氏池馆。骆氏之诗及卢氏残句仅见于此。此馆屡见时人诗文,白居易、李商隐、杜牧等人均曾叙及,可见彼时文士交游的风气。他书言及此人均作骆峻。"浚"字或误。

以上就研究者关注的几个方面略加说明。由此可见,作为唐诗文献大宗之一的小说,作用甚巨,不读小说,就难以发现和解决唐诗中的许多问题。

现将初盛中晚各个时期一些有代表性的小说酌予介绍。

记载初唐时事迹者,有刘𫗦《隋唐嘉话》、张鷟《朝野佥载》、刘肃《大唐新语》等。

记载盛唐时事迹者,有封演《封氏闻见记》、李德裕《次柳氏旧闻》、郑处诲《明皇杂录》、佚名《大唐传载》、郑綮《开天传信记》等。

记载中唐时事迹者,有赵璘《因话录》、张固《幽闲鼓吹》、李濬《松窗录》、裴廷裕《东观奏记》、范摅《云溪友议》、韦绚《刘公嘉话录》、苏鹗《杜阳杂编》、高彦休《唐阙史》等。

记载晚唐事迹者,有佚名《玉泉子》、刘崇远《金华子》、张洎《贾氏谈录》、孙光宪《北梦琐言》等。

上面的介绍,也只能说是举例的性质,况且一般笔记小说中的记事总是

419

不受时间限制，后代所作，往往涉及前代，如《北梦琐言》等书中就有许多关于中唐至五代时事的记述。

像《云溪友议》等书中的一些男女爱情故事，离奇曲折，配以优美的诗歌，传诵人口，人们称之为"传奇"。自唐初张鹭的《游仙窟》，至唐末卢瓌的《抒情集》，其中一些旖旎动人的诗歌，也是唐诗中的一道亮丽的景观。

翻阅《新唐书·艺文志》和《崇文总目》《遂初堂书目》等目录，可知"杂史""故事""传记""小说"等类记载的笔记小说，大部分已遗佚，例如胡璩《谈宾录》、令狐澄《贞陵遗事》、柳玭《续贞陵遗事》、韦绚《戎幕闲谈》、卢言《卢氏杂说》、丁用晦《芝田录》等书，都有很可宝贵的材料。所幸宋初太宗命李昉等人编《太平广记》五百卷，把唐代的许多笔记小说大体上保存了下来。

《太平广记》目录十卷，内分五十五部，计有九十二类。卷首列有引用书目，凡三百四十五种，而据马念祖《水经注等八种古籍引用书目汇编》统计，实核有五百二十六种，而实际上可能还有出入。此书号为"僻籍秘文咸在"。尽管其中神仙鬼怪的比重很大，但包容着大量的唐代笔记和传奇，有关唐代诗人的奇闻逸事往往赖此书而传世。特别是在《贡举》《诠选》《文章》《才名》等类中，文人事迹更多。

记载唐人逸事的另一部笔记小说《唐语林》，也保存了许多宝贵资料。此书传世者仅八卷，比《太平广记》篇幅要少得多。然而依其内容之翔实严谨而言，实可并列而无愧。此书卷首列《原序目》一纸，说明它是依据五十种笔记小说编成的。这五十种书，都是很有价值的文史类著作。即使像《杜阳杂编》《剧谈录》之类侈陈怪异的书，所采择者，也是其中较可信的部分。因为王谠编纂《唐语林》时承接的是《世说新语》的传统，偏重人事，注重情致，全面地反映了唐代士大夫与众多文人的风貌。有关文学的记载，不光集中在《文学》一门，其他类目及补遗中亦常见。

与此相类的宋初钱易《南部新书》十卷，资料也很丰富，但编次嫌杂乱。

类书之中，如朱胜非的《绀珠集》和曾慥的《类说》等，也保存着大量的笔记小说，记载着唐代诗人的资料。只是这些类书采录时往往删节过甚，不像《太平广记》《唐语林》中记载之完整。此外，元陶宗仪的《说郛》一书，里面引用的唐宋笔记小说，或有近于原貌者，也有参考价值。此书今有上海古籍出版社影印三种合订本，读者自可参阅。

在这里还可谈一下如何对待正史和小说二者之间关系的问题。陈寅恪在《顺宗实录与续玄怪录》一文中说："通论吾国史料，大抵私家纂述易流于诬妄，而官修之书，其病又在多所讳饰，考史事之本末者，苟能于官书及私著等量齐观，详辨而慎取之，则庶几得其真相，而无诬讳之失矣。"这一见解应当重视。研究唐代诗人，运用史料时，也应遵循这一原则：正史与笔记小说并读。

四、谱牒

唐人承前代遗风，仍以故家大族姓望为重，虽经皇室的干预，利用重新修订姓氏书等手段，抬高关陇集团新兴贵族的地位，压低原来山东士族的声望，但没有取得预期的效果。这种重视族姓的风气，一直持续到晚唐。

《隋唐嘉话》卷中："高宗朝，以太原王、范阳卢、荥阳郑、清河博陵二崔、陇西赵郡二李等七姓，恃其族望，耻与他姓为婚，乃禁其自姻娶。于是不敢复行婚礼，密装饰其女以送夫家。"但唐初的许多功臣，不顾皇家阻拦，仍然暗中与大姓通婚，这项禁令随后也就自行消歇。《隋唐嘉话》卷中又曰："薛中书元超谓所亲曰：'吾不才，富贵过分，然平生有三恨：始不以进士擢第，不得娶五姓女，不得修国史。'"这话典型地反映了唐代士人的向慕目标，其中之一便是与高门联姻。

七姓、五姓内涵相同，因为崔姓而言清河、博陵，李姓而言陇西、赵郡，指的是崔、李两姓中最著名的郡望。

标榜郡望的习气起源很早。自汉代起，随着地方著姓的出现，人们逐渐重视姓氏所出,例如"关西孔子杨伯起"之后,无不自我标榜"弘农杨氏";袁氏四世三公,其后也就自我标榜"汝南袁氏"。他们的出生之地,也就是籍贯,因在本郡享有声望,故又可称之为"郡望",郡望和籍贯是统一的。其后由于仕宦等原因,有人迁居外地,但仍标举原来的出生之地以自炫,郡望和籍贯开始脱离;而散布各地的某姓某氏,仍然热衷于标榜其发家之地,各地家族之间则要求通过编撰族谱来进行维系,于是自魏晋南北朝起,也就兴起了所谓谱牒之学。有人专门研究一些家族的源流,记录这些家族中的本支和分支,随后也就出现了综合各家谱牒的姓氏书一类著作。

隋唐之后,世族政治渐告衰落,但因袭而成的流风余韵,却还贯穿一代终始。唐代也有谱牒之学的专家,且有著作传世。柳冲著《大唐姓族系录》二百卷,《新唐书·韦述传》曰:"述好谱学,见柳冲所撰《姓族系录》,每私写怀之,还舍则又缮录,故于百氏源派为详,乃更撰《开元谱》二十篇。"而韦述的著作,又由柳芳补足写成,《新唐书·柳冲传》中还附有柳芳论谱牒的大段文章。其后柳氏和韦氏的子孙也常从事谱牒之类著作的纂辑。

可惜这些唐人的著作大都亡佚了。敦煌石室发现姓氏书数种,内有前人定为《贞观氏族志》而今人认为当属吏部尚书高士廉等所修的《条举氏族事件》,记录的就是全国著名的郡望。由此还可窥见唐初那些世族高门的盛况。

刘知幾在《史通·邑里》中说:"且自世重高门,人轻寒族,竞以姓望所出,邑里相矜。……爰及近古,其言多伪。至于碑颂所勒,茅土定名,虚引他邦,冒为己邑。若乃称袁则饰之陈郡,言杜则系之京邑,姓卯金者咸曰彭城,氏禾女者皆云巨鹿。在诸史传,多与同风,此乃寻流俗之常谈,忘著书之旧体矣。"这一番话,对于我们研究唐代诗人的姓氏所出有重要的指导意义。

《旧唐书》中采录了很多唐代史官的原文,叙及传主时,常标郡望,如称王维为太原祁人,高适为渤海蓨人,韩愈为昌黎人之类。又唐人称呼他人时,也常标郡望,如李华《三贤论》中提到陇西李广敬、范阳卢虚舟、颍川陈兼等，都指郡望而言。这些人并非出生或居住在这些地方。

这种称呼经常造成一些理解上的困难。如独孤及在《唐故扬州庆云寺律师一公塔铭并序》中称其与"南阳张继、安定皇甫冉、范阳张南史、清河房从心相与为尘外之友"，而《新唐书·艺文志》集部别集类著录张继诗一卷，下注曰："字懿孙，襄州人。"二者似有矛盾。实则南阳指的是郡望，襄州指的是籍贯。这里的南阳，是指东汉时期的南阳郡，襄州属下有几个郊县则为汉代南阳郡之属县。因此，张继如果生在襄阳县邑之中，那就和南阳郡无涉；如果生在襄阳郊外，也就可能真是南阳郡人。这和诸葛亮的情况相类，他隐居在襄阳城外的隆中山，而又自称"躬耕于南阳"，后人附会，认为他隐居在中州的南阳，以致彼处也出现了一处卧龙冈。这都是由于泛称郡望而引起的错乱。

唐诗的研究工作中易犯这类错误，如《中兴间气集》的作者，署渤海高仲武，有人就以为他是今天的山东滨县人。殊不知唐人无仅标县邑之习，这里指的是前时的渤海郡，而汉代的渤海郡治又迁徙过几次，有时当今河北沧州，有时当今南皮县，唐人泛称，很难确指。不了解唐人风气而靠查检地理志去落实，就不免张冠李戴。

一些不明就里的人，还把过去的著望滥用，也就增加了更多的混乱。例如窦蒙《述书赋注》曰："右丞王维，字摩诘。琅邪人。"谷神子《博异志》曰："开元中，琅邪王昌龄自吴抵京国。"二王并非琅邪王氏后裔，这就离事实更远了。

唐人喜称郡望，实乃沿袭前代余风，用法带有较大的随意性；宋人记录，常改称籍贯，而又不太精确。究其原因，则是由于唐代正处在世族极盛的魏晋南北朝与世族解体的宋代之间。此时谱牒之学由盛转衰，正处在尚还讲求而又不太严格的中间阶段。郑樵《通志·氏族略序》曰："自隋唐而上，官有簿状，家有谱系。官之选举必由于簿状，家之婚姻必由于谱系。……凡百官族姓之有家状者则上之，官为考定详实，藏于秘阁，副在左户。若私书有滥，则纠之以官籍；官籍不及，则稽之以私书。……所以人尚谱系之学，

423

家藏谱系之书。自五季以来，取士不问家世，婚姻不问阀阅，故其书散佚，而其学不传。"此前的谱牒具有据之选官和通婚等实际作用，所以有讲求谱学的必要。唐代谱学的实际作用减少，但标榜血统高贵的风气却还没有遽尔泯没，这样一来有关姓氏的著作也就仍然不断出现，而在日常生活中却又出现了滥用的现象。

唐人的著述条件以及书籍流通的条件远比前代为优，因此六朝的谱牒著作已片纸无存，而唐人的著作则尚有流传者。

理清唐人家族之间的联系，明确一些人物之间的关系，目下所能见到的重要著作，首推林宝的《元和姓纂》。《国史补》卷下《叙专门之学》曰"氏族则林宝"，可见此人当时即负盛名。可惜这一著作早已残佚，现在流行的孙星衍、洪莹校补本《元和姓纂》十卷，原是四库馆臣从《永乐大典》中辑录出来的，除皇姓外，分依唐韵二百零六部排比，各载受姓之始，下列各家的谱牒。据林宝自序，此书原为备朝廷封爵之用，故无职位者不尽入录，各家子弟亦有记载不全者。而且卷首佚国姓（李氏）一门，里面又佚卢、崔、裴、萧、高、杨、郑、薛等大姓，从其他留存的各家来看，时见附会之词，特别是在追叙受姓之由时，更多夸饰。但是书中毕竟保留着许多珍贵的资料，研究唐代文史的人必须加以珍视和利用。

经过众多学者的整理，纠正了不少原有的流传过程中出现的错误，此书已有较好的本子可供阅读。岑仲勉著《元和姓纂四校记》，利用各种文献，特别是广泛征引了碑刻中的材料，全面进行订补，使此书更为便用和可信。

有的诗人，其事迹仅见此书。如《全唐诗》卷二记长孙正隐《晦日宴高氏林亭》《上元夜效小庾体同用春字》二诗，名字之下无所说明。高氏为唐初著名书法家高正臣，《唐诗纪事》卷七于其名下叙曰："《晦日宴高氏林亭》，凡二十一人，皆以华字为韵。子昂为之序"，"《晦日重宴》，八人，皆以池字为韵，周彦晖为之序。《上元夜宴效小庾体》诗，六人，以春字为韵，长孙正隐为之序"。然而在介绍到长孙正隐时仍无所说明。按传世有《高氏三宴诗集》三卷，《四库全书总目提要》考与宴者颇详，亦云正隐等人事迹不详。馆臣还说此书原出宋刻,云是"卷尾有'夷白堂重雕'字。考宋鲍慎由字钦止,括苍人,元祐六年进士,著有《夷白堂集》。此或慎由所刊欤"。《唐诗纪事》采用的当即鲍本,故内容多同。查《元和姓纂》卷七记长孙纬曾孙贞隐,太常博士。"正"字乃避宋仁宗讳而改。长孙为胡姓,今人姚薇元著《北朝胡姓考》,叙北方胡族族姓由来颇详,可以参看。

唐人俗谚说:"城南韦杜,去天尺五。"足见其声势之隆。这些世家大族,文化水平很高,出现了不少诗人。《元和姓纂》中就记载着许多值得发掘的史料。例如李白有《江夏赠韦南陵冰》《寄韦南陵冰余江上乘兴访之遇寻颜尚书笑有此赠》等诗,前人以为此人乃韦坚之弟,然与史实不合。郁贤皓据《元和姓纂》卷二韦氏郿城公房世系,考知此韦冰乃韦景骏之子,韦述之弟,韦渠牟之父。权德舆《左谏议大夫韦公诗集序》曰:"初,君年十一,尝赋《铜雀台》绝句,右拾遗李白见而大骇,因授以古乐府之学,且以瑰琦轶拔为己任。"其时韦渠牟年仅十岁稍过,李白以通家子弟之故,亲加指授,遂有所成。假如不知韦冰为何人,也就不能了解李白为什么会对韦渠牟如此关切。

《新唐书·宰相世系表》的作用和《元和姓纂》有类同处。许多不见列传的人物,可从表格中略窥其家世与仕历。按《宰相世系表》六卷(实为十一卷)原为宋初的谱牒专家吕夏卿撰。他用表格的形式表示上下各代的关系,让人有一目了然之感,因此这一著作不但内容包孕宏富,而且形式上也有创新。

按照前人研究,吕夏卿撰《宰相世系表》,主要依据就是林宝的《元和姓纂》。但《元和姓纂》中残佚的部分,《宰相世系表》中时有完整的记叙,而且其中还增加了元和之后的材料,因而自有其价值。有的诗人,其事迹仅见此表,如作有《奉和九日幸临渭亭登高应制得直字》的李咸,《全唐诗》名下一无说明,查《宰相世系表》二上,知他出于姑臧大房,乃李义瑛之子,宰相李义琰之从侄,官工部郎中。可知在唐诗的研究工作中,此表具有不可替代的作用。

又《新唐书·宗室世系表》一卷（实为二卷）的作用与《宰相世系表》相同，唯包容的人数较少。

宋代还有一部有关谱牒之学的著作，即邓名世《古今姓氏书辩证》四十卷，也是参考《元和姓纂》而编成的，里面也有关于唐人族姓世系的完整记叙。《元和姓纂》中遗佚的族姓，退而求其次，只能从《新唐书·宰相世系表》和《古今姓氏书辩证》等书中去搜求了。原辑本《元和姓纂》卷一〇独孤氏无独孤楷一支，岑仲勉《元和姓纂四校记》即据《古今姓氏书辩证》所录辑入。

有关唐代的一些著名族姓，应该重视上述三书的记载，但在其他一些不为世人所重的书中，有时也会遇到个别有价值的资料，例如章定《名贤氏族言行类稿》卷四六叙畅氏曰："唐户部尚书畅瓘，尚书左丞畅悦。瓘子常、当。当，进士擢第，为太常博士。悦子偲，并河东人。"畅瓘，新、旧《唐书》有传，高适有《睢阳赠别畅大判官》一诗赠之。有人以为唐诗中之畅大或是畅当，《唐才子传》卷三《王之涣》叙旗亭画壁故事，误将畅当列入，故此说似可信。畅当是中唐时期的著名诗人，《全唐诗》及一些流行极广的选集，如《唐诗别裁集》《唐宋诗举要》等均以《登鹳雀楼》诗属他所作，近人又据《梦溪笔谈》卷一五及其他典籍考知此诗实为畅诸之作，而《唐诗纪事》卷二七又云畅当、畅诸为兄弟行。《元和姓纂》卷九载"《陈留风俗传》有畅悦，河东人。状云：本望魏郡。瓘子当，悦子偲。又诗人畅诸，汝州人，许昌尉"。"瑾"字显为"瓘"字之误。这种记载说明，畅当、畅诸不是同一族人，然畅当有无兄弟，则没有记载，不像《名贤氏族言行类稿》说得明晰。今知畅瓘排行第一，畅当排行为二，则畅大判官云云，自然不可能是畅当，而是其父畅瓘了。即此一例，也可看出这类著述的宝贵以及加以综合利用的必要。

五、碑志

研究唐代人物,包括诗人在内,除了必须运用以书籍形式传世的资料外,还应注意其他一些非书籍形式的文献资料。碑碣和墓志,是其中的大宗。

够得上树碑立传的人物,当然为数不多,丰碑巨碣,铺叙详尽,获得某位名公巨卿的碑铭,就不仅可以了解他的一生,还可以了解到许多有关的历史事件。如果他在史书中有传,则可与碑文互参;如果史书无传,则可补史书之不足。其作用之大,是不难看出的。

后世出土的唐人墓志,比之碑碣,其数量要大得多。因为唐人继承北朝遗风,重视墓志这一体制,地位不分高下,性别不分男女,凡有条件者,都有墓志随葬。由是存世墓志之多,远超禁止立志的南朝,即使重视碑志的北魏、齐、周等朝与之相比,也有巨大的差距。

唐代墓志大小不一,有制作极精者,有制作粗劣者;有文章写得很好的,也有草率成文的;有书法佳妙的,也有仅能结体的。但判断其文献价值,则不能以墓主的职位高下和志文的篇幅长短为标准。

自从岑仲勉在《续贞石证史》中介绍《唐故文安郡文安县尉太原王府君墓志铭并序》之后,诗人王之涣的生平方为世人所知,于是古时的一切模糊影响之谈一扫而空,有功于唐诗研究匪浅。原石拓片已由李希泌发表在《曲石精庐藏唐墓志》中。又如另一盛唐诗人李颀,成就至高,然生平不详,《唐才子传》仅云"开元二十三年,贾季邻榜进士及第,调新乡县尉"。《千唐志斋藏志》载大历四年(769)邵说撰《唐故瀛州乐寿县丞李公(湍)墓志铭》云:"酷好寓兴,雅有风骨。时新乡尉李颀、前秀才岑参皆著盛名于世,特相友重。"这可能是在时人墓志中叙及李颀历史的仅存文字。可惜李颀本人的墓志未能像王之涣志那样重现人间,提供宝贵的史料,澄清一些疑难问题。

碑刻的情况相同,不应以体制大小区分价值高下。例如宋拓《雁塔唐贤题名》中有云:"侍御史令狐绪,右拾遗令狐绹,前进士蔡京,前进士令狐纬，前进士李商隐，大和九年四月一日。"考蔡京于开成元年（836）进士登第，李商隐于开成二年（837）登第，与题名年代不合，这一"前"字显为后来追添。《唐摭言》卷三《慈恩寺题名游赏赋咏杂记》："神龙已来，杏园宴后，皆于慈恩寺塔下题名。……及第后知闻，或遇未及第时题名处，则为添'前'字。或诗曰：'曾题名处添前字，送出城人乞旧衣。'"蔡京与李商隐伴同令狐子弟出游，正依附其门下时，此一题名可作佳证。

  由此可见，唐人石刻对于研究唐代文学具有极为重要的作用。这一方面的研究，宋代即已开始，并且做出了很大的成绩。首先从事这一方面工作的，要推欧阳修。

  欧阳修有《集古录跋尾》十卷行世。他注意搜集前代石本，其时距唐至近，所见到的碑志，也以唐代为多。他所收集的金石文字共有一千多卷，作有跋文的有四百二十多件，后又命次子棐作《集古录目》二十卷，系统加以整理和著录。

  继欧阳修起而做出很大成绩的是赵明诚，他收集了金石文字二千卷，著有《金石录》三十卷，内中也以唐代的石刻文字为多。赵明诚撰跋尾之文共五百零二篇，对许多问题做了深入的考证，有助于唐代文史的研究。例如该书卷二八《唐元结碑》曰："右《唐元结碑》，颜鲁公撰并书。案《唐书》列传：结，后魏常山王遵十五世孙，而《碑》与《元氏家录序》皆云'十二世'，盖史之误。又《碑》与《元和姓纂》皆云结高祖名善祎，而《家录》作'善祎'，未知孰是也。"足以显示碑文对于研究唐诗具有重要的参证作用。

  其后又有陈思《宝刻丛编》二十卷问世。此书以《元丰九域志》京府州县为纲，而将石刻中地理之可考者，按各路编纂，未详所在者，则附于卷末。各家辨证审定之辞，则著于下。此书搜集的资料甚为丰富，近于全国碑刻的一次总登记，这也说明宋代已经初步具有对某项事实或现象进行全国普查的条件，因此才有可能出现这种综合性的著作。其后还有王象之《舆地碑记目》四卷行世，此书只记南宋疆域之内的碑刻，但所记叙碑文年月碑主姓名之大略可供考证之需，也是有益于考史的一部著作。

南宋之时还有不著撰人的《宝刻类编》八卷行世。《四库全书总目》称是书"搜采赡博，叙述详明，视郑樵《金石略》、王象之《舆地碑目》增广殆至数倍，前代金石著录之富，未有过于此者，深足为考据审定之资"。

上述种种表明，唐人的碑铭和墓志，到了宋代即已得到重视。宋人初步做了一番搜集和整理，为后人留下了一些可贵的原始记录。后人自可据此对有关人员进行考核。例如《全唐诗》卷三一二记李幼卿、李深、羊滔、薛戎、谢勮等人均作有《游烂柯山诗》，说明这些人曾同游此地，而《宝刻丛编》卷一三两浙东路衢州内载有《唐游石桥序并诗》，下云"序谢良弼撰，诗刘迥、李幼卿、李深、谢勮、羊滔撰，元和七年十二月十二日"，可知《游烂柯山诗》亦当作于同一时期。用这两组诗互证，即可推知这些诗人的活动地区与活动年代。

宋代著录碑刻的著作的一大缺憾是未附原文，这或许是由于技术条件的限制，到了清代，方始取得突破性的成就。王昶的《金石萃编》一百七十一卷和陆增祥的《八琼室金石补正》一百三十卷，可称辑考古代碑刻的集成之作。二书不但篇幅宏大，内容丰富，体例上也有革新。二者都附有碑刻墓志的原文，这些文字都经过详细的考订，后附各家的研究文字，最后加上自己的判断。读者查究每一篇碑刻，即可获得有关这一方面的许多研究成果。从事唐代文史研究工作的人，自然要把这两部著作视为案头常用之书了。

清末民初，考证金石文字的风气大盛，端方等人倡之于前，罗振玉等人倡之于后，都有这一方面的著述行世。特别是到民国二十一年（1932）前后，洛阳北邙山大发冢墓，唐代墓志大批流出，其数量之多，内容之富，更是前所未有。一些热心文化事业的人乘机收购，最著名的便是张钫（伯英）求得唐志一千二百多方，于河南铁门关建千唐志斋以贮之，其后他以拓片的方式出售《千唐志斋藏石》，为研究唐代文史者提供了珍贵的资料。最近文物出版社又将全部拓片影印出版，改名《千唐志斋藏志》，学术界使用这些材料时也就方便多了。

这里应该对洛阳一地的情况做些说明。唐代自安史之乱后，山东广大地区沦入藩镇之手，文化水平降低，原来一些土著大姓逐渐向内地移动，白居易《唐故虢州刺史赠礼部尚书崔公（玄亮）墓志铭》内云："自天宝以还，山东士人皆改葬两京，利于便近。"而洛阳的北邙，自汉以来一直被认为是亡灵归宿之地，葬在这里的人更多。王建《北邙行》曰："北邙山头少闲土，尽是洛阳人旧墓。"因此该地发掘而得的墓志，尤较其他地方为多。罗振玉即撰有《芒洛冢墓遗文》四编十五卷。近人利用洛阳出土志文已经取得了不少成果，如陈寅恪据《唐茅山燕洞宫大洞炼师彭城刘氏墓志铭》《滑州瑶台观女真徐氏墓志铭》考李德裕贬死年月及归葬传说，罗根泽据李昂《唐故北海郡守赠秘书监江夏李公墓志铭》说明李邕享年七十三岁，周勋初据《大唐前益州成都县尉朱守臣故夫人高氏墓志文》探知高适家族及先世所出，可见研究唐诗的人，不可不注意碑刻文字。

　　有些学者也就凭借丰富的资料从事汇编工作。周绍良长期从事这方面的研究，做了大量辨证文字的工作，取得了阶段性的成果。台湾则有毛汉光的《唐代墓志铭汇编附考》出版，自序中说："在本书所蒐唐代拓片之中，属于人物碑志者，墓志铭约三千三百余张；另碑志铭类、塔志铭类、杂志铭类等约一两千张，总共有五千余张，百分之九十以上的碑铭中人物皆不载于正史。按新、旧《唐书》纪传及附传共二千六百二十四人，故碑志人物数量倍于两《唐书》。以文字数量而言，唐碑志字数亦超过两《唐书》字数。金石文字数量超过正史字数，在历代历朝之中，唐刻乃是独有的现象。"可惜至今还没有条件把散在各地的唐代拓片汇聚在一起印出，这对唐诗的研究工作来说，真是一种缺憾。

　　石刻文字仍在源源不断地被发掘出来。研究者要时常注意这方面的讯息，扩大资料来源。例如安徽滁州市文化局编了一本《琅琊山石刻选》，内有刺史李幼卿于大历六年（771）所作的《题琅琊山寺道标道挹二上人东峰禅室时助成此□□筑斯地》五言长诗一首，从未为人著录过。李幼卿还是一位小有声名的诗人，《唐诗纪事》等书均有记载，阅读这首诗，对他的成就会有更多了解。

最后还应指出的是，文人受托写作碑铭墓志中的文字，往往对墓主有所粉饰，因此有关墓主生卒仕履等方面的记载，一般说来还比较可信，至于对墓主或某些事件的评价，那就未必如此了。东汉蔡邕善于写作碑志，他就曾说过："吾为人作铭，未尝不有惭容，唯为《郭有道碑颂》无愧耳。"(《世说新语·德行》刘孝标注引《续汉书》)唐代写作碑志文字报酬丰厚，文人趋之若鹜，《国史补》卷中《韦相拒碑志》："长安中，争为碑志，若市贾然。大官薨卒，造其门如市，至有喧竞构致，不由丧家。"可见其时风气之坏。即使是那些以正道自居的人，怕也未能免俗。韩愈以写作碑志著称，李商隐《齐鲁二生》叙刘叉事，即云"闻韩愈善接天下士，步行归之。……后以争语不能下诸公，因持愈金数斤去，曰：'此谀墓中人所得耳，不若与刘君为寿。'愈不能止"。后来遂有称碑志为谀墓文者。读者利用这些材料时，应与其他材料互参，以免为其中的粉饰之词所迷惑。

六、壁记

有关唐代名人的记载，有"三大缙绅录"之说，其一即《元和姓纂》，其他两种则为《尚书省郎官石柱》和《御史台精舍碑》。因为这三种文献上记载着大量的有社会地位的人物的姓名，后两种文献上更是记载了当时颇为显要的各部郎中和员外郎以及御史台三院中的官员的姓名，后人可以通过这些材料了解唐代政体建置和任职官员交替的情况。不论从研究政治制度来说，还是从研究个别的人物来说，都很有价值。

上述石柱和碑刻，属于壁记的范围，不论前朝或后代，都未看到过同样的建置，这些壁记可说都是唐人留下的至可宝贵的一种特殊的研究资料。

《封氏闻见记》卷五《壁记》曰："朝廷百司诸厅皆有壁记，叙官秩创置及迁授始末。原其作意，盖欲著前政履历而发将来健羡焉。……韦氏《两京记》云：'郎官盛写壁记，以记当厅前后迁除出入，寝以成俗。'然则壁记之由，当是国朝以来始自台省，遂流郡邑耳。"可见其时不仅尚书省和御史台中有壁记,其他衙门均有,只是没有二者著称,而且大都失载罢了。壁记墨书,易于漫灭剥落,故自开元时起,尚书省中即以石柱代替壁记。石柱题名,也就是壁记的另一方式。看来当时尚书省中建有两个石柱,分载左右二司及二十四司郎中、员外郎之姓名,今记录尚书右丞分管兵、刑、工三部诸司之右边一石已毁,只剩下了记录尚书左丞分管吏、户、礼三部诸司之左边一石。御史台精舍碑的设置情况与此相类,但其建立要比郎官石柱为早。武后之时,冤狱甚多,御史台又为主断大狱的地方,故建精舍以祈福。中宗时在台中建碑,即将壁记代以石刻,由官署移诸精舍。

这两处著名的碑刻,过去似未得到重视,仅宋代的《宝刻丛编》卷七上有记载。直到清代,朴学兴起,注重实物考证,顾炎武访求各地碑刻,始在《金石文字记》中著录。钱塘赵魏仕于西安,亲至碑下手摹其文,刻入《读画斋丛书》。王昶编《金石萃编》,也记下了碑文全部。诸人导夫先路,功不可没,但碑文复杂,取得的成果还很有限。

利用这两种珍贵的史料取得杰出成就的学者,是赵钺、劳格。赵钺有创举之功;但投入的劳动更大、做出的贡献更为卓越的,是劳格。劳格在贫病交困的情况下从事研究工作,殁时仅四十五岁,未能及身定稿,后由丁宝书编为二十六卷,刻入《月河精舍丛钞》,成了后人研究唐代文史不可或缺的一种资料书。

此书有裨考证,例如《唐诗纪事》卷一记有中宗《九月九日幸临渭亭登高作》,臣下应制,韦安石、苏瓌、李峤、萧至忠、窦希玠、韦嗣立、李迥秀、赵彦伯、杨廉、岑羲、卢藏用、李咸、阎朝隐、沈佺期、薛稷、苏颋、李乂、马怀素、陆景初、韦元旦、李适、郑南金、于经野、卢怀慎二十四人奉和。《全唐诗》录入全部诗作,小传中均叙仕历,而郑南金名下独缺。考《郎官石柱题名》,司勋员外郎中有郑南金其人,可知郑氏时任此官,而其他文献则无此记载。《全唐诗》编者未检《郎官石柱题名》,因而未能补正。

但自赵魏起至劳格止,都有一些问题未能很好解决,推其原因,则是对郎官石柱本身的研究不够深入所致。原来石柱上的郎官题名,先后一共刻过三次，初刻于开元二十九年（741），再刻于贞元中，三刻于大中十二年（858）。石面多次镌刻，空隙越来越小，于是见缝插针，填补空白；前后刻法又不一，还有左旋、右旋的问题，骤视之，很难摸清头绪。经过各家的不断钻研，愈益明晰，于是劳格起而纠正了赵、王二人的错误，但赵、王二人亲自去看过原物，记石柱为七面，劳格遽尔认为当有八面，则是犯了主观臆断的错误。

而各家所犯的最大错误，则是碑文记叙错乱。因为郎官石柱曾中间断裂，清人看到的石柱，已是黏合而成的了。黏合者缺乏必要的历史知识，上下发生了错位，于是原来排列整齐的各司郎中和员外郎，竟羼入其他衙门中去了。

岑仲勉对这两种著作重新钻研，对于石柱用力尤多，撰成《郎官石柱题名新著录》《郎官石柱题名新考订》二文。《新著录》着重碑文本身的研究，纠正前代学者的各种错误，汇合各种拓片文本，重新对各部郎官的名单进行了整理，于是错综复杂又很纷乱的行格厘然可读，计得位置可见者三千四百余人。《新考订》则对劳格考而未详或有错误者起而补正，材料不足者补之，考证有误者订之，如于"祠部郎中"下说明道："石柱原有祠中题名，赵、王二本均误入度中，劳本虽剔出若干，然大半仍留在度中之内，致祠中题名，析附度中、祠中之下，皆由劳氏过信书本而过疑石刻之故。余此次井理，与别司异，全照石刻所见录出，依劳《考》命名曰《石刻》。"这份整理后的名单，自然比劳格等人之说更可信。

近人对这两种特殊资料都很重视，时有新的研究成果出现，但首推岑仲勉的贡献为大。当今读者或研究者在利用劳格的《尚书省郎官石柱题名考》和《御史台精舍题名考》时，应和岑氏著作并读，所得知识才更为完整可靠。

这里还可再举一例，说明综合运用姓氏书与壁记等材料考订唐诗时所起的作用。高适有《东平旅游奉赠薛太守二十四韵》，此公不知何人？按诗之前端云"晋公标逸气，汾水注长流"，知其源出河东。《新唐书·宰相世系表三下》薛氏"西祖兴,字季达,晋河东太守",是为西祖房之始祖。薛太守当是此族后裔。诗中又云"御史风逾劲,郎官草屡修。鹓鸾粉署起,鹰隼柏台秋",可知此人先后曾列职御史、郎官。查此族中工部郎中孝廉之子自勖,仕履与此相符。《唐御史台精舍碑》载自勖为监察御史、殿中侍御史并内供奉,《郎官石柱题名》载自勖为司勋员外郎,与高诗合。《资治通鉴》开元二十四年(736)四月乙丑:"泾州刺史薛自勖贬澧州别驾",今又升迁至东平太守,所以高诗称其"一麾俄出守,千里再分忧"。由此可见,恰当运用壁记等材料,可解决研究中的很多问题。

唐代还有一种重要的壁记,即翰林学士壁记,可与上两种材料参列。

唐代文人,以入翰林为荣。翰林学士执掌御前笔墨,权力很大,故时称"内相"。当时就有不少文人记载院内故事,如李肇《翰林志》、元稹《承旨学士院记》、韦处厚《翰林学士记》、韦执谊《翰林院故事》、杨钜《翰林学士院旧规》、丁居晦《重修承旨学士壁记》等。宋代洪遵汇集唐代有关翰林院的文字,编成《翰苑群书》三卷,成为研究这一机构的重要文献。

翰林学士壁记中的记载至为宝贵,岑仲勉仿赵钺和劳格考订郎官、御史的体例,成《翰林学士壁记注补》十二卷与《补唐代翰林两记》,对唐代那些著名的文学侍从之臣的经历详细地做了考订和记叙。

唐时不但像翰林院这样的衙门有壁记,其他军政衙门有壁记,就是地方上的一些官府也有壁记。李华写作壁记甚多,除《中书政事堂记》《御史大夫厅壁记》《御史中丞厅壁记》《著作郎厅壁记》外,还撰有杭州、衢州、常州、寿州四州刺史厅壁记,京兆府员外参军、河南府参军二厅壁记,安阳、临湍二县县令厅壁记,详细地记叙了这些衙门的建置和任职官员的情况。白居易有《江州司马厅记》,对司马一职的特殊建置做了说明。这些都是有裨考证的资料。尽管壁上墨书不知毁于何年,但是保存在二人的文集和一些总集之中。与此类似的壁记尚多,可供参证。

唐代诗人,除隐居山林或沉沦下僚者外,大都涉足仕途,因为对于封建社会中的文人而言,入仕是唯一的出路,这样他们必然厕身于大大小小的官僚机构之中。这时出现了众多记载官署内历任人员的壁记，也就为后人提供了这些方面丰富的可靠资料。

以上所言，主要是从考史的角度论述壁记的作用，并非全面肯定壁记的价值。实则壁记的内容是很芜杂的，吕温《道州刺史厅后记》曰："壁记非古也。若冠绶命秩之差，则有格令在；山川风物之辨，则有图牒在。所以为之记者，岂不欲述理道、列贤不肖以训于后，庶中人以上得化其心焉？代之作者，率异于是，或夸学名数，或务工为文，居其官而自记者则媚己，不居其官而代人记者则媚人，《春秋》之旨，盖委地矣。"这就说明，学者若将壁记作为一种史料运用，必须有所鉴裁才是。

七、登科记

《全唐诗凡例》中一则曰："唐人世次前后，最为冗杂，向来别无善本。《全唐诗》及《唐音统签》亦多讹谬，应以登第之年为主。"可见"登第"之事在唐代诗人的历史上具有重要的意义。

在封建社会里，士人受儒家"学而优则仕"思想的影响，争取服官，这不仅是为了解决生活问题的选择，而且也是施展个人抱负的主要出路。唐代已经形成了比较完整的科举制度。几项主要的科目，如进士、明经以及制举，吸引着大批文士，其中尤以进士科的吸引力为大。这是因为进士出身的人日后飞黄腾达的机会最多，《国史补》卷下《叙进士科举》曰："进士为时所尚久矣。是故俊义实在其中，由此出者，终身为闻人。……贤士得其大者，故位极人臣常十有二三，登显列十有六七。"因而进士及第者无不意气风发，登第之后还有探花、会宴和慈恩寺塔题名等方式表示庆贺。

《唐摭言》卷三《慈恩寺题名游赏赋咏杂记》言及曲江亭子，"进士关宴，常寄其间。既彻馔，则移乐泛舟，率为常例。宴前数日，行市骈阗于江头。其日，公卿家倾城纵观于此，有若中东床之选者十八九，钿车珠鞍，栉比而至"。可见这些及第进士其时情绪之高扬。

唐代应科举考试者,座主门生的关系,同榜之间的关系,尤受重视。长庆四年(824)李宗闵权知贡举,放唐冲、薛庠、袁都等及第,时称"玉笋班"。贞元八年(792)韩愈、欧阳詹、李观、崔群等人联第,时称"龙虎榜"。他们日后的亲密关系,都是在同应进士举时奠下基础的。

《封氏闻见记》卷三《贡举》中说:"当代以进士登科为'登龙门',解褐多拜清紧,十数年间拟迹庙堂。轻薄者语曰:'及第进士,俯视中黄郎;落第进士,揖蒲华长马。'又云:'进士初擢第,头上七尺焰光。'好事者纪其姓名,自神龙以来迄于兹日,名曰《进士登科记》。"

《新唐书·艺文志》上记载,有关唐人登第的著作计有三种,即崔氏《唐显庆登科记》五卷,姚康《科第录》十六卷,李奕《唐登科记》二卷。这些书都已亡佚,而据《玉海》卷一一五《选举》引姚康《科第录叙》,云是穆宗长庆之前的登科记就有十多种。这类著作大都出于私人著录,到了宣宗时,情况才有改变。《东观奏记》卷上曰:"大中十年,郑颢知举后,宣索科名记。颢表曰:'自武德以后,便有进士诸科……所传前代姓名,皆是私家记录,虔承圣旨,敢不讨论。臣寻委当行祠部员外赵璘采访诸家科目记,撰成十三卷,自武德元年至于圣朝,谨专上进,方俟无疆。'敕宜付翰林。自今放榜后,并写及第人姓名及所试诗赋题目进入内,仍仰所司逐年编次。"这也就是说,中唐之后已经建立起了逐年编纂的制度。

经过五代之乱,这些登科记大半已经散佚,时至宋初,就有人出来搜集,并重行编纂。那位对保存唐代文献做出过重大贡献的乐史,在这方面的成绩也很可观。《玉海》卷一一五《选举》载:"雍熙三年正月,乐史上《登科记》三十二卷,《唐登科文选》五十卷,《贡举事》《题解》各十二卷,以为著作郎、直史馆。"可见他对有关唐代科举的文献全面地做过整理。

南宋高宗绍兴三十年(1160),则有洪适的《重编唐登科记》十五卷问世。此书不见于后世目录,想是宋代之后即已亡佚,但在《盘洲文集》卷三四中保存着《重编唐登科记序》,可知他是根据姚康《科第录》的前五卷(即唐高祖、太宗两朝),又据崔氏《显庆登科记》及续书,再参考《唐会要》

《续通典》及唐人文集加以补正，故名重编。这就说明，唐代的一些登科记，此时还完整地保存着，只是由《因话录》作者赵璘编纂的《登科记》已经遗佚而不见于书目著录了。

后代记载登科之事最为完备的材料当推马端临《文献通考》。此书卷二九《选举考》二中有一份《唐登科记总目》，载唐初至昭宗天祐四年（907）历年登科人数，末称"右唐二百八十九年逐岁所取进士之总目"。这个总目之中没有包括明经、制举这两种也很重要的科目的中举人数，但秀才科的兴废与中举者的人数等有关材料，则由此书得以保存。看来马端临还能看到不少唐代的登科记以及宋代乐史等人的有关著作，才能做出这样详细的记录。

明代万历时，徐应秋撰《玉芝堂谈荟》三十六卷，也保存着许多唐人登科的材料，其中如《历代状元》等记载，如果不是见到大量的原始资料，那是编纂不出来的。由此可知，时至明代后期，尚能见到数量众多的唐人登科的文献。

经过历史的淘汰，唐人和宋人所编的登科记的原貌已经难以见到，然而王懿荣刻《天壤阁丛书》，于《莆阳黄御史集》后附正德本《别录》一卷，内附有关黄滔登科的册页一幅，保存着某种《唐登科记》的原貌，今将此页转录如下：

唐登科记
卷第八
乙卯乾宁二年刑部尚书崔凝下进士二十五人
观人文化成天下赋　内出白鹿宣示百僚诗
张贻宪　卢　赡　李光序　韦　说　崔　赏
封　渭　卢　鼎　赵观文　郑　稼　黄　滔
李　枢　韦希震　孙　溥　苏　谐　王贞白
程　晏　张　蠙　陈　饶　崔仁宝　卢　赓
崔　砺　沈　崧　李　途　杜承昭　李龟正

当年放榜二月九日宣诏翰林学士陆扆秘书监冯
后阙

　　除此之外，宋代还有一些关于科举的著作，如记科名分定的《科名分定录》、记名讳的《讳名录》等，都与"登科记"有关。这些都是记载登科之事各类著作中的支流别派。

　　时至清代道光年间，徐松博征载籍，编成《登科记考》三十卷，对此问题做了全面而深入的考订，给后人提供了一份至可宝贵的研究成果。

　　徐松以为《文献通考》中的那份《唐登科记总目》采用了乐史的书，于是以其著录的科名、人物为纲，按年分列。首举当年有关科举的大事，如诏令、章奏、贡举等，后列秀才、孝廉、进士、明经、宏辞、拔萃、制科等及第人名，而以进士为主。徐松博采《旧唐书》《新唐书》《唐会要》《文苑英华》《册府元龟》《玉海》《太平广记》《永乐大典》及唐宋以来文集、笔记、诗话、方志等大量材料，将有关人员的事迹注其名下，还将应试者的诗赋附于其后。一编在手，唐人科举的情况大致可以掌握。徐松还将他对某些具体问题的研究成果用考证和按语的方式注出，足供读者参考。如卷五开元五年（717）博学宏辞科下加按语曰"按博学宏辞置于开元十九年，则此犹制科也"。又如卷一一大历十四年（779）独孤绶中进士第，又中博学宏辞科，其下都有详尽的考证。唐人年内连捷者不多，徐氏于此做出说明，可解读者疑惑。

　　全书编排，卷一至二四为唐代部分；卷二五、二六为五代部分；卷二七为登第年代不详的人物，按科目为类，按大概能推知的时代为序；卷二八至三〇为"正史、稗官及唐人艺文之涉贡举"的各种文献，谓之"别录"，均为研究唐代科举的有用材料。书前有凡例十九则，内有徐松的许多研究心得，值得参看。

　　徐松注意研究唐人科举问题时，正任《全唐文》馆提调及总纂。他利用当时图书资料方面的优越条件，大量发掘《永乐大典》中的材料，如其中的许多方志，均为宋元旧本，记载当地士人应举之事，不见他书记载，这些方志今天很多已失传，也就显得特别可贵。

徐松还广泛运用《文苑英华》中保存的省试（州府试附）诗赋推断作者的及第年代。这些诗赋，一般认为文学价值不高，向来不受重视，然而根据诗赋题目却可以推知作者应试年代。《唐会要》卷七六《贡举中·缘举杂录》："兴元元年，中书省有柳树，建中末枯，至是再荣，人谓之瑞柳，礼部侍郎吕渭试进士，以'瑞柳'为题，上闻而恶之。"此事不载年月，然可考知。查《唐语林》卷八记："神龙元年以来累为主司者……吕渭三，贞元十一年、十二年、十三年。"徐松据《永乐大典》引《闽中记》"陈诩字载物，贞元十三年及第"，又据《永乐大典》引《宜春志》"贞元十三年，宋迪登进士第"，知陈诩、宋迪均为吕渭于贞元十三年（797）知贡举时门下士。而《文苑英华》卷八七载陈诩《西掖瑞柳赋》，又与前"瑞柳"之说呼应；其前尚载郭炯《西掖瑞柳赋》（以"应时呈祥圣德昭感"为韵），可知郭炯亦为同年进士。《文苑英华》卷一八八尚载陈诩、宋迪《龙池春草》诗，可知此乃该年试题；又二人之后尚有万俟造《龙池春草》诗，可知此人也是同年进士。

由于卷帙浩繁，问题复杂，《登科记考》中不可避免地也会存在一些遗漏和错误。例如《唐才子传》卷一记盛唐诗人刘眘虚为"开元十一年徐徵榜进士"，同书卷二记刘长卿于"开元二十一年徐徵榜及第"，进士例不得再举，故知前文"十"前误夺"二"字，刘眘虚当于开元二十一年（733）及第。《登科记考》漏列这一重要诗人。诸如此类，后人起而补正者颇多。

记录唐代科举的专著，有五代王定保《唐摭言》十五卷，里面有一些道听途说的成分，不尽可据，但毕竟是当时人的原始记录，后人自当重视。今人程千帆的《唐代进士行卷与文学》和傅璇琮的《唐代科举与文学》也足资参证。

王应麟《困学纪闻》卷一四曰："按《馆阁书目》，《讳行录》一卷，以四声编登科进士族系、名字、行第、官秩，及父祖讳、主司名氏。"而唐人又有

439

以排行称呼的习惯，于是杜二、李十二、岑二十七、高三十五等名字屡见于唐人诗文，造成后人阅读上的很多困难。岑仲勉著《唐人行第录》，对此进行综合研究，得出了许多可信的结论，给予读者很大的方便。

八、书目

唐代有哪些诗人？他们的作品有多少？这些在书目中都有所反映。唐宋时期的书目丰富而多样，记载颇为详备，据以考史，可征诗人作品的存佚，可考诗人生平的梗概。研究唐诗，必须具有书目方面的知识。

胡震亨《唐音癸签》卷三〇曰："唐人集见载籍可采据者，一曰《旧唐书·经籍志》，一曰《新唐书·艺文志》，一曰《宋史·艺文志》，一曰郑樵《通志·艺文略》，一曰尤氏《遂初堂书目》，一曰马端临《文献·经籍考》。端临所引书又二，一曰晁公武《读书志》，一曰陈直斋《书录解题》。此数书者，唐人集目尽之矣。"随后他就校除重复，参合有无，依世次先后，具列卷目，以供读者参考。

胡氏上述说明及所编集目，值得参考。但郑樵《通志·艺文略》只是照抄前人著录，少所增益；马端临《文献通考·经籍考》中有关唐人诗集的说明，主要引用晁、陈二家之说；尤袤《遂初堂书目》记载过分简单，虽以记录版本为特点，但有关唐人诗集的记载不多。所以研究唐诗，应该重视《旧唐书·经籍志》、《新唐书·艺文志》、《宋史·艺文志》、晁公武《郡斋读书志》（全称《昭德先生郡斋读书志》）和陈振孙《直斋书录解题》五种书。此外还应注意王尧臣《崇文总目》。

编纂书目之事常带有继承性，后起的某一目录，经常是在撷取前人某种目录成果的基础上累积而成。例如毋煚曾参加由马怀素、元行冲等先后负责编写的《群书四部录》二百卷的工作，《旧唐书·经籍志》引毋煚序，指陈此书未惬之处有五，故另编《古今书录》四十卷。毋煚为初盛唐之交的人，所能著录者，限于初唐时期的著作，但他与作者多同时，记载也就比较可信，其内容接近初唐时期著作的原貌。《旧唐书·经籍志》即抄撮《古今书录》而成，所以并未反映唐人著述的全貌。

《新唐书·艺文志》的文献价值比《旧唐书·经籍志》要高。一代著述，记载比较完整，而且还将一些有用资料附于有关著作之下，如《艺文志》集部别集类载《包融诗》一卷，注云："润州延陵人，历大理司直。二子何、佶齐名，世称'二包'。何，字幼嗣，大历起居舍人。融与储光羲皆延陵人，曲阿有余杭尉丁仙芝，缑氏主簿蔡隐丘，监察御史蔡希周，渭南尉蔡希寂，处士张彦雄、张潮，校书郎张晕，吏部常选周瑀，长洲尉谈戭，句容有忠王府仓曹参军殷遥，硖石主簿樊光，横阳主簿沈如筠，江宁有右拾遗孙处玄、处士徐延寿，丹徒有江都主簿马挺、武进尉申堂构，十八人皆有诗名。殷璠汇次其诗，为《丹杨集》者。"可以说是关于当时东南地区这一文人集团活动情况最为详细的记录。

又如萧楚材其人，传世仅有《奉和展礼岱宗涂经濮济》一诗，《全唐诗》小传曰："高宗时，为太常博士。"这是根据《新唐书·艺文志》史部仪注类《永徽五礼》下原注而得知的。萧楚材的生活年代及交往，均仅见于此。

宋仁宗时期王尧臣主持编写的《崇文总目》六十六卷，是我国最早出现的一部独立成书的目录。欧阳修也参加了这一工作。今所传者，乃经后人辑录之本，已经佚去序释部分，但大体上仍保持全书面貌。其中关于唐人文集部分的记载，反映了由唐入宋后的变化，由于北宋之时没有发生大的变乱，因此这一阶段唐人文集的传播情况，可从此书约略窥知。

《崇文总目》所著录者截止于宋初，徽宗时以续得之书增入，更编《秘书总目》（卷数不详）。孝宗时有陈骙主编的《中兴馆阁书目》七十卷，宁宗时有张攀主编的《中兴馆阁续书目》三十卷。元初修《宋史》，依据上述四种书目，删除重复，又添入《宋中兴国史艺文志》（卷数不详）中著录的一些典籍，成《宋史·艺文志》八卷。以上各书，除《崇文总目》外，均已散佚，但后人有辑本。《宋史·艺文志》的编写人员没有见过原书，在改编上述书目时工作也很草率，故内容颇为芜杂，如《鱼玄机诗集》误作《鲁玄机诗集》之类。只是此书毕竟根据宋代文献编成，还是可以从中了解唐代文人著作在宋代流传的情况。

晁公武和陈振孙都是南宋时期的著名藏书家。他们在读过收藏的书后，都写有提要。这是我国目录书中保留提要的两部重要著作，特别是二人对唐代文士的记载，由于年代接近，了解更多，所以更显得可贵。

他们常是记下唐代诗人的姓名字号、郡望籍贯、登第年代、仕官履历，有的地方还介绍诗人群体或文集版本，所加的评语也足资参考。

晁公武《郡斋读书志》（袁州本）卷四中叙许浑《丁卯集》二卷曰："右唐许浑，字仲晦，圉师之后。大和六年进士，为当涂、太平二令，以病免，起润州司马。大中三年，为监察御史，历虞部员外，睦、郢二州刺史。尝分司于朱方，丁卯间自编所著，因以为名。贺铸本跋云：'按浑自序，集三卷，五百篇。世传本两卷，三百余篇。求访二十年，得沈氏、曾氏本，并取《拟玄》《天竺集》校正之，共得四百五十四篇。'予近得浑集完本，五百篇皆在，然止两卷。唐《艺文志》亦言浑集两卷，铸称三卷者，误也。"《崇文总目》著录许浑集亦三卷，不知是否即浑自序之本？晁氏之说尚可商榷。但此详细的记叙，仍有其不可忽视的价值。

又如陈振孙《直斋书录解题》卷十九叙《贾长江集》十卷曰："唐长江尉范阳贾岛阆仙撰。韩退之有《送无本》诗，即其人也。后返初服，举进士不第。文宗时坐飞谤，贬长江。会昌初，以普州参军卒。本传所载如此。今遂宁刊本首载大中墨制云：'比者礼部奏卿风狂，且养疾关外，今却携卷轴潜至京城，遇朕微行，闻卿讽咏，观其志业，可谓屈人。用是显我特恩，赐卿墨制，宜从短簿，别俟殊科。'与传所称诽谤不同。盖宣宗好微行，小说载岛应对忤旨，好事者撰此制以实之，安有微行而显著训词者。首称'奏卿风狂'，尤为可笑，当以本传为正。本传亦据墓志也。唐贵进士科，故《志》言'责授长江'，如温飞卿亦谪方城尉。当时为乡贡进士，不博上州刺史则簿尉，固宜谓之'责授'。若使今世进士得罪而责授簿尉，则唯恐责之不早耳。"从中不但可知贾岛生平，还可了解到唐代的一些有关传说，并可推知唐宋两代士子地位的不同。

陈书中还附有随斋（程荣）的一些批注，间有精彩之处，如《直斋书录解题》卷一五叙《极玄集》一卷，"唐姚合集王维至戴叔伦二十一人诗一百首，曰：'此诗家射雕手也。'"随斋批注曰："《姚氏残语》云：'殷璠为《河岳英灵集》，不载杜甫诗；高仲武为《中兴间气集》，不取李白诗；顾陶为《唐诗类选》，如元、白、刘、柳、杜牧、李贺、张祜、赵嘏皆不收；姚合作《极玄集》，亦不收杜甫、李白，彼必各有意也。'"这一提示，不是富有启发性，值得深入钻研的吗？

《郡斋读书志》传世者有两种，刻于袁州者凡四卷，世称袁州本；刻于衢州者凡二十卷，世称衢州本。王先谦以袁本校衢本，著其异同，仍依衢本为二十卷，并将赵希弁《附志》附后，最便应用。《直斋书录解题》有徐小蛮、顾美华点校本，亦便使用。

继晁、陈二书之后，附有提要的书目，自然要推清代的《四库全书总目》为最重要。该书卷一四九至一五一，即集部别集类二至四中，共录唐人文集九十一种，逐一做出分析，举凡作者事迹、作品成就、后人评价等，大都扼要，值得参考。有的著作，如仇兆鳌的《杜诗详注》等，则是后代注释唐诗的名著。又《四库全书总目》卷一七四集部别集类存目一中还录有唐吕从庆《丰溪存稿》一卷，《谭藏用诗集》一卷、集外诗一卷，以及唐人文集的注解本多种。此外，在总集类和诗文评类中，还介绍了唐人著作多种。

《四库全书总目》具有很高的学术价值，但它毕竟成书仓遽，疵病亦复不少。余嘉锡的《四库提要辨证》和胡玉缙撰、王欣夫辑的《四库全书总目提要补正》继之而起，余书对此全面进行清理，对唐人文集二十种、总集四种、诗文评两种做了详细的辩证，语皆精到，理当并读。胡玉缙、王欣夫都是偏重版本的学者，他们引用这方面的文字缀于各家文集之下，着重论证版本异同方面的问题，和余氏的著作有所不同。

编纂《四库全书》时，尽管以皇帝的声威号召天下呈上各种集子的善本，取得了很大的成绩，但一时搜求很难齐全，所得的书还是有限的。要想全面了解版本方面的问题，势必要找另外专门记述的书来参看。邵懿辰撰、邵章续录的《增订四库简明目录标注》二十卷首应重视。此书对经、史、子、集四部典籍的版本一一做了详细的著录，还附清代诸名家的批注，包涵甚丰，颇便应用。唐诗集子的版本问题，也可从中得到指引。今人孙殿起的《贩书偶记》及《续编》，专收《四库全书》未收之本，可接续邵书，补其不足。《中国丛书综录》中的唐人文集部分，则将散在各种丛书中的大部分刻本集中做了介绍。读者利用上述诸书，也就可以较快地了解到唐诗的存佚和版本的异同问题。

今人万曼的《唐集叙录》著录有传本的唐人诗集、文集、诗文合集共一百零八家，对这些唐人别集的著者、书名、卷数、成书年代、编辑、刊刻、收藏等项做了详尽的介绍，对各集的版本源流、体例和流传演变做了细致的考核，引用了不少目录方面的材料，以及众多版本学家的研究成果。对于研究唐诗的人来说，也很有用处。但万氏未必一一看过原书，因而据此研究版本问题时，还应找原书验证，才能避免错误。

九、诗话

我国古代文人通常喜欢运用"诗话"这种体裁表达文学见解。许颛《彦周诗话》曰："诗话者，辨句法，备古今，纪盛德，录异事，正讹误也。"说明这类作品内容很庞杂，而形式则是很活泼的。唐诗的创作成就极为伟大，但诗人所积累的丰富经验却未能及时总结，从现存的一些"诗格""诗式""诗例"之类的著作来看，大都偏于形式技巧方面细枝末节上的研讨，专在对偶、声律、体势上下功夫，诸如五格、十七势、二十式、二十八病、二十九对、四十门等，细碎烦琐，对指导创作未必有大的帮助。但这毕竟大都是唐人的著述，还是反映了唐代诗学的一个方面，对研究六朝至唐的修辞、诗律和文学批评都有参考价值。

中唐时期的日僧空海，法号遍照金刚，追封弘法大师，利用旅华时期得到的崔融《唐朝新定诗格》、王昌龄《诗格》、元兢《诗髓脑》、皎然《诗议》等书,编纂成《文镜秘府论》六卷,保存了许多失传的文献,为后人研究文学理论和创作技巧问题提供了许多宝贵的资料。此书今有王利器《文镜秘府论校注》、日本兴膳宏《文镜秘府论译注》加以阐发,都很详备,可以参看。

唐代还有一些小说体裁的著作,如范摅《云溪友议》、孟棨《本事诗》等专门记载诗人故事,因而有人认为应该归入诗话一类。这类书籍对扩大唐诗的影响起了积极的作用,但所记的事却不一定可靠。作者囿于见闻,又受传奇的影响,往往随意渲染,不顾事实。例如《云溪友议·窥衣帷》叙元载之妻激励丈夫成名的故事,范摅把元载之妻记作王缙相公之女、王维右丞之侄女,是显而易见的错误。《刘公嘉话录》叙此作"四道节度使女",可知元载之妻的父亲乃开元时期的名将王忠嗣,这一点在新、旧《唐书·元载传》中均有记载。

南宋之时,出现了记述唐诗文献的名著——计有功《唐诗纪事》。此书共八十一卷,收诗人一千一百五十家,为后人研究唐诗提供了极为重要的材料。

计有功在《自序》中说,他"闲居寻访,三百年间文集、杂说、传记、遗史、碑志、石刻,下至一联一句,传诵口耳,悉搜采缮录。间捧宦牒,周游四方,名山胜地,残篇遗墨,未尝弃去"。因书中记载了很多著名诗人的事迹,也保存了很多不太知名的诗人及作品。这些作家作品,假如计有功不去努力搜求,就会湮没无闻,而他采录的大量文献,有些也已遗失,仅靠此书流传。例如张为的《诗人主客图》一书,开后世诗派说之先河,然无完整的本子传世,《唐诗纪事》保存此书原序,《四库全书总目》因称"独藉此编以见梗概,犹可考其孰为主,孰为客,孰为及门,孰为升堂,孰为入室,则其辑录之功,亦不可没也"。

计有功采取逢人必录、以人为纲的方式编纂,不论全篇或残句,不论本事或品评,一一归于该人名下,还略叙其世系爵里和生平经历,借供论世知人之需。因此,《唐诗纪事》的巨大贡献就在保存原始资料,而作者自己并

445

没有发表什么评论性的意见。

因为材料来源庞杂，清理不易，书中的疏误之处亦复不少，如误将王绩、王勣分为两人，又把来鹄、来鹏误作一人之类。材料引证错误和书写错误之处也不少。今人王仲镛《唐诗纪事校笺》做了大量的材料溯源和订正文字的工作，有功此书匪浅。

宋代诗话之多，内容之丰富，无法一一详论。何文焕编《历代诗话》，丁福保编《历代诗话续编》，郭绍虞编《宋诗话辑佚》，集中了宋代有代表性的诗话，便于阅读。此外，宋代还有三部篇幅很长的诗话总集，对研究唐诗也有用处。

阮阅编《诗话总龟》，时在北宋；胡仔编《苕溪渔隐丛话》，时在南宋初年。两书所收的材料，当然以北宋人的撰述为主。阮阅编书时，因党禁而不用元祐诸人文章，胡仔继此而作，弥补了这方面的缺憾。《苕溪渔隐丛话》分两次编成刊出，《前集》六十卷，《后集》四十卷，体例一致。评论对象，以历代重要诗人为主。唐五代列李白、杜甫、韩愈、白居易、杨凝式、罗隐等人，内以有关杜甫的文字为多。引用材料很丰富，且有所别择，较为精当。

南宋魏庆之编《诗人玉屑》二十一卷，搜集的材料以南宋人的诗论为多，可与《苕溪渔隐丛话》中的材料互补。此书分门别类辑录宋人诗论，以研究创作技巧为主，与胡仔之书有所不同。前十一卷分论诗法、诗体、句法、造语、属对、点化、诗病等项，意在指示学诗门径，第十二卷以下则按时代品藻古代诗作与著名诗人，意在树立典范。唐代诗歌，上起李白，下至晚唐，采择有关的评论文字，颇为精要，例如王维之下有子目曰"辋川之胜"，"诗中有画画中有诗"，"造意之妙与造物相表里"，"晦庵谓诗清而少气骨"。这些对研究王维诗歌的特点显然有启示作用。

《诗话总龟》的性质较为复杂，在流传过程中，经过后人改编，已失原貌。《前集》五十卷，当仍为阮书之旧；《后集》五十卷，基本上是《苕溪渔隐丛话》《苕溪诗话》《韵语阳秋》三书的杂凑，当出书贾之手，绝非阮书之旧。以《前集》论，分类编排，多录杂事，犹如一部有关诗话的类书。所引著作，有的已失传，故以资料而言，其价值不在《苕溪渔隐丛话》《诗人玉屑》之下。读者耐心发掘，可以解决唐诗研究中的一些复杂问题。例如《因话录》的作者赵璘，孙光宪《北梦琐言》卷一〇说是"璘甚陋，裴公戏之"。但他长得究竟怎样，却缺乏记载。《诗话总龟》卷三九《讥诮门》下记曰："赵璘仪质么陋，第名后赴姻礼，傧相以诗嘲之，曰：'巡关虽傍樗蒲局，望月还登乞巧楼。第一莫教娇太过，缘人衣带上人头。'又曰：'不知元在鞍桥里，将谓空驮席帽归。'又曰：'火炉床上平躯立，便与夫人作镜台。'"此一记载当出《抒情诗》（《太平广记》卷二五七引），知傧相为薛能。可征赵璘身躯特别矮小，所以经常遭到人们嘲弄。查《唐诗纪事》卷三五《陆畅》名下有云："赵麟仪质琐陋，成名后，以薛能为傧相。能诗曰：'第一莫教娇太过，缘人衣带上人头。'又'火炉床上平身立，便与夫人作镜台'。或曰：'畅羡而能骂'。"赵麟显为赵璘之误。据上可知，赵璘于大和八年（834）应进士举试及第，后即赴姻礼，薛能以诗嘲之。《全唐诗》卷五六一亦载薛能《嘲赵璘》诗，其他残句失载。薛诗首句作"巡关每傍樗蒲局"，则是此公还嗜好赌博。辗转互证，可增进对赵璘情况和当时文人善谑风气的了解。

宋代诗话，以其影响之大而言，首推严羽《沧浪诗话》。作者批判了江西诗派的流弊，也反对南宋时期江湖四灵的宗尚晚唐之风，"故予不自量度，辄定诗之宗旨，且借禅以为喻，推原汉魏以来，而截然谓当以盛唐为法"。

唐朝是我国诗歌史上的黄金时代，后起的一些诗派标举宗旨时，也大都要把唐诗的某一阶段作为取向的对象。例如明代的前后七子，倡言文必秦汉，诗必盛唐；继之而起的公安、竟陵，改途易辙时，也就倾心于白居易的浅易诗风和贾岛的僻苦之作了。

明初高棅编选《唐诗品汇》九十卷，以严羽的理论为指导，进一步将唐诗分为初、盛、中、晚四个时期，有助于唐诗发展阶段的研究，尽管后代一直有人表示异议，但这一学说明晰地勾勒出了唐诗发展的轮廓，因而一直为后世所沿用。

这里涉及中国文学批评史上的一种特殊现象。有一些文学理论家并不采用理论著作的形式表达见解，而是编选一部书，通过具体作品的取舍，表明导向。清初王士禛倡神韵说，他就编了一部《唐贤三昧集》，专选王孟一派的神韵绵邈之作，借以表达他崇尚意在言外含蓄不尽的旨趣。沈德潜倡格调说，他就编了一部《唐诗别裁集》，大量选入杜甫等人大声镗鞳的诗作，借以表达他崇尚气象恢宏声调高昂的旨趣。不了解唐诗中这些流品，也就不能深刻体会各个诗派的宗旨；反过来说，如果不了解中国诗史上的源流派别，也就不能深刻地理解每一位具体的唐代诗人。

说到选本，当然首先应该重视唐人选的唐诗，如殷璠的《河岳英灵集》，反映出了盛唐人的旨趣，高仲武的《中兴间气集》，反映出了中唐时期诗人的情趣，这些都是研究唐诗的重要读物。而如殷璠之评储光羲曰："璠尝睹公《正论》十五卷、《九经外义疏》二十卷，言博理当，实可谓经国之大才。"可知储光羲不仅长于写诗，还在经学和子书上有专著；又如《极玄集》叙李端曰："与卢纶、吉中孚、韩翃、钱起、司空曙、苗发、崔峒、耿湋、夏侯审唱和，号十才子。"可说是有关大历十才子的几种异说之中最可信的一说，由此均可觇知唐人选本之可贵。

至于说到研究唐诗的专著，则可注意胡震亨的《唐音癸签》一书。此书共三十三卷，原是《唐音统签》中的一个部分。胡震亨在编纂这一空前巨著的过程中，积累了丰富的材料，进行了深入的研究，于是将个人心得写成此书，附于全书之末，后来单刻传世，流行遂广。胡震亨对唐诗的源流演变、体制的形成发展、作家的风格异同、创作的形式技巧，以及音乐和文学的关系、常用词汇的诠释，一一做了系统的论述。最后还对唐诗的别集、总集、选集，以及有关的诗话、注本、金石等项逐一做了介绍，有的还列有综合目录，更便于参览。

明人胡应麟的《诗薮》一书，也应重视。此书为通论历代诗歌之作，共二十卷。内编六卷，分论古近体诗；外编六卷，分论历代诗歌。二者之中，论及唐代诗歌的体制和诗人的成就得失者，语皆精到，读之有益。

十、艺术

诗书画的原理是相通的。唐代一些著名的诗人，往往具有多方面的艺术修养，他们或是能诗善书，或是兼通诗画，而且诗人大都热爱艺术，因而诗集之中常有一些品评书画的文字。只是有关诗人的记载，对他们同时精通其他艺事，每每缺乏完整的介绍，这就限制了后人的视野，不能全面了解这些诗人的成就，也无法了解他们触类旁通的根本原因。好在唐宋两代留下几种艺术类的著作，或记书画家的事迹，或记书画真迹的流传，为研究那些诗人而兼通艺事者提供了资料。

大家知道，王维多才多艺，除了诗才出众外，兼通音乐，在绘画上也有突出的地位，因此在张彦远《历代名画记》、朱景玄《唐朝名画录》、阙名《宣和画谱》、郭若虚《图画见闻志》等书中都有记载。读了这方面的文字之后，对王维其人也就会有更深的认识。《唐朝名画录》把他的画列入妙品，说是"复画《辋川图》，山谷郁盘，云水飞动，意出尘外，怪生笔端"，这里所描述的，和他在辋川所作的诗意境相通。阅读这一文字，有助于加深对王诗的理解。

和王维交情颇深的诗人张谞，在文坛上也颇有声名，所以《唐诗纪事》卷二〇、《唐才子传》卷二都立有专传，可惜其诗今已只字无存。《历代名画记》卷一〇曰："张谞，官至刑部员外郎，明《易》象，善草隶，工丹青，与王维、李颀等为诗酒丹青之友，尤善画山水。王维答诗曰：'屏风误点惑孙郎，团扇草书轻内史。'李颀诗曰：'小王破体闲文策，落日梨花照空壁。书堪记室妒风流，画与将军作勍敌。'"原来计有功、辛文房二人就是据此录入的。李颀之诗今已不存，《全唐诗》据此辑得残诗四句。

《历代名画记》中的一些记载，还能纠正后人在某些传统观念上的偏差。该书卷九记李思训一家的画艺，备致推崇之意。原来北宗画派的首创者李思训"即林甫之伯父,早以艺称于当时。一家五人,并善丹青,世咸重之"。原注:"思训弟思海,思海子林甫,林甫弟昭道,林甫侄凑。"张彦远还说:"李林甫亦善丹青,高詹事与林甫诗曰:'兴中唯白云,身外即丹青。'余曾见其画迹,甚佳,山水小类李中舍也。"上举诗句见高适《留上李右相作》中,可见当时李林甫即以善画享有声名。

但这与史书上的记载很不一致,《新唐书·李林甫传》上说他"无学术,发言陋鄙,闻者窃笑。善苑咸、郭慎徽,使主书记"。《旧唐书》记载相同,还举了两个他读别字的笑话作为佐证。然而这种记载颇可怀疑。因为《全唐诗》卷一二一录有李林甫《送贺监归四明应制》《奉和圣制次琼岳应制》《秋夜望月忆韩席等诸侍郎因以投赠》三诗。一般说来,应制之作必须当场缴卷,这就不大可能叫人代笔。二诗固然不能算是佳作,但也不可能是别字连篇的人所能写得出来的。《秋夜望月》诗稍有可观,发端数句"秋天碧云夜,明月悬东方。皓皓庭际色,稍稍林下光。桂华澄远近,壁彩散池塘"立意措辞颇近六朝,这与高诗所赞"兴中唯白云,身外即丹青"相合,又与他精于山水画的记载一致。我国史学向来重视道德评价,对像李林甫这样的元恶大憝,当然要力加丑诋了。张彦远似仅以艺术的眼光论画,他的记载比较真实可信。

在唐人的题画诗中,杜甫创作最多,成就最高,其《题壁上韦偃画马歌》《戏题王宰画山水图歌》《戏韦偃为双松图歌》《姜楚公画角鹰歌》《观薛少保书画壁》《通泉县署薛少保画鹤》《丹青引赠曹将军霸》《韦讽录事宅观画马图》等,脍炙人口。里面提到韦偃、王宰、姜皎、薛稷、曹霸、韩幹等人,有关唐人书画的书中都有记载,可与诗中所言互参。朱景玄《唐朝名画录》称王宰"画山水树石出于象外",并引杜诗为证,又举他在席夔舍人厅上见到的图障和在兴善寺见到的四时屏风画为证。这些记载能使读者加深对杜诗的领会。而张彦远《历代名画记》卷九叙韩幹时,亦引杜诗为证,且驳之曰:"彦远以杜甫岂知画者,徒以幹马肥大,遂有'画肉'之消。古人画马有《八骏图》,或云史道硕之迹,或云史秉之迹,皆螭颈龙体,矢激电驰,非马之状也。晋、宋间，顾、陆之辈，已称改步。周、齐间，董、展之流，亦云变态。虽权奇灭没，乃屈产、蜀驹，尚翘举之姿，乏安徐之体。至于毛色，多骃骝骓驳，无他奇异。玄宗好大马，御厩至四十万，遂有沛艾大马，命王毛仲为监牧，使燕公张说作《駉牧颂》。天下一统，西域大宛岁有来献，诏于北地置群牧。筋骨行步，久而方全。调习之能，逸异并至。骨力追风，毛彩照地，不可名状，号'木槽马'。圣人舒身安神，如据床榻，是知异于古马也。时主好艺，韩君间生，遂命悉图其骏，则有玉花骢、照夜白等。时岐、薛、宁、申王厩中，皆有善马，幹并画之，遂为古今独步。"这里他是从画马的历史着眼，论证韩幹的创新意义，并且注意到了实物写生的特点，才做出评价的。范文澜据此评议道：曹霸遵守传统的手法，侧重刻画马的筋骨，画出来的是瘦马。杜甫的评论代表传统的看法。韩幹画的是"翘举雄杰"的大马，具有盛唐的时代风格。张彦远对杜甫的批评实际上是两种不同观点的反映。

张彦远于大中元年（847）撰《历代名画记》十卷，这是唐代画论和画史中最重要的一部专著。他是"三代相门"（张嘉贞、张延赏、张弘靖）的后裔，历代收藏书画真迹很多，本人也善书画，学识渊博，交游广阔。他记载当代书画名家的事迹，真实可信，评价亦允当。他还编有《法书要录》一书，把唐代一些书法理论家的著作汇合在一起，其中如何延之《兰亭记》一文，记载萧翼乔装至辩才处骗取《兰亭》真本之事，还保留了两首仅见于此文的诗。

除上述几种艺术门类的书籍外，还有僧适之《金壶记》三卷、陈思《书小史》十卷、朱长文《琴史》六卷等，都记有唐代若干精于艺事的人物，可参看。

十一、地志

唐人记载当代地理的文献，今天还能看到的，主要有唐初魏王李泰领衔、实由萧德言等编纂的《括地志》(已残,今存辑本),盛唐时期杜佑《通典》中的《州郡》,中唐时期李吉甫编纂的《元和郡县志》,以及《旧唐书》和《新唐书》中的《地理志》。唐代州郡设置前后变化很大,这些著作恰好代表了各个阶段的建置,如《括地志》分全国为十道,共三百六十州,反映了唐初的情况。《通典·州郡》分全国为十五道,共三百二十八郡,反映了天宝年间的情况。《元和郡县志》把州郡归属于方镇的统辖之下,反映了宪宗时期的情况。新、旧《唐书·地理志》都把全国分为三百四十六州,反映了唐代末年的情况。同一州郡,前后归属不一,研究唐代诗人的籍贯和活动区域,应该注意这些地方当时的归属,再到相应的地志中去检核。

这些书中,尤以《元和郡县志》和《新唐书·地理志》二者为重要。前书以当时四十七节镇为准,分镇记载府、州、县的等级,户、乡的数目,以及沿革、山川、道里、贡赋等项,记载详尽,内容丰富。《新唐书·地理志》的记载很有条理,叙历史沿革、各地方物、全国军事的部署和边境民族的分布,以及王朝与境外的交通等,精确可据。

《新唐书》还有《方镇表》六卷,叙述各个方镇的置废,区划变更的沿革,但未列节度使或称观察使的任命和罢镇年月。近人吴廷燮著《唐方镇年表》八卷,则广征载籍,补列出了各个方镇任免和迁徙的时间。

《元和郡县志》四十卷(已佚六卷)、目录二卷,原名《元和郡县图志》。志文之前,绘有地图可供对照。北宋时图佚,但这种图文对照的体例,后代方志一直沿袭了下来。

今日阅读唐代诗文,需要了解唐代地理时,可以阅读《中国历史地图集》第五册(隋唐五代十国时期)。这本地图汇集了很多历史地理学者的研究成果,用近代测绘方法制成,和前代地图仅示轮廓者不同。唐五代时图组,反映了这一时期的政区设置和部族分布概貌。府、州、县的建置,以开元二十九年(741)为准。《资治通鉴》天宝元年:"是时天下声教所被之州三百三十一,羁縻之州八百,置十节度、经略使以备边。"可以说,这是唐朝国力最为强盛的时期。初唐时期开拓的成果,此时告一小结,下一阶段的政局变化，都在这个基础上进行。以此年为准，是合适的。

今人郁贤皓著《唐刺史考》十六编三百多卷，也以开元二十九年的疆域为准，分列天下各州刺史的任免和迁转的时间。唐代诗人出任地方官的有很多，刺史又是重要的官职，阅读这一著作，便于了解某些曾任此职的诗人宦海升沉的经历和踪迹。

宋代初年，乐史以《元和郡县志》为蓝本，编成《太平寰宇记》二百卷。叙及的郡县，很多是唐代原来的建置。但他在前代地志原有格局之外，又增加了历代人物题咏，后世方志一定列有人物、艺文，即受此书影响。

查宋代方志之存于今者，约三十多种；元代方志之存于今者，约十多种。内以《四库全书》著录的朱长文《吴郡图经续记》等为善。从地方来说，则以江浙一带为多。书中的记载也时有错误，但修志者距离唐代还不太远，见到的文献也多，因而时常可以从中发现一些仅见的材料。如《全唐诗》卷八七六录《湖苏二郡语》："湖接两头，苏联三尾。"乃从《南部新书》卷己录来，文曰："咸通末，郑浑之为苏州督邮，谭铢为蹉院官，钟辐为院巡，俱广文。时湖州牧李超、赵蒙相次，俱状元，二郡境土相接，时为语曰：'湖接两头，苏联三尾。'"钱易之书乃辑录而成，这一民谣不知原出何书。《唐语林》卷四《企羡》、《唐诗纪事》卷五六《谭铢》亦载此事，也不注出处。查范成大《吴郡志》卷一二，乃知此事原出《岚斋集》。《新唐书·艺文志》子部小说家类载李跃《岚斋集》二十五卷，今已散佚殆尽，仅《侯鲭录》卷八、《邵氏闻见后录》卷一七、《全芳备祖》前集卷一九各有引文一条，《吴郡志》中录此佚文，提供了这一被人广泛征引的俗谣的原始出处。

一般说来，明清时期的人修的方志，因为见到的文献和现在差不太多，引用的材料大都可从唐代史书和文集中见到，价值也就不太大了。只有个别博览的学者，才能提供新的知识。如康熙年间查慎行等纂修的《西江志》卷六六引郭子章《豫章书》曰："刘昚虚，字全乙，新吴人。"其地当今江西奉新县。郭子章是明代著名学者，素称博雅，记载刘昚虚的事迹，当有古代文献作根据。殷璠《河岳英灵集》卷上评刘昚虚曰："顷东南高唱者数人，然声律宛态,无出其右,唯气骨不逮诸公。"也可用以证明刘眘虚是江西一带的人。《唐才子传》卷一记刘眘虚为崧山人,显然有误,可据上说纠正。

有些庸滥的方志,引用前人艺文时,经常张冠李戴。现在有人致力于从方志中发掘逸诗,而又缺乏必要的考核,往往把一些仍然保存在本人文集中的诗歌作为误标其名的诗人逸诗而收入。若要克服这类错误,必须查明方志作者致误之由,而这有时反可发现一些有趣的问题。例如康熙年间马士琼、吴维哲等纂修之《南皮县志》卷一《图经·古迹》中曰:"高适故里在东南六十里,今名夜珠高家。"这就让人感到奇怪。高适生时距此已有千年之久,此前志书于此一无记叙,不知此话何来?今知高适郡望渤海,而东汉时的渤海郡治已移至今南皮县地,所以修志者径将之载入。又康熙年间刘德昌等纂修之《商丘县志》卷一八《艺文》内录高适《送薛据之宋州》一诗,内有"我生早孤贱,沦落居此州。风土至今忆,山河皆昔游。一从文章事,两京春复秋"等句,似与高适生平契合。然此诗乃崔曙之作,《河岳英灵集》卷下、《唐诗纪事》卷二〇及传世《崔曙集》均载。崔曙以写作《明堂火珠歌》享盛名,《封氏闻见记》卷四《明堂》曰:"开元中,改明堂为听政殿,颇毁彻,而宏规不改。顶上金火珠迥出空外,望之赫然。省司试举人,作《明堂火珠诗》,进士崔曙诗最清拔。"其中警句"夜来双月满,曙后一星孤",即言火珠夜中光亮异常,有似另一月亮,乃一特大之灯,故称"夜珠"。"夜珠高家"之说,当由此而来。据此又可推知,此前当有一本唐诗合集,偶有脱佚,灭去崔曙之名,而将其诗误缀高适名下,方志作者学识不足,而好附会,遂致产生一系列的误说,在两地方志中均造成混乱。

最后还可附带介绍一下唐人称呼方面的另一种习俗,《南部新书》卷己:"近俗以权臣所居坊呼之:安邑,李吉甫也;靖安,李宗闵也;驿坊,韦澳也;乐和,李景让也;靖恭、修行,二杨也。"《唐语林》卷七:"元和已来,宰相有两李少师,故以所居别之。永宁少师固言,性狷急,不为士大夫所称;靖安少师者,宗闵也。"时人所提到的,主要是长安、洛阳两地的城坊,坊名杂乱,读者一时又很难了解主人是谁,这就给阅读带来不少困难。

清代徐松撰《唐两京城坊考》五卷，解决了不少问题，即如上举"二杨"而言，知"靖恭"指刑部尚书杨汝士宅，汝士与其弟虞卿、汉公、鲁士同居，号"靖恭杨家"；"修行"指端州司马杨收宅，收兄发、假，弟严，皆显贵，号"修行杨家"。此书前面还附有好些城坊、皇城和皇宫的地图，甚便参览。随着近日考古工作的开展，两京城坊的地理区划更清楚了，因此最近出现的一些两京城坊地图，也就更为精确可据。

十二、政典

政典之书内容包括很广。以唐代论，正史中《旧唐书》的礼仪、职官、食货、刑法等志，以及《新唐书》的礼乐、选举、百官、兵等志，都可归入政典一类。这些门类之中记述和讨论的是朝廷中有关典章制度方面的情况和问题，凡是研究唐代文史的人必然要接触到，学习唐诗的人自不能例外。

在这些领域内，唐人有一些重要的文献传世，如记职官建置的《唐六典》，述唐代刑律的《唐律疏议》，录唐代诏令的《唐大诏令集》，以及属于典志通史的杜佑《通典》等。读者如遇某一方面的专门问题，而新、旧《唐书》中的有关部分未能解决时，可以试在这些书中寻找答案。

"会要"这种体裁，是唐代的首创，《唐会要》一书，体例和内容都好，可称历代会要中的最佳之作。阅读和研究唐诗，应当充分加以利用。

此书前后经由数人编成。《郡斋读书后志》卷二《类书类》著录《唐会要》一百卷，"右皇朝王溥撰。初，唐苏冕叙高祖至德宗九朝沿革损益之制。大中七年，诏崔铉等撰次德宗以来事，至宣宗大中六年，以续冕书。溥又采宣宗以后事，共成百卷。建隆二年正月奏御，文简事备，太祖览而嘉之"。《新唐书·艺文志》子部类书类著录苏冕《会要》四十卷，又有《续会要》四十卷，则由杨绍复等九人撰，崔铉监修。王溥成书之时，宋朝立国仅两年，可见书中的史料很多出自唐人自撰，比较可靠。

《唐会要》全书原分十五类，今仅存五百一十四目，分叙唐代政教方面的一些问题，颇为详赅。不少类目和文学直接有关，如"贡举"部分，记录了许多考试科目及重大事件，唐代诗人很多是由科举进身的，了解这一方面的情况，也就掌握了文坛的某种动态。又如叙述翰林院、弘文馆、文学馆、崇文馆、集贤院、广文馆、秘书省等官署的一些文字，因任职于此者都是一些著名的文人，也就提供了不少有关诗人的动态。《唐会要》卷六五《秘书省》记"（贞观）七年九月二十三日，上谓侍臣曰：'朕因暇日，每与秘书监虞世南商量今古。朕一言之善，虞世南未尝不悦；有一言之失，未尝不怅恨。尝戏作艳诗，世南进表谏曰："圣作虽工，体制非雅。上之所好，下必随之。此文一行，恐致风靡，轻薄成俗，非为国之利。赐令继和，辄申狂简，而今之后，更有斯文，继之以死，请不奉诏旨。"群臣皆若世南，天下何忧不理？'"这一番对话，真实地记录了唐初君臣改变六朝艳体的思路，是唐代诗歌史上的一条重要史料。

　　《唐会要》是一部政典，只记录与政治有关者，有关诗歌的记载较少，而且散在全书，但细加检索，还是可以发现许多罕见的珍贵资料。如卷二七《行幸》内一则曰："开成元年三月，幸龙首池，观内人赛雨，因赋《暮春喜雨》诗曰：'风云喜际会，雷雨遂流滋。荐币虚陈礼，动天实精思。渐侵九夏节，复在三春时。霡霂垂朱阙，飘飖入绿墀。郊坰既沾足，黍稷有丰期。百辟同康乐，万方仁雍熙。'"又卷三五《书法》内一则曰："开成三年，以谏议大夫柳公权为工部侍郎，依前翰林侍书学士。……文宗夏日，与学士联句，上曰：'人皆苦炎热，我爱夏日长。'公权曰：'薰风自南来，殿阁生微凉。'上吟久之，因令题于殿壁。"阅读这些记载，有助于了解文宗的诗才、文艺爱好以及欣赏水平。

　　王溥还编有《五代会要》三十卷，共分十五类二百七十五目，内容与《唐会要》类同。

　　政书一般只记制度的沿革，不著录具体的人事。今人严耕望撰《唐仆尚丞郎表》二十二卷，对尚书省中左右仆射、左右丞、六部尚书及侍郎的人员任免与迁转用表格的方式列出，用力甚勤。仆尚丞郎是中央官署中的重要职位，唐代诗人中曾任此职者颇多，检阅此书，这些高级官僚的沉浮和时事政局的变化便一目了然。

十三、释道书

唐代会作诗的和尚很多，称为"诗僧"，有的水平还很高，在诗坛上享有美誉，许多著名诗人都和他们结交。因此《唐才子传》为灵澈、皎然立有专传，道人灵一名下附录维审等四十五人；《唐诗纪事》卷七二至七七共六卷，除附几位道士外，所记都为诗僧事迹。这些都反映了唐代僧人在诗坛上的重要地位。

读者如想了解唐代诗僧的情况，除了阅读士人写作的有关文字外，还应阅读佛徒自身有关这一方面的记载。

大家知道，佛家典籍有"佛藏"之称，包容宏富，难于检索，但如不是进行深入而广泛的专题研究，则查检《高僧传》一类的著作，也就可以大体对他们有所了解。

有关历代和尚的传记，前有梁释慧皎的《高僧传》十四卷和唐释道宣的《续高僧传》三十卷。后者记录了部分唐代僧人的事迹，但因道宣卒于高宗乾封二年（667），所以记录的唐代僧人仅限于唐初数人。后有宋释赞宁于太平兴国八年（983）奉诏修成的《宋高僧传》三十卷，除了录入南北朝和隋代的个别僧人外，绝大部分是唐代僧人的传记，依其主要内容而言，不妨改称为《唐高僧传》。

全书共立僧人正传五百三十二人，附传一百二十五人。大部分僧人传记依据碑铭改写，有的还注出原撰者姓名，体例比较严谨。有些传记或其中部分文字出于笔记小说或其他文献，则可信程度较差。此书今有范祥雍点校本，便于阅读。

就以著名的诗僧灵澈上人来说，刘禹锡作《澈上人文集纪》，记载生平颇详。《唐诗纪事》和《唐才子传》均为他立有专传，但《宋高僧传》卷一五

《唐会稽云门寺灵澈传》中的记载更有其细致之处，如云"故秘书郎严维、刘随州长卿、前殿中侍御史皇甫曾，睹面论心，皆如胶固，分声唱和，名散四陬。澈游吴兴，与杼山昼师一见为林下之游，互相击节。昼与书上包佶中丞，盛标拣其警句最所重者，《归湘南》作则有'山边水边待月明，暂向人间借路行。如今还向山边去，唯有湖水无行路'句。'此僧诸作皆妙，独此一篇，使老僧见，欲弃笔砚。伏冀中丞高鉴深量，其进诸乎？其舍诸乎？……'其为同曹所重也如此。昼又赍诗附澈去见，佶礼遇非轻。又权德舆闻澈之誉，书问昼公，回简极笔称之。建中、贞元已来，江表谚曰：'越之澈，洞冰雪。'可谓一代胜士"。上述灵澈的文学活动，有其他文献所不及。即此二例，足见此传价值之高。

将赞宁的这一传文和刘禹锡《文集纪》对照，可知赞宁没有读到过刘文，不少材料出自自己的搜集。但刘禹锡在《文集纪》中所说"贞元中，西游京师，名振辇下。缁流疾之，造飞语激动中贵人，因侵诬得罪，徙汀州。会赦，归东越"云云，《宋高僧传》中却无记载。在僧人的传记著作里，因无史官文化讲求实录的传统，有的记载很不可靠，但却沾染上了儒家为尊者讳的风气，有时也不免杂以宗教迷信，事涉神异，因此使用这些材料时，应当仔细审核。

佛经大抵包括"长行"即散文和偈颂即诗歌两种体裁。诗僧的诗，有时即以"偈"名。例如宋释惠洪《冷斋夜话》卷一《李后主亡国偈》曰："宋太祖将问罪江南，李后主用谋臣计，欲拒王师。法眼禅师观牡丹于大内，因作偈讽之曰：'拥毳对芳丛，由来趣不同。发从今日白，花似去年红。艳曳随朝露，馨香逐晚风。何须待零落，然后始知空？'后主不省，王师旋渡江。"这是一首完美的诗，《唐诗纪事》卷七六即记作《看牡丹》诗。按此僧法名文益，谥大法眼禅师，《唐诗纪事》即以僧文益之名著录。《全唐诗》卷八二五归为谦光之作，题为《赏牡丹应教》，当是依据《五代史补》卷五中的记载。

不过那些诗偈混称的一般作品可没有这么文采斐然。王梵志和寒山、拾得等人的作品，追求语言通俗自然，可称口语化的哲理诗。拾得曰："我诗也是诗，有人唤作偈。诗偈总一般，读时须子细。"可见这些僧徒认为二者之间是不必有所区分的。

再以佛教史上禅宗六祖传法偈为例，续作探讨。神秀曰："身是菩提树，心如明镜台。时时勤拂拭，勿使惹尘埃。"慧能曰："菩提本无树，明镜亦非台。本来无一物，何处惹尘埃？"这到底算不算诗，人们对此向来就有不同的看法。这里牵涉一个如何确定诗的界限的问题。对于这一问题，自古以来聚讼纷纭，难以做出结论。御定《全唐诗》凡例之一曰："《唐音统签》有道家章咒、释氏偈颂二十八卷，《全唐诗》所无，本非歌诗之流，删。"《全唐诗》中不收神秀、慧能的偈，大约就是根据上述原则拒收的了。但这也难以说服他人。要说这两首偈平仄不协吧，这和寒山、拾得的诗可没有什么不同；如以诗的韵味为准而推斥，那和朱熹的《观书有感二首》之一（半亩方塘一鉴开）相比，又有什么本质上的区别？不是也饶有理趣，而非枯燥的说教文字吗？文人有即兴、口号之作，那和尚又为什么不能随机作偈呢？看来对待这一问题，也不能过于绝对，应将唐代僧人某些颇有文采饶有理趣的偈语视作诗歌。

这类偈语大量保存在禅宗的语录中。

在唐代佛教的各宗派中，禅宗的势力最大，信奉的人最多。这一宗派不重学习经典，而是通过各种启示的办法，诱导他人明心见性，立地成佛。运用偈语进行启导，是禅僧常用的手段之一。

有关禅宗的文献，也可分为记事和记言两类。五代时泉州招庆寺静、筠二禅师于南唐保大十年（952）合撰的《祖堂集》二十卷，为叙禅宗的谱系之作。此书在国内长期失传，近年才由韩国、日本影印辗转传回。书中记载了很多禅师的事迹，也保留了很多偈语。

但保留偈语最多的，还要推宋代的五大灯录（释道原《景德传灯录》、李遵勖《天圣广灯录》、释惟白《建中靖国续灯录》、释悟明《联灯会要》、正受《嘉泰普灯录》）为重要。五书各三十卷，共一百五十卷。其后宋释普济删繁就简，将五书合为《五灯会元》一书，共二十卷。如想了解禅宗的诗偈，可到这些书中寻找。

《道藏》是模仿《佛藏》而建立的，里面也有得道者的传记，如赵道一的《历世真仙体道通鉴》五十三卷、续编五卷、后集六卷，篇幅很长，录入的人数很多，也有不少唐代的人物，只是与唐诗有关者很少，参考价值不大。

但唐代诗人和道教密切相关的却有很多。最著名的，自然是李白了。《旧唐书·李白传》中说是"天宝初，客游会稽，与道士吴筠隐于剡中。既而玄宗诏筠赴京师，筠荐之于朝，遣使召之，与筠俱待诏翰林"。这一记载今人有质疑者。再看《道藏》的《太元部》中，却录有署名吴筠的《南统大君九章经序》，内云"予于开元中著《玄纲论》及《养形论》行于世，诏授江州刺史，辞而不受，晦迹隐于骊山，养胎息。至元和中，游淮西，遇王师讨蔡贼吴元济，避乱东之于岳，遇李谪仙，以斯术授予"。末署"唐元和戊戌吴筠序"。不难看出，这是根据吴筠与李白的密切关系而伪造的夸说。要说开元、天宝时期的人又在元和之时聚首，真是一派胡言。用道教的典籍考史，得加倍小心才是。

不过这并不是说查究唐代诗人与道教的关系时，可以无视《道藏》中的材料。关键在于认真考核，细心抉择。

目下常见的《道藏》，大都是明正统年间刻本的影印本，学术界习称之为《正统道藏》。刻《正统道藏》根据的是各处宫观中保存的元刊残藏，《元玄都宝藏》根据的是金代所刊的《大金玄都宝藏》，金藏根据的是宋代政和年间刻的《大宋天宫宝藏》，可见明刊《道藏》之中，保留着许多源出宋元旧刊的珍贵古籍。

就以吴筠的著作来说，《道藏·太元部》中的《宗元先生文集》三卷，是存世的唯一古本。按权德舆《唐故中岳宗元先生吴尊师集序》称太原王颜"类其遗文为三十编"，《旧唐书》本传称有"文集二十卷，其《玄纲》三篇，《神仙可学论》等，为达识之士所称"。《新唐书·艺文志》集部别集类则著录"道士《吴筠集》十卷"，《郡斋读书后志》和《直斋书录解题》中也只著录十卷本，说明其时已有残缺或省并，故仅有十卷本行世。《唐才子传》吴筠传中说有文集十卷,不知其时是否实有其书。《四库全书》收入《宗元集》三卷,《提要》云:"此本为浙江鲍氏知不足斋所钞,末有跋云:'收入《道藏》中,世无别本。'"《全唐文》中所收,绝大部分又是从此转录的,可见存世的《宗元集》中的文字,都源出《道藏》。

吴筠的《神仙可学论》等文,是唐代道教的基本文献,对李白和其他学道者影响很大,这些都是研究唐诗时应该注意的重要文字。

按李德裕曾撰《黄冶赋》等文,反对方士炼丹以求长生之术,似与道教的宗旨相违,但他又作有《三圣记》,云:"有唐宝历二年岁次丙午,八月丙申朔,十五日庚戌,玉清玄都大洞三道弟子、正议大夫、使持节润州诸军事、守润州刺史、兼御史大夫、充浙西道都团练观察处置等使、上柱国、赞皇县开国男、食邑三百户、赐紫金鱼袋李德裕,上为九庙圣祖,次为七代先灵,下为一切含识,于茅山崇玄观南,敬造老君殿院,及造老君、孔子、尹真人像三躯,皆按史籍遗文,庶垂不朽。"这里李德裕自称道号,为老君等造像,为先人求福,可见其信道的诚笃。此文一作《茅山三像记》,欧阳修《集古录跋尾》卷九、欧阳棐《集古录目》(缪荃孙辑本)卷九均有记叙,又《集古录目》并载《崇玄圣祖院记》曰:"常州刺史贾餗撰,前陈州参军徐挺古八分书。敬宗即位,诏天下求有道之士,李德裕为浙西观察使,以道士周息元荐于朝,为建此院。敕赐号崇玄圣祖院。碑以宝历二年立,在茅山。"也可看出李德裕的信道之诚。

这些碑铭,元代道士刘大彬所修的《茅山志》卷二三中有记载,记叙更为完整。《茅山志》收在《道藏·洞真部》中。

作为一代政治家,李德裕的主导思想当然是儒学,日僧圆仁《入唐求法巡礼行记》中记载了李德裕曾以正确的态度对待佛徒,笔记小说中也有关于他结交佛徒的记载。但李德裕在出任浙西观察使时,却在道教圣地茅山留下了许多信道的遗迹,并被道士忠实地记录了下来,可见道教的教义对他深有影响。难怪他在自著的《次柳氏旧闻》和韦绚笔录的《戎幕闲谈》等书中一再夸张神异。他的妻称"炼师",妾称"女真",也就可以找到合理的解释了。

　　唐代皇帝以姓李之故，推尊老子李耳为始祖，从而提倡道教。一些姓李的诗人，像李白、李贺、李商隐等，也都攀龙附凤，自以为老子后裔，从而信奉道教。所以研究唐代诗人，也要对道教的文献有所涉猎。

　　至于说到道士章咒，则是他们宗教仪式中的专用文字，迷信成分太多，文学意味甚少，《全唐诗》中不录，看来是合适的。

（原载周勋初《唐诗纵横谈》，凤凰出版社2022年版）

后　记

  本书共收录94题100首唐诗的解读赏析文章94篇。所收唐诗篇目中，既包括岑参《白雪歌送武判官归京》这样广泛流传、众口称誉的经典之作，是为"名篇"；也包括杨炯《巫峡》这样极富特色与成就，但较少为读者所关注的作品，是为"佳作"。每篇的解读方法和赏析角度虽有不同，但均以细致品绎诗意，深入探求文本结构、内蕴与技法为目标，也与中国传统诗文评点及英美"新批评"的旨趣相通，是谓"精读"，故冠以《唐诗名篇佳作精读》之名。

  据以上标准而言，唐诗的名篇和佳作数量都很丰富，尽数收入书中难以实现。因此本书并不求面面俱到，而是希望所选诗作和解读文字都有自己的鲜明特色，做到"以点带面，由浅及深"，通过一棵棵树木见森林，饮一瓢水而知弱水三千之味。在体裁方面，除了常见的五古、七古、五律、七律、五绝、七绝外，本书对某些较为冷门的诗体，如五言仄韵律诗、七言排律和应试诗，也选了若干作品加以分析。

  本书作为本科院校中文专业选修课程"唐诗研究"的教材，已在华南师范大学文学院面向2021级、2022级、2023级学生使用过三轮，获得师生们的好评。"唐诗研究"这门选修课一般在本科第二学年或第三学年开设，教学时长约为16次课32学时，计2学分。建议教师每次课讲授6篇左右，如果觉得内容过多，也可以在课堂上详细讲授4篇，留2篇给学生课后阅读。具体的教学要求，包括以下三个方面：一、了解程千帆先生所倡导的"考据与批评相结合，文艺学与文献学相结合"的研究方法。这种方法的应用在本书中贯穿始终，也可以说是本书基本的编写思想。二、掌握古典诗歌鉴赏的基本原理和方法。三、追求"义理、考据、辞章"并重，学会诗歌鉴赏文章的写法。

对于社会读者而言，这本书也可以作为一部唐诗赏析集来读。自20世纪80年代"美学热""鉴赏热"之后，唐诗赏析类书籍已问世不少。今天看来，分量和影响力较大的主要有两种：一种是上海辞书出版社出版的《唐诗鉴赏辞典》，另一种是刘学锴先生编撰的《唐诗选注评鉴》。前者收入唐代190多位诗人的诗作1100余篇，由众多著名学者参与撰稿，并请程千帆先生作序。后者由刘学锴先生以一己之力撰就，共选唐诗650余首，被莫砺锋教授誉为"披沙拣金的选目，广征博引的笺评，独有会心的鉴赏"。这两种著作都是我们编写时学习的典范。虽然受篇幅和容量的限制，本书所收唐诗篇目远少于二书，但力求保证高质量的鉴赏品读，追求与之相近的学术水准，始终是我们编纂的目标。稍有不同的是，本书除艺术分析外还包括许多文献考证的内容，如诗歌辨伪、诗题考察、前人诗意索隐辨析、诗句异文考辨等。我们始终认为，诗歌解读必须在文献可信的前提下完成，因而这部分内容的重要性不亚于赏析。

本书收录蒋寅教授《与中文系学生谈唐诗的专业读法》一文作为"代前言"，"附录"包括周勋初先生《唐诗文献综述》和张伯伟教授《唐诗发展概述》两篇长文，主体部分则是对唐诗文本的具体解读分析。做这样的结构安排，是希望学生首先能掌握唐诗品读的基本方法与规范，并在"中国古代文学""文献学概要"等专业课程的基础上，对唐诗的整体流变及相关文献史料有较为全面的了解，进而阅读书中的解读文章，对唐诗这一中华民族的艺术瑰宝获得更为深入的认识，培养相应的品鉴和分析能力，增强文化自信心和民族自豪感。

全书赏析文章的撰写者主要有莫砺锋、蒋寅、张宏生、巩本栋、徐有富五位教授。其中，杜甫《古柏行》《哀王孙》这两首诗的赏析文章是20世纪

后　记

80年代程千帆先生分别与莫砺锋和张宏生合作完成的，为上海古籍出版社所编的《古诗海》一书所刊载，是具有典范意义的唐诗鉴赏文章。这两篇文章未收入《程千帆全集》，可谓沧海遗珠，弥足珍贵。哲人远去，但闪现在文字深处的灵光睿思，依然令人叹服和追怀。现征得程千帆先生女儿程丽则老师（曾长期在南京大学中文系工作）和莫砺锋、张宏生两位教授的同意，收入本书。全书连"附录"在内，实际撰稿人共包括程、周两位先生和六位程门弟子，可谓程门诗学在唐诗领域的又一次集中呈现。

我本人2005年毕业于南京大学，导师为莫砺锋教授，属于程门的再传弟子。蒋寅教授2016年被引进华南师大工作后，我身边就又多了一位导师。当他提出与我合作主编这本教材时，我感到光荣、责任和压力并重。全书编集历时两年有余，在体例的确定、文字的推敲、细节的考订、清样的校订等问题上，都与几位作者反复讨论过，力求做到精准完善。

本书出版后很快售罄，现与陕西人民出版社商议后决定出增订版。此书能得到读者的认可，要归功于各位作者所提供的高质量稿件；书稿编排中若存在不当之处，则是我本人的疏误。诚挚地期望着这本书能为喜爱唐诗的读者提供一份新的参考，在人工智能盛行的时代，对古典文明的这份守护也许具有特殊的价值。也希望本书能为青年学子了解和认识学术研究提供路径，在"入门须正，立志须高"两个方面都获得启迪。全书的出版得到了华南师范大学文学院的经费资助和段吉方院长的大力支持，在此也表示真挚的谢意。

张　巍

二〇二五年六月于广州